E L JAMES

# Cincuenta sombras liberadas

E L James ha desempeñado varios cargos ejecutivos en televisión. Está casada, tiene dos hijos y
vive en Londres. De niña, soñaba con escribir
historias que cautivarían a los lectores, pero pos-
tergó sus sueños para dedicarse a su familia y a su
carrera. Finalmente reunió el coraje para escribir
su primera novela *Cincuenta sombras de Grey*. Es
también la autora de *Cincuenta sombras más oscuras*
y *Cincuenta sombras liberadas*.

# Cincuenta sombras liberadas

# Cincuenta sombras liberadas

## E L JAMES

Traducción de
María del Puerto Barruetabeña Diez

**Vintage Español**
Una división de Random House, Inc.
Nueva York

PRIMERA EDICIÓN VINTAGE ESPAÑOL, JULIO 2012

*Copyright de la traducción © 2012 por María del Puerto Barruetabeña Diez*

Todos los derechos reservados. Publicado en los Estados Unidos de América
por Vintage Español, una división de Random House, Inc., Nueva York, y en
Canadá por Random House of Canada Limited, Toronto. Originalmente
publicado en inglés como *Fifty Shades Freed* en Australia por The Writer's Coffee
Shop Publishing House en 2011 y posteriormente en Estados Unidos por
Vintage Books, una división de Random House, Inc., Nueva York, en 2012.
Copyright © 2011 por Fifty Shades Ltd. Esta traducción fue originalmente
publicada en España por Random House Mondadori, S. A., Barcelona.
Copyright © 2012 por Random House Mondadori, S. A.

Vintage es una marca registrada y Vintage Español y su
colofón son marcas de Random House, Inc.

Una versión previa de esta novela fue publicada, en formato serializado, en
Internet y con diferentes personajes bajo el título "Master of the Universe"
y bajo el pseudónimo Snowqueen's Icedragon.

Información de catalogación de publicaciones disponible en
la Biblioteca del Congreso de los Estados Unidos.

Vintage ISBN: 978-0-345-80429-7

www.vintageespanol.com

Impreso en los Estados Unidos de América

*Para mi Mamá con todo mi amor y gratitud.*
*Y para mi querido Padre:*
*Papá, te echo de menos todos los días*

# Agradecimientos

Gracias a Niall, mi roca.

A Kathleen por ser un gran apoyo, una amiga, una confidente y mi asesora técnica.

A Bee por su infinito apoyo moral.

A Taylor (otro de mis asesores), Susi, Pam y Nora por hacérmelo pasar bien.

Y quiero darles mis más sinceras gracias por sus consejos y su tacto:

A la doctora Raina Sluder, por su ayuda con los temas médicos; a Anne Forlines por el asesoramiento financiero; a Elizabeth de Vos por su amable asesoramiento sobre el sistema de adopción americano.

Gracias a Maddie Blandino por su arte exquisito e inspirador.

A Pam y a Gillian por los cafés del sábado por la mañana y por devolverme a la vida real.

También quiero darle las gracias a mi equipo de edición: Andrea, Shay y la siempre maravillosa y solo a veces gruñona Janine, que tolera mis ataques de mal humor con paciencia, fortaleza y un gran sentido del humor.

Y finalmente un enorme agradecimiento para todos los de la editorial Vintage.

# Cincuenta sombras liberadas

# Prólogo

Mami! ¡Mami! Mami está dormida en el suelo. Lleva mucho tiempo dormida. Le cepillo el pelo porque sé que le gusta. No se despierta. La sacudo. ¡Mami! Me duele la tripa. Tengo hambre. Él no está aquí. Y también tengo sed. En la cocina acerco una silla al fregadero y bebo. El agua me salpica el jersey azul. Mami sigue dormida. ¡Mami, despierta! Está muy quieta. Y fría. Cojo mi mantita y la tapo. Yo me tumbo en la alfombra verde y pegajosa a su lado. Mami sigue durmiendo. Tengo dos coches de juguete y hago carreras con ellos por el suelo en el que está mami durmiendo. Creo que mami está enferma. Busco algo para comer. Encuentro guisantes en el congelador. Están fríos. Me los como muy despacio. Hacen que me duela el estómago. Me echo a dormir al lado de mami. Ya no hay guisantes. En el congelador hay algo más. Huele raro. Lo pruebo con la lengua y se me queda pegada. Me lo como lentamente. Sabe mal. Bebo agua. Juego con los coches y me duermo al lado de mami. Mami está muy fría y no se despierta. La puerta se abre con un estruendo. Tapo a mami con la mantita. Él está aquí. «Joder. ¿Qué coño ha pasado aquí? Puta descerebrada… Mierda. Joder. Quita de mi vista, niño de mierda.» Me da una patada y yo me golpeo la cabeza con el suelo. Me duele. Llama a alguien y se va. Cierra con llave. Me tumbo al lado de mami. Me duele la cabeza. Ha venido una señora policía. No. No. No. No me toques. No me toques. No me toques. Quiero quedarme con mami. No. Aléjate de mí. La señora policía coge mi mantita y me lleva. Grito. ¡Mami! ¡Mami! Quiero a mami. Las palabras se van. No puedo decirlas. Mami no puede oírme. No tengo palabras.


—¡Christian! ¡Christian! —El tono de ella es urgente y le arranca de las profundidades de su pesadilla, de su desesperación—. Estoy aquí. Estoy aquí.

Él se despierta y ella está inclinada sobre él, agarrándole los hombros y sacudiéndole, con el rostro angustiado, los ojos azules como platos y llenos de lágrimas.

—Ana. —Su voz es solo un susurro entrecortado. El sabor del miedo le llena la boca—. Estás aquí.

—Claro que estoy aquí.

—He tenido un sueño…

—Lo sé. Estoy aquí, estoy aquí.

—Ana. —Él dice su nombre en un suspiro y es como un talismán contra el pánico negro y asfixiante que le recorre el cuerpo.

—Chis, estoy aquí. —Se acurruca a su lado, envolviéndole, transmitiéndole su calor para que las sombras se alejen y el miedo desaparezca. Ella es el sol, la luz… y es suya.

—No quiero que volvamos a pelearnos, por favor. —Tiene la voz ronca cuando la rodea con los brazos.

—Está bien.

—Los votos. No obedecerme. Puedo hacerlo. Encontraremos la manera. —Las palabras salen apresuradamente de su boca en una mezcla de emoción, confusión y ansiedad.

—Sí, la encontraremos. Siempre encontraremos la manera —susurra ella y le cubre los labios con los suyos, silenciándole y devolviéndole al presente.

# 1

Levanto la vista para mirar a través de las rendijas de la sombrilla de brezo y admiro el más azul de los cielos, un azul veraniego, mediterráneo. Suspiro satisfecha. Christian está a mi lado, tirado en una tumbona. Mi marido, mi sexy y guapísimo marido, sin camisa y con unos vaqueros cortados, está leyendo un libro que predice la caída del sistema bancario occidental. Sin duda se trata de una lectura absorbente porque jamás le había visto tan quieto. Ahora mismo parece más un estudiante que el presidente de una de las principales empresas privadas de Estados Unidos.

Son los últimos días de nuestra luna de miel y estamos haraganeando bajo el sol de la tarde en la playa del hotel Beach Plaza Monte Carlo de Mónaco, aunque en realidad no nos alojamos en él. Abro los ojos para buscar al *Fair Lady*, que está anclado en el puerto. Nosotros estamos en un yate de lujo, por supuesto. Construido en 1928, flota majestuosamente sobre las aguas, reinando sobre todos los demás barcos del puerto. Parece de juguete. A Christian le encanta y sospecho que tiene la tentación de comprarlo. Los niños y sus juguetes…

Me acomodo en la tumbona y me pongo a escuchar la selección de música que ha metido Christian Grey en mi nuevo iPod y me quedo medio dormida bajo el sol de última hora de la tarde recordando su proposición de matrimonio. Oh, esa maravillosa proposición que me hizo en la casita del embarcadero… Casi puedo oler el aroma de las flores del prado…

—¿Y si nos casamos mañana? —me susurra Christian al oído.

Estoy tumbada sobre su pecho bajo la pérgola llena de flores de la casita del embarcadero, más que satisfecha tras haber hecho el amor apasionadamente.

—Mmm…

—¿Eso es un sí? —Reconozco en su voz cierta sorpresa y esperanza.

—Mmm.

—¿O es un no?

—Mmm.

Siento que sonríe.

—Señorita Steele, ¿está siendo incoherente?

Yo también sonrío.

—Mmm.

Ríe y me abraza con fuerza, besándome en el pelo.

—En Las Vegas. Mañana. Está decidido.

Adormilada, levanto la cabeza.

—No creo que a mis padres les vaya a gustar mucho eso.

Recorre con las yemas de los dedos mi espalda desnuda, arriba y abajo, acariciándome con suavidad.

—¿Qué es lo que quieres, Anastasia? ¿Las Vegas? ¿Una boda por todo lo alto? Lo que tú me digas.

—Una gran boda no… Solo los amigos y la familia. —Alzo la vista para mirarle, emocionada por la silenciosa súplica que veo en sus brillantes ojos grises. ¿Y qué es lo que quiere él?

—Muy bien —asiente—. ¿Dónde?

Me encojo de hombros.

—¿Por qué no aquí? —pregunta vacilante.

—¿En casa de tus padres? ¿No les importará?

Ríe entre dientes.

—A mi madre le daríamos una alegría. Estará encantada.

—Bien, pues aquí. Seguro que mis padres también lo preferirán.

Christian me acaricia el pelo. ¿Se puede ser más feliz de lo que soy yo ahora mismo?

—Bien, ya tenemos el dónde. Ahora falta el cuándo.

—Deberías preguntarle a tu madre.

—Mmm. —La sonrisa de Christian desaparece—. Le daré un mes como mucho. Te deseo demasiado para esperar ni un segundo más.

—Christian, pero si ya me tienes. Ya me has tenido durante algún tiempo. Pero me parece bien, un mes.

Le doy un beso en el pecho, un beso suave y casto, y le miro sonriéndole.

——————

—Te vas a quemar —me susurra Christian al oído, despertándome bruscamente de mi siesta.

—Solo de deseo por ti. —Le dedico la más dulce de las sonrisas. El sol vespertino se ha desplazado y ahora estoy totalmente expuesta a sus rayos. Él me responde con una sonrisita y tira de mi tumbona con un movimiento rápido para ponerme bajo la sombrilla.

—Mejor lejos de este sol mediterráneo, señora Grey.

—Gracias por su altruismo, señor Grey.

—Un placer, señora Grey, pero no estoy siendo altruista en absoluto. Si te quemas, no voy a poder tocarte. —Alza una ceja y sus ojos brillan divertidos. El corazón se me derrite—. Pero sospecho que ya lo sabes y que te estás riendo de mí.

—¿Tú crees? —pregunto fingiendo inocencia.

—Sí, eso creo. Lo haces a menudo. Es una de las muchas cosas que adoro de ti. —Se inclina y me da un beso, mordiéndome juguetón el labio inferior.

—Tenía la esperanza de que quisieras darme más crema solar —le digo haciendo un mohín muy cerca de sus labios.

—Señora Grey, me está usted proponiendo algo sucio… pero no puedo negarme. Incorpórate —me ordena con voz ronca.

Hago lo que me pide y con movimientos lentos y meticulosos de sus dedos fuertes y flexibles me cubre el cuerpo de crema.

—Eres preciosa. Soy un hombre con suerte —murmura mientras sus dedos pasan casi rozando mis pechos para extender la crema.

—Sí, cierto. Es usted un hombre afortunado, señor Grey. —Le miro a través de las pestañas con coqueta modestia.

—La modestia le sienta bien, señora Grey. Vuélvete. Voy a darte crema en la espalda.

Sonriendo, me doy la vuelta y él me desata la tira trasera del biquini obscenamente caro que llevo.

—¿Qué te parecería si hiciera topless como las demás mujeres de la playa? —le pregunto.

—No me gustaría nada —me dice sin dudarlo—. Ni siquiera me gusta que lleves tan poca cosa como ahora. —Se acerca a mí inclinándose y me susurra al oído—. No tientes a la suerte.

—¿Me está desafiando, señor Grey?

—No. Estoy enunciando un hecho, señora Grey.

Suspiro y sacudo la cabeza. Oh, Christian… mi posesivo y celoso obseso del control…

Cuando termina me da un azote en el culo.

—Ya está, señorita.

Su BlackBerry, omnipresente y siempre encendida, empieza a vibrar. Frunzo el ceño y él sonríe.

—Solo para mis ojos, señora Grey. —Levanta una ceja en una advertencia juguetona, me da otro azote y vuelve a su tumbona para contestar la llamada.

La diosa que llevo dentro ronronea. Tal vez esta noche podamos hacer algún tipo de espectáculo en el suelo solo para sus ojos. La diosa sonríe cómplice arqueando una ceja. Yo también sonrío por lo que estoy pensando y vuelvo a abandonarme a mi siesta.

—*Mam'selle? Un Perrier pour moi, un Coca-Cola light pour ma femme, s'il vous plaît. Et quelque chose à manger… laissez-moi voir la carte.*

Mmm… El fluido francés de Christian me despierta. Parpadeo un par de veces a causa de la luz del sol y cuando abro los ojos le encuentro observándome mientras una chica joven con librea se aleja con la bandeja en alto y una coleta alta y rubia oscilando provocativamente.

—¿Tienes sed? —me pregunta.

—Sí —murmuro todavía medio dormida.

—Podría pasarme todo el día mirándote. ¿Estás cansada?

Me ruborizo.

—Es que anoche no dormí mucho.

—Yo tampoco. —Sonríe, deja la BlackBerry y se levanta. Los pantalones cortos se le caen un poco, de esa forma sugerente que tanto me gusta, dejando a la vista el bañador que lleva debajo. Después se quita los pantalones y las chanclas y yo pierdo el hilo de mis pensamientos—. Ven a nadar conmigo. —Me tiende la mano y yo le miro un poco aturdida—. ¿Nadamos? —repite ladeando un poco la cabeza y con una expresión divertida. Como no respondo, niega lentamente con la cabeza—. Creo que necesitas algo para despertarte. —De repente se lanza sobre mí y me coge en brazos. Yo chillo, más de sorpresa que de miedo.

—¡Christian! ¡Bájame! —le grito.

Él ríe.

—Solo cuando lleguemos al mar, nena.

Varias personas que toman el sol en la playa nos miran con ese desinterés divertido tan típico de los monegascos, según acabo de descubrir, mientras Christian me lleva hasta el mar entre risas y empieza a sortear las olas.

Le rodeo el cuello con los brazos.

—No te atreverás —le digo casi sin aliento mientras intento sofocar mis risas.

Él sonríe.

—Oh, Ana, nena, ¿es que no has aprendido nada en el poco tiempo que hace que me conoces?

Me besa y yo aprovecho la oportunidad para deslizar los dedos entre su pelo, agarrárselo con las dos manos y devolverle el beso invadiéndole la boca con mi lengua. Él inspira bruscamente y se aparta con la mirada ardiente pero cautelosa.

—Ya me conozco tu juego —me susurra y se va hundiendo lentamente en el agua fresca y clara conmigo en brazos, mientras sus labios vuelven a encontrarse con los míos. El frescor del mediterráneo queda pronto olvidado cuando envuelvo a mi marido con el cuerpo.

—Creía que te apetecía nadar —le digo junto a su boca.

—Me has distraído… —Christian me roza el labio inferior con los dientes—. Pero no sé si quiero que la buena gente de Montecarlo vea cómo mi esposa se abandona a la pasión.

Le rozo la mandíbula con los dientes, con su principio de barba cosquilleándome la lengua, sin importarme un comino la buena gente de Montecarlo.

—Ana —gime. Se enrolla mi coleta en la muñeca y tira con suavidad para obligarme a echar la cabeza hacia atrás y tener mejor acceso a mi cuello. Después me besa la oreja y va bajando lentamente.

—¿Quieres que vayamos más adentro? —pregunta en un jadeo.

—Sí —susurro.

Christian se aparta un poco y me mira con los ojos ardientes, llenos de deseo, divertidos.

—Señora Grey, es usted una mujer insaciable y una descarada. ¿Qué clase de monstruo he creado?

—Un monstruo hecho a tu medida. ¿Me querrías de alguna otra forma?

—Te querría de cualquier forma en que pudiera tenerte, ya lo sabes. Pero ahora mismo no. No con público —dice señalando la orilla con la cabeza.

¿Qué?

Es cierto que varias personas en la playa han abandonado su indiferencia y ahora nos miran con verdadero interés. De repente Christian me coge por la cintura y me tira al aire, dejando que caiga al agua y me hunda bajo las olas hasta tocar la suave arena que hay en el fondo. Salgo a la superficie tosiendo, escupiendo y riendo.

—¡Christian! —le regaño mirándole fijamente. Creía que íbamos a hacer el amor en el agua… pero él ha vuelto a salirse con la suya. Se muerde el labio inferior para evitar reírse. Yo le salpico y él me responde salpicándome también.

—Tenemos toda la noche —me dice sonriendo como un tonto—. Hasta luego, nena. —Se zambulle bajo el agua y vuelve a la superficie a un metro de donde estoy. Después, con un estilo crol fluido y grácil, se aleja de la orilla. Y de mí.

¡Oh, Cincuenta! Siempre tan seductor y juguetón… Me protejo los ojos del sol con la mano mientras le veo alejarse. Cómo le gusta provocarme… ¿Qué puedo hacer para que vuelva? Mientras nado de vuelta a la orilla, sopeso las posibilidades. En la zona de las tumbonas ya han llegado nuestras bebidas. Le doy un sorbo rápido a mi Coca-Cola. Christian solo es una pequeña motita en la distancia.

Mmm… Me tumbo boca arriba y, tras pelearme un poco con los tirantes, me quito la parte de arriba del biquini y la dejo caer despreocupadamente sobre la tumbona de Christian. Para que vea lo descarada que puedo ser, señor Grey… ¡Ahora chúpate esa! Cierro los ojos y dejo que el sol me caliente la piel y los huesos… El calor me relaja mientras mis pensamientos vuelven al día de mi boda.

---

—Ya puedes besar a la novia —anuncia el reverendo Walsh.

Sonrío a mi flamante marido.

—Al fin eres mía —me susurra tirando de mí para rodearme con los brazos y darme un beso casto en los labios.

Estoy casada. Ya soy la señora de Christian Grey. Estoy borracha de felicidad.

—Estás preciosa, Ana —murmura y sonríe con los ojos brillando de amor… y algo más, algo oscuro y lujurioso—. No dejes que nadie que no sea yo te quite ese vestido, ¿entendido? —Su sonrisa sube de temperatura mientras con las yemas de los dedos me acaricia la mejilla, haciéndome hervir la sangre.

Madre mía… ¿Cómo consigue hacerme esto, incluso aquí, con toda esta gente mirando?

Asiento en silencio. Vaya, espero que nadie nos haya oído. Por suerte el reverendo Walsh se ha apartado discretamente. Miro a la multitud allí reunida vestida con sus mejores galas… Mi madre, Ray, Bob y los Grey, todos aplaudiendo. Y también Kate, mi dama de honor, que está genial con un vestido rosa pálido de pie junto al padrino de Christian: su hermano Elliot. ¿Y quién iba a pensar que Elliot podía tener tan buena pinta una vez arreglado? Todos muestran unas brillantes sonrisas de oreja a oreja… excepto Grace, que está llorando discretamente cubriéndose con un delicado pañuelo blanco.

—¿Preparada para la fiesta, señora Grey? —murmura Christian con una sonrisa tímida. Me derrito al verlo. Está fabuloso con un sencillo esmoquin negro con chaleco y corbata plateados. Se le ve… muy elegante.

—Preparadísima. —La cara se me ilumina con una sonrisa bobalicona.

Un poco más tarde, la fiesta está en su apogeo… Carrick y Grace se han superado. Han hecho que volvieran a colocar la carpa y la han decorado con rosa pálido, plata y marfil, dejando los lados abiertos con vistas a la bahía. Hemos tenido la suerte de tener un tiempo estupendo y ahora el sol de última hora de la tarde brilla sobre el agua. Hay una pista de baile en un extremo de la carpa y un buffet muy generoso en el otro.

Ray y mi madre están bailando y riéndose juntos. Tengo una sensación agridulce al verlos así. Espero que Christian y yo duremos más; no sé qué haría si me dejara. Casamiento apresurado, arrepentimiento asegurado. Ese dicho no deja de repetirse en mi cabeza.

Kate está a mi lado. Está guapísima con un vestido largo de seda. Me mira y frunce el ceño.

—Oye, que se supone que hoy es el día más feliz de tu vida —me regaña.

—Y lo es —le digo en voz baja.

—Oh, Ana, ¿qué te pasa? ¿Estás mirando a tu madre y a Ray? Asiento con aire triste.

—Son felices.

—Sí, felices separados.

—¿Te están entrando las dudas? —me pregunta Kate alarmada.

—No, no, claro que no. Solo es que… le quiero muchísimo. —Me quedo petrificada, sin poder o sin querer expresar mis miedos.

—Ana, es obvio que te adora. Sé que habéis tenido un comienzo muy poco convencional en vuestra relación, pero yo he visto lo felices que habéis sido durante el último mes. —Me coge y me aprieta las manos—. Además, ya es demasiado tarde —añade con una sonrisa.

Suelto una risita. Kate siempre diciendo lo que no hace falta decir. Me atrae hacia ella para darme el Abrazo Especial de Katherine Kavanagh.

—Ana, vas a estar bien. Y si te hace daño alguna vez, aunque solo sea en un pelo de la cabeza, tendrá que responder ante mí. —Me suelta y le sonríe a alguien que hay detrás de mí.

—Hola, nena. —Christian me sorprende rodeándome con los brazos y me da un beso en la sien—. Kate —saluda. Sigue mostrándose algo frío con ella, aunque ya han pasado seis semanas.

—Hola otra vez, Christian. Voy a buscar al padrino, que es tu hombre preferido y también el mío. —Con una sonrisa para ambos se aleja para ir con Elliot, que está bebiendo con el hermano de Kate, Ethan, y nuestro amigo José.

—Es hora de irse —murmura Christian.

—¿Ya? Es la primera fiesta a la que asisto en la que no me importa ser el centro de atención. —Me giro entre sus brazos para poder mirarle de frente.

—Mereces serlo. Estás impresionante, Anastasia.

—Y tú también.

Me sonríe y su expresión sube de temperatura.

—Ese vestido tan bonito te sienta bien.

—¿Este trapo viejo? —me ruborizo tímidamente y tiro un poco de ribete de fino encaje del vestido de novia sencillo y entallado que ha diseñado para mí la madre de Kate. Me encanta que el encaje caiga justo por debajo del hombro; queda recatado, pero seductor, espero.

Se inclina y me da un beso.

—Vámonos. No quiero compartirte con toda esta gente ni un minuto más.

—¿Podemos irnos de nuestra propia boda?

—Nena, es nuestra fiesta y podemos hacer lo que queramos. Hemos cortado la tarta. Y ahora mismo lo que quiero es raptarte para tenerte toda para mí.

Suelto una risita.

—Me tiene para toda la vida, señor Grey.

—Me alegro mucho de oír eso, señora Grey.

—¡Oh, ahí estáis! Qué dos tortolitos.

Gruño en mi fuero interno... La madre de Grace nos ha encontrado.

—Christian, querido... ¿Otro baile con tu abuela?

Christian frunce los labios.

—Claro, abuela.

—Y tú, preciosa Anastasia, ve y haz feliz a un anciano: baila con Theo.

—¿Con quién, señora Trevelyan?

—Con el abuelo Trevelyan. Y creo que ya puedes llamarme abuela. Vosotros dos tenéis que poneros cuanto antes manos a la obra en el asunto de darme bisnietos. No voy a durar mucho ya. —Nos mira con una sonrisa tontorrona.

Christian la mira parpadeando, horrorizado.

—Vamos, abuela —dice cogiéndola apresuradamente de la mano y llevándola a la pista de baile. Me mira casi haciendo un mohín y pone los ojos en blanco—. Luego, cariño.

Mientras voy de camino adonde está el abuelo Trevelyan, José me aborda.

—No te voy a pedir otro baile. Creo que ya te he monopolizado demasiado en la pista de baile hasta ahora... Me alegro de verte feliz, pero te lo digo en serio, Ana. Estaré aquí... si me necesitas.

—Gracias, José. Eres un buen amigo.

—Lo digo en serio. —Sus ojos oscuros brillan por la sinceridad.

—Ya lo sé. Gracias de verdad, José. Pero si me disculpas... Tengo una cita con un anciano.

Arruga la frente, confuso.

—El abuelo de Christian —aclaro.

Me sonríe.

—Buena suerte con eso, Annie. Y buena suerte con todo.

—Gracias, José.

Después de mi baile con el siempre encantador abuelo de Christian, me quedo de pie junto a las cristaleras viendo como el sol se hunde lentamente por detrás de Seattle provocando sombras de color naranja y aguamarina en la bahía.

—Vamos —me insiste Christian.

—Tengo que cambiarme. —Le cojo la mano con intención de arrastrarle hacia la cristalera y que suba las escaleras conmigo. Frunce el ceño sin comprender y tira suavemente de mi mano para detenerme—. Creía que querías ser tú el que me quitara el vestido —le explico.

Se le iluminan los ojos.

—Cierto. —Me mira con una sonrisa lasciva—. Pero no te voy a desnudar aquí. Entonces no nos iríamos hasta… no sé… —dice agitando su mano de largos dedos. Deja la frase sin terminar pero el significado está más que claro.

Me ruborizo y le suelto la mano.

—Y no te sueltes el pelo —me murmura misteriosamente.

—Pero…

—Nada de «peros», Anastasia. Estás preciosa. Y quiero ser yo el que te desnude.

Frunzo el ceño.

—Guarda en tu bolsa de mano la ropa que te ibas a poner —me ordena—. La vas a necesitar. Taylor ya tiene tu maleta.

—Está bien.

¿Qué habrá planeado? No me ha dicho adónde vamos. De hecho, no creo que nadie sepa nada. Ni Mia ni Kate han conseguido sacarle la información. Me vuelvo hacia mi madre y Kate.

—No me voy a cambiar.

—¿Qué? —dice mi madre.

—Christian no quiere que me cambie. —Me encojo de hombros, como si eso lo explicara todo.

Ella arruga la frente.

—No has prometido obedecer —me recuerda con mucha diplomacia. Kate intenta hacer que su risa ahogada parezca una tos. La miro entornando los ojos. Ni ella ni mi madre tienen ni idea de la pelea que Christian y yo tuvimos por eso. No quiero resucitar esa discusión. Dios, mi Cincuenta Sombras se puede poner muy furioso a veces… y después tener pesadillas. El recuerdo me reafirma en mi decisión.

—Lo sé, mamá, pero le gusta mi vestido y quiero darle ese gusto.

Su expresión se suaviza. Kate pone los ojos en blanco y con mucha discreción se aleja para dejarnos solas.

—Estás muy guapa, hija. —Carla me coloca con cariño uno de los rizos que se me ha soltado y me acaricia la barbilla—. Estoy tan orgullosa de ti, cielo… Vas a hacer muy feliz a Christian —me dice y me da un abrazo.

Oh, mamá…

—No me lo puedo creer… Pareces tan mayor ahora… Vas a empezar una nueva vida; solo tienes que recordar siempre que los hombres vienen de un planeta diferente. Así todo te irá bien.

Suelto una risita. Christian no es de otro planeta, es de otro universo. Si ella supiera…

—Gracias, mamá.

Ray se acerca a nosotras sonriéndonos dulcemente.

—Te ha salido una niña preciosa, Carla —dice con los ojos brillándole por el orgullo. Está impecable con su esmoquin negro y el chaleco rosa pálido. Me emociono y se me llenan los ojos de lágrimas. Oh, no… Hasta ahora había conseguido no llorar…

—Y tú la has ayudado a crecer y a ser lo que es, Ray. —La voz de Carla suena nostálgica.

—Y he adorado cada momento del tiempo que he pasado con ella. Eres una novia sensacional, Annie. —Ray me coloca tras la oreja el mismo rizo suelto de antes.

—Oh, papá… —Intento contener un sollozo y él me abraza brevemente, un poco incómodo.

—Y vas a ser una esposa sensacional también —me susurra con voz ronca.

Cuando me suelta, Christian está a mi lado.

Ray le estrecha la mano afectuosamente.

—Cuida de mi niña, Christian.

—Eso es lo que pretendo hacer, Ray. Carla. —Saluda a mi padrastro con un movimiento de cabeza y le da un beso a mi madre.

El resto de los invitados han creado un largo pasillo humano con un arco formado por sus brazos extendidos para que pasemos por él hacia la salida de la casa.

—¿Lista? —pregunta Christian.

—Sí.

Me coge la mano y me guía bajo esos brazos estirados mientras los invitados nos gritan felicitaciones y deseos de buena suerte y nos tiran arroz. Al final del pasillo nos esperan Grace y Carrick con grandes sonrisas. Los dos nos abrazan y nos besan por turnos. Grace está emocionada de nuevo. Nos despedimos rápidamente de ellos.

Taylor nos espera junto al Audi todoterreno. Christian se queda sosteniendo la puerta del coche para que yo entre, pero antes me giro y tiro el ramo de rosas de color blanco y rosa hacia el grupo de mujeres jóvenes que se ha reunido. Mia lo coge al vuelo y sonríe de oreja a oreja.

Cuando entro en el todoterreno riéndome por la audaz forma de atrapar el ramo de Mia, Christian se agacha para ayudarme con el vestido. Cuando ya estoy bien acomodada dentro, se vuelve para despedirse de los invitados.

Taylor mantiene la puerta abierta para él.

—Felicidades, señor.

—Gracias, Taylor —responde Christian mientras se sienta a mi lado.

Cuanto Taylor entra en el coche, los invitados empiezan a tirarle arroz al coche. Christian me coge la mano y me besa los nudillos.

—¿Todo bien por ahora, señora Grey?

—Por ahora todo fantástico, señor Grey. ¿Adónde vamos?

—Al aeropuerto —dice con una sonrisa enigmática.

Mmm… ¿Qué estará planeando?

Taylor no se dirige a la terminal de salidas como yo esperaba, sino que cruza una puerta de seguridad y va directamente hacia la pista. ¿Qué demonios…? Y entonces lo veo: el jet de Christian con GREY ENTERPRISES HOLDINGS, INC. escrito en el fuselaje con grandes letras azules.

—No me digas que vas a volver a hacer un uso personal de los bienes de la empresa.

—Oh, eso espero, Anastasia —me sonríe Christian.

Taylor detiene el Audi al pie de la escalerilla que sube al avión y salta del coche para abrirle la puerta a Christian. Intercambian unas palabras y después Christian viene a abrirme la puerta. Y en vez de apartarse para dejarme espacio para salir, se inclina y me coge en brazos.

—¡Hey! ¿Qué haces? —chillo.

—Cogerte en brazos para cruzar el umbral —me dice.

—Oh…

Pero ¿eso no se supone que se hace al cruzar el umbral de la casa?

Me sube por la escalerilla sin esfuerzo aparente y Taylor nos sigue llevando mi maleta. La deja a la entrada del avión y vuelve al Audi. Dentro de la cabina reconozco a Stephan, el piloto de Christian, con su uniforme.

—Bienvenido a bordo, señor. Señora Grey —nos saluda con una sonrisa.

Christian me baja al suelo y estrecha la mano de Stephan. De pie junto a Stephan hay una mujer de pelo oscuro de unos… ¿qué? ¿Treinta y pocos? Ella también lleva uniforme.

—Felicidades a los dos —continúa Stephan.

—Gracias, Stephan. Anastasia, ya conoces a Stephan. Va a ser nuestro comandante hoy. Y esta es la primera oficial Beighley.

La chica se sonroja cuando Christian la presenta y parpadea muy rápido. Tengo ganas de poner los ojos en blanco. Otra mujer que está completamente cautivada por mi marido, que es demasiado guapo incluso para su propio bien.

—Encantada de conocerla —dice efusivamente Beighley.

Le sonrío con amabilidad. Después de todo… él es mío.

—¿Todo listo? —les pregunta Christian a ambos mientras yo examino la cabina. El interior es de madera de arce clara y piel de un suave color crema. Hay otra mujer joven en el otro extremo de la cabina, también vestida de uniforme; tiene el pelo castaño y es realmente guapa.

—Ya nos han dado todos los permisos. El tiempo va a ser bueno desde aquí hasta Boston.

¿Boston?

—¿Turbulencias?

—Antes de llegar a Boston no. Pero hay un frente sobre Shannon que puede que nos dé algún sobresalto.

¿Shannon, Irlanda?

—Ya veo. Bien, espero dormir durante el trayecto —dice Christian sin preocuparse lo más mínimo.

¿Dormir?

—Bien, vamos a prepararnos para despegar, señor —anuncia Stephan—. Les dejo en las capaces manos de Natalia, nuestra azafata. —Christian mira en su dirección y frunce el ceño, pero después se vuelve hacia Stephan con una sonrisa.

—Excelente. Me coge la mano y me lleva hasta uno de los lujosos asientos de piel. Debe de haber unos doce en total—. Siéntate —dice mientras se quita la chaqueta y se desabrocha el chaleco de fino brocado. Nos sentamos en dos asientos individuales situados el uno frente al otro con una mesita reluciente entre ambos.

—Bienvenidos a bordo, señor, señora. Y felicidades. —Natalia ha aparecido junto a nosotros para ofrecernos una copa de champán rosado.

—Gracias —dice Christian. Ella nos sonríe educadamente y se retira a la cocina.

—Por una feliz vida de casados, Anastasia. —Christian levanta su copa y brindamos. El champán está delicioso.

—¿Bollinger? —pregunto.

—El mismo.

—La primera vez que lo probé lo bebí en tazas de té. —Sonrío.

—Recuerdo perfectamente ese día. Tu graduación.

—¿Adónde vamos? —Ya no soy capaz de contener mi curiosidad ni un segundo más.

—A Shannon —dice Christian con los ojos iluminados por el entusiasmo. Parece un niño pequeño.

—¿Irlanda? —¡Vamos a Irlanda!

—Para repostar combustible —añade juguetón.

—¿Y después? —le animo.

Su sonrisa se hace más amplia y niega con la cabeza.

—¡Christian!

—A Londres —dice mirándome fijamente para ver mi reacción.

Doy un respingo. Madre mía… Pensaba que iríamos a algún sitio como Nueva York o Aspen, o incluso al Caribe. Casi no me lo puedo creer. La ilusión de mi vida siempre ha sido ir a Inglaterra. Siento que una luz se enciende en mi interior: la luz incandescente de la felicidad.

—Después París.

¿Qué?

—Y finalmente el sur de Francia.

¡Uau!

—Sé que siempre has soñado con ir a Europa —me dice en voz baja—. Quiero hacer que tus sueños se conviertan en realidad, Anastasia.

—Tú eres mi sueño hecho realidad, Christian.

—Lo mismo digo, señora Grey —me susurra.

Oh, Dios mío…

—Abróchate el cinturón.

Le sonrío y hago lo que me ha dicho.

Mientras el avión se encamina a la pista, nos bebemos el champán sonriéndonos bobaliconamente. No me lo puedo creer. Con veintidós años por fin voy a salir de Estados Unidos para ir a Europa, a Londres para ser más exactos.

Después de despegar Natalia nos sirve más champán y nos prepara el banquete nupcial. Y menudo banquete: salmón ahumado seguido de perdiz asada con ensalada de judías verdes y patatas *dauphinoise*, todo cocinado y servido por la tremendamente eficiente Natalia.

—¿Quiere postre, señor Grey? —le pregunta.

Niega con la cabeza y se pasa un dedo por el labio inferior mientras me mira inquisitivamente con una expresión oscura e inescrutable.

—No, gracias —murmura sin romper el contacto visual conmigo.

Cuando Natalia se retira, sus labios se curvan en una sonrisita secreta.

—La verdad —vuelve a murmurar— es que había planeado que el postre fueras tú.

Oh… ¿aquí?

—Vamos —me dice levantándose y tendiéndome la mano. Me guía hasta el fondo de la cabina.

—Hay un baño ahí —dice señalando una puertecita, pero sigue por un corto pasillo hasta cruzar una puerta que hay al final.

Vaya… un dormitorio. Esta habitación también es de madera de arce y está decorada con colores crema. La cama de matrimonio está cubierta de cojines de color dorado y marrón. Parece muy cómoda.

Christian se gira y me rodea con sus brazos sin dejar de mirarme.

—Vamos a pasar nuestra noche de bodas a diez mil metros de altitud. Es algo que no he hecho nunca.

Otra primera vez. Me quedo mirándole con la boca abierta y el corazón martilleándome en el pecho… el club de la milla. He oído hablar de él.

—Pero primero tengo que quitarte ese vestido tan fabuloso.

Le brillan los ojos de amor y de algo más oscuro, algo que me encanta y que despierta a la diosa que llevo dentro. Empiezo a quedarme sin aliento.

—Vuélvete. —Su voz es baja, autoritaria y tremendamente sexy.

¿Cómo puede una sola palabra encerrar tantas promesas? Obedezco de buen grado y sus manos suben hasta mi pelo. Me va quitando las horquillas, una tras otra. Sus dedos expertos acaban con la tarea en un santiamén. El pelo me va cayendo sobre los hombros, rizo tras rizo, cubriéndome la espalda y sobre los pechos. Intento quedarme muy quieta, pero deseo con todas mis fuerzas su contacto. Después de este día tan excitante, aunque largo y agotador, le deseo, deseo todo su cuerpo.

—Tienes un pelo precioso, Ana. —Tiene la boca junto a mi oído y siento su aliento aunque no me toca con los labios. Cuando ya no me quedan horquillas, me peina un poco con los dedos y me masajea suavemente la cabeza.

Oh, Dios mío… Cierro los ojos mientras disfruto de la sensación. Sus dedos siguen recorriendo mi pelo y después me lo agarra y me tira un poco para obligarme a echar atrás la cabeza y exponer la garganta.

—Eres mía —suspira. Me tira del lóbulo de la oreja con los dientes.

Yo dejo escapar un gemido.

—Silencio —me ordena.

Me aparta el pelo y, siguiendo con un dedo el borde de encaje del vestido, recorre la parte alta de mi espalda de un hombro a otro. Me estremezco por la anticipación. Me da un beso tierno en la espalda justo encima del primer botón del vestido.

—Eres tan guapa… —dice mientras me desabrocha con destreza el primer botón—. Hoy me has hecho el hombre más feliz del mundo. —Con una lentitud infinita me va desabrochando los botones uno a uno, bajando por toda la espalda—. Te quiero muchísimo. —Va encadenando besos desde mi nuca hasta el extremo del hombro. Después de cada beso murmura una palabra—: Te. Deseo. Mucho. Quiero. Estar. Dentro. De. Ti. Eres. Mía.

Las palabras me resultan embriagadoras. Cierro los ojos y ladeo el cuello para facilitarle el acceso y voy cayendo cada vez más profundamente bajo el hechizo de Christian Grey, mi marido.

—Mía —repite en un susurro. Me va deslizando el vestido por los brazos hasta que cae a mis pies en una nube de seda marfil y encaje—. Vuélvete —me pide de nuevo con la voz ronca.

Lo hago y él da un respingo.

Llevo puesto un corsé ajustado de seda de un tono rosáceo con liguero, bragas de encaje a juego y medias de seda blancas.

Los ojos de Christian me recorren el cuerpo ávidamente, pero no dice nada. Se limita a mirarme con los ojos muy abiertos por el deseo.

—¿Te gusta? —le pregunto en un susurro, consciente del tímido rubor que me está apareciendo en las mejillas.

—Más que eso, nena. Estás sensacional. Ven. —Me tiende la mano para ayudarme a desprenderme del vestido—. No te muevas —murmura, y sin apartar sus ojos cada vez más oscuros de los míos, recorre con el dedo corazón la línea del corsé que bordea mis pechos. Mi respiración se acelera y él repite el recorrido sobre mis pechos. Ese dedo travieso está provocándome escalofríos por toda la espalda. Se detiene y gira el dedo índice en el aire indicándome que dé una vuelta.

Ahora mismo haría cualquier cosa que me pidiera.

—Para —dice. Estoy de espaldas a él, mirando a la cama. Me rodea la cintura con el brazo, apretándome contra él, y me acaricia el cuello. Muy suavemente me cubre los pechos con las manos y juguetea con ellos mientras hace círculos sobre mis pezones con los pulgares hasta que logra que presionen y tensen la tela del corsé—. Mía —me susurra.

—Tuya —jadeo yo.

Abandona mis pechos y recorre con las manos mi estómago, mi vientre y después sigue bajando por los muslos y pasa casi rozándome el sexo. Ahogo un gemido. Mete los dedos por debajo de las tiras del liguero y, con su destreza habitual, suelta las dos medias a la vez. Ahora sus manos se dirigen a mi culo.

—Mía —repite con las manos extendidas sobre mis nalgas y las puntas de los dedos rozándome el sexo.

—Ah.

—Chis. —Las manos descienden por la parte posterior de mis muslos y sueltan las presillas del liguero.

Se inclina y aparta la colcha de la cama.

—Siéntate.

Lo hago totalmente hipnotizada por sus palabras. Christian se arrodilla a mis pies y me quita con suavidad los zapatos de novia de Jimmy Choo. Agarra la parte superior de mi media izquierda y la va deslizando por mi pierna lentamente, recorriendo la piel con el pulgar. Repite el proceso con la otra media.

—Esto es como desenvolver los regalos de Navidad. —Me sonríe y me mira a través de sus largas pestañas oscuras.

—Un regalo que ya tenías…

Frunce el ceño contrariado.

—Oh no, nena. Ahora eres mía de verdad.

—Christian, he sido tuya desde que te dije que sí. —Me inclino hacia él y le rodeo con las manos esa cara que tanto amo—. Soy tuya. Siempre seré tuya, esposo mío. Pero ahora mismo creo que llevas demasiada ropa. —Me agacho todavía más para besarlo y él viene a mi encuentro, me besa en los labios y me coge la cabeza mientras enreda los dedos en mi pelo.

—Ana —jadea—. Mi Ana. —Sus exigentes labios se unen con los míos una vez más. Su lengua es invasivamente persuasiva.

—La ropa —susurro.

Nuestras respiraciones se mezclan mientras tiro del chaleco. A él le cuesta quitárselo, así que tiene que liberarme un momento. Se detiene y me mira con los ojos muy abiertos, llenos de deseo.

—Déjame, por favor. —Mi voz suena suave y sensual. Quiero desnudar a mi marido, a mi Cincuenta.

Se sienta sobre los talones y yo me acerco para cogerle la corbata (la corbata gris plateada, mi favorita), suelto el nudo lentamente y se la quito. Levanta la barbilla para dejarme desabrochar el botón superior de la camisa blanca. Cuando lo consigo, paso a los gemelos. Lleva unos gemelos de platino grabados con una A y una C entrelazadas: mi regalo de boda. Cuando se los quito, me los coge de la mano y cierra la suya sobre ellos. Le da un beso a esa mano y después se los guarda en el bolsillo de los pantalones.

—Qué romántico, señor Grey.

—Para usted, señora Grey, solo corazones y flores. Siempre.

Le cojo la mano y le miro a través de las pestañas mientras le doy un beso a su sencilla alianza de platino. Gime y cierra los ojos.

—Ana —susurra, y mi nombre es como una oración.

Alzo las manos para ocuparme del segundo botón y, repitiendo lo que él me ha hecho a mí hace unos minutos, le doy un suave beso en el pecho después de desabrochar cada botón. Entre los besos voy intercalando palabras.

—Tú. Me. Haces. Muy. Feliz. Te. Quiero.

Vuelve a gemir y en un movimiento rapidísimo me agarra por la cintura y me sube a la cama. Él me acompaña un segundo después. Sus labios encuentran los míos y me rodea la cara con las manos para mantenerme quieta mientras nuestras lenguas se regodean la una de la otra. De repente Christian se aparta y se queda de rodillas, dejándome sin aliento y deseando más.

—Eres tan preciosa… esposa mía. —Me recorre las piernas con las manos y me agarra el pie izquierdo—. Tienes unas piernas espectaculares. Quiero besar cada centímetro de ellas. Empezando por aquí. —Me da un beso en el dedo gordo y después me araña la yema de ese dedo con los dientes.

Todo lo que hay por debajo de mi cintura se estremece. Desliza la lengua por el arco del pie. Después empieza a morderme en el talón y va subiendo hasta el tobillo. Recorre el interior de mi pantorrilla dándome besos, unos besos suaves y húmedos. Me retuerzo bajo su cuerpo.

—Quieta, señora Grey —me advierte, y sin previo aviso me gira para dejarme boca abajo y continúa su viaje de placer recorriendo con la boca la parte posterior de las piernas, los muslos, el culo… y entonces se detiene. Gimo.

—Por favor…

—Te quiero desnuda —murmura, y me va soltando lentamente el corsé, desabrochando los corchetes uno a uno. Cuando la prenda queda plana sobre la cama debajo de mi cuerpo, él desliza la lengua por toda la longitud de mi espalda.

—Christian, por favor.

—¿Qué quiere, señora Grey? —Sus palabras son dulces y las oigo muy cerca de mi oído. Está casi tumbado sobre mí. Puedo sentir su erección contra mis nalgas.

—A ti.

—Y yo a ti, mi amor, mi vida… —me susurra, y antes de darme cuenta ha vuelto a girarme y a ponerme boca arriba.

Se coloca de pie rápidamente y en un movimiento de lo más

eficiente se quita a la vez los pantalones y los bóxer y se queda gloriosamente desnudo, cerniéndose sobre mí, listo para lo que va a venir. La pequeña cabina queda eclipsada por su impresionante belleza, su deseo y su necesidad de tenerme. Se inclina y me quita las bragas. Después me mira.

—Mía —pronuncia.

—Por favor —le suplico.

Él me sonríe; una sonrisa lasciva, perversa y tentadora. Una sonrisa muy propia de mi Cincuenta Sombras.

Sube a cuatro patas a la cama y va recorriendo mi pierna derecha esta vez, llenándola de besos… Hasta que llega al vértice entre mis muslos. Me abre bien las piernas.

—Ah… esposa mía —susurra antes de poner la boca sobre mi piel. Cierro los ojos y me rindo a esa lengua mucho más que hábil. Le agarro el pelo con las manos mientras mis caderas oscilan y se balancean. Me las sujeta para que me quede quieta, pero no detiene esa deliciosa tortura. Estoy cerca, muy cerca.

—Christian… —gimo con fuerza.

—Todavía no —jadea y asciende por mi cuerpo para hundirme la lengua en el ombligo.

—¡No! —¡Maldita sea! Siento su sonrisa contra mi vientre pero no interrumpe su viaje hacia el norte.

—Qué impaciente, señora Grey. Tenemos hasta que aterricemos en la isla Esmeralda. —Me va besando reverencialmente los pechos. Me coge el pezón izquierdo entre los labios y tira de él. No deja de mirarme mientras me martiriza y sus ojos están tan oscuros como una tormenta tropical.

Oh, madre mía… Se me había olvidado. Europa…

—Te deseo, esposo. Por favor.

Se coloca sobre mí, cubriéndome con su cuerpo y descansando el peso en los codos. Me acaricia la nariz con la suya y yo recorro con las manos su espalda fuerte y flexible hasta llegar a su culo extraordinario.

—Señora Grey… esposa. Estoy aquí para complacerla. —Me roza con los labios—. Te quiero.

—Yo también te quiero.

—Abre los ojos. Quiero verte.

—Christian… ah… —grito cuando entra lentamente en mi interior.

—Ana, oh, Ana… —jadea Christian y empieza a moverse.


—¿Qué diablos crees que estás haciendo? —grita Christian, despertándome de ese sueño tan placentero. Está de pie, mojado y hermoso, a los pies de mi tumbona mirándome fijamente.

¿Qué he hecho? Oh, no… Estoy boca arriba. No, no, no. Y él está furioso. Mierda. Está hecho una verdadera furia.

# 2

De repente estoy totalmente despierta; mi sueño erótico queda olvidado en un abrir y cerrar de ojos.

—Oh, estaba boca arriba… Debo de haberme girado mientras dormía —digo en mi defensa sin demasiado convencimiento.

Le arden los ojos por la furia. Se agacha, coge la parte de arriba de mi biquini de su tumbona y me la tira.

—¡Póntelo! —ordena entre dientes.

—Christian, nadie me está mirando.

—Créeme. Te están mirando. ¡Y seguro que Taylor y los de seguridad están disfrutando mucho del espectáculo! —gruñe.

¡Maldita sea! ¿Por qué nunca me acuerdo de ellos? Me cubro los pechos con las manos presa del pánico. Desde el sabotaje de *Charlie Tango*, esos malditos guardias de seguridad nos siguen a todas partes como unas sombras.

—Y algún asqueroso paparazzi podría haberte hecho una foto también —continúa Christian—. ¿Quieres salir en la portada de la revista *Star*, desnuda esta vez?

¡Mierda! ¡Los paparazzi! ¡Joder! Intento ponerme apresuradamente el biquini, pero los dedos parece que no quieren responderme. Palidezco y noto un escalofrío. El recuerdo desagradable del asedio al que me sometieron los paparazzi al salir del edificio de Seattle Independent Publishing el día que se filtró nuestro compromiso me viene a la mente inoportunamente; todo eso es parte de la vida de Christian Grey, va con el lote.

—*L'addition!* —grita Christian a una camarera que pasa—. Nos vamos —me dice.

—¿Ahora?

—Sí. Ahora.

Oh, mierda, mejor no llevarle la contraria en este momento.

Se pone los pantalones, a pesar de que tiene el bañador empapado, y la camiseta gris. La camarera vuelve en un segundo con su tarjeta de crédito y la cuenta.

A regañadientes, me pongo el vestido de playa turquesa y las chanclas. Cuando se marcha la camarera, Christian coge su libro y su BlackBerry y oculta su furia detrás de sus gafas de sol espejadas de aviador. Echa chispas por la tensión y el enfado. El corazón se me cae a los pies. Todas las demás mujeres de la playa están en topless, no es un crimen tan grave. De hecho soy yo la que se ve rara con el biquini completo puesto. Suspiro para mí, con el alma hundida. Creía que Christian le vería el lado divertido o algo así… Tal vez si me hubiera quedado boca abajo… Pero ahora su sentido del humor se ha evaporado.

—Por favor, no te enfades conmigo —le susurro cogiéndole el libro y la BlackBerry y metiéndolos en mi mochila.

—Ya es demasiado tarde —dice en voz baja. Demasiado baja—. Vamos. —Me coge la mano y le hace una señal a Taylor y a sus dos compañeros, los agentes de seguridad franceses Philippe y Gaston. Por extraño que parezca, son gemelos idénticos. Han estado todo el tiempo vigilando la playa desde una galería. ¿Por qué no dejo de olvidarme de ellos? ¿Cómo es posible? Taylor tiene la expresión imperturbable bajo las gafas oscuras. Mierda, él también está enfadado conmigo. Todavía no estoy acostumbrada a verle vestido tan informal, con pantalones cortos y un polo negro.

Christian me lleva hasta el hotel, cruza el vestíbulo y después sale a la calle. Sigue en silencio, pensativo e irritado, y todo es por mi culpa. Taylor y su equipo nos siguen.

—¿Adónde vamos? —le pregunto tímidamente mirándole.

—Volvemos al barco. —No me mira al decirlo.

No tengo ni idea de qué hora es. Deben de ser las cinco o las seis de la tarde, creo. Cuando llegamos al puerto, Christian me lleva al muelle en el que están amarradas la lancha motora y la moto acuática del *Fair Lady*. Mientras Christian suelta las amarras de la moto de agua, yo le paso mi mochila a Taylor. Le miro nerviosa, pero, igual que Christian, su expresión no revela nada. Me sonrojo pensando en lo que ha visto en la playa.

—Póngase esto, señora Grey. —Taylor me pasa un chaleco salvavidas desde la lancha motora y yo me lo pongo obediente. ¿Por qué soy la única que lleva chaleco? Christian y Taylor intercambian una mirada. Vaya, ¿está enfadado también con Taylor? Después Christian comprueba las cintas de mi chaleco y me aprieta más la central.

—Así está mejor —murmura resentido, todavía sin mirarme. Mierda.

Sube con agilidad a la moto de agua y me tiende la mano para ayudarme a subir. Agarrándole con fuerza, consigo sentarme detrás de él sin caerme al agua. Taylor y los gemelos suben a la lancha. Christian empuja con el pie la moto para separarla del muelle y esta se aleja flotando suavemente.

—Agárrate —me ordena y yo le rodeo con los brazos. Esta es mi parte favorita de los viajes en moto acuática. Le abrazo fuerte, con la nariz pegada a su espalda, recordando que hubo un tiempo en que no toleraba que le tocara así. Huele bien… a Christian y a mar. ¡Perdóname, Christian, por favor!

Él se pone tenso.

—Prepárate —dice, pero esta vez su tono es más suave. Le doy un beso en la espalda, apoyo la mejilla contra él y miro hacia el muelle, donde se ha congregado un grupo de turistas para ver el espectáculo.

Christian gira la llave en el contacto y la moto cobra vida con un rugido. Con un giro del acelerador, la moto da un salto hacia delante y sale del puerto deportivo a toda velocidad, cruzando el agua oscura y fría hacia el puerto de yates donde está anclado el *Fair Lady*. Me agarro más fuerte a Christian. Me encanta esto… ¡es tan emocionante! Sujetándome de esta forma noto todos los músculos del delgado cuerpo de Christian.

Taylor va a nuestro lado en la lancha. Christian le mira y luego acelera de nuevo. Salimos como una bala hacia delante, saltando sobre la superficie del agua como un guijarro lanzado con precisión experta. Taylor niega con la cabeza con una exasperación resignada y se dirige directamente al barco, pero Christian pasa como una centella junto al *Fair Lady* y sigue hacia mar abierto.

El agua del mar nos salpica, el viento cálido me golpea la cara y me despeina la coleta, haciendo que mechones de mi pelo vuelen por todas partes. Esto es realmente divertido. Tal vez la emoción del viaje en la moto acuática mejore el humor de Christian. No puedo verle la cara, pero sé que se lo está pasando bien: libre, sin preocupaciones, actuando como una persona de su edad por una vez.

Gira el manillar para trazar un enorme semicírculo y yo contemplo la costa: los barcos en el puerto deportivo y el mosaico de amarillo, blanco y color de arena de las oficinas y apartamentos con las irregulares montañas al fondo. Es algo muy desorganizado, nada que ver con los bloques siempre iguales a los que estoy acostumbrada, pero también muy pintoresco. Christian me mira por encima del hombro y veo la sombra de una sonrisa jugueteando en sus labios.

—¿Otra vez? —me grita por encima del sonido del motor.

Asiento entusiasmada. Me responde con una sonrisa deslumbrante. Gira el acelerador otra vez y le da una vuelta al *Fair Lady* a toda velocidad para después volver a mar abierto… y yo creo que me ha perdonado.


—Te ha cogido el sol —me dice Christian con suavidad mientras me desata el chaleco. Ansiosa, intento adivinar cuál es su actual estado de ánimo. Estamos en cubierta a bordo del yate y uno de los camareros del barco aguarda de pie en silencio cerca, esperando para recoger el chaleco. Christian se lo pasa.

—¿Necesita algo más, señor? —le pregunta el joven. Me encanta su acento francés. Christian lo mira, se quita las gafas y se las cuelga del cuello de la camiseta.

—¿Quieres algo de beber? —me pregunta.

—¿Lo necesito?

Él ladea la cabeza.

—¿Por qué me preguntas eso? —Ha formulado la pregunta en voz baja.

—Ya sabes por qué.

Frunce el ceño como si estuviera sopesando algo en su mente. Oh, ¿qué estará pensando?

—Dos gin-tonics, por favor. Y frutos secos y aceitunas —le dice al camarero, que asiente y desaparece rápidamente.

—¿Crees que te voy a castigar? —La voz de Christian es suave como la seda.

—¿Quieres castigarme?

—Sí.

—¿Cómo?

—Ya pensaré algo. Tal vez después de tomarnos esas copas. —Eso es una amenaza sensual. Trago saliva y la diosa que llevo dentro entorna un poco los ojos en su tumbona, donde está intentando coger unos rayos con un reflector plateado desplegado junto a su cuello.

Christian frunce el ceño una vez más.

—¿Quieres que te castigue?

Pero ¿cómo lo sabe?

—Depende —murmuro sonrojándome.

—¿De qué? —Él oculta una sonrisa.

—De si quieres hacerme daño o no.

Aprieta los labios hasta formar una dura línea, todo rastro de humor olvidado. Se inclina y me da un beso en la frente.

—Anastasia, eres mi mujer, no mi sumisa. Nunca voy a querer hacerte daño. Deberías saberlo a estas alturas. Pero… no te quites la ropa en público. No quiero verte desnuda en la prensa amarilla. Y tú tampoco quieres. Además, estoy seguro de que a tu madre y a Ray tampoco les haría gracia.

¡Oh, Ray! Dios mío, Ray padece del corazón. ¿En qué estaría pensando? Me reprendo mentalmente.

Aparece el camarero con las bebidas y los aperitivos, que coloca en la mesa de teca.

—Siéntate —ordena Christian.

Hago lo que me dice y me acomodo en una silla de tijera. Christian se sienta a mi lado y me pasa un gin-tonic.

—Salud, señora Grey.

—Salud, señor Grey. —Le doy un sorbo a la copa, que me sienta de maravilla. Esto quita la sed y está frío y delicioso. Cuando miro a Christian, veo que me observa. Ahora mismo es imposible saber de qué humor está. Es muy frustrante… No sé si sigue enfadado conmigo, por eso despliego mi técnica de distracción patentada—. ¿De quién es este barco? —le pregunto.

—De un noble británico. Sir no sé qué. Su bisabuelo empezó con una tienda de comestibles. Su hija está casada con uno de los príncipes herederos de Europa.

Oh.

—¿Inmensamente rico?

Christian de repente se muestra receloso.

—Sí.

—Como tú —murmuro.

—Sí.

Oh.

—Y como tú —susurra Christian y se mete una aceituna en la boca. Yo parpadeo rápidamente. Acaba de venirme a la mente una imagen de él con el esmoquin y el chaleco plateado; sus ojos estaban llenos de sinceridad al mirarme durante la ceremonia de matrimonio y decir esas palabras: «Todo lo que era mío, es nuestro ahora». Su voz recitando los votos resuena en mi memoria con total claridad.

¿Todo mío?

—Es raro. Pasar de nada a… —Hago un gesto con la mano para abarcar la opulencia de lo que me rodea—. A todo.

—Te acostumbrarás.

—No creo que me acostumbre nunca.

Taylor aparece en cubierta.

—Señor, tiene una llamada.

Christian frunce el ceño pero coge la BlackBerry que le está tendiendo.

—Grey —dice y se levanta de donde está sentado para quedarse de pie en la proa del barco.

Me pongo a mirar al mar y desconecto de su conversación con Ros —creo—, su número dos. Soy rica… asquerosamente rica. Y no he hecho nada para ganar ese dinero… solo casarme con un hombre rico. Me estremezco cuando mi mente vuelve a nuestra conversación sobre acuerdos prematrimoniales. Fue el domingo después de su cumpleaños. Estábamos todos sentados a la mesa de la cocina, disfrutando de un desayuno sin prisa. Elliot, Kate, Grace y yo estábamos debatiendo sobre los méritos del beicon en comparación con los de las salchichas mientras Carrick y Christian leían el periódico del domingo…

---

—Mirad esto —chilla Mia poniendo su ordenador en la mesa de la cocina delante de nosotros—. Hay un cotilleo en la página web del *Seattle Nooz* sobre tu compromiso, Christian.

—¿Ya? —pregunta Grace sorprendida, luego frunce los labios cuando algo claramente desagradable le cruza por la mente.

Christian frunce el ceño.

Mia lee la columna en voz alta: «Ha llegado el rumor a la redacción de *The Nooz* de que al soltero más deseado de Seattle, Christian Grey, al fin le han echado el lazo y que ya suenan campanas de boda. Pero ¿quién es la más que afortunada elegida? *The Nooz* está tras su pista. ¡Seguro que ya estará leyendo el monstruoso acuerdo prematrimonial que tendrá que firmar!».

Mia suelta una risita, pero se pone seria bruscamente cuando Christian la fulmina con la mirada. Se hace el silencio y la temperatura en la cocina de los Grey cae por debajo de cero.

¡Oh, no! ¿Un acuerdo prematrimonial? Ni siquiera se me había pasado por la cabeza. Trago saliva y siento que toda la sangre ha abandonado mi cara. ¡Tierra, trágame ahora mismo, por favor! Christian se revuelve incómodo en su silla y yo le miro con aprensión.

—No —me dice.

—Christian… —intenta Carrick.

—No voy a discutir esto otra vez —le responde a Carrick, que me mira nervioso y abre la boca para decir algo—. ¡Nada de acuerdos prematrimoniales! —dice Christian casi gritando y vuelve a su periódico, enfadado, ignorando a todos los demás de la mesa. Todos me miran a mí, después a él… y por fin a cualquier sitio que no sea a nosotros dos.

—Christian —digo en un susurro—. Firmaré lo que tú o el señor Grey queráis que firme. —Bueno, tampoco iba a ser la primera vez que me hiciera firmar algo.

Christian levanta la vista y me mira.

—¡No! —grita.

Yo me pongo pálida una vez más.

—Es para protegerte.

—Christian, Ana… Creo que deberías discutir esto en privado —nos aconseja Grace. Mira a Carrick y a Mia. Oh, vaya, parece que ellos también van a tener problemas…

—Ana, esto no es por ti —intenta tranquilizarme Carrick—. Y por favor, llámame Carrick.

Christian le dedica una mirada glacial a su padre con los ojos entornados y a mí se me cae el alma a los pies. Demonios… Está furioso.

De repente, sin previo aviso, todo el mundo empieza a hablar alegremente y Mia y Kate se levantan de un salto para recoger la mesa.

—Yo sin duda prefiero las salchichas —exclama Elliot.

Me quedo mirando mis dedos entrelazados. Mierda. Espero que los señores Grey no crean que soy una cazafortunas. Christian extiende la mano y me agarra suavemente las dos manos con la suya.

—Para.

¿Cómo puede saber lo que estoy pensando?

—Ignora a mi padre —dice Christian con la voz tan baja que solo yo puedo oírle—. Está muy molesto por lo de Elena. Lo que ha dicho iba dirigido a mí. Ojalá mi madre hubiera mantenido la boca cerrada.

Sé que Christian todavía está resentido tras su charla de anoche con Carrick sobre Elena.

—Tiene razón, Christian. Tú eres muy rico y yo no aporto nada a este matrimonio excepto mis préstamos para la universidad.

Christian me mira con los ojos sombríos.

—Anastasia, si me dejas te lo puedes llevar todo. Ya me has dejado una vez. Ya sé lo que se siente.

Oh, maldita sea…

—Eso no tiene nada que ver con esto —le susurro conmovida por la intensidad de sus palabras—. Pero… puede que seas tú el que quiera dejarme. —Solo de pensarlo me pongo enferma.

Él ríe entre dientes y niega con la cabeza, indignado.

—Christian, yo puedo hacer algo excepcionalmente estúpido y tú… —Bajo la vista otra vez hacia mis manos entrelazadas, siento una punzada de dolor y no puedo acabar la frase. Perder a Christian… Joder.

—Basta. Déjalo ya. Este tema está zanjado, Ana. No vamos a hablar de él ni un minuto más. Nada de acuerdo prematrimonial. Ni ahora… ni nunca. —Me lanza una mirada definitiva que dice claramente «olvídalo ahora mismo» y que consigue que me calle. Después se vuelve hacia Grace—. Mamá, ¿podemos celebrar la boda aquí?

———

No ha vuelto a mencionarlo. De hecho, en cada oportunidad que tiene no deja de repetirme hasta dónde llega su riqueza… y que también es mía. Me estremezco al recordar la locura de compras con Caroline Acton —la asesora personal de compras de Neiman Marcus— a la que me empujó Christian para prepararme para la luna de miel. Solo el biquini ya costó quinientos cuarenta dólares. Y es bonito, pero vamos a ver… ¡es una cantidad de dinero ridícula por cuatro trozos de tela triangulares!

—Te acostumbrarás. —Christian interrumpe mis pensamientos cuando vuelve a ocupar su sitio.

—¿Me acostumbraré a qué?

—Al dinero —responde poniendo los ojos en blanco.

Oh, Cincuenta, tal vez con el tiempo. Empujo el platito con almendras saladas y anacardos hacia él.

—Su aperitivo, señor —digo con la cara más seria que puedo lograr, intentando incluir algo de humor en la conversación después de mis sombríos pensamientos y la metedura de pata del biquini.

Sonríe pícaro.

—Me gustaría que el aperitivo fueras tú. —Coge una almendra y los ojos le brillan perversos mientras disfruta de su ocurrencia. Se humedece los labios—. Bebe. Nos vamos a la cama.

¿Qué?

—Bebe —me dice y veo que se le están oscureciendo los ojos.

Oh, Dios mío. La mirada que me acaba de dedicar sería suficiente para provocar el calentamiento global por sí sola. Cojo mi copa de gin-tonic y me la bebo de un trago sin apartar mis ojos de él. Se queda con la boca abierta y alcanzo a ver la punta de su lengua entre los dientes. Me sonríe lascivo. En un movimiento fluido se pone de pie y se inclina delante de mí, apoyando las manos en los brazos de la silla.

—Te voy a convertir en un ejemplo. Vamos. No vayas al baño a hacer pis —me susurra al oído.

Doy un respingo. ¿Que no vaya a hacer pis? Qué grosero. Mi subconsciente, alarmada, levanta la vista del libro (*Obras completas de Charles Dickens*, volumen 1).

—No es lo que piensas. —Christian sonríe juguetón y me tiende la mano—. Confía en mí.

Está increíblemente sexy, ¿cómo podría resistirme?

—Está bien. —Le cojo la mano. La verdad es que le confiaría mi vida. ¿Qué habrá planeado? El corazón empieza a latirme con fuerza por la anticipación.

Me lleva por la cubierta y a través de las puertas al salón principal, lleno de lujo en todos sus detalles, después por el estrecho pasillo, cruzando el comedor y bajando por las escaleras hasta el camarote principal.

Han limpiado el camarote y hecho la cama. Es una habitación preciosa. Tiene dos ojos de buey, uno a babor y otro a estribor, y está decorado con elegancia y gusto con muebles de madera oscura de nogal, paredes de color crema y complementos rojos y dorados.

Christian me suelta la mano, se saca la camiseta por la cabeza y la tira a una silla. Después deja a un lado las chanclas y se quita los pantalones y el bañador en un solo movimiento. Oh, madre mía… ¿Me voy a cansar alguna vez de verle desnudo? Es guapísimo y todo mío. Le brilla la piel (a él también le ha cogido el sol), y el pelo, que ahora lleva más largo, le cae sobre la frente. Soy una chica con mucha, mucha suerte.

Me coge la barbilla y tira de mi labio inferior con el pulgar para que deje de mordérmelo y después me lo acaricia.

—Mejor así. —Se gira y camina hasta el impresionante armario en el que guarda su ropa. Saca del cajón inferior dos pares de esposas de metal y un antifaz como los de las aerolíneas.

¡Esposas! Nunca ha usado esposas. Le echo una mirada rápida y nerviosa a la cama. ¿Dónde demonios va a enganchar las esposas? Se vuelve y me mira fijamente con los ojos oscuros y brillantes.

—Estas pueden hacerte daño. Se clavan en la piel si tiras con demasiada fuerza —dice levantando un par para que lo vea—. Pero tengo ganas de usarlas contigo ahora.

Vaya. Se me seca la boca.

—Toma —dice acercándose y pasándome uno de los pares—. ¿Quieres probártelas primero?

Son macizas y el metal está frío. En algún lugar de mi mente pienso que espero no tener que llevar nunca un par de esas en la vida real.

Christian me observa atentamente.

—¿Dónde están las llaves? —Mi voz tiembla.

Abre la mano y en su palma aparece una pequeña llave metálica.

—Es la misma para los dos juegos. Bueno, de hecho, para todos los juegos.

¿Cuántos juegos tendrá? No recuerdo haber visto ninguno en la cómoda del cuarto de juegos.

Me acaricia la mejilla con el dedo índice y va bajando hasta mi boca. Se acerca como si fuera a besarme.

—¿Quieres jugar? —me dice en voz baja y toda la sangre de mi cuerpo se dirige hacia el sur cuando el deseo empieza a desperezarse en lo más profundo de mi vientre.

—Sí —jadeo.

Él sonríe.

—Bien. —Me da un beso en la frente que es poco más que un roce—. Vamos a necesitar una palabra de seguridad.

¿Qué?

—«Para» no nos sirve porque lo vas a decir varias veces, pero seguramente no querrás que lo haga. —Me acaricia la nariz con la suya, el único contacto entre nosotros.

El corazón se me acelera. Mierda... ¿Cómo puede ponerme así solo con las palabras?

—Esto no va a doler. Pero va a ser intenso. Muy intenso, porque no te voy a dejar moverte. ¿Vale?

Oh, Dios mío. Eso suena excitante. Mi respiración se oye muy fuerte. Joder, ya estoy jadeando. Gracias a Dios que estoy casada con este hombre, de lo contrario esto me resultaría muy embarazoso. Bajo la mirada y noto su erección.

—Vale. —Apenas se oye mi voz cuando lo digo.

—Elige una palabra, Ana.

Oh...

—Una palabra de seguridad —repite en voz baja.

—Pirulí —digo jadeando.

—¿Pirulí? —pregunta divertido.

—Sí.

Sonríe y se inclina sobre mí.

—Interesante elección. Levanta los brazos.

Obedezco y Christian agarra el dobladillo de mi vestido playero, me lo quita por la cabeza y lo tira al suelo. Extiende la mano y le devuelvo las esposas. Pone los dos juegos en la mesita de noche junto con el antifaz y retira la colcha de la cama de un tirón, arrojándola luego al suelo.

—Vuélvete.

Me giro y me suelta la parte de arriba del biquini, que cae al suelo.

—Mañana te voy a grapar esto a la piel —murmura. Después me quita la goma del pelo para soltarlo. Me lo agarra con una mano y tira suavemente para que dé un paso atrás hasta quedar contra su cuerpo. Contra su pecho. Y contra su erección.

Gimo cuando me ladea la cabeza y me besa el cuello.

—Has sido muy desobediente —me dice al oído provocándome estremecimientos por todo el cuerpo.

—Sí —respondo en un susurro.

—Mmm. ¿Y qué vamos a hacer con eso?

—Aprender a vivir con ello —digo en un jadeo. Sus besos suaves y lánguidos me están volviendo loca. Sonríe con la boca contra mi cuello.

—Ah, señora Grey. Siempre tan optimista.

Se yergue. Me divide con atención el pelo en tres mechones, me lo trenza lentamente y lo sujeta con la goma al final. Me tira un poco de la trenza y se acerca a mi oído.

—Te voy a dar una lección —murmura.

Con un movimiento repentino me agarra de la cintura, se sienta en la cama y me tumba sobre su regazo. En esta postura siento la presión de su erección contra mi vientre. Me da un azote en el culo, fuerte. Chillo y al segundo siguiente estoy boca arriba en la cama y él me mira fijamente con sus ojos de un gris líquido. Estoy a punto de empezar a arder.

—¿Sabes lo preciosa que eres? —Me roza el muslo con las puntas de los dedos de forma que me cosquillea… todo. Sin apartar los ojos de mí, se levanta de la cama y coge los dos juegos de esposas. Me agarra la pierna izquierda y cierra una de las esposas alrededor de mi tobillo.

¡Oh!

Me levanta la pierna derecha y repite el proceso; ahora tengo un par de esposas colgando de cada tobillo. Sigo sin tener ni idea de dónde las va a enganchar.

—Siéntate —me ordena y yo obedezco inmediatamente—. Ahora abrázate las rodillas.

Parpadeo, subo las piernas hasta que quedan dobladas delante de mí y las rodeo con los brazos. Me coge la barbilla y me da un beso suave y húmedo en los labios antes de ponerme el antifaz sobre los ojos. No veo nada y solo oigo mi respiración acelerada y el agua chocando contra los costados del yate, que cabecea suavemente en el mar.

Oh, madre mía. Estoy muy excitada… ya.

—¿Cuál es la palabra de seguridad, Anastasia?

—Pirulí.

—Bien.

Me coge la mano izquierda y cierra las esposas alrededor de la muñeca. Después repite el proceso con la derecha. Tengo la mano izquierda esposada al tobillo izquierdo y la derecha al derecho. No puedo estirar las piernas. Oh, maldita sea…

—Ahora —dice Christian con un jadeo— te voy a follar hasta que grites.

¿Qué? Todo el aire abandona mi cuerpo.

Me agarra los dos tobillos y me empuja hacia atrás hasta que caigo de espaldas sobre la cama. Las esposas me obligan a mantener las piernas dobladas y me aprietan la carne si tiro de ellas. Tiene razón, se me clavan casi hasta el punto del dolor… Me siento muy rara, atada, indefensa y en un barco. Christian me separa los tobillos y yo suelto un gruñido.

Me besa el interior de los muslos y quiero retorcerme, pero no puedo. No tengo posibilidad de mover la cadera. Mis pies están suspendidos en el aire. No puedo moverme.

—Tendrás que absorber todo el placer, Anastasia. No te muevas —murmura mientras sube por mi cuerpo y me besa a lo largo de la cintura de la parte de abajo del biquini. Suelta los cordones de ambos lados y el trocito de tela cae. Ahora estoy desnuda y a su merced. Me besa el vientre y me muerde el ombligo.

—Ah —suspiro. Esto va a ser duro… No tenía ni idea. Va subiendo con besos suaves y mordisquitos hasta mis pechos.

—Chis… —Intenta calmarme—. Eres preciosa, Ana.

Vuelvo a gruñir de frustración. Normalmente estaría moviendo las caderas, respondiendo a su contacto con un ritmo propio, pero no puedo moverme. Gimo y tiro de las esposas. El metal se me clava en la piel.

—¡Ah! —grito, aunque realmente no me importa.

—Me vuelves loco —me susurra—. Así que te voy a volver loca yo a ti.

Está sobre mí ahora, el peso apoyado en los codos, y centra su atención en mis pechos. Morder, chupar, hacer rodar los pezones entre los índices y los pulgares… todo para sacarme de mis casillas. No se detiene. Es enloquecedor. Oh. Por favor. Su erección se aprieta contra mí.

—Christian… —le suplico, y siento su sonrisa triunfante contra mi piel.

—¿Quieres que te haga correrte así? —me pregunta contra mi pezón, haciendo que se ponga aún más duro—. Sabes que puedo. —Succiona el pezón con fuerza y yo grito porque un relámpago de placer sale de mi pecho y va directo a mi entrepierna. Tiro indefensa de las esposas, abrumada por la sensación.

—Sí —gimoteo.

—Oh, nena, eso sería demasiado fácil.

—Oh… por favor.

—Chis.

Me araña la piel con los dientes mientras se acerca con los labios a mi boca y yo suelto un grito ahogado. Me besa. Su hábil lengua me invade la boca saboreando, explorando, dominando, pero mi lengua responde a su desafío retorciéndose contra la suya. Sabe a ginebra fría y a Christian Grey, que huele a mar. Me coge la barbilla para sujetarme la cabeza.

—Quieta, nena. Quiero que estés quieta —me susurra contra la boca.

—Quiero verte.

—Oh, no, Ana. Sentirás más así. —Y de una forma agónicamente lenta flexiona la cadera y entra parcialmente en mi interior. En otras circunstancias inclinaría la pelvis para ir a su encuentro, pero no puedo moverme. Él sale de mí.

—¡Oh! ¡Christian, por favor!

—¿Otra vez? —me tienta con la voz ronca.

—¡Christian!

Empuja un poco para volver a entrar y se retira a la vez que me besa y sus dedos me tiran del pezón. Es una sobrecarga de placer.

—¡No!

—¿Me deseas, Anastasia?

—Sí —gimo.

—Dímelo —murmura con la respiración trabajosa mientras vuelve a provocarme: dentro… y fuera.

—Te deseo —lloriqueo—. Por favor.

Oigo un suspiro suave junto a mi oreja.

—Y me vas a tener, Anastasia.

Se yergue sobre las rodillas y entra bruscamente en mí. Grito echando atrás la cabeza y tirando de las esposas cuando me toca ese punto tan dulce. Soy todo sensación en todas partes; una dulce agonía, pero sigo sin poder moverme. Se queda quieto y después hace un círculo con la cadera. Su movimiento se expande por todo mi interior.

—¿Por qué me desafías, Ana?

—Christian, para…

Vuelve a hacer ese círculo en mi interior, ignorando mi súplica, y luego sale muy despacio para volver a entrar con brusquedad.

—Dime por qué. —Habla con dificultad y me doy cuenta vagamente de que es porque tiene los dientes apretados.

Solo me sale un quejido incoherente… Esto es demasiado.

—Dímelo.

—Christian…

—Ana, necesito saberlo.

Vuelve a dar una embestida brusca, hundiéndose profundamente. La sensación es tan intensa… Me envuelve, forma espirales en mi interior, en el vientre, en cada una de las extremidades y en los sitios donde se me clavan las esposas.

—¡No lo sé! —chillo—. ¡Porque puedo! ¡Porque te quiero! Por favor, Christian.

Gruñe con fuerza y se hunde profundamente, una y otra vez, y otra y otra, y yo me pierdo intentando absorber el placer. Es para perder la cabeza… y el cuerpo… Quiero estirar las piernas para controlar el inminente orgasmo pero no puedo. Estoy indefensa. Soy suya, solo suya para que haga conmigo lo que él quiera… Se me llenan los ojos de lágrimas. Es demasiado intenso. No puedo pararle. No quiero pararle… Quiero… Quiero… Oh, no, oh, no… es demasiado…

—Eso es —dice Christian—. ¡Siéntelo, nena!

Estallo a su alrededor, una y otra vez, sin parar, chillando a todo pulmón cuando el orgasmo me parte por la mitad y me quema como un incendio que lo consume todo. Estoy retorcida de una forma extraña, me caen lágrimas por la cara y siento que mi cuerpo late y se estremece.

Noto que Christian se arrodilla, todavía dentro de mí, y me incorpora sobre su regazo. Me agarra la cabeza con una mano y la espalda con la otra y se corre con violencia en mi interior. Mi cuerpo todavía sigue temblando por las últimas convulsiones. Es demoledor, agotador, es el infierno… y el cielo a la vez. Es el hedonismo elevado a la enésima potencia.

Christian me arranca el antifaz y me besa. Me da besos en los ojos, en la nariz, en las mejillas. Me enjuga las lágrimas con besos y me coge la cara entre las manos.

—Te quiero, señora Grey —dice jadeando—. Aunque me pongas hecho una furia, me siento tan vivo contigo… —No tengo energía suficiente para abrir los ojos o la boca para responder. Con mucho cuidado me tumba en la cama y sale de mí.

Intento protestar pero no puedo. Se baja de la cama y me suelta las esposas. Cuando me libera, me masajea las muñecas y los tobillos y después se tumba a mi lado otra vez, arropándome entre sus brazos. Estiro las piernas. Oh, Dios mío. Qué gusto. Qué bien me siento. Ese ha sido, sin duda, el orgasmo más intenso que he experimentado en mi vida. Mmm… Así es el sexo de castigo de Christian Grey… Cincuenta Sombras.

Tengo que portarme mal más a menudo.


Una necesidad imperiosa de mi vejiga me despierta. Al abrir los ojos me siento desorientada. Fuera está oscuro. ¿Dónde estoy? ¿En

Londres? ¿En París? No… en el barco. Noto el cabeceo y oigo el ronroneo suave de los motores. Nos estamos moviendo. ¡Qué raro! Christian está a mi lado, trabajando en su portátil, vestido informal con una camisa blanca de lino y unos pantalones chinos y descalzo. Todavía tiene el pelo húmedo y huelo el jabón de la ducha reciente en su cuerpo y el olor a Christian… Mmm.

—Hola —susurra mirándome con ojos tiernos.

—Hola —le sonrió sintiéndome tímida de repente—. ¿Cuánto tiempo llevo dormida?

—Una hora más o menos.

—¿Nos movemos?

—He pensado que como ayer salimos a cenar y fuimos al ballet y al casino, esta noche podíamos cenar a bordo. Una noche tranquila *à deux*.

Le sonrío.

—¿Y adónde vamos?

—A Cannes.

—Vale. —Me estiro porque me siento entumecida. Por mucho que me haya entrenado con Claude, nada podía haberme preparado para lo de esta tarde.

Me levanto porque necesito ir al baño. Cojo mi bata de seda y me la pongo apresuradamente. ¿Por qué me siento tan tímida? Siento sus ojos sobre mí. Le miro, pero él vuelve a su ordenador con el ceño fruncido.

Mientras me lavo las manos distraídamente en el lavabo recordando la velada en el casino, se me abre la bata. Me quedo mirándome en el espejo, alucinada.

Dios Santo, pero ¿qué me ha hecho?

# 3

Me miro horrorizada las marcas rojas que tengo por toda la piel alrededor de los pechos. ¡Chupetones! ¡Estoy llena de chupetones! Estoy casada con uno de los hombres de negocios más respetados de Estados Unidos y me ha llenado el cuerpo de chupetones… ¿Cómo no me he dado cuenta de que me estaba dejando todas esas marcas? Me sonrojo. Sé perfectamente cómo: en esos momentos el señor Orgásmico estaba desplegando sus increíbles habilidades sexuales conmigo.

Mi subconsciente me mira por encima de los cristales de las gafas de media luna y chasquea la lengua con desaprobación, mientras la diosa que llevo dentro duerme apaciblemente en su *chaise-longue*, fuera de combate. Observo mi reflejo con la boca abierta. Tengo hematomas rojos alrededor de las muñecas por las esposas. Ya me avisó de que dejaban marcas. Examino mis tobillos; más hematomas. Joder, parece que haya sufrido un accidente.

Sigo mirándome, intentando reconocerme. Mi cuerpo está tan diferente últimamente… Ha cambiado de forma sutil desde que le conozco. Ahora estoy más delgada y en mejor forma y tengo el pelo brillante y bien cortado. Me he hecho la manicura, la pedicura y llevo las cejas perfectamente depiladas. Por primera vez en mi vida voy bien arreglada (excepto por esas horribles marcas de mordiscos).

Pero no quiero pensar en tratamientos de belleza ahora mismo. Estoy demasiado enfadada. ¿Cómo se atreve a marcarme así, como si fuera un adolescente? En el poco tiempo que llevamos juntos nunca me había hecho chupetones. Estoy horrible. No sé por qué me ha hecho esto. Maldito obseso del control. ¡Pues no pienso tolerarlo! Mi subconsciente cruza los brazos por debajo de su pecho pequeño. Esta vez se ha pasado. Salgo pisando fuerte del baño y entro en el vestidor, evitando a propósito mirar en su dirección. Me quito la bata y me pongo un pantalón de chándal y una camisola. Me suelto la trenza, cojo un cepillo del pelo del tocador y me peino para quitarme los nudos.

—Anastasia —me llama Christian y noto ansiedad en su voz—, ¿estás bien?

Le ignoro. ¿Que si estoy bien? Pues no, no estoy bien. Con lo que me ha hecho, dudo que pueda ponerme un bañador, y mucho menos uno de esos biquinis ridículamente caros durante lo que queda de luna de miel. Pensar eso me enfurece. Pero ¿cómo se ha atrevido? Que si estoy bien… Me hierve la sangre. ¡Yo también sé comportarme como una adolescente! Regreso al dormitorio, le tiro el cepillo del pelo, me giro y vuelvo a salir, no sin antes ver su expresión asombrada y su rápida reacción de levantar el brazo para protegerse la cabeza, lo que provoca que el cepillo rebote inútilmente contra su antebrazo y aterrice en la cama.

Salgo del camarote hecha una furia, subo por las escaleras y salgo a la cubierta para dirigirme como una exhalación a la proa. Necesito un poco de espacio para calmarme. Está oscuro pero el aire es templado. La brisa cálida huele a Mediterráneo y a los jazmines y buganvillas de la costa. El *Fair Lady* surca sin esfuerzo el tranquilo mar color cobalto y yo apoyo los codos sobre la barandilla de madera, mirando la costa lejana en la que parpadean y titilan unas luces diminutas. Inspiro hondo despacio y empiezo a calmarme lentamente. Noto su presencia detrás de mí antes de oírle.

—Estás enfadada conmigo —susurra.

—No me digas, Sherlock.

—¿Muy enfadada?

—De uno a diez, estoy un cincuenta. Muy apropiado, ¿verdad?

—Oh, tanto… —Suena sorprendido e impresionado a la vez.

—Sí. A punto de llegar a la violencia —le digo con los dientes apretados.

Se queda callado y yo me giro y le miro con el ceño fruncido. Él me devuelve la mirada con los ojos muy abiertos y llenos de precaución. Sé por su expresión y porque no ha hecho intento de tocarme que no está muy seguro del terreno que pisa.

—Christian, tienes que dejar de intentar meterme en vereda por tu cuenta. Ya dejaste claro cuál era el problema en la playa. Y de una forma muy eficaz, si no recuerdo mal.

Se encoge de hombros.

—Bueno, así seguro que no te vuelves a quitar la parte de arriba del biquini —dice en voz baja e irascible.

¿Y eso justifica lo que me ha hecho? Le miro fijamente.

—No me gusta que me dejes marcas. No tantas, por lo menos. ¡Eso es un límite infranqueable! —le digo con furia.

—Y a mí no me gusta que te quites la ropa en público. Eso es un límite infranqueable para mí —gruñe.

—Creo que eso ya había quedado claro —respondo con los dientes apretados—. ¡Mírame! —Me bajo el cuello de la camisola para que me vea la parte superior de los pechos.

Los ojos de Christian no abandonan mi cara y su expresión es cautelosa y vacilante. No está acostumbrado a verme así de enfadada. ¿Es que no ve lo que ha hecho? ¿No ve lo ridículo que está siendo? Quiero gritarle, pero me contengo. Es mejor no presionarle demasiado, porque Dios sabe lo que haría. Al fin suspira y me tiende las manos con las palmas hacia arriba en un gesto resignado y conciliador.

—Vale —dice en un tono apaciguador—. Lo entiendo.

¡Aleluya!

—¡Bien!

Se pasa una mano por el pelo.

—Lo siento. Por favor, no te enfades conmigo. —Parece arrepentido… y ha utilizado las mismas palabras que yo le dije a él en la playa.

—A veces eres como un adolescente —le regaño testaruda, pero ya no hay enfado en mi voz y él se da cuenta.

Se acerca y alza lentamente la mano para colocarme el pelo detrás de la oreja.

—Lo sé —reconoce en voz baja—. Tengo mucho que aprender.

Las palabras del doctor Flynn resuenan en mi cabeza: «Emocionalmente, Christian es un adolescente, Ana. Pasó totalmente de largo por esa fase de su vida. Él ha canalizado todas sus energías en triunfar en el mundo de los negocios, y ha superado todas las expectativas. Tiene que poner al día su universo emocional».

El corazón se me ablanda un poco.

—Los dos tenemos mucho que aprender. —Suspiro y yo también levanto la mano para ponérsela sobre el corazón. No se aparta como hacía antes, pero se pone tenso. Cubre mi mano con la suya y sonríe tímidamente.

—Yo he aprendido que tiene usted un buen brazo y mejor puntería, señora Grey. Si no lo veo no me lo creo. Te subestimo constantemente y tú siempre me sorprendes.

Levanto una ceja.

—Eso es por las prácticas de lanzamientos con Ray. Sé lanzar y disparar directa a la diana, señor Grey. Más vale que lo tenga en cuenta.

—Intentaré no olvidarlo, señora Grey, o me ocuparé de que todos los objetos susceptibles de convertirse en proyectiles estén clavados y de que no tenga acceso a ningún arma.

Sonríe.

Yo le respondo también con una sonrisa y entorno los ojos.

—Soy una chica con recursos.

—Cierto —susurra y me suelta la mano para abrazarme. Me atrae hacia él y hunde la nariz en mi pelo. Yo también le rodeo con mis brazos, abrazándole fuerte, y siento que la tensión abandona su cuerpo mientras me acaricia—. ¿Me has perdonado?

—¿Y tú a mí?

Siento su sonrisa.

—Sí —responde.

—Ídem.

Nos quedamos de pie abrazados y mi resentimiento queda atrás. Huele muy bien, adolescente o no. ¿Cómo me voy a resistir?

—¿Tienes hambre? —me pregunta un momento después. Tengo los ojos cerrados y la cabeza apoyada en su pecho.

—Sí. Estoy muerta de hambre. Toda esa… eh… actividad me ha abierto el apetito. Pero no voy vestida para cenar. —Seguro que en el comedor me miran raro si aparezco con pantalón de chándal y camisola.

—A mí me parece que vas bien, Anastasia. Además, el barco es nuestro toda la semana. Podemos vestirnos como nos dé la gana. Digamos que hoy es el martes informal en la Costa Azul. De todas formas, he pensado que podíamos cenar en cubierta.

—Sí, me apetece.

Me da un beso, un beso que dice «perdóname» con absoluta sinceridad, y después los dos caminamos de la mano hasta la proa, donde nos espera un gazpacho.

El camarero nos sirve la *crème brûlée* y se retira discretamente.

—¿Por qué siempre me trenzas el pelo? —le pregunto a Christian por curiosidad. Estamos sentados el uno junto al otro en la mesa y tengo la pantorrilla enroscada con la suya. Estaba a punto de coger la cucharilla, pero se detiene un momento y frunce el ceño.

—Porque no quiero que se te quede enganchado el pelo en nada —me dice en voz baja y se queda perdido en sus pensamientos un instante—. Es una costumbre, supongo —añade como pensando en voz alta. De repente su ceño se hace más profundo, abre mucho los ojos y las pupilas se le dilatan por una súbita inquietud.

¿Qué habrá recordado? Es algo doloroso, algún recuerdo de su primera infancia, creo. No quiero que se acuerde de esas cosas. Me acerco y le pongo el dedo índice sobre los labios.

—No importa. No necesito saberlo. Solo tenía curiosidad. —Le dedico una sonrisa cálida y tranquilizadora. Sigue con la mirada perdida, pero poco después se relaja visiblemente con alivio evidente. Me inclino y le beso la comisura de la boca—. Te quiero —susurro. Él me dedica esa sonrisa dolorosamente tímida y yo me derrito—. Siempre te querré, Christian.

—Y yo a ti —responde con un hilo de voz.

—¿A pesar de que sea desobediente? —Alzo una ceja.

—Precisamente porque lo eres, Anastasia. —Me sonríe.

Rompo con la cucharilla la capa de azúcar quemado del postre y niego con la cabeza. ¿Voy a entender a este hombre alguna vez? Mmm… La *crème brûlée* está deliciosa.


Cuando el camarero retira los platos del postre, Christian coge la botella de vino rosado y me rellena la copa. Compruebo que estamos solos y le pregunto:

—¿De qué iba eso de no ir al baño?

—¿De verdad quieres saberlo? —me pregunta con media sonrisa y los ojos iluminados por un brillo lujurioso.

—¿Quiero? —Le miro a través de las pestañas y le doy un sorbo al vino.

—Cuanto más llena tengas la vejiga, más intenso será el orgasmo, Ana.

Me ruborizo.

—Ya veo. —Oh… Eso explica muchas cosas.

Él sonríe y parece saber mucho más de lo que dice. ¿Siempre voy a ir un paso por detrás del señor Experto en el Sexo?

—Eh, bueno… —Busco desesperadamente a mi alrededor algo que me permita cambiar de tema. Él se compadece de mí.

—¿Qué quieres hacer el resto de la noche? —Ladea la cabeza y me dedica una sonrisa torcida.

Lo que tú quieras… ¿Probar esa teoría otra vez, quizá? Me encojo de hombros.

—Yo sé lo que quiero hacer —susurra. Coge su copa de vino, se levanta y me tiende la mano—. Ven.

Le cojo la mano y él me lleva al salón principal.

Su iPod está conectado a los altavoces que hay encima del aparador. Lo enciende y escoge una canción.

—Baila conmigo —dice atrayéndome hacia sus brazos.

—Si insistes…

—Insisto, señora Grey.

Empieza una melodía provocativa y pegadiza. ¿Es un baile latino? Christian me sonríe y empieza a moverse, arrastrándome con su ritmo y desplazándome por todo el salón.

Un hombre con la voz como caramelo fundido empieza a cantar. Es una canción que me suena, pero no sé de qué. Christian me inclina hacia atrás y suelto un grito por la sorpresa y río. Él sonríe con los ojos llenos de diversión. Me levanta de nuevo y me hace girar bajo su brazo.

—Bailas tan bien… —le comento—. Haces que parezca que yo sé bailar.

Sonríe enigmático pero no dice nada y me pregunto si será porque está pensando en ella… En la señora Robinson, la mujer que le enseñó a bailar… y a follar. Hacía tiempo que no pensaba en ella. Christian no la ha mencionado desde su cumpleaños, y por lo que yo sé, su relación empresarial ha terminado. Pero tengo que admitir (a regañadientes) que era una buena maestra.

Vuelve a inclinarme y me da un beso suave en los labios.

—«Echaré de menos tu amor…» —tarareo la letra de la canción.

—Yo haría más que echar de menos tu amor —me dice a la vez que me hace girar de nuevo. Me canta bajito al oído y me derrite por dentro.

La canción termina y Christian me mira con los ojos oscuros y ardientes, ya sin rastro de humor. Me quedo sin aliento.

—¿Quieres venir a la cama conmigo? —me dice en un murmullo. Es una súplica sincera que me ablanda el corazón.

Christian, ya te dije «sí, quiero» hace dos semanas y media… Pero sé que es su forma de pedir disculpas y de asegurarse de que todo está bien entre los dos después de la discusión.


Cuando despierto el sol entra por los ojos de buey y su reflejo en el agua se proyecta en el techo del camarote formando brillantes dibujos caprichosos. A Christian no se le ve por ninguna parte. Me estiro y sonrío. Mmm… Me apunto para tener sexo de castigo y después sexo de reconciliación cualquier día. Es como acostarse con dos hombres diferentes: el Christian furioso y el dulce que intenta compensarme con todos los medios a su alcance. Es difícil decidir cuál me gusta más.

Me levanto y voy al baño. Al abrir la puerta me encuentro a Christian dentro afeitándose desnudo, solo cubierto con una toalla en la cintura. Se gira y me sonríe; no le importa que le haya interrumpido. He descubierto que Christian nunca cierra la puerta con el pestillo si es la única persona en la habitación; no tengo ni idea de por qué lo hace pero tampoco quiero pensarlo mucho.

—Buenos días, señora Grey —me dice. Irradia buen humor.

—Buenos días tenga usted. —Le sonrío y me quedo mirándole mientras se afeita. Me encanta. Levanta la barbilla y se pasa la maquinilla por debajo con pasadas largas y deliberadas. Sin darme cuenta me pongo a imitar sus movimientos. Tiro del labio superior hacia abajo igual que hace él para afeitarse la hendidura. Se gira y se ríe de lo que estoy haciendo, todavía con la mitad de la cara cubierta de jabón de afeitar.

—¿Disfrutando del espectáculo? —me pregunta.

Oh, Christian, podría quedarme mirándote durante horas.

—Es uno de mis favoritos —le digo y él se inclina y me da un beso rápido, manchándome la cara de jabón.

—¿Quieres que vuelva a hacértelo? —me dice en un susurro malicioso y me señala la maquinilla.

Frunzo los labios.

—No —le contesto fingiendo enfurruñarme—. La próxima vez me haré la cera.

Recuerdo lo bien que se lo pasó Christian en Londres cuando descubrió que, durante una de sus reuniones en la ciudad, yo me había entretenido afeitándome todo el vello púbico por pura curiosidad. Pero claro, mi forma de afeitarme no cumplía con los rigurosos estándares del señor Exigente…

---

—Pero ¿qué diablos has hecho? —exclama Christian.

No puede evitar poner una expresión de horrorizada diversión. Se sienta en la cama de la suite del Brown's Hotel, cerca de

Piccadilly, enciende la luz de la mesilla y me mira boquiabierto. Debe de ser medianoche. Me pongo del color de las sábanas del cuarto de juegos e intento tirar del camisón de seda para que no pueda verlo. Me coge la mano para detenerme.

—¡Ana!

—Me he… eh… afeitado.

—Ya veo. Pero ¿por qué? —Está sonriendo de oreja a oreja.

Me tapo la cara con las manos. ¿Por qué me da tanta vergüenza?

—Oye —me dice bajito y me aparta la mano—, no te escondas. —Se está mordiendo el labio para no reírse—. Dime, ¿por qué? —Sus ojos bailan risueños. ¿Por qué le parece tan divertido?

—No te rías de mí.

—No me estoy riendo de ti. Lo siento, es que estoy… encantado —dice al fin.

—Oh…

—Dímelo. ¿Por qué?

Inspiro hondo.

—Esta mañana, cuando te fuiste a la reunión, me estaba duchando y empecé a pensar en todas tus normas.

Él parpadea. Ha desaparecido el humor de su expresión y ahora me mira precavido.

—Las estaba repasando una por una y preguntándome cómo me sentía acerca de cada una de ellas, y me acordé del salón de belleza y pensé… que esto es lo que a ti te gustaría. Pero no he podido reunir el coraje para hacérmelo con cera —confieso casi en un susurro.

Se me queda mirando con los ojos brillantes, esta vez no de diversión por la locura que acabo de hacer, sino de amor.

—Oh, Ana —dice en un jadeo. Se acerca y me besa con ternura—. Me tienes cautivado —murmura junto a mis labios y me besa otra vez, cogiéndome la cara con las manos.

Un momento después se aparta y se apoya en un codo. La diversión ha vuelto.

—Creo que tengo que hacer una inspección exhaustiva de su trabajo, señora Grey.

—¿Qué? ¡No! —¡Tiene que estar de coña! Me tapo para proteger esa zona recientemente deforestada.

—Oh, no, Anastasia. —Me coge las manos y las aparta. Se acerca con agilidad y en un segundo lo tengo entre las piernas, agarrándome las manos junto a los costados. Me lanza una mirada ardiente que podría prender fuego a la madera seca, se inclina y pega los labios a mi vientre desnudo para seguir bajando directamente hacia mi sexo. Me retuerzo contra su piel, resignada a mi destino—. Vamos a ver, ¿qué tenemos aquí? —Christian me da un beso en un sitio que hasta esta mañana estaba cubierto por el vello púbico y me araña con la incipiente barba de su mentón.

—¡Oh! —exclamo. Uau... qué sensible.

Los ojos de Christian me miran con intensidad, llenos de una necesidad lujuriosa.

—Creo que te has dejado un poquito —dice y tira suavemente del vello que hay en un punto bastante inaccesible.

—Oh... vaya. —Espero que eso ponga fin a ese escrutinio francamente indiscreto.

Tengo una idea. —Salta desnudo de la cama y va al baño.

Pero ¿qué va a hacer? Vuelve poco después con un vaso de agua, mi maquinilla de afeitar, su brocha, jabón de afeitar y una toalla. Pone el agua, la brocha, el jabón y la maquinilla en la mesita de noche y me mira con la toalla en la mano.

¡Oh, no! Mi subconsciente cierra de golpe las *Obras completas de Charles Dickens*, salta del sofá y pone los brazos en jarras.

—¡No, no y no! —chillo.

—Señora Grey, si se hace algo, mejor hacerlo bien. Levanta las caderas. —Sus ojos son del color gris de una tormenta de verano.

—¡Christian! No me vas a afeitar.

Ladea la cabeza.

—¿Y por qué no?

Me ruborizo... ¿no es obvio?

—Porque... es demasiado...

—¿Íntimo? —termina mi frase—. Ana, estoy deseando tener intimidad contigo, ya lo sabes. Además, después de todo lo que

hemos hecho, no sé por qué te pones pudorosa ahora. Me conozco esa parte de tu cuerpo mejor que tú.

Le miro con la boca abierta. Pero qué arrogante. Aunque es
cierto que lo conoce bien, pero aun así…

—¡No está bien! —Sueno remilgada y quejica.

—Claro que está bien… y es excitante.

¿Excitante? ¿Ah, sí?

—¿Esto te excita? —No puedo evitar el tono de asombro.

Él ríe burlón.

—¿Es que no lo ves? —pregunta señalando su erección con la
cabeza—. Quiero afeitarte —me susurra.

Oh, qué demonios… Me tumbo y me tapo la cara con un
brazo; no quiero mirar.

—Si eso te hace feliz, Christian, hazlo. Eres un pervertido, ¿lo
sabías? —le digo a la vez que levanto las caderas y él coloca la toalla bajo mi culo. Me da un beso en la parte interior del muslo.

—Nena, qué razón tienes.

Oigo el ruido del agua cuando moja la brocha en el vaso y
después el susurro de la brocha al impregnarla de jabón. Me coge
el tobillo izquierdo y me abre las piernas. La cama se hunde cuando se sienta entre ellas.

—Ahora mismo tengo muchas ganas de atarte —me dice.

—Prometo quedarme quieta.

—Vale.

Doy un respingo cuando me pasa la brocha llena de jabón sobre el hueso púbico. Está templada. El agua del vaso debe de estar caliente. Me revuelvo un poco. Me hace cosquillas… pero me
gusta.

—No te muevas —me ordena Christian y vuelve a pasar la
brocha—. O te ato —añade en tono amenazante y un escalofrío
me recorre la espalda.

—¿Has hecho esto antes? —le pregunto cuando va a coger la
maquinilla.

—No.

—Oh. Qué bien. —Sonrío.

—Otra primera vez, señora Grey.

—Mmm. Me gustan las primeras veces.

—A mí también. Allá voy. —Con una suavidad que me sorprende pasa la maquinilla por esa piel tan sensible—. Quédate muy quieta —dice en un tono distraído y sé que es porque está muy concentrado en lo que tiene entre manos. Solo tarda unos minutos. Después coge la toalla y me quita con ella el jabón sobrante—. Ya. Ahora está mejor —dice para sí. Yo levanto el brazo para mirarle y él se sienta para admirar su obra.

—¿Ya estás contento? —le pregunto con voz ronca.

—Sí, mucho. —Me sonríe con malicia y mete lentamente un dedo en mi interior.

———

—Fue divertido —dice con un brillo burlón en los ojos.

—Tal vez para ti. —Intento hacer un mohín, pero tengo que reconocer que tiene razón. Fue… excitante.

—Me parece recordar que lo que pasó después fue muy satisfactorio.

Christian vuelve a su afeitado. Yo me miro los dedos. Sí que lo fue. No tenía ni idea de que la ausencia de vello púbico podía hacer que fuera tan diferente.

—Oye, que te estaba tomando el pelo. ¿No es eso lo que hacen los maridos cuando están perdidamente enamorados de sus mujeres? —Christian me levanta la barbilla y me mira. Sus ojos están llenos de aprensión mientras intenta leer mi expresión.

Mmm… Ha llegado el momento de la revancha.

—Siéntate —le ordeno.

Él se me queda mirando sin comprender. Le empujo suavemente para que se siente en el único taburete blanco que hay en el baño. Obedece, perplejo, y yo le quito la maquinilla.

—Ana… —empieza a decir cuando se da cuenta de mis intenciones. Yo me acerco y le beso.

—Echa atrás la cabeza —le pido.

Él duda.

—Donde las dan las toman, señor Grey.

Se me queda mirando con una incredulidad divertida y a la vez cauta.

—¿Sabes lo que haces? —me pregunta con voz grave. Niego con la cabeza de una forma deliberadamente lenta, intentando parecer lo más seria posible. Él cierra los ojos, niega también y al fin se rinde y deja caer hacia atrás la cabeza.

Vaya, me va a dejar que le afeite. Deslizo la mano entre el pelo húmedo de su frente y se lo agarro para que no se mueva. Él cierra los párpados con fuerza e inhala por la boca, abriendo un poco los labios. Muy despacio, le paso la maquinilla subiendo por el cuello hasta la barbilla, lo que revela una lengua de piel. Christian suelta el aire.

—¿Creías que te iba a hacer daño?

—Nunca sé lo que vas a hacer, Ana, pero no… No intencionadamente al menos.

Vuelvo a pasar la maquinilla por su cuello, ensanchando la franja de piel sin jabón.

—Nunca te haría daño intencionadamente, Christian.

Abre los ojos y me rodea con los brazos mientras le paso la maquinilla con cuidado por la mejilla hasta el final de una de las patillas.

—Lo sé —me dice girando la cara para que pueda afeitarle el resto de la mejilla. Tras dos pasadas más termino.

—Se acabó, y no he derramado ni una gota de sangre —declaro sonriendo orgullosa.

Sube la mano por mi pierna, arrastrando mi camisón hasta el muslo, y me levanta para ponerme a horcajadas sobre su regazo. Mantengo el equilibrio apoyando las manos en sus brazos musculosos.

—¿Quieres que te lleve a alguna parte hoy?

—A tomar el sol no, ¿verdad? —le digo arqueando una ceja mordaz.

Se humedece los labios en un gesto nervioso.

—No, hoy no tomamos el sol. Tal vez te apetezca hacer otra cosa. Hay un sitio que podríamos visitar…

—Bueno, como estoy llena de los chupetones que tú me has

hecho, lo que me impide absolutamente cualquier actividad con poca ropa, ¿por qué no?

Decide sabiamente ignorar mi tono.

—Hay que conducir un buen trecho, pero por lo que he leído, merece la pena visitarlo. Mi padre también me recomendó que fuéramos. Es un pueblecito en lo alto de una colina que se llama Saint-Paul-de-Vence. Hay unas cuantas galerías en el pueblo. He pensado que podríamos comprar algún cuadro o alguna escultura para la casa nueva, si encontramos algo que nos guste.

Me echo un poco hacia atrás y le miro. Arte… Quiere comprar obras de arte. ¿Cómo voy a comprar yo arte?

—¿Qué? —me pregunta.

—Yo no sé nada de arte, Christian.

Él se encoge de hombros y me sonríe indulgente.

—Solo vamos a comprar algo que nos guste. No estamos hablando de inversiones.

¿Inversiones? Oh…

—¿Qué? —repite.

Niego con la cabeza.

—Ya sé que solo hemos visto los dibujos de la arquitecta… Pero no pasa nada por mirar, y además parece que es un pueblo medieval con mucho encanto.

Oh, la arquitecta. ¿Por qué ha tenido que recordármela…? Gia Matteo, una amiga de Elliot que ya reformó la casa de Christian en Aspen. Durante las reuniones para revisar los planos ha estado pegada a Christian como una lapa.

—¿Qué te pasa ahora? —quiere saber Christian. Niego con la cabeza—. Dímelo —insiste.

¿Cómo le voy a decir que no me gusta Gia? Es irracional. No quiero ser la típica mujer celosa.

—¿No seguirás enfadada por lo que hice ayer? —Suspira y entierra la cara entre mis pechos.

—No. Tengo hambre —le digo sabiendo que eso le distraerá del interrogatorio.

—¿Y por qué no lo has dicho antes? —Me baja de su regazo y se pone de pie.

Saint-Paul-de-Vence es un pueblo medieval fortificado situado en la cumbre de una colina, uno de los lugares más pintorescos que he visto en mi vida. Paseo con Christian por las estrechas calles adoquinadas con la mano metida en el bolsillo de atrás de sus pantalones cortos. Taylor y Gaston o Philippe (no sé diferenciarlos) nos siguen unos pasos por detrás. Pasamos por una plaza cubierta de árboles en la que tres ancianos, uno de ellos tocado con una boina tradicional a pesar del calor, juegan a la petanca. El lugar está bastante lleno de turistas, pero me siento cómoda rodeada por el brazo de Christian. Hay tantas cosas que ver: estrechas callejas y pasajes que llevan a patios con intrincadas fuentes de piedra, esculturas antiguas y modernas y pequeñas tiendas y boutiques fascinantes.

En la primera galería Christian mira distraído unas fotografías eróticas chupando la patilla de sus gafas de aviador. Son obra de Florence D'Elle; mujeres desnudas en diferentes posturas.

—No es lo que tenía en mente —digo. Me hacen pensar en la caja de fotografías que encontré en el armario de Christian (ahora nuestro armario). Me pregunto si llegó a destruirlas.

—Yo tampoco —dice Christian sonriéndome. Me coge la mano y pasamos al siguiente artista. Sin darme cuenta me encuentro preguntándome si debería dejarle que me hiciera fotos.

La siguiente exposición es de una pintora especializada en naturalezas muertas: frutas y verduras muy detalladas y con unos colores impresionantes.

—Me gustan esos —digo señalando tres cuadros con pimientos—. Me recuerdan a ti cortando verduras en mi apartamento.
—Río. La comisura de la boca de Christian se eleva cuando intenta, sin éxito, ocultar su diversión.

—Creo que lo hice bastante bien —murmura—. Solo soy un poco lento, eso es todo. —Me abraza—. Además, me estabas distrayendo. ¿Y dónde los pondrías?

—¿Qué?

Christian me acaricia la oreja con la nariz.

—Los cuadros… ¿Dónde los pondrías? —Me muerde el lóbulo de la oreja y la sensación me llega hasta la entrepierna.

—En la cocina —respondo.

—Mmm. Buena idea, señora Grey.

Miro el precio. Cinco mil euros cada uno. ¡Madre mía!

—¡Son carísimos! —exclamo.

—¿Y qué? —Vuelve a acariciarme—. Acostúmbrate, Ana. —Me suelta y se acerca al mostrador, donde una mujer joven vestida completamente de blanco le mira con la boca abierta. Estoy a punto de poner los ojos en blanco, pero prefiero centrar mi atención en los cuadros. Cinco mil euros, vaya…


Acabamos de terminar de comer y nos estamos relajando con el café en el Hotel Le Saint Paul. La vista de la campiña circundante es magnífica. Viñas y campos de girasoles forman un mosaico en la llanura salpicado aquí y allá por bonitas granjas francesas. Hace un día precioso, así que desde donde estamos se puede ver hasta el mar, que brilla en el horizonte. Christian interrumpe mis pensamientos.

—Me has preguntado por qué te trenzo el pelo —dice. Su tono me alarma. Parece… culpable.

—Sí. —Oh, mierda.

—La puta adicta al crack me dejaba jugar con su pelo, creo. Pero no sé si es un recuerdo o un sueño.

Oh, su madre biológica.

Me mira, pero su expresión es impenetrable. El corazón se me queda atravesado en la garganta. ¿Qué puedo decir cuando me cuenta cosas como esa?

—Me gusta que juegues con mi pelo —digo con tono vacilante.

Él me mira inseguro.

—¿Ah, sí?

—Sí. —Es verdad. Le cojo la mano—. Creo que querías a tu madre biológica, Christian.

Él abre mucho los ojos y se me queda mirando impasible, sin decir nada.

Maldita sea, ¿me he pasado? Di algo, Cincuenta, por favor… Pero sigue tozudamente callado, mirándome con esos ojos grises insondables mientras el silencio se cierne sobre nosotros. Parece perdido.

Mira mi mano agarrando la suya y frunce el ceño.

—Di algo —le pido en un susurro porque no puedo soportar el silencio ni un segundo más.

Niega con la cabeza y suspira.

—Vámonos. —Me suelta la mano y se pone de pie con expresión hosca. ¿Me he pasado de la raya? No tengo ni idea. Se me cae el alma a los pies y no sé si decir algo más o dejarlo estar. Me decido por esto último y le sigo hacia la salida del restaurante obedientemente.

En una de las preciosas callejuelas estrechas me coge la mano.

—¿Adónde quieres ir?

¡Oh, habla! Y no está furioso conmigo… Gracias a Dios. Suspiro aliviada y me encojo de hombros.

—Me alegro de que todavía me hables.

—Ya sabes que no me gusta hablar de toda esa mierda. Es pasado. Se acabó —responde en voz baja.

No, Christian, no se acabó. Ese pensamiento me pone triste y por primera vez me pregunto si acabará alguna vez. Siempre será Cincuenta Sombras… Mi Cincuenta Sombras. ¿Quiero que cambie? No, la verdad es que no. Solo quiero que se sienta querido. Le miro a hurtadillas y admiro su belleza cautivadora… Y es mío. No solo estoy encandilada por el atractivo de su preciosa cara y de su cuerpo; es lo que hay debajo de la perfección, su alma frágil y herida, lo que me atrae, lo que me acerca a él.

Me mira de esa forma medio divertida medio precavida y absolutamente sexy y me rodea los hombros con el brazo. Después caminamos entre los turistas hacia el lugar donde Philippe/Gaston ha aparcado el espacioso Mercedes. Vuelvo a meter la mano en el bolsillo de atrás de los pantalones cortos de Christian, encantada de que no esté enfadado. ¿Qué niño de cuatro años no quiere a su madre, por muy mala madre que sea? Suspiro profundamente y lo abrazo más fuerte. Sé que detrás de nosotros va el equipo de seguridad y me pregunto distraídamente si habrán comido.

Christian se para delante de una pequeña joyería y mira el escaparate y después a mí. Me coge la mano libre y me pasa el pulgar por la marca roja de las esposas, que ya está desapareciendo, y la mira fijamente.

—No me duele —le aseguro. Se retuerce para que saque la otra mano de su bolsillo, me coge también esa mano y la gira para examinarme la muñeca. El reloj Omega de platino que me regaló en el desayuno de nuestra primera mañana en Londres oculta la marca. La inscripción todavía me emociona.

*Anastasia*
*Tú eres mi «más»*
*Mi amor, mi vida*
*Christian*

A pesar de todo, de todas sus sombras, mi marido es un romántico. Observo las leves marcas de mis muñecas. Pero también puede ser un poco salvaje a veces. Me suelta la mano izquierda y me coge la barbilla con los dedos para levantármela y analizar mi expresión con ojos preocupados.

—No me duelen —repito.

Se lleva mi mano a los labios y me da un suave beso de disculpa en la parte interna de la muñeca.

—Ven —dice, y entramos en la tienda.

—Póntela. —Christian tiene abierta la pulsera de platino que acaba de comprar. Es exquisita, muy bellamente trabajada, con una filigrana con forma de flores abstractas con pequeños diamantes en el centro. Me la pone en la muñeca. Es ancha y dura y oculta la marca roja. Y le ha costado treinta mil euros, creo, aunque no he conseguido seguir la conversación en francés con la dependienta. Nunca he llevado nada tan caro—. Así está mejor —murmura.

—¿Mejor? —susurro mirándole a los ojos grises, consciente de que la dependienta delgada como un palo nos mira celosa y con cara de desaprobación.

—Ya sabes por qué lo digo —me explica Christian inseguro.

—No necesito esto. —Sacudo la muñeca y la pulsera se mueve. Un rayo de la luz de la tarde que entra por el escaparate de la joyería se refleja en los diamantes, que despiden brillantes arcoíris y llenan de color las paredes de la tienda.

—Yo sí —dice con total sinceridad.

¿Por qué? ¿Por qué necesita esto? ¿Acaso se siente culpable? ¿Por qué? ¿Por las marcas? ¿Por su madre biológica? ¿Por no contármelo? Oh, Cincuenta…

—No, Christian, tú tampoco lo necesitas. Ya me has dado tantas cosas… Esta luna de miel tan mágica: Londres, París, la Costa Azul… Y a ti. Soy una chica con mucha suerte —le digo en un susurro y sus ojos se llenan de ternura.

—No, Anastasia. Yo soy el hombre afortunado.

—Gracias. —Me pongo de puntillas, le rodeo el cuello con los brazos y le doy un beso, no por regalarme la pulsera, sino por ser mío.


De vuelta, en el coche está muy callado y mira por la ventanilla a los campos de girasoles que siguen al sol en su recorrido por el cielo, disfrutando de su calor. Uno de los gemelos (creo que es Gaston) conduce y Taylor está sentado delante a su lado. Christian está rumiando algo. Le cojo la mano y se la aprieto un poco. Me mira y me suelta la mano para acariciarme la rodilla. Llevo una falda corta con vuelo azul y blanca y una camiseta ajustada sin mangas también azul. Christian se queda dudando y no sé si su mano va a subir por mi muslo o bajar por la pantorrilla. Me pongo tensa por la anticipación que me provoca el suave contacto de sus dedos y aguanto la respiración. ¿Qué va a hacer? Escoge ir hacia abajo y de repente me agarra el tobillo y se pone mi pie en el regazo. Giro sobre mi trasero para quedar de cara a él en el asiento de atrás del coche.

—Quiero el otro también.

Miro nerviosamente a Taylor y a Gaston, que mantiene los ojos fijos en la carretera que tenemos por delante, y pongo el otro pie en su regazo. Con la mirada tranquila extiende la mano y pulsa un botón que hay en su puerta. Delante de nosotros sale de un panel una pantalla ligeramente tintada y empieza a cerrarse. Diez segundos después estamos solos. Uau… Ahora entiendo por qué la parte de atrás de este coche es tan amplia.

—Quiero verte los tobillos —me explica Christian. Su mirada transmite ansiedad. ¿Las marcas de las esposas? Oh, pensé que ya habíamos hablado suficiente de eso. Si tengo marcas, quedan ocultas por las tiras de las sandalias. No recuerdo haber visto ninguna esta mañana. Me acaricia suavemente con el pulgar el empeine del pie derecho y eso hace que me retuerza un poco. Una sonrisa juguetea en sus labios mientras me suelta diestramente las tiras. Su sonrisa desaparece cuando se encuentra con las marcas rojas.

—No me duelen —le repito.

Me mira con expresión triste y la boca convertida en una fina línea. Asiente como si aceptara mi palabra y yo sacudo el pie para librarme de la sandalia, que cae al suelo. Pero sé que ya le he perdido. Está distraído, rumiando algo, me acaricia el pie mecánicamente mientras mira por la ventanilla del coche.

—Oye, ¿qué esperabas? —le pregunto con dulzura.

Me mira y se encoge de hombros.

—No esperaba sentirme como me siento cuando veo esas marcas —me responde.

Oh… Reticente en un momento y comunicativo al siguiente. Cincuenta… ¿Cómo voy a ser capaz de seguirle?

—¿Y cómo te sientes?

Me mira con los ojos sombríos.

—Incómodo —dice en voz baja.

¡Oh, no! Me desabrocho el cinturón de seguridad y me acerco a él sin bajar los pies de su regazo. Quiero sentarme ahí y abrazarlo, y lo haría si solo estuviera Taylor en el asiento de delante. Pero saber que Gaston también está ahí me frena a pesar del cristal tintado. Si fuera un poco más oscuro… Le agarro las manos.

—Lo que no me gusta son los chupetones —le digo en un susurro—. Lo demás… lo que hiciste… —bajo la voz todavía más— con las esposas, eso me gustó. Bueno, algo más que gustarme. Fue alucinante. Puedes volver a hacérmelo cuando quieras.

Se revuelve en su asiento.

—¿Alucinante?

La diosa que llevo dentro levanta la vista de su libro de Jackie Collins, sorprendida.

—Sí —le digo sonriendo. Su paquete está justo debajo de mis pies y noto que empieza a ponerse duro. Flexiono los dedos del pie y veo más que oigo su repentina inhalación y cómo se separan sus labios.

—Debería ponerse el cinturón, señora Grey. —Su voz suena ronca y yo repito la flexión de mis dedos. Vuelve a inhalar y los ojos se le van oscureciendo a la vez que me agarra el tobillo a modo de advertencia. ¿Quiere que pare? ¿O que continúe? Se queda quieto bruscamente, frunce el ceño y saca del bolsillo la BlackBerry que va con él a todas partes para atender una llamada. Mira el reloj y frunce el ceño un poco más.

—Barney —contesta.

Mierda. El trabajo nos vuelve a interrumpir. Trato de retirar el pie, pero él me agarra el tobillo con más fuerza para evitarlo.

—¿En la sala del servidor? —dice incrédulo—. ¿Se activó el sistema de supresión de incendios?

¡Un incendio! Intento apartar de nuevo los pies de su regazo y esta vez me lo permite. Me siento correctamente, me abrocho el cinturón y jugueteo nerviosa con la pulsera de treinta mil euros. Christian vuelve a apretar el botón de la puerta y el cristal tintado baja.

—¿Hay alguien herido? ¿Daños? Ya veo… ¿Cuándo? —Consulta otra vez su reloj y después se pasa los dedos por el pelo—. No. Ni los bomberos ni la policía. Todavía no, al menos.

¿Un incendio? ¿En la oficina de Christian? Le miro con la boca abierta, mi mente a mil por hora. Taylor se gira para poder oír la conversación.

—¿Eso ha hecho? Bien… Vale. Quiero un informe detallado

de daños. Y una lista de todos los que hayan entrado en los últimos cinco días, incluyendo el personal de limpieza… Localiza a Andrea y que me llame… Sí, parece que el argón ha sido eficaz. Vale su peso en oro…

¿Informe de daños? ¿Argón? Me suena lejanamente de alguna clase de química… Creo que es un elemento de la tabla periódica.

—Ya me doy cuenta de que es pronto… Infórmame por correo electrónico dentro de dos horas… No, necesito saberlo. Gracias por llamar. —Christian cuelga e inmediatamente marca otro número en la BlackBerry.

—Welch… Bien… ¿Cuándo? —Christian vuelve a mirar el reloj—. Una hora… sí… Veinticuatro horas, siete días en el almacenamiento de datos externo… Bien. —Cuelga.

—Philippe, necesito estar a bordo en una hora.

—Sí, monsieur.

Mierda, es Philippe, no Gaston. El coche acelera. Christian me mira con una expresión inescrutable.

—¿Hay alguien herido? —le pregunto.

Christian niega con la cabeza.

—Muy pocos daños. —Estira el brazo, me coge la mano y me la aprieta tranquilizador—. No te preocupes por eso. Mi equipo se está ocupando de ello. —Y ahí está el presidente, al mando, ejerciendo el control, sin ponerse nervioso.

—¿Dónde ha sido el incendio?

—En la sala del servidor.

—¿En las oficinas de Grey Enterprises?

—Sí.

Me está dando respuestas telegráficas, así que me doy cuenta de que no quiere hablar de ello.

—¿Por qué ha habido tan pocos daños?

—La sala del servidor tiene un sistema de supresión de incendios muy sofisticado.

Claro…

—Ana, por favor… no te preocupes.

—No estoy preocupada —miento.

—No estamos seguros de que haya sido provocado —me dice afrontando directamente la razón de mi ansiedad.

Me llevo la mano a la garganta por el miedo. Primero lo de *Charlie Tango* y ahora esto…

¿Qué será lo siguiente?

# 4

Estoy inquieta. Christian lleva encerrado en el estudio del barco más de una hora. He intentado leer, ver la televisión, tomar el sol (completamente vestida…), pero no puedo relajarme y tampoco librarme de este nerviosismo. Me cambio para ponerme unos pantalones cortos y una camiseta, me quito la pulsera escandalosamente cara y voy en busca de Taylor.

—Señora Grey —me saluda levantando la vista de su novela de Anthony Burgess, sorprendido. Está sentado en la salita que hay junto al estudio de Christian.

—Me gustaría ir de compras.

—Sí, señora —dice poniéndose en pie.

—Quiero llevarme la moto de agua.

Se queda boquiabierto.

—Eh… —Frunce el ceño; no sabe qué decirme.

—No quiero molestar a Christian con esto.

Él contiene un suspiro.

—Señora Grey… Mmm… No creo que al señor Grey le guste eso y yo preferiría no perder mi trabajo.

¡Oh, por todos los santos…! Tengo ganas de poner los ojos en blanco, pero en vez de eso, los entorno y suspiro profundamente para expresar, espero, la cantidad adecuada de indignación frustrada por no ser la dueña de mi propio destino. Pero no quiero que Christian se enfade con Taylor (ni conmigo, la verdad). Paso delante de él caminando confiadamente, llamo a la puerta del estudio y entro.

Christian está al teléfono, inclinado sobre el escritorio de caoba. Levanta la vista.

—Andrea, ¿puedes esperar un momento, por favor? —dice por el teléfono con expresión seria. Me mira educadamente expectante. Mierda. ¿Por qué me siento como si estuviera en el despacho del director? Este hombre me tuvo esposada ayer. Me niego a sentirme intimidada por él. Es mi marido, maldita sea. Me yergo y le muestro una amplia sonrisa.

—Me voy de compras. Me llevaré a alguien de seguridad conmigo.

—Bien, llévate a uno de los gemelos y también a Taylor —me dice. Lo que está pasando debe de ser serio porque no me hace ninguna objeción. Me quedo de pie mirándole, preguntándome si puedo ayudar en algo—. ¿Algo más? —añade impaciente. Quiere que me vaya.

—¿Necesitas que te traiga algo? —le pregunto.

Él me dedica una sonrisa dulce y tímida.

—No, cariño, estoy bien. La tripulación se ocupará de mí.

—Vale. —Quiero darle un beso. Demonios, puedo hacerlo… ¡Es mi marido! Me acerco decidida y le doy un beso en los labios, lo que le sorprende.

—Andrea, te llamo luego —dice por el teléfono. Deja la BlackBerry en el escritorio, me acerca a él para abrazarme y me da un beso apasionado. Cuando me suelta, estoy sin aliento. Me mira con los ojos oscuros y llenos de deseo—. Me distraes. Necesito solucionar esto para poder volver a mi luna de miel. —Me recorre la cara con el dedo índice y me acaricia la barbilla, haciendo que levante la cabeza.

—Vale, perdona.

—No te disculpes. Me encanta que me distraigas. —Me da un beso en la comisura de la boca—. Vete a gastar dinero —dice liberándome.

—Lo haré. —Le sonrío y salgo del estudio. Mi subconsciente niega con la cabeza y frunce los labios: No le has dicho que querías coger la moto de agua, me regaña con voz cantarina. La ignoro… ¡Arpía!

Taylor está esperando.

—Todo aclarado con el alto mando… ¿Podemos irnos? —Le sonrío intentando no mostrar sarcasmo en mi voz. Taylor no oculta su sonrisa de admiración.

—Después de usted, señora Grey.


Taylor me explica pacientemente los controles de la moto de agua y cómo conducirla. Transmite una especie de autoridad tranquila y amable; es un buen profesor. Estamos en la lancha motora, cabeceando y meciéndonos en las tranquilas aguas del puerto junto al *Fair Lady*. Gaston nos observa, su expresión oculta por las gafas de sol, y un miembro de la tripulación se ocupa de manejar la lancha. Vaya… Tengo a tres personas pendientes de mí solo porque me apetece ir de compras. Es ridículo.

Me ciño el chaleco salvavidas y miro a Taylor con una sonrisa encantadora. Él me tiende la mano para ayudarme a subir a la moto de agua.

—Átese la cinta de la llave del contacto a la muñeca, señora Grey. Si se cae, el motor se parará de forma automática —me aconseja.

—Vale.

—¿Lista?

Asiento entusiasmada.

—Pulse el botón de encendido cuando esté a un metro y medio del barco. La seguiremos.

—De acuerdo.

Empuja la moto para que se aparte de la lancha y me alejo flotando hacia al puerto. Cuando Taylor me da la señal, pulso el botón y el motor cobra vida con un rugido.

—¡Bien, señora Grey, poco a poco! —me grita Taylor.

Aprieto el acelerador. La moto de agua se lanza hacia delante y de repente se para. ¡Mierda! ¿Cómo lo hace Christian para que parezca tan fácil? Lo intento de nuevo y de nuevo se para. ¡Mierda, mierda!

—¡Tiene que mantener la potencia, señora Grey!

—Sí, sí, sí… —murmuro entre dientes. Lo intento una vez más apretando la palanca muy suavemente y la moto vuelve a lanzarse hacia delante, pero esta vez sigue sin detenerse. ¡Sí! Y avanza un poco más. ¡Ja! ¡Sigue avanzando! Tengo ganas de gritar por la emoción, pero me controlo. Me voy alejando del yate hacia el puerto. Detrás de mí oigo el ruido ronco de la lancha. Aprieto el acelerador un poco más y la moto coge velocidad, deslizándose por el agua. Noto la brisa cálida en el pelo y la fina salpicadura del agua del mar y me siento libre. ¡Esto es genial! No me extraña que Christian nunca me deje conducirla. En vez de dirigirme a la orilla y acabar con la diversión, giro para rodear el majestuoso *Fair Lady*. Uau… Esto es divertidísimo. Ignoro a Taylor y al resto de la gente que me sigue y aumento la velocidad una vez más mientras rodeo el barco. Cuando completo el círculo, veo a Christian en la cubierta. Creo que me mira con la boca abierta, pero desde esta distancia es difícil decirlo. Valientemente suelto una mano del manillar y le saludo con entusiasmo. Parece petrificado, pero al final levanta la mano de una forma un poco rígida. No puedo distinguir su expresión, pero algo me dice que es mejor así. Terminada la vuelta decido dirigirme al puerto deportivo acelerando por el agua azul del Mediterráneo, que brilla bajo el sol de última hora de la tarde.

En el muelle espero a que Taylor amarre la lancha. Tiene la expresión lúgubre y se me cae el alma a los pies, aunque Gaston parece algo divertido. Me pregunto si habrá habido algún incidente que haya enturbiado las relaciones galo-americanas, pero en el fondo me doy cuenta de que seguramente el problema soy yo. Gastón salta de la lancha y la amarra mientras Taylor me hace señas para que me sitúe a un lado de la embarcación. Con mucho cuidado acerco la moto a la lancha y yo quedo a su altura. Su expresión se suaviza un poco.

—Apague el motor, señora Grey —me dice con tranquilidad estirándose para coger el manillar y tendiéndome una mano para ayudarme a pasar a la lancha.

Subo a bordo con agilidad, sorprendida de no haberme caído.

—Señora Grey —dice Taylor algo nervioso y sonrojándose—,

al señor Grey no le ha gustado mucho que haya conducido la moto de agua. —Es evidente que está a punto de morirse de la vergüenza y me doy cuenta de que seguramente ha recibido una llamada enfurecida de Christian. Oh, mi pobre marido, patológicamente sobreprotector, ¿qué voy a hacer contigo?

Sonrío a Taylor para tranquilizarlo.

—Bueno, Taylor, el señor Grey no está aquí y si no le ha gustado, estoy segura de que tendrá la cortesía de decírmelo en persona cuando vuelva a bordo.

Taylor hace una mueca de dolor.

—Está bien, señora Grey —me dice y me tiende el bolso.

Cuando bajo de la lancha veo el destello de una sonrisa reticente en los labios de Taylor y eso me da ganas de sonreír a mí también. Le tengo cariño a Taylor, pero no me gusta que me regañe… No es ni mi padre ni mi marido.

Suspiro. Christian estará furioso… Y ya tiene suficientes cosas de las que preocuparse en este momento. ¿En qué estaría pensando? Mientras estoy de pie en el muelle esperando a que Taylor baje de la lancha, siento que mi BlackBerry vibra dentro del bolso y me pongo a rebuscar hasta que la encuentro. «Your Love Is King» de Sade es el tono de llamada que tiene Christian… y solo Christian.

—Hola.

—Hola —responde.

—Volveré en la lancha. No te enfades.

Oigo su exclamación silenciosa de sorpresa.

—Mmm…

—Pero ha sido divertido —le susurro.

Suspira.

—Bueno, no quisiera estropearle la diversión, señora Grey. Pero ten cuidado. Por favor.

Oh, madre mía. ¡Me ha dado permiso para divertirme!

—Lo tendré. ¿Quieres algo de la ciudad?

—Solo a ti, entera.

—Haré todo lo que pueda para conseguirlo, señor Grey.

—Me alegro de oírlo, señora Grey.

—Nos proponemos complacer —le respondo con una sonrisa.

Oigo la sonrisa en su voz.

—Tengo otra llamada. Hasta luego, nena.

—Hasta luego, Christian.

Cuelga. Me parece que he evitado la crisis de la moto de agua. El coche me espera y Taylor tiene la puerta abierta aguardándome. Le guiño un ojo al subir y él niega con la cabeza, divertido.

En el coche abro mi correo en la BlackBerry.

---

**De:** Anastasia Grey
**Fecha:** 17 de agosto de 2011 16:55
**Para:** Christian Grey
**Asunto:** Gracias…

Por no ser demasiado cascarrabias.

Tu esposa que te quiere.

xxx

---

**De:** Christian Grey
**Fecha:** 17 de agosto de 2011 16:59
**Para:** Anastasia Grey
**Asunto:** Intentando mantener la calma

De nada.
Vuelve entera.
Y no te lo estoy pidiendo.

x

Christian Grey
Marido sobreprotector y presidente de Grey Enterprises Holdings, Inc.

Su respuesta me hace sonreír. Mi obseso del control…

¿Por qué he querido ir de compras? Odio ir de compras. Pero en el fondo sé por qué y camino decidida por delante de Chanel, Gucci, Dior y las otras boutiques de diseñadores y al fin encuentro el antídoto a lo que me aqueja en una tiendecita para turistas llena a reventar. Es una pulsera de tobillo de plata con corazones y campanitas. Tintinea alegremente y solo cuesta cinco euros. Me la pongo nada más comprármela. Esta soy yo, estas son las cosas que me gustan. Inmediatamente me siento más cómoda. No quiero perder el contacto con la chica a la que le gustan esas cosas, nunca. No solo estoy abrumada por el propio Christian, sino también por lo rico que es. ¿Me acostumbraré alguna vez a eso?

Taylor y Gaston me siguen diligentemente entre las multitudes de última hora de la tarde y no tardo en olvidarme de que están ahí. Quiero comprarle algo a Christian, algo que aleje su mente de lo que está pasando en Seattle. Pero ¿qué se le puede comprar a alguien que lo tiene todo? Me detengo en una pequeña plaza moderna rodeada de tiendas y me pongo a estudiarlas una por una. Mientras miro una tienda de electrónica me viene a la mente nuestra visita a la galería unas horas antes y el día que visitamos el Louvre. Estábamos contemplando la *Venus de Milo* cuando Christian dijo algo que ahora resuena en mi cabeza: «Todos admiramos las formas femeninas. Nos encanta mirarlas tanto si están esculpidas en mármol como si se ven reproducidas en óleos, sedas o películas».

Eso me da una idea, una un poco atrevida. Pero necesito ayuda para elegir y solo hay una persona que puede ayudarme. Saco la BlackBerry de mi bolso con alguna dificultad y llamo a José.

—¿Sí? —dice con voz adormilada.

—José, soy Ana.

—¡Ana, hola! ¿Dónde estás? ¿Estás bien? —Ahora suena más alerta; está preocupado.

—Estoy en Cannes, en el sur de Francia. Y estoy bien.

—En el sur de Francia, ¿eh? ¿En un hotel de lujo?

—Mmm… no. Estamos en un barco.

—¿Un barco?

—Uno grande… y lujoso —especifico con un suspiro.

—Ya veo. —Su tono se ha vuelto frío… Mierda, no debería haberle llamado. Esto es lo último que necesito ahora mismo.

—José, necesito tu consejo.

—¿Mi consejo? —Suena asombrado—. Claro —dice y esta vez suena mucho más amable. Le cuento mi plan.


Dos horas después, Taylor me ayuda a salir de la lancha motora y a subir por la escalerilla hasta la cubierta. Gaston está ayudando a los miembros de la tripulación con la moto de agua. A Christian no se le ve por ninguna parte y yo me escabullo al camarote para envolver su regalo, sintiendo un placer infantil.

—Has estado fuera un buen rato. —Christian me sorprende justo cuando estoy poniendo el último trozo de celo. Me giro y lo encuentro de pie en el umbral de la puerta del camarote, mirándome fijamente. ¿Voy a tener problemas por lo de la moto de agua? ¿O será por lo del fuego en la oficina?

—¿Todo está controlado en la oficina? —le pregunto.

—Más o menos —dice y una expresión irritada cruza momentáneamente su cara.

—He estado haciendo compras. —Espero que eso le mejore el humor y rezo para que esa irritación que veo no esté dirigida a mí. Me sonríe con ternura y sé que nosotros estamos bien.

—¿Qué has comprado?

—Esto. —Pongo el pie sobre la cama y le enseño la pulsera de tobillo.

—Muy bonita —dice. Se acerca y roza las campanitas para que tintineen dulcemente junto a mi tobillo. Frunce el ceño y me roza con suavidad la marca roja, lo que hace que me cosquillee toda la pierna.

—Y esto. —Le tiendo la caja para intentar distraerle.

—¿Es para mí? —me pregunta sorprendido. Asiento tímidamente. Coge la caja y la agita un poco. Me dedica una sonrisa infantil y deslumbrante y se sienta a mi lado en la cama. Se inclina, me coge la barbilla y me da un beso—. Gracias —me dice con una felicidad tímida.

—Pero si todavía no lo has abierto…

—Seguro que me encanta, sea lo que sea. —Me mira con los ojos brillantes—. No me hacen muchos regalos, ¿sabes?

—Es difícil comprarte algo, porque ya lo tienes todo.

—Te tengo a ti.

—Es verdad. —Le sonrío. Oh, y qué verdad, Christian…

Desenvuelve el regalo en cuestión de segundos.

—¿Una Nikon? —Me mira perplejo.

—Sé que tienes una cámara digital pequeña, pero esta es para… eh… retratos y esas cosas. Tiene dos lentes.

Parpadea sin comprender.

—Hoy en la galería te han gustado mucho las fotos de Florence D'Elle. Y me he acordado de lo que me dijiste en el Louvre. Y, bueno, también están esas otras fotografías… —Trago saliva y hago un esfuerzo por no pensar en las fotos que encontré en su armario.

Él contiene la respiración y abre mucho los ojos cuando comprende al fin. Sigo hablando de forma atropellada antes de que pierda toda la valentía.

—He pensado que tal vez… eh… te gustaría hacer fotos… de mi cuerpo.

—¿Fotos? ¿Tuyas? —Me mira con la boca abierta, ignorando la caja que tiene en el regazo.

Asiento intentando desesperadamente evaluar su reacción. Finalmente devuelve su atención a la caja y sigue con los dedos el contorno de la ilustración de la cámara que hay en la tapa con reverencia y fascinación.

¿Qué estará pensando? No es la reacción que esperaba y mi subconsciente me observa como si fuera una animal de granja domesticado. Christian nunca reacciona como yo espero. Levanta la vista de nuevo con los ojos llenos de… ¿qué? ¿Dolor?

—¿Por qué has pensado que podría querer algo así? —me pregunta desconcertado.

¡No, no, no! Has dicho que te iba a encantar…

—¿No lo quieres? —le pregunto negándome a escuchar a mi subconsciente, que se está cuestionando por qué iba a querer nadie hacerme fotos eróticas a mí. Christian traga saliva y se pasa una mano por el pelo. Parece tan perdido, tan confuso. Inspira profundamente.

—Para mí esas fotos eran como una póliza de seguros, Ana. He convertido a las mujeres en objetos durante mucho tiempo. —Hace una pausa incómoda.

—¿Y te parece que hacerme fotos es… convertirme en un objeto a mí también? —Me quedo sin aire y pálida cuando toda la sangre abandona mi cara.

Cierra los ojos con fuerza.

—Estoy muy confundido —susurra. Cuando abre los ojos de nuevo se ven perdidos y llenos de pura emoción.

Mierda. ¿Es por mí? ¿Por mis preguntas de antes sobre su madre biológica? ¿Por el incendio en la oficina?

—¿Por qué dices eso? —le pregunto en voz baja. Tengo la garganta atenazada por el pánico. Creía que estaba feliz. Que los dos lo estábamos. Creía que le estaba haciendo feliz. No quiero confundirle. ¿O sí? Mi mente empieza a funcionar a toda velocidad. No ha visto al doctor Flynn en tres semanas. ¿Es eso? ¿Esa es la razón para que este así? Mierda, ¿debería llamar al doctor? Pero en un momento posiblemente único de extraordinaria profundidad y claridad consigo entenderlo: el incendio, *Charlie Tango*, la moto de agua… Está asustado. Tiene miedo por mí y verme esas marcas en la piel solo lo ha empeorado. Ha estado todo el día fijándose en ellas, sintiéndose mal, y no está acostumbrado a sentirse incómodo por su forma de infligir dolor. Solo pensarlo me provoca un escalofrío.

Se encoge de hombros y una vez más sus ojos se van a mi muñeca, donde estaba la pulsera que me ha comprado. ¡Bingo!

—Christian, estas marcas no importan —le aseguro levantando la muñeca y señalando la marca—. Me diste una palabra de seguridad. Mierda, Christian… Lo de ayer fue divertido. Disfruté. No te machaques con eso. Me gusta el sexo duro, ya te lo he dicho. —Me ruborizo hasta ponerme escarlata a la vez que intento sofocar el pánico que empiezo a sentir.

Me mira fijamente y no tengo ni idea de lo que está pensando. Tal vez esté sopesando mis palabras. Continúo tartamudeando un poco.

—¿Es por el incendio? ¿Crees que hay alguna conexión con lo de *Charlie Tango*? ¿Por eso estás preocupado? Habla conmigo, Christian, por favor.

No aparta la mirada de mí pero tampoco dice nada y el silencio se cierne sobre nosotros otra vez, como esta misma tarde. ¡Maldita sea! No me va a decir nada, lo sé.

—No le des más vueltas a esto, Christian —le regaño en voz baja y las palabras resuenan en mi cabeza, removiendo un recuerdo del pasado reciente: lo que él me dijo acerca de su estúpido contrato. Extiendo la mano, cojo la caja de su regazo y la abro. Me observa pasivamente, como si fuera una criatura extraterrestre fascinante. Sé que el vendedor de la tienda, muy amablemente, ha dejado la cámara lista para usarla, así que la saco de la caja y le quito la tapa a la lente. Le apunto y su hermosa cara llena de ansiedad queda justo en el centro del marco. Pulso el botón y lo mantengo presionado y diez fotos de la expresión alarmada de Christian quedan capturadas digitalmente para la posteridad.

—Pues yo te acabo de convertir en un objeto a ti —le digo volviendo a pulsar el obturador. En el último momento sus labios se curvan casi imperceptiblemente. Vuelvo a pulsarlo y esta vez está sonriendo… Una sonrisita, pero sonrisa al fin y al cabo. Pulso el botón otra vez y veo que se relaja físicamente y hace un mohín, completamente falso, un ridículo mohín de personaje de *Acero azul* y eso me hace reír. Oh, gracias a Dios. El señor Temperamental ha vuelto… Y nunca me he alegrado tanto de verlo.

—Creía que era un regalo para mí —dice enfurruñado, aunque creo que es fingido.

—Bueno, se suponía que tenía que ser algo divertido, pero parece que es un símbolo de la opresión de la mujer —le respondo haciéndole más fotos y viendo en un primer plano como la diversión crece en su cara. Entonces sus ojos se oscurecen y su expresión se vuelve depredadora.

—¿Quieres sentirte oprimida? —susurra con una voz suave como la seda.

—No. Oprimida no… —murmuro a la vez que le hago otra foto.

—Yo podría oprimirla muy bien, señora Grey —me amenaza con voz ronca.

—Sé que puede, señor Grey. Y lo hace con frecuencia.

Su cara se pone triste. Mierda. Bajo la cámara y le miro.

—¿Qué pasa, Christian? —Mi voz rezuma frustración. ¡Dímelo!

No dice nada. ¡Arrrggg! Me saca de quicio. Me acerco la cámara al ojo otra vez.

—Dímelo —insisto.

—No pasa nada —dice y de repente desaparece del visor. En un movimiento rápido y ágil tira la caja de la cámara al suelo del camarote, me agarra, me tumba sobre la cama y se sienta a horcajadas sobre mí.

—¡Oye! —exclamo y le hago más fotos mientras me sonríe con oscura resolución. Agarra la cámara por la lente y la fotógrafa se convierte en la fotografiada cuando me apunta con la Nikon y presiona el botón del obturador.

—¿Así que quiere que le haga fotos, señora Grey? —me dice divertido. De su cara no puedo ver más que el pelo alborotado y la amplia sonrisa de su boca bien delineada—. Bien, pues para empezar, creo que deberías estar riéndote —continúa y me hace cosquillas sin piedad bajo las costillas, lo que hace que chille, me retuerza, me ría y le agarre la muñeca en un vano intento de detenerle. Su sonrisa se hace más amplia y vuelve a hacerme fotos.

—¡No! ¡Para! —le grito.

—¿Estás de broma? —gruñe y deja la cámara a un lado para poder torturarme con ambas manos.

—¡Christian! —protesto sin dejar de reírme y de resoplar. Nunca me había hecho cosquillas antes. ¡Joder, basta! Muevo la cabeza de lado a lado e intento escapar de debajo de su cuerpo y apartarle las manos sin dejar de reír, pero es implacable. No deja de sonreír, disfrutando de mi tormento.

—¡Christian, para! —le suplico y se detiene de repente. Me coge las dos manos, me las sujeta a ambos lados de la cabeza y se inclina sobre mí. Estoy sin aliento, jadeando por la risa. Su respiración es tan agitada como la mía y me está mirando con… ¿qué? Mis pulmones dejan de funcionar. ¿Asombro? ¿Amor? ¿Veneración? Dios, esa mirada…

—Eres. Tan. Hermosa —dice entre jadeos.

Le miro a esa cara que tanto quiero hipnotizada por la intensidad de su mirada; es como si me estuviera viendo por primera vez. Se inclina más, cierra los ojos y me besa, embelesado. Su respuesta despierta mi libido… Verle así, anulado, por mí… Oh, Dios mío… Me suelta las manos y enrosca los dedos en mi pelo, manteniéndome donde estoy sin ejercer fuerza. Mi cuerpo se eleva y se llena de excitación en respuesta a su beso. Y de repente cambia la naturaleza del beso; ya no es dulce y lleno de veneración y admiración. Ahora se vuelve carnal, profundo, devorador… Su lengua me invade la boca, cogiendo y no dando, en un beso con un punto desesperado y necesitado. Mientras el deseo se va extendiendo por mi sangre, despertando a los músculos y los tendones a su paso, siento un escalofrío de alarma.

Oh, Cincuenta, ¿qué pasa?

Inspira bruscamente y gruñe.

—Oh, pero qué haces conmigo… —murmura, salvaje y perdido. Con un movimiento rápido se tumba sobre mí y me aprieta contra el colchón. Con una mano me coge la barbilla y con la otra me recorre el cuerpo, los pechos, la cintura, la cadera y el culo. Vuelve a besarme y mete la pierna entre las mías, me levanta la rodilla y se aprieta contra mí, con la erección tensando su ropa y presionando contra mi sexo. Doy un respingo y gimo junto a sus labios, perdiendo de la cabeza por la pasión. No hago caso a las alarmas distantes que suenan en el fondo de mi mente. Sé que me desea, que me necesita y cuando intenta comunicarse conmigo, esta es su forma preferida de expresión. Le beso con total abandono, deslizando los dedos entre su pelo, cerrando las manos y aferrándome con fuerza. Sabe tan bien y huele a Christian, mi Christian.

De repente se para, se levanta y tira también de mí de modo que me quedo de pie delante de él, todavía perpleja. Me desabrocha el botón de los pantalones cortos y se arrodilla apresuradamente para bajármelos junto con las bragas de un tirón. Antes de que me dé tiempo a respirar de nuevo, estoy otra vez tirada sobre la cama debajo de él, que ya se está desabrochando la bragueta. ¡Uau! No se va a quitar la ropa ni a mí la camiseta. Me sujeta la cabeza y sin ningún tipo de preámbulo se introduce en mi interior con una embestida, haciendo que dé un grito, más de sorpresa que de ninguna otra cosa. Oigo el siseo de su respiración entre dientes.

—Sssí —susurra junto a mi oído.

Se queda quieto y después gira la cadera una vez para introducirse más adentro, haciéndome gemir.

—Te necesito —gruñe con la voz baja y ronca. Me roza la mandíbula con los dientes, mordiendo, succionando y después me besa otra vez con brusquedad. Le rodeo con las piernas y los brazos, acunándolo y apretándolo contra mí, decidida a hacer desaparecer lo que sea que le preocupa.

Empieza a moverse una y otra vez, frenético, primitivo, desesperado. Yo, antes de perderme en ese ritmo loco que ha establecido, me pregunto una vez más qué le estará llevando a esto, qué le preocupa. Pero mi cuerpo toma el control y ahoga el pensamiento, acelerando y aumentando las sensaciones hasta que me inundan y voy al encuentro de cada embestida. Escucho su respiración difícil, trabajosa y feroz junto a mi oreja. Sé que está perdido en mí. Gimo en voz alta y jadeo. Esa necesidad que tiene de mí es tremendamente erótica. Estoy llegando… llegando… y él me está llevando más allá, abrumándome, arrastrándome con él. Esto es lo que quiero. Lo quiero tanto… por él y por mí.

—Córrete conmigo —jadea y se eleva un poco de forma que tengo que soltarle—. Abre los ojos —me ordena—. Necesito verte. —Su voz es urgente, implacable.

Parpadeo para abrir los ojos un momento y lo veo sobre mí: la cara tensa por la pasión, los ojos salvajes y brillantes. Su pasión y su amor son mi liberación y cuando veo la señal dejo que me embargue el orgasmo, echo atrás la cabeza y mi cuerpo late a su alrededor.

—¡Oh, Ana! —grita y se une a mi clímax, empujando hacia mi interior. Después se queda quieto y cae sobre mí. Rueda hacia un lado para que yo quede encima. Él sigue en mi interior. Cuando los efectos del orgasmo remiten y mi cuerpo se calma, quiero hacer un comentario sobre eso de ser convertida en objeto y oprimida, pero me muerdo la lengua porque no estoy segura de cuál es su estado de ánimo. Le miro para examinarle la cara. Tiene los ojos cerrados y me rodea con los brazos, abrazándome fuerte. Le doy un beso en el pecho a través de la fina tela de su camisa de lino.

—Dime, Christian, ¿qué ocurre? —le pregunto en voz baja y espero nerviosa a ver si ahora, saciado por el sexo, está dispuesto a contármelo. Siento que me abraza un poco más fuerte, pero esa es su única respuesta. No va a hablar.

La inspiración me surge de repente.

—Prometo serte fiel en la salud y en la enfermedad, en lo bueno y en lo malo y en las alegrías y en las penas —le digo en un susurro.

Se queda petrificado. Solo abre mucho sus ojos insondables y me mira mientras sigo recitando los votos matrimoniales.

—Y prometo quererte incondicionalmente, apoyarte para que consigas tus objetivos y tus sueños, honrarte y respetarte, reír y llorar contigo, compartir tus esperanzas y tus sueños y darte consuelo en momentos de necesidad. —Me detengo deseando que me hable. Sigue observándome con los labios abiertos, pero no dice nada—. Y amarte hasta que la muerte nos separe —finalizo con un suspiro.

—Oh, Ana… —susurra y vuelve a moverse para que quedemos el uno al lado del otro, lo que rompe nuestro precioso contacto. Me acaricia la cara con el dorso de los nudillos—. Prometo cuidarte y mantener en lo más profundo de mi corazón esta unión y a ti —susurra de nuevo, con la voz ronca—. Prometo amarte fielmente, renunciando a cualquier otra, en lo bueno y en lo malo, en la salud y en la enfermedad, nos lleve la vida donde nos lleve. Te protegeré, confiaré en ti y te guardaré respeto. Compartiré contigo las alegrías y las penas y te consolaré en tiempos de necesidad. Prometo que te amaré y animaré tus esperanzas y tus sueños y procuraré que estés segura a mi lado. Todo lo que era mío, es nuestro ahora. Te doy mi mano, mi corazón y mi amor desde este momento y hasta que la muerte nos separe.

Se me llenan los ojos de lágrimas. Su expresión se suaviza y me mira.

—No llores —murmura deteniendo una lágrima con el pulgar y enjugándomela.

—¿Por qué no hablas conmigo? Por favor, Christian.

Cierra los ojos como si estuviera soportando un gran dolor.

—Prometí darte consuelo en momentos de necesidad. Por favor, no me hagas romper mis votos —le suplico.

Suspira y abre los ojos. Tiene la expresión sombría.

—Ha sido provocado —me dice sin más explicaciones. De repente parece tan joven y tan vulnerable…

Oh, mierda.

—Y mi principal preocupación es que haya alguien por ahí que va a por mí. Y si va a por mí… —Se detiene, incapaz de continuar.

—Puede que me haga daño a mí —termino. Él se queda pálido y veo que por fin he descubierto la raíz de su ansiedad. Le acaricio la cara—. Gracias —le digo.

Frunce el ceño.

—¿Por qué?

—Por decírmelo.

Niega con la cabeza y la sombra de una sonrisa asoma a sus labios.

—Puede ser muy persuasiva, señora Grey.

—Y tú puedes estar rumiando y tragándote todos sus sentimientos y preocupaciones hasta que revientes. Seguro que te mueres de un infarto antes de cumplir los cuarenta si sigues así, y yo te quiero a mi lado mucho más tiempo.

—Tú sí que me vas a matar. Al verte en la moto de agua… Casi me da un ataque al corazón. —Vuelve a tumbarse en la cama, se tapa los ojos con el brazo y siento que se estremece.

—Christian, es solo una moto de agua. Hasta los niños montan en esas motos. Y cuando vayamos a tu casa de Aspen y empiece a esquiar por primera vez, ¿cómo te vas a poner?

Abre la boca y se gira para mirarme. Me dan ganas de reírme al ver la expresión de angustia que muestra su cara.

—Nuestra casa —dice al fin.

Le ignoro.

—Soy una adulta, Christian, y mucho más dura de lo que crees. ¿Cuándo vas a aprender eso?

Se encoge de hombros y frunce los labios. Creo que es mejor cambiar de tema.

—¿Sabe la policía lo del incendio provocado?

—Sí —asegura con expresión seria.

—Bien.

—Vamos a reforzar la seguridad —me dice práctico.

—Lo entiendo. —Bajo la mirada hacia su cuerpo. Todavía lleva los pantalones cortos y la camisa y yo la camiseta. Aquí te pillo, aquí te mato, un placer conocerla, señora... Pensar eso me hace reír.

—¿Qué? —me pregunta Christian.

—Tú.

—¿Yo?

—Sí, tú. Todavía estás vestido.

—Oh. —Se mira, después me mira a mí y una enorme sonrisa aparece en su cara—. Bueno, ya sabe lo difícil que me resulta mantener las manos lejos de usted, señora Grey... Sobre todo cuando te ríes como una niña.

Oh, sí, las cosquillas. Ah... Las cosquillas... Me muevo rápidamente y me coloco a horcajadas encima de él, pero se da cuenta inmediatamente de mis intenciones y me agarra las dos muñecas.

—No —me dice y lo dice en serio.

Hago un mohín, pero decido que no está preparado para eso.

—No, por favor —me pide—. No puedo soportarlo. Nunca me hicieron cosquillas cuando era pequeño. —Se queda callado y yo relajo las manos para que no tenga necesidad de sujetarme—. Veía a Carrick con Elliot y Mia, haciéndoles cosquillas, y parecía muy divertido pero yo... yo...

Le pongo el dedo índice sobre los labios.

—Chis, lo sé. —Le doy un suave beso en los labios, justo donde hace un segundo estaba mi dedo, y después me acurruco sobre su pecho. Ese dolor familiar empieza a crecer dentro de mí y surge una vez más la profunda compasión que siento en mi corazón por la infancia de Christian. Sé que haría cualquier cosa por ese hombre; le quiero tantísimo…

Me rodea con los brazos y hunde la nariz en mi pelo, inhalando profundamente mientras me acaricia la espalda. No sé cuánto tiempo estamos tumbados así, pero al rato rompo el silencio que hay entre nosotros.

—¿Cuál ha sido la temporada más larga que has pasado sin ver al doctor Flynn?

—Dos semanas. ¿Por qué? ¿Sientes una necesidad irreprimible de hacerme cosquillas?

—No. —Río—. Creo que te ayuda.

Christian suelta una risa burlona.

—Más le vale. Le pago una buena suma de dinero para que lo haga. —Me aparta el pelo y me gira la cara para que lo mire. Levanto la cabeza y le miro a los ojos.

—¿Está preocupada por mi bienestar, señora Grey? —me pregunta.

—Una buena esposa se preocupa por el bienestar de su amado esposo, señor Grey —sentencio mordaz.

—¿Amado? —susurra, y la conmovedora pregunta queda en el aire entre los dos.

—Muy amado. —Me acerco para besarle y él me dedica una sonrisa tímida.

—¿Quieres bajar a tierra a comer?

—Quiero comer donde tú prefieras.

—Bien. —Sonríe—. Pues a bordo es donde puedo mantenerte segura. Gracias por el regalo. —Extiende la mano y coge la cámara. Estira el brazo con ella en la mano y nos hace una foto a los dos abrazándonos después de las cosquillas, el sexo y la confesión.

—Un placer. —Le devuelvo la sonrisa y los ojos se le iluminan.

———•———

Paseamos por el opulento y dorado esplendor del dieciochesco Palacio de Versalles. Lo que una vez fue un modesto alojamiento para las cacerías, el Rey Sol lo transformó en un magnífico y fastuoso símbolo de poder, que, paradójicamente, antes de que acabara el siglo XVIII presenció la caída del último monarca absolutista.

La estancia más impresionante con diferencia es la Galería de los Espejos. El sol de primera hora de la tarde entra a raudales por las ventanas del oeste, iluminando los espejos que se alinean uno detrás de otro en la pared oriental y arrancando destellos de las doradas hojas que lo decoran y de las enormes arañas de cristal. Es imponente.

—Es interesante ver lo que creó un déspota megalómano al que le gustaba aislarse rodeado de esplendor —le digo a Christian, que está de pie a mi lado. Me mira y ladea la cabeza, observándome con humor.

—¿Qué quiere decir con eso, señora Grey?

—Oh, no era más que una observación, señor Grey. —Señalo con la mano lo que nos rodea. Sonriendo, me sigue hasta el centro de la sala, donde me detengo y admiro la vista: los espectaculares jardines que se reflejan en los espejos y el no menos espectacular Christian Grey, mi marido, cuyo reflejo me mira con ojos brillantes y atrevidos.

—Yo construiría algo como esto para ti —me asegura—. Solo para ver cómo la luz hace brillar tu pelo como aquí y ahora. —Me coloca un mechón tras la oreja—. Pareces un ángel. —Me da un beso bajo el lóbulo de la oreja, me coge la mano y murmura—: Nosotros, los déspotas, hacemos esas cosas por las mujeres que amamos.

Me ruborizo, le sonrío tímidamente y le sigo por la enorme estancia.

---

—¿En qué piensas? —me pregunta Christian y da un sorbo a su café de después de cenar.

—En Versalles.

—Un poco ostentoso, ¿no? —me dice sonriendo. Miro a mi

95

alrededor, a la subestimada grandeza del comedor del *Fair Lady*, y frunzo los labios—. Esto no es nada ostentoso —añade Christian, un poco a la defensiva.

—Lo sé. Es precioso. Es la mejor luna de miel que una chica podría desear.

—¿De verdad? —me pregunta, sinceramente sorprendido y con su sonrisita tímida.

—Por supuesto que sí.

—Solo nos quedan dos días. ¿Hay algo que quieras ver o hacer?

—Únicamente estar contigo. —Se levanta de la mesa, la rodea y me besa en la frente.

—¿Y vas a poder estar sin mí una hora? Tengo que mirar mi correo para ver qué está pasando en casa.

—Claro —le digo sonriendo a la vez que intento ocultar mi decepción por tener que estar una hora sin él. ¿Es raro que quiera estar con él todo el tiempo?

—Gracias por la cámara —me dice y se encamina al estudio.


En el camarote decido que yo también debería ponerme al día con mi correo y abro el portátil. Tengo un mensaje de mi madre y otro de Kate contándome los últimos cotilleos y preguntándome cómo va la luna de miel. Bueno, genial hasta que alguien ha decidido quemar Grey Enterprises, Inc. Cuando termino de escribir la respuesta a mi madre, un correo de Kate entra en mi bandeja de entrada.

---

**De:** Katherine L. Kavanagh
**Fecha:** 17 de agosto de 2011 11:45
**Para:** Anastasia Grey
**Asunto:** ¡Oh, Dios mío!

Ana, me acabo de enterar del incendio en la oficina de Christian.
¿Se sabe si ha sido provocado?

K xox

¡Kate está conectada ahora mismo! Me lanzo a abrir mi nuevo juguete (Skype) para ver si está conectada. Escribo rápidamente un mensaje.

Ana:   Hola, ¿estás ahí?
Kate:  ¡SÍ, Ana! ¿Qué tal estás? ¿Cómo va la luna de miel? ¿Has visto mi correo? ¿Sabe ya Christian lo del incendio?
Ana:   Estoy bien. La luna de miel genial. Sí, he visto tu correo. Sí, Christian lo sabe.
Kate:  Me lo suponía. No se sabe mucho de lo que ha pasado. Y Elliot no quiere contarme nada.
Ana:   ¿Vas tras una historia, Kate?
Kate:  Qué bien me conoces…
Ana:   Christian tampoco me ha contado mucho.
Kate:  ¡A Elliot se lo ha contado Grace!

¡Oh, no! Estoy segura de que Christian no quiere que eso se vaya contando por todo Seattle. Intento mi técnica de distracción patentada para la tenaz Katherine Kavanagh.

Ana:   ¿Cómo están Elliot y Ethan?
Kate:  A Ethan lo han aceptado en el curso de psicología en Seattle para hacer el máster. Elliot es adorable.
Ana:   Bien por Ethan.
Kate:  ¿Qué tal tu ex dominante favorito?
Ana:   ¡Kate!
Kate:  ¿Qué?
Ana:   ¡YA SABES QUÉ!
Kate:  Perdona…
Ana:   Está bien. Más que bien. ☺
Kate:  Bueno, mientras tú seas feliz, yo también.
Ana:   Estoy pletóricamente feliz.
Kate:  ☺ Tengo que irme corriendo. ¿Hablamos luego?
Ana:   No sé. Tendrás que comprobar si sigo conectada. ¡La diferencia horaria es una mierda!
Kate:  Sí, cierto. Te quiero, Ana.

Ana:    Yo a ti también. Hasta luego. x
Kate:   Hasta luego. <3

Seguro que Kate sigue de cerca esta historia. Pongo los ojos en blanco y cierro Skype para que Christian no pueda ver ese chat. No le gustaría el comentario del ex dominante. Además no estoy segura de que se pueda decir que es ex…

Suspiro en voz alta. Kate lo sabe desde nuestra noche de borrachera tres semanas antes de la boda, cuando al fin sucumbí a las insistentes preguntas de Kate Kavanagh. Fue un alivio contárselo a alguien al fin.

Miro el reloj. Ha pasado más o menos una hora desde la cena y ya empiezo a echar de menos a mi marido. Vuelvo a cubierta para ver si ha terminado lo que estaba haciendo.

———

Estoy en la Galería de los Espejos y Christian está de pie a mi lado, sonriéndome con amor y ternura. «Pareces un ángel.» Le sonrío, pero cuando miro al espejo estoy de pie sola y la sala es gris y no tiene ningún adorno. ¡No! Giro la cabeza para volver a ver su cara, pero ahora su sonrisa es triste y nostálgica. Me coloca un mechón de pelo detrás de la oreja. Después se vuelve sin decir una palabra y se aleja lentamente. Sus pasos resuenan entre los espejos mientras cruza la enorme sala hacia las ornamentadas puertas dobles que hay al final. Un hombre solo, sin reflejo…

Y entonces me despierto, boqueando para poder respirar, ahogada por el pánico.

—¿Qué pasa? —me susurra desde la oscuridad a mi lado, con la voz teñida de preocupación.

Oh, está aquí. Está bien. Me lleno de alivio.

—Oh, Christian… —Todavía estoy intentando que los latidos de mi corazón recuperen su velocidad normal. Me abraza y solo entonces me doy cuenta de que tengo lágrimas corriéndome por la cara.

—Ana, ¿qué te ocurre? —Me acaricia la mejilla para enjugarme las lágrimas. Hay angustia en esa pregunta.

—Nada. Una estúpida pesadilla.

Me besa la frente y las mejillas surcadas de lágrimas para consolarme.

—Solo es un mal sueño, cariño. Estoy aquí. Yo te protegeré.

Me dejo envolver por su olor y me acurruco contra él intentando olvidar la pérdida y la devastación que he sentido en el sueño. Y en ese momento me doy cuenta de que mi miedo más profundo y oscuro es perderle.

# 5

Me desperezo buscando a Christian instintivamente, pero no está. ¡Mierda! Me despierto de golpe y miro ansiosa por el camarote. Christian me está observando desde el silloncito tapizado que hay junto a la cama. Se agacha y deja algo en el suelo. Después se acerca y se tumba en la cama conmigo. Lleva unos vaqueros cortados y una camiseta gris.

—No te asustes. Todo está bien —me dice con voz suave y tranquilizadora, como si hablara con un animal acorralado.

Con ternura me aparta el pelo de la cara y yo me calmo al instante. Veo que intenta ocultar su propia preocupación, pero no lo consigue.

—Has estado tan nerviosa estos últimos días… —me dice con mirada seria.

—Estoy bien, Christian. —Le ofrezco la mejor de mis sonrisas porque no quiero que sepa lo preocupada que estoy por el incendio. Los dolorosos recuerdos sobre cómo me sentí cuando *Charlie Tango* fue saboteado y Christian desapareció (el enorme vacío, el dolor indescriptible) siguen encontrando la forma de salir a la superficie; esos recuerdos me persiguen y se aferran a mi corazón. Sin dejar de sonreír trato de reprimirlos—. ¿Estabas observándome mientras dormía?

—Sí —responde—. Estabas hablando.

—¿Ah, sí?

Mierda. ¿Y qué decía?

—Estás preocupada —añade con la mirada llena de angustia.

¿No puedo ocultarle nada a este hombre? Se inclina y me besa entre las cejas—. Cuando frunces el ceño, te sale una V justo aquí. Es un sitio suave para darte un beso. No te preocupes, nena, yo te cuidaré.

—No estoy preocupada por mí. Es por ti —reconozco a regañadientes—. ¿Quién te cuida a ti?

—Yo soy lo bastante mayor y lo bastante feo para cuidarme solo. —Sonríe indulgente—. Ven. Levántate. Hay algo que quiero que hagamos antes de volver a casa. —Me sonríe con una sonrisa amplia de niño grande que dice «sí, es verdad que solo tengo veintiocho» y me da un azote. Doy un respingo, sorprendida, y de repente me doy cuenta de que hoy volvemos a Seattle y me invade la melancolía. No quiero irme. Me ha encantado estar con él las veinticuatro horas todos los días y todavía no estoy preparada para compartirlo con sus empresas y su familia. Hemos tenido una luna de miel perfecta, con algún que otro altibajo, tengo que admitir, pero eso es normal en una pareja recién casada, ¿no?

Pero Christian no puede contener su entusiasmo infantil y, a pesar de mis oscuros pensamientos, acaba contagiándome. Cuando se levanta con agilidad de la cama le sigo intrigada. ¿Qué tendrá en mente?

Christian me ata la llave a la muñeca.

—¿Quieres que conduzca yo?

—Sí. —Christian me sonríe—. ¿Te la he apretado demasiado?

—No, está bien. ¿Por eso llevas chaleco salvavidas? —pregunto arqueando una ceja.

—Sí.

No puedo evitar reírme.

—Veo que tiene mucha confianza en mis habilidades como conductora, señor Grey.

—La misma de siempre, señora Grey.

—Vale, no me des lecciones.

Christian levanta las manos en un gesto defensivo, pero está sonriendo.

—No me atrevería.

—Sí, sí te atreverías y sí lo haces. Y aquí no podemos aparcar y ponernos a discutir en la acera.

—Cuánta razón tiene, señora Grey. ¿Nos vamos a quedar aquí todo el día hablando de tu capacidad de conducción o nos vamos a divertir un rato?

—Cuánta razón tiene, señor Grey.

Cojo el manillar de la moto de agua y me subo. Christian sube detrás de mí y empuja con la pierna para alejarnos del yate. Taylor y dos de los tripulantes nos miran divertidos. Mientras avanzamos flotando, Christian me rodea con los brazos y aprieta sus muslos contra los míos. Sí, eso es lo que a mí me gusta de este medio de transporte… Meto la llave en el contacto y pulso el botón de encendido. El motor cobra vida con un rugido.

—¿Preparado? —le grito a Christian por encima del ruido.

—Todo lo que puedo estar —dice con la boca cerca de mi oído.

Aprieto el acelerador con suavidad y la moto se aleja del *Fair Lady* demasiado tranquilamente para mi gusto. Christian me abraza más fuerte. Acelero un poco más y salimos disparados hacia delante. Me quedo sorprendida y encantada de que no nos quedemos parados al poco tiempo.

—¡Uau! —grita Christian desde detrás de mí y la euforia en su voz es evidente. Pasamos a toda velocidad junto al yate en dirección a mar abierto. Estamos anclados frente a Saint-Laurent-du-Var y Niza. El aeropuerto de Niza Costa Azul se ve en la distancia y parece construido en medio del Mediterráneo. He oído el ruido de los aviones al aterrizar desde que llegamos anoche. Y ahora quiero echar un vistazo más de cerca.

Vamos a toda velocidad hacia allí, saltando sobre las olas. Me encanta y estoy emocionada por que Christian me haya dejado conducir. Todas las preocupaciones que he sentido los últimos dos días desaparecen mientras surcamos el agua hacia el aeropuerto.

—La próxima vez que hagamos esto, tendremos dos motos de agua —me grita Christian. Sonrío al pensar en hacer una carrera con él; suena emocionante.

Mientras cruzamos el fresco mar azul en dirección a lo que parece el final de una pista de aterrizaje, el estruendo de un jet que pasa justo por encima de nuestras cabezas preparándose para aterrizar me sobresalta. Suena tan alto que me entra el pánico y giro bruscamente a la vez que aprieto el acelerador pensando que es el freno.

—¡Ana! —grita Christian, pero es demasiado tarde. Salgo volando por encima de la moto con los brazos y las piernas sacudiéndose en el aire, arrastrando a Christian conmigo y aterrizando con una salpicadura espectacular.

Entro en el mar cristalino gritando y trago una buena cantidad de agua del Mediterráneo. El agua está fría a esta distancia de la costa, pero salgo de nuevo a la superficie en un segundo gracias al chaleco salvavidas. Tosiendo y escupiendo me quito el agua salada de los ojos y busco a Christian a mi alrededor. Ya está nadando hacia mí. La moto de agua flota inofensiva a unos metros de nosotros con el motor en silencio.

—¿Estás bien? —Sus ojos están llenos de pánico cuando llega hasta mí.

—Sí —digo con la voz quebrada por la euforia. ¿Ves, Christian? Esto es lo peor que te puede pasar con una moto de agua. Me acerca a su cuerpo para abrazarme y después me coge la cabeza entre las manos para examinar mi cara de cerca—. ¿Ves? No ha sido para tanto —le digo sonriendo en el agua.

Por fin él también me sonríe, claramente aliviado.

—No, supongo que no. Pero estoy mojado —gruñe en un tono juguetón.

—Yo también estoy mojada.

—A mí me gustas mojada —afirma con una mirada lujuriosa.

—¡Christian! —le regaño tratando de fingir justa indignación. Él sonríe, guapísimo, y después se acerca y me da un beso apasionado. Cuando se aparta, estoy sin aliento.

—Vamos. Volvamos. Ahora tenemos que ducharnos. Esta vez conduzco yo.

Haraganeamos en la sala de espera de primera clase de British Airways en el aeropuerto de Heathrow a las afueras de Londres, esperando el vuelo de conexión que nos llevará de vuelta a Seattle. Christian está enfrascado en el *Financial Times*. Yo saco su cámara porque me apetece hacerle unas cuantas fotos. Está tan sexy con su camisa de lino blanca de marca, los vaqueros y las gafas de aviador colgando de la abertura de la camisa… El flash de la cámara le sorprende. Parpadea un par de veces y me sonríe con su sonrisa tímida.

—¿Qué tal está, señora Grey? —me pregunta.

—Triste por volver a casa —le digo—. Me gusta tenerte para mí sola.

Me coge la mano y se la lleva a los labios para darme un suave beso en los nudillos.

—A mí también.

—¿Pero? —le pregunto porque he oído esa palabra al final de su frase, aunque no ha llegado a pronunciarla.

Frunce el ceño.

—¿Pero? —repite con aire de falsedad. Ladeo la cabeza y le miro con la expresión de «dímelo» que he ido perfeccionando durante los dos últimos días. Suspira y deja el periódico.

—Quiero que cojan a ese pirómano para que podamos vivir nuestra vida en paz.

—Ah. —Me parece lógico, pero me sorprende su sinceridad.

—Voy a hacer que me traigan las pelotas de Welch en una bandeja si permite que vuelva a pasar algo como esto.

Un escalofrío me recorre la espalda al oír su tono amenazador. Me mira impasible y no sé si está intentando ser frívolo. Hago lo único que se me ocurre para rebajar la repentina tensión que hay entre nosotros: levanto la cámara y le saco otra foto.

—Vamos, bella durmiente, ya hemos llegado —me susurra Christian.

—Mmm… —murmuro sin ganas de abandonar el sensual sueño que estaba teniendo: Christian y yo sobre un mantel de picnic en Kew Gardens.

Estoy tan cansada… Viajar es agotador, incluso en primera clase. Llevamos más de dieciocho horas de viaje. Estoy tan exhausta que he perdido la cuenta. Oigo que abren mi puerta y que Christian se inclina sobre mí. Me desabrocha el cinturón y me coge en brazos, me despierta del todo.

—Oye, que puedo andar —protesto todavía medio dormida.

Él ríe.

—Tengo que cruzar el umbral contigo en brazos.

Le rodeo el cuello con los míos.

—¿Y me vas a subir en brazos los treinta pisos? —le desafío con una sonrisa.

—Señora Grey, me alegra comunicarle que ha engordado un poco.

—¿Qué?

Sonríe.

—Así que, si no te importa, cogeremos el ascensor. —Entorna los ojos, aunque sé que está bromeando.

Taylor abre la puerta del vestíbulo del Escala y sonríe.

—Bienvenidos a casa, señor y señora Grey.

—Gracias, Taylor —le dice Christian.

Le dedico a Taylor una breve sonrisa y veo que vuelve al Audi, donde Sawyer espera tras el volante.

—¿Dices en serio lo de que he engordado? —pregunto mirando fijamente a Christian.

Su sonrisa se hace más amplia y me acerca más a su pecho mientras me lleva por el vestíbulo.

—Un poco, pero no mucho —me asegura pero su cara se oscurece de repente.

—¿Qué pasa? —Intento mantener la alarma de mi voz bajo control.

—Has recuperado el peso que perdiste cuando me dejaste

—dice en voz baja mientras llama al ascensor. Una expresión lúgubre cruza por su cara.

Esa angustia repentina y sorprendente me llega al corazón.

—Oye… —Le cojo la cara con las manos y deslizo los dedos entre su pelo, acercándolo a mí—. Si no me hubiera ido, ¿estarías aquí, así, ahora?

Sus ojos se funden y toman el color de una nube de tormenta. Sonríe con su sonrisa tímida, mi sonrisa favorita.

—No —reconoce y entra en el ascensor conmigo aún en brazos. Se inclina y me da un beso suave—. No, señora Grey, no. Pero sabría que puedo mantenerte segura porque tú no me desafiarías.

Parece vagamente arrepentido… ¡Mierda!

—Me gusta desafiarte —aventuro poniéndole a prueba.

—Lo sé. Y eso me hace sentir tan… feliz. —Me sonríe a pesar de su desconcierto.

Oh, gracias a Dios.

—¿Aunque esté gorda?

Ríe.

—Aunque estés gorda.

Me besa de nuevo, más apasionadamente esta vez, y yo cierro las manos en su pelo, apretándole contra mí. Nuestras lenguas se entrelazan en un baile lento y sensual. Cuando el ascensor suena y se para en el ático, los dos estamos sin aliento.

—Muy feliz —murmura.

Su sonrisa es más sombría ahora y sus ojos entornados ocultan una promesa lasciva. Sacude la cabeza para recuperar la compostura y me lleva hasta el vestíbulo.

—Bienvenida a casa, señora Grey. —Vuelve a besarme, más castamente, y me dedica la sonrisa patentada de Christian Grey con todos sus gigavatios. Los ojos le bailan de alegría.

—Bienvenido a casa, señor Grey. —Yo también sonrío con el corazón lleno de felicidad.

Creía que Christian me iba a bajar aquí, pero no. Me lleva a través del vestíbulo, por el pasillo hasta el salón, y después me deposita sobre la isla de la cocina, donde me quedo sentada con las piernas colgando. Coge dos copas de champán del armario de la cocina y una botella de champán frío de la nevera: Bollinger, nuestro favorito. Abre con destreza la botella sin derramar una gota, vierte el champán rosa pálido en las copas y me pasa una. Coge la otra, me abre las piernas y se acerca para quedarse de pie entre ellas.

—Por nosotros, señora Grey.

—Por nosotros, señor Grey —susurro consciente de mi sonrisa tímida. Brindamos y le doy un sorbo.

—Sé que estás cansada —me dice acariciándome la nariz con la suya—. Pero tengo muchas ganas de ir a la cama… y no para dormir. —Me besa la comisura de los labios—. Es nuestra primera noche aquí y ahora eres mía de verdad… —Su voz se va apagando mientras empieza a besarme la garganta. Es por la noche en Seattle y estoy exhausta, pero el deseo empieza a despertarse en mi vientre.

Christian duerme plácidamente a mi lado mientras yo observo las franjas rosas y doradas del nuevo amanecer entrando por las enormes ventanas. Tiene el brazo cubriéndome los pechos y yo intento acompasar mi respiración con la suya para volver a dormirme, pero es imposible. Estoy completamente despierta; mi reloj interno lleva la hora de Greenwich y la mente me va a mil por hora.

Han pasado tantas cosas en las últimas tres semanas (más bien en los últimos tres meses) que me siento como en una nube. Aquí estoy ahora, la señora de Christian Grey, casada con el millonario más delicioso, sexy, filántropo y absurdamente rico que pueda encontrar una mujer. ¿Cómo ha podido pasar todo tan rápido?

Me giro para ponerme de lado y poder mirarle. Sé que él me observa mientras duermo, pero yo no suelo tener oportunidad de hacer lo mismo. Se ve joven y despreocupado cuando duerme, con las largas pestañas rozándole las mejillas, un principio de barba cubriéndole la mandíbula y sus labios bien definidos un poco separados; está relajado y respira profundamente. Quiero besarle, meter mi lengua entre esos labios, rozarle con los dedos esa barba que ya pincha. Tengo que esforzarme para reprimir la necesidad de tocarle y perturbarle el sueño. Mmm… Podría morderle y chuparle el lóbulo de la oreja. Mi subconsciente me mira por encima de las gafas porque la he distraído en su lectura de las obras completas de Charles Dickens y me reprende mentalmente: Deja en paz al pobre hombre, Ana.

Regreso al trabajo el lunes. Nos queda el día de hoy para volver a adaptarnos a la rutina. Va a ser raro no ver a Christian durante todo el día después de pasar casi todo el tiempo juntos durante las últimas tres semanas. Me tumbo de nuevo y miro al techo. Alguien podría pensar que pasar tanto tiempo juntos tiene que ser asfixiante, pero no es nuestro caso. He sido feliz todos y cada uno de los minutos que he compartido con él, incluso cuando hemos discutido. Todos… excepto cuando nos enteramos del incendio en las oficinas de la empresa.

Se me hiela la sangre. ¿Quién podría querer hacer daño a Christian? Mi mente vuelve a intentar resolver el misterio. ¿Alguien del trabajo? ¿Una ex? ¿Un empleado descontento? No tengo ni idea y Christian no dice una palabra al respecto; solo me desvela la mínima información posible con la excusa de protegerme. Suspiro. Mi caballero de la brillante armadura blanca y negra siempre intentando protegerme. ¿Cómo voy a conseguir que se abra un poco más?

Se mueve y yo me quedo muy quieta porque no quiero despertarle, pero mi buena intención tiene el efecto opuesto. ¡Mierda! Dos ojos grises me miran fijamente.

—¿Qué ocurre?

—Nada. Vuelve a dormirte. —Trato de sonreír con tranquilidad. Él se estira, se frota la cara y me sonríe.

—¿Jet lag? —me pregunta.

—¿Eso es lo que me pasa? No puedo dormir.

—Tengo el remedio universal justo aquí y solo para ti, nena. —Me sonríe como un niño y eso me hace poner los ojos en blanco y reírme al mismo tiempo. Un segundo después hundo los dientes en el lóbulo de su oreja y mis oscuros pensamientos quedan relegados.

Christian y yo vamos por la interestatal 5 hacia el norte en dirección al puente de la 520 en el Audi R8. Vamos a comer con sus padres, una comida de domingo de bienvenida. Toda la familia va a estar allí y también vendrán Kate y Ethan. Va a resultar raro estar acompañados después de tanto tiempo solos. Casi no he podido hablar con Christian esta mañana; se ha pasado todo el tiempo encerrado en su estudio mientras yo deshacía las maletas. Me ha dicho que no tenía por qué hacerlo, que la señora Jones se encargaría de ello, pero tampoco me he acostumbrado todavía a tener servicio doméstico. Acaricio distraída la tapicería de piel para centrar mis pensamientos. No me encuentro del todo bien. ¿Sigue siendo por el jet lag? ¿O será por el pirómano?

—¿Me dejarías conducir este coche? —le pregunto. Me sorprendo de haberlo dicho en voz alta.

—Claro. —Sonríe—. Lo mío es tuyo. Pero como le hagas una abolladura, te las verás conmigo en el cuarto rojo del dolor. —Me lanza una mirada rápida y esboza una sonrisa maliciosa.

¡Oh! Le miro con la boca abierta. ¿Es broma o no?

—Bromeas… No me castigarías por abollar tu coche, ¿verdad? ¿Quieres más al coche que a mí? —le provoco.

—Casi casi —me dice mientras extiende la mano para darme un apretón en la rodilla—. Pero el coche no me calienta la cama por las noches.

—Estoy segura de que eso se puede arreglar; podrías dormir en el coche —le advierto.

Christian ríe.

—¿No llevamos en casa ni un día y ya me estás echando? —Parece encantado. Le miro y él me responde con una sonrisa deslumbrante. Quiero enfadarme con él, pero es imposible cuando tiene este humor. Ahora que lo pienso, ha estado más animado desde que salió del estudio esta mañana. Y me parece que yo estoy un poco quisquillosa porque tenemos que volver a la realidad y no sé si va a volver a ser el Christian más reservado de antes de la luna de miel o voy a conseguir que siga siendo su nueva versión mejorada.

—¿Por qué estás tan contento? —le pregunto.

Vuelve a sonreírme.

—Porque esta conversación es tan… normal.

—¡Normal! —Río mordaz—. ¡Después de tres semanas de matrimonio! Vaya…

Su sonrisa desaparece.

—Era broma, Christian —me apresuro a decir porque no quiero estropearle el buen humor. Me doy cuenta de la poca seguridad en sí mismo que demuestra tener a veces. Sospecho que siempre ha sido así, pero que ha ocultado esa inseguridad tras su fachada intimidatoria. Es fácil ponerle el dedo en la llaga, probablemente porque no está acostumbrado. Eso es una revelación para mí y vuelvo a sorprenderme de todo lo que nos queda por aprender el uno del otro—. No te preocupes, seguiré con el Saab —le digo y me giro para mirar por la ventanilla intentando mantener a raya el mal humor.

—Oye, ¿qué te pasa?

—Nada.

—A veces eres tan exasperante, Ana… Dímelo.

Le miro y le sonrío.

—Lo mismo se puede decir de usted, señor Grey.

Frunce el ceño.

—Lo estoy intentando —dice en voz baja.

—Lo sé. Yo también. —Sonrío y mi humor mejora un poco.


Carrick está ridículo atendiendo la barbacoa con ese gorro de cocinero y el delantal que pone «Licencia para asar». Cada vez que le miro no puedo evitar sonreír. De hecho mi humor ha mejorado considerablemente. Estamos todos sentados alrededor de una mesa en la terraza de la casa de la familia Grey, disfrutando del sol de finales del verano. Grace y Mia están poniendo varias ensaladas en la mesa mientras Elliot y Christian intercambian insultos con cariño y hablan de los planos de la nueva casa y Ethan y Kate no dejan de hacerme preguntas sobre la luna de miel. Christian no me ha soltado la mano y juguetea con mis anillos de boda y de compromiso.

—Si consigues finalizar los detalles de los planos con Gia, tengo un hueco desde septiembre hasta mediados de noviembre. Puedo traer a todo el equipo y ponernos con ello —le está diciendo Elliot mientras estira el brazo y rodea los hombros de Kate, lo que la hace sonreír.

—Gia tiene que venir mañana por la noche para hablar de los planos —responde Christian—. Espero que podamos terminar con eso entonces. —Se gira y me mira expectante.

Oh… me acabo de enterar.

—Claro. —Le sonrío sobre todo porque está su familia delante, pero vuelvo a perder el buen humor repentinamente. ¿Por qué toma esas decisiones sin decírmelo? ¿O es por Gia (toda caderas exuberantes, pechos grandes, ropa de diseñadores caros y perfume), que tiene la costumbre de sonreírle a mi marido demasiado provocativamente? Mi subconsciente me mira enfadada: Él no te ha dado razones para estar celosa. Mierda, hoy me siento como en una montaña rusa. ¿Qué me pasa?

—Ana —me llama Kate, interrumpiendo mis ensoñaciones—, ¿sigues en el sur de Francia o qué?

—Sí —le respondo con una sonrisa.

—Se te ve muy bien —dice aunque frunce el ceño a la vez.

—A los dos se os ve genial —añade Grace sonriendo mientras Elliot rellena las copas.

—Por la feliz pareja. —Carrick sonríe y levanta su copa y todos los que están sentados a la mesa se unen al brindis.

—Y felicidades a Ethan por haber entrado en el programa de psicología en Seattle —interviene Mia orgullosamente. Le dedica una sonrisa de adoración y Ethan le responde con otra. Me pregunto si habrá hecho algún avance con él. Es difícil saberlo…

Escucho las conversaciones de la mesa. Christian está explicando todo el itinerario que hemos hecho estas últimas tres semanas, dándole algunos toques aquí y allá para pintarlo todavía más bonito. Suena relajado y parece tener controlada la situación, olvidada por un rato la preocupación por el pirómano. Pero yo parece que no puedo librarme de mi mal humor. Pincho un poco de comida con el tenedor. Christian me dijo ayer que estaba gorda.

Pero era broma… Mi subconsciente vuelve a mirarme mal. Elliot tira accidentalmente su copa al suelo, lo que sobresalta a todo el mundo y se produce un repentino brote de actividad para limpiarlo todo.

—Te voy a llevar a la casita del embarcadero a darte unos azotes si no dejas ya ese mal humor y te animas un poco —me susurra Christian.

Doy un respingo por la sorpresa, me giro y le miro con la boca abierta. ¿Qué? ¿Es broma?

—¡No te atreverás! —le digo entre dientes, pero en el fondo siento una excitación familiar que es más que bienvenida.

Christian levanta una ceja. Claro que lo haría. Miro a Kate, al otro lado de la mesa. Nos está observando con interés. Me vuelvo hacia Christian y entorno los ojos.

—Tendrás que cogerme primero… y hoy no llevo tacones —le advierto.

—Seguro que me lo paso bien intentándolo —asegura con una sonrisa pícara. Creo que sigue bromeando.

Me ruborizo. Y por raro que parezca, me siento algo mejor.

Cuando terminamos el postre (fresas con nata), empieza a llover de repente. Todos nos levantamos de un salto de la mesa para recoger los platos y las copas y llevarlas a la cocina.

—Qué bien que el tiempo haya aguantado hasta después de la comida —dice Grace encantada mientras se encamina a la habitación de atrás. Christian se sienta al brillante piano de pared negro, pisa el pedal de sordina y empieza a tocar una melodía que me resulta familiar pero que no logro ubicar.

Grace me pregunta qué me ha parecido Saint-Paul-de-Vence. Ella y Carrick estuvieron allí hace años en su luna de miel y se me pasa por la cabeza que eso es un buen augurio, viendo lo felices que siguen estando juntos. Kate y Elliot están abrazándose en uno de los grandes sofás llenos de cojines, mientras Ethan, Mia y Carrick están enfrascados en una conversación sobre psicología, creo.

De repente todos los Grey, como si fueran una sola persona, dejan de hablar y miran a Christian con la boca abierta.

¿Qué?

Christian está cantando bajito para sí mientras toca el piano. Se hace el silencio mientras todos nos esforzamos por escuchar su suave voz musical y la letra de «Wherever You Will Go». Yo le he oído cantar antes, ¿ellos no? Se para de repente al darse cuenta del silencio sepulcral que se ha apoderado de la habitación. Kate me mira inquisitiva y yo me encojo de hombros. Christian se gira en la banqueta y frunce el ceño, avergonzado al percatarse de que es el centro de atención.

—Sigue —le anima Grace—. Nunca te había oído cantar, Christian. Nunca. —Lo está mirando con verdadero asombro.

Él la mira como ausente desde la banqueta del piano y, después de un momento, se encoge de hombros. Desvía su mirada nerviosamente hacia mí y luego hacia las cristaleras. El resto de las personas de la habitación empiezan a charlar y yo me quedo observando a mi marido.

Grace me distrae al cogerme las manos y después sin previo aviso, darme un abrazo.

—¡Oh, querida! Gracias, ¡gracias! —me susurra de forma que solo yo puedo oírla. Eso me produce un nudo en la garganta.

—Mmm… —Yo también la abrazo aunque no sé muy bien por qué me está dando las gracias. Grace sonríe con los ojos llenos de lágrimas y me da un beso en la mejilla.

¿Qué habré hecho?

—Voy a preparar un té —me dice con voz quebrada por las ganas de llorar.

Me acerco a Christian, que ahora está de pie mirando por las cristaleras.

—Hola.

—Hola. —Me rodea la cintura con el brazo y me atrae hacia él. Yo le meto la mano en el bolsillo de atrás de los vaqueros y ambos contemplamos la lluvia que cae afuera.

—¿Te encuentras mejor?

Asiento.

—Bien.

—Realmente sabes cómo provocar el silencio en una habitación.

—Es que lo hago muy a menudo —me dice y sonríe.

—En el trabajo sí, pero no aquí.

—Cierto, aquí no.

—¿No te habían oído cantar nunca? ¿Jamás?

—Parece que no —dice cortante—. ¿Nos vamos?

Le observo para intentar saber de qué humor está. Su mirada es tierna y cálida, un poco desconcertada. Decido cambiar de tema.

—¿Me vas a azotar? —le susurro y de repente siento mariposas en el estómago. Tal vez eso sea lo que necesito, lo que he estado echando de menos.

Me mira y los ojos se le oscurecen.

—No quiero hacerte daño, pero no me importa jugar.

Miro nerviosamente a nuestro alrededor, pero nadie puede oírnos.

—Solo si se porta usted mal, señora Grey —me dice al oído.

¿Cómo se puede encerrar una promesa tan sensual en siete palabras?

—Ya se me ocurrirá algo —le aseguro con una sonrisa.


Después de despedirnos nos dirigimos al coche.

—Toma. —Christian me tira las llaves del R8—. No me lo abolles o me voy a cabrear mucho —añade con toda seriedad.

Se me seca la boca. ¿Me va a dejar conducir su coche? La diosa que llevo dentro se pone los guantes de conducir de piel y los zapatos planos. ¡Oh, sí!, exclama.

—¿Estás seguro? —le pregunto perpleja.

—Sí. Y aprovecha antes de que cambie de idea.

Me parece que no he sonreído tanto en mi vida. Él pone los ojos en blanco y me abre la puerta del conductor para que pueda entrar. Arranco el motor antes si quiera de que le dé tiempo a llegar al lado del acompañante, así que se apresura a entrar.

—Ansiosa, ¿eh, señora Grey? —pregunta con una sonrisa mordaz.

—Mucho.

Salgo del aparcamiento marcha atrás lentamente y giro para

enfilar la salida de la casa. Consigo no calarlo, lo que me sorprende incluso a mí. Vaya, qué sensible está el embrague. Cuando me acerco a la salida, veo por el retrovisor que Sawyer y Ryan suben al Audi todoterreno. No sabía que nuestra seguridad nos había acompañado hasta allí. Me paro antes de incorporarme a la carretera principal.

—¿Estás seguro de verdad?

—Sí —dice Christian tenso, lo que me indica que no está nada seguro. Oh, mi pobrecito Cincuenta… Quiero reírme de él y de mí; estoy nerviosa y entusiasmada.

Una pequeña parte de mí quiere perder a Sawyer y a Ryan solo por diversión. Compruebo que no viene nadie y al fin entro en la carretera con el R8. Christian se revuelve en el asiento por la tensión y yo no puedo resistirme. La carretera está vacía. Piso el acelerador y salimos disparados hacia delante.

—¡Hey! ¡Ana! —grita Christian—. Frena un poco… Nos vas a matar.

Suelto el acelerador inmediatamente. ¡Uau! ¡Este coche tiene potencia!

—Perdón —murmuro intentando parecer arrepentida, aunque no lo consigo. Christian ríe para ocultar su alivio, creo.

—Bueno, eso cuenta como mal comportamiento —dice como que no quiere la cosa. Yo reduzco aún más la velocidad.

Miro por el retrovisor. No hay señales del todoterreno, solo se ve un coche oscuro con los cristales tintados detrás de nosotros. Me imagino a Sawyer y a Ryan nerviosos, intentando frenéticamente llegar hasta nosotros y no sé por qué eso me divierte. Pero como no quiero provocarle un ataque al corazón a mi marido, decido portarme bien y conducir tranquilamente, con una confianza creciente, hacia el puente de la 520.

De repente Christian suelta un taco y se pelea con sus vaqueros para poder sacar la BlackBerry del bolsillo.

—¿Qué? —contesta enfadado a quien sea que está al otro lado de la línea—. No —dice y mira hacia atrás—. Sí, conduce ella.

Observo un segundo por el espejo retrovisor, pero no veo nada raro: solo una fila de coches que van detrás de nosotros. El todoterreno está unos cuatro coches por detrás y todos vamos conduciendo a ritmo constante.

—Vale. —Christian suspira y se frota la frente con los dedos; irradia tensión. Algo va mal—. Sí… No sé. —Me mira y se aparta el teléfono de la oreja—. No pasa nada. Sigue adelante —me dice con calma sonriéndome, pero la sonrisa no le alcanza los ojos. ¡Mierda! Mi sistema se llena de adrenalina. Vuelve a colocarse el teléfono en la oreja—. Bien, en el puente. En cuanto lleguemos… Sí… Ahora lo pongo.

Coloca el teléfono en el soporte para el altavoz y lo pone en modo manos libres.

—¿Qué ocurre, Christian?

—Tú concéntrate en la carretera, nena —me dice en voz baja.

Vamos hacia la vía de acceso al puente de la 520, dirección Seattle. Cuando miro a Christian, él tiene la vista fija en la carretera.

—No quiero que te entre el pánico —me dice con mucha calma—. Pero en cuanto estemos en el puente de la 520, quiero que aprietes el acelerador. Nos están siguiendo.

¿Siguiendo? Oh, madre mía. Siento el corazón atravesado en la garganta, latiéndome con fuerza, se me eriza el vello y me cuesta respirar por el pánico. ¿Quién nos puede estar siguiendo? Vuelvo a mirar por el retrovisor y el coche oscuro de antes continúa detrás de nosotros. ¡Joder! ¿Es ese? Intento ver algo detrás del parabrisas tintado para distinguir quién conduce, pero no consigo ver nada.

—Mantén la vista en la carretera, nena —me dice Christian suavemente, nada que ver con el tono malhumorado que suele utilizar cuando conduzco yo.

¡Contrólate!, me regaño mentalmente para dominar el terror que amenaza con apoderarse de mí. Supongo que quien quiera que nos esté siguiendo irá armado… ¿Armado y a por Christian? ¡Mierda! Me invade una oleada de náuseas.

—¿Cómo sabes que nos están siguiendo? —Mi voz es un susurro entrecortado y chillón.

—El Dodge que tenemos detrás lleva matrículas falsas.

¿Y cómo puede saber eso?

Pongo el intermitente cuando nos acercamos a la incorporación al puente. Es última hora de la tarde y aunque ha parado la lluvia, la carretera está húmeda. Por suerte el tráfico es bastante fluido.

La voz de Ray resuena en mi cabeza recordándome algo que me dijo en una de mis muchas clases de autodefensa: «El pánico es lo que te puede matar o hacer que sufras heridas graves, Annie». Inspiro hondo intentando controlar mi respiración. Quien quiera que nos esté siguiendo va a por Christian. Cuando inspiro de nuevo profunda y tranquilizadoramente mi mente empieza a aclararse y el estómago se me asienta. Tengo que proteger a Christian. Quería conducir este coche y quería hacerlo muy rápido. Bueno, pues esta es mi oportunidad. Agarro con fuerza el volante y echo un último vistazo al retrovisor. El Dodge está más cerca.

Freno de repente, ignorando la mirada llena de pánico de Christian, e intento elegir bien el momento de entrada en el puente de la 520 con la intención de que el Dodge tenga que reducir la velocidad y parar para esperar un hueco en el tráfico antes de seguirnos. Cambio de marcha y piso a fondo. El R8 sale disparado hacia delante, haciéndonos a ambos chocar con el respaldo de los asientos. El indicador de velocidad sube hasta los ciento veinte kilómetros por hora.

—Tranquila, nena —dice Christian con calma, aunque estoy segura de que él está cualquier cosa menos tranquilo.

Serpenteo entre las dos hileras de tráfico como una pieza negra en un tablero de damas, esquivando eficazmente coches y camiones. En este puente estamos tan cerca del lago que es como si estuviera conduciendo sobre el agua. Ignoro a propósito las miradas furiosas o reprobatorias de los otros conductores. Christian se aprieta las manos en el regazo intentando quedarse tan quieto como puede, y a pesar de que tengo la mente funcionando a mil por hora, me pregunto si lo estará haciendo para no distraerme.

—Muy bien —dice en un susurro para animarme. Mira para atrás—. Ya no veo el Dodge.

—Estamos justo detrás del Sudes, señor Grey. —La voz de Sawyer llega desde el manos libres—. Está haciendo todo lo posible por recuperar su posición detrás de ustedes, señor. Nosotros vamos a intentar adelantar y colocarnos entre su coche y el Dodge.

¿El Sudes? ¿Qué significa eso?

—De acuerdo. La señora Grey lo está haciendo muy bien. A esta velocidad y si el tráfico sigue siendo fluido (y por lo que veo lo es) saldremos del puente dentro de unos pocos minutos.

—Bien, señor.

Pasamos como una exhalación junto a la torre de control del puente y sé que ya hemos pasado la mitad del lago Washington. Compruebo la velocidad y veo que seguimos a ciento veinte.

—Lo estás haciendo muy bien, Ana —me dice Christian en un susurro y mira por la ventanilla de atrás del R8. Durante un momento fugaz su tono me recuerda al de nuestro primer encuentro en su cuarto de juegos, cuando me animaba pacientemente para que fuera colaborando en nuestra primera sesión. Como ese pensamiento me distrae, lo aparto inmediatamente.

—¿Hacia dónde voy? —pregunto bastante tranquila. Ya le he cogido el tranquillo al coche. Da gusto conducirlo, tan suave y tan fácil de manejar que casi no me creo la velocidad que llevamos. En este coche conducir a esta velocidad parece un juego de niños.

—Diríjase a la interestatal 5, señora Grey, y después al sur. Queremos comprobar si el Dodge les sigue durante todo el camino —me dice Sawyer por el manos libres. El semáforo del puente está verde, por suerte, y yo sigo adelante.

Miro nerviosamente a Christian y él me sonríe tranquilizador. Después su cara se vuelve seria.

—¡Mierda! —gruñe entre dientes.

Hay un atasco en cuanto salimos del puente y eso me obliga a frenar. Observo ansiosa por el espejo una vez más y creo ver el Dodge.

—¿Unos diez coches por detrás más o menos?

—Sí, lo veo —dice Christian echando un vistazo por el espejo retrovisor—. Me pregunto quién demonios será…

—Yo también. ¿Sabemos si el que conduce es un hombre?

—pregunto al equipo de seguridad que me escucha a través de la BlackBerry.

—No, señora Grey. Puede ser un hombre o una mujer. Los cristales son demasiado oscuros.

—¿Una mujer? —pregunta Christian.

Me encojo de hombros.

—¿Tu señora Robinson? —sugiero sin apartar los ojos de la carretera.

Christian se pone tenso y quita la BlackBerry del soporte.

—No es mi señora Robinson —gruñe—. No he hablado con ella desde mi cumpleaños. Y Elena no haría algo así; no es su estilo.

—¿Leila?

—Está en Connecticut con sus padres. Ya te lo he dicho.

—¿Estás seguro?

Se queda pensando un momento.

—No, pero si hubiera huido, seguro que su familia se lo habría dicho al doctor Flynn. Ya hablaremos de esto cuando lleguemos a casa. Concéntrate en lo que estás haciendo.

—Puede que solo sea una casualidad.

—No voy a correr riesgos por si acaso. No estando contigo —concluye. Vuelve a poner la BlackBerry en el soporte y recuperamos el contacto con el equipo de seguridad.

¡Oh, mierda! No quiero poner nervioso a Christian ahora. Más tarde tal vez… Me muerdo la lengua. Por suerte el tráfico está disminuyendo un poco. Puedo acelerar hacia la intersección de Mountlake en dirección a la interestatal 5 y empiezo otra vez a zigzaguear entre los coches.

—¿Y si nos para la policía? —pregunto.

—Eso sería algo conveniente.

—Para mi carnet no.

—No te preocupes por eso. —Oigo un humor inesperado en su voz.

Vuelvo a pisar el acelerador y alcanzo de nuevo los ciento veinte. Sí que tiene potencia este coche. Me encanta; es tan fácil. Acabo de llegar a los ciento treinta y cinco. Creo que nunca en mi vida he conducido tan rápido. Mi escarabajo solo llegaba a ochenta… y eso con suerte.

—Ha evitado el tráfico y cogido velocidad —dice la voz incorpórea de Sawyer, tranquila e informativa—. Va a ciento cuarenta.

¡Mierda! ¡Más rápido! Aprieto más el acelerador y el motor del coche ronronea al llegar a ciento cincuenta kilómetros por hora cuando nos acercamos a la intersección de la interestatal 5.

—Mantén la velocidad, Ana —me susurra Christian.

Freno un poco momentáneamente para incorporarme. La interestatal está bastante tranquila y consigo colocarme en el carril rápido en un segundo. Vuelvo a pisar el acelerador y el genial R8 coge velocidad y avanza por el carril izquierdo, en el que los demás mortales con menos suerte se apartan para dejarnos pasar. Si no estuviera asustada, estaría disfrutando.

—Ya va a ciento sesenta, señor.

—Sigue tras él, Luke —le ordena Christian a Sawyer.

¿Luke?

¡Mierda! Un camión aparece en el carril rápido y tengo que pisar el freno.

—¡Maldito idiota! —insulta Christian al conductor cuando salimos despedidos hacia delante en los asientos. Cómo agradezco llevar puesto el cinturón—. Adelanta, nena —me dice Christian con los dientes apretados.

Compruebo los retrovisores y cruzo tres carriles. Aceleramos para adelantar a vehículos más lentos y vuelvo a cruzar hacia el carril rápido.

—Muy bonito, señora Grey —me dice Christian impresionado—. ¿Dónde está la policía cuando la necesitas?

—No quiero que me pongan una multa, Christian —le digo concentrada en la autopista que tengo por delante—. ¿Te han puesto alguna multa por exceso de velocidad conduciendo este coche?

—No —dice, pero puedo echarle un vistazo rápido a su cara y le veo sonreír burlón.

—¿Te han parado?

—Sí.

—Oh.

—Encanto. Todo se basa en el encanto. Ahora concéntrate. ¿Cómo va el Dodge, Sawyer?

—Acaba de alcanzar los ciento setenta y cinco, señor —anuncia Sawyer.

¡Madre mía! Vuelvo a notar el corazón en la boca. ¿Puedo conducir más rápido todavía? Piso a fondo el acelerador y dejamos atrás más coches.

—Hazle una señal con las luces —me ordena Christian, porque tenemos delante a un Ford Mustang que no se aparta.

—Pero eso solo lo hacen los gilipollas.

—¡Pues sé un poco gilipollas! —exclama.

Oh, vale…

—Eh… ¿dónde están las luces?

—El indicador. Tira hacia ti.

El conductor del Mustang nos saca un dedo en un gesto no muy amable, pero se aparta. Paso a su lado como una centella.

—Él es el gilipollas —dice Christian entre dientes—. Sal por Stewart —me ordena.

¡Sí, señor!

—Vamos a tomar la salida de Stewart Street —le dice a Sawyer.

—Vayan directamente al Escala, señor.

Freno, miro por los espejos, indico y después cruzo con una facilidad sorprendente los cuatro carriles de la autopista y salgo por la vía de salida. Ya en Stewart Street, nos dirigirnos al sur. La calle está tranquila y hay pocos vehículos. ¿Dónde está todo el mundo?

—Hemos tenido mucha suerte con el tráfico. Pero también el Dodge la ha tenido. No reduzcas la velocidad, Ana. Quiero llegar a casa.

—No recuerdo el camino —le digo sintiendo pánico de nuevo porque el Dodge sigue pisándonos los talones.

—Sigue hacia el sur por Stewart. Sigue hasta que te diga que gires. —Christian vuelve a parecer nervioso. Continúo a toda velocidad tres manzanas, pero el semáforo se pone amarillo al llegar a Yale Avenue.

—¡Sáltatelo, Ana! —grita Christian. Doy tal salto que piso a fondo el acelerador involuntariamente, lo que nos lanza de nuevo contra los asientos, y cruzamos sin frenar el semáforo que ya está en rojo.

—Está enfilando Stewart —dice Sawyer.

—No lo pierdas, Luke.

—¿Luke?

—Se llama así.

Intento mirar a Christian y veo que me está atravesando con la mirada como si estuviera loca.

—¡La vista en la carretera! —exclama.

Ignoro su tono.

—Luke Sawyer.

—¡Sí! —Suena irritado.

—Ah. —¿Cómo puedo no saber eso? Ese hombre lleva acompañándome al trabajo seis semanas y ni siquiera sabía su nombre.

—Es mi nombre, señora —dice Sawyer y me sobresalta aunque habla con la voz tranquila y monótona de siempre—. El Sudes está bajando por Stewart, señor. Vuelve a aumentar la velocidad.

—Vamos, Ana. Menos charla —gruñe Christian.

—Estamos parados en el primer semáforo de Stewart —nos informa Sawyer.

—Ana, rápido, por aquí —grita Christian señalando un aparcamiento subterráneo en el lado sur de Boren Avenue. Giro y las ruedas protestan con un chirrido cuando doy un volantazo para entrar en el aparcamiento abarrotado.

—Da una vuelta, rápido —ordena Christian. Conduzco todo lo rápido que puedo hacia el fondo, donde no se nos vea desde la carretera—. ¡Ahí! —Christian me señala una plaza de aparcamiento. ¡Mierda! Quiere que aparque. ¡Maldita sea!— Hazlo, joder —dice.

Y yo… lo hago perfectamente. Creo que es la única vez en mi vida que he logrado aparcar perfectamente.

—Estamos escondidos en un aparcamiento entre Stewart y Boren —le dice Christian a Sawyer por la BlackBerry.

—Bien, señor. —Sawyer suena irritado—. Quédense donde están. Nosotros seguiremos al Sudes.

Christian se gira hacia mí y examina mi cara.

—¿Estás bien?

—Sí —le digo en un susurro.

Christian sonríe.

—El que conduce el Dodge no puedo oírnos, ¿sabes?

Yo me echo a reír.

—Estamos pasando por la intersección de Stewart y Boren, señor. Veo el aparcamiento. El Sudes ha pasado por delante y sigue conduciendo, señor.

Los dos hundimos los hombros a la vez por el alivio.

—Muy bien, señora Grey. Has conducido genial. —Christian me acaricia tiernamente la mejilla con las yemas de los dedos y yo doy un salto al sentir su contacto e inspiro bruscamente. No me había dado cuenta de que estaba conteniendo la respiración.

—¿Eso significa que vas a dejar de quejarte de mi forma de conducir? —le pregunto. Ríe con una risa fuerte y catártica.

—No será para tanto.

—Gracias por dejarme conducir tu coche. Sobre todo en unas circunstancias tan emocionantes. —Intento desesperadamente que mi tono sea despreocupado.

—Tal vez debería conducir yo ahora.

—La verdad es que no creo que sea capaz ahora mismo de salir del coche para dejar que te sientes aquí. Mis piernas se han convertido en gelatina. —De repente me estremezco y me pongo a temblar.

—Es la adrenalina, nena —me explica—. Lo has hecho increíblemente bien. Me has dejado sin palabras, Ana. Nunca me decepcionas.

Me acaricia la mejilla con el dorso de la mano con una expresión llena de amor, miedo, arrepentimiento... Tantas emociones a la vez... Sus palabras son mi perdición. Abrumada, un sollozo estrangulado escapa de mi garganta cerrada y empiezo a llorar.

—No, nena, no. Por favor, no llores. —Se estira y, a pesar del espacio reducido, tira de mí para pasarme por encima del freno de mano y ponerme acurrucada sobre su regazo. Me acaricia el pelo y me lo aparta de la cara para besarme los ojos y las mejillas y yo lo abrazo y sigo sollozando quedamente contra su cuello. Él hunde la nariz en mi pelo y también me abraza fuerte. Nos quedamos allí sentados, sin decir nada, solo abrazándonos.

La voz de Sawyer nos sobresalta.

—El Sudes ha reducido la velocidad delante del Escala. Está examinando la intersección.

—Síguele —ordena Christian.

Me limpio la nariz con el dorso de la mano e inspiro hondo para calmarme.

—Utiliza mi camisa para limpiarte. —Christian me besa en la sien.

—Lo siento —murmuro avergonzada por llorar.

—¿Por qué? No tienes nada que sentir.

Vuelvo a limpiarme la nariz. Me coge la barbilla y me da un beso suave en los labios.

—Cuando lloras tienes los labios muy suaves. Mi esposa, tan bella y tan valiente… —me dice en un susurro.

—Bésame otra vez.

Christian se queda quieto con una mano en mi espalda y otra sobre mi culo.

—Bésame —jadeo y veo cómo separa los labios a la vez que inspira bruscamente. Se inclina sobre mí, levanta la BlackBerry del soporte y la tira al asiento del conductor, junto a mis pies enfundados en sandalias. Después pone su boca sobre la mía, hunde la mano derecha entre mi pelo y con la izquierda me coge la cara. Su lengua me invade la boca y yo lo agradezco. La adrenalina se convierte en lujuria que me despierta el cuerpo. Le sujeto el rostro y paso los dedos sobre sus patillas, disfrutando de su sabor. Gruñe bajo y grave desde el fondo de la garganta ante mi apasionada respuesta y a mí se me tensa el vientre por el deseo que siento. Su mano recorre mi cuerpo, rozándome el pecho, la cintura y bajando por mi culo. Me muevo un poco.

—¡Ah! —exclama y se separa de mí sin aliento.

—¿Qué? —le susurro junto a los labios.

—Ana, estamos en un aparcamiento en medio de Seattle.

—¿Y qué?

—Que ahora mismo tengo muchas ganas de follarte y tú estás intentando encontrar postura encima de mí… Es incómodo.

Al oír sus palabras crecen las espirales de mi interior y todos los músculos que tengo por debajo de la cintura se tensan una vez más.

—Fóllame entonces. —Le beso la comisura de la boca. Le deseo. Ahora. Esa persecución en el coche ha sido excitante. Demasiado excitante. Aterradora. Y el miedo ha desencadenado mi libido. Se echa un poco atrás para mirarme con los ojos oscuros y entrecerrados.

—¿Aquí? —me pregunta con la voz ronca.

Se me seca la boca. ¿Cómo puede excitarme así solo con una palabra?

—Sí. Te deseo. Ahora.

Ladea la cabeza y me mira durante unos segundos.

—Señora Grey, es usted una descarada —me susurra después de lo que a mí me ha parecido una eternidad.

Me agarra la nuca con la mano que tiene enredada en mi pelo para mantenerme quieta y su boca cubre la mía una vez más, esta vez con más fuerza. Con la otra mano me acaricia el cuerpo hasta llegar al culo y sigue bajando hasta medio muslo. Cierro los dedos entre su pelo demasiado largo.

—Cómo me alegro de que lleves falda —dice mientras mete la mano por debajo de mi falda estampada azul y blanca para acariciarme el muslo.

Me revuelvo una vez más en su regazo y él suelta el aire bruscamente con los dientes apretados.

—Quieta —gruñe. Me cubre el sexo con la mano y me quedo quieta inmediatamente. Me roza el clítoris con el pulgar y me quedo sin aliento cuando siento sacudidas de placer como descargas eléctricas en mi interior, muy, muy adentro—. Quieta —vuelve a susurrar y me besa otra vez mientras su pulgar empieza a trazar círculos por encima del fino encaje de mi ropa interior de diseñador. Lentamente mete dos dedos por debajo de mis bragas y los introduce en mi interior. Gimo y muevo las caderas para acercarlas a su mano.

—Por favor… —le suplico.

—Oh, ya estás preparada —dice metiendo y sacando los dedos despacio—. ¿Te ha excitado la persecución en el coche?

—Me excitas tú.

Me sonríe con una sonrisa traviesa y retira los dedos de repente, dejándome con las ganas. Coloca el brazo por debajo de mis rodillas y, cogiéndome por sorpresa, me levanta en el aire y me gira de forma que quedo mirando al parabrisas.

—Pon una pierna a cada lado de las mías —me ordena juntando sus piernas.

Obedezco y pongo los pies en el suelo, uno a cada lado de los suyos. Baja las manos por mis muslos y luego las vuelve a subir, arrastrando con ellas la falda.

—Pon las manos en mis rodillas, nena, e inclínate hacia delante. Levanta ese bonito culo que tienes. Cuidado con la cabeza.

¡Mierda! De verdad lo vamos a hacer en un aparcamiento público. Echo un vistazo delante de nosotros y no veo a nadie, pero siento que me recorre un escalofrío. ¡En un aparcamiento público! ¡Esto es muy excitante! Christian se mueve debajo de mí y oigo el inconfundible sonido de la cremallera de su bragueta. Me rodea la cintura con un brazo y con la otra mano me aparta a un lado la bragas. Después me penetra con un solo movimiento rápido.

—¡Ah! —grito dejándome caer sobre él y él suelta el aire con los dientes apretados. Su brazo serpentea por mi cuerpo hasta mi cuello. Extiende la mano sobre mi garganta, me empuja la cabeza hacia atrás y me obliga a girarla para poder besarme la garganta. Con la otra mano me agarra la cadera y empezamos a movernos a la vez.

Yo levanto los pies y él se introduce más en mi interior; dentro y fuera. La sensación es… Gimo con fuerza. En esta postura entra tan adentro… Con la mano izquierda sujeto el freno de mano y apoyo la derecha contra la puerta. Christian me agarra el lóbulo de la oreja entre los dientes y tira hasta casi hacerme daño. Entra y sale una y otra vez. Yo subo y después me dejo caer y conseguimos establecer un ritmo. Me rodea el muslo con la mano por debajo de la falda hasta llegar al vértice entre mis muslos y con dos dedos me acaricia suavemente el clítoris a través de la fina tela de mi ropa interior.

—¡Ah!

—¡Rápido, Ana! —jadea junto a mi oído con los dientes apretados. Su otra mano sigue en mi cuello, por debajo de la barbilla—. Tenemos que acabar con esto rápido, Ana —me dice a la vez que aumenta la presión de los dedos sobre mi sexo.

—¡Ah! —Siento el familiar aumento del placer en mi interior, cada vez más profundo.

—Vamos, nena —dice junto a mi oído—. Quiero oírte.

Gimo. Soy toda sensaciones, con los ojos fuertemente cerrados: su voz en mi oído, su aliento en mi cuello y el placer saliendo del lugar donde está excitando mi cuerpo con los dedos y donde me embiste en lo más profundo. Y me pierdo. Mi cuerpo toma el control, buscando desesperadamente la liberación.

—Sí… —susurra Christian en mi oído. Abro los ojos y veo la tapicería del techo del R8. Los cierro con fuerza un segundo después y me abandono al orgasmo—. Oh, Ana —murmura encantado. Me rodea con los brazos, se hunde en mí una vez más y se queda inmóvil mientras eyacula en lo más profundo de mi interior.

Me acaricia la mandíbula con la nariz mientras me da suaves besos en la garganta, la mejilla y la sien. Yo me tumbo sobre él y él apoya la cabeza contra mi cuello.

—¿Ya ha aliviado toda la tensión, señora Grey? —Christian me muerde el lóbulo de la oreja otra vez y tira. Tengo el cuerpo muerto, totalmente exhausto, y solo puedo soltar un gemido. Siento que sonríe contra mi piel—. Yo, por mi parte, puedo decir que me he liberado de la mía —dice levantándome de su regazo—. ¿Te has quedado sin palabras?

—Sí —digo con un hilo de voz.

—Eres una criatura lujuriosa… No tenía ni idea de que fueras tan exhibicionista.

Me siento inmediatamente, alarmada. Él se pone tenso.

—No nos está mirando nadie, ¿verdad? —Examino ansiosa el aparcamiento.

—¿Crees que iba a dejar que alguien viera cómo se corre mi mujer? —Me acaricia la espalda con la mano para calmarme, pero el tono de su voz hace que me estremezca.

Me vuelvo para mirarle y le sonrío con picardía.

—¡Sexo en el coche! —exclamo.

Me sonríe en respuesta y me coloca un mechón de pelo detrás de la oreja.

—Vamos a casa. Yo conduzco.

Abre la puerta para que pueda bajarme de su regazo y salir al aparcamiento. Cuando le miro veo que se está abrochando la braqueta. Sale fuera conmigo y espera sujetando la puerta hasta que vuelvo a entrar. Va rápidamente al otro lado, al asiento del conductor, sube al coche conmigo, coge la BlackBerry y hace una llamada.

—¿Dónde está Sawyer? —pregunta—. ¿Y el Dodge? ¿Cómo es que no está Sawyer contigo?

Escucha con atención a Ryan, supongo.

—¿Ella? —exclama—. Seguidla. —Christian cuelga y me mira.

¡Ella! ¿Quién conducía el coche? ¿Quién puede ser? ¿Elena? ¿Leila?

—¿El Dodge lo conducía una mujer?

—Eso parece —me dice en voz baja. Su boca se ha convertido en una fina línea furiosa—. Voy a llevarte a casa —anuncia. Arranca el motor del R8 con un rugido y da marcha atrás para salir.

—¿Dónde está la… Sudes? ¿Y qué significa eso, por cierto? Suena muy BDSM…

Christian sonríe brevemente y sale del aparcamiento hacia Stewart Street.

—Sudes significa «Sujeto desconocido». Ryan antes era agente del FBI.

—¿Del FBI?

—No preguntes —dice Christian negando con la cabeza. Es obvio que está inmerso en sus pensamientos.

—Bueno, pues ¿dónde está la Sudes femenina?

—En la interestatal 5, dirección sur. —Me mira con ojos preocupados.

Vaya… De apasionado a tranquilo y después a ansioso en solo unos momentos. Extiendo la mano y le acaricio el muslo, pasando los dedos juguetonamente por la costura interior de sus vaqueros esperando que eso le mejore el humor. Aparta una mano del volante y detiene el lento ascenso de mi mano.

—No —me dice—. Hemos llegado hasta aquí sanos y salvos. No querrás que tenga un accidente a tres manzanas de casa… —Se lleva mi mano a los labios y me da un beso en el dedo índice para suavizar su respuesta. Tranquilo, sereno, autoritario… Mi Cincuenta. Por primera vez en bastante tiempo me hace sentir de nuevo como una niña caprichosa. Le suelto la mano y me quedo sentada en silencio un momento.

—¿Una mujer?

—Eso dicen. —Suspira, entra en el garaje subterráneo del Escala y pulsa los botones del código de acceso en la consola de seguridad. La puerta se abre, entra y aparca sin dificultad el R8 en su plaza asignada.

—Me gusta mucho este coche —le digo.

—A mí también. Y me gusta cómo lo conduces… Y también cómo has logrado no hacerle ningún daño.

—Puedes regalarme uno para mi cumpleaños —le digo sonriendo.

Christian se queda con la boca abierta y yo salgo del coche.

—Uno blanco, creo —añado a la vez que me agacho y le sonrío.

Él también sonríe.

—Anastasia Grey, nunca dejas de sorprenderme.

Cierro la puerta y voy hasta el extremo del coche para esperarle. Él baja y mira en mi dirección con esa mirada… esa mirada que despierta algo que hay dentro de mí, muy en el fondo. Conozco bien esa mirada. Cuando ya está delante de mí, se inclina y me susurra:

—A ti te gusta el coche. A mí me gusta el coche. Te he follado dentro… Tal vez debería follarte también encima.

Doy un respingo. Pero un brillante BMW plateado entra en el

garaje en ese momento. Christian lo mira nervioso y después irritado y por fin me dedica una sonrisa pícara.

—Pero parece que tenemos compañía. Vamos. —Me coge la mano y me lleva hacia el ascensor del garaje. Llama al ascensor y, mientras esperamos, nos alcanza el dueño del BMW. Es joven, va vestido informal, y tiene el pelo largo, oscuro y cortado en capas. Parece alguien de los medios de comunicación.

—Hola —nos dice con una amplia sonrisa.

Christian me rodea con el brazo y asiente educadamente.

—Acabo de mudarme. Apartamento dieciséis.

—Hola —le respondo devolviéndola la sonrisa. Tiene unos ojos marrones amables.

El ascensor llega y entramos. Christian me mira con una expresión inescrutable.

—Tú eres Christian Grey —dice el hombre joven.

Christian le mira con una sonrisa tensa.

—Noah Logan —se presenta tendiéndole la mano. Christian se la estrecha a regañadientes—. ¿Qué piso? —pregunta Noah.

—Tengo que introducir un código.

—Oh.

—El ático.

—Oh. —Noah sonríe—. Por supuesto. —Él pulsa el botón del octavo piso y las puertas se cierran—. La señora Grey, supongo.

—Sí —le respondo con una sonrisa educada y nos estrechamos las manos. Noah se sonroja porque se me queda mirando un segundo más de lo necesario. Yo también me ruborizo y Christian me aprieta contra él.

—¿Cuándo te has mudado? —le pregunto.

—El fin de semana pasado. Me encanta este sitio.

Se produce una pausa incómoda antes de que el ascensor se detenga en el piso de Noah.

—Ha sido un placer conoceros a los dos —dice y parece aliviado al salir. Las puertas se cierran en silencio tras él. Christian introduce el código y el ascensor vuelve a subir.

—Parece agradable —le digo—. No había conocido antes a ninguno de los vecinos.

Christian frunce el ceño.

—Yo lo prefiero.

—Pero tú eres un ermitaño. Me ha parecido simpático.

—¿Un ermitaño?

—Ermitaño, sí. Encerrado en tu torre de marfil —le digo con naturalidad y sus labios curvan un poco, divertidos.

—Nuestra torre de marfil. Y creo que tenemos otro nombre para añadir a su lista de admiradores, señora Grey.

Pongo los ojos en blanco.

—Christian, tú crees que todo el mundo es un admirador.

—¿Acabas de ponerme los ojos en blanco?

Se me acelera el pulso.

—Claro que sí —le susurro casi sin respiración.

Ladea la cabeza con una expresión ardiente, arrogante y divertida.

—¿Y qué voy a hacer al respecto?

—Tienes que ser duro.

Él parpadea para ocultar su sorpresa.

—¿Duro?

—Por favor.

—¿Quieres más?

Asiento lentamente. Las puertas del ascensor se abren y ya estamos en casa.

—¿Cómo de duro? —Jadea y sus ojos se oscurecen.

Le miro sin decir nada. Cierra los ojos un momento y después me coge la mano y tira de mí hacia el vestíbulo.

Cuando cruzamos las puertas dobles, nos encontramos a Sawyer de pie en el pasillo, mirándonos expectante.

—Sawyer, quiero un informe dentro de una hora —dice Christian.

—Sí, señor. —Se gira y se dirige a la oficina de Taylor.

¡Tenemos una hora!

Christian me mira otra vez.

—¿Duro?

Yo asiento.

—Bien, señora Grey. Creo que está de suerte. Hoy estoy atendiendo peticiones.

# 6

¿Tienes algo en mente? —me susurra Christian con una mirada expectante. Me encojo de hombros; de repente me siento nerviosa y estoy casi sin respiración. No sé si es por la persecución, la adrenalina, el mal humor de antes... No entiendo nada, pero ahora quiero esto y lo quiero con todas mis fuerzas. Una expresión divertida aparece en la cara de Christian—. ¿Sexo pervertido? —me pregunta y sus palabras me parecen una suave caricia.

Asiento y noto que la cara me arde. ¿Por qué me da vergüenza? Ya he tenido todo tipo de sexo con este hombre. ¡Es mi marido, por todos los santos! ¿Me da vergüenza quererlo o admitirlo? Mi subconsciente me mira fijamente como diciendo: Deja de darle tantas vueltas a las cosas.

—¿Tengo carta blanca? —Hace la pregunta en un susurro, mirándome como si intentara leerme la mente.

¿Carta blanca? Madre mía, ¿qué implicará eso?

—Sí —asiento nerviosa y la excitación empieza a crecer en mí. Él sonríe lentamente con una sonrisa sexy.

—Ven —me dice y tira de mí hacia la escalera. Su intención está clara. ¡El cuarto de juegos!

Al llegar al final de la escalera me suelta la mano y abre la puerta del cuarto de juegos. La llave está en el llavero de «Yes Seattle» que le regalé no hace tanto tiempo.

—Después de usted, señora Grey —me dice abriendo la puerta.

El olor del cuarto de juegos ya me resulta familiar: huele a cuero, a madera y a cera de muebles. Me sonrojo al pensar que la señora Jones ha debido de estar limpiando allí cuando estábamos de luna de miel. Al entrar Christian enciende las luces y las paredes rojo oscuro quedan iluminadas con una luz suave y difusa. Me quedo de pie mirándole; la anticipación ya corre por mis venas.

¿Qué va a hacer? Cierra la puerta con llave y se gira. Con la cabeza inclinada hacia un lado me mira pensativo y después niega con la cabeza divertido.

—¿Qué quieres, Anastasia? —me pregunta.

—A ti —le respondo en un jadeo.

Sonríe.

—Ya me tienes. Me tienes desde el mismo momento en que te caíste al entrar en mi despacho.

—Sorpréndame, señor Grey.

Su media sonrisa oculta su diversión y su expresión encierra una promesa lujuriosa.

—Como usted quiera, señora Grey. —Cruza los brazos y se lleva el dedo índice a los labios mientras me mira de arriba abajo    . Creo que vamos a empezar deshaciéndonos de tu ropa. Se acerca. Coge mi chaqueta vaquera por delante, me la abre y me la quita por los hombros hasta que cae al suelo. Después agarra el dobladillo de mi camisola negra.

—Levanta los brazos.

Obedezco y me la quita por la cabeza. Se inclina para darme un suave beso en los labios. Sus ojos brillan con una atrayente mezcla de lujuria y amor. La camisola acaba en el suelo junto a mi chaqueta.

—Toma —le susurro mirándole nerviosa; me quito la goma del pelo de la muñeca y se la tiendo. Él se queda quieto y abre mucho los ojos un segundo. Por fin me coge la goma.

—Vuélvete —me ordena.

Aliviada, sonrío para mí y obedezco inmediatamente. Parece que hemos superado un pequeño obstáculo. Me recoge el pelo y me lo trenza rápida y hábilmente antes de sujetármelo con la goma. Tira de la trenza para que eche la cabeza hacia atrás.

—Bien pensado, señora Grey —me susurra al oído y después me muerde el lóbulo de la oreja—. Ahora gírate y quítate la falda. Deja que caiga al suelo.

Me suelta y da unos pasos atrás. Yo me vuelvo para quedar mirándole. Sin apartar los ojos de los suyos me desabrocho la cinturilla de la falda y bajo la cremallera. El vuelo de la falda flota y cae al suelo, rodeándome los pies.

—Sal de la falda —ordena y yo obedientemente doy un paso hacia él. Él se arrodilla rápidamente delante de mí y me agarra el tobillo derecho. Con destreza me suelta una sandalia y después la otra mientras yo mantengo el equilibrio apoyando una mano en la pared bajo los ganchos que usa para colgar los látigos, las fustas y las palas. Ahora mismo las únicas herramientas que hay allí son el látigo de colas y la fusta de montar. Los miro con curiosidad. ¿Querrá usarlos?

Una vez sin zapatos, ya solo me queda puesto el conjunto de sujetador y bragas de encaje. Christian se sienta en los talones y me mira.

—Es usted un paisaje que merece la pena admirar, señora Grey. —Se arrodilla, me agarra las caderas y me atrae hacia él para hundir la nariz en mi entrepierna—. Y hueles a ti, a mí y a sexo —dice inspirando hondo—. Es embriagador.

Me da un beso por encima de la tela de las bragas y yo le miro con la boca abierta por lo que ha dicho. Mi interior se está convirtiendo en líquido. Es tan… travieso. Recoge mi ropa y mis sandalias y se pone de pie con un movimiento rápido y grácil, como un atleta.

—Ve y quédate de pie junto a la mesa —me dice con calma señalando con la barbilla.

Se gira y camina hacia la cómoda que encierra todas las maravillas. Me mira y me sonríe.

—Cara a la pared —me manda—. Así no sabrás lo que estoy planeando. Estoy aquí para complacerla, señora Grey, y ha pedido usted una sorpresa.

Me giro para darle la espalda y escucho con atención; mis oídos de repente captan hasta los sonidos más leves. Es bueno en esto: alimenta mis expectativas y aviva mi deseo haciéndome esperar. Oigo cómo mete mi ropa y creo que mis zapatos también en la cómoda. Ahora percibo el inconfundible sonido de sus zapatos al caer al suelo, primero uno y después el otro. Mmm… Me encanta el Christian descalzo. Un momento después le oigo abrir un cajón.

¡Juguetes! Oh, me encanta, me encanta esta anticipación. El cajón se cierra y mi respiración se acelera. ¿Cómo el sonido de un cajón puede convertirme en un flan que no deja de temblar? No tiene sentido. El siseo sutil del equipo de sonido al cobrar vida me avisa de que va a haber un interludio musical. Empieza a oírse una música de piano, apagada y suave, y un coro triste llena la habitación. No conozco esta canción. Al piano se le une una guitarra eléctrica. ¿Qué es esto? Empieza a hablar una voz masculina y apenas distingo las palabras: dice algo sobre no tener miedo a la muerte.

Christian se acerca lentamente hacia mí con los pies descalzos sobre el suelo de madera. Lo siento detrás de mí cuando una mujer empieza a ¿gemir? ¿Llorar? ¿Cantar…?

—Ha pedido usted duro, señora Grey —me dice junto al oído izquierdo.

—Mmm…

—Pídeme que pare si es demasiado. Si me dices que pare, pararé inmediatamente. ¿Entendido?

—Sí.

—Necesito que me lo prometas.

Inspiro hondo. Mierda, ¿qué es lo que va a hacer?

—Lo prometo —murmuro sin aliento, recordando sus palabras de antes: «No quiero hacerte daño, pero no me importa jugar».

—Muy bien. —Se inclina y me da un beso en el hombro desnudo. Después mete un dedo bajo la tira del sujetador y sigue la línea de la tela por mi espalda. Quiero gemir. ¿Cómo consigue que hasta el contacto más leve sea tan erótico?—. Quítatelo —me susurra al oído y yo me apresuro a obedecerle. Dejo caer el sujetador al suelo.

Me acaricia la espalda con las manos, mete los dos pulgares bajo la cintura de mis bragas y me las baja por las piernas.

—Sal —me dice.

Vuelvo a hacer lo que me pide y salgo de las bragas. Me da un beso en el culo y se pone de pie.

—Te voy a tapar los ojos para que todo sea más intenso.

Me pone un antifaz en los ojos y el mundo se vuelve negro. La mujer que canta está gimiendo algo incoherente… Una canción muy sentida y evocadora.

—Agáchate y túmbate sobre la mesa. —Habla con suavidad—. Ahora.

Sin dudarlo me inclino sobre la mesa y apoyo el pecho en la madera bien abrillantada. Siento la cara caliente contra la dura superficie que noto fresca contra mi piel y que huele a cera de abejas con un toque cítrico.

—Estira los brazos y agárrate al borde.

Vale… Me estiro y me agarro al borde más alejado de la mesa. Es bastante ancha, así que tengo los brazos estirados al máximo.

—Si te sueltas, te azoto, ¿entendido?

—Sí.

—¿Quieres que te azote, Anastasia?

Todo lo que tengo por debajo de la cintura se tensa deliciosamente. Me doy cuenta de que he estado deseándolo desde que me amenazó con hacerlo en la comida y ni la persecución ni el encuentro íntimo en el coche han conseguido satisfacer esa necesidad.

—Sí. —Mi voz no es más que un susurro ronco.

—¿Por qué?

Oh… ¿tiene que haber una razón? Me encojo de hombros.

—Dime —insiste.

—Mmm…

Y sin avisar me da un azote fuerte.

—¡Ah! —grito.

—¡Silencio!

Me frota suavemente el culo en el lugar donde me ha dado el azote. Después se inclina sobre mí, clavándome la cadera en el culo, me da un beso entre los omóplatos y sigue encadenando besos por toda mi espalda. Se ha quitado la camisa y el vello de su pecho me hace cosquillas en la espalda a la vez que su erección empuja contra mis nalgas desde debajo de la dura tela de sus vaqueros.

—Abre las piernas —me ordena.

Separo las piernas.

—Más.

Gimo y abro más las piernas.

—Muy bien. —Desliza un dedo por mi espalda, por la hendidura entre mis nalgas y sobre el ano, que se aprieta al notar su contacto.

—Nos vamos a divertir un rato con esto —susurra.

¡Joder!

Sigue bajando el dedo por mi perineo y lo introduce lentamente en mi interior.

—Veo que estás muy mojada, Anastasia. ¿Por lo de antes o por lo de ahora?

Gimo y él mete y saca el dedo, una y otra vez. Me acerco a su mano, encantada por la intrusión.

—Oh, Ana, creo que es por las dos cosas. Creo que te encanta estar aquí, así. Toda mía.

Sí… Oh, sí, me encanta. Saca el dedo y me da otro azote fuerte.

—Dímelo —susurra con la voz ronca y urgente.

—Sí, me encanta —gimo.

Me da otro azote bien fuerte una vez más y grito. Después mete dos dedos en mi interior, los saca inmediatamente, extiende mis fluidos alrededor y sube hasta el ano.

—¿Qué vas a hacer? —le pregunto sin aliento. Oh, Dios mío… ¿Me va a follar por el culo?

—No voy a hacer lo que tú crees —me susurra tranquilizadoramente—. Ya te he dicho que vamos a avanzar un paso cada vez, nena.

Oigo el suave sonido del chorro de algún líquido, al salir de un tubo seguramente, y siento que sus dedos me masajean otra vez ahí. Me está lubricando… ¡ahí! Me retuerzo cuando mi miedo choca con mi excitación por lo desconocido. Me da otro azote más abajo que me alcanza el sexo. Gimo. Es una sensación… tan increíble.

—Quieta —dice—. Y no te sueltes.

—Ah.

—Esto es lubricante. —Me echa un poco más. Intento no retorcerme, pero el corazón me late muy fuerte y tengo el pulso descontrolado. El deseo y la ansiedad me corren a toda velocidad por las venas.

—Llevo un tiempo queriendo hacer esto contigo, Ana.

Gimo de nuevo. Siento algo frío, metálicamente frío, que me recorre la espalda.

—Tengo un regalito para ti —me dice Christian en un susurro.

Me viene a la mente la imagen del día que me enseñó los artilugios que había en la cómoda. Madre mía. Un tapón anal. Christian lo desliza por la hendidura que hay entre mis nalgas.

Oh, Dios mío…

—Voy a introducir esto dentro de ti muy lentamente…

Doy un respingo; la anticipación y la ansiedad están haciendo mella en mí.

—¿Me va a doler?

—No, nena. Es pequeño. Y cuando lo tengas dentro te voy a follar muy fuerte.

Estoy a punto de dar una sacudida sin control. Se agacha sobre mi cuerpo y me da más besos entre los omóplatos.

—¿Preparada? —me susurra.

¿Preparada? ¿Estoy preparada para esto?

—Sí —digo con un hilo de voz y la boca seca.

Pasa otra vez el dedo por encima del ano y por el perineo y lo introduce en mi interior. Joder, es el pulgar. Me cubre el sexo con el resto de la mano y me acaricia lentamente el clítoris con los dedos. Suelto un gemido… Me siento… bien. Muy lentamente, sin dejar de hacer su magia con los dedos y el pulgar, me va metiendo el frío tapón.

—¡Ah! —grito y gimo a la vez por la sensación desconocida. Mis músculos protestan por la intrusión. Hace círculos con el pulgar en mi interior y empuja más fuerte el tapón, que entra con facilidad. No sé si es porque estoy tan excitada o porque me está distrayendo con sus dedos expertos, pero parece que mi cuerpo lo acepta bien. Pesa… y noto algo raro… ¡«ahí»!

—Oh, nena…

Puedo sentirlo todo: el pulgar que gira en mi interior y el tapón que presiona… Oh, ah… Gira lentamente el tapón, lo que me provoca un interminable gemido.

—Christian… —Digo su nombre como un mantra mientras me voy adaptando a la sensación.

—Muy bien —me susurra. Me recorre el costado con la mano libre hasta llegar a la cadera. Saca lentamente el pulgar y oigo el sonido inconfundible de la cremallera de su bragueta al abrirse. Me coge la cadera por el otro lado, tira de mí hacia atrás y me abre más las piernas empujándome los pies con los suyos.

—No sueltes la mesa, Ana —me advierte.

—No —jadeo.

—Duro, ¿eh? Dime si soy demasiado duro, ¿entendido?

—Sí —le susurro.

Siento que entra en mí con una brusca embestida a la vez que me atrae hacia él, lo que empuja el tapón y lo introduce más profundamente.

—¡Joder! —chillo.

Se queda quieto con la respiración trabajosa. Mis jadeos se acompasan con los suyos. Estoy intentando asimilar todas las sensaciones: la deliciosa sensación de estar llena, la seducción de estar haciendo algo prohibido, el placer erótico que va creciendo en espiral desde mi interior. Tira suavemente del tapón.

Oh, Dios mío… Gimo y oigo que inspira bruscamente: una inhalación de puro placer sin adulterar. Hace que me hierva la sangre. ¿Me he sentido alguna vez tan llena de lujuria… tan…?

—¿Otra vez? —me susurra.

—Sí.

—Sigue tumbada —me ordena. Sale de mí y vuelve a embestirme con mucha fuerza.

Oh… esto era lo que quería.

—¡Sí! —exclamo con los dientes apretados.

Él empieza a establecer un ritmo con la respiración cada vez más trabajosa, que vuelve a acompasarse con la mía cuando entra y sale de mi interior.

—Oh, Ana —gime. Aparta una de las manos de mi cadera y gira otra vez el tapón para meterlo despacio, sacarlo un poco y volverlo a meter. La sensación es indescriptible y creo que estoy a punto de desmayarme sobre la mesa. No altera el ritmo de su penetración, una y otra vez, con movimientos fuertes y bruscos al entrar, haciendo que mis entrañas se tensen y tiemblen.

—Oh, joder… —grito. Me va a partir en dos.

—Sí, nena —murmura él.

—Por favor… —le suplico, aunque no sé qué le estoy pidiendo: que pare, que no pare nunca, que vuelva a girar el tapón. Mi interior se tensa alrededor de él y del tapón.

—Eso es —jadea y a la vez me da un fuerte azote en la nalga derecha. Y yo me corro, una vez y otra, cayendo, hundiéndome, girando, latiendo a su alrededor una vez, y otra… Christian saca con mucho cuidado el tapón.

—¡Joder! —vuelvo a gritar y Christian me agarra las caderas para que no me mueva y llega el clímax con un alarido.


La mujer sigue cantando. Siempre que estamos aquí, Christian pone una canción y programa el equipo para que se repita. Qué raro. Estoy acurrucada en su regazo, envuelta por sus brazos, con las piernas enroscadas con las suyas y la cabeza descansando contra su pecho. Estamos en el suelo del cuarto de juegos al lado de la mesa.

—Bienvenida de vuelta —me dice quitándome el antifaz. Parpadeo para que mis ojos se adapten a la débil luz. Sujetándome la barbilla me da un beso suave en los labios con los ojos fijos en los míos, mirándome ansioso. Estiro la mano para acariciarle la cara. Él me sonríe—. Bueno, ¿he cumplido el encargo? —me pregunta divertido.

Frunzo el ceño.

—¿Encargo?

—Querías que fuera duro —me explica.

No puedo evitar sonreír.

—Sí, creo que sí…

Alza las dos cejas y me sonríe.

—Me alegro mucho de oírlo. Ahora mismo se te ve muy bien follada y preciosa. —Me acaricia la cara y sus largos dedos me rozan la mejilla.

—Así me siento —digo casi en un ronroneo.

Se agacha y me besa tiernamente y noto sus labios suaves y cálidos contra los míos.

—Nunca me decepcionas.

Él se echa un poco atrás para mirarme.

—¿Cómo te encuentras? —pregunta con voz suave pero llena de preocupación.

—Bien. Muy bien follada —le digo y siento que me estoy ruborizando. Le sonrío tímidamente.

—Vaya, señora Grey, tiene una boca muy muy sucia. —Christian pone cara de ofendido, pero advierto la diversión en su voz.

—Eso es porque estoy casada con un hombre muy, muy sucio, señor Grey.

Me sonríe con una sonrisa ridículamente estúpida que se me contagia.

—Me alegro de que estés casada con él.

Me coge la trenza, se la lleva a los labios y besa el extremo con veneración; sus ojos están llenos de amor. Oh… ¿Alguna vez podré resistirme a este hombre?

Le cojo la mano izquierda y le doy un beso en la alianza, un sencillo aro de platino igual que el mío.

—Mío —susurro.

—Tuyo —me responde. Me rodea con sus brazos y hunde la nariz en mi pelo—. ¿Quieres que te prepare un baño?

—Mmm… Solo si tú te metes en la bañera conmigo.

—Vale —concede. Me pone de pie y se levanta para quedar junto a mí. Todavía lleva los vaqueros.

—¿Por qué no te pones… eh… los otros vaqueros?

Me mira frunciendo el ceño.

—¿Qué otros vaqueros?

—Los que te ponías antes cuando estábamos aquí.

—¿Esos? —pregunta parpadeando por la perplejidad.

—Me pones mucho con ellos.

—¿Ah, sí?

—Sí… Mucho, mucho…

Sonríe tímidamente.

—Por usted, señora Grey, tal vez me los ponga. —Se inclina para besarme y coge el cuenco que hay en la mesa en el que están el tapón, el tubo de lubricante, el antifaz y mis bragas.

—¿Quién limpia esos juguetes? —le pregunto siguiéndole hasta la cómoda.

Me mira con el ceño fruncido, como si no entendiera la pregunta.

—Yo. O la señora Jones.

—¿Ah, sí?

Asiente, divertido y avergonzado a la vez, creo. Apaga la música.

—Bueno… eh…

—Antes lo hacían tus sumisas —termino la frase por él.

Se encoge de hombros como disculpándose.

—Toma. —Me pasa su camisa. Me la pongo y me envuelvo en ella. La tela mantiene su olor y mi malestar por lo de la limpieza del tapón anal queda olvidado. Deja los juguetes sobre la cómoda. Me coge la mano, abre la puerta del cuarto de juegos, me lleva afuera y bajamos por la escalera. Yo le sigo dócilmente.

La ansiedad, el mal humor, la emoción, el miedo y la excitación de la persecución han desaparecido. Estoy relajada, por fin saciada y en calma. Cuando entramos en nuestro baño bostezo con fuerza y me estiro, por fin cómoda conmigo misma para variar.

—¿Qué? —pregunta Christian mientras abre el grifo.

Niego con la cabeza.

—Dímelo —me pide suavemente. Echa aceite de baño de jazmín en el agua y el baño se llena de un olor dulce y sensual.

Me sonrojo.

—Es que me siento mejor.

Sonríe.

—Sí, ha tenido un humor extraño todo el día, señora Grey. —Se pone de pie y me atrae hacia sus brazos—. Sé que estás preocupada por las cosas que han ocurrido recientemente. Siento que te hayas visto envuelta en todo esto. No sé si es una venganza, un antiguo empleado descontento o un rival en los negocios. Pero si algo te pasara por mi culpa… —Su voz va bajando hasta quebrarse en un susurro lleno de dolor. Yo le abrazo.

—¿Y si te pasa algo a ti, Christian? —Al fin enuncio mi miedo en voz alta.

Me mira.

—Ya lo arreglaremos. Ahora quítate la camisa y métete en el baño.

—¿No tienes que hablar con Sawyer?

—Puede esperar. —La expresión de su boca se endurece y yo siento una punzada de lástima por Sawyer. ¿Qué puede haber hecho para enfadar a Christian?

Christian me ayuda a quitarme la camisa y frunce el ceño cuando me giro hacia él. Todavía tengo en los pechos las marcas desvaídas de los chupetones que me hizo durante la luna de miel. Decido no bromear con él sobre ellos.

—Me pregunto si Ryan habrá conseguido seguir al Dodge…

—Ya nos enteraremos después del baño. Entra. —Me tiende la mano para ayudarme a entrar e intento sentarme dentro del agua caliente y fragante.

—Ay. —Tengo el culo un poco sensible y el agua caliente me provoca un leve dolor.

—Con cuidado, nena —me dice Christian, pero nada más decirlo la sensación de incomodidad desaparece.

Christian se desnuda y se mete detrás de mí, atrayéndome hacia él para que me apoye contra su pecho. Me coloco entre sus piernas y los dos nos quedamos tumbados, relajados y satisfechos, en el agua caliente. Le acaricio las piernas y él me coge la trenza con una mano y la hace girar entre sus dedos.

—Tenemos que revisar los planos de la casa nueva. ¿Más tarde?

—Sí. —Esa mujer va a volver. Mi subconsciente levanta la vista del tercer volumen de las *Obras completas de Charles Dickens* y frunce el ceño. Pienso lo mismo que mi subconsciente. Suspiro. Por desgracia los planos de Gia Matteo son espectaculares—. Debería preparar las cosas del trabajo —digo.

Él se queda muy quieto.

—Sabes que no tienes que volver a trabajar si no quieres —me dice.

Oh, no… otra vez no.

—Christian, ya hemos hablado de esto. Por favor no resucites aquella discusión.

Me tira de la trenza de forma que tengo que levantar y echar atrás la cabeza.

—Solo lo digo por si acaso… —se defiende y me da un suave beso en los labios.


Me pongo los pantalones de chándal y una camisola y decido ir a buscar mi ropa al cuarto de juegos. Mientras cruzo el pasillo, oigo la voz de Christian gritando en el estudio. Me quedo petrificada.

—¿Dónde cojones estabas?

Oh, mierda. Le está gritando a Sawyer. Hago una mueca de dolor y subo corriendo la escalera hasta el cuarto de juegos. No quiero oír lo que tiene que decirle; Christian aún sigue intimidándome cuando grita. Pobre Sawyer. Al menos yo puedo contestarle también a gritos.

Recojo mi ropa y los zapatos de Christian y entonces me fijo en el pequeño cuenco de porcelana con el tapón, que sigue encima de la cómoda. Bueno… supongo que debería limpiarlo. Lo pongo entre la ropa y bajo la escalera. Miro nerviosamente hacia el salón, pero todo está en calma, gracias a Dios.

Taylor volverá mañana por la noche y Christian suele estar más tranquilo cuando lo tiene a su lado. Taylor está pasando unos días con su hija. Me pregunto distraída si alguna vez llegaré a conocerla.

La señora Jones sale del *office* y las dos nos sobresaltamos.

—Señora Grey… No la había visto. —¡Oh, ahora soy la señora Grey!

—Hola, señora Jones.

—Bienvenida a casa y felicidades —me dice sonriendo.

—Por favor, llámeme Ana.

144

—Oh, señora Grey, no me sentiría cómoda dirigiéndome a usted así.

¡Oh! ¿Por qué tiene que cambiar todo solo porque ahora llevo un anillo en el dedo?

—¿Quiere repasar los menús de la semana? —me pregunta mirándome expectante.

¿Los menús?

—Mmm… —No es una pregunta que esperara que me hiciera.

Sonríe.

—Cuando empecé a trabajar con el señor Grey, todos los domingos por la noche repasaba los menús de la semana siguiente con él y hacía una lista de todo lo que necesitábamos de la tienda.

—Ah, ya veo.

—¿Quiere que yo me ocupe de eso? —dice tendiéndome las manos para cogerme la ropa.

—Oh… no. Todavía no he terminado con todo esto. —Y tengo escondido entre la ropa un cuenco con un tapón anal… Me pongo de color escarlata. No sé ni cómo puedo mirar a la señora Jones a la cara. Ella sabe lo que hacemos, porque es la que limpia la habitación. Dios, es muy raro no tener privacidad.

—Cuando pueda, señora Grey, estaré encantada de repasar esas cosas con usted.

—Gracias. —Nos interrumpe un Sawyer con la cara cenicienta que sale del estudio de Christian como una exhalación y cruza a buen paso el salón. Nos saluda brevemente con la cabeza sin mirarnos a los ojos y se mete en el despacho de Taylor. Me alegro de que nos haya interrumpido porque no quiero hablar de menús ni de tapones anales con la señora Jones. Le dedico una breve sonrisa y me escabullo hacia el dormitorio. ¿Me acostumbraré alguna vez a tener servicio doméstico siempre a mi entera disposición? Sacudo la cabeza… Tal vez algún día.

Dejo caer los zapatos de Christian en el suelo y mi ropa en la cama y me llevo el cuenco con el tapón al baño. Lo miro suspicaz. Parece inofensivo y sorprendentemente limpio. No quiero pensar mucho en él, así que lo lavo enseguida con agua y jabón. ¿Eso será suficiente? Tengo que preguntarle al señor Experto en Sexo si hay que esterilizarlo o algo. Me estremezco de solo pensarlo.

Me gusta que Christian haya adaptado la biblioteca para mí. Ahora tiene un bonito escritorio de madera blanco en el que puedo trabajar. Saco el ordenador portátil y echo un vistazo a las notas sobre los cinco manuscritos que he leído en la luna de miel.

Sí, tengo todo lo que necesito. Una parte de mí teme volver al trabajo, pero no puedo decirle eso a Christian. Aprovecharía la oportunidad para hacer que lo deje. Recuerdo que a Roach casi le dio un ataque cuando le dije que me iba a casar, con quién y cómo. Muy poco después me hicieron fija en el puesto. Ahora me doy cuenta de que fue porque iba a casarme con el jefe. No me gusta la idea. Ya no soy editora en prácticas. Ahora soy Anastasia Steele, editora.

Todavía no he logrado reunir el coraje para decirle a Christian que no voy a cambiarme el apellido en el trabajo. Creo que tengo buenas razones. Necesito mantener cierta distancia con él, pero sé que vamos a tener una pelea cuando se lo plantee. Tal vez deberíamos hablarlo esta noche.

Me acomodo en la silla y empiezo mi última tarea del día. Miro el reloj del ordenador: son las siete de la tarde. Christian todavía no ha salido de su estudio, así que tengo tiempo. Saco la tarjeta de memoria de la Nikon y la conecto al ordenador para transferir las fotos. Mientras se van copiando, reflexiono sobre los acontecimientos del día. ¿Habrá vuelto Ryan? ¿O todavía irá de camino a Portland? ¿Habrá conseguido atrapar a la mujer misteriosa? ¿Sabrá Christian algo de Ryan ya? Quiero respuestas y no me importa que esté ocupado; quiero saber lo que está pasando y de repente siento una punzada de resentimiento porque me tiene en ascuas. Me levanto con intención de ir a hablar con él a su estudio, pero antes de que me dé tiempo, las fotos de los últimos días de nuestra luna de miel aparecen en la pantalla.

Oh, Dios mío…

Hay un montón de fotos mías. Muchísimas dormida: con el

pelo sobre la cara o desparramado sobre la almohada, con los labios separados… ¡Mierda! Chupándome el pulgar… ¡Hacía años que no me chupaba el pulgar! Cuántas fotos… No tenía ni idea de que me las había hecho. Hay unas cuantas naturales, hechas desde lejos, incluyendo una en la que estoy apoyada en la barandilla del yate, mirando nostálgicamente a la distancia. ¿Cómo he podido no percatarme de que estaba haciéndome fotos? Sonrío al ver las fotos en las que estoy hecha una bola debajo de él, riéndome y con el pelo volando mientras intentaba zafarme de esos dedos que me hacían cosquillas y me atormentaban. Y hay una de él y mía en la cama del camarote, la que nos hizo con el brazo extendido. Estoy acurrucada en su pecho y él mira a la cámara, joven, con los ojos muy abiertos… enamorado. Con la otra mano me coge la cabeza y yo sonrío como una tonta enamorada, sin poder apartar los ojos de él. Oh, mi guapísimo marido, con el pelo de recién follado, los ojos grises brillando, los labios separados y sonriendo. Mi maravilloso marido que no soporta que le hagan cosquillas y que hasta hace poco tampoco aceptaba que le tocaran, aunque ahora sí tolere mi contacto. Tengo que preguntarle si le complace o si solo me deja tocarle porque a mí me gusta.

Frunzo el ceño al comtemplar su imagen, abrumada de repente por lo que siento por él. Hay alguien ahí fuera que va tras él: primero lo de *Charlie Tango*, después el incendio en la oficina y ahora la persecución del coche. Me tapo la boca con la mano cuando se me escapa un sollozo involuntario. Dejo el ordenador y me levanto de un salto para ir a buscarle, no para enfrentarme con él, sino para comprobar que está bien.

Sin molestarme en llamar, irrumpo en su estudio. Christian está sentado en el escritorio y hablando por teléfono. Alza la vista con una irritación sorprendida, pero el enfado desaparece cuando ve que soy yo.

—¿Y no se puede mejorar más la imagen? —dice sin abandonar su conversación telefónica, aunque no aparta los ojos de mí. Sin dudarlo, rodeo el escritorio y él se gira en su silla para quedar frente a mí con el ceño fruncido. Veo claramente que está pensando «¿Qué querrá?». Cuando me encaramo a su regazo, arquea ambas cejas por la sorpresa. Le rodeo el cuello con los brazos y me acurruco contra su cuerpo. Con mucho cuidado me rodea con un brazo.

—Mmm… Sí, Barney. ¿Puedes esperar un momento? —Tapa el teléfono con el hombro.

—Ana, ¿qué pasa?

Niego con la cabeza. Me coge la barbilla y me mira a los ojos. Yo hago que me suelte y escondo la cara bajo su barbilla, acurrucándome todavía más. Perplejo, aprieta un poco más el brazo que me rodea y me besa en el pelo.

—Ya he vuelto, Barney, ¿qué me estabas diciendo? —continúa sujetando el teléfono entre la oreja y el hombro para poder pulsar con la mano libre una tecla del portátil.

La imagen de una cámara de seguridad en blanco y negro y con mucho grano aparece en la pantalla. Se ve a un hombre con el pelo oscuro y un mono de trabajo de color claro. Christian pulsa otra tecla y la cámara se acerca al hombre, pero tiene la cabeza agachada. Cuando está más cerca de la cámara, Christian congela la imagen. Está de pie en una habitación blanca con lo que parece una larga hilera de armarios altos y negros a su izquierda. Debe de ser la sala del servidor de las oficinas de Christian.

—Una vez más, Barney.

La pantalla cobra vida. Aparece un cuadrado sobre la cabeza del hombre con el tiempo de metraje de la cámara y de repente la imagen se acerca con un zoom. Me incorporo para sentarme, fascinada.

—¿Es Barney el que hace eso? —le pregunto en voz baja.

—Sí —responde Christian—. ¿Puedes enfocar un poco mejor la imagen? —le pide a Barney.

La imagen se torna borrosa y después vuelve a enfocarse un poco mejor de forma que se ve con más claridad al hombre que mira hacia abajo a propósito para evitar la cámara. Mientras le observo, un escalofrío me recorre la espalda. La línea de la mandíbula me resulta familiar. Tiene el pelo corto y desaliñado y un aspecto raro y descuidado… Pero en la imagen mejor enfocada puedo ver un pendiente, un aro pequeño.

¡Dios santo! Yo sé quién es.

—Christian —le susurro—. ¡Es Jack Hyde!

# 7

¿Tú crees? —me pregunta Christian, sorprendido.

—Fíjate en el perfil de la mandíbula —le digo señalando a la pantalla—. El pendiente y la forma de los hombros. También tiene su complexión. Debe de llevar una peluca o se ha cortado y teñido el pelo...

—Barney, ¿lo has oído? —Christian pone el teléfono sobre la mesa y activa el manos libres—. Parece que has estudiado muy bien a tu ex jefe...—dice Christian, y no parece muy contento. Le miro con el ceño fruncido, pero Barney interviene.

—Sí, he oído a la señora Grey. Estoy pasando el software de reconocimiento facial por todo el metraje digitalizado de las cámaras de seguridad. Vamos a ver en qué otros sitios de la empresa ha estado este cabrón... perdón, señora... este individuo.

Miro nerviosa a Christian, que no hace caso del improperio de Barney. Está observando de cerca la imagen de la cámara.

—¿Y por qué haría algo así? —le pregunto a Christian.

Él se encoge de hombros.

—Venganza, tal vez. No lo sé. Nunca se sabe por qué la gente hace lo que hace. Lo que no me gusta es que hayas trabajado tan cerca de ese tipo. —La boca de Christian se convierte en una fina línea y me rodea la cintura con el brazo.

—Tenemos el contenido de su disco duro también, señor —dice Barney.

—Sí, lo recuerdo. ¿Tenemos una dirección del señor Hyde? —pregunta Christian bruscamente.

—Sí, señor.

—Díselo a Welch.

—Ahora mismo. También voy a examinar el circuito cerrado de la ciudad para intentar rastrear sus movimientos.

—Averigua qué vehículo tiene.

—Sí, señor.

—¿Barney puede hacer todo eso? —le pregunto en voz baja. Christian asiente y muestra una sonrisa de suficiencia.

—¿Qué había en su disco duro? —vuelvo a susurrar.

La cara de Christian se endurece y niega con la cabeza.

—Poca cosa—dice con los labios tensos, sin rastro de sonrisa.

—Dímelo.

—No.

—¿Es sobre ti o sobre mí?

—Sobre mí —confiesa y suspira.

—¿Qué tipo de cosas? ¿Sobre tu estilo de vida?

Christian niega con la cabeza y me pone el índice sobre los labios para callarme. Le miro con el ceño fruncido, pero él entorna los ojos en una clara advertencia para que me muerda la lengua.

—Un Camaro de 2006. Le mando los detalles de la matrícula a Welch también —dice Barney por el teléfono con voz animada.

—Bien. Descubre en qué otras partes de mi edificio ha estado ese hijo de puta. Y compara su imagen con la de su archivo personal de Seattle Independent Publishing. —Christian me mira un tanto escéptico—. Quiero estar seguro de que tenemos la identificación correcta.

—Ya lo he hecho, señor, y la señora Grey tiene razón. Es Jack Hyde.

Sonrío. ¿Lo ves? Puedo ser útil. Christian me frota la espalda con la mano.

—Muy bien, señora Grey. —Me sonríe, olvidando su malestar anterior, y dice dirigiéndose a Barney—: Avísame cuando hayas rastreado todos sus movimientos dentro del edificio. Comprueba también si ha tenido acceso a alguna otra propiedad de Grey Enterprises Holdings y avisa a los equipos de seguridad para que vuelvan a examinar todos esos edificios.

—Sí, señor.

—Gracias, Barney.

Christian cuelga.

—Bien, señora Grey, parece que no solo es usted decorativa, sino que también resulta útil. —Los ojos de Christian brillan con una diversión perversa. Noto que está bromeando.

—¿Decorativa? —me burlo siguiendo el juego.

—Muy decorativa —dice en voz baja dándome un beso suave y dulce en los labios.

—Usted es mucho más decorativo que yo, señor Grey.

Sonríe y me besa con más fuerza, enroscando mi pelo alrededor de su muñeca y abrazándome. Cuando nos separamos para respirar, tengo el corazón a mil por hora.

—¿Tienes hambre? —me pregunta.

—No.

—Pues yo sí.

—¿Hambre de qué?

—De comida, la verdad.

—Te prepararé algo —digo con una risita.

—Me encanta ese sonido.

—¿El de mis palabras?

—El de tu risita. —Me besa en el pelo y yo me pongo de pie.

—¿Qué le apetece comer, señor? —le pregunto con dulzura. Él entorna los ojos.

—¿Está intentando ser adorable, señora Grey?

—Siempre, señor Grey…

La sonrisa enigmática vuelve a aparecer.

—Todavía puedo volver a ponerte sobre mis rodillas —murmura seductoramente.

—Lo sé —le respondo sonriendo. Coloco las manos en los brazos de su silla de oficina, me agacho y le beso—. Esa es una de las cosas que me encantan de ti. Pero guárdate esa mano demasiado larga. Has dicho que tenías hambre…

Me dedica su sonrisa tímida y se me encoge el corazón.

—Oh, señora Grey, ¿qué voy a hacer con usted?

—Me vas a contestar a la pregunta. ¿Qué quieres comer?

—Algo ligero. Sorpréndame, señora Grey —me dice utilizando las mismas palabras que yo utilicé antes en el cuarto de juegos.

—Veré qué puedo hacer. —Salgo pavoneándome del estudio y me dirijo a la cocina. Se me cae el alma a los pies cuando me encuentro allí a la señora Jones.

—Hola, señora Jones.

—Hola, señora Grey. ¿Les apetece algo de comer?

—Mmm…

Está revolviendo algo en una cazuela sobre el fuego que huele deliciosamente.

—Iba a hacer unos bocadillos para el señor Grey y para mí.

Se queda parada durante un segundo.

—Claro —dice—. Al señor Grey le gusta el pan de barra… Creo que hay un poco en el congelador ya cortado con el tamaño de bocadillo. Yo puedo hacerles los bocadillos, señora.

—Lo sé. Pero me gustaría hacerlos yo.

—Claro, lo entiendo. Le dejaré un poco de espacio.

—¿Qué está cocinando?

—Es salsa boloñesa. Se puede comer en cualquier otro momento. La congelaré. —Me sonríe amablemente y apaga el fuego.

—Mmm… ¿Y qué le gusta a Christian… en el bocadillo? —Frunzo el ceño cohibida por la frase. ¿Se habrá dado cuenta la señora Jones de lo que implicaba?

—Señora Grey, en un bocadillo puede meterle cualquier cosa. Si está dentro de pan de barra, él se lo comerá. —Las dos sonreímos.

—Vale, gracias. —Busco en el congelador y encuentro el pan cortado en una bolsa de congelar. Coloco dos trozos en un plato y los meto en el microondas para descongelarlos.

La señora Jones ha desaparecido. Frunzo el ceño y vuelvo al frigorífico para buscar algo que meter dentro del pan. Supongo que es cosa mía establecer los parámetros de reparto del trabajo entre la señora Jones y yo. Me gusta la idea de cocinar para Christian los fines de semana, pero la señora Jones puede hacerlo durante la semana. Lo último que me va a apetecer cuando vuelva de trabajar va a ser cocinar. Mmm… Una rutina similar a la de Christian con sus sumisas. Niego con la cabeza. No debo pensar mucho en eso. Encuentro un poco de jamón y un aguacate bien maduro.

Cuando le estoy añadiendo sal y limón al aguacate machacado, Christian sale de su estudio con los planos de la casa nueva en las manos. Los coloca sobre la barra para el desayuno, se acerca a mí, me abraza y me besa en el cuello.

—Descalza y en la cocina —susurra.

—¿No debería ser descalza, embarazada y en la cocina? —digo burlonamente.

Él se queda petrificado y todo su cuerpo se tensa contra el mío.

—Todavía no… —dice con la voz llena de aprensión.

—¡No! ¡Todavía no!

Se relaja.

—Veo que estamos de acuerdo en eso, señora Grey.

—Pero quieres tener hijos, ¿no?

—Sí, claro. En algún momento. Pero todavía no estoy preparado para compartirte. —Vuelve a besarme en el cuello.

Oh… ¿compartirme?

—¿Qué estás preparando? Tiene buena pinta. —Me besa detrás de la oreja y veo que tiene intención de distraerme. Un cosquilleo delicioso me recorre la espalda.

—Bocadillos. —Le sonrío.

Él sonríe contra mi cuello y me muerde el lóbulo de la oreja.

—Mmm… Mis favoritos.

Le propino un ligero codazo.

—Señora Grey, acaba de herirme —dice agarrándose el costado como si le doliera.

—Estás hecho de mantequilla… —le digo de broma.

—¿De mantequilla? —dice incrédulo. Me da un azote en el culo que me hace chillar—. Date prisa con mi comida, mujer. Y después ya te enseñaré yo si estoy hecho de mantequilla o no. —Me da otro azote juguetón y se acerca al frigorífico—. ¿Quieres una copa de vino? —me pregunta.

—Sí, por favor.

Christian extiende los planos sobre la barra para el desayuno. La verdad es que Gia ha tenido unas ideas geniales.

—Me encanta su propuesta de hacer toda la pared del piso de abajo de cristal, pero…

—¿Pero? —pregunta Christian.

Suspiro.

—Es que no quiero quitarle toda la personalidad a la casa.

—¿Personalidad?

—Sí. Lo que Gia propone es muy radical pero… bueno… Yo me enamoré de la casa como está… con todas sus imperfecciones.

Christian arruga la frente como si eso fuera un anatema para él.

—Me gusta como está —susurro. ¿Se va a enfadar por eso?

Me mira fijamente.

—Quiero que la casa sea como tú desees. Lo que tú desees. Es tuya.

—Pero yo también quiero que te guste a ti. Que también seas feliz en ella.

—Yo seré feliz donde tú estés. Es así de simple, Ana. —Me sostiene la mirada. Está siendo absolutamente sincero. Parpadeo a la vez que el corazón se me llena de amor. Dios, cuánto me quiere.

—Bueno —continúo tragando saliva para intentar aliviar el nudo de emoción que siento en la garganta—, me gusta la pared de cristal. Será mejor que le pidamos que la incorpore a la casa de una forma más comprensiva.

Christian sonríe.

—Claro. Lo que tú digas. ¿Y lo que ha propuesto para el piso de arriba y el sótano?

—Eso me parece bien.

—Perfecto.

Vale… creo que es hora de hacer la pregunta del millón de dólares.

—¿Vas a querer poner allí también un cuarto de juegos? —Siento que me ruborizo. Christian levanta las cejas.

—¿Tú quieres? —me pregunta sorprendido y divertido al mismo tiempo.

Me encojo de hombros.

—Mmm… Si tú quieres…

Me mira durante un momento.

—Dejemos todas las opciones abiertas por el momento. Después de todo, va a ser una casa para criar niños.

Me sorprendo al notar una punzada de decepción. Supongo que tiene razón, pero… ¿cuándo vamos a tener esa familia? Pueden pasar años.

—Además, podemos improvisar.

—Me gusta improvisar —murmuro.

Él sonríe.

—Hay algo que me gustaría hablar contigo —dice Christian señalando el dormitorio principal y empezamos una detallada discusión sobre baños y vestidores separados.


Cuando terminamos ya son las nueve y media de la noche.

—¿Tienes que volver a trabajar? —le pregunto a Christian mientras enrolla los planos.

—No si tú no quieres —asegura sonriendo—. ¿Qué te apetece hacer?

—Podríamos ver un poco la tele. —No tengo ganas de leer ni de irme a la cama… todavía.

—Vale —acepta alegremente Christian y yo le sigo hasta la sala de la televisión.

Solo nos hemos sentado allí tres o cuatro veces, y normalmente Christian se dedica a leer. A él no le interesa la televisión. Me acurruco a su lado en el sofá, encogiendo las piernas bajo el cuerpo y apoyando la cabeza en su hombro. Enciende la tele plana con el mando a distancia y cambia de canal mecánicamente.

—¿Hay alguna chorrada en particular que te apetezca ver?

—No te gusta mucho la televisión, ¿verdad? —le digo sardónicamente.

Él niega con la cabeza.

—Es una pérdida de tiempo, pero no me importa ver algo contigo.

—Podríamos meternos mano.

Se gira bruscamente para mirarme.

—¿Meternos mano? —Por la forma en que me mira, parece que acabara de nacerme una segunda cabeza. Para de cambiar de canal, dejando la televisión en un frívolo culebrón hispano.

—Sí… —¿Por qué me mira así de horrorizado?

—Podemos irnos a la cama a meternos mano.

—Eso es lo que hacemos siempre. ¿Cuándo fue la última vez que lo hiciste sentado delante de la tele? —le pregunto tímida y provocativa al mismo tiempo.

Se encoge de hombros y niega con la cabeza. Vuelve a pulsar el botón del mando y pasa unos cuantos canales hasta quedarse en uno en el que emiten un episodio antiguo de *Expediente X*.

—¿Christian?

—Yo nunca he hecho algo así —dice en voz baja.

—¿Nunca?

—No.

—¿Ni con la señora Robinson?

Ríe burlón.

—Nena, hice un montón de cosas con la señora Robinson, pero meternos mano no fue una de ellas. —Me sonríe y después una curiosidad divertida le hace entornar los ojos—. ¿Y tú?

Me sonrojo.

—Claro que sí. —Bueno, algo así…

—¿Qué? ¿Con quién?

Oh, no. No quiero hablar de esto.

—Dímelo —insiste.

Me quedo mirando mis dedos entrelazados. Él me cubre suavemente las manos con una de las suyas. Cuando levanto la vista, me está sonriendo.

—Quiero saberlo. Para poder romperle todos los huesos.

Suelto una risita.

—Bueno, la primera vez…

—¿La primera vez? ¿Es que lo has hecho con más de un tío? —pregunta indignado.

Vuelvo a reír.

—¿Por qué se sorprende tanto, señor Grey?

Frunce un poco el ceño, se pasa una mano por el pelo y me mira como si de repente le pareciera alguien completamente diferente. Se encoge de hombros.

—Me sorprende… quiero decir, dada tu falta de experiencia.

Me ruborizo.

—Creo que ya he compensado eso desde que te conocí.

—Cierto —asegura sonriendo—. Dímelo, quiero saberlo.

Sus ojos grises me miran con paciencia y yo me sumerjo en ellos intentando adivinar su humor. ¿Se va a poner furioso o de verdad quiere saberlo? No quiero ponerle de mal humor… se pone imposible cuando está de mal humor.

—¿De verdad quieres que te lo cuente?

Asiente lentamente una vez más y sus labios se curvan en una sonrisa arrogante y divertida.

—Estaba pasando una temporada en Texas con mi madre y su marido número tres. Iba a mi instituto. Se llamaba Bradley y era mi compañero de laboratorio en física.

—¿Cuántos años tenías?

—Quince.

—¿Y qué hace él ahora?

—No lo sé.

—¿Hasta dónde llegó?

—¡Christian! —le regaño. Y de repente me agarra las rodillas, después los tobillos y me empuja de forma que caigo sobre el sofá. Se tumba encima de mí, atrapándome bajo su cuerpo, con una pierna entre las mías. Ha sido todo tan repentino que chillo por la sorpresa. Me coge las manos y me las sujeta por encima de la cabeza.

—Vamos a ver, este Bradley ¿superó el primer nivel? —murmura acariciándome la nariz con la suya. Me da unos besos suaves en la comisura de la boca.

—Sí —susurro contra sus labios. Me suelta una de las manos

157

para poder agarrarme la barbilla para que me esté quieta mientras me mete la lengua en la boca y yo me rindo a su beso ardiente.

—¿Así? —jadea Christian cuando se separa de mí para respirar.

—No… Nada parecido —consigo decir aunque se me está acumulando la sangre por debajo de la cintura.

Me suelta la barbilla y me acaricia todo el cuerpo con la mano para finalmente volver hasta mi pecho.

—¿Y te hizo esto? ¿Te tocó así? —Pasa el pulgar por mi pezón por encima de la ropa suavemente, una y otra vez, y la carne responde a su contacto experto endureciéndose.

—No —digo retorciéndome bajo su cuerpo.

—¿Y llegó al segundo nivel? —me susurra al oído. Su mano baja por mis costillas y sigue por encima de mi cintura hasta mi cadera. Me agarra el lóbulo de la oreja entre los dientes y tira suavemente.

—No —jadeo.

Mulder desde la televisión cuenta algo sobre los menos buscados por el FBI. Christian se detiene, se estira y pulsa un botón del mando para dejar a la tele sin sonido. Me mira.

—¿Y qué pasó con el segundo? ¿Pasó él del segundo nivel?

Sus ojos arden… ¿de furia? ¿De excitación? Es difícil saberlo. Se mueve para quedar junto a mi costado y mete la mano por debajo de mis pantalones.

—No —le susurro atrapada en su mirada lasciva. Christian sonríe malicioso.

—Bien. —Me cubre el sexo con la mano—. No lleva bragas, señora Grey. Me gusta. —Me besa y sus dedos se ponen a hacer magia otra vez; el pulgar me roza el clítoris, excitándome, mientras el dedo índice se introduce dentro de mí con una lentitud exquisita.

—Se supone que solo íbamos a meternos mano —gimo.

Christian se queda quieto.

—Creía que eso estábamos haciendo.

—No. Meterse mano no implica sexo.

—¿Qué?

—Nada de sexo…

—Ah, nada de sexo… —Saca la mano de mis pantalones—. Vale.

Recorre la línea de mis labios con el dedo índice de forma que me hace saborear mi sabor salado. Me introduce el dedo en la boca exactamente igual que estaba haciendo hace un minuto en otra parte de mi cuerpo. Entonces se mueve para meterse entre mis piernas y aprieta su erección contra mí. Me empuja una vez, dos y una tercera. Doy un respingo cuando la tela de mi chándal me frota justo en el sitio correcto. Vuelve a empujar, restregándose contra mí.

—¿Esto es lo que quieres? —me dice moviendo las caderas rítmicamente, balanceándose contra mi cuerpo.

—Sí —digo en un gemido.

Su mano vuelve a concentrarse en mi pezón otra vez y me roza la mandíbula con los dientes.

—¿Sabes lo excitante que eres, Ana? —Su voz suena ronca mientras no deja de empujar contra mí. Abro la boca para responderle, pero no puedo y, en vez de eso, suelto un fuerte gemido. Me atrapa la boca otra vez y me tira del labio inferior con los dientes antes de meterme la lengua en la boca. Me suelta la otra muñeca y mis manos suben ansiosas por sus hombros hasta su pelo mientras me besa. Cuando le tiro del pelo —gruñe y me mira—. Ah…

—¿Te gusta que te toque? —le pregunto en un susurro.

Arruga un momento la frente como si no entendiera la pregunta. Deja de empujar contra mí.

—Claro que sí. Me encanta que me toques, Ana. En lo que respecta a tu contacto, soy como un hombre hambriento delante de un banquete. —Su voz rezuma sinceridad apasionada.

Oh, Dios… Se arrodilla entre mis piernas y me obliga a incorporarme para quitarme la parte de arriba. No llevo nada debajo. Agarra el dobladillo de su camisa, se la quita por la cabeza y la tira al suelo. Me levanta para colocarme en su regazo mientras sigue de rodillas y me sujeta justo por encima del culo.

—Tócame —me pide en un jadeo.

Oh, madre mía… Con cautela extiendo las manos y le rozo con la punta de los dedos la zona cubierta por el vello de su pecho sobre el esternón, encima de las cicatrices de quemaduras. Él inspira bruscamente y sus pupilas se dilatan, pero no es por el miedo. Es una respuesta sensual a mi contacto. Observa cómo mis dedos rozan delicadamente su piel hasta alcanzar primero a una tetilla y después a la otra. Se endurecen al sentir mi contacto. Me inclino hacia delante, le doy besitos por el pecho y mis manos suben hasta sus hombros. Siento las líneas duras y trabajadas de los tendones y los músculos. Uau… está en buena forma.

—Te deseo —me susurra y eso desencadena mi libido.

Mis dedos se hunden en su pelo y tiro de su cabeza hacia atrás para atrapar su boca. Siento que un fuego me consume el vientre. Él suelta un gruñido y me empuja sobre el sofá. Se sienta y me arranca los pantalones del chándal a la vez que se abre la bragueta.

—Último nivel —me susurra y entra en mi interior con un movimiento rápido.

—Ah… —gimo y él se queda quieto y me coge la cara entre las manos.

—Te quiero, señora Grey —me dice en un susurro y después me hace el amor muy lento y muy suave hasta que reviento gritando su nombre y envolviéndole con mi cuerpo porque no quiero dejarle ir.


Estoy tumbada sobre su pecho en el suelo de la sala de la televisión.

—Sabes que te has saltado totalmente el tercer nivel, ¿no? —Mis dedos siguen la línea de sus músculos pectorales.

Él ríe.

—La próxima vez. —Me da un beso en el pelo.

Levanto la cabeza y miro la pantalla, donde ahora aparecen los créditos finales de *Expediente X*. Christian coge el mando y vuelve a encender el sonido.

—¿Te gustaba esa serie? —le pregunto.

—Sí, cuando era pequeño.

Oh… Christian de pequeño: kickboxing, *Expediente X* y nada de contacto físico.

—¿Y a ti? —me pregunta.

—Es anterior a mi época.

—Eres tan joven… —dice Christian sonriendo con cariño—. Me gusta esto de meternos mano en el sofá, señora Grey.

—A mí también, señor Grey. —Le beso en el pecho y vemos en silencio el final de *Expediente X* y la irrupción de los anuncios—. Han sido tres semanas perfectas, Christian. A pesar de las persecuciones, los incendios y los ex jefes psicópatas, ha sido como estar en nuestra propia burbuja privada —le digo con aire soñador.

—Mmm… —Christian ronronea desde el fondo de la garganta—. No sé si estoy preparado para compartirte con el resto del mundo.

—Mañana vuelta a la realidad —le digo intentando mantener a raya la melancolía de mi voz.

Christian suspira y se pasa la mano por el pelo.

—Hay que aumentar la seguridad… —Le pongo un dedo sobre los labios. No quiero volver a oír esa canción.

—Lo sé. Y seré buena. Lo prometo. —Lo que me recuerda… Me muevo y me incorporo sobre un codo para verle mejor—. ¿Por qué le estabas gritando a Sawyer?

Se pone tenso inmediatamente. Oh, mierda.

—Porque nos han seguido.

—Eso no es culpa de Sawyer.

Me mira fijamente.

—No deben permitir que haya tanta distancia entre ellos y nosotros. Y lo saben.

Me sonrojo sintiéndome culpable y vuelvo a descansar sobre su pecho. Ha sido culpa mía. Yo quería librarme de ellos.

—Eso no es…

—¡Basta! —me corta de repente Christian—. Esto está fuera de toda discusión, Anastasia. Es un hecho, y así seguro que no permiten que se vuelva a repetir.

¡Anastasia! Cuando me meto en problemas soy Anastasia, igual que cuando estaba en casa con mi madre.

—Vale —accedo para aplacarle. No quiero pelear—. ¿Consiguió Ryan alcanzar a la mujer del Dodge?

—No. Y no estoy convencido de que fuera una mujer.

—¿Ah, no? —exclamo incorporándome de nuevo.

—Sawyer vio a alguien con el pelo recogido, pero solo fue un momento. Asumió que era una mujer. Pero ahora que has identificado a ese hijo de puta, tal vez fuera él. Solía llevar el pelo así. —Noto cierta repulsión en la voz de Christian.

No sé qué pensar de lo que me acaba de contar. Christian me acaricia la espalda desnuda con la mano, lo que me distrae.

—Si te pasara algo… —susurra con la mirada seria y los ojos muy abiertos.

—Lo sé —le digo—. A mí me pasa lo mismo contigo. —Me estremezco solo de pensarlo.

—Ven. Vas a coger frío —me dice a la vez que se incorpora—. Vamos a la cama. Podemos ocuparnos del tercer nivel allí. —Me sonríe con una sonrisa perversa. Tan temperamental como siempre: apasionado, enfadado, ansioso, sexy… Mi Cincuenta Sombras. Me coge la mano y tira de mí para ponerme de pie. Y totalmente desnuda voy detrás de él, cruzando salón, hasta el dormitorio.

A la mañana siguiente, Christian me aprieta la mano cuando aparcamos justo delante del edificio de SIP. Ahora ya vuelve a parecer el ejecutivo poderoso con su traje azul marino, la corbata a juego y la sonrisa. No se había puesto así de elegante desde que fuimos al ballet en Montecarlo.

—Sabes que no hace falta que vayas, ¿verdad? —me recuerda Christian. Estoy tentada de poner los ojos en blanco.

—Lo sé —le susurro, porque no quiero que nos oigan Sawyer y Ryan, que están en los asientos delanteros del Audi. Frunce el ceño y yo sonrío—. Pero quiero hacerlo —continúo—. Ya lo sabes. —Me acerco y le doy un beso. Su ceño no desaparece—. ¿Qué te ocurre?

Mira inseguro a Ryan cuando Sawyer sale del coche.

—Voy a echar de menos tenerte para mí solo.

Estiro el brazo para acariciarle la cara.

—Yo también. —Le doy otro beso—. Ha sido una luna de miel preciosa. Gracias.

—A trabajar, señora Grey.

—Y usted también, señor Grey.

Sawyer abre la puerta. Le aprieto la mano a Christian una vez más antes de salir del coche. Cuando me dirijo a la entrada del edificio, me giro para despedirme con la mano. Sawyer me sostiene la puerta y me sigue adentro.

—Hola, Ana. —Claire me sonríe desde detrás del mostrador de recepción.

—Hola, Claire —la saludo y le devuelvo la sonrisa.

—Estás genial. ¿Una buena luna de miel?

—La mejor, gracias. ¿Qué tal por aquí?

—Roach está igual que siempre, pero han aumentado la seguridad y están revisando la sala del servidor. Pero ya te lo contará Hannah.

Claro que sí. Le dedico a Claire una sonrisa amable y me encamino a mi despacho.

Hannah es mi ayudante. Es alta, delgada y despiadadamente eficiente, hasta el punto de que a veces me resulta incluso intimidante. Pero es dulce conmigo a pesar de que es un par de años mayor que yo. Me está esperando con mi *caffè latte* de la mañana, el único café que le permito traerme.

—Hola, Hannah —la saludo cariñosamente.

—Hola, Ana. ¿Qué tal la luna de miel?

—Fantástica. Toma… para ti. —Saco un frasquito de perfume que le he comprado y lo dejo sobre su mesa. Ella aplaude encantada.

—¡Oh, gracias! —dice entusiasmada—. La correspondencia urgente está sobre tu mesa y Roach quiere verte a las diez. Eso es todo lo que tengo que decirte por ahora.

—Bien, gracias. Y gracias por el café. —Entro en mi despacho, pongo el maletín encima de mi escritorio y miro el montón de cartas. Hay mucho que hacer.

Justo antes de las diez oigo un golpecito tímido en la puerta.

—Adelante.

Elizabeth asoma la cabeza por la puerta.

—Hola, Ana. Solo quería darte la bienvenida.

—Hola. La verdad es que, después de leer todas estas cartas, me gustaría volver a estar en el sur de Francia.

Elizabeth ríe, pero su risa suena forzada. Ladeo la cabeza y la miro como Christian suele mirarme a mí.

—Me alegro de que estés de vuelta sana y salva —dice—. Te veo dentro de unos minutos en la reunión con Roach.

—Vale —le respondo y ella se va y cierra la puerta al salir. Frunzo el ceño mirando la puerta cerrada. ¿De qué iba eso? Me encojo de hombros. Oigo el sonido de un nuevo correo entrante: es un mensaje de Christian.

---

**De:** Christian Grey
**Fecha:** 22 de agosto de 2011 09:56
**Para:** Anastasia Steele
**Asunto:** Esposas descarriadas

Esposa:
Te he enviado el correo que encontrarás más abajo y me ha venido devuelto.
Y eso es porque no te has cambiado el apellido.
¿Hay algo que quieras decirme?

Christian Grey
Presidente de Grey Enterprises Holdings, Inc.

Adjunto:

---

**De:** Christian Grey
**Fecha:** 22 de agosto de 2011 09:32
**Para:** Anastasia Grey
**Asunto:** Burbuja

Señora Grey:
El amor cubre todos los niveles con usted.
Que tenga un buen primer día tras la vuelta.
Ya echo de menos nuestra burbuja.
x

Christian Grey
De vuelta al mundo real y presidente de Grey Enterprises Holdings, Inc.


Mierda. Pulso «Responder» inmediatamente.

---

**De:** Anastasia Steele
**Fecha:** 22 de agosto de 2011 09:58
**Para:** Christian Grey
**Asunto:** No explotes la burbuja

Esposo:
Me encanta su metáfora de los niveles, señor Grey.
Quiero seguir manteniendo mi apellido de soltera aquí.
Se lo explicaré esta noche.
Ahora tengo que irme a una reunión.
Yo también echo de menos nuestra burbuja…

PD: Creía que debía utilizar la BlackBerry para esto…

Anastasia Steele
Editora de SIP


Vaya pelea vamos a tener, lo sé… Suspiro y cojo mis papeles para asistir a la reunión.


La reunión dura dos horas. Asisten a ella todos los editores además de Roach y Elizabeth. Hablamos de personal, estrategias, marketing, seguridad y los resultados de fin de temporada. Según va progresando la reunión me siento cada vez más incómoda. Se ha producido un cambio sutil en la forma de tratarme de mis colegas; ahora imponen cierta distancia y deferencia que no existía antes de que me fuera de luna de miel. Y por parte de Courtney, que es quien lleva el departamento de no ficción, lo que noto es una clarísima hostilidad. Tal vez estoy siendo un poco paranoica, pero esto parece ir en la línea del extraño recibimiento de Elizabeth de esta mañana.

Mi mente vuelve al yate, después al cuarto de juegos y por fin al R8 escapando a toda velocidad del misterioso Dodge por la interestatal 5. Quizá Christian tenga razón y ya no pueda seguir trabajando. Solo pensarlo me pone triste; esto es lo que he querido siempre. Y si no puedo hacerlo, ¿qué voy a hacer? Intento apartar esos pensamientos sombríos de camino a mi despacho.

Me siento frenta a mi mesa y abro mi correo. No hay nada de Christian. Compruebo la BlackBerry… Tampoco hay nada. Bien. Al menos no ha habido una reacción perjudicial ante mi correo anterior. Seguramente hablaremos de ello esta noche, como le he pedido. Me cuesta creerlo, pero ignoro la incomodidad que siento y abro el plan de marketing que me han dado en la reunión.

Como manda el ritual, los lunes Hannah entra en el despacho con un plato para mí —tengo mi tartera con la comida preparada por la señora Jones—, y las dos comemos juntas, hablando de lo que queremos hacer durante la semana. Me pone al día de los cotilleos de la oficina, de los que, teniendo en cuenta que he estado tres semanas fuera, estoy bastante desconectada. Mientras hablamos, alguien llama a la puerta.

—Adelante.

Roach abre la puerta y a su lado aparece Christian. Me quedo sin palabras momentáneamente. Christian me lanza una mirada abrasadora y entra. Después le sonríe educadamente a Hannah.

—Hola, tú debes de ser Hannah. Yo soy Christian Grey —le dice. Hannah se apresura a ponerse de pie y le estrecha la mano.

—Hola, señor Grey. Es un placer conocerle —balbucea mientras le estrecha la mano—. ¿Quiere que le traiga un café?

—Sí, por favor —le pide amablemente. Hannah me mira con expresión asombrada y sale apresuradamente pasando al lado de Roach, que sigue mudo en el umbral de mi despacho.

—Si nos disculpas, Roach, me gustaría hablar con la «señorita» Steele. —Christian alarga la S con cierto sarcasmo.

Por eso ha venido… Oh, mierda.

—Por supuesto, señor Grey. Ana —murmura Roach y cierra la puerta de mi despacho al salir. Por fin recupero el habla.

—Señor Grey, qué alegría verle —le digo sonriéndole con demasiada dulzura.

—«Señorita» Steele, ¿puedo sentarme?

—La empresa es tuya —le digo señalando la silla que acaba de abandonar Hannah.

—Sí. —Me sonríe con malicia, pero la sonrisa no le alcanza los ojos. Su tono es cortante. Echa chispas por la tensión; lo noto a mi alrededor. Joder. Se me cae el alma a los pies.

—Tienes un despacho muy pequeño —me dice mientras se sienta a la mesa.

—Está bien para mí.

Me mira de forma neutral y me doy cuenta de que está furioso. Inspiro hondo. Esto no va a ser divertido.

—¿Y qué puedo hacer por ti, Christian?

—Estoy examinando mis activos.

—¿Tus activos? ¿Todos?

—Todos. Algunos necesitan un cambio de nombre.

—¿Cambio de nombre? ¿Qué quieres decir con eso?

—Creo que ya sabes a qué me refiero —dice con voz amenazadoramente tranquila.

—No me digas que has interrumpido tu trabajo después de tres semanas fuera para venir aquí a pelear conmigo por mi apellido. ¡Yo no soy uno de tus activos!

Se remueve en su asiento y cruza las piernas.

—No a pelear exactamente. No.

—Christian, estoy trabajando.

—A mí me ha parecido que estabas cotilleando con tu ayudante.

Me ruborizo.

—Estábamos repasando los horarios —le respondo—. Y no me has contestado a la pregunta.

Llaman a la puerta.

—¡Adelante! —digo demasiado alto.

Hannah abre la puerta. Lleva una bandeja: jarrita de leche, azucarero, café en cafetera francesa... Se ha tomado muchas molestias. Coloca la bandeja en mi mesa.

—Gracias, Hannah —le digo avergonzada de haberle gritado.

—¿Necesita algo más, señor Grey? —le pregunta con la voz entrecortada. Estoy a punto de poner los ojos en blanco.

—No, gracias, eso es todo. —Le sonríe con esa sonrisa brillante y arrebatadora que haría que a cualquier mujer se le cayeran las bragas. Ella se ruboriza y sale con una sonrisita tonta en los labios. Christian vuelve a centrar su atención en mí.

—Vamos a ver, «señorita» Steele, ¿dónde estábamos?

—Estabas interrumpiendo mi trabajo de una forma muy maleducada para pelear por mi apellido.

Christian parpadea. Está sorprendido, supongo que por la vehemencia que ha notado en mi voz. Con mucho cuidado se quita una pelusa invisible de la rodilla con sus largos y hábiles dedos. Es una distracción. Lo está haciendo a propósito. Entorno los ojos al mirarle.

—Me gusta hacer visitas sorpresa. Mantiene a la dirección siempre alerta y a las esposas en su lugar. Ya sabes... —Se encoge de hombros con una expresión arrogante.

¡A las esposas en su lugar!

—No sabía que tuvieras tiempo para eso —le contesto.

De repente su mirada es gélida.

—¿Por qué no te quieres cambiar el apellido aquí? —pregunta con la voz mortalmente tranquila.

—Christian, ¿tenemos que discutir eso ahora?

—Ya que estoy aquí, no veo por qué no.

—Tengo una tonelada de trabajo que hacer tras tres semanas de vacaciones.

Su mirada sigue siendo fría y calculadora… distante incluso. Me asombra que pueda ser tan frío después de lo de anoche, de lo de las últimas tres semanas. Mierda. Tiene que estar hecho una furia, una verdadera furia. ¿Cuándo va a aprender a no sacar las cosas de quicio?

—¿Te avergüenzas de mí? —me pregunta con voz engañosamente suave.

—¡No! Christian, claro que no. —Le miro con el ceño fruncido—. Esto tiene que ver conmigo, no contigo. —Oh… A veces es exasperante. Estúpido megalómano dominante…

—¿Cómo puede no tener que ver conmigo? —Ladea la cabeza, auténticamente perplejo, y parte de la distancia anterior desaparece. Me mira con los ojos muy abiertos y me doy cuenta de que está dolido. Joder, he herido sus sentimientos. Oh, no… Él es la última persona a la que querría hacer daño. Tengo que conseguir que lo entienda, explicarle las razones de mi decisión.

—Christian, cuando acepté este trabajo acababa de conocerte —empiezo a decir con mucha paciencia, esforzándome por encontrar las palabras—. No sabía que ibas a comprar la empresa…

¿Y qué decir de ese acontecimiento de nuestra breve historia? Sus trastornadas razones para hacerlo: su obsesión por el control, su tendencia al acoso llevada hasta el extremo porque nadie le ponía coto por lo rico que es… Sé que quiere mantenerme a salvo, pero el hecho de que sea el dueño de Seattle Independent Publishing es el problema fundamental aquí. Si no hubiera interferido, yo podría seguir con normalidad mi vida sin tener que enfrentarme al descontento que expresan en voz baja mis compañeros cuando no les oigo. Me tapo la cara con las manos solo para romper el contacto visual con él.

—¿Por qué es tan importante para ti? —le pregunto, desesperada por intentar aplacar su crispación. Le miro y tiene una expresión impasible, sus ojos brillantes ya no comunican nada; su dolor anterior ha quedado oculto. Pero mientras hago la pregunta me doy cuenta de que en el fondo sé muy bien la respuesta sin que me la diga.

—Quiero que todo el mundo sepa que eres mía.

—Soy tuya, mira —le digo levantando la mano izquierda y mostrándole los anillos de boda y de compromiso.

—Eso no es suficiente.

—¿No es suficiente que me háya casado contigo? —le pregunto con un hilo de voz.

Parpadea al ver el horror en mi cara. ¿Qué puedo decirle? ¿Qué más puedo hacer?

—No quería decir eso —se disculpa y se pasa la mano por su pelo demasiado largo de forma que le cae sobre la frente.

—¿Y qué querías decir?

Traga saliva.

—Quiero que tu mundo empiece y acabe conmigo —me dice con la expresión dura. Lo que acaba de enunciar me desconcierta totalmente. Es como si me hubiera dado un puñetazo fuerte en el estómago, haciéndome daño y dejándome sin aire. Y la imagen que me viene a la mente es la de un niño pequeño asustado, con el pelo cobrizo, los ojos grises y la ropa sucia, arrugada y que no es de su talla.

—Pero si así es… —le contesto sin pensarlo porque es la verdad—. Pero estoy intentando forjarme una carrera y no quiero utilizar tu nombre para eso. Tengo que hacer algo, Christian. No puedo quedarme encerrada en el Escala o en la casa nueva sin nada que hacer. Me volvería loca. Me asfixiaría. He trabajado toda mi vida y esto me gusta. Es el trabajo con el que soñaba, el que siempre había deseado. Pero que mantenga este trabajo no significa que te quiera menos. Tú eres lo más importante para mí. —Se me cierra la garganta y se me llenan los ojos de lágrimas. No, aquí no… Me repito una y otra vez en mi cabeza: No voy a llorar. No voy a llorar.

Se me queda mirando sin decir nada. Después frunce el ceño, como si estuviera reflexionando sobre lo que he dicho.

—¿Yo te asfixio? —me pregunta con la voz lúgubre, y es como un eco de lo que me ha preguntado antes.

—No… sí… no. —Qué conversación más irritante. Y además es algo que preferiría no tener que hablar aquí. Cierro los ojos y me froto la frente intentando descubrir cómo hemos llegado a esto—. Estamos hablando de mi apellido. Quiero mantener mi apellido porque quiero marcar una distancia entre tú y yo… Pero solo en el trabajo, solo aquí. Ya sabes que todo el mundo cree que he conseguido el empleo por ti, cuando en realidad no es… —Me interrumpo en seco cuando sus ojos se abren mucho. Oh, no… ¿Ha sido por él?

—¿Quieres saber por qué conseguiste el trabajo, Anastasia?

¿Anastasia? Mierda.

—¿Qué? ¿Qué quieres decir?

Se revuelve en la silla como si se estuviera armando de valor. ¿De verdad quiero saberlo?

—La dirección te dio el puesto de Hyde temporalmente. No querían contratar a un ejecutivo con experiencia teniendo en cuenta que se estaba negociando la venta de la empresa. No tenían ni idea de lo que iba a hacer el nuevo dueño cuando la empresa cambiara de manos. Por eso, con buen criterio, decidieron no hacer un gasto más. Así que te dieron a ti el puesto de Hyde, para que te ocuparas de todo hasta que el nuevo dueño —hace una pausa y sus labios forman una sonrisa irónica—, es decir, yo, se hiciera cargo.

Oh, maldita sea…

—¿Qué quieres decir? —De modo que sí que ha sido por él. ¡Joder! Estoy horrorizada.

Sonríe y niega con la cabeza al ver mi expresión.

—Relájate. Has estado más que a la altura del desafío. Lo has hecho muy bien. —Percibo un toque de orgullo en su voz y eso casi es mi perdición.

—Oh —digo sin saber muy bien qué hacer mientras mi mente procesa como loca esas noticias. Me acomodo mejor en la silla con la boca abierta y mirándole. Él vuelve a cambiar de postura.

—No quiero asfixiarte, Ana. Ni meterte en una jaula de oro. Bueno… —dice y la cara se le oscurece—. Bueno, mi parte racional no quiere. —Se acaricia la barbilla pensativo mientras su mente va imaginando algún plan.

¿Adónde quiere llegar con esto? Christian me mira de repente, como si acabara de tener una iluminación.

—Pero una de las razones por las que estoy aquí, aparte de tratar algunas cosas con mi esposa descarriada… —dice entornando los ojos—, es para hablar de lo que voy a hacer con esta empresa.

¡Esposa descarriada! ¡Yo no estoy descarriada y no soy uno de sus activos! Miro a Christian con el ceño fruncido y desaparece la amenaza de las lágrimas.

—¿Y cuáles son tus planes? —Ladeo la cabeza igual que él y no puedo evitar el tono sarcástico.

Sus labios se curvan formando un principio de sonrisa. Uau, cambio de humor, ¡otra vez! ¿Cómo voy a poder seguir alguna vez a este hombre tan temperamental?

—Le voy a cambiar el nombre a la empresa… La voy a llamar Grey Publishing.

¡Oh, vaya!

—Y dentro de un año va a ser tuya.

Me quedo con la boca abierta de nuevo, esta vez un poco más.

—Es mi regalo de boda para ti.

Cierro la boca y vuelvo a abrirla, intentando decir algo… Pero no se me ocurre nada. Tengo la mente en blanco.

—¿O te gusta más Steele Publishing?

Lo dice en serio. Oh, maldita sea…

—Christian —le digo cuando por fin mi cerebro recupera la conexión con la boca—. Ya me regalaste el reloj… Y yo no sé llevar una empresa.

Ladea otra vez la cabeza y me mira con el ceño fruncido, censurándome.

—Yo llevo mis negocios desde que tenía veintiún años.

—Pero tú eres… tú. Un obseso del control y un genio extraordinario. Por Dios, Christian, pero si te especializaste en economía en Harvard… Tienes cierta idea de lo que haces. Yo he vendido pinturas y bridas para cables a tiempo parcial durante tres años. Por favor… He visto tan poco del mundo que prácticamente no sé nada. —Mi tono de voz va subiendo y haciéndose cada vez más alto y más agudo según me voy acercando al final de mi explicación.

—Eres la persona que más ha leído de todas las que conozco —me responde con total sinceridad—. Te vuelven loca los buenos libros. No podías dejar tu trabajo ni cuando estábamos de luna de miel. ¿Cuántos manuscritos te leíste? ¿Cuatro?

—Cinco —le corrijo en un susurro.

—Y has escrito informes completos de todos ellos. Eres una mujer brillante, Anastasia. Estoy seguro de que puedes hacerlo.

—¿Estás loco?

—Loco por ti —murmura.

Yo sonrío como una boba porque es todo lo que puedo hacer. Entorna los ojos.

—Todo el mundo se va a mofar de ti, Christian. Has comprado una empresa para una mujer que en su vida adulta solo ha tenido un trabajo a tiempo completo durante unos pocos meses.

—¿Crees que me importa una mierda lo que piense la gente? Además, no estarás sola.

Vuelvo a mirarle con la boca abierta. Esta vez sí que ha perdido la cabeza.

—Christian, yo… —Tengo que apoyar la cabeza en las manos porque siento un torbellino de emociones. ¿Está loco? Desde algún lugar oscuro y profundo de mi interior me surge la repentina e inapropiada necesidad de reírme. Cuando levanto la vista para mirarle, él tiene los ojos muy abiertos.

—¿Hay algo que le divierta, señorita Steele?

—Sí. Tú.

Sus ojos se abren un poco más, asombrados y a la vez divertidos.

—¿Te estás riendo de tu marido? No deberías. Y te estás mordiendo el labio.

Sus ojos se oscurecen de esa forma… Oh, no… Conozco esa mirada. Sensual, seductora, lasciva… ¡No, no, no! Aquí no.

—Ni se te ocurra —le aviso con la voz llena de alarma.

—¿Que ni se me ocurra qué, Anastasia?

—Conozco esa mirada. Estamos en el trabajo…

Se inclina un poco hacia delante con sus ojos, gris líquido y ávidos, fijos en los míos. Oh, madre mía… Trago saliva instintivamente.

—Estamos en un despacho pequeño, razonablemente insonorizado y con una puerta que se puede cerrar con llave —me susurra.

—Comportamiento inmoral flagrante —le digo pronunciando las palabras con mucho cuidado.

—No si es con tu marido.

—¿Y si es el jefe del jefe de mi jefe? —le pregunto entre dientes.

—Eres mi mujer.

—Christian, no. Lo digo en serio. Esta noche puedes follarme mil veces peor que el domingo. Pero ahora no. ¡Aquí no!

Parpadea y vuelve a entornar los ojos. Y después ríe inesperadamente.

—¿Mil veces peor que el domingo? —dice arqueando una ceja, intrigado—. Puede que luego utilice esas palabras en su contra, señorita Steele.

—¡Oh, deja ya lo de señorita Steele! —exclamo y doy un golpe en la mesa que nos sobresalta a los dos—. Por el amor de Dios, Christian. ¡Si significa tanto para ti, me cambiaré el apellido!

Abre la boca e inhala bruscamente. Y después esboza una sonrisa radiante, alegre, mostrando todos los dientes. Uau…

—Bien —dice juntando las manos y se levanta de repente.

¿Y ahora qué?

—Misión cumplida. Ahora tengo trabajo. Si me disculpa, señora Grey.

¡Arrrggg! ¡Este hombre es exasperante!

—Pero…

—¿Pero qué, señora Grey?

Yo dejo caer los hombros.

—Nada. Vete.

—Eso iba a hacer. Te veo esta noche. Estoy deseando poner en práctica lo de mil veces peor que el domingo.

Frunzo el ceño.

—Oh, y tengo un montón de compromisos sociales relacionados con los negocios en los próximos días y quiero que me acompañes.

Le miro boquiabierta. ¿Por qué no se va de una vez?

—Le diré a Andrea que llame a Hannah para que ponga las citas en su agenda. Hay algunas personas a las que tienes que conocer. Deberías hacer que Hannah se ocupara de tus citas de ahora en adelante.

—Vale —digo completamente desconcertada, perpleja y asombrada.

Christian se inclina sobre mi escritorio. ¿Y ahora qué? Me quedo atrapada en su mirada hipnótica.

—Me encanta hacer negocios con usted, señora Grey. —Se acerca más. Yo sigo sentada y paralizada y él me da un suave y tierno beso en los labios—. Hasta luego, nena —susurra y se levanta bruscamente, me guiña un ojo y se va.

Apoyo la cabeza en el escritorio sintiéndome como si acabara de arrollarme un tren de mercancías; mi querido esposo es como un tren de mercancías. Seguro que no hay un hombre más frustrante, irritante y contradictorio en todo el planeta. Me vuelvo a sentar correctamente y me froto los ojos. Pero ¿a qué acabo de acceder? Ana Grey dirigiendo Seattle Independent Publishing… quiero decir, Grey Publishing. Ese hombre está loco. Oigo que llaman a la puerta y Hannah asoma la cabeza.

—¿Estás bien? —me pregunta.

Solo soy capaz de quedarme mirándola fijamente. Ella frunce el ceño.

—Sé que no te gusta que haga estas cosas por ti, pero puedo hacerte un té si quieres.

Asiento.

—Twinings English Breakfast. Poco cargado y sin leche, ¿verdad?

Asiento.

—Ahora mismo, Ana.

Me quedo con la mirada vacía clavada en la pantalla del ordenador, todavía conmocionada. ¿Cómo voy a hacer que lo entienda? Oh, con un correo…

**De:** Anastasia Steele
**Fecha:** 22 de agosto de 2011 14:23
**Para:** Christian Grey
**Asunto:** ¡YO NO SOY UNO DE SUS ACTIVOS!

Señor Grey:
La siguiente vez que venga a verme, pida una cita para que al menos pueda prepararme con antelación para su megalomanía dominante de adolescente.
Tuya:

Anastasia Grey <——fíjate en el nombre.
Editora de SIP

---

**De:** Christian Grey
**Fecha:** 22 de agosto de 2011 14:34
**Para:** Anastasia Steele
**Asunto:** Mil veces peor que el domingo

Mi querida señora Grey (con énfasis en el «mi»):
¿Qué puedo decir en mi defensa? Pasaba por allí…
Y no, usted no es uno de mis activos, es mi amada esposa.
Como siempre, me ha alegrado el día.

Christian Grey
Presidente y megalómano dominante de Grey Enterprises Holdings, Inc.

Está intentando ser gracioso, pero no estoy de humor para reírme. Inspiro hondo y vuelvo a mi correspondencia.

Christian está muy callado cuando me subo al coche esa noche.
—Hola —murmuro.
—Hola —me responde con cautela. Está bien que sea cauto ahora mismo.

—¿Has interrumpido el trabajo de alguien más hoy? —le pregunto con dulzura fingida.

La sombra de una sonrisa cruza por su cara.

—Solo el de Flynn.

Oh.

—La próxima vez que vayas a verle, te voy a hacer una lista de temas que quiero que trates con él.

—Parece un poco tensa, señora Grey.

Miro fijamente las nucas de Ryan y Sawyer que están delante de nosotros. Christian se revuelve a mi lado.

—Oye… —me dice en voz baja y me coge la mano.

Toda la tarde, que debía haber pasado concentrada en mi trabajo, he estado pensando qué le iba a decir. Pero con cada hora que pasaba me he ido enfadando cada vez más. Ya estoy harta de este comportamiento displicente, arrogante y muy infantil, la verdad. Aparto mi mano de la suya de una forma displicente, arrogante y muy infantil.

—¿Estás enfadada conmigo? —me pregunta.

—Sí —le respondo con los dientes apretados. Cruzo los brazos y miro por la ventana. Se revuelve en el asiento de nuevo, pero no me permito mirarle. No sé por qué estoy tan enfadada con él, pero lo estoy. Muy enfadada.

En cuanto aparcamos delante del Escala, rompo el protocolo: salto del coche con mi maletín y me encamino al edificio pisando fuerte sin comprobar si alguien me sigue. Ryan entra corriendo detrás de mí en el vestíbulo y se adelanta para llamar al ascensor antes de que yo llegue.

—¿Qué? —le digo cuando le alcanzo.

Él se sonroja.

—Mis disculpas, señora —murmura.

Llega Christian y se queda de pie a mi lado esperando al ascensor. Ryan se aparta.

—¿Así que no solo estás enfadada conmigo? —pregunta Christian. Le miro y noto un principio de sonrisa en su cara.

—¿Te estás riendo de mí? —digo entornando los ojos.

—No me atrevería —responde levantando las manos como si

le estuviera amenazando con un arma. Sigue con su traje azul marino y parece fresco y limpio con el pelo caído de forma muy sexy y una expresión cándida.

—Tienes que cortarte el pelo —le digo. Le doy la espalda y entro en el ascensor.

—¿Ah, sí? —Se aparta un mechón de la frente y entra detrás de mí.

—Sí. —Pulso el código de nuestro piso en la consola.

—Veo que ahora me hablas...

—Lo justo.

—¿Y por qué estás enfadada exactamente? Necesito alguna pista —dice con precaución.

Me giro y le miro con la boca abierta.

—¿De verdad no tienes ni idea? Seguro que alguien tan inteligente como tú debe de tener algún indicio. No me puedo creer que seas tan obtuso.

Da un paso atrás alarmado.

—Estás muy enfadada, ya veo. Pensé que lo habíamos aclarado cuando estuve en tu despacho —me dice perplejo.

—Christian, solo he capitulado ante tus demandas presuntuosas. Eso es todo lo que ha pasado.

Se abren las puertas del ascensor y salgo como una tromba. Taylor está de pie en el pasillo. Se aparta rápidamente y cierra la boca cuando paso a su lado echando humo.

—Hola, Taylor —le saludo.

—Hola, señora Grey.

Dejo el maletín en el pasillo y me dirijo al salón. La señora Jones está cocinando.

—Buenas noches, señora Grey.

—Hola, señora Jones —le respondo y me voy derecha al frigorífico y saco la botella de vino blanco. Christian me sigue hasta la cocina y me observa como un halcón mientras saco una copa del armario. Se quita la chaqueta y la deja sobre la encimera—. ¿Quieres una copa? —le pregunto amablemente.

—No, gracias —dice sin apartar los ojos de mí y sé que se siente indefenso. No sabe qué hacer conmigo. Por una parte es cómico y por otra, trágico. ¡Bueno, que le den! Me está costando encontrar mi parte compasiva desde nuestra reunión de esta tarde. Se quita lentamente la corbata y después se desabrocha el botón de arriba de la camisa. Me sirvo una copa grande de *sauvignon blanc* y Christian se pasa una mano por el pelo. Cuando me giro la señora Jones ha desaparecido. ¡Mierda! Era mi escudo humano. Le doy un sorbo al vino. Mmm… Está muy bueno.

—Deja de hacer esto —me susurra Christian. Da los dos pasos que nos separan y se queda de pie delante de mí. Me coloca el pelo detrás de la oreja con cariño y me acaricia el lóbulo de la oreja con la punta de los dedos, lo que me provoca un estremecimiento. ¿Es eso lo que he estado echando de menos todo el día? ¿Su contacto? Sacudo la cabeza, lo que hace que tenga que soltarme la oreja. Se me queda mirando—. Háblame —me pide.

—¿Y para qué? Si no me escuchas…

—Sí que te escucho. Eres una de las pocas personas a las que escucho.

Le doy otro sorbo al vino.

—¿Es por lo de tu apellido?

—Sí y no. Es por cómo has tratado el hecho de que discrepara contigo. —Le miro esperando que se enfade.

Frunce el ceño.

—Ana, ya sabes que tengo… problemas. No me resulta fácil soltarme en las cosas que tienen que ver contigo. Ya lo sabes.

—Pero yo no soy una niña ni uno de tus activos.

—Lo sé —suspira.

—Entonces deja de tratarme como si lo fuera —le suplico.

Me acaricia la mejilla con el dorso de los dedos y recorre la línea de mi labio inferior con la yema del pulgar.

—No te enfades. Eres muy valiosa para mí. Como un activo que no tiene precio, como un niño —me dice con una expresión sombría y reverente al mismo tiempo en la cara. Sus palabras me han distraído. Como un niño… Valioso como un niño… Un niño sería algo precioso para él.

—Pero no soy ninguna de esas cosas, Christian. Soy tu esposa.

Si te sentías dolido porque no iba a utilizar tu apellido, deberías habérmelo dicho.

—¿Dolido? —Vuelve a fruncir el ceño todavía más y sé que está considerando la posibilidad en su mente. Se yergue bruscamente, con el ceño aún fruncido, y le echa un vistazo a su reloj—. La arquitecta va a venir en menos de una hora. Deberíamos cenar.

Oh, no… Gruño para mí. No me ha contestado a la pregunta y ahora tengo que vérmelas con Gia Matteo. Mi día de mierda se está poniendo peor por momentos. Miro a Christian con el ceño fruncido.

—Esta discusión no ha acabado —le advierto.

—¿Qué más tenemos que discutir?

—Podrías vender la empresa.

Christian ríe incrédulo.

—¿Venderla?

—Sí.

—¿Crees que encontraría un comprador en el mercado actual?

—¿Cuánto te costó?

—Fue relativamente barata. —Suena a la defensiva.

—¿Y si se hunde?

Sonríe irónico.

—Sobreviviremos. Pero no dejaré que se hunda. No mientras tú trabajes allí.

—¿Y si lo dejo?

—¿Para hacer qué?

—No lo sé. Otra cosa.

—Me has dicho que este es el trabajo de tus sueños. Y corrígeme si me equivoco, pero he prometido ante Dios, el reverendo Walsh y una reunión de tus más allegados y queridos que animaré tus esperanzas y tus sueños y procuraré que estés segura a mi lado.

—Citar tus votos matrimoniales es juego sucio.

—Nunca te prometí juego limpio en lo que a ti respecta. Además —añade—, tú has utilizado tus votos como arma en algún momento.

Frunzo el ceño. Es cierto.

—Anastasia, si sigues enfadada conmigo, házmelo pagar luego

en la cama. —Su voz es de repente baja y está llena de una necesidad sensual. Su mirada arde.

¿Qué? ¿En la cama? ¿Cómo?

Sonríe indulgente al ver mi expresión. ¿Quizá pretende que yo le ate? Oh, madre mía…

—Mil veces peor que el domingo —me susurra—. Lo estoy deseando.

¡Uau!

—¡Gail! —grita de repente y en cuatro segundos aparece la señora Jones. ¿Dónde estaba? ¿En la oficina de Taylor? ¿Escuchando? Oh, no.

—¿Señor Grey?

—Queremos cenar ahora, por favor.

—Muy bien, señor.

Christian no aparta los ojos de mí. Me está observando vigilante, como si estuviera a punto de surgir alguna criatura exótica de mi cabeza. Le doy otro sorbo al vino.

—Creo que me voy a tomar una copa contigo —me dice, suspira y vuelve a pasarse una mano por el pelo.


—¿No te lo vas a acabar?

—No —respondo mirando el plato de *fettuccini*, que casi ni he probado, para evitar la expresión cada vez más sombría de Christian. Antes de que pueda decir nada más, me pongo de pie y me llevo los platos—. Gia vendrá dentro de poco —digo. Christian tuerce la boca para formar una expresión contrariada, pero no dice nada.

—Yo me ocupo de esto, señora Grey —me dice la señora Jones cuando entro en la cocina.

—Gracias.

—¿No le han gustado? —me pregunta preocupada.

—Estaban buenos. Pero es que no tengo hambre.

Me mira con una sonrisa comprensiva y se gira para limpiar los restos de mi plato y meterlo todo en el lavavajillas.

—Voy a hacer un par de llamadas —anuncia Christian mirándome de arriba abajo antes de desaparecer en el estudio.

Suelto un suspiro de alivio y me encamino al dormitorio. La cena ha sido muy incómoda. Sigo enfadada con Christian y él parece creer que no ha hecho nada mal. ¿Y lo ha hecho? Mi subconsciente levanta una ceja y me mira con benevolencia por encima de sus gafas. Sí que lo ha hecho. Ha hecho que las cosas sean todavía más incómodas en el trabajo para mí. No ha esperado para que habláramos del asunto en la relativa privacidad de nuestra casa. ¿Cómo se sentiría él si yo me entrometiera en su oficina? Y para rematar, ahora resulta que quiere regalarme la editorial. ¿Cómo demonios voy a llevar una empresa? Yo no sé nada de negocios.

Contemplo la vista de Seattle bañada por la nacarada luz rosácea del atardecer. Y como siempre, quiere resolver nuestras diferencias en el dormitorio… o en el vestíbulo… el cuarto de juegos… la sala de la televisión… la encimera de la cocina. ¡Ya vale! Con él todo acaba en sexo. El sexo es su mecanismo para gestionarlo todo.

Entro en el baño y frunzo el ceño ante mi imagen reflejada en el espejo. Volver al mundo real es duro. Conseguimos resolver todas nuestras diferencias cuando estábamos en nuestra burbuja, pero estábamos muy inmersos el uno en el otro. Pero ¿ahora? Durante un momento vuelvo al momento de la boda y recuerdo lo que me preocupaba ese día: casamiento apresurado… No, no debo pensar eso. Ya sabía que era Cincuenta Sombras cuando me casé con él. Tengo que afrontarlo y hablarlo con él hasta que lo resolvamos.

Me observo en el espejo. Estoy pálida y encima ahora tengo que lidiar con esa mujer… Llevo una falda lápiz gris y una blusa sin mangas. Vamos a ver… La diosa que llevo dentro saca la laca de uñas de color rojo pasión. Me desabrocho dos botones para enseñar un poco de escote. Me lavo la cara y me maquillo de nuevo, dándome más rimel de lo habitual y poniéndome más brillo en los labios. Me agacho y me cepillo el pelo con fuerza, de la raíz a las puntas. Cuando vuelvo a incorporarme, mi pelo es una nube castaña que me rodea y me cae hasta los pechos. Me lo coloco con gracia tras las orejas y decido cambiar mis zapatos planos por unos tacones.

Cuando regreso al salón, Christian tiene los planos de la casa extendidos sobre la mesa del comedor. Ha puesto una música en el equipo que hace que me quede parada.

—Señora Grey —me saluda cariñosamente y me mira burlón.

—¿Qué es eso? —le pregunto. La música es impresionante.

—El *Réquiem* de Fauré. Te veo diferente —comenta distraído.

—Oh. Nunca lo había oído.

—Es muy tranquilo y relajante —dice y levanta una ceja—. ¿Te has hecho algo en el pelo?

—Me lo he cepillado —murmuro. Estoy embelesada por las voces tan evocadoras. Christian abandona los planos sobre la mesa y viene hacia mí con paso lento y acompasado con la música.

—¿Bailas conmigo? —me pregunta.

—¿Con esto? Es un réquiem… —digo escandalizada.

—Sí. —Me atrae hacia sus brazos y me rodea con ellos, enterrando la nariz en mi pelo y balanceándose lentamente de lado a lado. Huele tan bien como siempre… a Christian.

Oh… Le echaba de menos. Le abrazo y me esfuerzo por reprimir la necesidad de llorar. ¿Por qué eres tan irritante?

—Odio pelear contigo —me susurra.

—Bueno, pues deja de ser tan petulante.

Ríe y ese sonido cautivador reverbera en su pecho. Me abraza más fuerte.

—¿Petulante?

—Imbécil.

—Prefiero petulante.

—Es normal. Te pega.

Ríe una vez más y me besa en el pelo.

—¿Un réquiem? —pregunto un poco desconcertada por que estemos bailando eso.

Se encoge de hombros.

—Es una música preciosa, Ana.

Taylor tose discretamente desde la entrada y Christian me suelta.

—Ha llegado la señorita Matteo —anuncia.

Oh, qué alegría…

—Que pase —le dice Christian y me coge la mano cuando Gia Matteo entra en la habitación.

# 8

Gia Matteo es un mujer guapa; una mujer alta y muy guapa. Lleva el pelo corto de peluquería, con unas capas perfectas y peinado en una sofisticada corona. Se ha puesto un traje pantalón gris claro: unos pantalones de sport y una chaqueta ajustada que abrazan sus generosas curvas. Su ropa parece cara. En la base de su cuello brilla un solo diamante que va a juego con los pendientes de un quilate que lleva en las orejas. Va muy bien arreglada. Es una de esas mujeres de buena familia que crecieron con dinero. Pero su educación de buena familia se le ha olvidado esta noche. Lleva la blusa azul claro demasiado desabrochada. Igual que yo. Me ruborizo.

—Christian. Ana —saluda con una sonrisa que muestra unos dientes blancos perfectos y tiende una mano con una manicura cuidada primero a Christian y después a mí. Es un poquito más baja que Christian, pero lleva unos tacones increíbles.

—Gia —la saluda Christian educadamente.

Yo sonrío con frialdad.

—Qué bien se os ve después de la luna de miel —dice amablemente y mira con sus ojos castaños a Christian a través de sus largas pestañas llenas de rimel.

Christian me rodea con el brazo y me acerca a él.

—Lo hemos pasado de maravilla, gracias. —Me da un beso rápido en la sien que me pilla por sorpresa.

¿Ves? Es mío. Irritante, exasperante incluso… pero mío. Yo sonrío. Ahora mismo te quiero mucho, Christian Grey. Yo también le rodeo la cintura con el brazo, meto la mano en el bolsillo de atrás de su pantalón y le doy un apretón en el culo. Gia nos sonríe sin ganas.

—¿Habéis podido echarle un vistazo a los planos?

—Sí —le confirmo. Miro a Christian, que me devuelve la mirada con una ceja levantada, divertido. ¿Qué es lo que le divierte? ¿Mi reacción ante Gia o que le haya tocado el culo?

—Acompáñanos, por favor —le dice Christian—. Tenemos aquí los planos —añade señalando la mesa de comedor. Me coge la mano y nos dirigimos a la mesa, con Gia detrás.

Por fin recuerdo que tengo modales.

—¿Te apetece algo de beber? —le pregunto—. ¿Una copa de vino?

—Oh, sí, fantástico —dice Gia—. Blanco seco, si tienes.

¡Mierda! *Sauvignon blanc.* Eso es un blanco seco, ¿no? Apartándome de mi marido a regañadientes, voy a la cocina. Oigo el sonido del iPod cuando Christian enciende la música.

—¿Tú quieres más vino, Christian? —le digo desde la cocina.

—Sí, por favor, nena —dice con voz suave y sonriéndome. Uau… Puede ser tan perfecto a veces y tan insoportable otras…

Me estiro para abrir el armario y noto que Christian me está mirando. Tengo la extraña sensación de que Christian y yo estamos haciendo una representación, jugando a algo, pero esta vez desde el mismo bando y nos enfrentamos a la señorita Matteo. ¿Sabe que a ella le atrae y lo está haciendo a propósito para que lo vea? Siento una oleada de placer cuando entiendo que está intentando que me sienta segura. O tal vez le esté mandando a esa mujer un mensaje alto y claro de que ya está pillado.

Mío. Sí, zorra… mío. La diosa que llevo dentro se ha puesto el traje de gladiadora y ha decidido que no va a hacer prisioneros. Sonriendo para mí cojo tres copas del armario, la botella de *sauvignon blanc* del frigorífico y lo pongo todo en la barra para el desayuno. Gia está inclinada sobre la mesa y Christian de pie a su lado señalándole algo de los planos.

—Creo que Ana tiene alguna objeción acerca de la pared de cristal, pero en general los dos estamos encantados con las ideas que nos has presentado.

—Oh, me alegro —dice Gia, visiblemente aliviada, y al decirlo le toca el brazo a Christian en un gesto coqueto. Christian se tensa de inmediato de forma sutil. Ella no parece notarlo. Déjale tranquilo ahora mismo. No le gusta que le toquen…

Dando un paso para alejarse y quedar fuera de su alcance, Christian se vuelve hacia mí.

—Por aquí empezamos a tener sed… —me dice.

—Ya voy.

Sigue jugando. Ella le hace sentir incómodo. ¿Por qué no me he dado cuenta de eso antes? Por eso no me cae bien. Él está acostumbrado a la forma en que las mujeres reaccionan ante él. Yo lo he visto muchas veces y él no suele darle importancia. Pero que le toquen es otra cosa. Bien, la señora Grey al rescate.

Sirvo el vino rápidamente, cojo las tres copas y voy corriendo a salvar a mi caballero en apuros. Le ofrezco una copa a Gia y me coloco entre ella y Christian. Ella me sonríe educadamente al coger la copa. Le paso la segunda copa a Christian, que la coge ansioso, con una expresión de gratitud divertida.

—Salud —nos dice Christian a las dos, pero mirándome a mí. Gia y yo levantamos las copas y respondemos al unísono. Le doy un sorbo al vino que me sienta de maravilla.

—Ana, ¿tienes objeciones sobre la pared de cristal? —me pregunta Gia.

—Sí. Me encanta, no me malinterpretes. Pero prefiero que la incorporemos de una forma más orgánica a la casa. Yo me enamoré de la casa como estaba y no quiero hacer cambios radicales.

—Ya veo.

—Quiero que el diseño sea algo armonioso… Más en consonancia con la casa original. —Miro a Christian, que me observa pensativo.

—¿Sin grandes reformas? —me pregunta.

—Exacto. —Niego con la cabeza para enfatizar lo que quiero decir.

—¿Te gusta como está?

—En su mayor parte sí. En el fondo siempre he sabido que solo necesitaba unos toques de calor humano.

Los ojos de Christian brillan con ternura. Gia nos mira a los dos y se ruboriza.

—Está bien —dice—, creo que sé lo que quieres decir, Ana. ¿Y qué te parece si dejamos la pared de cristal, pero la ponemos mirando a un porche más grande para seguir manteniendo el estilo mediterráneo? Ya tenemos la terraza de piedra. Podemos poner pilares de la misma piedra, muy separados para que no se pierda la vista. Y añadir un techo de cristal o azulejos como los del resto de la casa. Así conseguimos una zona techada y abierta donde comer o sentarse.

Tengo que reconocerlo… Esa mujer es buena.

—O en vez del porche podemos incorporar unas contraventanas de madera del color que elijáis a las puertas de cristal. Eso también puede ayudar a mantener ese espíritu mediterráneo —continúa.

—Como los postigos azules que vimos en el sur de Francia —le digo a Christian, que me mira fijamente. Le da un sorbo al vino y se encoge de hombros, sin hacer ningún comentario. Mmm… No le gusta esa idea, pero no la rechaza, ni se ríe de mí, ni me hace sentir estúpida. Dios mío, este hombre es una contradicción en sí mismo. Me vienen a la cabeza sus palabras de ayer: «Quiero que la casa sea como tú desees. Lo que tú desees. Es tuya». Quiere que yo sea feliz, feliz en todo lo que hago. En el fondo creo que lo sé, pero es solo que… Freno en seco. Ahora no es momento de pensar en la discusión. Mi subconsciente me mira enfadada.

Gia está pendiente de Christian, esperando a que tome la decisión. Veo que se le dilatan las pupilas y que separa los labios cubiertos de brillo. Se pasa la lengua rápidamente por el labio superior antes de darle otro sorbo al vino. Cuando me vuelvo hacia Christian me doy cuenta de que todavía me está mirando a mí, no a ella. ¡Sí! Yo voy a tomar las decisiones, señorita Matteo.

—Ana, ¿qué quieres tú? —me pregunta Christian, pasándome claramente la pelota.

—Me gusta la idea del porche.

—A mí también.

Me vuelvo hacia Gia. Oye, chica, mírame a mí, no a él. Yo soy la que toma las decisiones en este tema.

—Me gustaría ver unos dibujos con los cambios incorporados, con lo del porche más grande y los pilares a juego con el resto de la casa.

Gia aparta a regañadientes los ojos de mi marido y me sonríe. ¿Es que cree que no me doy cuenta?

—Claro —concede en tono agradable—. ¿Alguna otra cosa? ¿Aparte de follarte con la mirada a mi marido?

—Christian quiere remodelar la suite principal —continúo.

Se oye una tosecita discreta desde la entrada. Los tres nos giramos y nos encontramos con que Taylor está allí de pie.

—¿Qué quieres, Taylor? —le pregunta Christian.

—Necesito tratar con usted un asunto urgente, señor Grey.

Christian apoya las manos en mis hombros desde detrás de mí y le habla a Gia.

—La señora Grey está a cargo de este proyecto. Tiene carta blanca. Haz lo que ella quiera. Confío completamente en su instinto. Es muy lista. —Su voz cambia sutilmente; ahora hay orgullo y una advertencia velada. ¿Una advertencia para Gia?

¿Que confía en mi instinto? Oh, este hombre es imposible… Mi instinto le ha dejado esta tarde pasar por encima de mis sentimientos sin la menor consideración. Niego con la cabeza frustrada, pero me alegro de que le esté diciendo a la señorita demasiado-provocativa-pero-desgraciadamente-buena-en-su-trabajo que yo soy la que está al mando. Le acaricio la mano que tiene sobre mi hombro.

—Disculpadme. —Christian me da un apretón en el hombro antes de seguir a Taylor. Me pregunto qué estará pasando.

—Hablábamos de la suite principal… —retoma nerviosa Gia.

La miro y espero un momento para asegurarme de que Christian y Taylor no pueden oírnos. Entonces, reuniendo toda mi fuerza interior y aprovechando que he estado muy enfadada las últimas cinco horas, me decido a descargarlo con ella.

—Haces bien en ponerte nerviosa, Gia, porque ahora mismo tu trabajo en este proyecto pende de un hilo. Pero no tiene por qué haber ningún problema siempre y cuando mantengas las manos alejadas de mi marido.

Ella da un respingo.

—Si no, te despido, ¿entendido? —digo pronunciando todas las palabras con mucha claridad.

Parpadea muy rápido, totalmente asombrada. No se puede creer lo que acabo de decir. Yo misma no me puedo creer lo que acabo de decir. Pero me mantengo firme y miro impasible sus ojos marrones que se abren cada vez más.

¡No te eches atrás! ¡No te eches atrás! He aprendido de Christian, que es el mejor en estas cosas, esa expresión impasible que descoloca a cualquiera. Sé que renovar la residencia de Christian Grey es un proyecto prestigioso para el estudio de arquitectura de Gia, una bonita pluma para poner en su sombrero. No puede perder este encargo. Y ahora mismo me importa un comino que sea amiga de Elliot.

—Ana… Señora Grey… Lo siento. No pretendía… —Se ruboriza sin saber qué más decir.

—Seamos claras. A mi marido no le interesas.

—Por supuesto… —dice ella y se queda pálida.

—Solo quería ser clara, como he dicho.

—Señora Grey, me disculpo si es que ha pensado que… he… —no termina la frase porque sigue sin saber qué decir.

—Bien, siempre y cuando nos entendamos, todo irá bien. Ahora voy a explicarte lo que tenemos en mente para la suite principal y después quiero que veamos la relación de materiales que tienes pensado usar. Como sabes, Christian y yo queremos que esta casa sea ecológicamente sostenible y quiero saber qué materiales vamos a utilizar y de dónde proceden, para que él se quede tranquilo.

—Claro, claro… —balbucea todavía con los ojos muy abiertos y parece sinceramente intimidada por mí. He triunfado. La diosa que llevo dentro da una vuelta al estadio saludando a la multitud enfervorecida.

Gia se toca el pelo para colocárselo y me doy cuenta de que es un gesto de nerviosismo.

—Bien, la suite… —dice nerviosa con un hilo de voz.

Ahora que tengo el control me siento relajada por primera

vez desde mi reunión con Christian de esta tarde. Puedo hacer esto. La diosa que llevo dentro está celebrando que ella también lleva dentro una bruja.


Christian vuelve con nosotras justo cuando ya estamos terminando.

—¿Ya está? —pregunta. Me rodea la cintura con el brazo y se vuelve hacia Gia.

—Sí, señor Grey. —Gia sonríe ampliamente, pero su sonrisa parece tensa—. Volveré a enviarle los planos modificados dentro de un par de días.

—Excelente. ¿Estás contenta? —me pregunta directamente con la mirada cariñosa y a la vez inquisitiva.

Asiento y me sonrojo no sé por qué.

—Tengo que irme —dice Gia con demasiado entusiasmo. Extiende la mano para estrechar la mía primero y después la de Christian.

—Hasta la próxima, Gia —me despido.

—Sí, señora Grey. Señor Grey.

Taylor aparece en la entrada del salón.

—Taylor te acompañará a la salida —digo lo bastante alto para que él me oiga.

Ella vuelve a tocarse el pelo, se gira sobre sus tacones altos y sale de la habitación seguida de cerca por Taylor.

—Estaba bastante más fría —señala Christian, mirándome burlonamente.

—¿Ah, sí? No me he dado cuenta. —Me encojo de hombros intentando parecer indiferente—. ¿Qué quería Taylor? —le pregunto en parte porque tengo curiosidad y en parte porque quiero cambiar de tema.

Con el ceño fruncido Christian me suelta y empieza a enrollar los planos sobre la mesa.

—Era sobre Hyde.

—¿Qué pasa con él?

—Nada de lo que preocuparse, Ana. —Deja los planos y me

atrae hacia sus brazos—. Por lo que parece no ha pasado por su apartamento en semanas, eso es todo. —Me da un beso en el pelo, me suelta y termina lo que estaba haciendo—. ¿Qué habéis decidido? —me pregunta y sé que es porque no quiere que siga interrogándole sobre Hyde.

—Lo que tú y yo hablamos. Creo que le gustas —le digo en voz baja.

Él ríe.

—¿Le has dicho algo? —me pregunta y yo me ruborizo. ¿Cómo lo sabe? Como no sé qué decir, me miro los dedos—. Éramos Christian y Ana cuando ha entrado y señor y señora Grey cuando se ha ido. —Su tono es seco.

—Es posible que le haya dicho algo —murmuro. Cuando levanto la vista para mirarle, él me está observando con ojos tiernos y por un momento parece… encantado.

Baja la mirada, niega con la cabeza y su expresión cambia.

—Solo reacciona ante esta cara. —Suena un poco resentido, incluso un poco asqueado.

Oh, Cincuenta, no…

—¿Qué? —Le sorprende mi expresión de perplejidad. Sus ojos se abren por la alarma—. No estarás celosa, ¿verdad? —me pregunta horrorizado.

Me sonrojo, trago saliva y me miro los dedos entrelazados. ¿Lo estoy?

—Ana, es una depredadora sexual. No es mi tipo. ¿Cómo puedes estar celosa de ella? ¿De cualquiera? Nada de lo que ella tiene me interesa.

Cuando levanto la vista, está mirándome como si me hubiera salido una extremidad de más. Se pasa una mano por el pelo.

—Solo existes tú, Ana —dice en voz baja—. Siempre existirás solo tú.

Oh, Dios mío… Dejando los planos una vez más, Christian se acerca a mí y me coge la barbilla entre el pulgar y el índice.

—¿Cómo has podido pensar otra cosa? ¿Te he dado alguna vez señales de que podía estar remotamente interesado en otra persona? —Sus ojos sueltan llamaradas, fijos en los míos.

—No —le susurro—. Me estoy comportando como una tonta. Es que hoy… tú… —Todas las emociones en conflicto de antes vuelven a salir a la superficie. ¿Cómo puedo explicarle lo confusa que estoy? Me ha desconcertado y frustrado su comportamiento de esta tarde en mi despacho. En un momento me estaba pidiendo que me quedara en casa y poco después me estaba regalando una empresa. ¿Cómo voy a entenderle?

—¿Qué pasa conmigo?

—Oh, Christian —me tiembla el labio inferior—, estoy intentando adaptarme a esta nueva vida que nunca había imaginado que llegaría a vivir. Todo me lo has puesto en bandeja: el trabajo, a ti… Tengo un marido guapísimo al que nunca, nunca habría creído que podría querer de un modo tan fuerte, tan rápido, tan… indeleble. —Inspiro hondo para calmarme y él se queda boquiabierto—. Pero eres como un tren de mercancías y no quiero que me arrolles, porque entonces la chica de la que te enamoraste acabará desapareciendo, aplastada. ¿Y qué quedará? Una radiografía social vacía que va de una organización benéfica a otra. —Vuelvo a detenerme, luchando por encontrar las palabras para expresar cómo me siento—. Y ahora quieres que sea la presidenta de una empresa, algo que nunca ha pasado por mi cabeza. Voy rebotando de una cosa a otra, sin comprender, pasándolo mal. Primero me quieres en casa. Después quieres que dirija una empresa. Es todo muy confuso. —Me detengo al fin, con las lágrimas a punto de caer y reprimo un sollozo—. Tienes que dejarme tomar mis propias decisiones, asumir mis propios riesgos y cometer mis propios errores y aprender de ellos. Tengo que aprender a andar antes de echar a correr, Christian, ¿no te das cuenta? Necesito un poco de independencia. Eso es lo que significa mi nombre para mí. —Por fin… Eso es lo que quería decirle esta tarde.

—¿Sientes que te voy a arrollar? —me pregunta en un susurro.

Asiento.

Cierra los ojos, inquieto.

—Solo quiero darte todo lo del mundo, Ana, cualquier cosa, todo lo que quieras. Y salvarte de todo también. Mantenerte a salvo. Pero también quiero que todo el mundo sepa que eres mía.

Me ha entrado el pánico cuando he visto tu correo. ¿Por qué no has hablado conmigo de lo de tu apellido?

Me sonrojo. Tiene parte de razón.

—Lo pensé cuando estábamos de luna de miel, y, bueno… no quería pinchar la burbuja. Y después se me olvidó. Me acordé ayer por la noche, pero pasó lo de Jack… Me distraje. Lo siento, debería haberlo hablado contigo, pero no conseguí encontrar un buen momento.

La intensa mirada de Christian me pone nerviosa. Es como si estuviera intentando meterse en mi cabeza, pero no dice nada.

—¿Por qué te entró el pánico? —le pregunto.

—No quiero que te escapes entre mis dedos.

—Por Dios, Christian, no voy a ir a ninguna parte. ¿Cuándo te vas a meter eso en tu dura mollera? Te. Quiero —digo agitando una mano en el aire como él hace algunas veces para dar énfasis a lo que dice—. Más que… «a la luz, al espacio y a la libertad».

Abre unos ojos como platos.

—¿Con el amor de una hija? —me sonríe irónico.

—No. Río a pesar de todo—. Es que es la única cita que se me ha ocurrido.

—¿La del loco rey Lear?

—El muy amado y loco rey Lear. —Le acaricio la cara y él agradece mi contacto cerrando los ojos—. ¿Te cambiarías tú el apellido y te pondrías Christian Steele para que todo el mundo supiera que eres mío?

Christian abre los ojos bruscamente y me mira como si acabara de decir que la tierra es plana. Frunce el ceño.

—¿Que soy tuyo? —susurra como probando el sonido de las palabras.

—Mío.

—Tuyo —me dice repitiendo las palabras que dijimos en el cuarto de juegos ayer—. Sí, lo haría. Si eso significara tanto para ti.

Oh, madre mía…

—¿Tanto significa para ti?

—Sí —dice sin dudarlo.

—Está bien. —Lo voy a hacer por él. Para darle la seguridad que sigue necesitando.

—Creía que ya me habías dicho que sí.

—Sí, lo hice, pero ahora lo hemos hablado mejor y estoy más contenta con mi decisión.

—Oh —murmura sorprendido. Después sonríe con esa preciosa sonrisa juvenil que me deja sin aliento. Me agarra por la cintura y me hace girar. Yo chillo y empiezo a reírme; no sé si está feliz, aliviado o… ¿qué?

—Señora Grey, ¿sabe lo que esto significa para mí?

—Ahora sí lo sé.

Se inclina y me da un beso mientras enreda los dedos en mi pelo para que me quede quieta.

—Significa mil veces peor que el domingo —me dice junto a mis labios y me acaricia la nariz con la suya.

—¿Tú crees? —le pregunto apartándome un poco para mirarle.

—Has hecho ciertas promesas… Si se hace una oferta, después hay que aceptar el trato —me dice y sus ojos brillan con un placer malicioso.

—Mmm… —Todavía estoy dudosa, intentando descubrir cuál es su humor ahora.

—¿No tendrás intención de faltar a una promesa que me has hecho? —me pregunta inseguro con una mirada especulativa—. Tengo una idea —añade.

Oh, qué perversión se le habrá ocurrido…

—Hay un asunto importante del que tenemos que ocuparnos —continúa de repente muy serio—. Sí, señora Grey, un asunto de gran importancia.

Un momento… Se está riendo de mí.

—¿Qué? —le pregunto.

—Necesito que me cortes el pelo. Aparentemente lo llevo demasiado largo y a mi mujer no le gusta.

—¡Yo no puedo cortarte el pelo!

—Sí que puedes. —Christian sonríe y sacude la cabeza de forma que el pelo demasiado largo le tapa los ojos.

—Bueno, creo que la señora Jones tiene unos tazones… —Río.
Él también se ríe.

—Vale, entendido. Le diré a Franco que me lo corte.

¡No! Franco trabaja para la bruja… Quizá yo pueda cortárse-
lo un poco. Lo he hecho con Ray durante años y él nunca se
quejó.

—Vamos —le digo cogiéndole la mano.

Él me mira con los ojos muy abiertos. Le llevo hasta el baño,
donde le suelto la mano para coger la silla blanca de madera que
hay en un rincón. La coloco delante del lavabo. Cuando miro a
Christian veo que él me está contemplando con una diversión
que no puede ocultar, los pulgares metidos en las trabillas del cinturón de sus pantalones y los ojos ardientes.

—Siéntate —le digo señalando la silla vacía e intentando
mantener mi ventaja momentánea.

—¿Me vas a lavar el pelo?

Asiento. Arquea una ceja por la sorpresa y durante un momento creo que se va a echar atrás.

—Vale. —Se desabrocha lentamente los botones de la camisa
blanca, empezando por el que tiene bajo la garganta. Sus dedos
diestros se ocupan de un botón cada vez hasta que se abre toda la
camisa.

Oh, Dios mío… La diosa que llevo dentro se detiene en mitad
de su vuelta de honor al estadio.

Christian me tiende uno de sus puños en un gesto que indica
«suéltamelo tú» y su boca esboza esa media sonrisa tan sexy y desafiante que a él se le da tan bien.

Oh, los gemelos. Le cojo la muñeca y le quito el primero, un
disco de platino con sus iniciales grabadas en una sencilla letra
bastardilla. Después le quito el otro. Cuando lo hago le miro y su
expresión divertida ha desaparecido para dejar paso a algo más excitante… mucho más excitante. Estiro los brazos y le bajo la camisa por los hombros, dejando que caiga al suelo.

—¿Listo? —le susurro.

—Para lo que tú quieras, Ana.

Mis ojos abandonan los suyos y bajan hasta sus labios separados para poder inspirar más profundamente. Esculpidos, cincelados o lo que sea… Tiene una boca increíble y sabe más que de sobra qué hacer con ella. Me doy cuenta de que me estoy acercando para besarle.

—No —me dice y coloca las dos manos sobre mis hombros—. Si sigues por ahí, no llegarás a cortarme el pelo.

¡Oh!

—Quiero que lo hagas —continúa, y su mirada es directa y sincera por alguna razón que no me explico. Eso me desarma.

—¿Por qué? —pregunto en un susurro.

Me mira durante un segundo y sus ojos se abren un poco más.

—Porque me hace sentir querido.

Prácticamente se me para el corazón. Oh, Christian, mi Cincuenta… Y antes de darme cuenta le estoy abrazando y besándole el pecho antes de apoyar la mejilla sobre el vello de su pecho, que me hace cosquillas.

—Ana. Mi Ana —murmura. Me envuelve con sus brazos y los dos nos quedamos de pie inmóviles, abrazándonos en nuestro baño. Oh, cómo me gusta estar entre sus brazos. Aunque sea un imbécil dominante y megalómano, es mi imbécil dominante y megalómano que necesita una dosis de cariño que dure toda la vida. Me aparto un poco, pero no le suelto.

—¿De verdad quieres que lo haga?

Asiente y sonríe con timidez. Yo le devuelvo la sonrisa y rompo el abrazo.

—Entonces siéntate —le pido otra vez.

Él obedece sentándose de espaldas al lavabo. Me quito los zapatos y los alejo con el pie hasta donde está su camisa tirada en el suelo del baño. Cojo de la ducha su champú de Chanel que compramos en Francia.

—¿Le gusta este champú al señor? —le digo mostrándoselo con ambas manos como si estuviera vendiendo algo en la teletienda—. Traído personalmente desde el sur de Francia. Me gusta como huele… huele a ti —añado en un susurro abandonando el estilo de presentadora de televisión.

—Sigue, por favor —dice sonriendo.

Cojo una toalla pequeña del toallero eléctrico. La señora Jones sí que sabe hacer que las toallas estén de lo más suaves.

—Échate hacia delante —le ordeno y Christian obedece.

Le cubro los hombros con la toalla y abro los grifos para llenar el lavabo de agua tibia.

—Ahora échate para atrás. —Me gusta estar al mando. Christian me obedece, pero es demasiado alto. Se sienta más al borde e inclina la silla hasta que la parte alta del respaldo se apoye contra el lavabo. Una distancia perfecta. Deja caer la cabeza. Sus ojos me miran fijamente y yo sonrío. Cojo uno de los vasos que tenemos sobre el lavabo, lo sumerjo en el agua para llenarlo y después la vierto sobre la cabeza de Christian para mojarle el pelo. Repito el proceso inclinándome sobre él.

—Huele muy bien, señora Grey —murmura y cierra los ojos.

Mientras le voy mojando el pelo metódicamente, aprovecho para mirarle con total libertad. Dios… ¿Me voy a cansar alguna vez de mirarle? Sus largas pestañas oscuras están desplegadas sobre sus mejillas, tiene los labios un poco separados formando un pequeño rombo oscuro y respira tranquilo. Mmm, qué ganas tengo de meter por ahí la lengua…

Le echo agua en los ojos accidentalmente. ¡Mierda!

—Perdón.

Coge una esquina de la toalla y se ríe al quitarse el agua de los ojos.

—Oye, ya sé que soy un petulante, pero no intentes ahogarme.

Me inclino, le beso la frente y suelto una risita.

—No me tientes.

Me coge la nuca y se acerca para juntar sus labios con los míos. Me da un beso breve a la vez que emite un sonido satisfecho desde el fondo de la garganta. Ese sonido entra en conexión con los músculos de lo más profundo de mi vientre. Es un sonido muy seductor. Me suelta y vuelve a colocarse obedientemente, mirándome con expectación. Durante un momento parece vulnerable, como un niño. Se me ablanda el corazón.

Me echo un poco de champú en la palma y le masajeo la cabeza, empezando por las sienes y subiendo hasta la coronilla para después bajar por los lados haciendo círculos con los dedos rítmicamente. Él cierra los ojos y vuelve a hacer ese sonido grave y ronroneante.

—Qué gusto… —dice un momento después y se relaja bajo el firme contacto de mis dedos.

—¿A que sí? —Vuelvo a besarle la frente.

—Me gusta que me rasques con las uñas. —Sigue con los ojos cerrados, pero tiene una feliz expresión de satisfacción; ya no queda ni rastro de su vulnerabilidad. Oh, cuánto ha cambiado su humor… Me alegra saber que he sido yo quien ha logrado ese cambio.

—Levanta la cabeza —le ordeno y él obedece. Mmm… Cualquier mujer se podría acostumbrar a esto. Le froto con la espuma la parte de atrás de la cabeza, rascándole con las uñas—. Atrás otra vez.

Vuelve a colocarse y le aclaro el champú con ayuda del vaso. Esta vez consigo no salpicarle la cara.

—¿Otra vez? —le pregunto.

—Por favor. —Abre los ojos y su mirada serena se encuentra con la mía. Le sonrío.

—Ahora mismo, señor Grey.

Me voy al lavabo que normalmente usa Christian y lo lleno de agua templada.

—Para aclararte —le digo cuando me mira intrigado.

Repito el proceso con el champú mientras escucho su respiración regular y profunda. Cuando tiene la cabeza cubierta de espuma, me tomo otro momento para contemplar el delicado rostro de mi marido. No me puedo resistir. Le acaricio la mejilla tiernamente y él abre los ojos para observarme, casi adormilado, a través de sus largas pestañas. Me inclino y le doy un beso suave y casto en los labios. Él sonríe, cierra los ojos y deja escapar un suspiro de total satisfacción.

¿Quién iba a creer que después de nuestra discusión de esta tarde podría estar ahora tan relajado? Y sin sexo… Me inclino más sobre él.

—Mmm… —murmura encantado cuando le rozo la cara con los pechos. Conteniendo las ganas de sacudirme, quito el tapón para que se vaya el agua llena de espuma. Él me pone las manos en la cadera y después las desliza hasta mi culo.

—No se manosea al servicio —le digo fingiendo desaprobación.

—No te olvides de que estoy sordo —dice con los ojos todavía cerrados mientras me baja las manos por el culo y empieza a subirme la falda. Le doy un manotazo en el brazo. Me lo estoy pasando bien jugando a la peluquería. Sonríe con una gran sonrisa infantil, como si le hubiera pillado haciendo algo de lo que en el fondo se sintiera orgulloso.

Cojo el vaso otra vez, pero ahora utilizo el agua del otro lavabo para aclararle el champú del pelo. Sigo inclinada sobre él, que no me aparta las manos del culo y mueve los dedos de un lado a otro, de arriba abajo, otra vez de un lado a otro… Mmmm… Me contoneo un poço. Él gruñe desde el fondo de la garganta.

—Ya está. Todo aclarado.

—Bien —dice. Sus dedos me aprietan el culo y se incorpora en el asiento con el pelo mojado goteándole por todo el cuerpo. Tira de mí para sentarme en su regazo y sus manos suben desde mi culo hasta la nuca. Después pasan a mi barbilla para mantenerme quieta. De repente doy un respingo al notar sus labios sobre los míos y su lengua caliente y dura dentro de mi boca. Entierro los dedos entre su pelo mojado y empieza a resbalar agua por mis brazos. Su pelo me cubre la cara. Su mano baja de mi barbilla al primer botón de mi blusa—. Ya vale de tanto acicalamiento. Quiero follarte mil veces peor que el domingo y podemos hacerlo aquí o en el dormitorio. Tú decides.

Los ojos de Christian lanzan llamaradas, calientes y llenos de promesas, y su pelo nos está mojando a los dos. Se me seca la boca.

—¿Dónde va a ser, Anastasia? —me pregunta todavía sujetándome en su regazo.

—Estás mojado —le respondo.

Agacha la cabeza y me pasa el pelo mojado por la parte delantera de la blusa. Me retuerzo e intento zafarme, pero él me agarra más fuerte.

—Oh, no, no te escaparás, nena. —Cuando levanta la cabeza

sonriéndome travieso me he convertido en Miss Camiseta Moja-da 2011. Tengo la blusa empapada y se me transparenta todo. Estoy mojada… por todas partes—. Me encanta esta vista —susurra y se agacha para rodearme una y otra vez un pezón con la nariz. Me retuerzo—. Respóndeme, Ana. ¿Aquí o en el dormitorio?

—Aquí —le susurro ansiosa. A la mierda el corte de pelo… Ya se lo haré luego.

Sonríe lentamente; sus labios se curvan en una sonrisa sensual llena de una promesa lasciva.

—Buena elección, señora Grey —dice junto a mis labios. Me suelta la barbilla y baja la mano hasta mi rodilla. Después la desliza sin dificultad por mi pierna, subiéndome la falda y acariciándome la piel, lo que me provoca un cosquilleo. Me va recorriendo la línea de la mandíbula desde la base de la oreja sin dejar de besarme.

—Vamos a ver, ¿qué te voy a hacer? —me susurra. Detiene los dedos en el principio de mis medias—. Me gusta esto —me dice y mete un dedo bajo la media y la va rodeando hasta llegar a la parte interior del muslo. Doy un respingo y vuelvo a retorcerme en su regazo.

Él gruñe desde el fondo de su garganta.

—Te voy a follar mil veces peor que el domingo. Pero tienes que quedarte quieta.

—Oblígame —le desafío con la voz grave y jadeante.

Christian inhala con fuerza. Entorna los ojos y me mira con una expresión excitada y los párpados entrecerrados.

—Oh, señora Grey, solo tiene que pedirlo. —Su mano pasa de la parte de arriba de las medias a mis bragas—. Vamos a quitarte esto. —Tira un poco y yo me muevo para ayudarle. Deja escapar el aire entre los dientes apretados cuando lo hago—. Quieta —me ordena.

—Te estoy ayudando… —me defiendo con un mohín y él me muerde el labio inferior.

—Quieta —repite con voz ronca.

Me baja las bragas por las piernas y me las quita. Me sube la falda hasta que queda toda arrugada en mis caderas. Después me coge de la cintura con las dos manos y me levanta. Todavía tiene mis bragas en la mano.

—Siéntate. A horcajadas —me ordena mirándome intensamente a los ojos.

Hago lo que me pide; me quedo a horcajadas sobre él y le miro provocativa. ¡Vamos a por ello, Cincuenta!

—Señora Grey —me dice en un tono de advertencia—, ¿pretende incitarme? —Me mira divertido pero a la vez excitado. Es una combinación muy seductora.

—Sí, ¿qué vas a hacer al respecto?

Sus ojos se encienden con un placer lujurioso ante mi desafío y yo empiezo a notar su erección debajo de mí.

—Junta las manos detrás de la espalda.

¡Oh! Obedezco y él me ata las manos con mis bragas con una habilidad asombrosa.

—¡Son mis bragas! Señor Grey, no tiene vergüenza —le regaño.

—No en lo que respecta a usted, señora Grey, pero seguro que ya lo sabía… —Su mirada es intensa y excitante. Me rodea la cintura con las manos y me desplaza para que quede sentada un poco más atrás en su regazo. Le cae agua por el cuello y por el pecho. Quiero agacharme y lamerle las gotas que resbalan, pero atada como estoy resulta difícil.

Christian me acaricia los dos muslos y baja las manos hasta mis rodillas. Suavemente me las separa un poco más y abre un espacio entre las suyas para que quede encajada en esa posición. Sus dedos empiezan a ocuparse de mi blusa.

—No creo que vayamos a necesitar esto —dice y empieza a desabrochar mecánicamente los botones de la blusa húmeda que tengo pegada al cuerpo.

No aparta su mirada de la mía. Se toma su tiempo en la tarea y sus ojos se oscurecen cada vez más según se acerca al final. El pulso se me acelera y mi respiración se vuelve superficial. No me lo puedo creer. Casi no me ha tocado y ya estoy así: excitada, necesitada… preparada. Quiero retorcerme. Me deja la blusa húmeda abierta. Me acaricia la cara con las dos manos y su pulgar me roza el labio inferior. De repente me mete el pulgar en la boca.

—Chupa —me ordena poniendo énfasis en la CH. Cierro la boca alrededor del dedo y hago exactamente lo que me ha pedido. Oh, me gusta este juego. Sabe bien. ¿Qué otra cosa podría chuparle? Los músculos de mi vientre se tensan solo de pensarlo. Él abre los labios cuando le rozo con los dientes y después le muerdo la yema del pulgar.

Gime, saca lentamente el pulgar húmedo de mi boca y lo baja por la barbilla, la garganta y el esternón. Engancha con él una de las copas de mi sujetador y tira de ella hacia abajo, liberando mi pecho.

Su mirada nunca se separa de la mía. Está observando todas las reacciones que su contacto provoca en mí y yo le observo a él. Es muy excitante. Devorador. Posesivo. Me encanta. Empieza a hacer lo mismo con la otra mano, de forma que en un segundo tengo ambos pechos libres. Me cubre los dos con las manos y me pasa los pulgares sobre los pezones rodeándolos muy lentamente, provocándolos y excitándolos hasta que los dos se endurecen y se dilatan por su hábil contacto. Intento con todas mis fuerzas no moverme, pero parece que mis pezones están conectados con mi entrepierna y no puedo evitar gemir y echar atrás la cabeza hasta que finalmente cierro los ojos y me rindo a esa tortura tan dulce.

—Chis… —El sonido que emite Christian está en total contradicción con sus caricias y el ritmo constante y sostenido de sus diestros dedos—. Quieta, nena, quieta…

Deja un pecho y me coloca la mano extendida sobre la nuca. Se inclina hacia delante, se mete en la boca el pezón que acaba de descuidar su mano y lo chupa con fuerza. Su pelo mojado me hace cosquillas. Al mismo tiempo deja de acariciar el otro pezón y en su lugar lo coge entre el pulgar y el índice y lo gira suavemente y después tira.

—¡Ah! ¡Christian! —gimo y siento que mi cadera da una sacudida. Pero él no se detiene. Sigue con su provocación lenta, pausada y desesperante. Mi cuerpo empieza a arder cuando el placer me invade.

—Christian, por favor —gimo.

—Mmm… —ronronea—. Quiero que te corras así. —Mi pezón logra un respiro mientras sus palabras me acarician la piel. Es como si estuviera dirigiéndose a una parte profunda y oscura de mi mente que solo él conoce. Cuando retoma lo que estaba haciendo, con los dientes esta vez, el placer es casi intolerable. Gimo muy alto, me revuelvo en su regazo e intento lograr algo de fricción contra sus pantalones. Tiro de las bragas que me atan sin conseguir nada. Quiero tocarle, pero me pierdo… me pierdo en esta traicionera sensación.

—Por favor… —le susurro de nuevo suplicante y el placer me llena el cuerpo desde el cuello hasta las piernas y los dedos de los pies, tensándolo todo a su paso.

—Tienes unos pechos preciosos, Ana —gime—. Algún día te los tengo que follar.

¿Qué demonios significa eso? Abro los ojos y le miro con la boca abierta mientras sigue chupando. Mi piel responde a su contacto. Ya no siento la blusa húmeda ni su pelo mojado. No siento nada aparte del fuego. Arde deliciosamente con un calor que nace de lo más profundo de mi interior. Todos los pensamientos desaparecen cuando mi cuerpo se tensa y los músculos aprietan… listos, muy cerca… buscando la liberación. Él no se detiene, no deja de chupar y de tirar, volviéndome loca. Quiero… quiero…

—Déjate ir —jadea Christian.

Y yo lo hago, bien alto, mi orgasmo haciéndome estremecer el cuerpo. Entonces él para esa tortura tan dulce y me abraza apretándome contra él a la vez que mi cuerpo entra en la espiral del clímax. Cuando por fin abro los ojos, tengo la cabeza apoyada en su pecho y él me está contemplando.

—Dios, cómo me gusta ver cómo te corres, Ana. —Suena maravillado.

—Eso ha sido… —Me faltan las palabras.

—Lo sé. —Se acerca a mí y me besa, todavía con la mano en mi nuca, sujetándome la cabeza ladeada para poder darme un beso profundo, lleno de amor y de veneración.

Me vuelvo a perder en ese beso.

Se aparta para respirar y sus ojos tienen ahora el color de una tormenta tropical.

—Ahora te voy a follar con fuerza —murmura.

Madre mía. Me agarra por la cintura, me levanta de entre sus muslos y me sienta más cerca de sus rodillas. Con la mano derecha se desabrocha el botón de los pantalones azul marino y con la izquierda me acaricia el muslo arriba y abajo, parándose cada vez que llega al borde de las medias. Me está mirando fijamente. Estamos cara a cara y yo estoy indefensa, atada y en sujetador y medias. Creo que este es uno de nuestros momentos más íntimos; aquí, cerca, sentada en su regazo, mirando sus hermosos ojos grises. Me hace sentir un poco descarada y a la vez muy conectada con él; no siento ni vergüenza ni timidez. Es Christian, mi marido, mi amante, mi megalómano dominante, mi Cincuenta… el amor de mi vida. Se baja la cremallera y a mí se me seca la boca al ver aparecer su erección, libre al fin.

Sonríe.

—¿Te gusta? —susurra.

—Ajá —le digo. Se envuelve el pene con la mano y empieza a moverla arriba y abajo. Oh, madre mía. Le miro a través de mis pestañas. Joder, es tan sexy…

—Se está mordiendo el labio, señora Grey.

—Eso es porque tengo hambre.

—¿Hambre? —Abre la boca sorprendido y los ojos se le abren un poco más.

—Sí —le digo humedeciéndome los labios.

Me dedica una sonrisa enigmática y se muerde el labio inferior sin dejar de tocarse. ¿Por qué ver a mi marido dándose placer me pone tanto?

—Ya veo. Deberías haber cenado. —Su tono es burlón y de censura a la vez—. Pero tal vez yo pueda hacer algo… —Me pone la mano en la cintura—. Ponte de pie —me dice en voz baja y yo ya sé lo que va a hacer.

Me pongo de pie; ya no me tiemblan las piernas.

—Y ahora de rodillas.

Hago lo que me pide y me arrodillo sobre el frío suelo de baldosas del baño. Se acerca al borde del asiento.

—Bésame —me pide sujetándose la erección con la mano. Le

miro y advierto que se está pasando la lengua por los dientes superiores. Es excitante, muy excitante ver su deseo, su deseo desnudo por mí y por mi boca. Me acerco sin dejar de mirarle y le doy un beso en la punta del pene en erección. Veo como inhala con fuerza y aprieta los dientes. Christian me coge la cabeza con la mano y yo le paso la lengua por la punta para saborear una gotita de semen que hay en el extremo.

Mmm… sabe bien. Abre más la boca para poder respirar por ella cuando yo me lanzo sobre él, metiéndomelo en la boca y chupando con fuerza.

—Ah…

Suelta el aire entre los dientes apretados y proyecta la cadera hacia delante, empujando dentro de mi boca. Pero eso no me hace parar. Me cubro los dientes con los labios y bajo para después subir. Me coloca la otra mano en la cabeza para agarrármela por ambos lados, enreda los dedos en mi pelo y lentamente va entrando y saliendo de mi boca. Su respiración se acelera y se hace cada vez más trabajosa. Rodeo la punta con la lengua y después me lo vuelvo a meter todo en la boca en perfecto contrapunto a su movimiento.

—Dios, Ana. —Suspira y aprieta los párpados. Se está perdiendo y verle así se me sube a la cabeza. Es por mí. Muy lentamente aparto los labios y lo que le roza ahora son mis dientes—. ¡Ah! —Christian deja de moverse. Se agacha y me coge para volver a subirme a su regazo—. ¡Para! —gruñe.

Busca detrás de mí y me libera las manos con un simple tirón a las bragas. Flexiono las muñecas y miro por debajo de las pestañas a unos ojos abrasadores que me devuelven la mirada con amor, necesidad y lujuria. Y de repente me doy cuenta de que soy yo la que quiere follarle mil veces peor que el domingo. Le deseo con todas mis fuerzas. Quiero verle correrse debajo de mí. Le cojo el pene y me acerco rápidamente a él. Coloco mi otra mano sobre su hombro y muy despacio y con mucho cuidado le introduzco dentro de mí. Él emite un sonido gutural y salvaje desde el fondo de la garganta y levantando los brazos me arranca la blusa y la deja caer en el suelo. Sus manos pasan a mis caderas.

—Quieta —dice con voz ronza y con las manos clavándose en mi carne—. Déjame saborear esto, por favor. Saborearte…

Me quedo quieta. Oh, Dios… Me siento tan bien con él dentro de mí. Me acaricia la cara mirándome con los ojos muy abiertos y salvajes y los labios separados. Se mueve debajo de mí y yo gimo y cierro los ojos.

—Este es mi lugar favorito —me susurra—. Dentro de ti. Dentro de mi mujer.

Oh, joder, Christian. No puedo aguantar más. Deslizo los dedos entre su pelo mojado, mis labios buscan los suyos y empiezo a moverme. Arriba y abajo, poniéndome de puntillas… saboreándole, saboreándome. Él gime fuerte y noto sus manos en mi pelo y en mi espalda y su lengua invadiendo mi boca ávidamente, cogiéndolo todo y yo dándoselo encantada. Después de todas las discusiones del día, de mi frustración con él y la suya conmigo, al menos todavía tenemos esto. Siempre tendremos esto. Le quiero tanto que es casi demasiado. Baja las manos hasta colocarlas en mi culo para controlar mi movimiento, arriba y abajo, una y otra vez, a su ritmo, su *tempo* caliente y resbaladizo.

—¡Ah! —gimo indefensa dentro de su boca y me dejo llevar.

—Sí, Ana, sí… —dice entre dientes y yo le cubro la cara de besos: en la barbilla, en la mandíbula, en el cuello…—. Nena… —jadea y vuelve a atrapar mi boca.

—Oh, Christian, te quiero. Siempre te querré. —Estoy sin aliento, pero quiero que lo sepa, que esté seguro de mí después de todas nuestras peleas de hoy.

Gime y me abraza con fuerza, abandonándose al clímax con un sollozo lastimero. Y eso es justo lo que necesitaba para volver a llevarme al borde del abismo: le rodeo el cuello con los brazos y me dejo ir con él en mi interior. Tengo los ojos llenos de lágrimas porque lo quiero muchísimo.


—Oye… —me susurra agarrándome la barbilla para echarme atrás la cabeza y mirándome preocupado—. ¿Por qué lloras? ¿Te he hecho daño?

—No —le digo para tranquilizarle.

Me aparta el pelo de la cara y me seca una lágrima con el pulgar a la vez que me besa tiernamente en los labios. Sigue dentro de mí. Cambia de postura y yo hago una mueca cuando sale.

—¿Qué te pasa, Ana? Dímelo.

Sorbo por la nariz.

—Es que… Es solo que a veces me abruma darme cuenta de cuánto te quiero —le confieso. Él me sonríe con esa sonrisa tímida tan especial que creo que tiene reservada solo para mí.

—Tú tienes el mismo efecto en mí —me susurra y me da otro beso. Yo sonrío y en mi interior la felicidad se despereza y se estira encantada.

—¿Ah, sí?

Él sonríe.

—Sabes que sí.

—A veces sí lo sé. Pero no todo el tiempo.

—Ídem, señora Grey.

Le sonrío y le doy besitos en el pecho. Luego le acaricio el vello con la nariz. Christian me acaricia el pelo y me pasa una mano por la espalda. Me suelta el sujetador y me baja un tirante. Me muevo para que me quite el otro tirante y él deja caer al suelo el sujetador.

—Mmm… Piel contra piel —dice feliz y me abraza otra vez.

Me da un beso en el hombro y sube acariciándome con la nariz hasta mi oreja.

—Huele divinamente, señora Grey.

—Y usted, señor Grey. —Vuelvo a acariciarle con la nariz y aspiro el aroma de Christian, que ahora está mezclado con el embriagador perfume del sexo. Podría quedarme así para siempre: en sus brazos, feliz y satisfecha. Es justo lo que necesitaba después de este día de mucho trabajo, discusiones y de poner a una zorra en su sitio. Aquí es donde quiero estar, y a pesar de su obsesión por el control y su megalomanía, este es el sitio al que pertenezco. Christian entierra la nariz en mi pelo e inspira hondo. Yo suspiro satisfecha y noto su sonrisa. Y así nos quedamos; sentados, abrazados y en silencio.

Pero un instante después la realidad se entromete en nuestro momento.

—Es tarde —dice Christian mientras me acaricia metódicamente la espalda con los dedos.

—Y tú sigues necesitando un corte de pelo.

Ríe.

—Cierto, señora Grey. ¿Tiene energía suficiente para acabar lo que ha empezado?

—Por usted, señor Grey, cualquier cosa. —Le doy otro beso en el pecho y me levanto a regañadientes.

—Un momento. —Me coge de las caderas y me gira. Me baja la falda y me la desabrocha para después dejarla caer al suelo. Me tiende la mano, yo se la cojo y salgo de la falda. Ahora solo llevo puestas las medias y el liguero—. Es usted una visión espectacular, señora Grey. —Se apoya en el respaldo de la silla y cruza los brazos mientras me mira de arriba abajo.

Yo doy una vuelta para que él me vea.

—Dios, soy un hijo de puta con suerte —dice con admiración.

—Sí que lo eres.

Sonríe.

—Ponte mi camisa para cortarme el pelo. Así como estás ahora me distraes y no conseguiríamos llegar a la cama hoy.

No puedo evitar sonreír. Como sé que está observando todos mis movimientos, voy pavoneándome hasta donde dejamos mis zapatos y su camisa. Me agacho despacio, cojo la camisa, la huelo (mmm…) y después me la pongo. Christian me mira con los ojos muy abiertos. Se ha vuelto a abrochar la bragueta y me está contemplando atentamente.

—Menudo espectáculo, señora Grey.

—¿Tenemos tijeras? —le pregunto con aire inocente, agitando las pestañas.

—En mi estudio —me dice.

—Voy en su busca. —Le dejo allí, entro en el dormitorio y cojo el peine de mi tocador antes de encaminarme a su estudio.

Cuando entro en el pasillo, advierto que la puerta del despacho de Taylor está abierta. La señora Jones está de pie junto al umbral. Me quedo parada como si hubiera echado raíces. Taylor le está acariciando la cara con los dedos y sonriéndole dulcemente. Entonces se inclina y le da un beso.

Vaya… ¿Taylor y la señora Jones? Me quedo con la boca abierta por el asombro. Bueno, yo creía… La verdad es que sospechaba algo. ¡Pero ahora es obvio que están juntos! Me sonrojo porque me siento como una *voyeur* y por fin consigo que mis pies vuelvan a echar a andar. Cruzo corriendo el salón y entro en el estudio de Christian. Enciendo la luz y voy hasta su escritorio. Taylor y la señora Jones… ¡Vaya! Mi mente va a mil por hora. Siempre he pensado que la señora Jones era mayor que Taylor. Oh, tampoco es tan difícil de entender… Abro el cajón de arriba de la mesa y me distraigo inmediatamente: dentro hay un arma. ¡Christian tiene un arma!

Un revólver. Dios mío… No tenía ni idea de que Christian tuviera un arma. Lo saco, abro el tambor y lo examino. Está cargado pero es ligero, muy ligero. Debe de ser de fibra de carbono. ¿Por qué puede querer tener Christian un arma? Oh, espero que sepa usarla. Me vienen a la mente las advertencias constantes de Ray sobre las armas de fuego (nunca olvidó su entrenamiento militar): «Esto te puede matar, Ana. Siempre que cojas un arma de fuego debes saber cómo usarla». Devuelvo el arma al cajón y busco las tijeras. Las cojo y salgo corriendo para volver con Christian, con la mente trabajando a mil por hora: Taylor y la señora Jones… El revólver…

En la entrada del salón me topo con Taylor.

—Perdón, señora Grey. —Se sonroja al ver lo que llevo puesto.

—Oh, Taylor, hola… Le voy a cortar el pelo a Christian —le digo avergonzada.

Taylor está pasando tanta vergüenza como yo. Abre la boca para decir algo, pero vuelve a cerrarla y se aparta.

—Después de usted, señora —dice formalmente.

Creo que estoy del color de mi antiguo Audi, el que Christian les compraba a todas sus sumisas. Esta situación no podría ser más embarazosa…

—Gracias —murmuro y me apresuro por el pasillo. Mierda.

¿No me voy a acostumbrar nunca al hecho de que no estamos solos? Corro al baño.

—¿Qué pasa? —Christian está de pie delante del espejo con mis zapatos en la mano. Toda la ropa que estaba tirada en el suelo ahora está colocada ordenadamente al lado del lavabo.

—Me acabo de encontrar con Taylor.

—Oh. —Christian frunce el ceño—. ¿Así vestida?

Oh, mierda.

—No ha sido culpa de Taylor.

El ceño de Christian se hace más profundo.

—No, pero aun así…

—Estoy vestida.

—Muy poco vestida.

—No sé a quién le ha dado más vergüenza, si a él o a mí. —Intento la técnica de la distracción—. ¿Tú sabías que él y Gail están… bueno… juntos?

Christian ríe.

—Sí, claro que lo sabía.

—¿Y por qué no me lo has dicho nunca?

—Pensé que tú también lo sabías.

—Pues no.

—Ana, son adultos. Viven bajo el mismo techo. Ninguno tiene compromiso y los dos son atractivos.

Me ruborizo y me siento tonta por no haberlo notado.

—Bueno, dicho así… Yo creía que Gail era mayor que Taylor.

—Lo es, pero no mucho. —Me mira perplejo—. A algunos hombres les gustan las mujeres mayores… —Se calla de repente y se le abren mucho los ojos.

Le miro con el ceño fruncido.

—Ya… —le respondo molesta.

Christian parece arrepentido y me sonríe tiernamente. ¡Sí! ¡Mi técnica de distracción ha funcionado! Mi subconsciente pone los ojos en blanco: Sí, pero ¿a qué precio? Ahora vuelve a cernirse sobre mí el fantasma de la innombrable señora Robinson.

—Eso me recuerda algo —dice contento.

—¿Qué? —le pregunto. Cojo la silla y la giro para que quede

mirando al espejo que hay sobre el lavabo—. Siéntate —le ordeno. Christian me mira con indulgencia divertida, pero hace lo que
le digo y se acomoda en la silla. Empiezo a peinarle el pelo que ya
solo tiene un poco húmedo.

—Estaba pensando que podríamos reformar las habitaciones
que hay encima del garaje en la casa nueva para que vivan ellos
—me explica Christian—. Convertirlo en un hogar. Así tal vez la
hija de Taylor podría venir a quedarse con él más a menudo.
—Me observa con cautela a través del espejo.

—¿Y por qué no se queda aquí?

—Taylor nunca me lo ha pedido.

—Tal vez deberías sugerírselo tú. Pero nosotros tendríamos
que tener más cuidado.

Christian arruga la frente.

—No se me había ocurrido.

—Tal vez por eso Taylor no te lo ha pedido. ¿La conoces?

—Sí, es una niña muy dulce. Tímida. Muy guapa. Yo le pago el
colegio.

¡Oh! Paro de peinarle y le miro desde el espejo.

—No tenía ni idea.

Él se encoge de hombros.

—Era lo menos que podía hacer. Además, así su padre no deja
el trabajo.

—Estoy segura de que le gusta trabajar para ti.

Christian me mira sin expresión y después se encoje de
hombros.

—No lo sé.

—Creo que te tiene mucho cariño, Christian. —Acabo de
peinarle y le miro. Sus ojos no se apartan de los míos.

—¿Tú crees?

—Sí.

Ríe burlón sin darle importancia, pero suena satisfecho, como
si se alegrara en el fondo de caerle bien a su personal.

—Entonces, ¿le dirás a Gia lo de las habitaciones sobre el garaje?

—Sí, claro. —Ya no siento la misma irritación que antes cuando menciona su nombre. Mi subconsciente asiente satisfecha. Sí,

hoy lo hemos hecho bien. La diosa que llevo dentro se regodea. Ahora dejará en paz a mi marido y así no le hará sentir incómodo.

Ya estoy preparada para cortarle el pelo a Christian.

—¿Estás seguro? Es tu última oportunidad de echarte atrás.

—Hágalo lo peor que sepa, señora Grey. Yo no tengo que verme; usted sí.

Le sonrío.

—Christian yo podría pasarme el día mirándote.

Niega con la cabeza, exasperado.

—Solo es una cara bonita, nena.

—Y detrás de esa cara hay un hombre muy bonito también. —Le doy un beso en la sien—. Mi hombre.

Él sonríe tímido.

Cojo el primer mechón, lo peino hacia arriba y lo sostengo entre los dedos índice y corazón. Agarro el peine con la boca, cojo las tijeras y doy el primer corte, con el que me llevo un centímetro y medio más o menos. Christian cierra los ojos y se queda sentado como una estatua, suspirando satisfecho mientras yo sigo cortando. De vez en cuando abre los ojos y siempre le encuentro observándome. No me toca mientras trabajo, lo que le agradezco. Su contacto... me distrae.

En quince minutos he acabado.

—Terminado. —Me gusta el resultado. Está tan guapo como siempre, con el pelo un poco caído y sexy, solo que algo más corto.

Christian se mira en el espejo y parece agradablemente sorprendido. Sonríe.

—Un gran trabajo, señora Grey. —Gira la cabeza a un lado y luego al otro y me rodea con un brazo. Me atrae hacia él, me da un beso y me acaricia el vientre con la nariz—. Gracias —me dice.

—Un placer. —Me agacho para darle un beso breve.

—Es tarde. A la cama. —Y me da un azote juguetón en el culo.

—¡Ah! Deberíamos limpiar un poco esto. —Hay pelos por todo el suelo.

Christian frunce el ceño como si eso no se le hubiera pasado por la cabeza.

—Vale, voy por la escoba —dice—. No quiero que andes por ahí avergonzando al personal con ese atuendo tan inapropiado que llevas.

—Pero ¿sabes dónde está la escoba? —le pregunto inocentemente.

Christian se queda parado.

—Eh… no.

Río.

—Ya voy yo.


Cuando me meto en la cama y mientras espero que Christian venga también, pienso en el final tan diferente que podía haber tenido este día. Estaba tan enfadada con él antes y él conmigo… ¿Cómo puedo tratar esa tontería de que quiere que yo dirija una empresa? No deseo dirigir una empresa. Yo no soy él. Tengo que pararlo ya. Tal vez deberíamos tener una palabra de seguridad para los momentos en que él sea demasiado dominante y autoritario, para cuando sea petulante… Suelto una risita. Tal vez esa precisamente debería ser la palabra de seguridad: petulante. Me gusta la idea.

—¿Qué? —me dice al entrar en la cama a mi lado, llevando solo los pantalones del pijama.

—Nada. Una idea.

—¿Qué idea? —Se estira en la cama a mi lado.

Ahí va…

—Christian, creo que no quiero dirigir una empresa.

Se apoya sobre uno de los codos y me mira.

—¿Por qué dices eso?

—Porque es algo que nunca me ha llamado la atención.

—Eres más que capaz de hacerlo, Anastasia.

—Me gusta leer, Christian. Dirigir una empresa me apartaría de eso.

—Podrías ser una directiva creativa.

Frunzo el ceño.

—Mira —continúa—, dirigir una empresa que funciona se basa en aprovechar el talento de los individuos que tienes a tu disposición. Ahí es donde está tu talento y tus intereses; luego estructuras la empresa para permitir que puedan hacer su trabajo. No lo rechaces sin pensarlo, Anastasia. Eres una mujer muy capaz. Creo que podrías hacer lo que quisieras solo con proponértelo.

Vaya… ¿Cómo puede saber que eso se me daría bien?

—Me preocupa que me ocupe demasiado tiempo.

Christian frunce el ceño de nuevo.

—Tiempo que podría dedicarte a ti —digo sacando mi arma secreta.

Su mirada se oscurece.

—Sé lo que te propones —susurra divertido.

¡Mierda!

—¿Qué? —pregunto con fingida inocencia.

—Estás intentando distraerme del tema que tenemos entre manos. Siempre lo haces. No rechaces la idea todavía, Ana. Piénsatelo. Solo te pido eso. —Se inclina y me da un beso casto y después me acaricia la mejilla con el pulgar. Esta discusión va para largo. Le sonrío y de repente algo que ha dicho antes me viene a la cabeza sin saber cómo.

—¿Puedo preguntarte algo? —digo con voz suave y tentadora.

—Claro.

—Antes has dicho que si estaba enfadada contigo, que te lo hiciera pagar en la cama. ¿Qué querías decir?

Se queda quieto.

—¿Tú qué crees que quería decir?

Dios, ahora tengo que decirlo…

—Que quieres que te ate.

Levanta ambas cejas por el asombro.

—Eh… no. No era eso lo que quería decir en absoluto.

—Oh. —Me sorprende la ligera decepción que siento.

—¿Quieres atarme? —me pregunta porque obviamente ha identificado mi expresión correctamente. Suena alucinado. Me ruborizo.

—Bueno…

—Ana, yo… —No acaba la frase y algo oscuro cruza por su cara.

—Christian… —susurro alarmada. Me muevo para quedar tumbada de lado y apoyada en un codo como él. Le acaricio la cara. Tiene los ojos muy abiertos y llenos de miedo. Sacude la cabeza con tristeza. ¡Mierda!—. Christian, para. No importa. Solo creía que querías decir eso.

Me coge la mano y se la pone sobre el corazón, que le late con fuerza. ¡Joder! ¿Qué pasa?

—Ana, no sé cómo me sentiría si estuviera atado y tú me tocaras…

Se me eriza el vello. Es como si me estuviera confesando algo profundo y oscuro.

—Todo esto es demasiado nuevo todavía —dice en voz baja y ronca.

Joder. Solo era una idea. Soy consciente de que él está avanzando bastante, pero todavía le queda mucho. Oh, Cincuenta, Cincuenta, Cincuenta… La ansiedad me atenaza el corazón. Me inclino y él se queda petrificado, pero yo le doy un beso en la comisura de la boca.

—Christian, no te he entendido bien. No te preocupes por eso. No lo pienses, por favor. —Le doy un beso más apasionado. Él cierra los ojos, gruñe y responde a mi beso. Después me empuja contra el colchón y me agarra la barbilla con las manos. Y en unos momentos los dos estamos perdidos… Perdidos el uno en el otro una vez más.

# 9

Cuando me despierto antes de que suene el despertador a la mañana siguiente, Christian está enroscado sobre mi cuerpo como una planta de hiedra: la cabeza sobre mi pecho, el brazo alrededor de mi cintura y una pierna entre las mías. Además está en mi lado de la cama. Siempre pasa lo mismo. Si discutimos la noche anterior, así es como acaba: retorcido sobre mi cuerpo, dándome calor y restringiéndome los movimientos.

Oh, Cincuenta… Tiene tantas necesidades a ese nivel. Quién lo habría creído… La imagen de Christian como un niño sucio y desgraciado me viene a la mente. Le acaricio el pelo más corto y mi melancolía se va desvaneciendo. Él se mueve y sus ojos somnolientos se encuentran con los míos. Parpadea un par de veces mientras se va despertando.

—Hola —susurra y sonríe.

—Hola. —Me encanta ver esa sonrisa por la mañana.

Me acaricia los pechos con la nariz y emite un sonido de satisfacción desde el fondo de su garganta. Su mano va bajando desde mi cintura por encima de la fresca seda de mi camisón.

—Eres un bocado tentador —susurra—. Pero por muy tentadora que seas —dice mirando el despertador—, tengo que levantarme. —Se estira, se desenreda de mi cuerpo y se levanta.

Yo me tumbo, pongo las manos detrás de la cabeza y disfruto del espectáculo: Christian desnudándose para meterse en la ducha. Es perfecto. No le cambiaría ni un pelo de la cabeza.

—¿Admirando la vista, señora Grey? —Christian arquea una ceja burlona.

—Es que es una vista terriblemente bonita, señor Grey.

Sonríe y me tira los pantalones del pijama, que casi aterrizan en mi cara pero consigo cogerlos en el aire a tiempo, riendo como una colegiala. Con una sonrisa perversa aparta el edredón, pone una rodilla en la cama, me coge los tobillos y tira de mí haciendo que se me suba el camisón. Chillo mientras él va subiendo por mi cuerpo, dándome besos desde la rodilla, por el muslo, siguiendo por… Oh, Christian…


—Buenos días, señora Grey —me saluda la señora Jones. Me ruborizo, avergonzada al recordar su encuentro con Taylor que presencié anoche.

—Buenos días —le respondo. Ella me pasa una taza de té. Me siento en un taburete al lado de mi marido, que está radiante: recién duchado, con el pelo húmedo, una camisa blanca recién planchada y la corbata gris plateado. Mi corbata favorita. Tengo muy buenos recuerdos de esa corbata.

—¿Qué tal está, señora Grey? —me pregunta con la mirada tierna.

—Creo que ya lo sabe, señor Grey —le digo mirándole a través de las pestañas.

Él sonríe.

—Come —me ordena—. Casi no cenaste ayer.

¡Oh, mi Cincuenta, siempre tan mandón!

—Eso es porque tú estabas siendo petulante.

A la señora Jones se le cae algo en el fregadero y el ruido me sobresalta. Christian parece ajeno al ruido; ignorándolo, se me queda mirando impasible.

—Petulante o no, tú come. —Su tono es serio y no tengo intención de discutir con él.

—Vale. Ya cojo la cuchara y me como los cereales —digo como una adolescente irascible. Extiendo el brazo para coger el yogur griego y me echo unas cucharadas en los cereales. Después le incorporo un puñado de arándanos. Miro a la señora Jones y nuestras miradas se encuentran. Le sonrío y ella me responde con una sonrisa cariñosa. Me ha preparado mi desayuno favorito, el que descubrí durante la luna de miel.

—Creo que voy a tener que ir a Nueva York a finales de semana. —El anuncio de Christian interrumpe mis pensamientos.

—Oh.

—Solo voy a pasar una noche. Y quiero que vengas conmigo.

—Christian, yo no puedo pedir el día libre.

Me mira como diciendo: ¿tú crees, teniendo en cuenta que yo soy el jefe?

Suspiro.

—Sé que la empresa es tuya, pero he estado fuera tres semanas. ¿Cómo puedes esperar que dirija el negocio si nunca estoy? Estaré bien aquí. Supongo que te llevarás a Taylor, pero Sawyer y Ryan se quedarán aquí... —Me interrumpo porque Christian me está sonriendo—. ¿Qué?

—Nada. Solo tú —dice.

Frunzo el ceño. ¿Se está riendo de mí? Entonces se me ocurre algo preocupante.

—¿Cómo vas a ir a Nueva York?

—En el jet de la empresa, ¿por qué?

—Solo quería estar segura de que no ibas a coger a *Charlie Tango* —le digo en voz baja y un escalofrío me recorre la espalda. Recuerdo la última vez que piloté ese helicóptero y siento una oleada de náuseas al evocar las tensas horas que pasé esperando noticias. Probablemente ese ha sido el peor momento de mi vida. Noto que la señora Jones también se ha quedado muy quieta. Intento olvidarme de eso.

—No iría a Nueva York con *Charlie Tango*. El helicóptero no puede recorrer esas distancias. Además, todavía tiene que estar dos semanas más en reparación.

Gracias a Dios. Sonrío, en parte por el alivio, pero también porque sé que el accidente de *Charlie Tango* ha ocupado los pensamientos y el tiempo de Christian durante las últimas semanas.

—Bueno, me alegro de que ya casi esté arreglado, pero... —No acabo la frase. ¿Puedo decir lo nerviosa que me pone que vuelva a volar?

—¿Qué? —me pregunta mientras se termina su tortilla.

Me encojo de hombros.

—¿Ana? —pregunta con la voz tensa.

—Es que… ya sabes. La última vez que volaste con el helicóptero… Creí, creímos que… —No puedo acabar la frase y la expresión de Christian se suaviza.

—Oye… —Me acaricia la cara con el dorso de los nudillos—. Fue un sabotaje. —Algo oscuro cruza por su cara y durante un momento me pregunto si ya sabrá quién fue el responsable.

—No podría soportar perderte —le susurro.

—He despedido a cinco personas por eso, Ana. No volverá a pasar.

—¿A cinco?

Asiente con expresión seria. Vaya…

—Eso me recuerda algo… He encontrado un arma en tu escritorio.

Frunce el ceño ante la falta de lógica de mi asociación y probablemente por mi tono acusatorio, aunque no era esa mi intención.

—Es de Leila —me dice por fin.

—Está cargada.

—¿Cómo lo sabes? —Su ceño se hace más pronunciado.

—Lo comprobé ayer.

—No quiero que tengas nada que ver con armas —me regaña—. Espero que volvieras a ponerle el seguro.

Parpadeo, momentáneamente estupefacta.

—Christian, ese revólver no tiene seguro. ¿Sabes algo de armas?

Christian abre mucho los ojos.

—Eh… no.

Taylor tose discretamente desde la entrada. Christian asiente.

—Tenemos que irnos —dice Christian. Se levanta distraído y después se pone la chaqueta. Le sigo en dirección al pasillo.

Tiene el arma de Leila. Estoy desconcertada por esa información y me pregunto qué le habrá pasado a ella. ¿Seguirá en… dónde era? ¿East algo? ¿New Hampshire? No me acuerdo.

—Buenos días, Taylor —saluda Christian.

—Buenos días señor Grey. Señora Grey. —Nos saluda con la cabeza a ambos, pero procura no mirarme a los ojos. Se lo agradezco, al recordar lo poco vestida que iba anoche cuando me lo encontré.

—Voy a lavarme los dientes —les digo. Christian siempre se lava los dientes antes de desayunar, no comprendo por qué…

—Deberías pedirle a Taylor que te enseñe a disparar —le sugiero a Christian mientras bajamos en el ascensor. Christian me mira divertido.

—¿Tú crees? —me dice cortante.

—Sí.

—Anastasia, odio las armas. Mi madre ha tenido que coser a demasiadas víctimas de armas de fuego y mi padre está totalmente en contra de las armas. Yo he crecido con esos valores. He apoyado al menos dos iniciativas para el control de armas en Washington.

—Oh, ¿y Taylor lleva un arma?

Christian aprieta los labios.

—A veces.

—¿No lo apruebas? —le pregunto al salir del ascensor.

—No —dice con los labios apretados—. Digamos que Taylor y yo tenemos diferentes puntos de vista en lo que respecta al control de armas.

Pues yo creo que estoy con Taylor en ese tema…

Christian me abre la puerta del vestíbulo y salgo en dirección al coche. No me ha dejado ir sola en coche a la editorial desde que descubrió que lo de *Charlie Tango* había sido un sabotaje. Sawyer me sonríe amablemente mientras me sujeta la puerta y Christian sube al coche por el otro lado.

—Por favor —le digo extendiendo el brazo y cogiéndole la mano.

—¿Por favor, qué?

—Aprende a disparar.

Pone los ojos en blanco.

—No. Fin de la discusión, Anastasia.

Y de nuevo me convierto en la niña a la que regaña. Abro la boca para responderle algo cortante, pero decido que no quiero empezar el día de trabajo enfadada. Cruzo los brazos y miro a Taylor, que me observa por el retrovisor. Aparta la vista y se concentra en la carretera, pero niega con la cabeza con evidente frustración. Veo que Christian también le saca de quicio a veces. La idea me hace sonreír y eso mejora mi humor.

—¿Dónde está Leila? —le pregunto a Christian, que mira distraído por la ventanilla.

—Ya te lo he dicho. En Connecticut con su familia —me dice mirándome.

—¿Lo has comprobado? Después de todo, tiene el pelo largo. Podría ser ella la que conducía el Dodge.

—Sí, lo he comprobado. Se ha inscrito en una escuela de arte en Hamden. Ha empezado esta semana.

—¿Has hablado con ella? —le pregunto. Toda la sangre ha abandonado mi cara.

Christian vuelve la cabeza para mirarme al notar el tono de mi voz.

—No. Flynn es quien ha hablado con ella. —Estudia mi cara para saber qué estoy pensando.

—Ah —digo aliviada.

—¿Qué?

—Nada.

Christian suspira.

—¿Qué te pasa, Ana?

Me encojo de hombros porque no quiero admitir que tengo celos irracionales.

—La tengo vigilada —continúa Christian— para estar seguro de que se queda en su parte del país. Está mejor, Ana. Flynn la ha derivado a un psiquiatra en New Haven y todos los informes son positivos. Siempre le ha interesado el arte, así que… —Se detiene y me observa. Y en ese momento me surge la sospecha de que él es quien paga ese curso de arte. ¿Quiero saberlo? ¿Debería preguntarle? No es que no pueda permitírselo, pero ¿por qué se siente obligado? Suspiro. El equipaje de Christian no se parece nada a mi Bradley Kent de la clase de biología y sus torpes intentos de darme un beso. Christian me coge la mano.

—No te agobies por eso, Anastasia —murmura y yo le aprieto la mano para tranquilizarle. Sé que está haciendo lo que cree que es mejor.

A media mañana tengo un descanso entre reuniones. Cuando cojo el teléfono para llamar a Kate, veo que tengo un correo de Christian.

---

**De:** Christian Grey
**Fecha:** 23 de agosto de 2011 09:54
**Para:** Anastasia Grey
**Asunto:** Halagos

Señora Grey:
Me han alabado tres veces mi nuevo corte de pelo. Que los miembros de mi personal me hagan ese tipo de observaciones es algo que no había ocurrido nunca antes. Debe de ser por la ridícula sonrisa que se me pone cuando pienso en lo de anoche. Es una mujer maravillosa, preciosa y con muchos talentos.
Y toda mía.

Christian Grey
Presidente de Grey Enterprises Holdings, Inc.

Me derrito al leer esas palabras.

---

**De:** Anastasia Grey
**Fecha:** 23 de agosto de 2011 10:48
**Para:** Christian Grey
**Asunto:** Estoy intentando concentrarme

Señor Grey:

Estoy intentando trabajar y no quiero que me distraigan con recuerdos deliciosos.

Quizá ha llegado el momento de confesar que le he cortado el pelo regularmente a Ray durante gran parte de mi vida. No tenía ni idea de que eso me iba a ser tan útil.

Y sí, soy suya, y usted, mi querido marido dominante que se niega a ejercer su derecho constitucional enunciado en la Segunda Enmienda a llevar armas, es mío. Pero no se preocupe porque ya le protegeré yo. Siempre.

Anastasia Grey
Editora de SIP

---

**De:** Christian Grey
**Fecha:** 23 de agosto de 2011 10:53
**Para:** Anastasia Grey
**Asunto:** La pistolera Annie Oakley

Señora Grey:

Estoy encantado de ver que ya ha hablado con el departamento de informática y al fin se ha cambiado el apellido :D.

Y dormiré tranquilo en mi cama sabiendo que mi esposa, la loca de las armas, duerme a mi lado.

Christian Grey
Presidente & Hoplófobo de Grey Enterprises Holdings, Inc.

¿Hoplófobo? ¿Qué demonios es eso?

---

**De:** Anastasia Grey
**Fecha:** 23 de agosto de 2011 10:58
**Para:** Christian Grey
**Asunto:** Palabras largas

Señor Grey:

Me vuelve usted a impresionar con su destreza lingüística. De hecho me impresionan sus destrezas en general (y creo que ya sabe a qué me refiero…).

Anastasia Grey
Editora de SIP

---

**De:** Christian Grey
**Fecha:** 23 de agosto de 2011 11:01
**Para:** Anastasia Grey
**Asunto:** ¡Oh!

Señora Grey:
¿Está usted flirteando conmigo?

Christian Grey
Asombrado presidente de Grey Enterprises Holdings, Inc.

---

**De:** Anastasia Grey
**Fecha:** 23 de agosto de 2011 11:04
**Para:** Christian Grey
**Asunto:** ¿Es que preferiría…?

¿… que flirteara con otro?

Anastasia Grey
Valiente editora de SIP

---

**De:** Christian Grey
**Fecha:** 23 de agosto de 2011 11:09
**Para:** Anastasia Grey
**Asunto:** Grrr…

¡NO!

Christian Grey
Posesivo presidente de Grey Enterprises Holdings, Inc.

**De:** Anastasia Grey
**Fecha:** 23 de agosto de 2011 11:14
**Para:** Christian Grey
**Asunto:** Uau…

¿Me estás gruñendo? Porque eso me parece muy excitante…

Anastasia Grey
Retorcida (en el buen sentido) editora de SIP

---

**De:** Christian Grey
**Fecha:** 23 de agosto de 2011 11:16
**Para:** Anastasia Grey
**Asunto:** Tenga cuidado

¿Flirteando y jugando conmigo, señora Grey?
A que voy a hacerle una visita esta tarde…

Christian Grey
Presidente afectado de priapismo de Grey Enterprises Holdings, Inc.

---

**De:** Anastasia Grey
**Fecha:** 23 de agosto de 2011 11:20
**Para:** Christian Grey
**Asunto:** ¡Oh, no!

No, me porto bien. No quiero que el jefe del jefe del jefe venga a ponerme en mi sitio en el trabajo. ;)
Ahora déjame seguir trabajando o el jefe del jefe de mi jefe me va a dar una patada en el culo y me va a echar a la calle.

Anastasia Grey
Editora de SIP

**De:** Christian Grey
**Fecha:** 23 de agosto de 2011 11:23
**Para:** Anastasia Grey
**Asunto:** &*%$&*&*

Créeme cuando te digo que hay muchas cosas que se me ocurre hacer con tu culo ahora mismo, pero darle una patada no es una de ellas.

Christian Grey
Presidente y especialista en culos de Grey Enterprises Holdings, Inc.

Su respuesta me hace reír.

---

**De:** Anastasia Grey
**Fecha:** 23 de agosto de 2011 11:26
**Para:** Christian Grey
**Asunto:** ¡Que me dejes!

¿No tienes que dirigir un imperio?
Deja de molestarme.
Ya ha llegado mi siguiente cita.
Yo pensaba que eras más de pechos que de culos...
Tú piensa en mi culo y yo pensaré en el tuyo...
TQ
x

Anastasia Grey
Editora ahora húmeda de SIP

---

No puedo evitar que mi estado de ánimo sea un poco tristón cuando Sawyer me lleva a la oficina el jueves. El viaje a Nueva York que Christian me había anunciado ha llegado y aunque solo lleva fuera unas pocas horas, ya le echo de menos. Al encender el ordenador veo que ya tengo un correo esperándome. Mi ánimo mejora inmediatamente.

---

**De:** Christian Grey
**Fecha:** 25 de agosto de 2011 04:32
**Para:** Anastasia Grey
**Asunto:** Ya te echo de menos

Señora Grey:
Estaba adorable esta mañana…
Pórtate bien mientras estoy fuera.
Te quiero.

Christian Grey
Presidente de Grey Enterprises Holdings, Inc.

Esta va a ser la primera noche que dormimos separados desde la boda. Tengo intención de tomarme unos cócteles con Kate, eso me ayudará a dormir. Impulsivamente le contesto al correo, aunque sé que todavía está volando.

---

**De:** Anastasia Grey
**Fecha:** 25 de agosto de 2011 09:03
**Para:** Christian Grey
**Asunto:** ¡Compórtate!

Llámame cuando aterrices. Voy a estar preocupada hasta que no lo hagas.
Me portaré bien. No puedo meterme en muchos problemas saliendo con Kate…

Anastasia Grey
Editora de SIP

Pulso «Enviar» y le doy un sorbo a mi *caffè latte*, cortesía de Hannah. ¿Quién iba a pensar que al final acabaría gustándome el café? A pesar de que voy a salir esta noche con Kate, siento que me falta un trozo de mí; en este momento está a diez mil metros sobre el Medio Oeste, camino de Nueva York. No sabía que me iba a sentir tan alterada y ansiosa solo porque Christian estuviera fuera. Seguro que con el tiempo ya no sentiré esta sensación de inseguridad y de pérdida, ¿verdad? Dejo escapar un suspiro y sigo trabajando.

Más o menos a la hora de comer empiezo a comprobar frenéticamente mi correo y mi BlackBerry por si me ha mandado un mensaje. ¿Dónde está? ¿Habrá aterrizado bien? Hannah me pregunta si quiero ir a comer, pero estoy demasiado preocupada y le digo que se vaya sin mí. Sé que esto es irracional, pero necesito saber que ha llegado bien.

Suena el teléfono de mi oficina y me sobresalta.

—Ana Ste… Grey.

—Hola. —La voz de Christian es tierna y tiene un punto alegre. Siento que me embarga el alivio.

—Hola —le respondo sonriendo de oreja a oreja—. ¿Qué tal el vuelo?

—Largo. ¿Qué vas a hacer con Kate?

Oh, no.

—Solo vamos a salir a tomar unas copas tranquilamente.

Christian no dice nada.

—Sawyer y la chica nueva, Prescott, van a venir también para hacer a vigilancia —le digo para aplacarle un poco.

—Creía que Kate iba a venir al piso.

—Sí, pero después de tomar una copa rápida.

¡Por favor, déjame salir por ahí! Christian suspira profundamente.

—¿Por qué no me lo habías dicho? —me dice con calma. Demasiada calma.

Me doy una patada en la espinilla mentalmente.

—Christian, vamos a estar bien. Tengo a Ryan, a Sawyer y a Prescott. Y solo es una copa.

Christian permanece en testarudo silencio y percibo que no está nada contento.

—Solo he podido quedar con ella unas pocas veces desde que tú y yo nos conocimos. Y es mi mejor amiga…

—Ana, no quiero apartarte de tus amigos. Pero creía que habíais quedado en casa.

—Vale —concedo—. Nos quedaremos en casa.

—Solo mientras esté por ahí ese lunático suelto. Por favor.

—Ya te he dicho que sí —le digo exasperada y poniendo los ojos en blanco.

Christian ríe un poco al otro lado del teléfono.

—Siempre sé cuándo estás poniendo los ojos en blanco aunque no te vea.

Miro el auricular con el ceño fruncido.

—Oye, lo siento. No quería preocuparte. Se lo voy a decir a Kate.

—Bien —dice con alivio evidente. Me siento culpable por haberle preocupado.

—¿Dónde estás?

—En la pista del aeropuerto JFK.

—Oh, acabas de aterrizar…

—Sí. Me has pedido que te llamara en cuanto aterrizara.

Sonrío. Mi subconsciente me mira un poco enfadada: ¿Ves? Él hace lo que dice que va a hacer…

—Bueno, señor Grey, me alegro de que uno de los dos sea tan puntilloso.

Christian se ríe.

—Señora Grey, tiene un don inconmensurable para la hipérbole. ¿Qué voy a hacer con usted?

—Estoy segura de que se te ocurrirá algo imaginativo. Siempre se te ocurre algo.

—¿Estás flirteando conmigo?

—Sí.

Noto que sonríe.

—Tengo que irme, Ana. Haz lo que te he dicho, por favor. El equipo de seguridad sabe lo que hace.

—Sí, Christian, lo haré. —Vuelvo a sonar irritada. Vale, he captado el mensaje...

—Te veo mañana por la noche. Y te llamo luego.

—¿Para comprobar lo que estoy haciendo?

—Sí.

—¡Oh, Christian! —le regaño.

—*Au revoir*, señora Grey.

—*Au revoir*, Christian. Te quiero.

Inspira hondo.

—Y yo a ti, Ana.

Ninguno de los dos cuelga.

—Cuelga, Christian... —le susurro.

—Eres una mandona, ¿lo sabías?

—Tu mandona.

—Mía —dice—. Haz lo que te digo. Cuelga.

—Sí, señor. —Cuelgo y me quedo mirando estúpidamente al teléfono.

Unos segundos después aparece un correo en mi bandeja de entrada.

---

**De:** Christian Grey
**Fecha:** 25 de agosto de 2011 13:42
**Para:** Anastasia Grey
**Asunto:** Mano suelta

Señora Grey:
Me ha resultado tan entretenida como siempre por teléfono.
Haz lo que te he dicho, lo digo en serio.
Tengo que saber que estás segura.
Te quiero.

Christian Grey
Presidente de Grey Enterprises Holdings, Inc.

Él sí que es un mandón. Pero con una llamada de teléfono toda mi ansiedad ha desaparecido. Ha llegado sano y salvo y está demasiado preocupado por mí, como siempre. Me rodeo el cuerpo con los brazos. Dios, cuánto quiero a ese hombre. Hannah llama a la puerta, lo que me distrae y me devuelve a la realidad.


Kate está fantástica. Lleva unos vaqueros blancos ajustados y una camisola roja y parece lista para poner patas arriba la ciudad. Cuando llego la veo charlando animadamente con Claire, la chica de la recepción.

—¡Ana! —grita envolviéndome en uno de esos abrazos tan típicos de Kate. Luego extiende los brazos para separarse un poco y me mira de arriba abajo.

—Ahora sí que pareces la mujer del multimillonario. ¿Quién lo habría dicho al ver a la pequeña Ana Steele? Se te ve tan… sofisticada. —Sonríe y yo pongo los ojos en blanco. Llevo un vestido recto de color crema con un cinturón azul marino a juego con los zapatos planos.

—Me alegro de verte, Kate —digo abrazándola.

—Bien, ¿adónde vamos?

—Christian quiere que nos quedemos en el piso.

—¿Ah, sí? ¿Y no podemos tomarnos un cóctel rapidito en el Zig Zag Café? He reservado una mesa.

Abro la boca para protestar.

—Por favor… —suplica y pone un mohín muy dulce. Se le deben de estar pegando esas cosas de Mia. Ella antes no hacía esos gestos. La verdad es que me apetece mucho un cóctel en el Zig Zag. Nos lo pasamos muy bien la última vez que fuimos y está cerca del apartamento de Kate.

—Uno —digo extendiendo el dedo índice.

Sonríe.

—Uno.

Me coge del brazo y salimos en dirección al coche, que está aparcado en la acera con Sawyer al volante. Nos sigue la señorita Belinda Prescott, que es nueva en el equipo de seguridad: una mujer afroamericana con una actitud bastante firme y autoritaria. Todavía no me acaba de caer bien, tal vez porque es demasiado fría y profesional. Su contratación no es definitiva aún, pero como el resto del equipo, la ha elegido Taylor. Va vestida como Sawyer, con un traje pantalón oscuro y discreto.

—¿Puedes llevarnos al Zig Zag, por favor, Sawyer?

Sawyer se gira para mirarme y sé que está a punto de decir algo. Obviamente ha recibido órdenes. Duda.

—Al Zig Zag Café. Solo vamos a tomar una copa.

Miro a Kate con el rabillo del ojo y veo que está observando a Sawyer. Pobrecito…

—Sí, señora.

—El señor Grey ha pedido expresamente que ustedes fueran al piso —apunta Prescott.

—El señor Grey no está aquí —le respondo—. Al Zig Zag, por favor.

—Sí, señora —repite Sawyer con una mirada de soslayo a Prescott, que inteligentemente se muerde la lengua.

Kate me mira con la boca abierta como si no se pudiera creer lo que está viendo y oyendo. Yo frunzo los labios y me encojo de hombros. Vale, soy un poco más autoritaria de lo que era antes. Kate asiente mientras Sawyer se introduce en el tráfico de primera hora de la noche.

—¿Sabes que las nuevas medidas de seguridad adicionales están volviendo locas a Grace y a Mia? —me cuenta Kate.

La miro boquiabierta y perpleja.

—¿No lo sabías? —Parece no poder creérselo.

—¿El qué?

—Que han triplicado la seguridad de todos los miembros de la familia Grey. O más bien la han multiplicado por mil…

—¿De verdad?

—¿No te lo ha dicho?

—No. —Me ruborizo. Maldita sea, Christian—. ¿Sabes por qué?

—Por lo de Jack Hyde.

—¿Qué pasa con Jack? Creía que solo iba a por Christian. —Estoy alucinada. Vaya… ¿Por qué no me lo ha dicho?

—Desde el lunes —prosigue Kate.

¿El lunes pasado? Mmm… Identificamos a Jack el domingo. Pero ¿por qué todos los Grey?

—¿Cómo sabes todo eso?

—Por Elliot.

Claro.

—Christian no te ha contado nada de esto, ¿eh?

—No —confieso y vuelvo a ruborizarme.

—Oh, Ana, qué irritante…

Suspiro. Como siempre, Kate ha dado justo en el clavo con el estilo directo como un mazazo que la caracteriza.

—¿Y sabes por qué? —Si Christian no me lo va a contar, tal vez Kate sí.

—Elliot dice que tiene algo que ver con la información que había en el ordenador de Jack Hyde cuando trabajaba en Seattle Independent Publishing.

Madre mía…

—Tienes que estar de broma. —Siento una oleada de furia que me inunda el cuerpo. ¿Cómo puede saberlo Kate y yo no?

Levanto la vista y veo a Sawyer observándome por el retrovisor. El semáforo se pone en verde y él vuelve a mirar hacia delante, concentrado en la carretera. Me pongo el dedo sobre los labios y Kate asiente. Estoy segura de que Sawyer también lo sabe, aunque yo no.

—¿Cómo está Elliot? —le pregunto para cambiar de tema.

Kate sonríe tontamente y eso me dice todo lo que necesito saber.

Sawyer aparca a la entrada del pasaje que lleva al Zig Zag Café y Prescott me abre la puerta. Salgo y Kate lo hace también detrás de mí. Nos cogemos del brazo y cruzamos el pasaje seguidas de Prescott, que luce una expresión de malas pulgas. ¡Oh, por favor, es solo una copa! Sawyer se va para aparcar el coche.


—¿Y de qué conoce Elliot a Gia? —le pregunto dándole un sorbo a mi segundo mojito de fresa. El bar es íntimo y acogedor y no quiero irme. Kate y yo no hemos dejado de hablar. Se me había olvidado cuánto me gusta salir con ella. Es liberador salir, relajarse y disfrutar de la compañía de Kate. Se me ocurre que podría mandarle un mensaje a Christian, pero pronto rechazo la idea. Se pondría furioso y me haría volver a casa como a una niña díscola.

—¡No me hables de esa zorra! —exclama Kate.

Su reacción me hace reír.

—¿Qué te divierte tanto, Steele? —me suelta fingiendo irritación.

—Que tengo la misma opinión de ella.

—¿Ah, sí?

—Sí. No dejaba en paz a Christian.

—Creo que tuvo algo con Elliot. —Kate vuelve a hacer lo del mohín.

—¡No!

Asiente, aprieta los labios y pone el patentado ceño de Katherine Kavanagh.

—Fue algo breve. El año pasado, creo. Es una trepa. No me extraña que haya puesto los ojos en Christian.

—Pues Christian está pillado. Le dije que le dejara en paz o la despedía.

Kate vuelve a mirarme con la boca abierta una vez más, asombrada. Asiente orgullosa y levanta su copa en un brindis, impresionada y sonriente.

—¡Por la señora Anastasia Grey! ¡Cuidado con ella! —Y entrechocamos las copas.


—¿Elliot tiene algún arma?

—No. Está totalmente en contra de las armas —dice Kate revolviendo su tercera copa.

—Christian también. Creo que ha sido influencia de Grace y Carrick —le digo. Empiezo a notarme un poco achispada.

—Carrick es un buen hombre —dice Kate asintiendo.

—Quería que firmara un acuerdo prematrimonial —murmuro con cierta tristeza.

—Oh, Ana. —Estira el brazo sobre la mesa y me coge la mano—. Solo estaba preocupándose por su hijo. Las dos somos conscientes de que siempre vas a llevar el título de cazafortunas tatuado en la frente. —Me sonríe. Yo le saco la lengua y después me río también—. Madure, señora Grey. —Ahora suena como Christian—. Tú harás lo mismo por tu hijo algún día.

—¿Mi hijo? —No se me había ocurrido que mis hijos también van a ser ricos. Demonios. No les va a faltar de nada. Y con nada quiero decir… nada. Tengo que darle unas cuantas vueltas a eso… pero ahora mismo no. Miro a Prescott y a Sawyer, que están sentados cerca y nos observan a nosotras y al resto de gente del bar con un vaso de agua mineral con gas cada uno.

—¿No crees que deberíamos comer algo? —le pregunto.

—No. Deberíamos seguir bebiendo —responde Kate.

—¿Por qué tienes tantas ganas de beber?

—Porque no te veo todo lo que yo quisiera. No imaginé que te daría tan fuerte y te casarías con el primer tipo que te pusiera la cabeza patas arriba. —Repite el mohín—. Te casaste con tanta prisa que creí que estabas embarazada.

Suelto una risita.

—Todo el mundo pensó lo mismo. Pero no resucitemos esa conversación, por favor. Y además tengo que ir al baño.

Prescott me acompaña. No dice nada, pero tampoco hace falta que lo haga. La desaprobación irradia de su cuerpo como un isótopo letal.

—No he salido sola desde que me casé —digo para mí, mirando la puerta cerrada del baño. Hago una mueca sabiendo que ella está de pie al otro lado de la puerta, esperando a que termine de hacer pis. ¿Y qué iba a hacer Hyde en un bar? Christian está reaccionando exageradamente, como siempre.


—Kate, es tarde. Deberíamos irnos.

Son las diez y cuarto y acabo de terminarme mi cuarto mojito. Ya estoy empezando a sentir los efectos del alcohol: tengo calor y la vista borrosa. Christian estará bien. Cuando se le pase…

—Claro, Ana. Me he alegrado mucho de verte. Se te ve tan, no sé… segura. El matrimonio te sienta bien, sin duda.

Me sonrojo. Viniendo de Katherine Kavanagh eso es más que un cumplido.

—Sí, es cierto —murmuro y como he bebido demasiado, los ojos se me llenan de lágrimas.

¿Podría ser más feliz? A pesar de todo el equipaje que trae, de su naturaleza y de sus sombras, he conocido y me he casado con el hombre de mis sueños. Cambio rápidamente de tema para alejar esos pensamientos tan sentimentales, porque si no sé que voy a acabar llorando.

—Me lo he pasado muy bien. —Le cojo la mano—. ¡Gracias por obligarme a venir!

Nos abrazamos. Cuando me suelta, asiento en dirección a Sawyer y él le pasa las llaves del coche a Prescott.

—Estoy segura de que la señorita te-miro-por-encima-del-hombro Prescott le ha dicho a Christian que no estamos en el piso. Y él se habrá puesto furioso —le digo a Kate. Y tal vez se le haya ocurrido alguna forma deliciosa de castigarme… Ojala…

—¿Por qué sonríes como una tonta, Ana? ¿Es que te gusta poner furioso a Christian?

—No. La verdad es que no. Pero es tan fácil… Es muy controlador a veces. —Más bien casi todo el tiempo…

—Ya lo he notado —dice Kate lacónicamente.

Aparcamos delante del apartamento de Kate y ella me da un abrazo fuerte.

—No te conviertas en una extraña —me susurra y me da un beso en la mejilla. Después sale del coche.

La despido con la mano y de repente siento una extraña nostalgia. Echaba de menos la charla de chicas. Es divertida y relajante y me recuerda que todavía soy joven. Tengo que esforzarme más en encontrar tiempo para ver a Kate, pero lo cierto es que me encanta estar en la burbuja con Christian. Anoche fuimos a la cena de una organización de caridad. Había muchos hombres con trajes y mujeres elegantes y arregladas hablando de los precios de las propiedades inmobiliarias, de la caída de la economía y de los mercados emergentes. Algo aburrido, aburridísimo. Es refrescante soltarme el pelo con alguien de mi edad.

Me ruge el estómago. Todavía no he cenado. ¡Mierda! ¡Christian! Rebusco en el bolso y saco la BlackBerry. Oh, madre mía… Cinco llamadas perdidas. Y un mensaje:

*¿DÓNDE DEMONIOS ESTÁS?*

Y un correo:

---

**De:** Christian Grey
**Fecha:** 26 de agosto de 2011 00:42
**Para:** Anastasia Grey
**Asunto:** Furioso. Más furioso de lo que me has visto nunca

Anastasia:
Sawyer me ha dicho que estás bebiendo cócteles en un bar, algo que me has dicho que no ibas a hacer.
¿Te haces una idea de lo furioso que estoy en este momento?
Hablaremos de esto mañana.

Christian Grey
Presidente de Grey Enterprises Holdings, Inc.

Se me cae el alma a los pies. ¡Oh, mierda! Ahora sí que la he hecho buena. Mi subconsciente me mira enfadada, después se encoje de hombros y pone la expresión de «tú te lo has buscado». Pero ¿qué esperaba? Pienso en llamarle, pero es muy tarde y probablemente estará durmiendo… O caminando arriba y abajo. Decido que un mensaje rápido será suficiente.

*ESTOY ENTERA. ME LO HE PASADO MUY BIEN.
TE ECHO DE MENOS. POR FAVOR NO TE ENFADES*

Me quedo mirando la BlackBerry deseando que me responda, pero el aparato permanece en silencio. Suspiro.

Prescott aparca delante del Escala y Sawyer sale para abrirme la puerta. Mientras esperamos al ascensor, aprovecho la oportunidad para hacerle unas cuantas preguntas.

—¿A qué hora te ha llamado Christian?

Sawyer se ruboriza.

—A las nueve y media más o menos, señora.

—¿Y por qué no interrumpiste mi conversación con Kate para que pudiera hablar con él?

—El señor Grey me dijo que no lo hiciera.

Frunzo los labios. Llega el ascensor y subimos los dos en silencio. De repente me alegro de que Christian tenga toda la noche para recuperarse de su arrebato y de que esté en la otra punta del país. Eso me da un poco de tiempo. Pero por otro lado… le echo de menos.

Se abren las puertas del ascensor y durante un segundo me quedo mirando la mesa del vestíbulo.

¿Qué es lo que no está bien en esa imagen?

El jarrón de las flores está hecho trizas y los fragmentos desparramados por todo el suelo del vestíbulo. Hay agua, flores y trozos de cerámica por todas partes y la mesa está volcada. De repente siento que se me eriza el vello y Sawyer me agarra del brazo y tira de mí de vuelta al ascensor.

—Quédese aquí —dice entre dientes y saca un arma. Entra en el vestíbulo y desaparece de mi campo de visión.

Yo me pego contra la pared del fondo del ascensor.

—¡Luke! —oigo llamar a Ryan desde alguna parte del salón—. ¡Código azul!

¿Código azul?

—¿Tienes al sujeto? —le responde Sawyer—. ¡Dios mío!

Me pego aún más contra la pared. ¿Qué está pasando? La adrenalina me empieza a correr por el cuerpo y tengo el corazón en la garganta. Oigo hablar en voz baja y un momento después Sawyer vuelve a aparecer en el vestíbulo y pisa un charco de agua. Ha guardado el arma en su pistolera.

—Ya puede entrar, señora Grey —me dice con tranquilidad.

—¿Qué ha pasado, Luke? —Mi voz no es más que un susurro.

—Hemos tenido visita. —Me coge por el codo y yo me alegro del apoyo que me proporciona, porque las piernas se me han convertido en gelatina. Cruzo con él las puertas dobles abiertas.

Ryan está de pie en la entrada del salón. Tiene un corte encima del ojo que está sangrando y otro en la boca. Parece que ha pasado un mal rato y tiene la ropa desaliñada. Pero lo que más me sorprende es ver a Jack Hyde tirado a sus pies.

# 10

Tengo el corazón acelerado y la sangre me retumba en los oídos; el alcohol que fluye por mi cuerpo amplifica el sonido.

—¿Está…? —Doy un respingo, incapaz de acabar la frase, y miro a Ryan con los ojos muy abiertos, aterrorizada. Ni siquiera puedo mirar a la figura tirada en el suelo.

—No, señora. Solo inconsciente.

Siento un gran alivio. Oh, gracias a Dios.

—¿Y tú? ¿Estás bien? —le pregunto a Ryan. Me doy cuenta de que no sé su nombre de pila. Resopla como si hubiera corrido un maratón. Se limpia la boca para quitarse un resto de sangre y veo que se le está formando un cardenal en la mejilla.

—Ha sido duro de pelar, pero estoy bien, señora Grey. —Me sonríe para tranquilizarme. Si le conociera mejor diría que incluso tiene cierto aire de suficiencia.

—¿Y Gail? Quiero decir, la señora Jones… —Oh, no… ¿Estará bien? ¿Le habrá hecho algún daño?

—Estoy aquí, Ana. —Miro detrás de mí y la veo en camisón y bata, con el pelo suelto, la cara cenicienta y los ojos muy abiertos. Como los míos, supongo—. Ryan me despertó e insistió en que me metiera aquí —dice señalando detrás de ella el despacho de Taylor—. Estoy bien. ¿Está usted bien?

Asiento enérgicamente y me doy cuenta de que ella probablemente acaba de salir de la habitación del pánico que hay junto al despacho de Taylor. ¿Quién podía saber que la íbamos a necesitar tan pronto? Christian insistió en instalarla poco después de nuestro compromiso. Y yo puse los ojos en blanco. Ahora, al ver a Gail de pie en el umbral, me alegro de la previsión de Christian.

Un crujido procedente de la puerta del vestíbulo me distrae. Está colgando de sus goznes. Pero ¿qué le ha pasado?

—¿Estaba solo? —le pregunto a Ryan.

—Sí, señora. No estaría usted ahí de pie de no ser así, se lo aseguro. —Ryan parece vagamente ofendido.

—¿Cómo entró? —sigo preguntando ignorando su tono.

—Por el ascensor de servicio. Los tiene bien puestos, señora.

Miro la figura tirada de Jack. Lleva algún tipo de uniforme… Un mono, creo.

—¿Cuándo?

—Hace unos diez minutos. Lo vi en el monitor de seguridad. Llevaba guantes… algo un poco extraño en agosto. Le reconocí y decidí dejarle entrar. Así le tendríamos. Usted no se hallaba en casa y Gail estaba en lugar seguro, así que me dije que era ahora o nunca. —Ryan parece de nuevo muy orgulloso de sí mismo y Sawyer le mira con el ceño fruncido por la desaprobación.

¿Guantes? Eso me sorprende y vuelvo a mirar a Jack. Sí, lleva unos guantes de piel marrón. ¡Qué espeluznante!

—¿Y ahora qué? —pregunto intentando olvidar los distintos pensamientos que están surgiendo en mi mente.

—Tenemos que inmovilizarle —responde Ryan.

—¿Inmovilizarle?

—Por si se despierta. —Ryan mira a Sawyer.

—¿Qué necesitáis? —pregunta la señora Jones dando un paso adelante. Ya ha recobrado la compostura.

—Algo con que sujetarle… Un cordón o una cuerda —responde Ryan.

Bridas para cables. Me sonrojo cuando los recuerdos de la noche anterior invaden mi mente. Me froto las muñecas en un acto reflejo y bajo la mirada para echarles un rápido vistazo. No, no tengo cardenales. Bien.

—Yo tengo algo: bridas para cables. ¿Eso servirá?

Todos los ojos se fijan en mí.

—Sí, señora. Eso es perfecto —dice Sawyer muy serio.

En ese momento quiero que me trague la tierra, pero me giro y voy hasta nuestro dormitorio. A veces hay que enfrentarse a las cosas sin arredrarse. Tal vez sea la combinación del miedo y el alcohol lo que me proporciona esta audacia.

Cuando vuelvo, la señora Jones está evaluando el desastre del vestíbulo y la señorita Prescott se ha unido al equipo de seguridad. Le paso las bridas a Sawyer, que lentamente y con un cuidado innecesario le ata las manos detrás de la espalda a Hyde. La señora Jones desaparece en la cocina y regresa con un botiquín de primeros auxilios. Coge del brazo a Ryan, lo lleva al salón y se ocupa de curarle el corte de encima del ojo. Él hace una mueca de dolor cuando ella le aplica un antiséptico. Entonces me fijo en la Glock con silenciador que hay en el suelo. ¡Joder! ¿Estaba Jack armado? Siento la bilis en la garganta y hago todo lo que puedo por evitar vomitar.

—No la toque, señora Grey —me advierte Prescott cuando me agacho para recogerla. Sawyer emerge del despacho de Taylor con unos guantes de látex.

—Yo me ocupo de eso, señora Grey —me dice.

—¿La llevaba él? —le pregunto.

—Sí, señora —asegura Ryan haciendo otra mueca de dolor a consecuencia de los cuidados de la señora Jones. Madre mía… Ryan se ha peleado con un hombre armado en mi casa. Me estremezco con solo pensarlo. Sawyer se agacha y coge con cuidado la Glock.

—¿Es aconsejable que hagas eso? —le pregunto.

—El señor Grey querría que lo hiciera, señora. —Sawyer mete el arma en una bolsa de plástico. Después se agacha y cachea a Jack. Se detiene y saca parcialmente un rollo de cinta americana de su bolsillo. Sawyer se queda blanco y vuelve a guardar la cinta en el bolsillo de Hyde.

¿Cinta americana? Mi mente registra el detalle mientras yo observo lo que están haciendo con fascinación y una extraña indiferencia. Entonces me doy cuenta de las implicaciones y la bilis vuelve a subirme hasta la garganta. Aparto rápidamente el pensamiento de mi cabeza. No sigas por ese camino, Ana.

—¿No deberíamos llamar a la policía? —digo intentando ocultar el miedo que siento. Quiero que saquen a Hyde de mi casa, cuanto antes, mejor.

Ryan y Sawyer se miran.

—Creo que deberíamos llamar a la policía —repito esta vez con más convicción, preguntándome qué se traen entre manos Ryan y Sawyer.

—He intentado localizar a Taylor, pero no contesta al móvil. Seguramente estará durmiendo. —Sawyer mira el reloj—. Son las dos menos cuarto de la madrugada en la costa Este.

Oh, no.

—¿Habéis llamado a Christian? —pregunto en un susurro.

—No, señora.

—¿Estabais llamando a Taylor para que os diera instrucciones?

Sawyer parece momentáneamente avergonzado.

—Sí, señora.

Una parte de mí echa chispas. Ese hombre (vuelvo a mirar al desmayado Hyde) ha allanado mi casa y la policía debería llevárselo. Pero al mirarlos a los cuatro, todos con mirada ansiosa, veo que hay algo que no estoy entendiendo, así que decido llamar a Christian. Se me eriza el vello. Sé que está furioso conmigo, muy pero que muy furioso, y vacilo al pensar lo que va a decirme. Y ahora además se pondrá más nervioso porque no está aquí y no puede volver hasta mañana por la noche. Sé que ya le he preocupado bastante esta noche. Tal vez no debería llamarle… Pero de repente se me ocurre algo. Mierda. ¿Y si yo hubiera estado aquí? Palidezco solo de pensarlo. Gracias a Dios que estaba fuera. Quizá al final el problema no vaya a ser tan grave.

—¿Está bien? —pregunto señalando a Jack.

—Le dolerá la cabeza cuando despierte —aclara Ryan mirando a Jack con desprecio—. Pero necesitamos un médico para estar seguros.

Busco en el bolso y saco la BlackBerry. Antes de que me dé tiempo a pensar mucho en el enfado de Christian, marco su número. Me pasa directamente con el buzón de voz. Debe de haberlo apagado por lo enfadado que está. No se me ocurre qué decir. Me giro y camino un poco por el pasillo para alejarme de los demás.

—Hola, soy yo. Por favor no te enfades. Ha ocurrido un incidente en el ático, pero todo está bajo control, así que no te preocupes. Nadie está herido. Llámame. —Y cuelgo.

»Llamad a la policía —le ordeno a Sawyer. Él asiente, saca su móvil y marca.

El agente Skinner está sentado a la mesa del comedor enfrascado en su conversación con Ryan. El agente Walker está con Sawyer en el despacho de Taylor. No sé dónde está Prescott, tal vez también en el despacho de Taylor. El detective Clark no hace más que ladrarme preguntas a mí; los dos estamos sentados en el sofá del salón. El detective es alto, tiene el pelo oscuro y podría ser atractivo si no fuera por su ceño permanentemente fruncido. Sospecho que le han despertado y sacado de su acogedora cama porque han allanado la casa de uno de los ejecutivos más influyentes y más ricos de Seattle.

—¿Antes era su jefe? —me pregunta Clark lacónicamente.

—Sí.

Estoy cansada (mucho más que cansada) y solo quiero irme a la cama. Todavía no sé nada de Christian. La parte buena es que los médicos de la ambulancia se han llevado a Hyde. La señora Jones nos trae a Clark y a mí una taza de té.

—Gracias. —Clark se vuelve de nuevo hacia mí—. ¿Y dónde está el señor Grey?

—En Nueva York. Un viaje de negocios. Volverá mañana por la noche… quiero decir, esta noche. —Ya es pasada la medianoche.

—Ya conocíamos a Hyde —murmura el detective Clark—. Necesito que venga a la comisaría a hacer una declaración. Pero eso puede esperar. Es tarde y hay un par de reporteros haciendo guardia en la acera. ¿Le importa que eche un vistazo?

—No, claro que no —le respondo y me siento aliviada de que haya terminado con el interrogatorio. Me estremezco al pensar que hay fotógrafos fuera. Bueno, no van a ser un problema hasta

mañana. Hago una nota mental de llamar a mamá y a Ray mañana para que no se preocupen si oyen algo en la televisión.

—Señora Grey, ¿por qué no se va a la cama? —me dice la señora Jones con voz amable y llena de preocupación.

La miro a los ojos tiernos y cálidos y de repente siento la necesidad imperiosa de llorar. Ella se acerca y me frota la espalda.

—Ya estamos seguras —me dice—. Todo esto no será tan
malo por la mañana, cuando haya dormido un poco. Además, el
señor Grey volverá mañana por la noche.

La miro nerviosa, conteniendo con dificultad las lágrimas.
Christian se va a poner tan furioso…

—¿Quiere algo antes de acostarse? —me pregunta.

Entonces me doy cuenta del hambre que tengo.

—¿Tal vez algo de comer?

Ella muestra una gran sonrisa.

—¿Un sándwich y un poco de leche?

Asiento agradecida y ella se encamina a la cocina. Ryan sigue
con el agente Skinner. En el vestíbulo, el detective Clark está examinando el desastre que hay delante del ascensor. Parece pensativo a pesar de su ceño. De repente siento nostalgia, nostalgia de
Christian. Apoyo la cabeza en las manos y deseo con todas mis
fuerzas que pudiera estar aquí. Él sabría qué hacer. Menuda noche. Solo quiero acurrucarme en su regazo, que me abrace y me
diga que me quiere aunque yo no haga lo que me dice… Pero
esta noche no va a poder ser. Pongo los ojos en blanco en mi interior… ¿Por qué no me dijo que había aumentado la seguridad
de todos? ¿Qué había exactamente en el ordenador de Jack? Qué
hombre más frustrante. Pero ahora mismo eso no me importa.
Quiero a mi marido. Le echo de menos.

—Aquí tienes, Ana. —La señora Jones interrumpe mi agita-
ción interior. Cuando alzo la vista veo que me está tendiendo un
sándwich de mantequilla de cacahuete y gelatina con los ojos brillantes. Llevo años sin comer algo así. Le sonrío tímidamente y
me lanzo a por él.

Cuando por fin me meto en la cama, me acurruco en el lado
de Christian con su camiseta puesta. Tanto su camiseta como su

almohada huelen a él y mientras me voy dejando llevar por el sueño deseo que tenga un buen viaje a casa... y que vuelva de buen humor.

Me despierto sobresaltada. Hay luz y me laten las sienes. Oh, no. Espero no tener resaca. Abro los ojos con cuidado y veo que la silla del dormitorio no está en su sitio habitual y que Christian está sentado en ella. Lleva el esmoquin y el extremo de su pajarita le sobresale del bolsillo delantero. Me pregunto si estaré soñando. Abraza el respaldo de la silla con el brazo izquierdo y en la mano tiene un vaso de cristal tallado con un líquido ambarino. ¿Brandy? ¿Whisky? No tengo ni idea. Tiene una pierna cruzada, con el tobillo apoyado sobre la rodilla opuesta. Lleva calcetines negros y zapatos de vestir. El codo derecho descansa sobre el brazo de la silla, tiene la barbilla apoyada en la mano y se está pasando el dedo índice lenta y rítmicamente por el labio inferior. En la luz de primera hora de la mañana sus ojos arden con una grave intensidad, pero su expresión general es imposible de identificar.

Casi se me para el corazón. Está aquí. ¿Cómo ha podido llegar? Ha tenido que salir de Nueva York anoche. ¿Cuánto tiempo lleva viéndome dormir?

—Hola —le susurro.

Su mirada es fría y el corazón está a punto de parárseme otra vez. Oh, no. Aparta los dedos de la boca, se bebe de un trago lo que le queda de la bebida y pone el vaso en la mesilla. Espero que me dé un beso, pero no. Vuelve a arrellanarse en la silla y sigue mirándome impasible.

—Hola —dice por fin en voz muy baja. E inmediatamente sé todavía está furioso. Muy furioso.

—Has vuelto.

—Eso parece.

Me levanto lentamente hasta quedar sentada sin apartar los ojos de él. Tengo la boca seca.

—¿Cuánto tiempo llevas ahí mirándome dormir?

—El suficiente.

—Sigues furioso. —Casi no puedo ni pronunciar las palabras.

Él me mira fijamente, como si estuviera reflexionando sobre qué responderme.

—Furioso… —dice como probando la palabra y sopesando sus matices y su significado—. No, Ana. Estoy mucho, mucho más que furioso.

Oh, madre mía. Intento tragar saliva, pero es muy difícil con la boca seca.

—Mucho más que furioso. Eso no suena bien.

Vuelve a mirarme fijamente, del todo impasible y no responde. Un silencio sepulcral se cierne sobre nosotros. Extiendo la mano para coger mi vaso de agua y le doy un sorbo agradecida, a la vez que intento recuperar el control sobre mi errático corazón.

—Ryan ha cogido a Jack. —Pongo el vaso de nuevo en la mesilla e intento una táctica diferente.

—Lo sé —responde en un tono gélido.

Claro que lo sabe…

—¿Vas a seguir respondiéndome con monosílabos durante mucho tiempo?

Mueve casi imperceptiblemente las cejas, lo que demuestra su sorpresa; no se esperaba esa pregunta.

—Sí —responde después.

Oh… vale. ¿Qué puedo hacer? Defensa; es la mejor forma de ataque.

—Siento haberme quedado por ahí.

—¿De verdad?

—No —confieso después de una pausa porque es la verdad.

—¿Y por qué lo dices, entonces?

—Porque no quiero que estés enfadado conmigo.

Suspira profundamente, como si llevara aguantando toda su tensión durante un millón de horas, y se pasa la mano por el pelo. Está guapísimo. Furioso, pero guapísimo. Absorbo todos sus detalles. ¡Christian ha vuelto! Furioso, pero entero.

—Creo que el detective Clark quiere hablar contigo.

—Seguro que sí.

—Christian, por favor…

—¿Por favor qué?

—No seas tan frío.

Vuelve a elevar las cejas por la sorpresa.

—Anastasia, frío no es lo que siento ahora mismo. Me estoy consumiendo. Consumiéndome de rabia. No sé cómo gestionar estos…—agita la mano en el aire, buscando la palabra— sentimientos. —Su tono es amargo.

Oh, mierda. Su sinceridad me desarma. Lo único que yo quiero hacer es acurrucarme en su regazo, es todo lo que he querido hacer desde anoche. Qué diablos… Me acerco, cogiéndole por sorpresa y me acomodo torpemente en su regazo. No me aparta, que es lo que temía. Después de un segundo me rodea con los brazos y entierra la nariz en mi pelo. Huele a whisky. ¿Cuánto habrá bebido? También huele a jabón. Y a Christian. Le rodeo el cuello con los brazos y le acaricio la garganta con la nariz y él vuelve a suspirar, esta vez más profundamente.

—Oh, señora Grey, qué voy a hacer con usted… —Me besa en el pelo. Cierro los ojos y saboreo su contacto.

—¿Cuánto has bebido?

Se pone tenso.

—¿Por qué?

—Porque normalmente no bebes licores fuertes.

—Es mi segunda copa. He tenido una noche dura, Anastasia. Dame un respiro, ¿vale?

Le sonrío.

—Si insiste, señor Grey. —Aspiro el aroma de su cuello—. Hueles divinamente. He dormido en tu lado de la cama porque tu almohada huele a ti.

Me acaricia el pelo con la nariz.

—¿Por eso lo has hecho? Me estaba preguntando por qué estabas en mi lado. Sigo furioso contigo, por cierto.

—Lo sé.

Me acaricia rítmicamente la espalda con la mano.

—Y yo también estoy furiosa contigo —le susurro.

Él se detiene.

—¿Y qué he podido hacer yo para merecer tu ira?

—Ya te lo diré luego, cuando deje de consumirte la rabia —le digo dándole un beso en la garganta. Cierra los ojos y me deja besarle, pero no hace ningún movimiento para devolverme el beso. Me abraza más fuerte, apretándome.

—Cuando pienso en lo que podría haber pasado… —Su voz no es más que un susurro. Quebrada y ronca.

—Estoy bien.

—Oh, Ana… —Sus palabras son casi un sollozo.

—Estoy bien. Estamos bien. Un poco impresionados, pero Gail también está bien. Ryan está bien. Y Jack ya no está.

Niega con la cabeza.

—Pero no gracias a ti —murmura.

¿Qué? Me aparto un poco y le miro.

—¿Qué quieres decir?

—No quiero discutir eso ahora mismo, Ana.

Parpadeo. Bueno, tal vez yo sí… Pero decido que no es el momento. Al menos ya me habla. Vuelvo a apoyarme contra él. Ahora enreda los dedos en mi pelo y empieza a juguetear con él.

—Quiero castigarte —me susurra—. Castigarte de verdad. Azotarte hasta que no lo puedas soportar más.

El corazón se me queda atravesado en la garganta. ¡Joder!

—Lo sé —le digo a la vez que se me eriza el vello.

—Y tal vez lo haga.

—Espero que no.

Vuelve a apretarme en su abrazo.

—Ana, Ana, Ana… Pones a prueba la paciencia de cualquiera, hasta la de un santo.

—Se pueden decir muchas cosas de usted, señor Grey, pero que sea un santo no es una de ellas.

Finalmente me concede una risa reticente.

—Muy cierto, como siempre, señora Grey. —Me da un beso en la frente y se mueve—. Vuelve a la cama. Tú tampoco has dormido mucho. —Se levanta, me coge en brazos y me deposita en la cama.

—¿Te tumbas conmigo?

—No. Tengo cosas que hacer. —Se agacha y recoge el vaso—. Vuelve a dormir. Te despertaré dentro de un par de horas.

—¿Todavía estás furioso conmigo?

—Sí.

—Entonces me voy a dormir otra vez.

—Bien. —Tira del edredón para taparme y me da un beso en la frente—. Duérmete.

Y como estoy tan grogui por lo de anoche, tan aliviada de que Christian haya vuelto, y tan fatigada emocionalmente por este encuentro a primera hora de la mañana, no lo dudo ni un momento y hago lo que me dice. Mientras me voy quedando dormida me pregunto por qué no habrá utilizado su mecanismo habitual para gestionar las cosas: lanzarse sobre mí para follarme sin piedad. Aunque, dado el mal sabor que siento en la boca, agradezco que no lo haya hecho.

—Te traigo zumo de naranja —dice Christian y yo abro los ojos otra vez.

Acabo de pasar las dos horas de sueño más profundo y relajante de mi vida y me levanto fresca. Además, ya no me late la cabeza. El zumo de naranja es una visión que agradezco, igual que la de mi marido. Se ha puesto el chándal. Por un momento mi mente vuelve al Heathman Hotel, la primera vez que me desperté a su lado. La sudadera gris está húmeda por el sudor. O ha estado entrenando en el gimnasio del sótano o ha salido a correr. No debería estar tan guapo después de hacer ejercicio.

—Me voy a dar una ducha —murmura y desaparece en el baño.

Frunzo el ceño. Sigue estando distante. O está distraído pensando en todo lo que ha pasado o sigue furioso o… ¿qué? Me siento, cojo el zumo de naranja y me lo bebo demasiado rápido. Está delicioso, frío y mejora mucho la sensación de mi boca. Salgo de la cama, ansiosa por reducir la distancia, real y metafórica, entre mi marido y yo. Echo un vistazo al despertador. Son las ocho. Me quito la camiseta de Christian y le sigo al baño. Está en la ducha, lavándose el pelo, y yo no lo dudo un segundo y me meto con él.

Se pone tenso un momento cuando le abrazo desde detrás, pegándome contra su espalda musculosa y mojada. Ignoro su reacción y le aprieto con fuerza apoyando la mejilla contra su piel a la vez que cierro los ojos. Después de un instante se mueve un poco para que los dos quedemos bajo la cascada de agua caliente y sigue lavándose el pelo. Dejo que caiga el agua sobre mí mientras abrazo al hombre que quiero. Pienso en todas las veces que me ha follado y las veces en que me ha hecho el amor aquí. Frunzo el ceño. Nunca ha estado tan callado. Giro la cabeza y empiezo a darle besos en la espalda. Noto que su cuerpo se tensa otra vez.

—Ana… —dice y suena a advertencia.

—Mmm…

Mis manos bajan lentamente por su estómago plano en dirección a su vientre. Él me coge las dos manos con las suyas y me obliga a detenerme mientras niega con la cabeza.

—No —dice.

Le suelto inmediatamente. ¿Me está diciendo que no? Mi mente se desploma en caída libre. ¿Había ocurrido esto alguna vez antes? Mi subconsciente niega con la cabeza, frunce los labios y me mira por encima de las gafas de media luna con una mirada que dice: Ahora sí que lo has jodido del todo. Siento como si me hubiera dado una bofetada fuerte. Me ha rechazado. Y toda una vida de inseguridades desembocan en una idea horrible: ya no me desea. Doy un respingo cuando siento la punzada de dolor. Christian se gira y me alivia ver que no es totalmente indiferente a mis encantos. Me coge la barbilla, me echa la cabeza hacia atrás y me encuentro mirando sus ojos grises y cautelosos.

—Todavía estoy muy furioso contigo —me dice con la voz baja y seria. ¡Mierda! Se inclina, apoya su frente contra la mía y cierra los ojos. Yo levanto las manos y le acaricio la cara.

—No te pongas así, por favor. Creo que estás exagerando —le susurro.

Se yergue y palidece. Mi mano cae junto a mi costado.

—¿Que estoy exagerando? —exclama—. ¡Un puto lunático ha entrado en mi piso para secuestrar a mi mujer y tú me dices que estoy exagerando! —La amenaza parcial de su voz es aterradora y sus ojos me abrasan al mirarme como si yo fuera el puto lunático del que hablaba.

—No… Eh… No era eso lo que quería decir. Creía que estabas enfadado porque me quedé a tomar las copas en el bar.

Cierra los ojos una vez más como si no pudiera soportar el dolor y niega con la cabeza.

—Christian, yo no estaba aquí —le digo intentando apaciguarle y tranquilizarle.

—Lo sé —susurra y abre los ojos—. Y todo porque no eres capaz de hacer caso a una simple petición, joder. —Su tono es amargo y ahora ha llegado mi turno de ponerme pálida—. No quiero discutir esto ahora, en la ducha. Todavía estoy muy furioso contigo, Anastasia. Me estás haciendo cuestionarme mi juicio. —Se gira y sale de la ducha, cogiendo una toalla al pasar y saliendo después del baño, dejándome allí sola y helada bajo el agua caliente.

Mierda. Mierda. Mierda.

Entonces el significado de todo lo que ha dicho empieza a abrirse camino en mi mente. ¿Secuestro? Joder. ¿Jack quería secuestrarme? Recuerdo la cinta americana de su bolsillo y que no quise darle vueltas a por qué la llevaba. ¿Christian tiene más información? Me enjabono rápidamente el cuerpo y después me lavo el pelo. Quiero saberlo. Necesito saberlo. No le voy a dejar que siga ocultándome cosas.

Christian no está en el dormitorio cuando salgo. Oh, sí que se ha vestido rápido… Hago lo mismo: me pongo mi vestido favorito color ciruela y las sandalias negras. Soy vagamente consciente de que me he puesto esta ropa porque a Christian le gusta. Me seco el pelo con energía con la toalla, me lo trenzo y lo recojo en un moño. Me pongo unos pendientes con un diamante pequeño en las orejas y voy corriendo al baño para darme un poco de rimel y mirarme en el espejo. Estoy pálida. Siempre estoy pálida. Inspiro hondo para tranquilizarme. Necesito enfrentar las consecuencias de mi decisión precipitada de querer seguir pasándomelo bien con una amiga. Suspiro y sé que Christian no lo va a ver así.

Tampoco hay ni rastro de Christian en el salón. La señora Jones está ocupada en la cocina.

—Buenos días, Ana —me dice dulcemente.

—Buenos días —respondo con una amplia sonrisa. ¡Por fin vuelvo a ser Ana!

—¿Té?

—Por favor.

—¿Algo de comer?

—Sí. Esta mañana me apetece una tortilla, por favor.

—¿Con champiñones y espinacas?

—Y queso.

—Ahora mismo.

—¿Dónde está Christian?

—El señor Grey está en su estudio.

—¿Ha desayunado? —Miro los dos platos que hay sobre la barra del desayuno.

—No, señora.

—Gracias.

Christian está al teléfono vestido con una camisa blanca sin corbata y vuelve a parecer el confiado presidente de la empresa. Cómo pueden engañar las apariencias. Me mira cuando me asomo al umbral pero niega con la cabeza para dejarme claro que no soy bienvenida. Mierda... Me giro y vuelvo desanimada a sentarme en la barra del desayuno. Entra Taylor vestido con un traje oscuro y con el aspecto de haber dormido ocho horas sin interrupciones.

—Buenos días, Taylor —le saludo intentando averiguar de qué humor está. A ver si me da alguna pista visual de lo que está ocurriendo.

—Buenos días, señora Grey —me responde y oigo cierta compasión en esas cuatro palabras. Le sonrió amablemente sabiendo que ha tenido que soportar a un Christian enfadado y frustrado en su regreso a Seattle antes de lo previsto.

—¿Qué tal el vuelo? —me atrevo a preguntar.

—Largo, señora Grey. —Su brevedad dice mucho—. ¿Puedo preguntarle cómo está? —añade en un tono más suave.

—Estoy bien.

Asiente.

—Discúlpeme —dice, y se encamina al estudio de Christian. Mmm… A Taylor le deja entrar y a mí no.

—Aquí tiene. —La señora Jones me coloca delante el desayuno. Acabo de quedarme sin apetito, pero me lo como para no ofenderla.

Para cuando termino lo que he podido comer de mi desayuno, Christian todavía no ha salido del estudio. ¿Me está evitando?

—Gracias, señora Jones —le digo bajándome del taburete y dirigiéndome al baño para lavarme los dientes.

Me los cepillo y recuerdo la discusión con Christian por los votos matrimoniales. También entonces se refugió en su estudio. ¿Es eso lo que le pasa? ¿Está enfurruñado? Me estremezco al recordar la pesadilla que tuvo después. ¿Va a volver a ocurrir eso? Tenemos que hablar. Quiero saber lo que sea que pasa con Jack y por qué ha aumentado la seguridad de todos los Grey; todos los detalles que me ha estado ocultando a mí, pero que Kate sí sabía. Obviamente Elliot sí le cuenta las cosas.

Miro el reloj. Las nueve menos diez… Voy a llegar tarde al trabajo. Acabo de cepillarme los dientes, me doy brillo en los labios, cojo la chaqueta negra fina y me encamino al salón. Me alivia ver que Christian está allí desayunando.

—¿Vas a ir? —me dice al verme.

—¿A trabajar? Claro. —Camino valientemente hacia él y apoyo las manos en la barra del desayuno. Me mira sin expresión—. Christian, no hace ni una semana que hemos vuelto. Tengo que ir a trabajar.

—Pero… —Deja la frase sin terminar y se pasa la mano por el pelo. La señora Jones sale en silencio de la habitación. Muy discreta, Gail.

—Sé que tenemos mucho de que hablar. Si te calmas un poco, tal vez podamos hacerlo esta noche.

Se queda con la boca abierta por la consternación.

—¿Que me calme? —pregunta en voz extrañamente baja.

Me sonrojo.

—Ya sabes lo que quiero decir.

—No, Anastasia, no lo sé.

—No quiero pelear. Venía a preguntarte si puedo coger mi coche.

—No, no puedes —me responde.

—Está bien —acepto.

Él parpadea. Obviamente estaba esperando que empezara a discutir.

—Prescott te acompañará. —Su tono es ahora menos beligerante.

Oh, por favor, Prescott no… Quiero hacer un mohín y protestar, pero al final no lo hago. Ahora que Jack ya no está, podríamos volver a reducir la seguridad…

Recuerdo las sabias palabras de mi madre el día de mi boda: «Ana, cariño, tienes que elegir bien las batallas que vas a librar. Te pasará lo mismo con tus hijos cuando los tengas». Bueno, al menos me deja ir al trabajo.

—Está bien —murmuro. Como no quiero dejarle así, con tantas cosas sin resolver y tanta tensión entre nosotros, doy un paso vacilante para acercarme a él. Él se tensa y abre mucho los ojos y durante un segundo parece tan vulnerable que me conmueve desde el fondo del corazón. Oh, Christian, lo siento. Le doy un beso casto en la comisura de la boca. Él cierra los ojos como si saboreara mi contacto.

—No me odies —le digo en un susurro.

Me coge la mano.

—No te odio.

—No me has devuelto el beso…

Sus ojos me miran suspicaces.

—Lo sé —murmura.

Estoy a punto de preguntarle por qué, pero no estoy segura de querer saber la respuesta. De repente se pone de pie y me coge la cara con las manos. Un momento después sus labios aprietan con fuerza los míos. Abro la boca por la sorpresa y eso le da acceso a su lengua. Él aprovecha la oportunidad e invade mi boca, poseyéndome. Justo cuando empiezo a responderle, él me suelta con la respiración acelerada.

—Taylor y Prescott te llevarán a la editorial —dice con los ojos ardientes por la necesidad—. ¡Taylor! —le llama a gritos. Me sonrojo e intento recuperar un poco la compostura.

—¿Señor? —Taylor está de pie en el umbral.

—Dile a Prescott que la señora Grey va a ir a trabajar. ¿Podéis llevarla, por favor?

—Claro, señor. —Taylor desaparece.

—Por favor, intenta mantenerte al margen de cualquier problema hoy. Te lo agradecería mucho —me pide Christian.

—Haré lo que pueda —le respondo sonriendo dulcemente. Una media sonrisa aparece reticente en los labios de Christian, pero la frena en cuanto se da cuenta.

—Hasta luego —me dice un poco frío.

—Hasta luego —le respondo en un susurro.

Prescott y yo cogemos el ascensor de servicio hasta el garaje del sótano para evitar a los medios de comunicación que hay fuera. El arresto de Jack y el hecho de que lo atraparon en nuestro piso ya es algo del dominio público. Cuando me siento en el Audi me pregunto si habrá paparazzi esperando en la puerta de Seattle Independent Publishing como el día que anunciamos el compromiso.

Vamos en el coche en silencio hasta que recuerdo que tengo que llamar a Ray y después a mamá para que sepan que Christian y yo estamos bien y se queden tranquilos. Por suerte las dos llamadas son cortas y acabo justo antes de que aparquemos delante de la editorial. Como me temía, hay una pequeña multitud de reporteros y fotógrafos esperando. Todos se giran a la vez y miran el Audi expectantes.

—¿Está segura de que quiere hacer esto, señora Grey? —me pregunta Taylor. Una parte de mí quiere volver a casa, pero eso significa pasar el día con el señor Hecho una Furia. Espero que el tiempo le dé un poco de perspectiva. Jack está bajo custodia policial, así que mi Cincuenta debería estar contento, pero no lo está. Un parte de mí le comprende: demasiadas cosas han quedado fuera de su control, yo una de ellas, pero no tengo tiempo de pensar en eso ahora.

—Llevadme por el otro lado, por la entrada lateral, Taylor.

—Sí, señora.


Ya es la una de la tarde y he conseguido concentrarme en el trabajo toda la mañana. Oigo que llaman a la puerta y Elizabeth asoma la cabeza.

—¿Tienes un momento? —me pregunta con una sonrisa.

—Claro —murmuro sorprendida por su visita inesperada.

Entra y se sienta, colocándose el largo pelo negro detrás del hombro.

—Quería saber si estabas bien. Roach me ha pedido que viniera a verte —aclara apresuradamente mientras se sonroja—. Lo digo por todo lo que pasó anoche…

El arresto de Jack Hyde está en todos los periódicos, pero nadie parece haber hecho todavía la conexión con el incendio en las oficinas de Grey Enterprises Holdings, Inc.

—Estoy bien —le respondo intentando no pensar mucho en cómo me siento. Jack quería hacerme daño. Bueno, eso no es nada nuevo. Ya lo intentó antes. Es Christian el que me preocupa.

Le echo un vistazo al ordenador por si tengo correo. Nada de Christian todavía. No sé si escribirle yo o si eso intensificará su furia.

—Bien —responde Elizabeth y esta vez, para variar, la sonrisa le alcanza los ojos—. Si hay algo que pueda hacer por ti, cualquier cosa, solo dímelo.

—Lo haré.

Elizabeth se pone de pie.

—Sé que estás muy ocupada, Ana, así que te dejo volver al trabajo.

—Eh… gracias.

Esta ha sido la reunión más breve y absurda que ha habido hoy en todo el hemisferio occidental de la tierra. ¿Por qué le ha pedido Roach que venga? Tal vez esté preocupado; después de todo soy la mujer de su jefe. Aparto todos esos pensamientos sombríos y cojo la BlackBerry con la esperanza de que allí tenga un correo de Christian. Nada más hacerlo, suena un aviso en mi correo del trabajo.

---

**De:** Christian Grey
**Fecha:** 26 de agosto de 2011 13:04
**Para:** Anastasia Grey
**Asunto:** Declaración

Anastasia:
El detective Clark irá a tu oficina hoy a las 3 de la tarde para tomarte declaración.
He insistido en que vaya a verte porque no quiero que tú vayas a la comisaría.

Christian Grey
Presidente de Grey Enterprises Holdings, Inc.

---

Me quedo mirando ese correo durante cinco minutos completos, intentando pensar en una respuesta ligera y graciosa para mejorarle el humor. Como no se me ocurre nada, opto por la brevedad.

---

**De:** Anastasia Grey
**Fecha:** 26 de agosto de 2011 13:12
**Para:** Christian Grey
**Asunto:** Declaración

OK.
x
A

Anastasia Grey
Editora de SIP

---

Me quedo contemplando la pantalla, ansiosa por recibir su respuesta, pero no llega nada. Christian no está de humor para jugar hoy.

Me acomodo en el asiento. No puedo culparle. Mi pobre Cincuenta ha debido de pasar las primeras horas de esta mañana frenético. Pero entonces se me ocurre algo. Llevaba el esmoquin cuando le he visto al despertarme esta mañana... ¿A qué hora decidió volver de Nueva York? Normalmente deja cualquier evento entre las diez y las once. Anoche a esa hora yo todavía estaba con Kate.

¿Decidió Christian volver a casa porque yo estaba en un bar o por el incidente con Jack? Si volvió porque estaba fuera pasándomelo bien, no habrá sabido ni lo de Jack, ni lo de la policía, ni nada... hasta que ha aterrizado en Seattle. De repente me parece muy importante saberlo. Si Christian decidió volver solo porque yo estaba en un bar, entonces su reacción fue exagerada. Mi subconsciente enseña un poco los dientes y pone cara de arpía. Vale, me alegro de que haya vuelto, así que puede que sea irrelevante. Pero Christian debió de quedarse de piedra cuando aterrizó. Es normal que esté tan confuso hoy. Recuerdo sus palabras de antes: «Todavía estoy muy furioso contigo, Anastasia. Me estás haciendo cuestionarme mi juicio».

Tengo que saberlo: ¿volvió por mi salida a tomar cócteles o por el puto lunático?

---

**De:** Anastasia Grey
**Fecha:** 26 de agosto de 2011 13:24
**Para:** Christian Grey
**Asunto:** Tu vuelo

¿A qué hora decidiste volver a Seattle ayer?

Anastasia Grey
Editora de SIP

**De:** Christian Grey
**Fecha:** 26 de agosto de 2011 13:26
**Para:** Anastasia Grey
**Asunto:** Tu vuelo

¿Por qué?

Christian Grey
Presidente de Grey Enterprises Holdings, Inc.

---

**De:** Anastasia Grey
**Fecha:** 26 de agosto de 2011 13:29
**Para:** Christian Grey
**Asunto:** Tu vuelo

Digamos que por curiosidad.

Anastasia Grey
Editora de SIP

---

**De:** Christian Grey
**Fecha:** 26 de agosto de 2011 13:32
**Para:** Anastasia Grey
**Asunto:** Tu vuelo

La curiosidad mató al gato.

Christian Grey
Presidente de Grey Enterprises Holdings, Inc.

---

**De:** Anastasia Grey
**Fecha:** 26 de agosto de 2011 13:35
**Para:** Christian Grey
**Asunto:** ¿Eh?

¿A qué viene eso? ¿Es otra amenaza?

Ya sabes adónde quiero llegar con esto, ¿verdad?

¿Decidiste volver porque me fui a un bar con una amiga a tomar una copa aunque tú me hubieras pedido que no lo hiciera o volviste porque había un loco en nuestro piso?

Anastasia Grey
Editora de SIP

Me quedo mirando la pantalla. No hay respuesta. Miro el reloj del ordenador. La una cuarenta y cinco y sigue sin haber respuesta.

---

**De:** Anastasia Grey
**Fecha:** 26 de agosto de 2011 13:56
**Para:** Christian Grey
**Asunto:** He dado en el clavo…

Tomaré tu silencio como una admisión de que decidiste volver a Seattle porque CAMBIÉ DE OPINIÓN. Soy una mujer adulta y salí a tomar unas copas con una amiga. No entiendo las ramificaciones en cuanto a la seguridad de CAMBIAR DE IDEA porque NUNCA ME CUENTAS NADA. Tuve que enterarme por Kate de que has aumentado la seguridad de todos los Grey, no solo la nuestra. Creo que siempre reaccionas exageradamente en lo que respecta a mi seguridad y entiendo por qué, pero cada vez te pareces más al niño que siempre decía «que viene el lobo».

Nunca sé si hay algo por lo que preocuparse de verdad o si todo se trata de tu percepción del peligro. Tenía a dos miembros del equipo de seguridad conmigo. Creí que tanto Kate como yo estábamos seguras. Lo cierto es que estábamos más seguras en ese bar que en el piso. Si yo hubiera tenido TODA LA INFORMACIÓN sobre la situación, tal vez habría hecho las cosas de forma diferente.

Creo que tus preocupaciones tienen algo que ver con el material que había en el ordenador de Jack (mejor dicho, eso es lo que cree Kate). ¿Sabes lo frustrante que es que mi mejor amiga sepa más que yo de lo que está pasando? Soy tu MUJER. ¿Me lo vas a contar o vas a seguir tratándome como a una niña, lo que te garantizará que yo siga comportándome como tal?

Que sepas que tú no eres el único que está furioso.
Ana

Anastasia Grey
Editora de SIP

Y pulso «Enviar». Hala... Chúpate esa, Grey. Inspiro hondo.
Estoy furiosa. Me estaba sintiendo culpable por lo que había hecho, pero ya no.

---

**De:** Christian Grey
**Fecha:** 26 de agosto de 2011 13:59
**Para:** Anastasia Grey
**Asunto:** He dado en el clavo...

Como siempre, señora Grey, se muestra directa y desafiante por co-
rreo.
Tal vez deberíamos discutir esto cuando vuelvas a **NUESTRO** piso.
Y deberías cuidar ese lenguaje. Yo sigo estando furioso también.

Christian Grey
Presidente de Grey Enterprises Holdings, Inc.

¡Que cuide mi lenguaje! Miro el ordenador con el ceño
fruncido y me doy cuenta de que esto no me lleva a ninguna
parte. No le respondo, sino que cojo un manuscrito que hemos
recibido hace poco de un autor nuevo muy prometedor y empiezo a leer.

Mi reunión con el detective Clark transcurre sin incidentes. Está
menos gruñón que anoche, creo que porque habrá podido dormir un poco. O tal vez es que prefiere trabajar en el turno de día.
—Gracias por su declaración, señora Grey.
—De nada, detective. ¿Está Hyde bajo custodia policial ya?

—Sí, señora. Le dieron el alta en el hospital esta mañana. Con los cargos que tenemos contra él, creo que pasará con nosotros una temporada. —Sonríe y eso hace que se arruguen las comisuras de sus ojos oscuros.

—Bien. Nos ha hecho pasar una temporada muy difícil a mi marido y a mí.

—He hablado largo y tendido con el señor Grey esta mañana. Está muy aliviado. Un hombre interesante su marido.

No se hace una idea…

—Sí, creo que así es. —Le sonrío educadamente y él entiende que con eso ha acabado aquí.

—Si se le ocurre algo más, llámeme. Tome mi tarjeta. —Saca con dificultad una tarjeta de la cartera y me la pasa.

—Gracias, detective. Lo haré.

—Que tenga un buen día, señora Grey.

—Igualmente.

Cuando se va me pregunto de qué irán a acusar a Hyde. Seguro que Christian no me lo dice. Frunzo los labios.

---

Volvemos en coche en silencio al Escala. Sawyer es el que conduce esta vez y Prescott va a su lado. El corazón se me va cayendo poco a poco a los pies conforme nos acercamos. Sé que Christian y yo vamos a tener una gran pelea y no sé si tengo fuerzas.

Cuando subo en el ascensor desde el garaje con Prescott a mi lado, intento poner en orden mis pensamientos. ¿Qué es lo que quiero decir? Creo que ya se lo he dicho todo en el correo. Tal vez ahora él me dé algunas respuestas. Eso espero. No puedo controlar mis nervios. El corazón me late con fuerza, tengo la boca seca y me sudan las manos. No quiero pelear. Pero a veces él se pone difícil y yo necesito mantenerme firme.

Las puertas del ascensor se abren y aparece el vestíbulo, otra vez en perfecto orden. La mesa está de pie y tiene un jarrón nuevo encima con un precioso ramo de peonías rosa pálido y blanco. Echo un vistazo rápido a los cuadros según vamos pasando: las madonas parecen todas intactas. Ya han arreglado la puerta del vestíbulo que estaba rota y vuelve a cumplir su función; Prescott me la abre amablemente para que pase. Ha estado muy callada todo el día. Creo que me gusta más así.

Dejo el maletín en el pasillo y me encamino al salón, pero me paro en seco al entrar. Oh, vaya…

—Buenas noches, señora Grey —dice Christian con voz suave. Está de pie junto al piano vestido con una camiseta negra ajustada y unos vaqueros… «Esos» vaqueros, los que normalmente lleva en el cuarto de juegos. Madre mía. Son unos vaqueros claros muy lavados, ceñidos y con un roto en la rodilla, que le quedan de muerte. Se acerca a mí descalzo, con el botón superior de los vaqueros desabrochado y los ojos ardientes que me miran fijamente.

—Que bien que ya estés en casa. Te estaba esperando.

# 11

Ah, ¿me has estado esperando? —le pregunto en un susurro. La boca se me seca aún más y el corazón amenaza con salírseme del pecho. ¿Por qué va vestido así? ¿Qué significa? ¿Sigue enfadado?

—Sí. —Su voz es muy suave y sonríe mientras se acerca a mí. Está muy guapo, con los vaqueros colgándole de las caderas de esa forma… Oh, no, no me voy a dejar distraer. Intento averiguar cuál es su estado de ánimo mientras se acerca. ¿Enfadado? ¿Juguetón? ¿Lujurioso? ¡Ah! Es imposible saberlo.

—Me gustan tus vaqueros —le digo.

Me dedica esa sonrisa depredadora que me desarma pero no le alcanza los ojos. Mierda, sigue enfadado. Lleva esa ropa para distraerme. Se queda parado delante de mí y noto su intensidad abrasadora. Me mira con los ojos muy abiertos pero impenetrables. Su mirada, fija en la mía, arde. Trago saliva.

—Creo que tiene algún problema, señora Grey —me dice con voz sedosa y saca algo del bolsillo de atrás de los vaqueros. No puedo apartar mis ojos de los suyos pero oigo que desdobla un papel. Me lo muestra; le echo un vistazo rápido y reconozco mi correo. Vuelvo a mirarle y sus ojos sueltan chispas de furia.

—Sí, tengo algunos problemas —susurro casi sin aliento. Necesito distancia si vamos a hablar de esto. Pero antes de que pueda apartarme, él se inclina y me acaricia la nariz con la suya. Sin darme cuenta cierro los ojos, agradeciendo ese inesperado contacto tan tierno.

—Yo también —dice contra mi piel y yo abro los ojos al oírle decir eso. Se aparta, vuelve a erguirse y de nuevo me mira con intensidad.

—Creo que conozco bien tus problemas, Christian. —Hay ironía en mi voz y él entorna los ojos para ocultar la diversión que ha aparecido en ellos momentáneamente.

¿Vamos a pelear? Doy un paso atrás para prepararme. Tengo que establecer una distancia física con él: con su olor, su mirada y su cuerpo que me distrae con esos vaqueros. Frunce el ceño y se aparta.

—¿Por qué volviste de Nueva York? —le pregunto directamente. Acabemos con esto cuando antes.

—Ya sabes por qué. —Su tono es de clara advertencia.

—¿Porque salí con Kate?

—Porque no cumpliste tu palabra y me desafiaste, exponiéndote a un riesgo innecesario.

—¿Que no cumplí mi palabra? ¿Así es como lo ves? —exclamo ignorando el resto de la frase.

—Sí.

Madre mía. Hablando de reacciones exageradas… Empiezo a poner los ojos en blanco pero paro al ver que me mira con el ceño fruncido.

—Christian, cambié de idea —le explico lentamente, con paciencia, como si fuera un niño—. Soy una mujer. Es muy normal en las mujeres cambiar de opinión. Lo hacemos constantemente.

Parpadea como si no comprendiera lo que acabo de decir.

—Si se me hubiera ocurrido que ibas a cancelar tu viaje por eso… —Me faltan las palabras y me doy cuenta de que no sé qué decir. Me veo por un momento volviendo a la discusión sobre los votos. No he prometido obedecerte, estoy a punto de decir, pero me muerdo la lengua porque en el fondo me alegro de que haya regresado. A pesar de su enfado, me alegro de que esté de vuelta sano y salvo; enfadado y echando chispas, pero aquí delante de mí.

—¿Cambiaste de idea? —No puede ocultar su desdén y su incredulidad.

—Sí.

—¿Y no me llamaste para decírmelo? —Se me queda mirando, todavía incrédulo, antes de continuar—. Y lo que es peor, dejaste al equipo de seguridad corto de efectivos en la casa y pusiste en peligro a Ryan.

Oh. No se me había ocurrido.

—Debería haberte llamado, pero no quería preocuparte. Si te hubiera llamado, me lo habrías prohibido, y echaba de menos a Kate. Quería salir con ella. Además, eso hizo que estuviera fuera del piso cuando vino Jack. Ryan no debería haberle dejado entrar.

—Es todo tan confuso… Si Ryan no le hubiera permitido entrar, Jack seguiría por ahí.

Los ojos de Christian brillan salvajemente. Los cierra un momento y su cara se tensa por el dolor. Oh, no. Niega con la cabeza y antes de que me dé cuenta me está abrazando, apretándome contra él.

—Oh, Ana —susurra mientras me aprieta aún más, hasta que casi no puedo respirar—. Si te hubiera pasado algo… —Su voz es apenas un susurro.

—No me ha ocurrido nada —consigo decir.

—Pero podría haber ocurrido. Lo he pasado fatal hoy, todo el día pensando en lo que podría haber pasado. Estaba tan furioso, Ana. Furioso contigo, conmigo, con todo el mundo. No recuerdo haber estado nunca tan enfadado, excepto… —Deja de hablar.

—¿Excepto cuándo? —le animo a continuar.

—Una vez en tu antiguo apartamento. Cuando estaba allí Leila.

Oh, no quiero recordar eso.

—Has estado tan frío esta mañana… —le digo y la voz se me quiebra en la última palabra al recordar lo mal que me he sentido por su rechazo en la ducha. Deja de abrazarme y sube las manos hasta mi nuca. Yo inspiro hondo mientras me echa atrás la cabeza.

—No sé cómo gestionar toda esta ira. Creo que no quiero hacerte daño —dice con los ojos muy abiertos y cautos—. Esta mañana quería castigarte con saña y… —No encuentra las palabras o le da demasiado miedo decirlas.

—¿Te preocupaba hacerme daño? —termino la frase por él. No he creído ni un segundo que él pudiera hacerme daño, pero me siento aliviada de todas formas; una pequeña y despiadada parte de mí temía que su rechazo hubiera sido porque ya no me quería.

—No me fiaba de mí mismo —confiesa.

—Christian, sé que no eres capaz de hacerme daño. Ni físicamente ni de ninguna forma. —Le cojo la cabeza entre las manos.

—¿Lo sabes? —me pregunta y oigo escepticismo en su voz.

—Sí, sé que lo que dijiste era una amenaza vacía. Sé que no quieres azotarme hasta que no lo pueda soportar.

—Sí que quería.

—Realmente no. Creías que querías.

—No sé si eso es así —murmura.

—Piénsalo —le digo abrazándole otra vez y acariciándole el pecho con la nariz por encima de la camiseta negra—. Piensa en cómo te sentiste cuando me fui. Me has dicho muchas veces cómo te dejó eso, cómo alteró tu forma de ver el mundo y a mí. Sé a lo que has renunciado por mí. Piensa cómo te sentiste al ver las marcas de las esposas durante la luna de miel.

Su cuerpo se tensa y sé que está procesando la información. Aprieto el abrazo con las manos en su espalda y siento los múculos tensos y tonificados bajo la camiseta. Se va relajando gradualmente.

¿Eso era lo que le estaba preocupando? ¿Que fuera capaz de hacerme daño? ¿Por qué tengo yo más fe en él que él mismo? No lo entiendo. No hay duda de que hemos avanzado. Normalmente es tan fuerte, tan dueño del control… pero sin él está perdido. Oh, Cincuenta, Cincuenta, Cincuenta… Lo siento. Me da un beso en el pelo y yo levanto la cara. Sus labios se encuentran con los míos y me buscan, me dan y se llevan, me suplican… pero no sé el qué. Quiero seguir sintiendo su boca sobre la mía y le devuelvo el beso apasionadamente.

—Tienes mucha fe en mí —murmura cuando se separa.

—Sí que la tengo. —Me acaricia la cara con el dorso de los nudillos y la yema del pulgar, mirándome intensamente a los ojos. La furia ha desaparecido. Mi Cincuenta ha vuelto de donde estaba. Me alegro de verle. Le miro y le sonrío con timidez.

—Además —le susurro—, no tienes los papeles.

Se queda con la boca abierta por el asombro, divertido, y me aprieta contra su pecho otra vez.

—Tienes razón. —Ríe.

Estamos de pie en medio del salón, abrazados.

—Vamos a la cama —me pide tras no sé cuánto tiempo.

Oh, madre mía…

—Christian, tenemos que hablar.

—Después —dice.

—Christian, por favor. Habla conmigo.

Suspira.

—¿De qué?

—Ya sabes. De no contarme las cosas.

—Quiero protegerte.

—No soy una niña.

—Soy perfectamente consciente de eso, señora Grey. —Me acaricia el cuerpo con una mano y al final la deja apoyada sobre mi culo. Mueve las caderas y su erección creciente se aprieta contra mí.

—¡Christian! —le regaño—. Que me lo cuentes.

Vuelve a suspirar, exasperado.

—¿Qué quieres saber? —pregunta resignado y me suelta. No me gusta eso; que me hable no quiere decir que tenga que soltarme. Me coge la mano y se agacha para recoger mi correo del suelo.

—Muchas cosas —digo mientras dejo que me lleve hasta el sofá.

—Siéntate —me ordena. Hay cosas que no cambian, me digo, pero hago lo que me pide. Christian se sienta a mi lado, se inclina hacia delante y apoya la cabeza en las manos.

Oh, no. ¿Esto es demasiado duro para él? Pero entonces se incorpora, se pasa las dos manos por el pelo y se vuelve hacia mí expectante y aceptando su destino.

—Pregunta —me dice directamente.

Oh. Bueno, esto va a ser más fácil de lo que creía.

—¿Por qué le has puesto seguridad adicional a tu familia?

—Hyde también era una amenaza para ellos.

—¿Cómo lo sabes?

—Por su ordenador. Tenía detalles personales míos y del resto de mi familia. Sobre todo de Carrick.

—¿Carrick? ¿Y por qué?

—Todavía no lo sé. Vámonos a la cama.

—¡Christian, dímelo!

—¿Que te diga qué?

—Eres tan… irritante.

—Y tú también. —Me mira fijamente.

—No aumentaste la seguridad cuando descubriste la información sobre tu familia en el ordenador. ¿Qué pasó para que lo hicieras? ¿Por qué aumentarla ahora y no antes?

Christian entorna los ojos.

—No sabía que iba a intentar quemar mi edificio ni que… —Se detiene—. Creíamos que no era más que una obsesión desagradable. Ya sabes —dice encogiéndose de hombros—, cuando estás expuesto a los ojos de la gente, la gente se interesa por ti. Eran cosas sueltas: noticias de cuando estaba en Harvard sobre el equipo de remo o de mi carrera. Informes sobre Carrick, siguiendo su carrera y la de mi madre, y también cosas de Elliot y de Mia.

Qué raro…

—Has dicho «ni que»… —le interrogo.

—¿«Ni que» qué?

—Has dicho que no sabías que iba a intentar quemar tu edificio ni que…, como si tuvieras intención de añadir algo más.

—¿Tienes hambre?

¿Qué? Le miro con el ceño fruncido y mi estómago protesta.

—¿Has comido algo hoy? —me pregunta con voz dura y ojos gélidos.

El rubor de mis mejillas me traiciona.

—Me lo temía. Ya sabes lo que pienso de que no comas. Ven —me dice a la vez que se pone de pie y me tiende la mano—. Yo te daré de comer. —Y su tono cambia de nuevo. Ahora está lleno de una promesa sensual.

—¿Darme de comer? —le pregunto. Todo lo que hay por debajo de mi ombligo se acaba de convertir en líquido. Maldita sea. Es la típica distracción para que dejemos el tema. ¿Eso es todo? ¿Eso es todo lo que voy a sacarle por ahora? Me lleva hasta la cocina, coge un taburete y se encamina al otro lado de la isla de la cocina.

—Siéntate —me ordena.

—¿Dónde está la señora Jones? —pregunto mientras me encaramo al taburete notando su ausencia por primera vez.

—Les he dado a Taylor y a ella la noche libre.

Oh.

—¿Por qué?

Me mira durante un segundo y vuelve a su tono de diversión arrogante.

—Porque puedo.

—¿Y vas a cocinar tú? —Se percibe claramente la incredulidad en mi voz.

—Oh, mujer de poca fe... Cierra los ojos.

Uau... Yo pensé que íbamos a tener una pelea de mil demonios, y aquí estamos, jugando en la cocina.

—Que los cierres —insiste.

Primero pongo los ojos en blanco y después obedezco.

—Mmm... No es suficiente —dice.

Abro un ojo y le veo sacar un pañuelo de seda color ciruela del bolsillo de atrás de sus vaqueros. Hace juego con mi vestido. Demonios... Le miro extrañada. ¿Cuándo lo ha cogido?

—Ciérralos —me ordena de nuevo—. No vale hacer trampas.

—¿Me vas a tapar los ojos? —pregunto perpleja. De repente estoy sin aliento.

—Sí.

—Christian... —Me coloca un dedo sobre los labios para silenciarme.

¡Quiero hablar!

—Hablaremos luego. Ahora quiero que comas algo. Has dicho que tenías hambre. —Me da un beso breve en los labios. Noto la suave seda del pañuelo contra los párpados mientras me lo anuda con fuerza en la parte de atrás de la cabeza—. ¿Ves algo? —pregunta.

—No —digo poniendo los ojos en blanco (figurativamente).

Se ríe.

—Siempre sé cuando estás poniendo los ojos en blanco… y ya sabes cómo me hace sentir eso.

Frunzo los labios.

—¿Podemos acabar con esto cuanto antes, por favor? —le respondo.

—Qué impaciente, señora Grey. Tiene muchas ganas de hablar. —Su tono es juguetón.

—¡Sí!

—Primero te voy a dar de comer —sentencia y me roza la sien con los labios, lo que me calma instantáneamente.

Vale, lo haremos a tu manera. Me resigno a mi destino y escucho los movimientos que Christian hace por la cocina. Abre la puerta de la nevera y coloca varios platos sobre la encimera que hay detrás de mí. Camina hasta el microondas, mete algo dentro y lo enciende. Me pica la curiosidad. Oigo que baja la palanca de la tostadora, que gira la rueda y el suave tictac del temporizador. Mmm… ¿Tostadas?

—Sí, tengo muchas ganas de hablar —digo distraída. Una mezcla de aromas exóticos y especiados llena la cocina y yo me revuelvo en el asiento.

—Quieta, Anastasia. —Está cerca otra vez—. Quiero que te portes bien… —me susurra.

Oh, madre mía.

—Y no te muerdas el labio. —Christian me tira suavemente del labio inferior para liberarlo de mis dientes y no puedo evitar una sonrisa.

Después oigo el ruido seco del corcho de una botella y el sonido del vino al verterlo en una copa. Luego hay un momento de silencio al que le sigue un suave clic y el siseo de la estática de los altavoces envolventes cuando cobran vida. El tañido alto de una guitarra marca el comienzo de una canción que no conozco. Christian baja el volumen hasta convertirlo solo en música de fondo. Un hombre empieza a cantar en voz baja, profunda y sexy.

—Creo que primero una copa —susurra Christian, distrayéndome de la canción—. Echa un poco atrás la cabeza. —Hago lo que me dice—. Un poco más —me pide.

Obedezco y noto sus labios contra los míos. El vino frío cae en mi boca. Trago en un acto reflejo. Oh, Dios mío. Me inundan recuerdos de no hace tanto: yo, en Vancouver antes de graduarme, tirada en una cama con un Christian sexy y furioso al que no le había gustado mi correo. Mmm… ¿Han cambiado las cosas? No mucho. Excepto por que ahora reconozco el vino. Es Sancerre, el favorito de Christian.

—Mmm —digo apreciativa.

—¿Te gusta el vino? —murmura y noto su aliento caliente en la mejilla. Me embargan su proximidad, su vitalidad y su calor, que irradia hasta mi cuerpo aunque no me está tocando.

—Sí —digo en un jadeo.

—¿Más?

—Contigo siempre quiero más.

Casi puedo oír su sonrisa. Y eso me hace sonreír a mí también.

—Señora Grey, ¿está flirteando conmigo?

—Sí.

Su anillo de boda choca contra la copa cuando da otro sorbo. Ahora me parece un sonido sexy. Esta vez él tira de mi cabeza hacia atrás y me la sujeta. Me besa otra vez y yo trago ávidamente el vino que me vierte en la boca. Sonríe y me da otro beso.

—¿Tienes hambre?

—Creía que ya le había dicho que sí, señor Grey.

El cantante del iPod está cantando algo sobre juegos perversos. Mmm… qué apropiado.

Suena la alarma del microondas y Christian me suelta. Me siento erguida. La comida huele a especias: ajo, menta, orégano, romero… También huele a cordero, creo. Abre la puerta del microondas y el olor se intensifica.

—¡Mierda! ¡Joder! —exclama Christian y oigo que un plato repiquetea sobre la encimera.

¡Oh, Cincuenta!

—¿Estás bien?

—¡Sí! —responde con voz tensa. Un momento después lo noto de pie a mi lado otra vez—. Me he quemado. Aquí —dice metiéndome el dedo índice en la boca—. Seguro que tú me lo chupas mejor que yo.

—Oh. —Le agarro la mano y me saco el dedo de la boca lentamente—. Ya está, ya está —digo y me acerco para soplarle y enfriarle el dedo. Después le doy dos besitos suaves. Él deja de respirar. Vuelvo a meterme el dedo en la boca y lo chupo con cuidado. Él inspira bruscamente y ese sonido me llega directamente a la entrepierna. Tiene un sabor tan delicioso como siempre y me doy cuenta de que este es su juego: la lenta seducción de su esposa. Se supone que estaba enfadado, pero ahora… Este hombre que es mi marido es muy confuso. Pero a mí me gusta así. Juguetón. Divertido. Y muy sexy. Me ha dado algunas respuestas, pero no las suficientes. Quiero más, pero también quiero jugar. Después de toda la ansiedad y la tensión del día y la pesadilla de anoche con lo de Jack, necesito una distracción como esta.

—¿En qué piensas? —me pregunta Christian y me saca el dedo de la boca, lo que interrumpe mis pensamientos.

—En lo temperamental que eres.

Todavía está a mi lado.

—Cincuenta Sombras, nena —dice por fin y me da un beso tierno en la comisura de la boca.

—Mi Cincuenta Sombras —le susurro y le agarro de la camiseta para atraerlo hacia mí.

—Oh, no, señora Grey, nada de tocar. Todavía no.

Me coge la mano, me obliga a soltarle la camiseta y me besa los dedos uno por uno.

—Siéntate bien —me ordena.

Hago un mohín.

—Te voy a azotar si haces mohínes. Abre bien la boca.

Oh, mierda. Abro la boca y él mete un tenedor con cordero caliente y especiado cubierto por una salsa de yogur fría y con sabor a menta. Mmm… Mastico.

—¿Te gusta?

—Sí.

Él emite un sonido de satisfacción y sé que también está comiendo.

—¿Más?

Asiento. Me da otro trozo y yo lo mastico con energía. Deja el tenedor y parte algo… pan, creo.

—Abre —me manda.

Esta vez es pan de pita con humus. Veo que la señora Jones (o tal vez Christian) ha ido de compras a la tienda de delicatessen que yo descubrí hace unas cinco semanas a solo dos manzanas del Escala. Mastico encantada. El Christian juguetón me aumenta el apetito.

—¿Más? —me pregunta.

Asiento.

—Más de todo. Por favor. Me muero de hambre.

Oigo su sonrisa de placer. Me va dando de comer lenta y pacientemente, en ocasiones me quita un resto de comida de la comisura de la boca con un beso o con los dedos. De vez en cuando me ofrece un sorbo de vino de esa forma suya tan particular.

—Abre bien y después muerde —me dice, y yo lo hago.

Mmm… Una de mis comidas favoritas: hojas de parra rellenas. Están deliciosas, aunque frías; las prefiero calientes pero no quiero arriesgarme a que Christian vuelva a quemarse. Me las va dando lentamente y, cuando termino, le chupo los dedos para limpiárselos.

—¿Más? —me pregunta con voz baja y ronca.

Niego con la cabeza. Estoy llena.

—Bien —me susurra al oído—, porque ha llegado la hora de mi plato favorito. Tú. —Me coge en sus brazos por sorpresa y yo chillo.

—¿Puedo quitarme el pañuelo de los ojos?

—No.

Estoy a punto de hacer un mohín, pero recuerdo su amenaza y me reprimo.

—Al cuarto de juegos —me avisa.

Oh, no sé si eso es una buena idea…

—¿Lista para el desafío? —me pregunta. Y como ya se ha acostumbrado a la palabra «desafío» no puedo negarme.

—Allá vamos… —le respondo con el cuerpo lleno de deseo y

de algo a lo que no quiero ponerle nombre. Cruza la puerta de la cocina conmigo en brazos y después subimos al piso de arriba.

—Creo que has adelgazado —dice con desaprobación. ¿Ah, sí? Bien. Recuerdo su comentario cuando llegamos de la luna de miel y lo poco que me gustó. Dios, ¿ya ha pasado una semana?

Cuando llegamos al cuarto de juegos me baja pero sigue rodeándome la cintura con el brazo. Abre la puerta con destreza.

Esa habitación siempre huele igual: a madera pulida y a algo cítrico. Se ha convertido en un olor que me resulta tranquilizador. Christian me suelta y me gira hasta que quedo de espaldas a él. Me quita el pañuelo y yo parpadeo ante la tenue luz. Desprende las horquillas del moño y mi trenza cae. Me la coge y tira un poco para que tenga que dar un paso atrás y pegarme a él.

—Tengo un plan —me susurra al oído, y eso provoca que un estremecimiento me recorra la espalda.

—Eso pensaba —le respondo. Me da un beso detrás de la oreja.

—Oh, señora Grey, claro que lo tengo. —Su tono es suave y cautivador. Tira de la trenza hacia un lado y me recorre la garganta con suaves besos—. Primero tenemos que desnudarte. —Su voz ronronea desde lo más profundo de su garganta y reverbera por todo mi cuerpo. Quiero esto, lo que sea que haya planeado. Quiero que volvamos a conectar. Me gira para que le mire. Yo bajo la mirada hasta sus vaqueros, que todavía tienen el primer botón desabrochado, y no puedo resistirme. Meto el dedo por debajo de la cintura, evitando la camiseta y siento que el vello de su vientre me hace cosquillas en el nudillo. Él inhala bruscamente y yo levanto la vista para mirarle. Me paro en el botón desabrochado y sus ojos adoptan un tono más oscuro de gris. Oh, madre mía…

—Tú deberías quedarte con estos puestos —le susurro.

—Esa era mi intención, Anastasia.

Y entonces se mueve y me pone una mano en la nuca y otra en el culo. Me aprieta contra él y su boca se cierra sobre la mía besándome como si su vida dependiera de ello.

¡Uau!

Me obliga a caminar hacia atrás, con nuestras lenguas todavía

entrelazadas, hasta que noto la cruz de madera justo detrás de mí.
Se acerca todavía más y su cuerpo se contonea y se aprieta contra
el mío.

—Fuera el vestido —dice subiéndome el vestido por los muslos, las caderas, el vientre… deliciosamente lento, con la tela rozándome la piel y acariciándome los pechos—. Inclínate hacia delante —me ordena.

Obedezco y él me saca el vestido por la cabeza y lo tira a un
lado, dejándome en sandalias, bragas y sujetador. Sus ojos arden
cuando me coge las manos y me las levanta por encima de la cabeza. Parpadea una vez y ladea la cabeza y sé que es su forma de
pedirme permiso. ¿Qué me va a hacer? Trago saliva y asiento y
una leve sonrisa de admiración, casi de orgullo, aparece en sus labios. Me sujeta las muñecas con las esposas de piel que hay en la
parte superior de la cruz y vuelve a sacar el pañuelo.

—Creo que ya has visto suficiente.

Me tapa los ojos de nuevo, y me recorre un escalofrío cuando
noto que los demás sentidos se agudizan: percibo el sonido de su
suave respiración, mi respuesta excitada, la sangre que me late en
los oídos, el olor de Christian mezclado con el de la cera y los cí-
tricos de la habitación… Todas las sensaciones están más definidas
porque no puedo ver. Su nariz toca la mía.

—Te voy a volver loca —me susurra. Me agarra las caderas
con las manos y baja para quitarme las bragas, acariciándome las
piernas a su paso.

Volverme loca… uau.

—Levanta los pies, primero uno y luego el otro. —Obedezco
y me quita primero las bragas y después una sandalia seguida de la
otra. Me coge suavemente un tobillo y tira un poco de mi pierna
hacia la derecha—. Baja el pie —me dice y después me esposa el
tobillo derecho a la cruz. Seguidamente hace lo mismo con el izquierdo.

Estoy indefensa, con los brazos y las piernas extendidos y suje-
tos a la cruz. Christian se acerca a mí y noto su calor en todo el
cuerpo aunque no me toca. Un segundo después me agarra la
barbilla, me levanta la cabeza y me da un beso casto.

—Un poco de música y juguetes, me parece. Está preciosa así, señora Grey. Me voy a tomar un instante para admirar la vista. —Su voz es suave. Todo se tensa en mi interior.

Un minuto (o dos) después le oigo caminar hasta la cómoda y abrir uno de los cajones. ¿El cajón anal? No tengo ni idea. Saca algo que deja sobre la cómoda y luego algo más. Los altavoces cobran vida y un segundo después las notas de un piano que toca una melodía suave y cadenciosa llenan la habitación. Me suena: es Bach, creo, pero no sé qué pieza. Algo en esa música me inquieta. Tal vez es porque es demasiado fría, como distante. Frunzo el ceño intentando entender por qué me da esa sensación, pero Christian me agarra la barbilla, sobresaltándome, y tira un poco de mi labio inferior para que deje de mordérmelo. ¿Por qué siento esta incomodidad? ¿Es la música?

Christian me acaricia la barbilla, la garganta y va bajando hasta mis pechos, donde tira de la copa del sujetador con el pulgar para liberar el pecho de su aprisionamiento. Ronronea ronco desde el fondo de su garganta y me besa en el cuello. Sus labios recorren el mismo camino que han hecho sus dedos un momento antes hasta mi pecho, besando y succionando a su paso. Sus dedos se dirigen a mi pecho izquierdo, liberándolo también del sujetador. Gimo cuando me acaricia el pezón izquierdo con el pulgar y sus labios se cierran sobre el derecho, tirando y acariciando hasta que los dos pezones están duros y prominentes.

—Ah…

Él no se detiene. Con un cuidado exquisito aumenta poco a poco la intensidad sobre los dos pezones. Tiro infructuosamente de las esposas cuando siento unas punzadas de placer que salen de mis pezones y recorren mi cuerpo hasta la entrepierna. Intento retorcerme, pero apenas puedo moverme y eso hace la tortura más intensa.

—Christian… —le suplico.

—Lo sé —murmura con voz ronca—. Así me haces sentir tú.

¿Qué? Gruño y él empieza de nuevo a someter a mis pezones a esa agonía dulce una y otra vez… acercándome cada vez más.

—Por favor… —lloriqueo.

Emite un sonido grave y primitivo desde su garganta y se pone de pie, dejándome abandonada, sin aliento y tirando de las esposas que me atan. Me acaricia los costados con las manos. Deja una en la cadera y otra sigue bajando por mi vientre.

—Vamos a ver cómo estás —me dice con suavidad. Me cubre el sexo con la mano y me roza el clítoris con el pulgar, lo que me hace gritar. Lentamente mete un dedo en mi interior y después un segundo dedo. Gimo y proyecto las caderas hacia delante, ansiosa por acercarme a sus dedos y a la palma de su mano—. Oh, Anastasia, estás más que lista —me susurra.

Hace movimientos circulares con los dedos que tiene en mi interior, una y otra vez, y me acaricia el clítoris con el pulgar, arriba y abajo, sin parar. Es el único punto del cuerpo en que me está tocando y toda la tensión y la ansiedad del día se están concentrando en esa parte de mi anatomía.

Oh, Dios mío… esto es intenso… y extraño… la música… empiezo a acercarme… Christian se mueve, sin detener los movimientos de su mano dentro y fuera de mí, y de repente oigo un zumbido suave.

—¿Qué es…? —pregunto casi sin aliento.

—Chis… —me dice para que me calle y aprieta sus labios contra los míos, su eficaz forma de silenciarme. Agradezco ese contacto más cálido y más íntimo y le devuelvo el beso vorazmente. Él rompe el contacto y oigo el zumbido más cerca—. Esto es una varita, nena. Vibra.

Me la apoya en el pecho y noto un objeto con forma de bola que vibra contra mi piel. Me estremezco cuando empieza a bajarla por mi cuerpo y entre mis pechos y a desplazarla para que entre en contacto con uno y después con el otro pezón. Me embargan un cúmulo de sensaciones: siento cosquillas por todo el cuerpo y el cerebro en llamas cuando una necesidad oscura, muy oscura, se concentra en el fondo de mi vientre.

—Ah —lloriqueo y los dedos de Christian siguen moviéndose dentro de mí. Estoy muy cerca… toda esta estimulación… Echo atrás la cabeza y dejo escapar un gemido muy alto. Entonces Christian para de mover los dedos y todas las sensaciones se esfuman—.

¡No! Christian… —le suplico y proyecto las caderas hacia delante para intentar lograr algo de fricción.

—Quieta, nena —me dice mientras siento que la posibilidad del orgasmo se aleja y se desvanece. Se acerca otra vez y me besa—. Es frustrante, ¿no? —me dice.

¡Oh, no! Acabo de entender de qué va este juego.

—Christian, por favor.

—Chis… —me dice y me da otro beso. Y vuelve a retomar el movimiento: la varita, los dedos, el pulgar… Una combinación letal de tortura sensual. Se acerca para que su cuerpo roce el mío. Él todavía está vestido: la tela de sus vaqueros me roza la pierna y su erección la cadera. Está tan cerca… Vuelve a llevarme casi hasta el clímax, mi cuerpo pidiendo a gritos la liberación, y entonces se detiene.

—No —gimoteo.

Me da unos besos suaves y húmedos en el hombro y saca sus dedos de mí a la vez que va bajando la varita. El juguete se desliza por mi estómago, mi vientre y mi sexo hasta tocarme el clítoris. Joder, esto es tan intenso…

—¡Ah! —grito y tiro fuerte de las esposas.

Tengo todo el cuerpo tan sensible que siento que voy a explotar. Y justo cuando creo que ya ha llegado el momento, Christian vuelve a detenerse.

—¡Christian! —chillo.

—Frustrante, ¿eh? —murmura contra mi garganta—. Igual que tú. Prometes una cosa y después… —No acaba la frase.

—¡Christian, por favor! —le suplico.

Aprieta la varita contra mí una y otra vez, parando justo en el momento álgido cada vez. ¡Ah!

—Cada vez que paro, cuando vuelvo a empezar es más intenso, ¿verdad?

—Por favor… —le pido casi en un sollozo. Mis terminaciones nerviosas necesitan esa liberación.

El zumbido cesa y Christian me da otro beso y me acaricia la nariz con la suya.

—Eres la mujer más frustrante que he conocido.

No, no, ¡no!

—Christian, no he prometido obedecerte. Por favor, por favor...

Se coloca delante de mí, me coge con fuerza por el culo y aprieta su cadera contra mí. Eso me provoca un respingo porque su entrepierna está en contacto con la mía a pesar de la ropa. Los botones de sus vaqueros, que contienen a duras penas su erección, presionan contra mi carne. Con una mano me quita el pañuelo que me tapa los ojos y me coge la barbilla. Parpadeo y cuando recupero la vista me encuentro con su mirada abrasadora.

—Me vuelves loco —susurra empujándome con la cadera una vez, dos, tres, haciendo que mi cuerpo empiece a soltar chispas a punto de arder. Y otra vez me lo niega. Le deseo tanto... Le necesito tanto... Cierro los ojos y murmuro una oración. Me siento castigada, no puedo evitarlo. Estoy indefensa y él está siendo implacable. Se me llenan los ojos de lágrimas. No sé hasta dónde va a llegar esto.

—Por favor... —vuelvo a suplicarle en un susurro.

Pero me mira sin ninguna piedad. Tiene intención de continuar. Pero ¿cuánto? ¿Puedo jugar a esto? No. No. No... No puedo hacerlo. No va a parar. Va a seguir torturándome. Sus manos bajan por mi cuerpo otra vez. No... Y repentinamente el dique estalla: toda la aprensión, la ansiedad y el miedo de los últimos días me embargan y otra vez se me llenan los ojos de lágrimas. Aparto la mirada de la suya. Esto no es amor. Es venganza.

—Rojo —sollozo—. Rojo. Rojo. —Las lágrimas empiezan a correrme por la cara.

Él se queda petrificado.

—¡No! —grita asombrado—. Dios mío, no...

Se acerca rápidamente, me suelta las manos y me agarra por la cintura mientras se agacha para soltarme los tobillos. Yo entierro la cabeza entre las manos y sollozo.

—No, no, no, Ana, por favor. No.

Me coge en brazos y me lleva a la cama, se sienta y me acaricia en su regazo mientras lloro inconsolable. Estoy sobrepasada... Mi cuerpo está tenso casi hasta el punto de romperse, tengo la mente en blanco y he perdido totalmente el control de mis emociones. Estira la mano detrás de mí, arranca la sábana de seda de la cama de cuatro postes y me envuelve con ella. La sábana fría me parece algo extraño y desagradable sobre mi piel demasiado sensible. Me rodea con los brazos, me abraza con fuerza y me acuna.

—Lo siento, lo siento —murmura Christian con voz ronca. No deja de darme besos en el pelo—. Ana, perdóname, por favor.

Giro la cara para ocultarla en su cuello y sigo llorando. Siento una liberación catártica. Han pasado tantas cosas en los últimos días: incendios en salas de ordenadores, persecuciones en la carretera, carreras que han planeado otros por mí, arquitectas putonas, lunáticos armados en el piso, discusiones, la ira de Christian y su viaje. No quiero que Christian se vaya... Utilizo la esquina de la sábana para limpiarme la nariz y gradualmente vuelvo a oír los tonos clínicos de Bach que siguen resonando en la habitación.

—Apaga la música, por favor —le pido sorbiendo por la nariz.

—Sí, claro. —Christian se mueve, sin soltarme, saca el mando a distancia del bolsillo de atrás de los vaqueros, pulsa un botón y la música de piano cesa y ya solo se oye mi respiración temblorosa—. ¿Mejor? —me pregunta.

Asiento y mis sollozos se van calmando. Christian me enjuga las lágrimas tiernamente con el pulgar.

—No te gustan mucho las *Variaciones Goldberg* de Bach, ¿eh? —me dice.

—No esas en concreto.

Me mira intentando ocultar la vergüenza que siente, pero fracasa estrepitosamente.

—Lo siento —vuelve a decir.

—¿Por qué has hecho eso? —Apenas se me oye. Sigo tratando de procesar el torbellino de pensamientos y emociones que siento.

Niega con la cabeza tristemente y cierra los ojos.

—Me he dejado llevar por el momento —dice de forma poco convincente.

Frunzo el ceño y él suspira.

—Ana, la negación del orgasmo es una práctica estándar en… Tú nunca… —No acaba la frase.

Me revuelvo en su regazo y él hace una mueca de dolor.

Oh. Me ruborizo.

—Perdona —le susurro.

Él pone los ojos en blanco y se echa hacia atrás de repente, arrastrándome con él para que quedemos los dos tumbados en la cama conmigo en sus brazos. El sujetador me resulta incómodo y me lo ajusto un poco.

—¿Te ayudo? —me pregunta en voz baja.

Niego. No quiero que me toque los pechos. Cambia de postura para poder mirarme. Levanta una mano con precaución y la lleva hasta mi cara para acariciarme con los dedos. Se me vuelven a llenar los ojos de lágrimas. ¿Cómo puede ser tan insensible a veces y tan tierno otras?

—No llores, por favor —murmura.

Este hombre me aturde y me confunde. Mi furia me ha abandonado cuando más la necesito… Me siento entumecida. Solo quiero acurrucarme y abstraerme de todo. Parpadeo intentando controlar las lágrimas y le miro a los ojos angustiados. Inspiro hondo, todavía temblorosa, sin apartar los ojos de los suyos. ¿Qué voy a hacer con este hombre tan controlador? ¿Aprender a dejarle que me controle? No lo creo…

—Yo nunca ¿qué? —le pregunto.

—Nunca haces lo que te digo. Cambias de idea y no me dices dónde estás. Ana, estaba en Nueva York, furioso e impotente. Si hubiera estado en Seattle te habría obligado a volver a casa.

—¿Por eso me estás castigando?

Traga saliva y después cierra los ojos. No tiene respuesta para eso, pero yo sé que castigarme era lo que pretendía.

—Tienes que dejar de hacer esto —le digo.

Arruga la frente.

—Primero, porque al final solo acabas sintiéndote peor que cuando empezaste.

Él ríe burlón.

—Eso es cierto —murmura—. No me gusta verte así.

—Y a mí no me gusta sentirme así. Me dijiste cuando estábamos en el *Fair Lady* que yo no soy tu sumisa, soy tu mujer.

—Lo sé, lo sé —reconoce en voz baja y ronca.

—Bueno, pues deja de tratarme como si lo fuera. Siento no haberte llamado. Procuraré no ser tan egoísta la próxima vez. Ya sé que te preocupas por mí.

Me mira fijamente, examinándome de cerca con los ojos sombríos y ansiosos.

—Vale, está bien —dice por fin.

Se inclina hacia mí, pero se para justo antes de que sus labios toquen los míos en una petición silenciosa de permiso. Yo acerco mi cara a la suya y él me besa tiernamente.

—Después de llorar tienes siempre los labios tan suaves… —murmura.

—No prometí obedecerte, Christian —le susurro.

—Lo sé.

—Tienes que aprender a aceptarlo, por favor. Por el bien de los dos. Y yo procuraré tener más en cuenta tus… tendencias controladoras.

Se le ve perdido y vulnerable, completamente abrumado.

—Lo intentaré —murmura con una evidente sinceridad en la voz.

Suspiro profundamente para tranquilizarme.

—Sí, por favor. Además, si yo hubiera estado aquí…

—Lo sé —me dice y palidece. Vuelve a tumbarse y se coloca el brazo libre sobre la cara. Yo me acurruco junto a él y apoyo la cabeza en su pecho. Los dos nos quedamos en silencio un rato. Su mano baja hasta el final de mi trenza y me quita la goma, soltándome el pelo, para después lenta y rítmicamente peinármelo con los dedos. De eso es de lo que va todo esto: de su miedo, un miedo irracional por mi seguridad. Me viene a la mente la imagen de Jack Hyde tirado en el suelo del piso con la Glock al lado de la mano. Bueno, tal vez no sea un miedo tan irracional. Por cierto, eso me recuerda…

—¿Qué querías decir antes, cuando has dicho «ni que»…? —insisto.

—¿«Ni que»?

—Era algo sobre Jack.

Levanta la cabeza para mirarme.

—No te rindes nunca, ¿verdad?

Apoyo la barbilla en su esternón disfrutando de la caricia tranquilizadora de sus dedos entre mi pelo.

—¿Rendirme? Jamás. Dímelo. No me gusta que me ocultes las cosas. Parece que tienes la incomprensible idea de que necesito que me protejan. Tú no sabes disparar, yo sí. ¿Crees que no podría encajar lo que sea que no me estás contando, Christian? He tenido a una de tus ex sumisas persiguiéndome y apuntándome con un arma, tu ex amante pedófila me ha acosado... No me mires así —le digo cuando me mira con el ceño fruncido—. Tu madre piensa lo mismo de ella.

—¿Has hablado con mi madre de Elena? —La voz de Christian sube unas cuantas octavas.

—Sí, Grace y yo hablamos de ella.

Christian me mira con la boca abierta.

—Tu madre está muy preocupada por eso y se culpa.

—No me puedo creer que hayas hablado de eso con mi madre. ¡Mierda! —Vuelve a tumbarse y a cubrirse la cara con el brazo.

—No le di detalles.

—Eso espero. Grace no necesita saber los detalles escabrosos. Dios, Ana. ¿A mi padre también se lo has dicho?

—¡No! —Niego con la cabeza con vehemencia. No tengo tanta confianza con Carrick. Y sus comentarios sobre el acuerdo prematrimonial todavía me escuecen—. Pero estás intentando distraerme... otra vez. Jack. ¿Qué pasa con él?

Christian levanta el brazo un momento y me mira con una expresión impenetrable. Suspira y vuelve a taparse con el brazo.

—Hyde estuvo implicado en el sabotaje de *Charlie Tango*. Los investigadores encontraron una huella parcial, pero no pudieron establecer ninguna coincidencia definitiva. Pero después tú reconociste a Hyde en la sala del servidor. Le arrestaron algunas veces en Detroit cuando era menor, así que sus huellas están en el sistema. Y coinciden con la parcial.

Mi mente empieza a funcionar a mil por hora mientras intento absorber toda esa información. ¿Fue Jack el que averió el helicóptero? Pero Christian ha cogido carrerilla.

—Esta mañana encontraron una furgoneta de carga aquí, en el garaje. Hyde la conducía. Ayer le trajo no sé qué mierda al tío que se acaba de mudar, ese con el que subimos en el ascensor.

—No recuerdo su nombre.

—Yo tampoco —dice Christian—. Pero así es como Hyde consiguió entrar en el edificio. Trabaja para una compañía de transportes...

—¿Y qué tiene esa furgoneta de especial?

Christian se queda callado.

—Christian, dímelo.

—La policía ha encontrado... cosas en la furgoneta. —Se detiene de nuevo y me aprieta con más fuerza.

—¿Qué cosas?

Permanece callado unos segundos y yo abro la boca para animarle a seguir, pero él empieza a hablar por su propia voluntad.

—Un colchón, suficiente tranquilizante para caballos para dormir a una docena de equinos y una nota. —Su voz ha ido bajando hasta convertirse en apenas un susurro y noto que le embargan el horror y la repulsión.

Maldita sea...

—¿Una nota? —Mi voz suena igual que la suya.

—Iba dirigida a mí.

—¿Y qué decía?

Christian niega con la cabeza para decirme que no lo sabe o que no me va a revelar lo que ponía.

Oh.

—Hyde vino aquí ayer con la intención de secuestrarte. —Christian se queda petrificado y con la cara tensa. Cuando lo dice recuerdo la cinta americana y, aunque ya lo sabía, un escalofrío me recorre todo el cuerpo.

—Mierda —murmuro.

—Eso mismo —responde Christian, todavía tenso.

Intento recordar a Jack en la oficina. ¿Siempre estuvo loco?

¿Cómo ha podido seguir adelante con algo así? Vale, era un poco repulsivo, pero esto es una locura…

—No entiendo por qué —le digo—. No tiene sentido.

—Lo sé. La policía sigue indagando y también Welch. Pero creemos que la conexión tiene que estar en Detroit.

—¿Detroit? —Le miro confundida.

—Sí. Tiene que haber algo allí.

—Sigo sin comprender…

Christian levanta la cabeza y me mira con una expresión inescrutable.

—Ana, yo nací en Detroit.

# 12

Creía que habías nacido en Seattle —le digo. Mi mente no para. ¿Y qué tiene que ver eso con Jack?

Christian levanta el brazo con el que se estaba tapando la cara, lo estira detrás de él y coge una de las almohadas. Se la pone bajo la cabeza, se acomoda y me mira con expresión cautelosa. Un segundo después niega con la cabeza.

—No. A Elliot y a mí nos adoptaron en Detroit. Nos mudamos poco después de mi adopción. Grace quería venir a la costa Oeste, lejos de la expansión urbana descontrolada, y consiguió un trabajo en el Northwest Hospital. No tengo apenas recuerdos de entonces. A Mia la adoptaron aquí.

—¿Y Jack es de Detroit?

—Sí.

Oh…

—¿Cómo lo sabes?

—Le investigué cuando tú empezaste a trabajar para él.

Claro, cómo no…

—¿También tienes una carpeta de color marrón con información suya? —Sonrío.

Christian tuerce la boca pero consigue ocultar su diversión.

—Creo que es azul claro, de hecho. —Sigue peinándome el pelo con los dedos y eso me resulta muy tranquilizador.

—¿Y qué pone en lo que hay dentro de su carpeta?

Christian parpadea. Después baja la mano para acariciarme la mejilla.

—¿Seguro que quieres saberlo?

—¿Es malo?

Se encoje de hombros.

—Me he enterado de cosas peores —dice.

¡No! ¿Es algo sobre él? Vuelve a mi mente la imagen del niño sucio, asustado y perdido que fue Christian. Me acurruco un poco más contra él y le abrazo más fuerte, cubriéndole con la sábana y apoyando mi mejilla contra su pecho.

—¿Qué pasa? —pregunta desconcertado por mi reacción.

—Nada —le respondo.

—No, no, esto tiene que funcionar en las dos direcciones, Ana. ¿Qué te pasa?

Levanto la cabeza y estudio su expresión aprensiva. Vuelvo a poner la mejilla sobre su pecho y decido que tengo que decírselo.

—A veces te imagino como el niño que fuiste… antes de venir a vivir con los Grey.

Christian se tensa.

—No hablaba de mí. No quiero que sientas lástima por mí, Anastasia. Esa parte de mi vida ya no está. Se acabó.

—No siento lástima —le aclaro consternada—. Es compasión y dolor. Dolor de que alguien haya podido hacerle eso a un niño. —Inspiro hondo porque noto que me da un vuelco el estómago y que vuelven a llenárseme los ojos de lágrimas—. Y esa parte de tu vida sí que está, Christian, ¿cómo puedes decir eso? Vives con tu pasado todos los días. Tú mismo me lo has dicho, las cincuenta sombras más, ¿recuerdas? —le digo con voz apenas audible.

Christian ríe burlón y se pasa la mano libre por el pelo, pero sigue en silencio y tenso debajo de mí.

—Sé que por eso necesitas controlarme. Mantenerme segura.

—Pero tú eliges desafiarme —dice frustrado y su mano para de acariciarme el pelo.

Frunzo el ceño. Demonios… ¿lo estará haciendo deliberadamente? Mi subconsciente se quita las gafas y muerde una patilla. Después frunce los labios y asiente. La ignoro. Qué confuso es todo: soy su mujer, no su sumisa. Tampoco soy como una empresa que ha comprado. No soy la puta adicta al crack que fue su madre… Joder. Solo de pensarlo me pongo enferma. Recuerdo las palabras del doctor Flynn: «Limítate a seguir haciendo lo que estás haciendo, Christian está perdidamente enamorado. Es una delicia verlo».

Y eso es lo que hago. Estoy haciendo lo que he hecho siempre. ¿No es eso lo que le gustó de mí en un primer momento?

Oh, este hombre es tan confuso…

—El doctor Flynn me dijo que debía darte el beneficio de la duda. Y creo que lo he hecho, aunque no estoy segura. Tal vez es mi manera de traerte al aquí y al ahora, de mantener las distancias con tu pasado —le susurro—. No lo sé. Pero parece que no puedo calibrar si vas a reaccionar exageradamente y cuánto.

Se queda callado un momento.

—Joder con Flynn —dice para sí.

—Me dijo que debía seguir comportándome de la misma forma que siempre contigo.

—¿Eso te dijo? —pregunta Christian con sequedad.

Vale, ahí vamos.

—Christian, sé que querías a tu madre y no pudiste salvarla. Pero eso no era responsabilidad tuya. Y yo no soy tu madre.

Él se pone tenso otra vez.

—No sigas por ahí —me advierte.

—No, escúchame, por favor. —Levanto la cabeza para mirarle a los ojos llenos de miedo. Está conteniendo la respiración. Oh, Christian… Se me encoge el corazón—. Yo no soy ella. Soy más fuerte que ella. Y te tengo a ti, que eres mucho más fuerte ahora, y sé que me quieres. Y yo también te quiero —le susurro.

Arruga la frente porque no son las palabras que esperaba.

—¿Todavía me quieres? —me pregunta.

—Claro que te quiero. Christian, te querré siempre. No importa lo que me hagas. —¿Es esta seguridad lo que quiere oír?

Deja escapar el aire y cierra los ojos, tapándose la cara con el brazo de nuevo y abrazándome más fuerte.

—No te escondas de mí. —Levanto la mano y le cojo la suya.

Después tiro para que aparte el brazo de su cara—. Llevas toda tu vida escondiéndote. No lo hagas ahora, no te escondas de mí.

Me mira con incredulidad y frunce el ceño.

—¿Me escondo?

—Sí.

Cambia de postura de repente, se pone de lado y me obliga a moverme para que quede tumbada a su lado sobre la cama. Acerca la mano, me aparta el pelo de la cara y me lo coloca detrás de la oreja.

—Antes me has preguntado si te odiaba. No entendí entonces por qué, pero ahora…

Él se detiene y me mira como si yo fuera un enigma.

—¿Todavía crees que te odio? —pregunto con voz incrédula.

—No —dice negando a la vez con la cabeza—. Ahora no. —Parece aliviado—. Pero necesito saber algo… ¿Por qué has dicho la palabra de seguridad, Ana?

Palidezco. ¿Qué puedo decirle? Que me ha asustado. Que no sabía si iba a parar. Que le supliqué y no paró. Que no quería que las cosas fueran subiendo de intensidad como… como aquella vez en esta misma habitación. Me estremezco al recordar cómo me azotó con el cinturón.

Trago saliva.

—Porque… Porque estabas tan enfadado y tan distante y tan… frío. No sabía lo lejos que podías llegar.

Su expresión no revela nada.

—¿Ibas a dejarme llegar al orgasmo? —pregunto con la voz apenas un susurro y siento que me sonrojo, pero le sostengo la mirada.

—No —confiesa por fin.

Maldita sea.

—Eso es… cruel.

Me roza la mejilla suavemente con los nudillos.

—Pero efectivo —murmura. Me mira como si intentara ver mi alma y los ojos se le oscurecen. Después de una eternidad dice—: Me alegro de que lo hicieras.

—¿Ah, sí?

Sus labios forman una sonrisa triste.

—Sí. No quiero hacerte daño. Me dejé llevar. —Se acerca y me da un beso—. Me perdí en el momento. —Vuelve a besarme—. Me pasa mucho contigo.

¿Oh? Y por alguna extraña razón la idea me gusta… Sonrío. ¿Por qué me hace feliz eso? Él también sonríe.

—No sé por qué sonríe, señora Grey.

—Yo tampoco.

Me envuelve con su cuerpo y apoya la cabeza en mi pecho. Ahora somos una maraña de extremidades desnudas, con vaqueros y seda de la sábana. Le acaricio la espalda con una mano y el pelo con la otra. Suspira y se relaja en mis brazos.

—Eso significa que puedo confiar en ti, en que me detendrás. Nunca he querido hacerte daño —murmura—. Necesito… —dice, pero se detiene.

—¿Qué necesitas?

—Necesito control, Ana. Igual que te necesito a ti. Solo puedo funcionar así. No puedo dejarme llevar. No puedo. Lo he intentado… Y bueno, contigo… —Sacude la cabeza por la exasperación.

Trago saliva. Ese es el núcleo de nuestro dilema: su necesidad de control y su necesidad de mí. Me niego a creer que son mutuamente excluyentes.

—Yo también te necesito —le susurro, abrazándole más fuerte—. Lo intentaré, Christian. Intentaré tener más consideración contigo.

—Quiero que me necesites —susurra.

¡Dios!

—¡Pero si te necesito! —digo con mucha pasión. Le necesito tanto… Le quiero tanto.

—Quiero cuidarte.

—Y lo haces. Siempre. Te he echado mucho de menos cuando estabas fuera…

—¿Ah, sí? —Suena sorprendido.

—Sí, claro. Odio que te vayas y me dejes sola.

Noto su sonrisa.

—Podrías haber venido conmigo.

—Christian, por favor. No resucitemos esa discusión. Quiero trabajar.

Suspira y yo le peino suavemente con los dedos.

—Te quiero, Ana.

—Yo también te quiero, Christian. Siempre te querré.

Y los dos nos quedamos tumbados, disfrutando de la calma tras la tormenta. Y escuchando el latido rítmico de su corazón, me dejo llevar por el sueño, exhausta.


Me despierto sobresaltada y desorientada. ¿Dónde estoy? En el cuarto de juegos. Las luces todavía están encendidas e iluminan tenuemente las paredes rojo sangre. Christian gime otra vez y me doy cuenta de que eso es lo que me ha despertado.

—No —lloriquea. Está tumbado a mi lado, con la cabeza hacia atrás, los párpados apretados y la cara crispada por la angustia.

Maldita sea, está teniendo una pesadilla.

—¡No! —grita.

—Christian, despierta. —Me incorporo con dificultad, apartando la sábana de una patada. Me pongo de rodillas a su lado, le cojo por los hombros y le sacudo. Se me saltan las lágrimas—. Christian, por favor, ¡despierta!

Abre los ojos de golpe, grises y salvajes, las pupilas dilatadas por el miedo. Me mira con los ojos vacíos.

—Christian, era una pesadilla. Estás en casa. Estás seguro.

Parpadea, mira a su alrededor muy nervioso y frunce el ceño al ver dónde está. Sus ojos vuelven a encontrarse con los míos.

—Ana —jadea y sin más preámbulos me coge la cara con las dos manos, me acerca a su pecho y me besa con pasión. Su lengua me invade la boca y sabe a desesperación y a necesidad. Sin darme apenas un momento para respirar, rueda sin separar sus labios de los míos hasta quedar encima de mí, apretándome contra el duro colchón de la cama de cuatro postes. Con una de las manos me agarra la mandíbula mientras con la otra me sujeta la cabeza para mantenerme quieta. Me separa las piernas con la rodilla y se recuesta, todavía con los vaqueros puestos, entre mis muslos—. Ana —repite como si no pudiera creerse que estoy allí con él. Me mira durante una fracción de segundo, lo que me da un momento para respirar, pero de nuevo sus labios se fusionan con los míos, saqueándome la boca y quedándose con todo lo que tengo para dar. Gime fuerte y flexiona la cadera para acercarla a la mía. Su erección cubierta por la tela de los vaqueros presiona mi carne suave. Oh… Gimo y toda la tensión sexual reprimida durante los anteriores intentos fallidos resurge con fuerza, llenando mi sistema de deseo y necesidad. Todavía controlado por sus demonios, Christian me besa con pasión la cara, los ojos, las mejillas y la línea de la mandíbula.

—Estoy aquí —le susurro intentando calmarle mientras nuestros jadeos calientes se mezclan. Me agarro a sus hombros y muevo la pelvis contra la suya para animarle.

—Oh, Ana —jadea con la voz baja y ronca—. Te necesito.

—Yo también te necesito —le susurro con urgencia, con el cuerpo desesperado por sentir su contacto. Le deseo. Le deseo ahora. Quiero curarle. Quiero curarme a mí… lo necesito. Baja la mano y se ocupa de los botones de la bragueta. Los desabrocha en un segundo y libera su erección.

Madre mía. Y eso que hace menos de un minuto estaba dormido…

Se levanta y me mira fijamente durante un segundo, suspendido en el aire sobre mí.

—Sí. Por favor —le pido con la voz ronca y llena de necesidad.

Y con un movimiento rápido entra hasta el fondo de mí.

—¡Ah! —grito, no de dolor, sino de sorpresa por su rapidez.

Gruñe y vuelve a pegar sus labios a los míos mientras me empuja una y otra vez, su lengua poseyéndome con la misma intensidad. Sus movimientos son frenéticos por culpa del miedo, la lujuria, el deseo y… ¿el amor? No lo sé, pero yo voy a su encuentro en todas las embestidas, una tras otra, recibiéndole agradecida.

—Ana —dice con dificultad y alcanza el orgasmo con mucha fuerza, derramándose en mi interior, con la cara tensa y el cuerpo rígido antes de caer con todo su peso sobre mí jadeando… y me deja a mí muy cerca… otra vez.

Maldita sea. Esta no es mi noche, definitivamente. Le abrazo y respiro todo lo hondo que puedo, casi retorciéndome por la necesidad debajo de su cuerpo. Sale de mí y me abraza durante unos minutos… demasiados. Finalmente sacude la cabeza y se apoya sobre los codos, quitándome de encima parte de su peso. Me mira como si me estuviera viendo por primera vez.

—Oh, Ana. Por Dios… —Se acerca y me da un beso tierno.

—¿Estás bien? —le pregunto acariciándole su adorable rostro. Asiente, pero parece agitado y muy asustado. Mi pobre niño perdido. Frunce el ceño y me mira intensamente a los ojos como si acabara de registrar por fin dónde está.

—¿Y tú? —me pregunta con voz preocupada.

—Mmm… —Me retuerzo un poco debajo de él y un segundo después sonríe, una sonrisa lenta y carnal.

—Señora Grey, veo que tiene necesidades —murmura. Me da un beso rápido y se baja de la cama.

Se arrodilla en el suelo al borde de la cama y extiende las manos, me coge justo por encima de las rodillas y tira de mí hacia él hasta que mi culo queda justo al borde de la cama.

—Siéntate. —Me esfuerzo para hacerlo y el pelo me rodea como un velo, cayéndome hasta los pechos. Sus ojos grises no se apartan de los míos mientras me separa las piernas todo lo posible. Yo me apoyo en las manos porque sé muy bien lo que va a hacer. Pero… él solo… mmm…

—Eres tan preciosa, Ana —me dice y veo como baja la cabeza cobriza y empieza a subir por mi muslo derecho sin dejar de darme besos.

Todo mi cuerpo se tensa por la anticipación. Levanta la vista para mirarme y advierto que los ojos se le oscurecen detrás de las largas pestañas.

—Mírame —dice y al segundo siguiente noto su boca sobre mi carne.

Oh, Dios mío. Grito y siento que todo el mundo se concentra en el punto donde se unen mis muslos. Joder, y es tan erótico mirarle, ver su lengua acariciando lo que parece la parte más sensible de mi cuerpo. No tiene clemencia a la hora de provocarme, excitarme y adorarme. Noto que mi cuerpo se tensa y los brazos empiezan a temblarme por el esfuerzo de mantenerme erguida.

—No… ¡Ah! —Es lo único que puedo decir. Christian introduce lentamente el dedo corazón en mi interior y ya no puedo aguantar más; me dejo caer sobre la cama y disfruto del contacto de su dedo y de su boca por dentro y por fuera de mi cuerpo. Empieza a masajearme ese punto tan dulce de mi interior lenta, suavemente. Y un segundo después, me atrapa el orgasmo. Exploto gritando su nombre en una rendición incoherente cuando el intenso orgasmo me hace arquearme tanto que me separo de la cama. Creo que llego incluso a ver las estrellas. Es una sensación tan primitiva, tan visceral… Soy vagamente consciente de que me está acariciando el vientre con la nariz y dándome besos suaves. Extiendo la mano y le acaricio el pelo.

—No he acabado contigo todavía —me asegura. Y antes de que me dé tiempo a volver del todo a Seattle, planeta tierra, me agarra por las caderas y tira de mí hasta sacarme de la cama, arrastrarme hasta donde él está arrodillado, y colocarme en su regazo sobre su erección que me espera.

Doy un respingo cuando noto que me llena. Por Dios…

—Oh, nena… —jadea a la vez que me rodea con los brazos y se queda quieto. Me acaricia la cabeza y me besa la cara. Mueve la cadera y noto relámpagos de placer calientes y poderosos que surgen de lo más profundo de mí. Él me agarra del culo y me levanta. Después proyecta su sexo hacia arriba.

—Ah —gimo y siento sus labios sobre los míos otra vez mientras sube y baja muy despacio, oh, tan despacio… arriba y abajo. Le abrazo el cuello y me rindo al ritmo cadencioso. Me dejo llevar a donde quiera que él me lleve. Flexiono los muslos y cabalgo sobre él… Me hace sentir tan bien. Me echo hacia atrás y dejo caer la cabeza. Abro la boca todo lo que puedo en una expresión silenciosa de mi placer y disfruto de esa forma tan dulce que tiene de hacer el amor.

—Ana —dice en un jadeo y se acerca para besarme la garganta. Me agarra con fuerza y sigue entrando y saliendo lentamente, acercándome… cada vez más y más… con ese ritmo tan exquisito; una fuerza carnal fluida. Un placer delicioso irradia desde lo más profundo mientras él me abraza tan íntimamente—. Te quiero, Ana —me susurra al oído con voz baja y ronca y vuelve a levantarme… Arriba y abajo, arriba y abajo. Le rodeo la nuca con una mano y deslizo los dedos entre su pelo.

—Yo también te quiero, Christian. —Abro los ojos y lo encuentro mirándome y todo lo que veo es su amor que brilla con fuerza en la tenue luz del cuarto de juegos. Parece que su pesadilla ha quedado olvidada. Y cuando empiezo a sentir que mi cuerpo se está acercando a la liberación, me doy cuenta de que esto es lo que quería: esta conexión, esta demostración de nuestro amor.

—Córrete para mí, nena —me pide en voz muy baja. Cierro los párpados con fuerza y mi cuerpo se tensa al oír el sonido de su voz. Entonces me dejo llevar por el clímax y me corro en una espiral poderosa e intensa. Él se queda quieto con la frente apoyada contra la mía y susurra mi nombre muy bajito, me abraza y también se abandona al orgasmo.


Me levanta con cuidado y me tumba en la cama. Me quedo tumbada en sus brazos, agotada y al fin satisfecha. Christian me acaricia el cuello con la nariz.

—¿Mejor ahora? —me pregunta en un susurro.

—Mmm.

—¿Nos vamos a la cama o quieres dormir aquí?

—Mmm.

—Señora Grey, hábleme —pide divertido.

—Mmm.

—¿Eso es todo lo que puedes articular?

—Mmm.

—Vamos, te voy a llevar a la cama. No me gusta dormir aquí.

Me muevo a regañadientes y me giro para mirarlo.

—Espera —le digo. Me mira y parpadea, los ojos muy abiertos e inocentes. Se le ve satisfecho—. ¿Estás bien? —le pregunto.

Asiente sonriendo travieso como un adolescente.

—Ahora sí.

—Oh, Christian. —Frunzo el ceño y le acaricio su preciosa cara—. Te preguntaba por la pesadilla.

Su expresión se tensa un instante y después cierra los ojos y me abraza con más fuerza, escondiendo la cara en mi cuello.

—No —dice en un susurro ronco.

Me da un vuelvo el corazón y yo también le abrazo fuerte y le acaricio la espalda y el pelo.

—Lo siento —digo alarmada por su reacción. Maldita sea, ¿cómo puedo saber cómo va a reaccionar con estos cambios de humor? ¿De qué iba la pesadilla? No quiero causarle más dolor haciéndole revivir los detalles—. No pasa nada —murmuro suavemente, deseando que vuelva a ser el niño juguetón de hace un momento—. No pasa nada —repito tranquilizadora.

—Vamos a la cama —me dice en voz baja un momento después.

Se aparta de mí, dejándome vacía y necesitada de su contacto, y se levanta de la cama. Yo también me levanto, envuelta en la sábana de seda, y me agacho para recoger mi ropa.

—Déjala —me dice, y antes de que me dé cuenta me coge en brazos—. No quiero que tropieces con esa sábana y te rompas el cuello. —Le rodeo con los brazos, asombrada de que ya haya recobrado la compostura, y le acaricio con la nariz mientras me lleva al dormitorio en el piso de abajo.


Abro los ojos de par en par. Algo no está bien. Christian no está en la cama, aunque aún es de noche. Miro el despertador y veo que son las tres y veinte de la madrugada. ¿Dónde está Christian? Entonces oigo el piano.

Salgo rápidamente de la cama, cojo la bata y corro por el pasillo hasta el salón. La melodía que está tocando es muy triste, un lamento acongojado que ya he le oído tocar antes. Me paro en el umbral y le contemplo en medio del círculo de luz mientras la música dolorosamente lastimera llena la habitación. Termina de tocar y vuelve a empezar la misma pieza. ¿Por qué una melodía tan triste? Me abrazo el cuerpo y escucho lo que toca embelesada. Christian, ¿por qué algo tan triste? ¿Es por mí? ¿Yo te he provocado esto? Cuando termina y va a empezarla una tercera vez, ya no puedo soportarlo más. No levanta la cabeza cuando me acerco al piano, pero se aparta un poco para que pueda sentarme a su lado en la banqueta. Sigue tocando y yo apoyo mi cabeza en su hombro. Me da un beso en el pelo, pero no deja de tocar hasta que termina la pieza. Le miro y descubro que él también me está mirando cauteloso.

—¿Te he despertado? —me pregunta.

—Me ha despertado que no estuvieras. ¿Cómo se llama esa pieza?

—Es Chopin. Es uno de sus preludios en *mi* menor. —Christian se detiene un momento—. Se llama *Asfixia…*

Estiro el brazo y le cojo la mano.

—Te ha alterado mucho todo esto, ¿eh?

Ríe burlonamente.

—Un gilipollas trastornado ha entrado en mi piso para secuestrar a mi mujer. Ella no hace nunca lo que le dicen. Me vuelve loco. Utiliza la palabra de seguridad conmigo.    Cierra los ojos brevemente y cuando vuelve a abrirlos su mirada es dura y salvaje—. Sí, todo esto me tiene un poco alterado.

Le aprieto la mano.

—Lo siento.

Él apoya su frente contra la mía.

—He soñado que estabas muerta —me susurra.

—¿Qué?

—Tirada en el suelo, muy fría, y no te despertabas.

Oh, Cincuenta…

—Oye… Solo ha sido un mal sueño. —Le rodeo la cabeza con las manos. Sus ojos arden cuando le miro y la angustia que hay en ellos es terrible—. Estoy aquí y solo estoy fría cuando no estás conmigo en la cama. Vamos a la cama, por favor. —Le cojo la mano y me pongo de pie. Espero un momento para ver si me sigue. Por fin se pone de pie también. Lleva solo los pantalones del pijama, de esa forma holgada que hace que tenga unas ganas tremendas de meterle los dedos por debajo de la cinturilla… Pero me resisto y le llevo de nuevo al dormitorio.

Cuando me despierto, Christian está acurrucado junto a mí, durmiendo plácidamente. Me relajo y disfruto de su calor que me envuelve, piel contra piel. Me quedo muy quieta porque no quiero perturbar su sueño.

Dios, qué noche. Siento como si me hubiera arrollado un tren; el tren de mercancías que es mi marido. Es difícil de creer que el hombre que está tumbado a mi lado y que parece tan sereno y tan joven cuando duerme, era anoche una persona profundamente torturada… y profundamente torturadora por mí. Miro al techo y se me ocurre que siempre he pensado en Christian como alguien muy fuerte y muy dominante, cuando en realidad es tan frágil, mi pobre niño perdido… Y lo más irónico es que él me ve a mí como alguien frágil (y yo no creo que lo sea). Yo soy la fuerte en comparación con él.

Pero ¿tengo suficiente fuerza para los dos? ¿Suficiente para hacer lo que me dice y proporcionarle así un poco de serenidad mental? Suspiro. No me está pidiendo tanto. Repaso nuestra conversación de anoche. ¿Hemos decidido algo aparte de que ambos vamos a intentarlo con más ahínco? Lo importante de todo es que quiero a este hombre y necesito establecer un rumbo que nos sirva a ambos. Uno que me permita mantener mi integridad y mi independencia y a la vez seguir siendo lo que soy para él. Soy su más y él es mío. Decido hacer un esfuerzo especial este fin de semana para no darle ninguna causa de preocupación.

Christian se revuelve, levanta la cabeza de mi pecho y me mira adormilado.

—Buenos días, señor Grey —le digo sonriendo.

—Buenos días, señora Grey. ¿Ha dormido bien? —Se estira a mi lado.

—Una vez que mi marido dejó de aporrear el piano, sí.

Me dedica esa sonrisa tímida y yo me derrito.

—¿Aporrear? Tengo que escribirle un correo a la señorita Kathie para decirle eso que me has dicho.

—¿La señorita Kathie?

—Mi profesora de piano.

Suelto una risita.

—Me encanta ese sonido —me dice—. ¿Vamos a ver si hoy tenemos un día mejor?

—Vale —le digo—. ¿Qué quieres hacer?

—Después de hacerle el amor a mi mujer y que ella me prepare el desayuno, quiero llevarte a Aspen.

Le miro boquiabierta.

—¿Aspen?

—Sí.

—¿Aspen, Colorado?

—El mismo. A menos que lo hayan movido. Después de todo, pagaste veinticuatro mil dólares por la experiencia de pasar un fin de semana allí.

Le sonrío.

—Los pagué, pero era tu dinero.

—Nuestro dinero.

—Era solo tu dinero cuando hice la puja. —Pongo los ojos en blanco.

—Oh, señora Grey… Usted y su manía de poner los ojos en blanco —me susurra mientras su mano recorre mi muslo.

—¿No hacen falta muchas horas para llegar a Colorado? —pregunto para distraerle.

—En jet no —dice dulcemente cuando su mano llega a mi culo.

Claro, mi marido tiene un jet, ¿cómo puedo haberlo olvidado? Su mano sigue ascendiendo por mi cuerpo, subiéndome el camisón en su camino, y pronto se me olvida todo.


Taylor nos lleva en coche hasta la pista de aterrizaje del aeropuerto de Seattle y después hasta el sitio justo donde nos espera el jet de Grey Enterprises Holdings, Inc. Es un día gris en Seattle, pero me niego a dejar que el tiempo me estropee el buen humor. Christian también está de mejor humor. Está entusiasmado por algo: se le ve tan ansioso como en Navidad y a punto de explotar, como un niño con un gran secreto. Me pregunto qué habrá preparado. Se le ve risueño con el pelo alborotado, la camiseta blanca y los vaqueros negros. Hoy no parece en absoluto el presidente de la empresa que es. Me coge la mano cuando Taylor se detiene al pie de la escalerilla del jet.

—Tengo una sorpresa para ti —me susurra y me da un beso en los nudillos.

Le sonrío.

—¿Una sorpresa buena?

—Eso espero. —Me sonríe tiernamente.

Mmm, ¿qué puede ser?

Sawyer salta del asiento delantero y me abre la puerta. Taylor abre la de Christian y después saca nuestras maletas del maletero. Encontramos a Stephan al final de la escalerilla cuando entramos al avión. Miro al puente de mando y veo a la primera oficial Beighley accionando interruptores en el impresionante panel de mando.

Christian y Stephan se dan la mano.

—Buenos días, señor. —Stephan sonríe.

—Gracias por hacer esto avisándote con tan poca antelación. —Christian le responde también con una sonrisa—. ¿Han llegado nuestros invitados?

—Sí, señor.

¿Invitados? Me vuelvo y me quedo con la boca abierta. Kate, Elliot, Mia y Ethan me sonríen desde los asientos color crema. ¡Uau! Me vuelvo para mirar a Christian.

—¡Sorpresa! —exclama.

—¿Cómo? ¿Cuándo? ¿Quién? —murmuro incoherente, intentando contener el placer y el júbilo que siento.

—Me has dicho que no ves a tus amigos todo lo que querrías. —Se encoge de hombros y me dedica una media sonrisa de disculpa.

—Oh, Christian, gracias. —Le rodeo el cuello con los brazos

y le doy un buen beso delante de todos. Él me pone las manos en las caderas, engancha los pulgares en las trabillas para el cinturón de mis vaqueros y hace el beso más profundo.

Oh, madre mía…

—Sigue así y acabaré arrastrándote al dormitorio —me avisa Christian.

—No te atreverás —le susurro junto a los labios.

—Oh, Anastasia… —Sonríe y niega con la cabeza. Me suelta sin previo aviso, se agacha, me agarra los muslos y me levanta en el aire para colgarme después de uno de sus hombros.

—¡Christian, bájame! —le digo dándole un azote en el culo.

Veo la sonrisa de Stephan un instante antes de que se vuelva para entrar en el puente de mando. Taylor está de pie en el umbral intentando ocultar su sonrisa. Ignorando mis súplicas y mis forcejeos, Christian cruza la estrecha cabina pasando junto a Ethan y Mia, que están sentados uno frente a otro, y después junto a Kate y Elliot, que está chillando como un mono enloquecido.

—Si me disculpáis —dice dirigiéndose a nuestros cuatro invitados—. Tengo que hablar de algo con mi mujer en privado.

—¡Christian! —grito de nuevo—. ¡Bájame!

—Todo a su tiempo, nena.

Veo un segundo a Mia, Kate y Elliot riéndose. ¡Maldición! Esto no es divertido, es embarazoso. Ethan nos mira fijamente con la boca abierta y totalmente asombrado mientras desaparecemos por la puerta del dormitorio.

Christian cierra la puerta detrás de él, me suelta y me baja pegada a su cuerpo lentamente de forma que puedo sentir todos sus músculos y tendones. Me sonríe con esa sonrisa de adolescente, muy orgulloso de sí mismo.

—Menudo espectáculo, señor Grey. —Cruzo los brazos y le miro con fingida indignación.

—Ha sido divertido, señora Grey. —Su sonrisa se amplia. Oh, mi niño. Se le ve tan joven…

—¿Y piensas seguir con esto? —le pregunto arqueando una ceja, no muy segura de cómo me hace sentir eso; los otros nos van a oír, por todos los santos… De repente me siento tímida. Miro nerviosa la cama y siento que me ruborizo al recordar nuestra noche de bodas. Hablamos tanto ayer e hicimos tantas cosas… Siento como si hubiera superado un obstáculo desconocido. Pero ese es precisamente el problema: que es desconocido. Mis ojos encuentran la intensa pero divertida mirada de Christian y no soy capaz de mantener la expresión seria. Su sonrisa es demasiado contagiosa.

—Creo que sería muy maleducado dejar a los invitados esperando —me dice dulcemente acercándose a mí. ¿Cuándo ha empezado a importarle lo que piense la gente? Doy un paso atrás y me encuentro con la pared del dormitorio. Me tiene aprisionada y el calor de su cuerpo me mantiene en el sitio. Se inclina y me acaricia la nariz con la suya.

—¿Ha sido una sorpresa buena? —me pregunta con un punto de ansiedad en la voz.

—Oh, Christian, ha sido fantástica. —Le subo las manos por el pecho, las entrelazo en su nuca y le doy otro beso.

—¿Cuándo has organizado esto? —le pregunto separándome de él y acariciándole el pelo.

—Anoche, cuando no podía dormir. Le escribí correos a Elliot y a Mia y aquí están.

—Ha sido muy considerado por tu parte. Gracias. Seguro que nos lo vamos a pasar bien.

—Eso espero. He pensado que sería más fácil evitar a la prensa en Aspen que en casa.

¡Los paparazzi! Claro, tiene razón. Si nos hubiéramos quedado en el Escala, tendríamos que estar encerrados. Un estremecimiento me recorre la espalda al recordar los disparos de las cámaras y los fogonazos de los flashes de los fotógrafos que Taylor ha conseguido esquivar esta mañana.

—Vamos. Será mejor que nos sentemos. Stephan va a despegar dentro de poco. —Me tiende la mano y los dos volvemos a la cabina.

Elliot nos vitorea al entrar.

—Eso sí que es un servicio aéreo rápido —bromea.

Christian le ignora.

—Señoras y caballeros, por favor, ocupen sus asientos porque en breves momentos vamos a comenzar la maniobra de despegue. —La voz de Stephan resuena, tranquila y autoritaria, a través de los altavoces de la cabina.

La mujer de pelo castaño (mmm… ¿Natalie?) que nos atendió durante el vuelo en nuestra noche de bodas aparece por el pasillo y recoge las tazas de café vacías. ¡Natalia! Se llama Natalia.

—Buenos días, señor y señora Grey —dice con voz melosa. ¿Por qué me hace sentir incómoda? Tal vez sea porque tiene el pelo castaño. Como él mismo ha reconocido, Christian no suele emplear a chicas castañas porque las encuentra atractivas. Christian le dedica a Natalia una sonrisa educada y se sienta frente a Elliot y Mia. Yo le doy un abrazo breve a Kate y a Mia y saludo con la mano a Ethan y a Elliot antes de sentarme al lado de Christian y abrocharme el cinturón. Él me pone la mano en la rodilla y me da un apretón cariñoso. Parece relajado y feliz aunque estamos con gente. Sin darme cuenta me pregunto por qué no puede ser siempre así, nada controlador.

—Espero que hayas metido en la maleta las botas de senderismo —me dice con voz cariñosa.

—¿No vamos a esquiar?

—Puede que eso resulte un poco difícil, dado que estamos en agosto —me explica divertido.

Oh, claro.

—¿Sabes esquiar, Ana? —nos interrumpe Elliot.

—No.

Christian me suelta la rodilla y me coge la mano.

—Seguro que mi hermano pequeño puede enseñarte. —Elliot me guiña un ojo—. Es bastante rápido en las pendientes, también.

No puedo evitar sonrojarme. Miro a Christian, que está mirando a Elliot impasible, pero creo que es para no demostrar que le hace gracia. El avión empieza a moverse y se dirige hacia la pista de despegue.

Natalia nos explica las instrucciones de seguridad del avión con voz clara y resonante. Lleva una bonita camisa azul marino de manga corta, una falda lápiz a juego y el maquillaje impecable. Es muy guapa, sí. Mi subconsciente levanta una ceja perfectamente depilada dirigida a mí.

—¿Estás bien? —me pregunta Kate—. Después de todo el asunto de Hyde, quiero decir.

Asiento. No quiero hablar de Hyde, ni siquiera pensar en él, pero Kate parece tener otros planes.

—¿Y por qué se volvió majareta? —pregunta yendo directamente al grano con su inimitable estilo. Se aparta el pelo, preparándose para indagar más a fondo.

Mirándola con frialdad, Christian se encoge de hombros.

—Porque le despedí —dice directamente.

—¿Ah, sí? ¿Y por qué? —Kate ladea la cabeza y veo que acaba de ponerse en modo señorita Marple.

—Porque me acosó sexualmente e intentó chantajearme —le digo con un hilo de voz. Intento darle una patada a Kate por debajo de la mesa, pero fallo. ¡Mierda!

—¿Cuándo? —me pregunta Kate mirándome fijamente.

—Hace un tiempo.

—No me lo habías contado —me dice ofendida

Me encojo de hombros a modo de disculpa.

—No puede ser por eso… Su reacción ha sido demasiado extrema —prosigue Kate, pero ahora se dirige a Christian—. ¿Es mentalmente inestable? ¿Y qué pasa con la información que tenía de los miembros de la familia Grey? —Que esté interrogando a Christian de esta forma me está poniendo los pelos de punta, pero ya sabe que yo no sé nada y por eso no puede preguntarme a mí. Qué irritante.

—Creemos que hay alguna conexión con Detroit —dice Christian en voz baja. Demasiado baja.

Oh, no, Kate, por favor, déjalo estar por ahora…

—¿Hyde también es de Detroit?

Christian asiente.

El avión acelera y yo le aprieto la mano a Christian. Él me mira tranquilizador. Sabe que odio los despegues y los aterrizajes. Me aprieta la mano y me acaricia los nudillos con el pulgar, algo que me calma.

—¿Qué sabes tú de él? —pregunta Elliot, ajeno al hecho de que estamos dentro de un pequeño jet, acelerando en la pista y a punto de subir al cielo, e igualmente ajeno a la creciente exasperación que ya le ha creado Kate a Christian. Kate se inclina hacia delante para escuchar con toda su atención.

—Os cuento esto extraoficialmente… —dice Christian dirigiéndose directamente a ella. La boca de Kate se convierte en una fina línea muy sutil. Yo trago saliva. Oh, mierda—. Sabemos poco sobre él —continúa Christian—. Su padre murió en una pelea en un bar. Su madre se ahogó en alcohol para olvidar. De pequeño no hizo más que entrar y salir de casas de acogida… Y meterse en problemas. Sobre todo robos de coches. Pasó un tiempo en un centro de menores. Su madre se rehabilitó con un programa de servicios sociales y Hyde volvió al buen camino. Al final consiguió una beca para Princeton.

—¿Princeton? —Ha despertado la curiosidad de Kate.

—Sí, es un tío listo. —Christian se encoge de hombros.

—No será tan listo si le han pillado… —murmura Elliot.

—Pero seguro que no ha podido montar esto solo… —aventura Kate.

Noto que Christian se tensa a mi lado.

—Todavía no sabemos nada —responde en voz muy baja.

Maldita sea. ¿Puede que haya alguien más por ahí colaborando con él? Me giro y miro a Christian horrorizada. Él me aprieta la mano otra vez, pero no me mira a los ojos. El avión sube con suavidad y empieza a surcar el aire y yo noto esa horrible sensación en el estómago.

—¿Qué edad tiene? —le pregunto a Christian, acercándome a él para que no nos oiga nadie. Por muchas ganas que tenga de saber lo que está pasando, no quiero animar a Kate a que siga haciendo preguntas porque sé que eso está poniendo nervioso a Christian. Además sé que él no le tiene mucha simpatía desde la noche que me arrastró al bar a tomar cócteles.

—Treinta y dos, ¿por qué?

—Curiosidad, nada más.

Veo tensión en la mandíbula de Christian.

—No quiero que tengas curiosidad por Hyde. Solo alégrate de que esté encerrado. —Es casi una reprimenda, pero decido ignorar su tono.

—¿Crees que le estaba ayudando alguien? —La idea de que puede haber alguien más implicado me asusta. Significaría que esto no ha terminado.

—No lo sé —responde Christian y vuelvo a ver esa tensión en su mandíbula.

—Tal vez sea alguien que tenga algo contra ti —le sugiero. Demonios, espero que no sea la bruja—. Como Elena, por ejemplo —continúo en un susurro. Me doy cuenta de que he dicho su nombre un poco más alto, pero solo lo ha podido oír él; tras mirar nerviosamente a Kate, compruebo que está enfrascada en una conversación con Elliot, que parece enfadado con ella. Mmm…

—Estás deseando demonizarla, ¿eh? —Christian pone los ojos en blanco y niega con la cabeza disgustado—. Es cierto que tiene algo contra mí, pero ella no haría algo así. —Me atraviesa con su mirada fija y gris—. Y será mejor que no hablemos de ella. Sé que no es tu tema de conversación favorito.

—¿Te has visto cara a cara con ella? —vuelvo a susurrarle, pero no estoy segura de querer saberlo.

—Ana, no he hablado con ella desde mi cumpleaños. Por favor, déjalo ya. No quiero hablar de ella. —Me coge la mano y me roza los nudillos con los labios. Sus ojos echan chispas, fijos en los míos, y veo que es mal momento para seguir con este tipo de preguntas.

—Buscaos una habitación, chicos —bromea Elliot—. Oh, es verdad, si ya la tenéis. Pero Christian no la ha necesitado hasta ahora.

Christian levanta la vista y fulmina a Elliot con una mirada gélida.

—Que te den, Elliot —le responde sin acritud.

—Tío, solo cuento las cosas como son. —Los ojos de Elliot brillan divertidos.

—Como si tú pudieras saberlo —murmura Christian irónicamente, arqueando una ceja.

Elliot sonríe, disfrutando del intercambio de bromas.

—Pero si te has casado con tu primera novia… —dice señalándome.

Oh, mierda. ¿Adónde quiere ir a parar con esto? Me sonrojo.

—¿Y te parece raro, viéndola? —continúa Christian dándome otro beso en la mano.

—No —ríe Elliot y niega con la cabeza.

Me ruborizo más aún y Kate le da a Elliot un manotazo en el muslo.

—Deja de ser tan gilipollas —le regaña.

—Escucha a tu chica —le dice Christian a Elliot sonriendo. Parece que su turbación de antes ha desaparecido.

Se me destaponan los oídos cuando ganamos altitud y la tensión de la cabina se disipa cuando el avión se nivela. Kate mira a Elliot con el ceño fruncido. Mmm… ¿Les pasa algo? No estoy segura.

Elliot tiene razón, de todas formas. Me río para mí por la ironía. Es verdad que soy (era) la primera novia de Christian y que ahora soy su mujer. Las quince anteriores y la maldita señora Robinson… bueno, no cuentan. Pero es obvio que Elliot no sabe nada de ellas y que Kate no se lo ha contado. Le sonrío y ella me guiña el ojo cómplice. Mis secretos están a salvo con Kate.

—Bien, señoras y caballeros, vamos a volar a una altitud de unos diez mil metros aproximadamente y el tiempo estimado de duración de nuestro vuelo es de una hora y cincuenta y seis minutos —anuncia Stephan—. Ahora ya pueden moverse libremente por la cabina, si lo desean.

Natalia sale inmediatamente de la cocina.

—¿Alguien quiere un café? —pregunta.

# 13

Aterrizamos suavemente en el Sardy Field a las 12.25, hora local. Stephan detiene el avión un poco apartado de la terminal principal y por las ventanillas veo un monovolumen Volkswa-
gen grande esperándonos.

—Muy buen aterrizaje. —Christian sonríe y le estrecha la
mano a Stephan mientras los demás nos preparamos para salir
del jet.

—Todo tiene que ver con la altitud de densidad, señor —le
explica Stephan sonriéndole también—. Mi compañera Beighley
es muy buena con las matemáticas.

Christian le sonríe a la primera oficial de Stephan.

—Has dado en el clavo, Beighley. Un aterrizaje muy suave.

—Gracias, señor. —Ella sonríe orgullosa.

—Disfruten del fin de semana, señor y señora Grey. Les veremos mañana. —Stephan se aparta para que podamos desembarcar
y Christian me coge la mano y me ayuda a bajar por la escalerilla
del avión hasta donde ya está Taylor esperándonos junto al vehículo.

—¿Un monovolumen? —le pregunta Christian sorprendido
cuando Taylor desliza la puerta para abrirla.

Taylor le mira con una sonrisa tensa y arrepentida y se encoge
un poco de hombros.

—Cosas del último minuto, lo sé —se responde a sí mismo
Christian, conforme.

Taylor vuelve al avión para sacar nuestro equipaje.

—¿Quieres que nos metamos mano en la parte de atrás del monovolumen? —me pregunta Christian con un brillo travieso en los ojos.

Suelto una risita. ¿Quién es este hombre y qué ha hecho con el señor No Puedo Estar Más Furioso de los últimos dos días?

—Vamos, pareja. Adentro —dice Mia desde detrás de nosotros. Se nota que está impaciente. Subimos, nos dirigimos como podemos al asiento doble de la parte de atrás y nos sentamos. Me acurruco contra Christian y él me rodea con el brazo y lo apoya en el respaldo del asiento detrás de mí.

—¿Cómoda? —me pregunta mientras Ethan y Mia se sientan delante.

—Sí —le digo con una sonrisa y él me da un beso en la frente. Por alguna razón que no logro entender, me siento tímida con él hoy. ¿Por qué será? ¿Por lo de anoche? ¿Porque estamos con más gente? No consigo comprenderlo.

Elliot y Kate llegan los últimos, cuando Taylor ya ha abierto el maletero para cargar las maletas. Cinco minutos después ya estamos en camino.

Miro por la ventanilla. Los árboles todavía están verdes, pero se nota que el otoño se acerca porque aquí y allá las puntas de las hojas han empezado a adquirir un tono dorado. El cielo es azul claro y cristalino, aunque se ven nubes oscuras que se acercan por el oeste. En la distancia y rodeándonos se ven las Rocosas, con su pico más alto justo delante de nosotros. Las montañas están frondosas y verdes y las cumbres cubiertas de nieve; parece un paisaje montañoso sacado de un dibujo infantil.

Estamos en lo que en invierno es el patio de recreo de los ricos y famosos. Y yo tengo una casa aquí. Casi no me lo puedo creer. Y de repente resurge en lo más profundo de mi mente esa incomodidad familiar que aparece siempre que intento acostumbrarme a lo rico que es Christian y que me provoca dudas y me hace sentir culpable. ¿Qué he hecho yo para merecer este estilo de vida? Yo no he hecho nada, aparte de enamorarme.

—¿Has estado alguna vez en Aspen, Ana? —me pregunta Ethan girándose, y eso interrumpe mis pensamientos.

—No, es la primera vez. ¿Y tú?

—Kate y yo veníamos a menudo cuando éramos adolescentes. A papá le gusta mucho esquiar, pero a mamá no tanto.

—Yo espero que mi marido me enseñe a esquiar —digo mirándole.

—No pongas muchas esperanzas en ello —dice Christian entre dientes.

—¡No soy tan patosa!

—Podrías caerte y partirte el cuello. —Su sonrisa ha desaparecido.

Oh. No quiero discutir ni estropearle el buen humor, así que cambio de tema.

—¿Desde cuándo tienes esta casa?

—Desde hace unos dos años. Y ahora es suya también, señora Grey —me dice en voz baja.

—Lo sé —le respondo. Pero no estoy muy convencida de mis palabras. Me acerco y le doy un beso en la mandíbula y me recuesto a su lado escuchándole reírse y bromear con Ethan y con Elliot. Mia participa en la conversación a veces, pero Kate está muy callada y me pregunto si estará rumiando la información sobre Jack Hyde o si será por alguna otra cosa. Entonces lo recuerdo. Aspen... La casa de Christian la rediseñó Gia Matteo y la reconstruyó Elliot. Me pregunto si eso será lo que tiene a Kate preocupada. No puedo preguntarle delante de Elliot, dada su historia con Gia. Pero ¿conocerá Kate la relación de Gia con esta casa? Frunzo el ceño, todavía sin saber qué le pasa, y decido que ya lo averiguaré cuando estemos solas.

Cruzamos el centro de Aspen y mi humor mejora cuando veo la ciudad. Los edificios son bajos y casi todos son de ladrillo rojo, como casitas de estilo suizo, y hay muchas casas de principios del siglo XX pintadas de colores alegres. También se ven muchos bancos y tiendas de diseñadores, lo que da una idea del poder adquisitivo de la gente que vive allí. Christian encaja perfectamente en este ambiente.

—¿Y por qué Aspen? —le pregunto.

—¿Qué? —me mira extrañado.

—¿Por qué decidiste comprar una casa aquí?

—Mi madre y mi padre nos traían aquí cuando éramos pequeños. Aprendí a esquiar aquí y me gustaba. Espero que también te guste a ti… Si no te gusta, vendemos la casa y compramos otra en otro sitio.

¡Tan fácil como eso!

Me coloca un mechón de pelo suelto detrás de la oreja.

—Estás preciosa hoy —me susurra.

Me sonrojo. Solo llevo ropa típica de viaje: vaqueros y una camiseta con una chaqueta cómoda azul marino. Demonios… ¿por qué me hace sentir tímida?

Me da un beso, uno tierno, dulce y con mucho amor.

Taylor sigue conduciendo hasta salir de la ciudad y después asciende por el otro lado del valle, por una carretera de montaña llena de curvas. Cuanto más subimos, más entusiasmada estoy. Pero noto que Christian se pone tenso a mi lado.

—¿Qué te pasa? —le pregunto al girar una curva.

—Espero que te guste —me confiesa—. Ya hemos llegado.

Taylor reduce la velocidad y cruza una puerta hecha de piedras grises, beis y rojas. Sigue por el camino de entrada y al final aparca delante de una casa impresionante. Tiene la fachada simétrica con tejados puntiagudos y está construida con madera oscura y esas piedras mezcladas que he visto en la entrada. Es espectacular: moderna y sobria, muy del estilo de Christian.

—Hogar, dulce hogar —me dice Christian mientras nuestros invitados empiezan a salir del coche.

—Es bonita.

—Ven a verla —me dice con un brillo a la vez entusiasmado y nervioso en los ojos, como si estuviera a punto de enseñarme su proyecto de ciencia o algo así.

Mia sube corriendo los escalones hasta donde está de pie una mujer en el umbral. Es diminuta y su pelo negro azabache está entreverado de canas. Mia le rodea el cuello con los brazos y la abraza con fuerza.

—¿Quién es? —le pregunto a Christian mientras me ayuda a salir del monovolumen.

—La señora Bentley. Vive aquí con su marido. Ellos cuidan la casa.

Madre mía, ¿más personal?

Mia está haciendo las presentaciones, primero Ethan y después Kate. Elliot también abraza a la señora Bentley. Dejamos a Taylor descargando las maletas y Christian me da la mano y me lleva hasta la puerta principal.

—Bienvenido a casa, señor Grey —le saluda la señora Bentley sonriendo.

—Carmella, esta es mi esposa, Anastasia —me presenta Christian lleno de orgullo. Pronuncia mi nombre como una caricia, haciendo que casi se me pare el corazón.

—Señora Grey. —La señora Bentley me saluda respetuosamente con la cabeza. Le tiendo la mano y ella me la estrecha. No me sorprende que sea mucho más formal con Christian que con el resto de la familia—. Espero que hayan tenido un buen vuelo. Se espera que el tiempo sea bueno todo el fin de semana, aunque no hay nada seguro —dice mirando las nubes grises cada vez más oscuras que hay detrás de nosotros—. La comida está lista y puedo servirla cuando ustedes quieran. —Vuelve a sonreír y sus ojos oscuros brillan.

Me cae bien inmediatamente.

—Ven aquí. —Christian me coge en brazos.

—Pero ¿qué haces? —chillo.

—Cruzar otro umbral con usted en brazos, señora Grey.

Sonrío mientras me lleva en brazos hasta el amplio vestíbulo. Entonces me da un beso breve y me baja con cuidado al suelo de madera. La decoración interior es muy sobria y me recuerda al salón del ático del Escala: paredes blancas, madera oscura y arte abstracto contemporáneo. El vestíbulo da paso a una gran zona de estar con tres sofás de piel de color hueso alrededor de una chimenea de piedra que preside la habitación. La única nota de color la aportan unos cojines mullidos que hay desparramados por los sofás. Mia le coge la mano a Ethan y tira de él hacia el interior de la casa. Christian mira con los ojos entornados a las dos figuras y frunce los labios. Niega con la cabeza y se vuelve hacia mí.

Kate deja escapar un silbido.

—Bonito sitio.

Miro a mi alrededor y veo a Elliot ayudando a Taylor con el equipaje. Vuelvo a preguntarme si Kate sabrá que Gia ha colaborado en la reforma de este sitio.

—¿Quieres una visita guiada? —me pregunta Christian. Lo que fuera que estuviera pensando acerca de Mia y de Ethan ya no está; ahora irradia entusiasmo, ¿o será ansiedad? Es difícil saberlo.

—Claro. —Otra vez me quedo impresionada por lo rico que es. ¿Cuánto le habrá costado esta casa? Y yo no he contribuido con nada. Brevemente me veo transportada a la primera vez que me llevó al Escala. Me quedé alucinada. Ya te acostumbrarás, me recuerda mi subconsciente.

Christian frunce el ceño pero me coge la mano y me va enseñando las habitaciones. La cocina modernísima tiene las encimeras de mármol de color claro y los armarios negros. Hay una bodega de vinos increíble y una enorme sala abajo con una gran tele de plasma, sofás comodísimos... y mesas de billar. Las observo boquiabierta y me ruborizo cuando Christian me mira.

—¿Te apetece echar una partida? —me pregunta con un brillo malicioso en los ojos. Niego con la cabeza y él vuelve a fruncir el ceño. Me coge la mano otra vez y me lleva hasta el primer piso. Arriba hay cuatro dormitorios, cada uno con su baño incorporado.

La suite principal es algo increíble. La cama es gigantesca, más grande que la que tenemos en casa, y está frente a un mirador desde el que se ve todo Aspen y a lo lejos las frondosas montañas.

—Esa es Ajax Mountain... o Aspen Mountain, si te gusta más —dice Christian mirándome cauteloso. Está de pie en el umbral con los pulgares enganchados en las trabillas para el cinturón de sus vaqueros negros.

Yo asiento.

—Estás muy callada —murmura.

—Es preciosa, Christian. —De repente solo quiero volver al ático del Escala.

En solo cinco pasos está justo delante de mí, me agarra la barbilla y con el pulgar me libera el labio inferior que me estaba mordiendo.

—¿Qué te ocurre? —me pregunta sin dejar de mirarme a los ojos, examinándolos.

—Tienes mucho dinero.

—Sí.

—A veces me sorprende darme cuenta de lo rico que eres.

—Que somos.

—Que somos —repito de forma automática.

—No te agobies por esto, Ana, por favor. No es más que una casa.

—¿Y qué ha hecho Gia aquí, exactamente?

—¿Gia? —Arquea ambas cejas sorprendido.

—Sí, ¿no fue ella quien remodeló esta casa?

—Sí. Diseñó el salón del sótano. Elliot se ocupó de la construcción. —Se pasa la mano por el pelo y me mira con el ceño fruncido—. ¿Por qué estamos hablando de Gia?

—¿Sabías que Gia tuvo un lío con Elliot?

Christian me mira durante un segundo con una expresión impenetrable.

—Elliot se ha follado a más de medio Seattle, Ana.

Me quedo boquiabierta.

—Sobre todo mujeres, por lo que yo sé —bromea Christian. Creo que le divierte ver la cara que se me ha quedado.

—¡No...!

Christian asiente.

—Eso no es asunto mío —dice levantando las manos.

—No creo que Kate lo sepa.

—Supongo que Elliot no va por ahí divulgando esa información. Aunque Kate tampoco es ninguna inocente...

Me quedo alucinada. ¿El Elliot dulce, sencillo, rubio y con ojos azules? Le miro con incredulidad.

Christian ladea a cabeza y me examina.

—Pero lo que te pasa no tiene que ver con la promiscuidad de Elliot o de Gia.

—Lo sé. Lo siento. Después de todo lo que ha pasado esta semana, es que… —Me encojo de hombros y me siento de nuevo al borde de las lágrimas.

Christian baja los hombros, aliviado. Me rodea con los brazos y me estrecha con fuerza, a la vez que entierra la nariz en mi pelo.

—Lo sé. Yo también lo siento. Vamos a relajarnos y a pasárnoslo bien, ¿vale? Aquí puedes leer, ver alguna mierda en la televisión, ir de compras, hacer una excursión… pescar incluso. Lo que tú quieras. Y olvida lo que te he dicho de Elliot. Ha sido una indiscreción por mi parte.

—Eso explica por qué siempre está bromeando contigo sobre eso —dijo acariciándole el pecho con la nariz.

—Él no sabe nada de mi pasado. Ya te lo he dicho, mi familia creía que era gay. Célibe, pero gay.

Suelto una risita y empiezo a relajarme en sus brazos.

—Yo también creía que eras célibe. Qué equivocada estaba. —Le abrazo y pienso lo ridículo que es pensar que Christian podría ser gay.

—Señora Grey, ¿se está riendo de mí?

—Un poco —reconozco—. Lo que no entiendo es por qué tienes este sitio.

—¿Qué quieres decir? —pregunta dándome un beso en el pelo.

—Tienes el barco, eso lo entiendo, y el piso en Nueva York por cosas de negocios, pero ¿por qué esta casa? Hasta ahora no tenías a nadie con quien compartirla.

Christian se queda quieto y en silencio unos segundos.

—Te estaba esperando a ti —dice en voz baja con los ojos grises y luminosos.

—Que… Que bonito lo que acabas de decirme.

—Es cierto. Aunque cuando la compré no lo sabía. —Sonríe con timidez.

—Me alegro de que esperaras.

—Ha merecido la pena esperar por usted, señora Grey. —Me levanta la barbilla, se inclina y me da un beso tierno.

—Y por ti también. —Sonrío—. Pero me siento como si hubiera hecho trampas porque yo no he tenido que esperar mucho para encontrarte.

Sonríe.

—¿Tan buen partido soy?

—Christian, tú eres como el gordo de la lotería, la cura para el cáncer y los tres deseos de la lámpara de Aladino, todo al mismo tiempo.

Levanta una ceja, incrédulo.

—¿Cuándo te vas a dar cuenta de eso? —le regaño—. Eras un soltero muy deseado. Y no lo digo por todo esto. —Agito la mano señalando todo el lujo que nos rodea—. Yo hablo de esto. —Y coloco la mano sobre su corazón y sus ojos se abren mucho. Ha desaparecido mi marido confiado y sexy y ahora tengo delante al niño perdido—. Créeme, Christian, por favor —le susurro y le agarro la cara con las dos manos para acercar sus labios a los míos. Gime y no sé si es porque estaba escuchando lo que le he dicho o es su respuesta primitiva habitual. Profundizo el beso moviendo los labios sobre los suyos e invadiéndole la boca con la lengua.

Cuando ambos nos quedamos sin aliento, él se aparta y me mira dubitativo.

—¿Cuándo te va a entrar en esa mollera tan dura que tienes el hecho de que te quiero? —le pregunto exasperada.

Él traga saliva.

—Algún día —dice al fin.

Eso es un progreso. Sonrío y él me recompensa con su sonrisa tímida en respuesta.

—Vamos. Comamos algo. Los demás se estarán preguntando dónde estamos. Luego hablamos de lo que queremos hacer.


—¡Oh, no! —exclama Kate de repente.

Todas las miradas se centran en ella.

—Mirad —dice señalando el mirador. Fuera ha empezado a llover a cántaros. Estamos sentados alrededor de la mesa de madera oscura de la cocina después de haber comido un festín de entremeses italianos variados preparados por la señora Bentley y haber acabado con un par de botellas de Frascati. Estoy más que llena y un poco achispada por el alcohol.

—Nos quedamos sin excursión —murmura Elliot y suena ligeramente aliviado. Kate le mira con el ceño fruncido. Sin duda les pasa algo. Se han mostrado relajados con los demás, pero no el uno con el otro.

—Podríamos ir a la ciudad —sugiere Mia. Ethan le sonríe.

—Hace un tiempo perfecto para pescar —aporta Christian.

—Yo me apunto a pescar —dice Ethan.

—Hagamos dos grupos —dice Mia juntando las manos—. Las chicas nos vamos de compras y los chicos que salgan a la naturaleza a hacer esas cosas aburridas.

Miro a Kate, que observa a Mia con indulgencia. ¿Pescar o ir de compras? Buf, vaya elección.

—Ana, ¿tú qué quieres hacer? —me pregunta Christian.

—Me da igual —miento. La mirada de Kate se cruza con la mía y vocaliza la palabra «compras». Veo que quiere hablar—. Me parece bien ir de compras —digo sonriéndoles a Kate y a Mia.

Christian sonríe burlón. Sabe que no me gusta nada ir de compras.

—Yo me quedo aquí contigo, si quieres —me dice y algo oscuro se despereza en mi interior al oír su tono.

—No, tú vete a pescar —le respondo. Christian necesita pasar un tiempo con los chicos.

—Parece que tenemos un plan —concluye Kate levantándose de la mesa.

—Taylor os acompañará —dice Christian y es una orden que no admite discusión.

—No necesitamos niñera —le responde Kate rotundamente, tan directa como siempre.

Yo le pongo la mano en el brazo a Kate.

—Kate, es mejor que venga Taylor.

Ella frunce el ceño, después se encoge de hombros y por una vez se muerde la lengua. Le sonrío tímidamente a Christian. Su expresión permanece impasible. Oh, no… Espero que no se haya enfadado con Kate.

Elliot frunce el ceño.

—Necesito ir a la ciudad a por una pila para mi reloj de pulsera. —Le lanza una mirada a Kate y se ruboriza un poco, pero ella no se da cuenta porque le está ignorando a propósito.

—Llévate el Audi, Elliot. Nos iremos a pescar cuando vuelvas —le dice Christian.

—Sí —responde Elliot, pero parece distraído—. Buen plan.


—Aquí. —Mia me agarra del brazo y me arrastra al interior de una boutique de diseño con seda rosa por todas partes y muebles rústicos envejecidos de aire francés.

Kate nos sigue mientras Taylor espera fuera, refugiándose de la lluvia bajo el toldo. Se oye a Aretha Franklin cantar «Say a Little Prayer» en el hilo musical de la tienda. Me encanta esta canción. Tengo que grabársela a Christian en el iPod.

—Este vestido te quedaría genial, Ana. —Mia me enseña una tela plateada—. Toma, pruébatelo.

—Mmm… es un poco corto.

—Te va a quedar fantástico. Y a Christian le va a encantar.

—¿Tú crees?

Mia me sonríe.

—Ana, tienes unas piernas de muerte y si esta noche vamos a ir de discotecas —sonríe antes de dar el golpe de gracia—, con esto volverás loco a tu marido.

La miro y parpadeo un poco, perpleja. ¿Vamos a ir de discotecas? Yo no voy a discotecas.

Kate se ríe al ver mi expresión. Parece más relajada ahora que no está con Elliot.

—Deberíamos salir a bailar esta noche, sí —apoya Kate.

—Ve y pruébatelo —me ordena Mia y yo me encamino al probador a regañadientes.


Mientras espero a que Kate y Mia salgan del probador, me acerco al escaparate y miro afuera, al otro lado de la calle principal, sin prestar mucha atención. Las canciones de soul continúan: ahora Dionne Warwick canta «Walk on By», otra canción fabulosa y una de las favoritas de mi madre. Miro el vestido que tengo en la mano, aunque «vestido» tal vez sea demasiado decir. No tiene espalda y es muy corto, pero Mia ha decidido que es ideal y que es perfecto para bailar toda la noche. Por lo que se ve también necesito zapatos y un collar llamativo; ahora vamos en su busca. Pongo los ojos en blanco y me alegro una vez más de la suerte que tengo por contar con Caroline Acton, mi asesora personal de compras.

De repente veo a Elliot a través del escaparate. Ha aparecido al otro lado de la arbolada calle principal y sale de un Audi grande. Entra en una tienda como para refugiarse de la lluvia. Parece una joyería... tal vez sea haya ido a comparar la pila para su reloj. Sale a los pocos minutos. Pero ya no va solo: va con una mujer.

¡Joder! Es Gia. ¡Está hablando con Gia! ¿Qué demonios está haciendo ella aquí?

Mientras les observo, se dan un abrazo breve y ella echa atrás la cabeza para reírse animadamente de algo que él ha dicho. Elliot le besa en la mejilla y después corre al coche que le espera. Ella se gira y baja por la calle. Yo me quedo mirándola con la boca abierta. ¿De qué va eso? Me giro nerviosa hacia los probadores, pero todavía no hay señales de Kate ni de Mia. Después me fijo en Taylor, que sigue esperando en el exterior de la tienda. Ve que le estoy mirando y se encoge de hombros. Él también ha presenciado ese breve encuentro. Me ruborizo, avergonzada porque me han pillado espiando. Me vuelvo y Kate y Mia emergen del probador, ambas riendo. Kate me mira inquisitiva.

—¿Qué pasa, Ana? —me pregunta—. ¿Te has echado atrás con lo del vestido? Estás sensacional con él.

—Mmm... No.

—¿Estás bien? —Kate abre mucho los ojos.

—Estoy bien, ¿pagamos? —Me encamino a la caja, donde me uno a Mia, que ha elegido dos faldas.

—Buenas tardes, señora. —La joven dependienta (que lleva más brillo en los labios del que yo he visto en mi vida reunido en un solo sitio) me sonríe—. Son ochocientos cincuenta dólares.

¿Qué? ¿Por este trozo de tela? Parpadeo y le doy dócilmente mi American Express negra.

—Gracias, señora Grey —canturrea la señorita Brillo de Labios.

Durante las dos horas siguientes sigo a Kate y a Mia totalmente aturdida, manteniendo todo el tiempo una lucha conmigo misma. ¿Debería decírselo a Kate? Mi subconsciente niega con la cabeza firmemente. Sí, debería decírselo. No, mejor no. Puede haber sido simplemente un encuentro fortuito. Mierda. ¿Qué debo hacer?

—¿Te gustan los zapatos, Ana? —Mia tiene los brazos en jarras.

—Mmm… Sí, claro.

He acabado con un par de zapatos de Manolo Blahnik imposiblemente altos y con tiras que parecen hechas de cristal de espejo. Quedan perfectos con el vestido y solo le cuestan a Christian más de mil dólares. Tengo suerte con la larga cadena de plata que Kate insiste en que me compre: solo vale ochenta y cuatro dólares de nada.

—¿Empiezas a acostumbrarte a tener dinero? —me pregunta Kate sin mala intención cuando vamos de camino al coche. Mia se ha adelantado un poco.

—Ya sabes que yo no soy así, Kate. Todo esto me hace sentir incómoda. Pero si no me han informado mal, va con el lote. —La miro con los labios fruncidos y ella me rodea con un brazo.

—Te acostumbrarás, Ana —me dice para animarme—. Y vas a estar genial.

—Kate, ¿qué tal os va a ti y a Elliot? —le pregunto.

Sus ojos azules se clavan en los míos. Oh, no… Niega con la cabeza.

—No quiero hablar de eso ahora —dice señalando a Mia con la cabeza—, pero las cosas están… —Kate deja la frase sin terminar.

Esto no es propio de la Kate tenaz que yo conozco. Mierda. Sabía que estaba pasando algo. ¿Le digo lo que he visto? Pero ¿qué he visto? Elliot y la señorita Depredadora-Sexual-Bien-Arreglada hablando, dándose un abrazo y un beso en la mejilla. Seguro que no es más que un encuentro de viejos amigos. No, no se lo voy a decir. Al menos no ahora. Asiento con una expresión que dice «lo entiendo perfectamente y voy a respetar tu privacidad». Ella me coge la mano y le da un apretón agradecido. Veo un destello de sufrimiento y dolor en sus ojos, pero ella lo oculta rápidamente con un parpadeo. De repente me siento muy protectora con mi mejor amiga. ¿A qué demonios está jugando Elliot, el gigolo, Grey?

Cuando volvemos a la casa, Kate decide que nos merecemos unos cócteles después de nuestra tarde de compras y nos hace unos daiquiris de fresa. Nos acomodamos en los sofás del salón, delante del fuego encendido.

—Elliot ha estado un poco distante últimamente —me susurra Kate, mirando las llamas. Kate y yo por fin hemos encontrado un momento para estar a solas mientras Mia guarda sus compras.

—¿Ah, sí?

—Creo que tengo problemas por haberte metido en problemas a ti.

—¿Te has enterado de eso?

—Sí. Christian llamó a Elliot y Elliot a mí.

Pongo los ojos en blanco. Oh, Cincuenta, Cincuenta, Cincuenta…

—Lo siento. Christian es muy… protector. ¿No has visto a Elliot desde el día que salimos a tomar cócteles?

—No.

—Oh.

—Me gusta mucho, Ana —me confiesa. Y durante un horrible momento pienso que va a llorar. Esto no es propio de Kate. ¿Significará esto la vuelta del pijama rosa? Kate me mira—. Me he enamorado de él. Al principio creía que era solo el sexo, que es genial. Pero es encantador y amable y tierno y divertido. Nos veo envejeciendo juntos con, ya sabes… hijos, nietos… todo.

—El «fueron felices y comieron perdices» —le susurro.

Asiente con tristeza.

—Creo que deberías hablar con él. Busca un momento para estar solos y descubre qué le preocupa.

O quién, me recuerda mi subconsciente. La aparto de un manotazo, sorprendida de lo rebeldes que son mis propios pensamientos.

—¿Por qué no vais a dar un paseo mañana por la mañana?

—Ya veremos.

—Kate, no me gusta nada verte así.

Me sonríe un poco y me acerco para abrazarla. Decido no contarle lo de Gia, aunque puede que le pregunte directamente al gigolo. ¿Cómo puede estar jugando con los sentimientos de mi amiga?

Mia vuelve y pasamos a hablar de cosas menos comprometidas.

El fuego crepita y chisporrotea cuando le echo el último tronco. Casi nos hemos quedado sin leña. Aunque es verano, el fuego se agradece en un día húmedo como este.

—Mia, ¿sabes dónde se guarda la leña para el fuego? —le pregunto. Ella le da un sorbo al daiquiri.

—Creo que en el garaje.

—Voy a por unos cuantos troncos. Y así tengo oportunidad de explorar…

La lluvia ha parado cuando salgo y me encamino al garaje para tres coches que hay junto a la casa. La puerta lateral no está cerrada con llave, así que entro y enciendo la luz. El fluorescente cobra vida con un zumbido.

Hay un coche en el garaje; es el Audi en el que he visto a Elliot esta tarde. También hay dos motos de nieve. Pero lo que me llama la atención son dos motos de motocross, ambas de 125 cc. Los recuerdos de Ethan intentando valientemente enseñarme a conducir una el verano pasado me vienen a la mente. Me froto inconscientemente el brazo donde me hice un buen hematoma en una caída.

—¿Sabes conducirlas? —oigo la voz de Elliot detrás de mí.

Me vuelvo.

—Has vuelto.

—Eso parece. —Sonríe y me doy cuenta de que Christian me respondería con las mismas palabras, pero no con esa enorme sonrisa arrebatadora—. ¿Sabes?

¡Gigolo!

—Algo así.

—¿Quieres que te dé una vuelta?

Río burlonamente.

—Mmm… no. No creo que a Christian le gustara nada que hiciera algo así.

—Christian no está aquí. —Elliot muestra una media sonrisa (oh, parece que es un rasgo de familia) y señala a nuestro alrededor para indicar que estamos solos. Se acerca a la moto más cercana, pasa una pierna enfundada en un vaquero por encima del asiento, se acomoda y coge el manillar.

—Christian tiene… preocupaciones por mi seguridad. No debería.

—¿Siempre haces lo que él te dice? —Elliot tiene una chispa traviesa en sus ojos azules de bebé y puedo ver un destello del chico malo… el chico malo del que se ha enamorado Kate. El chico malo de Detroit.

—No. —Arqueo una ceja reprobatoria en su dirección—. Pero intento no complicarle la vida. Ya tiene bastantes preocupaciones sin que yo le dé ninguna más. ¿Ha vuelto ya?

—No lo sé.

—¿No has ido a pescar?

Elliot niega con la cabeza.

—Tenía que resolver unos asuntos en la ciudad.

¡Asuntos! ¡Vaya! ¡Asuntos rubios y muy bien arreglados! Inspiro bruscamente y le miro con la boca abierta.

—Si no quieres conducir, ¿qué haces en el garaje? —me pregunta Elliot intrigado.

—He venido a buscar leña para el fuego.

—Oh, ahí estás… ¡Elliot! Ya has vuelto. —Kate nos interrumpe.

—Hola, cariño —la saluda con una amplia sonrisa.

—¿Has pescado algo?

Me quedo pendiente de la reacción de Elliot.

—No. Tenía que hacer unas cosas en la ciudad. —Y durante un breve momento veo un destello de inseguridad en su cara.

Oh, mierda.

—He salido a ver qué había entretenido a Ana. —Kate nos mira confusa.

—Estábamos tomando el aire —dice Elliot y se ven saltar chispas entre ellos.

Todos nos giramos al oír un coche aparcando fuera. ¡Oh! Christian ha vuelto. Gracias a Dios. El mecanismo que abre la puerta del garaje se pone en funcionamiento con un chirrido que nos sobresalta a todos y la puerta se levanta lentamente para revelar a Christian y a Ethan descargando una camioneta negra. Christian se queda parado cuando nos ve a todos allí de pie en el garaje.

—¿Vais a montar un grupo y estáis ensayando en el garaje para dar un concierto? —pregunta burlón cuando entra directo hacia donde estoy yo.

Le sonrío. Me siento aliviada de verle. Debajo del cortavientos lleva el mono que le vendí yo cuando trabajaba en Clayton's.

—Hola —me dice mirándome inquisitivamente e ignorando a Kate y a Elliot.

—Hola. Me gusta tu mono.

—Tiene muchos bolsillos. Es muy útil para pescar —me dice con voz baja y sugerente, solo para mis oídos, y cuando me mira su expresión es seductora.

Me ruborizo y él me sonríe con una sonrisa de oreja a oreja toda para mí.

—Estás mojado —murmuro.

—Estaba lloviendo. ¿Qué estáis haciendo todos aquí en el garaje? —Al fin habla teniendo en cuenta que no estamos solo.

—Ana ha venido a por leña —dice Elliot arqueando una ceja. No sé cómo pero ha conseguido que eso suene como algo indecente—. Yo he intentado tentarla para que monte. —Es un maestro de los dobles sentidos.

A Christian le cambia la cara y a mí se me para el corazón.

—Me ha dicho que no, que a ti no te iba a gustar —responde Elliot amablemente y sin segundas.

Christian me mira con sus ojos grises.

—¿Eso ha dicho? —pregunta.

—Vamos a ver, me parece bien que nos dediquemos a hablar de lo que Ana ha hecho o no ha hecho, pero ¿podemos hacerlo dentro? —interviene Kate. Se agacha, coge dos troncos y se gira para encaminarse a la puerta. Oh, mierda. Kate está enfadada, pero sé que no es conmigo.

Elliot suspira y, sin decir una palabra, la sigue. Yo me quedo mirándolos, pero Christian me distrae.

—¿Sabes llevar moto? —me pregunta incrédulo.

—No muy bien. Ethan me enseñó.

Sus ojos se convierten en hielo.

—Entonces has tomado la decisión correcta —me dice con la voz mucho más fría—. El suelo está muy duro y la lluvia lo hace resbaladizo y traicionero.

—¿Dónde dejo los aparejos de pescar? —pregunta Ethan desde el exterior.

Déjalos ahí, Ethan… Taylor se ocupará de ellos.

—¿Y los peces? —vuelve a preguntar Ethan con voz divertida.

—¿Habéis pescado algo? —pregunto sorprendida.

—Yo no. Kavanagh sí. —Y Christian hace un mohín encantador.

Suelto una carcajada.

—La señora Bentley se ocupará de ellos —responde.

Ethan sonríe y entra en la casa.

—¿Le resultó divertido, señora Grey?

—Mucho. Estás mojado… Te voy a preparar un baño.

—Solo si te metes conmigo. —Se inclina y me da un beso.


Lleno la enorme bañera ovalada del lavabo de la habitación y echo un chorrito de aceite de baño del caro, que empieza a hacer espuma inmediatamente. El aroma es maravilloso… jazmín, creo.

Vuelvo al dormitorio y me pongo a colgar el vestido mientras se acaba de llenar la bañera.

—¿Os lo habéis pasado bien? —me pregunta Christian cuando entra en la habitación. Solo lleva una camiseta y el pantalón del chándal y va descalzo. Cierra la puerta detrás de él.

—Sí —le respondo disfrutando de la vista. Le he echado de menos. Es ridículo porque ¿cuánto ha pasado? ¿unas cuantas horas...?

Ladea la cabeza y me mira.

—¿Qué pasa?

—Estaba pensando en cuánto te he echado de menos.

—Suena como si hubiera sido mucho, señora Grey.

—Mucho, sí, señor Grey.

Se acerca hasta quedar de pie justo delante de mí.

—¿Qué te has comprado? —me pregunta y sé que es para cambiar de tema.

—Un vestido, unos zapatos y un collar. Me he gastado un buen pellizco de tu dinero —confieso mirándole culpable.

Eso le divierte.

—Bien —dice y me coloca un mechón suelto detrás de las orejas—. Y por enésima vez: nuestro dinero.

Me coge la barbilla, libera mi labio del aprisionamiento de mis dientes y me roza con el dedo índice la parte delantera de la camiseta, bajando por el esternón entre mis pechos, después por el estómago y el vientre hasta llegar al dobladillo.

—Creo que no vas a necesitar esto en la bañera —susurra, agarra el dobladillo de la camiseta con ambas manos y me la va quitando lentamente—. Levanta los brazos.

Obedezco sin apartar mis ojos de los suyos y él deja caer mi camiseta al suelo.

—Creía que solo íbamos a darnos un baño. —El pulso se me acelera.

—Quiero ensuciarte bien primero. Yo también te he echado de menos. —Y se inclina para besarme.

—¡Mierda! ¡El agua! —Intento sentarme, todavía aturdida después del orgasmo.

Christian no me suelta.

—¡Christian, la bañera! —le miro.

Está acurrucado sobre mi pecho.

Ríe.

—Relájate. Hay desagües en el suelo. —Rueda sobre sí mismo y me da un beso rápido—. Voy a cerrar el grifo.

Baja de la cama y camina hasta el cuarto de baño. Mis ojos lo siguen ávidamente durante todo el camino. Mmm… Mi marido, desnudo y pronto muy mojado. Salgo de la cama de un salto.


Nos sentamos cada uno en un extremo de la bañera, que está demasiado llena (tanto que cada vez que nos movemos el agua se sale por un lado y cae al suelo). Esto es un placer. Y un placer mayor es tener a Christian lavándome los pies, masajeándome las plantas y tirando suavemente de mis dedos. Después me los besa uno por uno y me da un mordisco en el meñique.

—¡Aaaah! —Lo he sentido… justo ahí, en mi entrepierna.

—¿Así? —murmura.

—Mmm… —digo incoherente.

Empieza a masajearme de nuevo. Oh, qué bien. Cierro los ojos.

—He visto a Gia en la ciudad —le digo.

—¿Ah, sí? Creo que también tiene una casa aquí —me contesta sin darle importancia. No le interesa lo más mínimo.

—Estaba con Elliot.

Christian deja el masaje; eso sí le ha llamado la atención. Cuando abro los ojos tiene la cabeza ladeada, como si no comprendiera.

—¿Qué quieres decir con que estaba con Elliot? —me pregunta más perplejo que preocupado.

Le cuento lo que vi.

—Ana, solo son amigos. Creo que Elliot está bastante pillado con Kate. —Hace una pausa y después añade en voz más baja—.

De hecho sé que está muy pillado con Kate —dice aunque pone una expresión de «no puedo entender por qué».

—Kate es guapísima —le respondo defendiendo a mi amiga.

Él ríe.

—Me sigo alegrando de que fueras tú la que se cayó al entrar en mi despacho. —Me da un beso en el pulgar, me suelta el pie izquierdo y me coge el derecho para empezar el proceso de masaje otra vez. Sus dedos son tan fuertes y flexibles... Me vuelvo a relajar. No quiero discutir sobre Kate. Cierro los ojos y dejo que sus dedos vayan haciendo su magia en mis pies.

Me miro boquiabierta en el espejo de cuerpo entero sin reconocer al bellezón que me mira desde el cristal. Kate se ha vuelto loca y se ha puesto a jugar a la Barbie conmigo esta noche, peinándome y maquillándome. Tengo el pelo liso y con volumen, los ojos perfilados y los labios rojo escarlata. Estoy... buenísima. Soy todo piernas, sobre todo con los Manolos de tacón alto y el vestido indecentemente corto. Necesito que Christian me dé su aprobación, aunque tengo la sensación de que no le va a gustar que exponga tanta carne al aire. Como estamos en esta *entente cordiale*, decido que lo mejor será preguntarle. Cojo mi Black-Berry.

---

**De:** Anastasia Grey
**Fecha:** 27 de agosto de 2011 18:53
**Para:** Christian Grey
**Asunto:** ¿Se me ve el culo gordo con este vestido?

Señor Grey:
Necesito su consejo con respecto a mi atuendo.
Suya

Señora G x

De: Christian Grey
Fecha: 27 de agosto de 2011 18:55
Para: Anastasia Grey
Asunto: Como un melocotón

Señora Grey:
Lo dudo mucho.
Pero ahora voy y le hago una buena inspección a su culo para asegurarme.
Suyo por adelantado
Señor G x

Christian Grey
Presidente e inspector de culos de Grey Enterprises Holdings Inc.

Justo mientras estoy leyendo el correo, se abre la puerta del dormitorio y Christian se queda petrificado en el umbral. Se le abre la boca y los ojos casi se le salen de las órbitas.

Madre mía, eso podría significar algo bueno o algo malo...

—¿Y bien? —pregunto en un susurro.

—Ana, estás... Uau.

—¿Te gusta?

—Sí, supongo que sí. —Suena un poco ronco. Entra lentamente en la habitación y cierra la puerta. Lleva unos vaqueros negros y una camisa blanca con una chaqueta negra. Él también está fabuloso. Se acerca poco a poco a mí, pero en cuanto llega a mi altura, me pone las manos en los hombros y me gira hasta que quedo de frente al espejo con él detrás de mí. Mi mirada se encuentra con la suya en el espejo y después le veo mirar hacia abajo, fascinado por mi espalda al aire. Me la acaricia con los dedos hasta que llega al borde del vestido, donde la carne pálida se encuentra con la tela plateada—. Es muy atrevido —murmura.

Su mano desciende un poco más, siguiendo por mi culo y bajando por el muslo desnudo. Se detiene y sus ojos grises brillan con un tono azulado. Lentamente sus dedos ascienden de nuevo hasta el dobladillo de mi vestido.

Observo sus dedos largos que me rozan levemente, acariciándome la piel y dejando un cosquilleo a su paso, y mi boca forma una O perfecta.

—No hay mucha distancia entre aquí… —dice tocando el dobladillo de mi vestido— y aquí —susurra subiendo un poco el dedo. Doy un respingo cuando los dedos me acarician el sexo, moviéndose de forma provocativa sobre mis bragas, sintiéndome y excitándome.

—¿Adónde quieres llegar? —le susurro.

—Quiero llegar a explicar que esto no está muy lejos… —Sus dedos se deslizan sobre mis bragas y en un segundo mete uno debajo, contra la carne suave y humedecida—. De esto. —Introduce un dedo en mi interior.

Doy un respingo y gimo bajito.

—Esto es mío —me susurra al oído. Cierra los ojos y mete y saca el dedo rítmicamente de mi interior—. Y no quiero que nadie más lo vea.

Mi respiración se vuelve entrecortada y mis jadeos se acompasan con el ritmo de su dedo. Le estoy viendo en el espejo mientras me hace esto… y es algo más que erótico.

—Así que si eres buena y no te agachas, no habrá ningún problema

—¿Lo apruebas? —le pregunto.

—No, pero no voy a prohibirte que lo lleves. Estás espectacular, Anastasia. —Saca de repente el dedo, dejándome con ganas de más, pero él se mueve para quedar frente a mí. Me coloca la punta de su dedo invasor en el labio inferior. Instintivamente frunzo los labios y le doy un beso. Él me recompensa con una sonrisa maliciosa. Se mete el dedo en la boca y su expresión me informa de que le gusta mi sabor… mucho. ¿Siempre me va a impactar verle hacer eso?

Después me coge la mano.

—Ven —me ordena con voz suave y me tiende la mano para que vaya con él. Quiero responderle que estaba a punto de conseguirlo con lo que me estaba haciendo, pero a la vista de lo que pasó ayer en el cuarto de juegos, prefiero callarme.

Estamos esperando el postre en un restaurante pijo y exclusivo de la ciudad. Hasta ahora ha sido una cena animada y Mia está decidida a que sigamos con la diversión y vayamos de discotecas. En este momento está sentada en silencio, escuchando con atención mientras Ethan y Christian charlan. Es evidente que Mia está encaprichada con Ethan, y Ethan... es difícil saberlo. No sé si son solo amigos o hay algo más.

Christian parece relajado. Ha estado conversando animadamente con Ethan. Parece que han estrechado su amistad mientras pescaban. Hablan sobre todo de psicología. Irónicamente, Christian parece el que más sabe de los dos. Me río por lo bajo mientras escucho a medias la conversación, dándome cuenta con tristeza de que sus conocimientos son resultado de su experiencia con muchos psiquiatras.

«Tú eres la mejor terapia.» Esas palabras que me susurró una vez cuando hacíamos el amor resuenan en mi cabeza. ¿Lo soy? Oh, Christian, eso espero.

Miro a Kate. Está guapísima, pero ella siempre lo está. Ella y Elliot no están tan animados. Él parece nervioso; cuenta los chistes demasiado alto y su risa es un poco tensa. ¿Habrán tenido una pelea? ¿Qué le estará preocupando? ¿Será esa mujer? Se me cae el alma a los pies al pensar que puede hacerle daño a mi mejor amiga. Miro a la entrada, casi esperando ver a Gia pavoneándose tranquilamente por el restaurante en dirección a nosotros. Mi mente me está jugando malas pasadas. Creo que es por el alcohol que he tomado. Empieza a dolerme la cabeza.

De repente Elliot nos sobresalta a todos arrastrando la silla, que chirría contra el suelo de azulejo, para ponerse de pie de golpe. Todos nos quedamos mirándole. Él mira a Kate un segundo y de repente planta una rodilla en el suelo delante de ella.

Oh. Dios. Mío...

Elliot le coge la mano a Kate y el silencio se cierne sobre el restaurante; todo el mundo deja de comer y de hablar e incluso de andar y se queda mirando.

—Mi preciosa Kate, te quiero. Tu gracia, tu belleza y tu espíritu ardiente no tienen igual y han atrapado mi corazón. Pasa el resto de tu vida conmigo. Cásate conmigo.

¡Madre mía!

# 14

Ahora todo el mundo en el restaurante está concentrado en Kate y Elliot, esperando y conteniendo la respiración. Esta espera es insoportable. El silencio se está extendiendo demasiado, como una goma elástica ya demasiado tensa.

Kate se queda mirando a Elliot como si no entendiera lo que está pasando mientras él no aparta la vista con los ojos muy abiertos por la necesidad e incluso por el miedo. ¡Por Dios, Kate, deja ya de hacerle sufrir, por favor! La verdad es que podría habérselo pedido en privado…

Una sola lágrima empieza a caerle por la mejilla, aunque sigue mirándole sin decir nada. ¡Oh, mierda! ¿Kate llorando? Después sonríe, una sonrisa lenta de incredulidad, como si acabara de alcanzar el Nirvana.

—Sí —le susurra en una aceptación dulce y casi sin aliento, nada propia de Kate. Se produce una pausa de un nanosegundo cuando todo el restaurante suelta un suspiro colectivo de alivio y después llega el ruido ensordecedor. Un aplauso espontáneo, vítores, silbidos y aullidos, y de repente siento que me caen lágrimas por la cara y se me corre todo el maquillaje de Barbie gótica que llevo.

Ajenos a la conmoción que se está produciendo a su alrededor, los dos están encerrados en su propio mundo. Elliot saca del bolsillo una cajita, la abre y se la enseña a Kate. Un anillo. Por lo que veo desde aquí, es un anillo exquisito, pero tengo que verlo más de cerca. ¿Es eso lo que estaba haciendo con Gia? ¿Escoger un anillo? ¡Mierda! Cómo me alegro de no habérselo dicho a Kate.

Kate mira la sortija y después a Elliot y por fin le rodea el cuello con los brazos. Se besan de una forma muy discreta para sus estándares y todos en el restaurante se vuelven locos. Elliot se levanta y agradece los vítores con una reverencia sorprendentemente grácil y después, con una enorme sonrisa de satisfacción, vuelve a sentarse. No puedo apartar los ojos de ellos. Elliot saca con cuidado el anillo de la caja, se lo pone a Kate en el dedo y vuelven a besarse.

Christian me aprieta la mano. No me he dado cuenta de que se la estaba agarrando tan fuerte. Le suelto, un poco avergonzada, y él sacude la mano con una expresión de dolor fingido.

—Lo siento. ¿Tú lo sabías? —le pregunto en un susurro.

Christian sonríe y está claro que sí. Llama al camarero.

—Dos botellas de Cristal, por favor. Del 2002, si es posible.

Le miro con una sonrisa burlona.

—¿Qué?

—El del 2002 es mucho mejor que el del 2003, claro —bromeo.

Él ríe.

—Para un paladar exigente, por supuesto, Anastasia.

—Y usted tiene uno de los más exigentes, señor Grey, y unos gustos muy peculiares. —Le sonrío.

—Cierto, señora Grey. —Se acerca—. Pero lo que mejor sabe de todo eres tú —me susurra y me da un beso en un punto detrás de la oreja que hace que un estremecimiento me recorra toda la espalda. Me ruborizo hasta ponerme escarlata y recuerdo su anterior demostración de los inconvenientes de la breve longitud de mi vestido.

Mia es la primera que se levanta para abrazar a Kate y a Elliot y después todos vamos felicitando por turnos a la feliz pareja. Yo le doy a Kate un abrazo bien fuerte.

—¿Ves? Solo estaba preocupado porque iba a hacerte la proposición —le digo en un susurro.

—Oh, Ana… —dice medio riendo, medio llorando.

—Kate, me alegro mucho por ti. Felicidades.

Christian está detrás de mí. Le estrecha la mano a Elliot y después, para sorpresa de Elliot y también mía, lo atrae hacia él para darle un abrazo. Apenas consigo oír lo que le dice entre el ruido circundante.

—Enhorabuena, Lelliot —murmura.

Elliot no dice nada, por una vez sin palabras; solo le devuelve cariñosamente el abrazo a su hermano.

¿Lelliot?

—Gracias, Christian —dice Elliot con la voz quebrada.

Christian le da a Kate un breve y un poco incómodo abrazo manteniendo las distancias dentro de lo posible. Sé que Christian en el mejor de los casos solo soporta a Kate y la mayor parte del tiempo simplemente le es indiferente, así que esto es un pequeño progreso. Al soltarla le dice en un susurro que solo podemos oír ella y yo:

—Espero que seas tan feliz en tu matrimonio como yo lo soy en el mío.

—Gracias, Christian. Yo también lo espero —le responde agradecida.

Ya ha vuelto el camarero con el champán, que abre con una floritura.

Christian levanta su copa.

—Por Kate y mi querido hermano Elliot. Enhorabuena a los dos.

Todos le damos un sorbo. Bueno, yo vacío mi copa de un trago. Mmm, el Cristal sabe muy bien y me acuerdo de la primera vez que lo tomé, en el club de Christian, y de nuestra excitante bajada en el ascensor hasta la primera planta.

Christian me mira con el ceño fruncido.

—¿En qué estás pensando? —me susurra.

—En la primera vez que bebí este champán.

Su ceño se vuelve inquisitivo.

—Estábamos en tu club —le recuerdo.

Sonríe.

—Oh, sí. Ya me acuerdo —dice y me guiña un ojo.

—¿Ya habéis elegido fecha, Elliot? —pregunta Mia.

Elliot lanza a su hermana una mirada exasperada.

—Se lo acabo de pedir a Kate, así que no hemos tenido tiempo de hablar de eso todavía…

—Oh, que sea una boda en Navidad. Eso sería muy romántico y así nunca se te olvidaría vuestro aniversario —sugiere Mia juntando las manos.

—Tendré en cuenta tu consejo —dice Elliot sonriendo burlonamente.

—Después del champán, ¿podemos ir de fiesta? —pregunta Mia volviéndose hacia Christian y dedicándole una mirada de sus grandes ojos marrones.

—Creo que habría que preguntarles a Elliot y a Kate qué es lo que les apetece hacer.

Todos nos volvemos hacia ellos a la vez. Elliot se encoge de hombros y Kate se pone algo más que roja. Lo que estaba pensando hacer con su recién estrenado prometido está tan claro que por poco escupo el champán de cuatrocientos dólares por toda la mesa.

Zax es la discoteca más exclusiva de Aspen, o eso dice Mia. Christian se dirige hacia el principio de la corta cola rodeándome la cintura con el brazo; nos dejan pasar inmediatamente. Me pregunto por un momento si también será el dueño de este local. Miro el reloj; las once y media de la noche y ya estoy un poco achispada. Las dos copas de champán y las varias de Pouilly-Fumé que me he tomado en la cena están empezando a hacerme efecto y me alegro de que Christian me tenga agarrada con el brazo.

—Bienvenido de nuevo, señor Grey —le saluda una rubia atractiva con largas piernas, unos pantaloncitos de satén negros muy sexis, una blusa sin mangas a juego y una pequeña pajarita roja. Muestra una amplia sonrisa que revela unos dientes perfectos entre sus labios de color escarlata, a juego con la pajarita—. Max se ocupará de sus chaquetas.

Un hombre joven vestido todo de negro (no de satén esta vez, por suerte) me sonríe a la vez que se ofrece a llevarse mi chaqueta. Sus ojos oscuros son amables y atractivos. Yo soy la única que lleva chaqueta (Christian ha insistido en que me pusiera un *trench* de Mia para taparme el trasero), así que Max solo tiene que ocuparse de mí.

—Bonita chaqueta —me dice mirándome fijamente.

A mi lado Christian se pone tenso y atraviesa a Max con una mirada que dice a gritos: «Apártate de ella ahora mismo». Él se sonroja y le da apresuradamente el tíquet de mi chaqueta a Christian.

—Les llevaré hasta su mesa —dice la señorita Minishort de Satén a la vez que pestañea al mirar a mi marido y mueve su larga melena rubia. Después se dirige a la entrada andando seductoramente. Yo agarro a Christian con más fuerza y él me mira extrañado un momento y después sonríe burlón mientras sigue a la chica de los pantaloncitos hacia el interior del bar.

Las luces son tenues, las paredes negras y los muebles rojo oscuro. Hay reservados en dos de las paredes y una gran barra con forma de U en el centro. Hay bastantes personas, teniendo en cuenta que estamos fuera de temporada, pero no está muy lleno de la típica gente rica de Aspen que sale un sábado por la noche a pasárselo bien. La gente viste de manera informal y por primera vez me siento demasiado vestida... mejor dicho, demasiado poco vestida. El suelo y las paredes vibran por la música que llega desde la pista de baile que hay detrás de la barra y las luces giran y parpadean. Tal como siento mi cabeza ahora mismo, todo me parece la pesadilla de un epiléptico.

La señorita Minishort de Satén nos conduce hasta un reservado situado en una esquina que está cerrado con un cordón. Está cerca de la barra y tiene acceso a la pista de baile. Sin duda es el mejor sitio del local.

—Ahora mismo viene alguien a tomarles nota. —Nos dedica una sonrisa llena de megavatios y con una última sacudida de pestañas en dirección a mi marido, se va pavoneándose por donde vino.

Mia no hace más que cambiar el peso del cuerpo de un pie a otro, muriéndose por lanzarse a la pista de baile, y Ethan se apiada de ella.

—¿Champán? —les pregunta Christian mientras se dirigen a la pista de baile cogidos de la mano.

Ethan levanta el pulgar y Mia asiente con energía.

Kate y Elliot se acomodan en los asientos de suave terciopelo con las manos entrelazadas. Se les ve muy felices, con las caras relajadas y radiantes a la suave luz de las velas que hay en unos portavelas de cristal sobre la mesa baja. Christian me hace un gesto para que me siente y me sitúo al lado de Kate. Él se sienta a mi lado y examina ansioso la sala.

—Enséñame el anillo. —Tengo que elevar la voz para que se me oiga por encima de la música. Voy a estar ronca cuando acabe la noche.

Kate me sonríe y levanta la mano. El anillo es exquisito, un solitario con un engarce muy finamente trabajado y pequeños diamantes a ambos lados. Tiene cierto aire retro victoriano.

—Es precioso.

Ella asiente encantada y estira el brazo para darle un apretón al muslo de Elliot. Él se acerca y le da un beso.

—Buscaos una habitación —les digo.

Elliot sonríe.

Una mujer joven con el pelo corto y oscuro y una sonrisa traviesa, que lleva los mismos pantaloncitos de satén sexis (debe de ser el uniforme), viene a tomarnos nota.

—¿Qué queréis beber? —pregunta Christian.

—No se te ocurra pagar la cuenta aquí también —gruñe Elliot.

—No empieces con esa mierda otra vez, Elliot —dice Christian sin acritud.

A pesar de las protestas de Kate, Elliot y Ethan, Christian ha pagado la cena. Simplemente ha rechazado sus objeciones con un gesto de la mano y no ha dejado que nadie hablara de pagar. Le miro con adoración. Mi Cincuenta Sombras… siempre ejerciendo el control.

Elliot abre la boca para decir algo, pero vuelve a cerrarla, sabiamente creo.

—Yo quiero una cerveza —dice.

—¿Kate? —pregunta Christian.

—Más champán, por favor. El Cristal está delicioso. Pero estoy segura de que Ethan prefiere una cerveza. —Le sonríe a Christian con dulzura (sí, dulzura). Irradia felicidad por todos los poros. Puedo sentir su alegría y es un placer compartirla con ella.

—¿Ana?

—Champán, por favor.

—Una botella de Cristal, tres Peronis y una botella de agua mineral fría. Seis copas —dice con su habitual tono autoritario y firme.

Me resulta tremendamente sexy.

—Sí, señor. Ahora mismo se lo traigo. —La señorita Minishorts de Satén número dos le dedica una amplia sonrisa, pero esta vez no hay pestañeo, aunque se ruboriza un poco.

Niego con la cabeza, resignada. Es mío, guapa.

—¿Qué? —me pregunta.

—Esta no ha agitado las pestañas. —Sonrío burlonamente.

—Oh, ¿se supone que tenía que hacerlo? —me pregunta intentando ocultar su sonrisa, pero sin conseguirlo.

—Las mujeres suelen hacerlo contigo. —Mi tono es irónico.

Sonríe.

—Señora Grey, ¿está celosa?

—Ni lo más mínimo —le digo con un mohín. Me doy cuenta justo en ese momento de que estoy empezando a tolerar que el resto de las mujeres se coman con los ojos a mi marido. O casi. Christian me coge la mano y me da un beso en los nudillos.

—No tiene por qué estar celosa, señora Grey —me susurra cerca de la oreja. Su aliento me hace cosquillas.

—Lo sé.

—Bien.

La camarera vuelve y unos segundos después ya estoy bebiendo champán otra vez.

—Toma —dice Christian y me pasa un vaso de agua—. Bebe esto.

Le miro con el ceño fruncido y veo, más que oigo, que suspira.

—Tres copas de vino blanco durante la cena y dos de champán, después de un daiquiri de fresa y dos copas de Frascati en el almuerzo. Bebe. Ahora, Ana.

¿Cómo sabe lo de los cócteles de esta tarde? Frunzo el ceño de nuevo. Pero la verdad es que tiene razón. Cojo el vaso de agua y lo vacío de un trago de una forma muy poco femenina para dejar claro que no me gusta que me diga lo que tengo que hacer… otra vez. Me limpio la boca con el dorso de la mano.

—Muy bien —me felicita sonriendo—. Ya vomitaste encima de mí una vez y no tengo ganas de repetir la experiencia.

—No sé de qué te quejas. Conseguiste acostarte conmigo.

Sonríe y su mirada se suaviza.

—Sí, cierto.

Ethan y Mia vuelven de la pista.

—Ethan ya ha tenido bastante por ahora. Arriba, chicas. Vamos a romper la pista, a mover el trasero y a dar unos cuantos pasos para bajar las calorías de la mousse de chocolate.

Kate se pone de pie inmediatamente.

—¿Vienes? —le pregunta a Elliot.

—Prefiero verte desde aquí —dice, y yo tengo que mirar hacia otro lado rápidamente porque la mirada que le lanza hace que me sonroje hasta yo.

Ella sonríe mientras yo me pongo de pie.

—Voy a quemar unas cuantas calorías —digo y me agacho para susurrarle a Christian al oído—: Tú puedes quedarte aquí y mirarme.

—No te agaches —gruñe.

—Vale —digo levantándome bruscamente. ¡Uau! La cabeza me da vueltas y tengo que agarrarme al hombro de Christian porque la sala gira e incluso se inclina un poco.

—Tal vez te vendría bien tomar más agua —murmura Christian con una clara nota de advertencia en su voz.

—Estoy bien. Es que los asientos son muy bajos y yo llevo tacones muy altos.

Kate me coge la mano y yo inspiro hondo. Después sigo a Kate y a Mia, que abre la marcha, hasta la pista de baile.

La música retumba por todas partes, un ritmo tecno con el sonido repetitivo de un bajo. La pista de baile no está muy llena, así que tenemos un poco de espacio. Hay una mezcla ecléctica de gente, mayores y jóvenes por igual, bailando para consumir la noche. Yo nunca he bailado muy bien. De hecho he empezado a bailar desde que estoy con Christian. Kate me abraza.

—¡Estoy tan feliz! —grita por encima de la música y empieza a bailar.

Mia está haciendo esas cosas que hace Mia, sonriéndonos a las dos y lanzándose a bailar por todas partes. Vaya, está ocupando mucho espacio en la pista de baile. Miro hacia la mesa; nuestros hombres nos están observando. Comienzo a moverme. Es un ritmo muy pegadizo. Cierro los ojos y me rindo a él.

Abro los ojos y veo que la pista se está llenando. Kate, Mia y yo nos vemos obligadas a juntarnos un poco más. Y para mi sorpresa descubro que me lo estoy pasando bien. Empiezo a moverme un poco más, valientemente. Kate me mira levantando los dos pulgares y yo le sonrío.

Cierro los ojos. ¿Por qué he pasado los primeros veinte años de mi vida sin hacer esto? Prefería leer a bailar. Jane Austen no tenía una música muy buena para bailar y Thomas Hardy… Madre mía, él se hubiera sentido tremendamente culpable por no haber bailado con su primera esposa. Me río al pensarlo.

Es por Christian. Él es quien me ha dado esta confianza en mi cuerpo y en que puedo moverlo.

De repente noto dos manos en mis caderas. Christian ha venido a unirse al baile. Me contoneo y las manos bajan hasta mi culo para darle un apretón y después vuelven a mis caderas.

Abro los ojos y veo que Mia me mira con la boca abierta, horrorizada. Mierda, ¿tan mal lo hago? Bajo las manos para coger las de Christian. Pero son peludas. ¡Joder! ¡No son sus manos! Me doy la vuelta y me encuentro a un gigante rubio con más dientes de los que es natural tener y una sonrisa lasciva que muestra todos y cada uno de ellos.

—¡Quítame las manos de encima! —chillo por encima de la música altísima, a punto de sufrir una apoplejía por la furia.

—Vamos, cielo, solo nos lo estamos pasando bien. —Vuelve a sonreír, levanta sus manos peludas como las de un mono y sus ojos azules brillan por las luces ultravioleta que no dejan de parpadear.

Antes de darme cuenta de lo que estoy haciendo, le doy una fuerte bofetada.

¡Ay! Mierda, mi mano… Ahora me escuece.

—¡Apártate de mí! —le grito. Me mira cubriéndose la mejilla enrojecida con la mano. Le pongo la mano que no ha sufrido daños delante de la cara y extiendo los dedos para enseñarle los anillos—. ¡Estoy casada, gilipollas!

Él se encoge de hombros de una forma bastante arrogante y me mira con una sonrisa de disculpa a medias.

Echo un vistazo a mi alrededor, nerviosa. Mia está a mi derecha, mirando fijamente al gigante rubio. Kate está perdida en el momento, a su rollo. Christian no está en la mesa. Oh, espero que haya ido al baño. Doy un paso atrás para adoptar una postura defensiva que conozco muy bien. Oh, mierda. Christian me rodea la cintura con el brazo y me acerca a su lado.

—Aparta tus jodidas manos de mi mujer —dice. No ha gritado, pero no sé cómo se le ha oído por encima de la música.

Madre mía…

—Creo que ella sabe cuidarse solita —grita el gigante rubio mientras se toca la mejilla donde le he abofeteado. De repente, sin previo aviso, Christian le da un puñetazo. Es como si lo estuviera viendo todo a cámara lenta. Un puñetazo perfectamente dirigido a la barbilla y a tal velocidad (aunque con el gasto mínimo de energía) que el gigante rubio ni siquiera lo ve venir. Aterriza en el suelo como un saco de arena.

¡Joder!

—¡Christian, no! —chillo asustada, poniéndome delante de él para frenarle. Mierda, es capaz de matarlo—. ¡Ya le he golpeado yo! —le grito por encima de la música.

Christian ni siquiera me mira; tiene la vista clavada en el hombre rubio con una maldad que nunca antes había visto en su mirada. Bueno, tal vez una vez: cuando Jack Hyde se propasó conmigo.

Las otras personas de la pista de baile se apartan como las ondas de un estanque, abriendo un espacio a nuestro alrededor y manteniéndose a una distancia prudencial. El gigante rubio se pone de pie en el mismo momento en que llega Elliot para reunirse con nosotros.

¡Oh, no! Kate está a mi lado, mirándonos a todos con la boca abierta. Elliot agarra a Christian del brazo y Ethan aparece también.

—Tranquilos, ¿vale? No tenía mala intención. —El gigante rubio levanta las manos derrotado y se retira apresuradamente. Christian le sigue con la mirada hasta que sale de la pista de baile. Continúa sin mirarme.

La canción cambia: pasa de la letra explícita de «Sexy Bitch» a un tema de baile tecno y repetitivo, con una mujer que canta con una voz vehemente. Elliot me mira a mí, después a Christian, y decide por fin soltarle el brazo y llevarse a Kate para bailar con ella. Yo le rodeo el cuello con los brazos a Christian y él por fin establece contacto visual conmigo, con los ojos todavía ardiendo de una forma primitiva y feroz. Un destello de adolescente con ganas de pelea. Madre mía…

Me examina la cara.

—¿Estás bien? —pregunta por fin.

—Sí. —Me froto la palma intentando que desaparezca el escozor y le acaricio el pecho.

Me late la mano. Nunca antes le había dado una bofetada a nadie. ¿Qué mosca me habrá picado? Que alguien me toque sin permiso no es un crimen contra la humanidad, ¿no?

Pero en el fondo sé por qué le he dado la bofetada; instintivamente he sabido cómo iba a reaccionar Christian al ver a un extraño poniéndome las manos encima. Sabía que eso le haría perder su valioso autocontrol. Y pensar que un don nadie cualquiera puede sacar de quicio a mi marido, a mi amor, me ha puesto hecha una furia. Una verdadera furia.

—¿Quieres sentarte? —me pregunta Christian por encima del ritmo machacón.

Oh, vuelve conmigo, por favor.

—No. Baila conmigo.

Me mira inescrutable y no dice nada.

*Tócame…* canta la mujer.

—Baila conmigo —repito. Sigue furioso—. Baila. Christian, por favor. —Le cojo las manos.

Christian vuelve a mirar al sitio por donde se ha ido ese tío, pero yo empiezo a moverme contra su cuerpo y a dar vueltas a su alrededor.

La multitud ha vuelto a rodearnos, aunque sigue habiendo una zona de exclusión de algo más medio metro a nuestro alrededor.

—¿Tú le has pegado? —me pregunta Christian aún de pie e inmóvil. Le cojo las manos, que tiene cerradas en puños.

—Claro. Creía que eras tú, pero tenía demasiado pelo en las manos. Baila conmigo por favor.

Mientras me mira, el fuego de sus ojos va cambiando lentamente para convertirse en otra cosa, en algo más oscuro, más excitante. De repente me coge de la muñeca y tira de mí hasta pegarme contra él, agarrándome las manos detrás de la espalda.

—¿Quieres bailar? Vamos a bailar —gruñe junto a mi oído y traza un círculo con las caderas contra mi cuerpo. Yo no puedo hacer otra cosa que seguirle. Sus manos agarran las mías justo sobre mi culo.

Oh… Christian sabe moverse, moverse de verdad. Me mantiene cerca sin soltarme, pero sus manos se van relajando y por fin me suelta. Voy subiendo las manos por sus brazos hasta los hombros, sintiendo los músculos fuertes a través de su chaqueta. Me aprieta contra él y yo sigo sus movimientos cuando empieza a bailar conmigo de forma lenta y sensual, al ritmo cadencioso de la música de la discoteca.

Cuando me coge la mano y me hace girar, hacia un lado y después hacia otro, sé que por fin ha vuelto conmigo. Le sonrío y él me responde con otra sonrisa.

Bailamos juntos. Es liberador… y divertido. Su furia ya está olvidada, o reprimida, y ahora se divierte haciéndome girar en el pequeño espacio que tenemos en la pista de baile, sin soltarme en ningún momento y con una habilidad consumada. Él hace que yo parezca grácil, es una de sus habilidades. Hace que me sienta sexy, porque él lo es. Consigue que me sienta querida, porque a pesar de sus cincuenta sombras, tiene un pozo inagotable de amor que dar. Al verle ahora, pasándoselo bien, es fácil pensar que no tiene ninguna preocupación ni ningún problema en su vida... Sé que su amor a veces se ve empañado por sus problemas de sobreprotección y de exceso de control, pero eso no hace que yo le quiera ni una pizca menos.

Cuando la canción cambia para pasar a otra, ya estoy sin aliento.

—¿Podemos sentarnos? —le digo jadeando.

—Claro. —Él me saca de la pista de baile.

—Ahora mismo estoy caliente y sudorosa —le susurro cuando volvemos a la mesa.

Me atrae hacia sus brazos.

—Me gustas caliente y sudorosa. Aunque prefiero ponerte así en privado —dice en un susurro y aparece brevemente una sonrisa lasciva en los labios.

Cuando me siento, ya es como si el incidente en la pista de baile nunca hubiera ocurrido. Me sorprende vagamente que no nos hayan echado. Lanzo un vistazo al resto del local. Nadie nos mira y no veo al gigante rubio. Tal vez se haya ido o lo hayan echado. Kate y Elliot están siendo bastante indecentes en la pista de baile, Ethan y Mia se muestran más comedidos. Le doy otro sorbo al champán.

—Bebe. —Christian me sirve otro vaso de agua y me mira fijamente con una expresión expectante que dice: «Bébetelo. Ahora».

Hago lo que me dice. Pero porque tengo sed.

Christian saca una botella de Peroni de la cubitera que hay en la mesa y le da un largo sorbo.

—¿Y si hubiera habido prensa aquí? —le pregunto.

Christian sabe inmediatamente que me refiero al incidente que ha protagonizado al noquear al gigante rubio.

—Tengo unos abogados muy caros —me dice con frialdad; la arrogancia personificada.

Frunzo el ceño.

—Pero no estás por encima de la ley, Christian. Ya tenía la situación bajo control.

El gris de sus ojos se congela.

—Nadie toca lo que es mío —me dice con una rotundidad gélida, como si no me estuviera dando cuenta de algo obvio.

Oh… Le doy otro sorbo al champán. De repente me siento abrumada. La música está muy alta, todo late, me duele la cabeza y los pies y me siento un poco grogui.

Christian me coge la mano.

—Vámonos. Quiero llevarte a casa —me dice.

Kate y Elliot vienen a la mesa.

—¿Os vais? —pregunta Kate con la voz esperanzada.

—Sí —responde Christian.

—Vale, pues nos vamos con vosotros.


Mientras esperamos en el ropero a que Christian recoja mi *trench*, Kate me interroga.

—¿Qué ha pasado con ese tío en la pista de baile?

—Que me estaba toqueteando.

—Cuando he abierto los ojos te he visto darle una bofetada.

Me encojo de hombros.

—Es que sabía que Christian se iba a poner como una central termonuclear y que eso podía estropearos la noche a los demás.

Todavía estoy procesando lo que siento acerca del comportamiento de Christian. En ese momento pensaba que su reacción iba a ser todavía peor.

—Estropear nuestra noche —especifica Kate—. Es un poco impetuoso, ¿no? —pregunta con sequedad mirando a Christian, que está recogiendo la chaqueta.

Río entre dientes y sonrío.

—Sí, algo así.

—Creo que le sabes manejar bastante bien.

—¿Que le sé manejar? —Frunzo el ceño. ¿Yo sé manejar a Christian?

—Toma, póntela. —Christian me sujeta la chaqueta abierta para que pueda ponérmela.

—Despierta, Ana. —Christian me está sacudiendo con suavidad.

Ya hemos llegado a la casa. Abro los ojos, reticente, y salgo a trompicones del monovolumen. Kate y Elliot han desaparecido y Taylor está esperando pacientemente de pie junto al vehículo.

—¿Tengo que llevarte en brazos? —me pregunta Christian.

Niego con la cabeza.

—Voy a recoger a la señorita Grey y al señor Kavanagh —dice Taylor.

Christian asiente y se dirige a la puerta principal llevándome de la mano. Me matan los pies, así que voy detrás de él trastabillando. En la puerta principal él se agacha, me coge el tobillo y suavemente me quita primero un zapato y después el otro. Oh, qué alivio. Vuelve a erguirse y me mira con mis Manolos en la mano.

—¿Mejor? —me pregunta divertido.

Asiento.

—He estado viendo en mi mente imágenes deliciosas de estos zapatos junto a mis orejas —murmura mirando nostálgicamente los zapatos. Niega con la cabeza y vuelve a cogerme la mano para guiarme por la casa a oscuras y después por las escaleras hasta nuestro dormitorio.

—Estás muerta de cansancio, ¿verdad? —me dice en voz baja mirándome fijamente.

Asiento. Él empieza a desabrocharme el cinturón del *trench*.

—Ya lo hago yo —murmuro haciendo un intento poco entusiasta de apartarle.

—No, déjame.

Suspiro. No me había dado cuenta de que estaba tan cansada.

—Es la altitud. No estás acostumbrada. Y el alcohol, claro. —Sonríe, me quita la chaqueta y la tira sobre una de las sillas del dormitorio.

Me coge la mano y me lleva al baño. ¿Por qué vamos ahí?

—Siéntate —me dice.

Me siento en la silla y cierro los ojos. Le oigo rebuscar entre los botes del lavabo. Estoy demasiado cansada para abrir los ojos y ver qué está haciendo. Un momento después me echa la cabeza hacia atrás y yo abro los ojos sorprendida.

—Cierra los ojos —me ordena Christian. Madre mía, tiene en la mano una bolita de algodón… Me la pasa suavemente sobre el ojo derecho. Yo permanezco sin moverme mientras me va quitando metódicamente el maquillaje.

—Ah… Ahí está la mujer con la que me casé —dice después de unas cuantas pasadas del algodón.

—¿No te gusta el maquillaje?

—No me importa, pero prefiero lo que hay debajo. —Me da un beso en la frente—. Tómate esto. —Me pone unas pastillas de ibuprofeno en la palma y me acerca un vaso de agua.

Miro las pastillas y hago un mohín.

—Tómatelas —me ordena.

Pongo los ojos en blanco pero hago lo que me dice.

—Bien. ¿Necesitas que te deje un momento en privado? —me pregunta sardónicamente.

Río entre dientes.

—Qué remilgado, señor Grey. Sí, tengo que hacer pis.

Ríe.

—¿Y esperas que me vaya?

Suelto una risita.

—¿Quieres quedarte?

Ladea la cabeza con expresión divertida.

—Eres un hijo de puta pervertido. Vete. No quiero que me veas hacer pis. Eso es demasiado.

Me pongo de pie y le echo del baño.


Cuando salgo del baño ya se ha cambiado y solo lleva los pantalones del pijama. Mmm… Christian en pijama. Hipnotizada, le miro el abdomen, los músculos, el vello que baja desde su ombligo. Me distrae. Él se acerca a mí.

—¿Disfrutando de la vista? —me pregunta divertido.

—Siempre.

—Creo que está un poco borracha, señora Grey.

—Creo que, por una vez, tengo que estar de acuerdo con usted, señor Grey.

—Déjame ayudarte a salir de esa cosa tan pequeña que llamas vestido. Debería venir con una advertencia de seguridad…

Me da la vuelta y me desabrocha el único botón que tiene en el cuello.

—Estabas tan furioso… —susurro.

—Sí, lo estaba.

—¿Conmigo?

—No. Contigo no —me dice dándome un beso en el hombro—. Por una vez.

Sonrío. No estaba furioso conmigo. Eso es un progreso.

—Es un buen cambio.

—Sí, lo es.

Me da un beso en el otro hombro y tira del vestido para bajarlo por mi culo hasta que cae al suelo. Me quita las bragas al mismo tiempo y me deja desnuda. Levanta la mano y me la tiende.

—Sal —me ordena y yo doy un paso para salir del vestido, agarrándole la mano para mantener el equilibrio.

Se agacha, recoge el vestido y lo tira junto con las bragas a la silla donde ya está el *trench* de Mia.

—Levanta los brazos —me dice en voz baja.

Me pone su camiseta por la cabeza y tira hacia abajo para cubrirme. Ya estoy lista para ir a la cama.

Me atrae hacia sus brazos y me da un beso. Su aliento mentolado se mezcla con el mío.

—Por mucho que me gustaría enterrarme en lo más profundo de usted, señora Grey… Ha bebido demasiado y estamos a casi dos mil quinientos metros. Además no dormiste bien anoche. Vamos. A la cama. —Retira la colcha para que pueda acostarme, luego me arropa y me da otro beso en la frente—. Cierra los ojos. Cuando vuelva a la cama, espero que estés dormida. —Es una amenaza, una orden… es Christian.

—No te vayas —le suplico.

—Tengo que hacer unas llamadas, Ana.

—Es sábado y es tarde. Por favor.

Se pasa las manos por el pelo.

—Ana, si me meto en la cama contigo ahora, no vas a poder descansar nada. Duerme. —Está siendo categórico. Cierro los ojos y sus labios vuelven a rozar mi frente—. Buenas noches, nena —dice en un susurro.

Las imágenes del día pasan a toda velocidad por mi mente: Christian colgándome sobre su hombro en el avión. Su ansiedad por si me gustaría la casa. Haciendo el amor esta tarde. El baño. Su reacción ante mi vestido. Noqueando al gigante rubio… Me escuece otra vez la palma de la mano al recordarlo. Y ahora Christian preparándome para ir a la cama y arropándome.

¿Quién lo habría pensado? Sonrío de oreja a oreja y la palabra «progreso» resuena en mi cerebro mientras me voy dejando llevar por el sueño.

# 15

Tengo demasiado calor. Es el calor que desprende Christian. Tiene la cabeza sobre mi hombro y respira suavemente contra mi cuello mientras duerme. Sus piernas están enredadas con las mías y con el brazo me rodea la cintura. Permanezco un rato en el límite de la consciencia, sabiendo que si me despierto del todo también le despertaré a él, y Christian no duerme lo suficiente. Mi mente repasa perezosamente todo lo que pasó ayer por la noche. Bebí demasiado... mucho más que demasiado. Estoy asombrada de que Christian me dejara beber tanto. Sonrío al recordar cómo me preparó para meterme en la cama. Fue algo dulce, muy dulce, e inesperado. Hago un rápido inventario mental de cómo me siento. ¿Estómago? Bien. ¿Cabeza? Sorprendentemente bien, pero un poco atontada. Todavía tengo la palma de la mano roja por la bofetada de anoche. Vaya... Distraídamente, pienso en las palmas de Christian las veces que me ha azotado. Me remuevo y él se despierta.

—¿Qué ocurre? —Sus adormilados ojos grises examinan los míos.

—Nada. Buenos días. —Le paso los dedos de mi mano sana por el pelo.

—Señora Grey, está usted preciosa esta mañana —me dice y me da un beso en la mejilla. Una luz se enciende en mi interior.

—Gracias por ocuparte de mí anoche.

—Me gusta ocuparme de ti. Eso es lo que quiero hacer siempre —susurra con aparente tranquilidad, pero sus ojos le traicio-

nan cuando una chispa de triunfo se enciende en sus profundidades grises. Es como si hubiera ganado algún campeonato mundial.

Oh, mi Cincuenta...

—Me hiciste sentir muy querida.

—Eso es porque es lo que siento por ti —murmura y el corazón se me encoge un poco.

Me coge la mano y yo hago una mueca de dolor. Me la suelta
inmediatamente, alarmado.

—¿El puñetazo? —me pregunta. Sus ojos se convierten en
hielo mientras me observa y su voz está llena de una furia repentina.

—Le di una bofetada, no un puñetazo.

—¡Gilipollas! —Creía que ya habíamos superado eso anoche—. No puedo soportar que te haya tocado.

—No me hizo daño, solo se comportó de forma inapropiada.
Christian, estoy bien. Tengo la mano un poco roja, eso es todo.
Pero seguro que sabes cómo es eso... —Le sonrío pícara y su ex-
presión cambia a una de sorpresa divertida.

—Oh, señora Grey, esa sensación me resulta muy familiar.
—Curva los labios en una sonrisa—. Y puedo volver a experimentar esa sensación ahora mismo, si usted quiere.

—No, gracias, guarde esa mano tan larga, señor Grey.

Le acaricio la cara con la mano enrojecida y paso lentamente
los dedos sobre una de sus patillas. Le tiro de los pelillos. Eso le
distrae y me coge la mano para darme un suave beso en la palma.
Milagrosamente el dolor desaparece.

—¿Por qué no me dijiste anoche que te dolía la mano?

—Mmm... Anoche apenas me di cuenta. Y ahora está bien.

Sus ojos se suavizan y eleva la comisura de la boca.

—¿Cómo te encuentras?

—Mejor de lo que merezco.

—Tiene usted una buena derecha, señora Grey.

—Será mejor que no se le olvide, señor Grey.

—¿Ah, sí? —De repente rueda para quedar completamente
encima de mí, apretándome contra el colchón y sujetándome las
muñecas sobre la cabeza mientras me mira—. Podemos tener una

pelea cuando usted quiera, señora Grey. De hecho, traerte por la fuerza a la cama es una fantasía que tengo. —Me da un beso en la garganta.

¿Qué?

—Creo que eso ya lo has hecho alguna vez. —Doy un respingo cuando me muerde el lóbulo de la oreja.

—Mmm… Pero sería mejor si opusieras más resistencia —susurra mientras me acaricia la mandíbula con la nariz.

¿Resistencia? Me quedo quieta. Él para, me suelta las manos y se apoya en los codos.

—¿Quieres que me resista? ¿Aquí? —le susurro intentando ocultar la sorpresa.Vale… el shock. Asiente con los ojos entrecerrados pero cautos mientras intenta evaluar mi reacción—. ¿Ahora?

Él se encoge de hombros y veo que la idea pasa fugazmente por su cabeza. Me dedica su sonrisa tímida y asiente otra vez, muy despacio.

Oh, Dios mío… Está tenso, tumbado encima de mí, y su creciente erección se está clavando tentadoramente en mi carne suave y necesitada, distrayéndome. ¿De qué va esto? ¿Peleas? ¿Fantasías? ¿Me va a hacer daño? La diosa que llevo dentro niega con la cabeza… No lo haría. Nunca.

—¿Era eso lo que querías decir con lo de hacerte pagar el enfado en la cama?

Asiente otra vez; su mirada sigue siendo precavida.

Mmm… Mi Cincuenta quiere pelea.

—No te muerdas el labio —me ordena.

Obedientemente mis dientes sueltan el labio.

—Creo que me tiene en situación de desventaja, señor Grey.

Agito las pestañas y me retuerzo provocativamente bajo su cuerpo. Esto puede ser divertido.

—¿En desventaja?

—Ya me tienes donde querías tenerme.

Sonríe burlón y aprieta su entrepierna contra la mía otra vez.

—Cierto, señora Grey —susurra y me da un beso en los labios.

De repente se mueve, arrastrándome con él, y rueda hasta que quedo a horcajadas sobre su cuerpo. Le agarro las manos, sujetándoselas a ambos lados de la cabeza, e ignoro el dolor de mi mano. Mi pelo cae formando un velo castaño a nuestro alrededor y yo muevo la cabeza para que las puntas le hagan cosquillas en la cara. Aparta la cara pero no intenta detenerme.

—Así que quieres jugar duro, ¿eh? —le pregunto rozando mi entrepierna contra la suya.

Abre la boca e inhala bruscamente.

—Sí —dice entre dientes y yo le suelto.

—Espera. —Extiendo la mano para coger el vaso de agua que hay junto a la cama. Christian debe de haberlo puesto allí. El agua aún está fresca y burbujeante, demasiado para llevar mucho tiempo ahí… Me pregunto cuándo habrá venido Christian a la cama.

Mientras le doy un largo trago, Christian va trazando pequeños círculos con el dedo por mis muslos, dejándome un hormigueo en la piel a su paso, antes de rodearme con las manos y apretarme el culo desnudo. Mmm…

Utilizando un truco de su impresionante repertorio, me inclino y le beso a la vez que vierto el agua fresca en su boca.

Él bebe.

—Muy rico, señora Grey —murmura y esboza una sonrisa juvenil y juguetona.

Vuelvo a poner el vaso en la mesita y le quito las manos de mi trasero para agarrárselas de nuevo junto a la cabeza.

—¿Así que se supone que yo no quiero? —le digo con una sonrisa.

—Sí.

—No soy muy buena actriz.

Él sonríe.

—Inténtalo.

Me inclino y le doy un beso casto.

—Vale, entraré en el juego —le susurro mordisquiándole la mandíbula y sintiendo su incipiente barba bajo mis dientes y mi lengua.

Christian emite un sonido grave y sexy desde el fondo de su garganta y se revuelve, tirándome sobre la cama a su lado. Grito por la sorpresa. Ahora está encima de mí y yo empiezo a resistirme mientras él trata de cogerme las manos. Le planto las manos con brusquedad en el pecho y le empujo con todas mis fuerzas, intentando moverle, mientras él se esfuerza por separarme las piernas con su rodilla.

Sigo empujándole el pecho (Dios, ¡cómo pesa!), pero él ni se inmuta ni se queda petrificado como le pasaba antes. ¡Está disfrutando con esto! Sigue intentando cogerme las muñecas y por fin consigue atraparme una, a pesar de mis feroces esfuerzos por liberarla. Es la mano que me duele, así que no forcejeo, pero con la otra le cojo del pelo y tiro con fuerza.

—¡Ah! —Mueve la cabeza bruscamente para liberarse y me lanza una mirada feroz y carnal—. Salvaje… —me susurra. Su voz tiene un tono de placer lujurioso.

Mi libido explota como reacción a esa palabra susurrada y dejo de fingir. Vuelvo a luchar en vano para que me suelte la mano y a la vez intento entrelazar los tobillos y tirarlo para que ya no esté encima de mí. Pero pesa demasiado. ¡Arrrggg! Es frustrante. Y excitante.

Con un gruñido, Christian me atrapa la otra mano. Me agarra las dos muñecas con su mano izquierda mientras la derecha desciende por mi cuerpo, lenta, casi insolentemente, acariciando y sintiendo según baja, dándole un pellizco a uno de mis pezones a su paso.

Chillo en respuesta y relámpagos de placer breves, agudos y calientes viajan desde mi pezón a mi entrepierna. Hago más intentos infructuosos de quitármelo de encima, pero él se mantiene demasiado firme sobre mí.

Cuando trata de besarme, giro la cabeza a un lado para que no pueda hacerlo. Su mano insolente pasa del dobladillo de mi camiseta a mi barbilla para sujetarme la cabeza mientras me mordisquea la mandíbula como yo he hecho antes con él.

—Oh, nena, sigue resistiéndote —murmura.

Me retuerzo y me revuelvo, intentando liberarme de su sujeción despiadada, pero no sirve de nada. Es mucho más fuerte que yo. Ahora me está mordiendo suavemente el labio inferior mientras su lengua trata de invadir mi boca. Y me doy cuenta de que no quiero resistirme. Le deseo… Ahora igual que siempre. Dejo de forcejear y le devuelvo el beso apasionadamente. No me importa no haberme lavado los dientes. Ni que se suponga que estamos jugando a algo. El deseo, caliente y duro, llena mi torrente sanguíneo y ya estoy perdida. Separo los tobillos y le rodeo la cadera con las piernas. Uso los talones para bajarle el pijama por el culo.

—Ana… —jadea y me besa por todas partes.

Y ya dejamos de pelear para ser todo manos y lenguas, sabor y contacto rápido, urgente.

—Piel —susurra con voz ronca y la respiración trabajosa.

Me levanta y tira de mi camiseta para quitármela en un solo movimiento rápido.

—Tú —le digo yo mientras estoy erguida.

Eso es todo lo que soy capaz de articular. Le cojo la parte delantera del pantalón del pijama y se la bajo de un tirón para liberar su erección. Se la agarro y se la aprieto. Está muy duro. Suelta el aire entre los dientes e inhala bruscamente y yo disfruto al ver su respuesta.

—Joder —susurra.

Se echa hacia atrás, alzándome los muslos e inclinándome un poco hacia la cama mientras yo tiro y le aprieto con fuerza, subiendo y bajando la mano. Noto una gotita de humedad en la punta y la esparzo con el pulgar. Cuando me baja hasta el colchón me meto el pulgar en la boca para saborearle mientras su mano asciende por mi cuerpo acariciándome las caderas, el estómago y los pechos.

—¿Sabe bien? —me pregunta cuando se cierne sobre mí con los ojos en llamas.

—Sí, mira.

Le meto el pulgar en la boca y él lo chupa y me muerde la yema. Gimo, le cojo la cabeza y tiro de él hacia mí para poder besarle. Le envuelvo con las piernas y le bajo el pijama por las suyas empujando con los pies. Después vuelvo a rodearle la cintura con ellas. Sus labios pasan de mi mandíbula a mi barbilla y ahí me da un mordisco suave.

—Eres tan preciosa… —Baja la cabeza hasta la base de mi garganta—. Tienes una piel tan bonita…

Su respiración es suave y sus labios se deslizan hasta mis pechos.

¿Qué? Jadeo, confundida. Estoy necesitada, pero ahora me hace esperar. Creía que iba a ser rápido.

—Christian… —Oigo la suave súplica de mi voz y bajo las manos para enterrárselas entre el pelo.

—Chis… —me susurra y me rodea un pezón con la lengua antes de metérselo en la boca y tirar con fuerza.

—¡Ah! —gimo y me retuerzo, inclinando un poco la pelvis para tentarle. Sonríe contra mi piel y pasa a centrarse en el otro pecho.

—¿Impaciente, señora Grey? —Vuelve a chuparme el pezón con fuerza. Yo le tiro del pelo. Él gruñe y levanta la vista—. Te voy a atar —me amenaza.

—Tómame —le suplico.

—Todo a su tiempo —dice contra mi piel.

Su mano baja a una velocidad insultantemente lenta hasta mis caderas mientras sigue ocupándose del pezón con la boca. Gimo con fuerza, mi respiración es rápida y poco profunda e intento volver a animarle a entrar en mí moviendo la cadera y apretándome contra él. Él está duro, muy cerca y pesa, pero se está tomando su tiempo conmigo.

¡Que le den! Me pongo otra vez a pelear y me retuerzo, decidida a quitármelo de encima.

—Pero ¿qué…?

Christian me coge las manos y me las aprieta contra la cama con los brazos totalmente abiertos y apoya todo el peso de su cuerpo sobre mí, dominándome completamente. Estoy sin aliento y como loca.

—Querías resistencia —le digo jadeando.

Él se levanta sobre mí y me mira, con las manos todavía agarrándome las muñecas. Le coloco los talones en el culo y empujo. No se mueve. ¡Arrrggg!

—¿No quieres que juguemos con calma? —me pregunta asombrado, con los ojos encendidos por la excitación.

—Solo quiero que me hagas el amor, Christian.

¿Cómo puede ser tan obtuso? Primero peleamos y luchamos y después todo es ternura y dulzura. Es confuso. Estoy en la cama con el señor Temperamental.

—Por favor… —Vuelvo a ponerle los talones en el culo y a empujarle un poco.

Sus ojos grises ardientes examinan los míos. Oh, pero ¿en qué está pensando? Parece perplejo y confuso momentáneamente. Me suelta las manos y se sienta en los talones. Tira de mí para subirme a su regazo.

—Está bien, señora Grey, lo haremos a su manera. —Me levanta y me baja lentamente sobre su erección de forma que quedo a horcajadas sobre él.

—¡Ah!

Eso es. Eso es lo que quiero, lo que necesito. Le rodeo el cuello con los brazos y enredo los dedos en su pelo, saboreando la sensación de sentirle dentro de mí. Empiezo a moverme. Tomo las riendas, le llevo a mi ritmo, a mi paso. Él gime, sus labios encuentran los míos y los dos nos perdemos.


Paso los dedos por el vello del pecho de Christian. Está tumbado boca arriba, quieto y en silencio a mi lado mientras los dos recuperamos el aliento. Su mano me acaricia rítmicamente la espalda.

—Estás muy callado —le susurro y le doy un beso en el hombro. Se gira y me mira, pero su expresión no revela nada—. Ha sido divertido.

Mierda, ¿pasa algo malo?

—Me confundes, Ana.

—¿Que te confundo?

Se mueve para que quedemos cara a cara.

—Sí. Me confundes. Tomando las riendas. Es… diferente.

—¿Diferente para bien o diferente para mal?

Le paso los dedos por los labios. Él arruga la frente como si no comprendiera la pregunta. Me da un beso en el dedo distraídamente.

—Diferente para bien —dice, pero no suena muy convencido.

—¿Nunca antes habías puesto en práctica esta fantasía?

Me sonrojo al decirlo. ¿De verdad quiero saber más cosas sobre la colorida y... eh... caleidoscópica vida sexual que mi marido ha tenido antes de mí? Mi subconsciente me mira precavida por encima de las gafas de concha de media luna como diciendo: «¿En serio quieres pisar ese terreno?».

—No, Anastasia. Tú puedes tocarme. —Es una explicación muy simple pero que dice muchísimo. Claro, las quince anteriores no podían...

—La señora Robinson también podía tocarte —digo en voz baja antes de que mi cerebro registre lo que he dicho. Mierda. ¿Por qué la he mencionado?

Se queda muy quieto. Abre mucho los ojos y pone esa expresión que dice: «Oh, no, ¿adónde querrá llegar con esto?».

—Eso era diferente —susurra.

De repente quiero saberlo.

—¿Diferente para bien o diferente para mal?

Me mira fijamente. La duda y algo que se acerca al dolor cruzan por su cara de manera fugaz; por un instante parece alguien que se está ahogando.

—Para mal, creo. —Apenas se oyen sus palabras.

¡Oh, madre mía!

—Creí que te gustaba.

—Y me gustaba. Entonces.

—¿Y ahora no?

Me mira con los ojos como platos y lentamente niega con la cabeza.

Oh, Dios mío...

—Oh, Christian...

Estoy abrumada por los sentimientos que me inundan. Mi niño perdido. Me lanzo sobre él y le beso la cara, la garganta, el pecho y las pequeñas cicatrices redondas. Christian gruñe, me atrae hacia él y me besa con pasión. Y muy lenta y tiernamente, a su ritmo, vuelve a hacerme el amor.

—¡Aquí viene Ana Tyson, tras la pelea con un peso superior!

Ethan me aplaude cuando entro en la cocina a desayunar. Está sentado con Mia y con Kate en la barra del desayuno mientras la señora Bentley cocina unos gofres. A Christian no se le ve por ninguna parte.

—Buenos días, señora Grey —me dice sonriendo la señora Bentley—. ¿Qué le apetece desayunar?

—Buenos días. Lo que esté haciendo estará bien, gracias. ¿Dónde está Christian?

—Fuera. —Kate señala con la cabeza al patio.

Me acerco a la ventana que da al patio y a las montañas que hay más allá. Es un día de verano claro de un azul muy pálido y mi guapísimo marido está a unos seis metros, enfrascado en una discusión con un hombre.

—El hombre con el que está hablando es el señor Bentley —me dice Mia desde la barra del desayuno.

Me giro para mirarla, atraída por su tono de mal humor. Mira venenosamente a Ethan. Oh, vaya… Me pregunto una vez más qué es lo que hay entre ellos. Frunzo el ceño y devuelvo mi atención a mi marido y el señor Bentley.

El marido de la señora Bentley tiene el pelo claro, los ojos oscuros, es delgado y fibroso y va vestido con pantalones de trabajo y una camiseta del Departamento de Bomberos de Aspen. Christian lleva vaqueros negros y una camiseta. Cuando los dos hombres empiezan a caminar por el césped hacia la casa, sumidos en su conversación, Christian se agacha para recoger lo que parece una caña de bambú que ha sido arrastrada allí por el viento o desechada de algún parterre. Se para y distraídamente examina la caña como si estuviera sopesando algo y después corta el aire con ella, solo una vez.

Oh…

Parece que el señor Bentley no ve nada raro en ese comportamiento. Siguen con su discusión, esta vez más cerca de la casa, después se paran otra vez y Christian repite el gesto. La punta de la caña golpea el suelo. Christian levanta la vista y me ve en la ventana. De repente me siento como si le estuviera espiando. Se queda quiero y yo le saludo un poco avergonzada y me giro para volver a la barra.

—¿Qué estabas haciendo? —me pregunta Kate.

—Solo miraba a Christian.

—Te ha dado fuerte… —dice riendo entre dientes.

. —¿Y a ti no, futura cuñada? —le respondo sonriendo e intentando apartar la imagen perturbadora de Christian blandiendo la caña.

Me quedo perpleja cuando Kate se levanta de un salto y me abraza.

—¡Cuñada! —exclama, y es difícil no dejarse arrastrar por su alegría.

---

—Oye, dormilona. —Christian me despierta—. Estamos a punto de aterrizar. Abróchate el cinturón.

Cojo el cinturón de seguridad medio dormida e intento abrochármelo torpemente, pero Christian tiene que hacerlo por mí. Me da un beso en la frente antes de volver a acomodarse en su asiento. Yo apoyo la cabeza de nuevo en su hombro y cierro los ojos.

Una excursión imposiblemente larga y un picnic en la cima de una montaña espectacular me han dejado exhausta. El resto del grupo también está en silencio. Incluso Mia. Parece algo abatida y lleva así todo el día. Me pregunto cómo estará yendo su campaña con Ethan. Ni siquiera sé dónde durmieron anoche. Mis ojos se encuentran con los suyos y le dedico una sonrisa que dice: «¿Estás bien?». Ella me responde con una breve sonrisa triste y vuelve a su libro. Miro a Christian con los ojos entrecerrados. Está trabajando en un contrato o algo parecido, leyéndolo y haciendo anotaciones en los márgenes. Pero se le ve relajado. Elliot está roncando suavemente al lado de Kate.

Todavía tengo que arrinconar a Elliot y preguntarle por lo de Gia, pero hasta ahora ha sido imposible pillarle sin Kate. A Christian no le interesa el asunto tanto como para preguntar, lo que me parece irritante, pero no le he presionado; nos lo estábamos pasando demasiado bien. Elliot tiene la mano descansando posesivamente sobre la rodilla de Kate. Ella está radiante y cuesta creer que ayer mismo por la tarde estuviera tan insegura con respecto a él. ¿Cómo le llamó Christian? Lelliot. ¿Tal vez un apodo familiar? Es dulce, mucho mejor que «gigoló». Elliot de repente abre los ojos y me mira. Me sonrojo porque me ha pillado observándole.

Él sonríe.

—Me encanta cuando te sonrojas, Ana —bromea mientras se estira.

Kate me dedica una sonrisa satisfecha, como la del gato que se comió el canario.

La primera oficial Beighley anuncia que nos estamos aproximando al aeropuerto de Seattle y Christian me coge la mano.

---

—¿Qué tal el fin de semana, señora Grey? —me pregunta Christian cuando ya estamos en el Audi de camino al Escala. Taylor y Ryan van en la parte delantera.

—Bien, gracias. —Le sonrío y de repente me siento tímida.

—Podemos volver cuando quieras. Y llevar a quien te apetezca.

—Deberíamos llevar a Ray. Le gusta pescar.

—Es una buena idea.

—¿Y qué tal lo has pasado tú? —le pregunto.

—Bien —me dice un momento después, sorprendido por mi pregunta, creo—. Muy bien.

—Parecías relajado.

Se encoge de hombros.

—Sabía que estabas segura.

Frunzo el ceño.

—Christian, estoy segura la mayor parte del tiempo. Ya te lo he dicho, acabarás muriendo antes de los cuarenta si mantienes ese nivel de ansiedad. Y quiero hacerme vieja contigo.

Le cojo la mano. Me mira como si no comprendiera lo que estoy diciendo. Después me da un beso suave en los nudillos y cambia de tema.

—¿Qué tal tu mano?

—Mejor, gracias.

Sonríe.

—Muy bien, señora Grey. ¿Está lista para volver a ver a Gia?

Oh, no… Se me había olvidado que tenemos que verla esta tarde para revisar los planos finales. Pongo los ojos en blanco.

—Será mejor que te mantengas fuera de su alcance para que tú también estés seguro —le digo sonriendo burlona.

—¿Me estás protegiendo? —Christian se está riendo de mí.

—Como siempre, señor Grey. De todas las depredadoras sexuales —le susurro.

---

Christian se está lavando los dientes cuando yo me meto en la cama. Mañana volvemos a la realidad: al trabajo, a los paparazzi y a Jack en la cárcel, pero con la posibilidad de que tuviera un cómplice. Mmm… Christian ha sido muy vago sobre ese tema. ¿Sabrá algo? Y si lo sabe, ¿me lo dirá? Suspiro. Sacarle información a Christian es peor que sacarle una muela, y hemos pasado un fin de semana tan bueno… ¿Quiero arruinar este momento de bienestar total intentando arrancarle algo de información?

Ha sido una revelación verle fuera de su ambiente normal, fuera del ático, relajado y feliz con su familia. Me pregunto vagamente si se deberá a que estamos en este piso, con todos esos recuerdos y asociaciones que le vienen a la cabeza. Tal vez deberíamos mudarnos.

Me río entre dientes. Ya nos vamos a mudar. Estamos reformando una casa enorme en la costa. Los planos de Gia ya están terminados y aprobados y el equipo de Elliot empieza la reforma la semana que viene. Ahogo una risita al recordar la expresión sorprendida de Gia cuando le he dicho que la vi en Aspen. Por lo que parece no fue más que una coincidencia. Ella se fue a su casa de vacaciones para poder trabajar tranquilamente en nuestros planos. Durante un horrible momento creí que había ayudado a Elliot a escoger el anillo, pero aparentemente no. Aunque yo no me fío de Gia. Quiero que Elliot me cuente su versión. Al menos esta vez ha mantenido las distancias con Christian.

Miro el cielo nocturno. Voy a echar de menos esta vista, esta panorámica: Seattle a nuestros pies, tan lleno de posibilidades y a la vez tan lejano. Tal vez ese sea al problema de Christian: ha estado demasiado aislado de la vida real durante demasiado tiempo por culpa de su exilio autoimpuesto. Con su familia alrededor es menos controlador, sufre menos ansiedad... en definitiva es más libre y más feliz. Me pregunto qué pensará Flynn de eso. ¡Madre mía! Tal vez esa sea la respuesta. Tal vez lo que necesita es su propia familia. Niego con la cabeza: somos demasiado jóvenes, todo esto es demasiado nuevo. Christian entra en la habitación con su habitual apariencia impecable, pero está pensativo.

—¿Todo bien? —le pregunto.

Asiente distraído y viene a la cama.

—No tengo muchas ganas de volver a la realidad —murmuro.

—¿Ah, no?

Niego con la cabeza y le acaricio su delicado rostro.

—Ha sido un fin de semana maravilloso. Gracias.

Sonríe un poco.

—Tú eres mi realidad, Ana —me susurra y me da un beso.

—¿Lo echas de menos?

—¿El qué? —me pregunta perplejo.

—Azotar con cañas y... esas cosas, ya sabes —le digo en un susurro, avergonzada.

Se me queda mirando con ojos inescrutables. Entonces una duda cruza su cara y aparece su expresión de: «¿Adónde quiere llegar con esto?».

—No, Anastasia, no lo echo de menos. —Su voz es firme y tranquila. Me acaricia la mejilla—. El doctor Flynn me dijo una cosa cuando te fuiste, algo que ha permanecido conmigo. Me dijo que yo no podía seguir siendo así si tú no estabas de acuerdo con mis inclinaciones. Y eso fue una revelación. —Se detiene y frunce el ceño—. Yo no conocía otra cosa, Ana. Pero ahora sí. Y ha sido muy educativo.

—¿Que ha sido educativo para ti? —me burlo.

Sus ojos se suavizan.

—¿Tú lo echas de menos? —me pregunta.

Oh…

—No quiero que me hagas daño, pero me gusta jugar, Christian. Ya lo sabes. Si tú quisieras hacer algo… —Me encojo de hombros y le miro fijamente.

—¿Algo?

—Ya sabes, algo con un látigo y una fusta… —Me interrumpo y me sonrojo.

Christian levanta las cejas sorprendido.

—Bueno… ya veremos. Por ahora me apetece un poco del clásico sexo vainilla de toda la vida.

Me acaricia el labio inferior con el pulgar y me da otro beso.

---

**De:** Anastasia Grey
**Fecha:** 29 de agosto de 2011 09:14
**Para:** Christian Grey
**Asunto:** Buenos días

Señor Grey:

Solo quería decirle que le quiero.

Eso es todo.

Siempre suya

A x

Anastasia Grey
Editora de SIP

---

**De:** Christian Grey
**Fecha:** 29 de agosto de 2011 09:18
**Para:** Anastasia Grey
**Asunto:** Adiós a la depresión del lunes por la mañana

Señora Grey:

Qué palabras más gratificantes en boca de la mujer de uno (descarriada o no) un lunes por la mañana.

Puede estar segura de que yo siento exactamente lo mismo.

Lamento lo de la cena de esta noche. Espero que no sea muy aburrida para usted.

x

Christian Grey
Presidente de Grey Enterprises Holdings, Inc.

Oh, es verdad. La cena de la Asociación Americana de Astille-
ros… Pongo los ojos en blanco. Más camisas almidonadas. Christian me lleva a unos eventos de lo más fascinantes.

---

**De:** Anastasia Grey
**Fecha:** 29 de agosto de 2011 09:26
**Para:** Christian Grey
**Asunto:** Barcos que pasan en la noche

Querido señor Grey:

Estoy segura de que se le ocurrirá alguna forma de condimentar la
cena…

Suya anticipadamente.

La señora G. x

Anastasia (nada descarriada) Grey
Editora de SIP

---

**De:** Christian Grey
**Fecha:** 29 de agosto de 2011 09:35
**Para:** Anastasia Grey
**Asunto:** La variedad es la sal de la vida

Señora Grey:
Se me ocurren unas cuantas cosas…
x

Christian Grey
Presidente de Grey Enterprises Holdings, Inc. y ahora impaciente por
que llegue la cena de la AAA, Inc.


Se me tensan todos los músculos del vientre. Mmm… Me
pregunto qué estará planeando. Hannah llama a la puerta e interrumpe mis ensoñaciones.

—¿Podemos repasar la agenda de esta semana, Ana?

—Claro, siéntate.

Le sonrío, recupero la compostura y minimizo mi programa
de correo.

—He tenido que mover un par de citas. El señor Fox a la semana que viene y la doctora…

El timbre del teléfono nos interrumpe. Es Roach que me pide
que vaya a su despacho.

—¿Podemos retomar esto dentro de veinte minutos?

—Claro.

———————

**De:** Christian Grey
**Fecha:** 30 de agosto de 2011 09:24
**Para:** Anastasia Grey
**Asunto:** Anoche…

Fue… divertido.
¿Quién habría pensado que la cena anual de la AAA podía ser tan
estimulante?
Como siempre, nunca me decepciona, señora Grey.
Te quiero.
x

Christian Grey
Asombrado presidente de Grey Enterprises Holdings, Inc.

**De:** Anastasia Grey
**Fecha:** 30 de agosto de 2011 09:33
**Para:** Christian Grey
**Asunto:** Siempre me ha gustado jugar con bolas...

Querido señor Grey:
Echo de menos las bolas plateadas.
Tú nunca me decepcionas.
Eso es todo.
Señora G x

Anastasia Grey
Editora de SIP

Hannah llama a la puerta e interrumpe mis recuerdos eróticos de lo de anoche. Las manos de Christian... Su boca...

—Adelante.

—Ana, acaba de llamar la ayudante del señor Roach. Quiere que vayas a una reunión esta mañana. Eso significa que vamos a tener que volver a cambiar algunas citas. ¿Te parece bien?

Su lengua...

—Claro, lo que haga falta —murmuro intentando frenar mis rebeldes pensamientos.

Ella sonríe y sale de mi despacho, dejándome con los deliciosos recuerdos de anoche.

————

**De:** Christian Grey
**Fecha:** 1 de septiembre de 2011 15:24
**Para:** Anastasia Grey
**Asunto:** Hyde

Anastasia:
Para tu información, a Hyde le han denegado la fianza y permanece-

rá en la cárcel. Le han acusado de intento de secuestro y de incendio provocado. Todavía no se ha puesto fecha para el juicio.

Christian Grey
Presidente de Grey Enterprises Holdings, Inc.

---

**De:** Anastasia Grey
**Fecha:** 1 de septiembre de 2011 15:53
**Para:** Christian Grey
**Asunto:** Hyde

Bien, buenas noticias.
¿Significa eso que vamos a reducir la seguridad?
Es que Prescott no me cae muy bien.
Ana x

Anastasia Grey
Editora de SIP

---

**De:** Christian Grey
**Fecha:** 1 de septiembre de 2011 15:59
**Para:** Anastasia Grey
**Asunto:** Hyde

No. La seguridad va a seguir como hasta ahora. Eso no es discutible.
¿Qué le pasa a Prescott? Si no te cae bien, podemos sustituirla.

Christian Grey
Presidente de Grey Enterprises Holdings, Inc.

Frunzo el ceño al leer ese correo tan prepotente. Prescott no está tan mal.

**De:** Anastasia Grey
**Fecha:** 1 de septiembre de 2011 16:03
**Para:** Christian Grey
**Asunto:** Que no se te pongan los pelos de punta todavía

Solo preguntaba (ojos en blanco).
Ya pensaré lo de Prescott.
¡Y guárdate esa mano tan larga!
Ana x

Anastasia Grey
Editora de SIP

---

**De:** Christian Grey
**Fecha:** 1 de septiembre de 2011 16:11
**Para:** Anastasia Grey
**Asunto:** No me tiente

Señora Grey, puedo asegurarle que mi pelo está perfectamente en su sitio, cosa que ha podido comprobar usted misma en multitud de ocasiones.
Pero sí que siento ganas de utilizar mi mano larga.
Puede que se me ocurra algo que hacer con ella esta noche.
x

Christian Grey
Presidente de Grey Enterprises Holdings, Inc. que aún no se ha quedado calvo

---

**De:** Anastasia Grey
**Fecha:** 1 de septiembre de 2011 16:20
**Para:** Christian Grey
**Asunto:** Me retuerzo

Promesas, promesas…
Y deja ya de distraerme, que estoy intentando trabajar. Tengo una reu-

nión improvisada con un autor y no puedo distraerme pensando en ti.

x

A

Anastasia Grey
Editora de SIP

---

**De:** Anastasia Grey
**Fecha:** 5 de septiembre de 2011 09:18
**Para:** Christian Grey
**Asunto:** Navegar & volar & azotar

Esposo:

Tú sí que sabes hacérselo pasar bien a una chica.

Por supuesto, ahora espero que te ocupes de que todos los fines de semana sean así.

Me estás mimando demasiado. Y me encanta.

Tu esposa.

xox

Anastasia Grey
Editora de SIP

---

**De:** Christian Grey
**Fecha:** 5 de septiembre de 2011 09:25
**Para:** Anastasia Grey
**Asunto:** Mi misión en la vida…

… es mimarla, señora Grey.

Y mantenerte segura porque te quiero.

Christian Grey
Entusiasmado presidente de Grey Enterprises Holdings, Inc.

Oh, Dios mío. ¿Podría ser más romántico?

---

Al día siguiente miro el calendario de mi mesa. Solo quedan cinco días para el 10 de septiembre, mi cumpleaños. Sé que vamos a ir a la casa nueva para ver cómo evolucionan los trabajos de Elliot. Mmm… Me pregunto si Christian tendrá otros planes… Sonrío solo de pensarlo. Hannah llama a la puerta.

—Adelante.

Prescott está esperando fuera. Qué raro…

—Hola, Ana —saluda Hannah—. Hay aquí una mujer llamada Leila Williams que quiere verte. Dice que es personal.

—¿Leila Williams? No conozco a… —Se me seca la boca de repente y Hannah abre mucho los ojos al ver mi expresión.

¿Leila? Joder. ¿Qué querrá?

# 16

Quieres que le diga que se vaya? —me pregunta Hannah, alarmada por la cara que he puesto.

—Eh, no. ¿Dónde está?

—En recepción. Y no ha venido sola. La acompaña otra mujer joven.

¡Oh!

—Y la señorita Prescott quiere hablar contigo —añade Hannah.

—Dile que pase.

Hannah se aparta y Prescott entra en el despacho. Se nota que viene con una misión, porque destila eficiencia profesional.

—Dame un momento, Hannah. Prescott, siéntate por favor.

Hannah cierra la puerta y nos deja solas a Prescott y a mí.

—Señora Grey, Leila Williams está en la lista de visitas potencialmente peligrosas.

—¿Qué? —¿Tengo una lista de visitas potencialmente peligrosas?

—Es una lista de vigilancia, señora. Taylor y Welch fueron muy categóricos sobre que ella no debe tener ningún contacto con usted.

Frunzo el ceño sin comprender.

—¿Es peligrosa?

—No sabría decirle, señora.

—¿Y cómo sabes que está aquí?

Prescott traga saliva y durante un momento se la ve incómoda.

—Estaba haciendo una pausa para ir al baño cuando ella entró y habló directamente con Claire, luego Claire llamó a Hannah.

—Oh, ya veo. —Me doy cuenta de que incluso Prescott necesita ir a hacer pis y me río un poco—. Qué mala pata.

—Sí, señora. —Prescott me dedica una sonrisa avergonzada y es la primera vez que la veo bajar un poco la guardia. Tiene una sonrisa muy bonita—. Tengo que volver a hablar con Claire sobre el protocolo —dice con tono cansado.

—Claro. ¿Taylor sabe que ella está aquí? —Cruzo los dedos inconscientemente, deseando que no se lo haya dicho a Christian.

—Le he dejado un mensaje de voz.

Oh.

—Entonces tengo poco tiempo. Me gustaría saber qué quiere.

Prescott se me queda mirando un momento.

—Debo recomendarle que lo no haga, señora.

—Habrá venido hasta aquí a verme por algo.

—Se supone que debo evitarlo, señora —dice en voz baja pero resignada.

—Quiero saber lo que sea que tenga que decirme.

Mi tono es más contundente de lo que pretendía. Prescott contiene un suspiro.

—Entonces tendré que registrarlas a las dos antes de que usted se encuentre con ellas.

—Está bien. ¿Y puedes hacerlo?

—Estoy aquí para protegerla, señora Grey, de modo que sí, puedo. También creo que sería aconsejable que me quedara con usted mientras hablan.

—Bien. —Le permito esa concesión. Además, la última vez que vi a Leila iba armada—. Vamos.

Prescott se levanta.

—Hannah —llamo.

Hannah abre la puerta demasiado deprisa. Debía de estar esperando fuera justo al lado.

—¿Puedes ir a ver si la sala de reuniones está libre, por favor?

—Ya lo he comprobado y sí que lo está. Puedes utilizarla.

—Prescott, ¿puedes registrarlas ahí? ¿Tiene la privacidad suficiente?

—Sí, señora.

—Yo iré dentro de cinco minutos. Hannah, lleva a Leila Williams y a la persona que está con ella a la sala de reuniones.

—Ahora mismo. —Hannah mira ansiosa a Prescott y después a mí—. ¿Quieres que cancele tu siguiente reunión? Es a las cuatro, pero es en la otra punta de la ciudad.

—Sí —murmuro distraída. Hannah asiente y se va.

¿Qué demonios puede querer Leila? No creo que haya venido aquí para hacerme daño. No lo hizo en el pasado cuando tuvo la oportunidad. Christian se va a poner hecho una furia. Mi subconsciente frunce los labios, cruza remilgadamente las piernas y asiente. Tengo que decirle lo que voy a hacer. Le escribo un correo rápido, me quedo parada y miro la hora. Siento una punzada de dolor momentánea. Iba todo tan bien desde que estuvimos en Aspen… Pulso «Enviar».

---

**De:** Anastasia Grey
**Fecha:** 6 de septiembre de 2011 15:27
**Para:** Christian Grey
**Asunto:** Visitas

Christian:
Leila está aquí. Ha venido a visitarme. Voy a verla acompañada por Prescott.
Si es necesario utilizaré mis recién adquiridas habilidades para dar bofetadas con la mano que ya tengo curada.
Intenta (pero hazlo de verdad) no preocuparte.
Ya soy una niña grande.
Te llamo después de la conversación.
A x

Anastasia Grey
Editora de SIP

---

Rápidamente escondo la BlackBerry en el cajón de mi escritorio. Me pongo de pie, me estiro la falda lápiz gris, me doy un pellizco en las mejillas para darles un poco de color y me desabrocho otro botón de la blusa de seda gris. Vale, estoy preparada. Inspiro hondo y salgo de la oficina para ver a la tristemente famosa Leila, ignorando la música de «Your Love is King» y el zumbido amortiguado que sale del cajón de mi mesa.

A Leila se la ve mucho mejor. Algo más que mejor... Está muy atractiva. Tiene un rubor rosa en las mejillas, sus ojos marrones brillan y lleva el pelo limpio y brillante. Va vestida con una blusa rosa pálido y pantalones blancos. Se pone de pie en cuanto entro en la sala de reuniones y su amiga también, una mujer joven con el pelo oscuro y ojos marrones del color del brandy. Prescott permanece en un rincón sin apartar los ojos de Leila.

—Señora Grey, muchas gracias por acceder a verme. —Leila habla en voz baja pero clara.

—Mmm... Disculpad las medidas de seguridad —murmuro mientras señalo distraídamente a Prescott porque no se me ocurre nada más que decir.

—Esta es mi amiga Susi.

—Hola —saludo con la cabeza a Susi. Se parece a Leila. Y a mí. Oh, no. Otra más.

—Sí —dice Leila, como si acabara de leerme el pensamiento—. Susi también conoce al señor Grey.

¿Y qué demonios se supone que puedo decir ante eso? Le sonrío educadamente.

—Sentaos, por favor —les pido.

Llaman a la puerta. Es Hannah. Le hago una seña para que entre porque sé perfectamente por qué viene a molestarnos.

—Perdón por la interrupción, Ana. Es que tengo al señor Grey al teléfono.

—Dile que estoy ocupada.

—Ha insistido mucho, Ana —me dice un poco asustada.

—No lo dudo. Pídele disculpas de mi parte y dile que le llamo en cuanto pueda.

Hannah duda.

—Hannah, por favor.

Asiente y sale apresuradamente de la sala. Me vuelvo hacia las dos mujeres que tengo sentadas delante de mí. Las dos me miran asombradas. Es incómodo.

—¿Qué puedo hacer por vosotras? —les pregunto.

Susi es la que habla.

—Sé que esto es muy raro, pero yo quería conocerte también. La mujer que ha atrapado a Christ…

Levanto la mano, haciendo que deje la frase a medias. No quiero oír eso.

—Mmm… Ya veo lo que quieres decir —digo entre dientes.

—Nosotras nos llamamos el «club de las sumisas». —Me sonríe y sus ojos brillan divertidos.

Oh, Dios mío.

Leila da un respingo y mira a Susi, perpleja y divertida a la vez. Susi hace una mueca de dolor. Sospecho que Leila le ha dado una patada por debajo de la mesa.

¿Y qué se supone que debo decirles ante eso? Miro nerviosamente a Prescott, que sigue impasible. Sus ojos no se apartan de Leila.

De repente Susi parece recordar por qué está allí. Se ruboriza, asiente y se levanta.

—Esperaré en recepción. Esto es solo cosa de Lulu. —Es evidente que está avergonzada.

¿Lulu?

—¿Estarás bien? —le pregunta a Leila, que le responde con una sonrisa.

Susi me dedica una sonrisa amplia, abierta y genuina y sale de la habitación.

Susi y Christian… No es algo en lo que quiera pensar. Prescott se saca el teléfono del bolsillo y contesta. No lo he oído sonar.

—¿Sí, señor Grey? —dice. Leila y yo nos volvemos para mirarla. Prescott cierra los ojos mortificada—. Sí, señor —responde. Se acerca y me pasa el teléfono.

Pongo los ojos en blanco.

—¿Sí, Christian? —respondo tranquilamente intentando contener mi exasperación. Me levanto y salgo apresuradamente de la sala.

—¿A qué demonios estás jugando? —me grita a punto de explotar.

—No me grites.

—¿Cómo que no te grite? —Me grita aún más alto—. Te he dado instrucciones específicas que tú acabas de ignorar… otra vez. Joder, Ana, estoy muy furioso.

—Pues cuando te calmes, hablaremos de esto.

—Ni se te ocurra colgarme —me amenaza entre dientes.

—Adiós, Christian. —Le cuelgo y apago el teléfono de Prescott.

Maldita sea… Sé que no dispongo de mucho tiempo con Leila. Inspiro hondo y regreso a la sala de reuniones. Leila y Prescott me miran expectantes y yo le devuelvo a Prescott el teléfono.

—¿Dónde estábamos? —le pregunto a Leila mientras me siento frente a ella. Sus ojos se abren un poco, extrañados.

Sí, aparentemente sé manejar a Christian. Pero no creo que ella quiera oír eso.

Leila juguetea nerviosamente con las puntas de su pelo.

—Primero, quiero disculparme —me dice en voz baja.

Oh…

Levanta la vista para mirarme y ve mi sorpresa.

—Sí —prosigue apresuradamente—. Y agradecerle que no haya presentado cargos. Ya sabe… por lo del coche y el apartamento.

—Sabía que no estabas… Mmm… Bien en ese momento —respondo un poco a trompicones. No me esperaba una disculpa.

—No, no estaba bien.

—¿Estás mejor ahora? —le pregunto amablemente.

—Mucho mejor. Gracias.

—¿Sabe tu médico que estás aquí?

Niega con la cabeza.

Oh.

Parece adecuadamente culpable.

—Sé que tendré que enfrentarme a las consecuencias de esto más tarde. Pero necesitaba algunas cosas y también quería ver a Susi, a usted y… al señor Grey.

—¿Quieres ver a Christian? —Noto que mi estómago se precipita al vacío en caída libre. Por eso está aquí.

—Sí. Y quería preguntarle si le parece bien.

Oh, Dios mío… Me la quedo mirando con la boca abierta. Tengo ganas de decirle que no me parece bien, que no la quiero cerca de mi marido. Pero ¿por qué ha venido? ¿Para evaluar a la competencia? ¿Para alterarme? ¿O es que necesita algún tipo de cierre?

—Leila —digo con dificultad, irritada—. Eso no es asunto mío, sino de Christian. Tendrás que preguntárselo a él. Él no necesita mi permiso. Es un hombre adulto… la mayor parte del tiempo.

Me mira durante un segundo como si estuviera sorprendida por mi reacción y después se ríe bajito, todavía jugando nerviosamente con las puntas de su pelo.

—Él se ha negado repetidamente a verme todas las veces que se lo he pedido —me dice casi en un susurro.

Oh, mierda. Tengo más problemas de los que creía.

—¿Y por qué es tan importante para ti verle? —le pregunto con suavidad.

—Para darle las gracias. Me estaría pudriendo en esa inmunda institución psiquiátrica que no era más que una prisión si no fuera por él. —Se queda mirando uno de sus dedos, que está pasando por el borde de la mesa—. Tuve un episodio psicótico grave, y sin el señor Grey y sin John… el doctor Flynn, quiero decir… —Se encoge de hombros y me mira de nuevo con una expresión llena de gratitud.

Estoy otra vez sin habla. ¿Qué espera que diga? Tendría que estar diciéndole estas cosas a Christian, no a mí.

—Y por el curso de arte. Nunca podré agradecerle suficiente eso.

¡Lo sabía! Christian está pagando sus clases. Mi rostro sigue sin revelar nada mientras analizo vacilante mis sentimientos por esa mujer que acaba de confirmar mis sospechas sobre la generosidad de Christian. Para mi sorpresa, no le guardo ningún rencor a ella. Es una revelación y me alegro de que esté mejor. Con suerte, así podrá seguir adelante con su vida y nosotros con la nuestra.

—¿No estás perdiendo clases por venir aquí? —le pregunto con genuino interés.

—Solo voy a perder dos. Mañana vuelvo a casa.

Ah, bien.

—¿Y cuáles son tus planes?

—Quiero recoger mis cosas de casa de Susi, volver a Hamden y seguir pintando y aprendiendo. El señor Grey ya ha adquirido un par de mis cuadros.

¡Maldita sea! El estómago se me vuelve a caer a los pies. ¿No estarán colgados en mi salón? Se me ponen los pelos de punta solo de pensarlo.

—¿Qué tipo de pintura practicas?

—Sobre todo abstracta.

—Ya veo.

Reviso mentalmente los cuadros del salón, que ahora ya conozco bien. Dos de ellos pueden haber sido pintados por una de las ex sumisas de mi marido… Sí, es posible.

—¿Puedo hablarle con franqueza? —me pregunta totalmente ajena a mis emociones encontradas.

—Por supuesto —le respondo mirando a Prescott, que parece haberse relajado un poco.

Leila se inclina un poco hacia delante como si fuera a revelarme un secreto que lleva guardando mucho tiempo.

—Amaba a Geoff, mi novio que murió hace unos meses. —Su voz va bajando hasta convertirse en un susurro triste.

Oh, madre mía. Esto se está poniendo personal.

—Lo siento mucho —le digo automáticamente, pero ella continúa como si no me hubiera oído.

—También amaba a mi marido… y solo he amado a otro —murmura.

—A mi marido. —Las palabras salen de mi boca antes de que pueda detenerlas.

Sí —dice en un murmullo apenas audible.

Eso no es nuevo para mí. Cuando levanta la vista para mirarme, sus ojos marrones están llenos de emociones contradictorias, pero la que destaca sobre todas es la aprensión. ¿Por mi reacción tal vez? Pero mi abrumadora respuesta ante esta pobre mujer es la compasión. Repaso toda la literatura clásica que se me ocurre en busca de formas de tratar con el amor no correspondido. Trago saliva con dificultad y me agarro a la superioridad moral.

—Lo sé. Es fácil quererle —susurro.

Abre todavía más los ojos por la sorpresa y sonríe.

—Sí, lo es… Lo era —se corrige rápidamente y se sonroja.

Después suelta una risita tan dulce que no puedo evitarlo y río también. Sí, Christian Grey tiene ese efecto en nosotras. Mi subconsciente me pone los ojos en blanco porque la saco de quicio y vuelve a la lectura del desgastado ejemplar de *Jane Eyre*. Miro el reloj. En el fondo sé que Christian no tardará en llegar.

—Creo que vas a tener la oportunidad de ver a Christian.

—Eso creía. Sé lo protector que puede llegar a ser. —Me sonríe.

Así que tenía todo esto planeado. Qué astuta. O manipuladora, me susurra mi subconsciente.

—¿Por eso has venido a verme?

—Sí.

—Ya veo.

Y Christian está haciendo justo lo que ella esperaba. A regañadientes admito que le conoce bien.

—Parecía muy feliz. Con usted —me dice.

¿Qué?

—¿Cómo lo sabes?

—Lo vi cuando estuve en el ático —explica con cautela.

Oh, ¿cómo he podido olvidar eso?

—¿Ibas allí con frecuencia?

—No. Pero él era muy diferente con usted.

¿Quiero oír esto? Un escalofrío me recorre la espalda. Se me eriza el vello al recordar el miedo que sentí cuando ella apareció en nuestro apartamento en forma de sombra que no llegué a ver del todo.

—Sabes que va contra la ley. Allanar una casa.

Ella asiente y mira fijamente la mesa, recorriendo el borde con una uña.

—Solo lo hice unas pocas veces y tuve suerte de que no me cogieran. También tengo que darle las gracias al señor Grey por eso. Podría haberme mandado a la cárcel.

—No creo que quisiera hacer eso —le respondo.

De repente se oye una repentina actividad fuera de la sala de reuniones y sé instintivamente que Christian está en el edificio. Un momento después entra como una tromba por la puerta y la cierra tras de sí. Antes de que se cierre del todo mi mirada se cruza con la de Taylor, que está fuera, esperando pacientemente; su boca es una fina línea y no me devuelve la sonrisa tensa que le dedico. Oh, maldita sea, él también está enfadado conmigo.

La mirada gris y furibunda de Christian me atraviesa primero a mí y después a Leila y nos deja a las dos petrificadas en las sillas. Tiene una expresión de determinación silenciosa, pero yo sé que no se siente así, y creo que Leila también lo sabe. El frío amenazador de sus ojos es el que revela la verdad: emana rabia, aunque sabe esconderla bien. Lleva un traje gris con una corbata oscura aflojada y el botón superior de la camisa desabrochado. Parece muy profesional y al mismo tiempo informal… y sexy. Tiene el pelo alborotado, seguro que porque se ha estado pasando las manos por él, exasperado.

Leila vuelve a bajar la vista nerviosamente al borde de la mesa mientras lo recorre con el dedo índice. Christian me mira a mí, después a ella y por fin a Prescott.

—Tú —dice dirigiéndose a Prescott sin alterarse—. Estás despedida. Sal de aquí ahora mismo.

Palidezco. Oh, no… Eso no es justo.

—Christian… —Intento ponerme de pie.

Levanta el dedo índice en forma de advertencia en mi dirección.

—No —me dice en voz tan alarmantemente baja que me callo al instante y me quedo clavada en la silla. Prescott agacha la cabeza y sale caminando enérgicamente de la sala para reunirse con Taylor. Christian cierra la puerta tras ella y se acerca hasta el borde de la mesa. ¡No, no, no! Ha sido culpa mía. Christian se queda de pie delante de Leila. Coloca las dos manos sobre la superficie de madera y se inclina hacia delante.

—¿Qué coño estás haciendo tú aquí? —le pregunta en un gruñido.

—¡Christian! —le reprendo, pero él me ignora.

—¿Y bien? —insiste.

Leila le mira con los ojos muy abiertos y la cara cenicienta; su anterior rubor ha desaparecido totalmente.

—Quería verte y no me lo permitías —susurra.

—¿Así que has venido hasta aquí para acosar a mi mujer?

Sigue hablando muy bajo. Demasiado bajo.

Leila vuelve a mirar la mesa.

Él se yergue pero continúa con la vista fija en ella.

—Leila, si vuelves a acercarte a mi mujer te quitaré todo mi apoyo económico. Ni médicos, ni escuela de arte, ni seguro médico… Todo, te lo quitaré todo. ¿Me comprendes?

—Christian… —vuelvo a intentarlo, pero me silencia con una mirada gélida. ¿Por qué está siendo tan poco razonable? Mi compasión por esa mujer crece.

—Sí —responde con una voz apenas audible.

—¿Qué está haciendo Susannah en recepción?

—Ha venido conmigo.

Se pasa una mano por el pelo sin dejar de mirarla.

—Christian, por favor —le suplico—. Leila solo quería darte las gracias. Eso es todo.

Él me ignora y centra toda su ira en Leila.

—¿Te quedaste en casa de Susannah cuando estuviste enferma?

—Sí.

—¿Sabía ella lo que estabas haciendo mientras estabas en su casa?

—No. Estaba fuera, de vacaciones.

Christian se acaricia el labio inferior con el dedo índice.

—¿Por qué necesitabas verme? Ya sabes que debes enviarme

cualquier petición a través de Flynn. ¿Necesitas algo? —Su tono se ha suavizado un poco.

Leila vuelve a pasar el dedo por el borde de la mesa.

¡Deja de intimidarla, Christian!

—Tenía que saberlo. —Y entonces le mira directamente por primera vez.

—¿Tenías que saber qué? —le pregunta.

—Que estabas bien.

Él la mira con la boca abierta.

—¿Que yo estoy bien? —La observa con el ceño fruncido, incrédulo.

—Sí.

—Estoy bien. Ya está, pregunta contestada. Ahora te van a llevar al aeropuerto para que vuelvas a la costa Este. Si das un paso más allá del Mississippi te lo quitaré todo, ¿entendido?

¡Por el amor de Dios, Christian! Me quedo pasmada. Pero ¿qué demonios le está pasando? No puede obligarla a quedarse a un lado del país.

—Sí. Lo entiendo —dice Leila en voz baja.

—Bien. —El tono de Christian ahora es más conciliador.

—Puede que a Leila no le venga bien irse ahora. Tenía planes —protesto, furiosa por ella.

Christian me mira fijamente.

—Anastasia… —me advierte con la voz gélida—, esto no es asunto tuyo.

Le miro con el ceño fruncido. Claro que es asunto mío, está en mi oficina después de todo. Tiene que haber algo más que yo no sé. No está siendo racional.

Cincuenta Sombras…, me susurra mi subconsciente.

—Leila ha venido a verme a mí, no a ti —le respondo en un susurro altanero.

Leila se gira hacia mí con los ojos abiertos hasta un punto imposible.

—Tenía instrucciones, señora Grey. Y las he desobedecido. —Mira nerviosamente a mi marido y después a mí—. Este es el Christian Grey que yo conozco —dice en un tono triste y nostálgico. Christian la observa con el ceño fruncido y yo me quedo sin aire en los pulmones. No puedo respirar. ¿Christian era así con ella todo el tiempo? ¿Era así conmigo al principio? Me cuesta recordarlo. Con una sonrisa triste, Leila se levanta.

—Me gustaría quedarme hasta mañana. Tengo el vuelo de vuelta a mediodía —le dice en voz baja a Christian.

—Haré que alguien vaya a recogerte a las diez para llevarte al aeropuerto.

—Gracias.

—¿Te quedas en casa de Susannah?

—Sí.

—Bien.

Miro fijamente a Christian. No puede organizarle la vida así… ¿Y cómo sabe dónde vive Susannah?

—Adiós, señora Grey. Gracias por atenderme.

Me levanto y le tiendo la mano. Ella me la estrecha agradecida.

—Mmm… Adiós. Y buena suerte —murmuro, porque no estoy segura de cuál es el protocolo para despedirme de una antigua sumisa de mi marido.

Asiente y se gira hacia él.

—Adiós, Christian.

Los ojos de Christian se suavizan un poco.

—Adiós, Leila. —Su voz es muy baja—. Todo a través del doctor Flynn, no lo olvides.

—Sí, señor.

Christian abre la puerta para que salga, pero ella se queda parada delante de él y le mira. Él se queda quieto y la observa con cautela.

—Me alegro de que seas feliz. Te lo mereces —le dice, y se va antes de que él pueda responder.

Él frunce el ceño mientras la ve marcharse y le hace un gesto con la cabeza a Taylor, que sigue a Leila hacia la zona de recepción. Cierra la puerta y me mira inseguro.

—Ni se te ocurra enfadarte conmigo —le digo entre dientes—. Llama a Claude Bastille y grítale a él o vete a ver al doctor Flynn.

Se queda con la boca abierta; está sorprendido por mi reacción. Arruga la frente otra vez.

—Me prometiste que no ibas a hacer esto. —Ahora su tono es acusatorio.

—¿Hacer qué?

—Desafiarme.

—No prometí eso. Te dije que tendría más en cuenta tu necesidad de protección. Te he avisado de que Leila estaba aquí. Hice que Prescott la registrara a ella y a tu otra amiguita. Prescott estuvo aquí todo el tiempo. Ahora has despedido a esa pobre mujer, que solo estaba haciendo lo que yo le dije. Te pedí que no te preocuparas y mira dónde y cómo estás. No recuerdo haber recibido ninguna bula papal de tu parte que decretara que no podía ver a Leila. Ni siquiera sabía que tenía una lista de visitas potencialmente peligrosas.

Mi voz va subiendo por la indignación mientras defiendo mi causa. Christian me observa con una expresión impenetrable. Un momento después sus labios se curvan.

—¿Bula papal? —dice divertido y se relaja visiblemente.

No tenía intención de hacer una broma para quitarle hierro a la conversación, pero ahí está, sonriendo, y eso solo me pone más furiosa. El intercambio entre él y su ex ha sido algo desagradable de presenciar. ¿Cómo ha podido ser tan frío con ella?

—¿Qué? —me pregunta, irritado porque mi cara sigue estando decididamente seria.

—Tú. ¿Por qué has sido tan cruel con ella?

Suspira y se revuelve un poco, apoyándose en la mesa y acercándose a mí.

—Anastasia —me dice como si fuera una niña pequeña—, no lo entiendes. Leila, Susannah… Todas ellas… Fueron un pasatiempo agradable y divertido. Pero eso es todo. Tú eres el centro de mi universo. Y la última vez que las dos estuvisteis en la misma habitación, ella te apuntaba con una pistola. No la quiero cerca de ti.

—Pero, Christian, entonces estaba enferma.

—Lo sé, y sé que está mejor ahora, pero no voy a volver a darle el beneficio de la duda. Lo que hizo es imperdonable.

—Pero tú has entrado en su juego y has hecho exactamente

388

lo que ella quería. Deseaba volver a verte y sabía que si venía a verme, tú acudirías corriendo.

Christian se encoge de hombros como si no le importara.

—No quiero que tengas nada que ver con mi vida anterior.

¿Qué?

—Christian… Eres quien eres por tu vida anterior, por tu nueva vida, por todo. Lo que tiene que ver contigo, tiene que ver conmigo. Acepté eso cuando me casé contigo porque te quiero.

Se queda petrificado. Sé que le cuesta oír estas cosas.

—No me ha hecho daño. Y ella también te quiere.

—Me importa una mierda.

Le miro con la boca abierta, asombrada. Y me sorprende que todavía tenga la capacidad de asombrarme. «Este es el Christian Grey que yo conozco.» Las palabras de Leila resuenan en mi cabeza. Su reacción ante ella ha sido tan fría… Es algo que no tiene nada que ver con el hombre que he llegado a conocer y que amo. Frunzo el ceño al recordar el remordimiento que sintió cuando ella tuvo la crisis, cuando creyó que él podía ser el responsable de su dolor. Trago saliva al recordar también que incluso la bañó. El estómago se me retuerce dolorosamente y me sube la bilis hasta la garganta. ¿Cómo puede decir ahora que le importa una mierda? Entonces sí le importaba. ¿Qué ha cambiado? Hay veces, como ahora mismo, en que no le entiendo. Él funciona a un nivel que está muy lejos del mío.

—¿Y por qué de repente te has convertido en una defensora de su causa? —me pregunta, perplejo e irritado.

—Mira, Christian, no creo que Leila y yo nos pongamos a intercambiar recetas y patrones de costura. Pero tampoco creo que haga falta mostrar tan poco corazón con ella.

Sus ojos se congelan.

—Ya te lo dije una vez: yo no tengo corazón —susurra.

Pongo los ojos en blanco. Oh, ahora se está comportando como un adolescente.

—Eso no es cierto, Christian. No seas ridículo. Sí que te importa. No le estarías pagando las clases de arte y todo lo demás si te diera igual.

De repente hacer que se dé cuenta de eso se convierte en el objetivo de mi vida. Es obvio que le importa. ¿Por qué lo niega? Es lo mismo que con sus sentimientos por su madre biológica. Oh, mierda… claro. Sus sentimientos por Leila y por las otras sumisas están mezclados con los sentimientos por su madre. «Me gusta azotar a morenitas como tú porque todas os parecéis a la puta adicta al crack.» Que alguien llame al doctor Flynn, por favor. ¿Cómo puede no verlo él?

De repente el corazón se me llena de compasión por él. Mi niño perdido… ¿Por qué es tan difícil para él volver a ponerse en contacto con la humanidad, con la compasión que mostró por Leila cuando tuvo la crisis?

Se me queda mirando fijamente con los ojos brillando por la ira.

—Se acabó la discusión. Vámonos a casa.

Echo un vistazo al reloj. Solo son las cuatro y veintitrés. Tengo trabajo que hacer.

—Es pronto —le digo.

—A casa —insiste.

—Christian —le digo con voz cansada—, estoy harta de tener siempre la misma discusión contigo.

Frunce el ceño como si no comprendiera.

—Ya sabes —le recuerdo—: yo hago algo que no te gusta y tú piensas en una forma de castigarme por ello, que normalmente incluye sexo pervertido que puede ser alucinante o cruel.

—Me encojo de hombros, resignada. Esto es agotador y muy confuso.

—¿Alucinante? —me pregunta.

¿Qué?

—Normalmente sí.

—¿Qué ha sido alucinante? —me pregunta, y ahora sus ojos brillan con una curiosidad divertida y sensual. Veo que está intentando distraerme.

Oh, Dios mío… No quiero hablar de eso en la sala de reuniones de SIP. Mi subconsciente se examina con indiferencia las uñas perfectamente arregladas: Entonces no deberías haber sacado el tema…

—Ya lo sabes. —Me ruborizo, irritada con él y conmigo misma.

—Puedo adivinarlo —susurra.

Madre mía. Estoy intentando reprenderle y él me está confundiendo.

—Christian, yo…

—Me gusta complacerte. —Sigue la línea de mi labio inferior delicadamente con el pulgar.

—Y lo haces —reconozco en un susurro.

—Lo sé —me dice suavemente. Después se agacha y me susurra al oído—: Es lo único que sé con seguridad.

Oh, qué bien huele. Se aparta y me mira con una sonrisa arrogante que dice: «Por eso eres mía».

Frunzo los labios y me esfuerzo por que parezca que no me ha afectado su contacto. Se le da muy bien lo de distraerme de algo doloroso o que no quiere tratar. Y tú se lo permites, dice mi subconsciente mirando por encima del libro de *Jane Eyre*. Su comentario no me ayuda.

—¿Qué fue alucinante, Anastasia? —vuelve a preguntar con un brillo malicioso en los ojos.

¿Quieres una lista? —pregunto a mi vez.

—¿Hay una lista? —Está encantado.

Oh, qué agotador es este hombre.

—Bueno, las esposas —murmuro, y mi mente viaja hasta la luna de miel.

Él arruga la frente y me coge la mano, rozándome allí donde normalmente se toma el pulso en la muñeca con su pulgar.

—No quiero dejarte marcas.

Oh…

Curva los labios en una lenta sonrisa carnal.

—Vamos a casa. —Ahora su tono es seductor.

—Tengo trabajo que hacer.

—A casa —vuelve a insistir.

Nos miramos, el gris líquido se enfrenta al azul perplejo, poniéndonos a prueba, desafiando nuestros límites y nuestras voluntades. Le observo intentando comprenderle, intentando entender cómo ese hombre puede pasar de ser un obseso del control rabioso a un amante seductor en un abrir y cerrar de ojos. Sus ojos se agrandan y se oscurecen, dejando claras cuáles son sus intenciones. Me acaricia suavemente la mejilla.

—Podemos quedarnos aquí —dice en voz baja y ronca.

Oh, no. No. No. No. En la oficina no.

—Christian, no quiero tener sexo aquí. Tu amante acaba de estar en esta habitación.

—Ella nunca fue mi amante —gruñe, y su boca se convierte en una fina línea.

—Es una forma de hablar, Christian.

Frunce el ceño, confundido. El amante seductor ha desaparecido.

—No le des demasiadas vueltas a eso, Ana. Ella ya es historia —dice sin darle importancia.

Suspiro. Tal vez tenga razón. Solo quiero que admita ante sí mismo que ella le importa. De repente se me hiela el corazón. Oh, no… Por eso es tan importante para mí. ¿Y si yo hiciera algo imperdonable? Por ejemplo si no me conformo. ¿Yo también pasaría a ser historia? Si puede comportarse así ahora, después de lo preocupado que estuvo por Leila cuando ella enfermó, ¿podría en algún momento volverse contra mí? Doy un respingo al recordar fragmentos de un sueño: espejos dorados y el sonido de sus pisadas sobre el suelo de mármol mientras se aleja, dejándome sola rodeada de un esplendor opulento.

—No… —La palabra sale de mi boca en un susurro horrorizado antes de que pueda detenerla.

—Sí —dice él, y me sujeta la barbilla para después inclinarse y darme un beso tierno en los labios.

—Oh, Christian, a veces me das miedo. —Le cojo la cabeza con las manos, enredo los dedos en su pelo y acerco sus labios a los míos. Se queda tenso un momento mientras me abraza.

—¿Por qué?

—Le has dado la espalda con una facilidad asombrosa…

Frunce el ceño.

—¿Y crees que podría hacer lo mismo contigo, Ana? ¿Y por qué demonios piensas eso? ¿Qué te ha hecho llegar a esta conclusión?

—Nada. Bésame. Llévame a casa —le suplico.

Sus labios tocan los míos y estoy perdida.

---

—Oh, por favor —suplico cuando Christian me sopla con suavidad en el sexo.

—Todo a su tiempo —murmura.

Tiro de las esposas y gruño alto en protesta por este ataque carnal. Estoy atada con unas suaves esposas de cuero, cada codo sujeto a una rodilla, y la cabeza de Christian se mueve entre mis piernas y su lengua experta me excita sin tregua. Abro los ojos y miro el techo del dormitorio, que está bañado por la suave luz de última hora de la tarde, sin verlo realmente. Su lengua gira una y otra vez, haciendo espirales y rodeando el centro de mi universo. Quiero estirar las piernas. Lucho en vano por intentar controlar el placer. Pero no puedo. Cierro los dedos en su pelo y tiro con fuerza para que detenga esta tortura sublime.

—No te corras —me advierte con el aliento suave sobre mi carne cálida y húmeda mientras ignora mis dedos—. Te voy a azotar si te corres.

Gimo.

—Control, Ana. Es todo cuestión de control. —Su lengua retoma la incursión erótica.

Oh, sabe muy bien lo que está haciendo… Estoy indefensa, no puedo resistirme ni detener mi reacción ciega. Lo intento, lo intento con todas mis fuerzas, pero mi cuerpo explota bajo sus incesantes atenciones. Aun así su lengua no para hasta arrancar hasta el último gramo de placer que hay en mí.

—Oh, Ana —me regaña—, te has corrido. —Su voz es suave al echarme esa reprimenda triunfante. Me gira para que quede boca abajo y yo me apoyo en los antebrazos, aún temblorosa. Me da un azote fuerte en el culo.

—¡Ah! —grito.

—Control —repite. Y me coge las caderas para hundirse en mi interior.

Vuelvo a gritar; mi carne todavía se convulsiona por las consecuencias del orgasmo. Se queda muy quieto dentro de mí y se inclina para soltarme primero una esposa y después la otra. Me rodea con el brazo y tira de mí hasta sentarme en su regazo. Tiene el torso pegado a mi espalda y la mano apoyada bajo mi barbilla y sobre la garganta. Me siento llena y eso me encanta.

—Muévete —me ordena.

Gimo y subo y bajo sobre su regazo.

—Más rápido —me susurra.

Y me muevo más rápido y después más. Él gime y me echa atrás la cabeza con la mano para mordisquearme el cuello. Su otra mano va bajando por mi cuerpo lentamente, desde la cadera hasta el sexo y después se desliza hasta mi clítoris, que todavía está muy sensible por sus generosas atenciones de antes. Suelto un gemido largo cuando sus dedos se cierran sobre él y empieza a excitarlo de nuevo.

—Sí, Ana —me dice en voz baja al oído—. Eres mía. Solo tú.

—Sí —jadeo cuando mi cuerpo empieza a tensarse de nuevo, apretándole y abrazándole de la forma más íntima.

—Córrete para mí —me pide.

Yo me dejo llevar y mi cuerpo obedece su petición. Me agarra mientras el orgasmo me recorre el cuerpo a la vez que grito su nombre.

—Oh, Ana, te quiero.

Christian gime y sigue el camino que yo acabo de abrir. Se hunde en mí y llega también a la liberación.


Me da un beso en el hombro y me aparta el pelo de la cara.

—¿Esto también va a formar parte de esa lista, señora Grey? —me susurra. Yo estoy tumbada boca abajo sobre la cama, apenas consciente. Christian me acaricia el culo suavemente. Está tumbado de lado junto a mí, apoyado en un codo.

—Mmm.

—¿Eso es un sí?

—Mmm. —Le sonrío.

Él sonríe y me da otro beso. Yo de mala gana me giro para poder mirarle.

—¿Y bien? —insiste.

—Sí. Esto se incluye en la lista. Pero es una lista larga.

Su cara casi queda partida en dos por su enorme sonrisa y se inclina para darme un beso suave.

—Perfecto. ¿Y si cenamos algo? —Le brillan los ojos por el amor y la diversión.

Asiento. Estoy famélica. Estiro la mano para tirarle cariñosamente del vello del pecho.

—Quiero decirte algo —le susurro.

—¿Qué?

—No te enfades.

—¿Qué pasa, Ana?

—Te importa.

Abre mucho los ojos y desaparece el destello de buen humor.

—Quiero que admitas que te importa. Porque al Christian que yo conozco y al que quiero le importaría.

Se pone tenso y sus ojos no abandonan los míos. Yo puedo ver la lucha interna que se está produciendo, como si estuviera a punto de emitir el juicio de Salomón. Él abre la boca para decir algo y después la vuelve a cerrar. Una emoción fugaz cruza su cara… Dolor quizá.

Dilo, le animo mentalmente.

—Sí. Sí me importa. ¿Contenta? —dice y su voz es apenas un susurro.

Oh, menos mal. Es un alivio.

—Sí. Mucho.

Frunce el ceño.

—No me puedo creer que esté hablando contigo de esto ahora, aquí, en nuestra cama…

Le pongo el dedo sobre los labios.

—No estamos hablando de eso. Vamos a comer. Tengo hambre.

Suspira y niega con la cabeza.

—Me cautiva y me desconcierta a la vez, señora Grey.

—Eso está bien. —Me incorporo y le doy un beso.

---

**De:** Anastasia Grey
**Fecha:** 9 de septiembre de 2011 09:33
**Para:** Christian Grey
**Asunto:** La lista

Lo de ayer tiene que encabezar la lista definitivamente.
:D
Ana x

Anastasia Grey
Editora de SIP

---

**De:** Christian Grey
**Fecha:** 9 de septiembre de 2011 09:42
**Para:** Anastasia Grey
**Asunto:** Dime algo que no sepa

Llevas diciéndome eso los tres últimos días.
A ver si te decides.
O... podemos probar algo más.
;)

Christian Grey
Presidente de Grey Enterprises Holdings, Inc., disfrutando del juego.

Sonrío al ver lo que hay escrito en la pantalla. Las últimas noches han sido... entretenidas. Hemos vuelto a relajarnos y la interrupción provocada por la aparición de Leila ya ha quedado olvidada. Todavía no he reunido el coraje para preguntarle si alguno de los cuadros del salón es suyo... Y la verdad es que no me importa. Mi BlackBerry vibra y respondo pensando que debe de ser Christian.

—¿Ana?

—Sí.

—Ana, cariño. Soy José padre.

—¡Señor Rodríguez! ¡Hola! —Se me eriza el vello. ¿Qué querrá de mí el padre de José?

—Perdona que te llame al trabajo. Es por Ray. —Le tiembla la voz.

—¿Qué pasa? ¿Qué ha ocurrido? —El corazón se me queda atravesado en la garganta.

—Ray ha tenido un accidente.

Oh, no, papá… Dejo de respirar.

—Está en el hospital. Será mejor que vengas rápido.

Señor Rodríguez, ¿qué ha pasado? —Tengo la voz ronca y un poco pastosa por las lágrimas no derramadas. Ray, mi querido Ray. Mi padre.

—Ha tenido un accidente de coche.

—Vale, voy… Voy para allá ahora mismo. —La adrenalina me corre por todo el cuerpo y me llena de pánico a su paso. Me cuesta respirar.

—Le han trasladado a Portland.

¿A Portland? ¿Por qué demonios le han llevado a Portland?

—Le han llevado en helicóptero, Ana. Yo ya estoy de camino. Hospital OHSU. Oh, Ana, no he visto el coche. Es que no lo vi… —Se le quiebra la voz.

El señor Rodríguez… ¡no!

—Te veré allí —dice el señor Rodríguez con voz ahogada y cuelga.

Un pánico oscuro me atenaza la garganta y me abruma. Ray… No. No. Inspiro hondo para calmarme, cojo el teléfono y llamo a Roach. Responde al segundo tono.

—¿Sí, Ana?

—Jerry, tengo un problema con mi padre.

—¿Qué ha ocurrido, Ana?

Se lo explico apresuradamente, sin apenas detenerme para respirar.

—Vete. Debes irte. Espero que tu padre se ponga bien.

—Gracias. Te mantendré informado. —Cuelgo de golpe sin

darme cuenta, pero ahora mismo eso es lo que menos me importa.

—¡Hannah! —grito, consciente de la ansiedad que hay en mi voz. Un segundo después ella asoma la cabeza por la puerta mientras voy metiendo las cosas en mi bolso y guardando papeles en mi maletín.

—¿Sí, Ana? —pregunta frunciendo el ceño.

—Mi padre ha sufrido un accidente. Tengo que irme.

—Oh, Dios mío…

—Cancela todas mis citas para hoy. Y para el lunes. Tendrás que acabar tú de preparar la presentación del libro electrónico. Las notas están en el archivo compartido. Dile a Courtney que te ayude si te hace falta.

—Muy bien —susurra Hannah—. Espero que tu padre esté bien. No te preocupes por los asuntos de la oficina. Nos las arreglaremos.

—Llevo la BlackBerry, por si acaso.

La preocupación que veo en su cara pálida me emociona.

Papá…

Cojo la chaqueta, el bolso y el maletín.

—Te llamaré si necesito algo.

—Claro. Buena suerte, Ana. Espero que esté bien.

Le dedico una breve sonrisa tensa, esforzándome por mantener la compostura y salgo de la oficina. Hago todo lo que puedo por no ir corriendo hasta la recepción. Sawyer se levanta de un salto al verme llegar.

—¿Señora Grey? —pregunta, confundido por mi repentina aparición.

—Nos vamos a Portland. Ahora.

—Sí, señora —dice frunciendo el ceño, pero abre la puerta.

Nos estamos moviendo, eso es bueno.

—Señora Grey —me dice Sawyer mientras nos apresuramos hacia del aparcamiento—, ¿puedo preguntarle por qué estamos haciendo este viaje imprevisto?

—Es por mi padre. Ha tenido un accidente.

—Entiendo. ¿Y lo sabe el señor Grey?

—Le llamaré desde el coche.

Sawyer asiente y me abre la puerta de atrás del Audi todoterreno para que suba. Con los dedos temblorosos cojo la BlackBerry y marco el número de Christian.

—¿Sí, señora Grey? —La voz de Andrea es eficiente y profesional.

—¿Está Christian? —le pregunto.

—Mmm… Está en alguna parte del edificio, señora. Ha dejado la BlackBerry aquí cargando a mi cuidado.

Gruño para mis adentros por la frustración.

—¿Puedes decirle que le he llamado y que necesito hablar con él? Es urgente.

—Puedo tratar de localizarle. Tiene la costumbre de desaparecer por aquí a veces.

—Solo procura que me llame, por favor —le suplico intentando contener las lágrimas.

—Claro, señora Grey. —Duda un momento—. ¿Va todo bien?

—No —susurro porque no me fío de mi voz—. Por favor, que me llame.

—Sí, señora.

Cuelgo. Ya no puedo reprimir más mi angustia. Aprieto las rodillas contra el pecho y me hago un ovillo en el asiento de atrás. Las lágrimas aparecen inoportunamente y corren por mis mejillas.

—¿Adónde en Portland exactamente, señora Grey? —me pregunta Sawyer.

—Al OHSU —digo con voz ahogada—. Al hospital grande.

Sawyer sale a la calle y se dirige a la interestatal 5. Yo me quedo sentada en el asiento de atrás repitiendo en mi mente una única plegaria: por favor, que esté bien; por favor, que esté bien…

Suena mi teléfono. «Your Love Is King» me sobresalta e interrumpe mi mantra.

—Christian —respondo con voz ahogada.

—Dios, Ana. ¿Qué ocurre?

—Es Ray… Ha tenido un accidente.

—¡Mierda!

—Sí, lo sé. Voy de camino a Portland.

—¿Portland? Por favor dime que Sawyer está contigo.

—Sí, va conduciendo.

—¿Dónde está Ray?

—En el OHSU.

Oigo una voz amortiguada por detrás.

—Sí, Ros. ¡Lo sé! —grita Christian enfadado—. Perdona, nena… Estaré allí dentro de unas tres horas. Tengo aquí algo entre manos que necesito terminar. Iré en el helicóptero.

Oh, mierda. *Charlie Tango* vuelve a estar en funcionamiento y la última vez que Christian lo cogió…

—Tengo una reunión con unos tíos de Taiwan. No puedo dejar de asistir. Es un trato que llevamos meses preparando.

¿Y por qué yo no sabía nada de eso?

—Iré en cuanto pueda.

—De acuerdo —le susurro. Y quiero decir que no pasa nada, que se quede en Seattle y se ocupe de sus negocios, pero la verdad es que quiero que esté conmigo.

—Lo siento, nena —me susurra.

—Estaré bien, Christian. Tómate todo el tiempo que necesites. No tengas prisa. No quiero tener que preocuparme por ti también. Ten cuidado en el vuelo.

—Lo tendré.

—Te quiero.

—Yo también te quiero, nena. Estaré ahí en cuanto pueda. Mantente cerca de Luke.

—Sí, no te preocupes.

—Luego te veo.

—Adiós.

Tras colgar vuelvo a abrazarme las rodillas. No sé nada de los negocios de Christian. ¿Qué demonios estará haciendo con unos taiwaneses? Miro por la ventanilla cuando pasamos junto al aeropuerto internacional King County/Boeing Field. Christian debe tener cuidado cuando vuele. Se me vuelve a hacer un nudo el estómago y siento náuseas. Ray y Christian. No creo que mi corazón pudiera soportar eso. Me acomodo en el asiento y empiezo de nuevo con mi mantra: por favor, que esté bien; por favor, que esté bien…

—Señora Grey —la voz de Sawyer me sobresalta—, ya hemos llegado al hospital. Estoy buscando la zona de urgencias.

—Yo sé dónde está. —Mi mente vuelve a mi última visita al hospital OHSU, cuando, en mi segundo día de trabajo en Clayton's, me caí de una escalera y me torcí el tobillo. Recuerdo a Paul Clayton cerniéndose sobre mí y me estremezco ante ese imagen.

Sawyer se detiene en el espacio reservado al estacionamiento y salta del coche para abrirme la puerta.

—Voy a aparcar, señora, y luego vendré a buscarla. Deje aquí su maletín, yo se lo llevaré.

—Gracias, Luke.

Asiente y yo camino decidida hacia la recepción de urgencias, que está llena de gente. La recepcionista me dedica una sonrisa educada y en unos minutos localiza a Ray y me manda a la zona de quirófanos de la tercera planta.

¿Quirófanos? ¡Joder!

—Gracias —murmuro intentando centrar mi atención en sus indicaciones para encontrar los ascensores. Mi estómago se retuerce otra vez y casi echo a correr hacia ellos.

Por favor, que esté bien; por favor, que esté bien…

El ascensor es agónicamente lento porque para en todas las plantas. ¡Vamos, vamos! Deseo que vaya más rápido y miro con el ceño fruncido a la gente que entra y sale y que está evitando que llegue al lado de mi padre.

Por fin las puertas se abren en el tercer piso y salgo disparada para encontrarme otro mostrador de recepción, este lleno de enfermeras con uniformes azul marino.

—¿Puedo ayudarla? —me pregunta una enfermera con mirada miope.

—Estoy buscando a mi padre, Raymond Steele. Acaban de ingresarle. Creo que está en el quirófano 4. —Incluso mientras digo las palabras desearía que no fueran ciertas.

—Deje que lo compruebe, señorita Steele.

Asiento sin molestarme en corregirla mientras ella comprueba con eficiencia en la pantalla del ordenador.

—Sí. Lleva un par de horas en el quirófano. Si quiere esperar, les diré que está usted aquí. La sala de espera está ahí. —Señala una gran puerta blanca identificada claramente con un letrero de gruesas letras azules que pone: SALA DE ESPERA.

—¿Está bien? —le pregunto intentando controlar mi voz.

—Tendrá que esperar a que uno de los médicos que le atiende salga a decirle algo, señora.

—Gracias —digo en voz baja, pero en mi interior estoy gritando: «¡Quiero saberlo ahora!».

Abro la puerta y aparece una sala de espera funcional y austera en la que están sentados el señor Rodríguez y José.

—¡Ana! —exclama el señor Rodríguez. Tiene el brazo escayolado y una mejilla con un cardenal en un lado. Está en una silla de ruedas y veo que también tiene una escayola en la pierna. Le abrazo con cuidado.

—Oh, señor Rodríguez… —sollozo.

—Ana, cariño… —dice dándome palmaditas en la espalda con la mano sana—. Lo siento mucho —farfulla y se le quiebra la voz ya de por sí ronca.

Oh, no…

—No, papá —le dice José en voz baja, regañándole mientras se acerca a mí. Cuando me giro, él me atrae hacia él y me abraza.

—José… —digo. Ya estoy perdida: empiezan a caerme lágrimas por la cara cuando toda la tensión y la preocupación de las últimas tres horas salen a la superficie.

—Vamos, Ana, no llores. —José me acaricia el pelo suavemente. Yo le rodeo el cuello con los brazos y sollozo. Nos quedamos así durante un buen rato. Estoy tan agradecida de que mi amigo esté aquí… Nos separamos cuando Sawyer llega para unirse a nosotros en la sala de espera. El señor Rodríguez me pasa un pañuelo de papel de una caja muy convenientemente colocada allí cerca y yo me seco las lágrimas.

—Este es el señor Sawyer, miembro del equipo de seguridad —le presento.

Sawyer saluda con la cabeza a José y al señor Rodríguez y después se retira para tomar asiento en un rincón.

—Siéntate, Ana. —José me señala una de los sillones tapizados en vinilo.

—¿Qué ha pasado? ¿Sabéis cómo está? ¿Qué le están haciendo?

José levanta las manos para detener mi avalancha de preguntas y se sienta a mi lado.

—No sabemos nada. Ray, papá y yo íbamos a pescar a Astoria. Nos arrolló un jodido imbécil borracho…

El señor Rodríguez intenta interrumpir para volver a disculparse.

—*¡Cálmate, papá!* —le dice José—. Yo no tengo nada, solo un par de costillas magulladas y un golpe en la cabeza. Papá… bueno, se ha roto la muñeca y el tobillo. Pero el coche impactó contra el lado del acompañante, donde estaba Ray.

Oh, no. No… El pánico me inunda el sistema límbico. No, no, no… Me estremezco al pensar lo que estará pasando en el quirófano.

—Lo están operando. A nosotros nos llevaron al hospital comunitario de Astoria, pero a Ray lo trajeron en helicóptero hasta aquí. No sabemos lo que le están haciendo. Estamos esperando que nos digan algo.

Empiezo a temblar.

—Ana, ¿tienes frío?

Asiento. Llevo una camisa blanca sin mangas y una chaqueta negra de verano, y ninguna de las dos prendas abriga demasiado. Con mucho cuidado, José se quita la chaqueta de cuero y me envuelve los hombros con ella.

—¿Quiere que le traiga un té, señora? —Sawyer aparece a mi lado. Asiento agradecida y él sale de la habitación.

—¿Por qué ibais a pescar a Astoria? —les pregunto.

José se encoge de hombros.

—Se supone que allí hay buena pesca. Íbamos a pasar un fin

de semana de tíos. Quería disfrutar un poco de tiempo con mi viejo padre antes de volver a la academia para cursar el último año.

—Los ojos de José están muy abiertos y llenos de miedo y arrepentimiento.

—Tú también podrías haber salido herido. Y el señor Rodríguez... podría haber sido peor. —Trago saliva ante esa idea. Mi temperatura corporal baja todavía más y vuelvo a estremecerme. José me coge la mano.

—Dios, Ana, estás helada.

El señor Rodríguez se inclina hacia delante y con su mano sana me coge la otra.

—Ana, lo siento mucho.

—Señor Rodríguez, por favor... Ha sido un accidente —Mi voz se convierte en un susurro.

—Llámame José —me dice. Le miro con una sonrisa débil, porque es todo lo que puedo conseguir. Vuelvo a estremecerme.

—La policía se ha llevado a ese gilipollas a la cárcel. Las siete de la mañana y el tipo ya estaba totalmente borracho —dice José entre dientes con repugnancia.

Sawyer vuelve a entrar con una taza de papel con agua caliente y una bolsita de té. ¡Sabe cómo tomo el té! Me sorprendo y me alegra la distracción. El señor Rodríguez y José me sueltan las manos y yo cojo la taza agradecida de manos de Sawyer.

—¿Alguno de ustedes quiere algo? —les pregunta Sawyer al señor Rodríguez y a José. Ambos niegan con la cabeza y Sawyer vuelve a sentarse en el rincón. Sumerjo la bolsita de té en el agua y después la saco, todavía temblorosa, para tirarla en una pequeña papelera.

—¿Por qué tardan tanto? —digo para nadie en particular y doy un sorbo.

Papá... Por favor, que esté bien; por favor, que esté bien...

—Sabremos algo pronto, Ana —me dice José para tranquilizarme.

Asiento y doy otro sorbo. Vuelvo a sentarme a su lado. Esperamos... y esperamos. El señor Rodríguez tiene los ojos cerrados porque está rezando, creo, y José me coge de la mano y le da un apretón de vez en cuando. Voy bebiendo mi té poco a poco. No es Twinings, sino una marca barata y mala, y está asqueroso.

Recuerdo la última vez que me senté a esperar noticias. La última vez que pensé que todo estaba perdido, cuando *Charlie Tango* desapareció. Cierro los ojos y rezo una oración internamente para que mi marido tenga un viaje seguro. Miro el reloj: las 2.15 de la tarde. Debería llegar pronto. El té está frío, ¡puaj!

Me levanto y paseo un poco. Después me siento otra vez. ¿Por qué no han venido los médicos a verme? Le cojo la mano a José y él vuelve a apretármela tranquilizador. Por favor, que esté bien; por favor, que esté bien…

El tiempo pasa muy despacio.

De repente se abre la puerta y todos miramos expectantes. A mí se me hace un nudo en el estómago otra vez. ¿Ya está?

Christian entra en la sala. Su cara se oscurece momentáneamente cuando ve que José me está cogiendo la mano.

—¡Christian! —exclamo y me levanto de un salto a la vez que le doy gracias a Dios por que haya llegado sano y salvo. Le rodeo con los brazos, entierro la nariz en su pelo e inhalo su olor, su calidez, su amor. Una pequeña parte de mí se siente más tranquila, más fuerte, más capaz de resistir porque él está aquí. Oh, su presencia me ayuda a recuperar la paz mental.

—¿Alguna noticia?

Niego con la cabeza. No puedo hablar.

—José —le saluda con la cabeza.

—Christian, este es mi padre, José.

—Señor Rodríguez… Nos conocimos en la boda. Por lo que veo usted también estaba ahí cuando ocurrió el accidente.

José vuelve a resumir la historia.

—¿Y se encuentran lo bastante bien para estar aquí? —pregunta Christian.

—No queremos estar en ninguna otra parte —dice el señor Rodríguez con la voz baja y llena de dolor. Christian asiente. Me coge la mano, me obliga a sentarme y se sienta a mi lado.

—¿Has comido? —me pregunta.

Niego con la cabeza.

—¿Tienes hambre?

Niego otra vez.

—Pero tienes frío —dice al verme con la chaqueta de José.

Asiento. Se revuelve en la silla pero no dice nada.

La puerta se abre de nuevo y un médico joven con un uniforme azul claro entra en la sala. Parece cansado.

Me pongo de pie. Toda la sangre ha abandonado mi cara.

—¿Ray Steele? —susurro. Christian se pone de pie a mi lado y me rodea la cintura con el brazo.

—¿Son parientes? —pregunta el médico. Sus ojos azules son casi del mismo color que su uniforme y en otras circunstancias incluso me parecería atractivo.

—Soy su hija, Ana.

—Señorita Steele…

—Señora Grey —le corrige Christian.

—Disculpe —balbucea el doctor, y durante un segundo tengo ganas de darle una patada a Christian—. Soy el doctor Crowe. Su padre está estable, pero en estado crítico.

¿Qué significa eso? Me fallan las rodillas y el brazo de Christian, que me está sujetando, es lo único que evita que me caiga redonda al suelo.

—Ha sufrido lesiones internas graves —me dice el doctor Crowe—, sobre todo en el diafragma, pero hemos podido repararlas y también hemos logrado salvarle el bazo. Por desgracia, sufrió una parada cardiaca durante la operación por la pérdida de sangre. Hemos conseguido que su corazón vuelva a funcionar, pero todavía hay que controlarlo. Sin embargo, lo que más nos preocupa es que ha sufrido graves contusiones en la cabeza, y la resonancia muestra que hay inflamación en el cerebro. Le hemos inducido un coma para que permanezca inmóvil y tranquilo mientras mantenemos en observación esa inflamación cerebral.

¿Daño cerebral? No…

—Es el procedimiento estándar en estos casos. Por ahora solo podemos esperar y ver la evolución.

—¿Y cuál es el pronóstico? —pregunta Christian fríamente.

—Señor Grey, por ahora es difícil establecer un pronóstico. Es posible que se recupere completamente, pero eso ahora mismo solo está en manos de Dios.

—¿Cuánto tiempo van a mantener el coma?

—Depende de la respuesta cerebral. Lo normal es que esté así entre setenta y dos y noventa y seis horas.

¡Oh, tanto…!

—¿Puedo verle? —pregunto en un susurro.

—Sí, podrá verle dentro de una media hora. Le han llevado a la UCI de la sexta planta.

—Gracias, doctor.

El doctor Crowe asiente, se gira y se va.

—Bueno, al menos está vivo —le digo a Christian, y las lágrimas empiezan a rodar de nuevo por mis mejillas.

—Siéntate —me dice Christian.

—Papá, creo que deberíamos irnos. Necesitas descansar y no va a haber noticias hasta dentro de unas horas —le dice José al señor Rodríguez, que mira a su hijo con ojos vacíos—. Podemos volver esta noche, cuando hayas descansado. Si no te importa, Ana, claro —dice José volviéndose hacia mí con tono de súplica.

—Claro que no.

—¿Os alojáis en Portland? —pregunta Christian.

José asiente.

—¿Necesitáis que alguien os lleve a casa?

José frunce el ceño.

—Iba a pedir un taxi.

—Luke puede llevaros.

Sawyer se levanta y José parece confuso.

—Luke Sawyer —explico.

—Oh, claro. Sí, eso es muy amable por tu parte. Gracias, Christian.

Me pongo de pie y les doy un abrazo al señor Rodríguez y a José en rápida sucesión.

—Sé fuerte, Ana —me susurra José al oído—. Es un hombre sano y en buena forma. Las probabilidades están a su favor.

—Eso espero. —Le abrazo con fuerza, después le suelto y me quito su chaqueta para devolvérsela.

Quédatela si tienes frío.

—No, ya estoy bien. Gracias. —Miro nerviosamente a Christian de reojo y veo que nos observa con cara impasible, pero me coge la mano.

—Si hay algún cambio, os lo diré inmediatamente —le digo a José mientras empuja la silla de su padre hacia la puerta que Sawyer mantiene abierta.

El señor Rodríguez levanta la mano para despedirse y los dos se paran en el umbral.

—Lo tendré presente en mis oraciones, Ana —dice el señor Rodríguez con voz temblorosa—. Me ha alegrado mucho recuperar la conexión con él después de todos estos años y ahora se ha convertido en un buen amigo.

—Lo sé.

Y tras decir eso se van. Christian y yo nos quedamos solos. Me acaricia la mejilla.

—Estás pálida. Ven aquí.

Se sienta en una silla y me atrae hacia su regazo, donde me rodea con los brazos. Yo le dejo hacer. Me acurruco contra su cuerpo sintiendo una opresión por la mala suerte de mi padre, pero agradecida de que mi marido esté aquí para consolarme. Me acaricia el pelo y me coge la mano.

—¿Qué tal *Charlie Tango*? —le pregunto.

Sonríe.

—Oh, muy brioso —dice con cierto orgullo en su voz.

Eso me hace sonreír de verdad por primera vez en varias horas y le miro perpleja.

—¿Brioso?

—Es de un diálogo de *Historias de Filadelfia*. Es la película favorita de Grace.

—No me suena.

—Creo que la tengo en casa en Blu-Ray. Un día podemos verla y meternos mano en el sofá. —Me da un beso en el pelo y yo sonrío de nuevo—. ¿Puedo convencerte de que comas algo? —me pregunta.

Mi sonrisa desaparece.

—Ahora no. Quiero ver a Ray primero.

Él deja caer los hombros, pero no me presiona.

—¿Qué tal con los taiwaneses?

—Productivo —dice.

—¿Productivo en qué sentido?

—Me han dejado comprar su astillero por un precio menor del que yo estaba dispuesto a pagar.

¿Acaba de comprar un astillero?

—¿Y eso es bueno?

—Sí, es bueno.

—Pero creía que ya tenías un astillero aquí.

—Así es. Vamos a usar este para hacer el equipamiento exterior, pero construiremos los cascos en Extremo Oriente. Es más barato.

Oh.

—¿Y los empleados del astillero de aquí?

—Los vamos a reubicar. Tenemos que limitar las duplicidades al mínimo. —Me da un beso en el pelo—. ¿Vamos a ver a Ray? —me pregunta con voz suave.


La UCI de la sexta planta es una sala sencilla, estéril y funcional, con voces en susurros y máquinas que pitan. Hay cuatro pacientes, cada uno encerrado en una zona de alta tecnología independiente. Ray está en un extremo.

Papá…

Se le ve tan pequeño en esa cama tan grande, rodeado de todas esas máquinas… Me quedo impresionada. Mi padre nunca ha estado tan consumido. Tiene un tubo en la boca y varias vías pasan por goteros hasta las agujas, una en cada brazo. Le han puesto una pinza en el dedo y me pregunto vagamente para qué servirá. Una de sus piernas descansa encima de las sábanas; lleva una escayola azul. Un monitor muestra el ritmo cardiaco: bip, bip, bip. El latido es fuerte y constante. Al menos eso lo sé. Me acerco lentamente a él. Tiene el pecho cubierto por un gran vendaje inmaculado que desaparece bajo la fina sábana que le cubre de la cintura para abajo.

Me doy cuenta de que el tubo que le sale de la boca va a un respirador. El sonido que emite se entremezcla con el pitido del monitor del corazón, creando una percusión rítmica. Extraer, bombear, extraer, bombear, extraer, bombear... siguiendo el compás de los pitidos. Las cuatro líneas de la pantalla del monitor del corazón se van moviendo de forma continua, lo que demuestra claramente que Ray sigue con nosotros.

Oh, papá...

Aunque tiene la boca torcida por el respirador, parece en paz ahí tumbado y casi dormido.

Una enfermera menuda está de pie en un lado de la sala, comprobando los monitores.

—¿Puedo tocarle? —le pregunto acercando la mano.

—Sí. —Me sonríe amablemente. En su placa de identificación pone KELLIE RN y debe de tener unos veintipocos. Es rubia con los ojos muy, muy oscuros.

Christian se queda a los pies de la cama, observando mientras cojo la mano de Ray. Está sorprendentemente caliente y eso es demasiado para mí. Me dejo caer en la silla que hay junto a la cama, coloco la cabeza sobre el brazo de Ray y empiezo a llorar.

—Oh, papá. Recupérate, por favor —le susurro—. Por favor.

Christian me pone la mano en el hombro y me da un suave apretón.

—Las constantes vitales del señor Steele están bien —me dice en voz baja la enfermera Kellie.

—Gracias —le dice Christian. Levanto la vista justo en el momento en que ella se queda con la boca abierta. Acaba de ver bien por primera vez a mi marido. No me importa. Puede mirar a Christian con la boca abierta todo el tiempo que quiera si hace que mi padre vuelva a ponerse bien.

—¿Puede oírme? —le pregunto.

—Está en un estado de sueño profundo, pero ¿quién sabe?

—¿Puedo quedarme aquí sentada un rato?

—Claro. —Me sonríe con las mejillas sonrosadas por culpa de un rubor revelador. Incomprensiblemente me encuentro pensando que el rubio no es su color natural de pelo.

Christian me mira ignorándola.

—Tengo que hacer una llamada. Estaré fuera. Te dejo unos minutos a solas con tu padre.

Asiento. Me da un beso en el pelo y sale de la habitación. Yo sigo cogiendo la mano de Ray, sorprendida de la ironía de que ahora, cuando está inconsciente, es cuando más ganas tengo de decirle cuánto le quiero. Ese hombre ha sido la única constante en mi vida. Mi roca. Y no me había dado cuenta de ello hasta ahora. No es carne de mi carne, pero es mi padre y le quiero mucho. Las lágrimas vuelven a rodar por mis mejillas. Por favor, por favor, ponte bien.

En voz muy baja, como para no molestar a nadie, le cuento cómo fue nuestro fin de semana en Aspen y el fin de semana pasado volando y navegando a bordo del *Grace*. Le cuento cosas sobre la nueva casa, los planos, nuestra esperanza de poder hacerla ecológicamente sostenible. Prometo llevarle a Aspen para que pueda ir a pescar con Christian y le digo que el señor Rodríguez y José también serán bienvenidos allí. Por favor, sigue en este mundo para poder hacer eso, papá, por favor.

Ray permanece inmóvil; su única respuesta es el ruido del respirador bombeando y el monótono pero tranquilizador pi, pi, pi de la máquina que vigila su corazón.

Cuando levanto la vista encuentro a Christian sentado a los pies de la cama. No sé cuánto tiempo lleva ahí.

—Hola —me dice. Sus ojos brillan de compasión y preocupación.

—Hola.

—¿Así que voy a ir de pesca con tu padre, el señor Rodríguez y José? —me pregunta.

Asiento.

—Vale. Vamos a comer algo y le dejamos dormir.

Frunzo el ceño. No quiero dejarle.

—Ana, está en coma. Les he dado los números de nuestros móviles a las enfermeras. Si hay algún cambio, nos llamarán. Vamos a comer, después nos registramos en un hotel, descansamos y volvemos esta noche.

La suite del Heathman está exactamente igual que como yo la recuerdo. Cuántas veces he pensado en aquella primera noche y la mañana siguiente que pasé con Christian Grey… Me quedo de pie en la entrada de la suite, paralizada. Madre mía, todo empezó aquí.

—Un hogar fuera de nuestro hogar —dice Christian con voz suave dejando su maletín junto a uno de los mullidos sofás—. ¿Quieres darte una ducha? ¿Un baño? ¿Qué necesitas, Ana? —Christian me mira y sé que no sabe qué hacer. Mi niño perdido teniendo que lidiar con cosas que están fuera de su control… Lleva retraído y contemplativo toda la tarde. Se encuentra ante una situación que no puede manipular ni predecir. Esto es la vida real sin paliativos, y ha pasado tanto tiempo manteniéndose al margen de esas cosas que ahora se encuentra expuesto e indefenso. Mi dulce y demasiado protegido Cincuenta Sombras…

—Un baño. Me apetece un baño —murmuro sabiendo que mantenerle ocupado le hará sentir mejor, útil incluso. Oh, Christian… Estoy entumecida, helada y asustada, pero me alegro tanto de que estés aquí conmigo…

—Un baño. Bien. Sí. —Entra en el dormitorio y desaparece de mi vista al entrar en el enorme baño. Unos momentos después el ruido del agua al salir por los grifos para llenar la bañera resuena en la habitación.

Por fin consigo obligarme a seguirle al interior del dormitorio. Miro alucinada varias bolsas del centro comercial Nordstrom que hay sobre la cama. Christian sale del baño con las mangas de la camisa remangadas y sin chaqueta ni corbata.

—He enviado a Taylor a por unas cuantas cosas. Ropa de dormir y todo eso —me dice mirándome con cautela.

Claro. Asiento para hacerle sentir mejor. ¿Dónde está Taylor?

—Oh, Ana —susurra Christian—. Nunca te he visto así. Normalmente eres tan fuerte y tan valiente…

No sé qué decir. Solo puedo mirarle con los ojos muy abiertos. Ahora mismo no tengo nada que ofrecer. Creo que estoy en estado de shock. Me abrazo intentando mantener a raya al frío, aunque sé que es un esfuerzo inútil porque el frío sale de dentro. Christian me atrae hacia él y me abraza.

—Nena, está vivo. Sus constantes vitales son buenas. Solo tenemos que ser pacientes —me dice en un susurro—. Ven. —Me coge la mano y me lleva al baño. Con mucha delicadeza me quita la chaqueta y la coloca en la silla del baño. Después empieza a desabrocharme los botones de la blusa.

El agua está deliciosamente caliente y huele muy bien; el aroma de la flor de loto llena el aire húmedo y caldeado del baño. Estoy tumbada entre las piernas de Christian, con la espalda apoyada en su pecho y los pies descansando sobre los suyos. Los dos estamos callados e introspectivos y por fin entro en calor. Christian me va besando el pelo intermitentemente mientras yo jugueteo con las pompas de jabón. Me rodea los hombros con un brazo.

—No te metiste en la bañera con Leila, ¿verdad? La vez que la bañaste, quiero decir… —le pregunto.

Se queda muy quieto, ríe entre dientes y me da un suave apretón con la mano que descansa sobre mi hombro.

—Mmm… no. —Suena atónito.

—Eso me parecía. Bien.

Me tira un poco del pelo, que tengo recogido en un moño improvisado, haciéndome girar la cabeza para que pueda verme la cara.

—¿Por qué lo preguntas?

Me encojo de hombros.

—Curiosidad insana. No sé… Porque la hemos visto esta semana.

Su expresión se endurece.

—Ya veo. Pues preferiría que fueras menos curiosa. —Su tono es de reproche.

—¿Cuánto tiempo vas a seguir apoyándola?

—Hasta que pueda valerse por sí misma de nuevo. No lo sé. —Se encoge de hombros—. ¿Por qué?

—¿Hay otras?

—¿Otras?

—Otras ex a las que hayas ayudado.

—Hubo una. Pero ya no.

—¿Oh?

—Estudiaba para ser médico. Ahora ya está graduada y además tiene a alguien en su vida.

—¿Otro dominante?

—Sí.

—Leila me dijo que adquiriste dos de sus cuadros.

—Es cierto, aunque no me gustaban mucho. Estaban técnicamente bien, pero tenían demasiado color para mí. Creo que se los quedó Elliot. Como los dos sabemos bien, Elliot carece de buen gusto.

Suelto una risita y Christian me rodea con el otro brazo, lo que hace que se derrame agua por un lado de la bañera.

—Eso está mejor —me susurra y me da un beso en la sien.

—Se va a casar con mi mejor amiga.

—Entonces será mejor que cierre la boca —dice.


Me siento más relajada después del baño. Envuelta en el suave albornoz del Heathman me fijo en las bolsas que hay sobre la cama. Vaya, aquí debe de haber algo más que ropa para dormir... Le echo un vistazo a una. Unos vaqueros y una sudadera con capucha azul claro de mi talla. Madre mía... Taylor ha comprado ropa para todo el fin de semana. ¡Y además sabe la que me gusta! Sonrío y recuerdo que no es la primera vez que compra ropa para mí cuando hemos estado en el Heathman.

—Aparte del día que viniste a acosarme a Clayton's, ¿has ido alguna vez a una tienda a comprarte tus cosas?

—¿Acosarte?

—Sí, acosarme.

—Tú te pusiste nerviosa, si no recuerdo mal. Y ese chico no te dejaba en paz. ¿Cómo se llamaba?

—Paul.

—Uno de tus muchos admiradores.

Pongo los ojos en blanco y él me dedica una sonrisa aliviada y genuina y me da un beso.

—Esa es mi chica —me susurra—. Vístete. No quiero que vuelvas a coger frío.


—Lista —digo. Christian está trabajando en el Mac en la zona de estudio de la suite. Lleva vaqueros negros y un jersey de ochos gris y yo me he puesto los vaqueros, una camiseta blanca y la sudadera con capucha.

—Pareces muy joven —me dice Christian cuando levanta la vista de la pantalla con los ojos brillantes—. Y pensar que mañana vas a ser un año más mayor… —Su voz es nostálgica. Le dedico una sonrisa triste.

—No me siento con muchas ganas de celebrarlo. ¿Podemos ir ya a ver a Ray?

—Claro. Me gustaría que hubieras comido algo. Apenas has tocado la comida.

—Christian, por favor. No tengo hambre. Tal vez después de ver a Ray. Quiero darle las buenas noches.


Cuando llegamos a la UCI nos encontramos con José que se va. Está solo.

—Hola, Ana. Hola, Christian.

—¿Dónde está tu padre?

—Se encontraba demasiado cansado para volver. Ha tenido un accidente de coche esta mañana. —José sonríe preocupado—. Y los analgésicos le han dejado KO. No podía levantarse. He tenido que pelearme con las enfermeras para poder ver a Ray porque no soy pariente.

—¿Y? —le pregunto ansiosa.

—Está bien, Ana. Igual… pero todo bien.

El alivio inunda mi sistema. Que no haya noticias significa buenas noticias.

—¿Te veo mañana, cumpleañera?

—Claro. Estaremos aquí.

José le lanza una mirada a Christian y después me da un abrazo breve.

—*Mañana.*

—Buenas noches, José.

—Adiós, José —dice Christian. José se despide con un gesto de la cabeza y se va por el pasillo—. Sigue loco por ti —me dice Christian en voz baja.

—No, claro que no. Y aunque lo estuviera… —Me encojo de hombros porque ahora mismo no me importa.

Christian me dedica una sonrisa tensa y se me derrite el corazón.

—Bien hecho —le digo.

Frunce el ceño.

—Por no echar espuma por la boca.

Me mira con la boca abierta, herido pero también divertido.

—Yo no echo espuma por la boca… Vamos a ver a tu padre. Tengo una sorpresa para ti.

—¿Una sorpresa? —Abro mucho los ojos, alarmada.

—Ven. —Christian me coge la mano y empujamos para abrir las puertas de la UCI.

De pie junto a la cama de Ray está Grace, enfrascada en una conversación con Crowe y otra doctora, una mujer que no había visto antes. Al vernos Grace sonríe.

Oh, gracias a Dios.

—Christian —le saluda y le da un beso en la mejilla. Después se vuelve hacia mí y me da un abrazo cariñoso.

—Ana, ¿cómo lo llevas?

—Yo estoy bien. Es mi padre el que me preocupa.

—Está en buenas manos. La doctora Sluder es una experta en su campo. Nos formamos juntas en Yale.

Oh…

—Señora Grey —me saluda formalmente la doctora Sluder. Tiene el pelo corto y es menuda y delicada, con una sonrisa tímida y un suave acento sureño—. Como médico principal de su padre me alegra decirle que todo va sobre ruedas. Sus constantes vitales son estables y fuertes. Tenemos fe en que pueda conseguir una recuperación total. La inflamación cerebral se ha detenido y muestra signos de disminución. Es algo muy alentador teniendo en cuenta que ha pasado tan poco tiempo.

—Eso son buenas noticias —murmuro.

Ella me sonríe con calidez.

—Lo son, señora Grey. Le estamos cuidando mucho. Y me alegro de verte de nuevo, Grace.

Grace le sonríe.

—Igualmente, Lorraina.

—Doctor Crowe, dejemos a estas personas para que pasen un tiempo con el señor Steele. —Crowe sigue a la doctora Sluder hacia la salida.

Miro a Ray y, por primera vez desde el accidente, me siento esperanzada. Las palabras de la doctora Sluder y de Grace han avivado esa esperanza.

Grace me coge la mano y me da un suave apretón.

—Ana, cariño, siéntate con él. Háblale. Todo está bien. Yo me quedaré con Christian en la sala de espera.

Asiento. Christian me sonríe para darme seguridad y él y su madre se van, dejándome con mi querido padre dormido plácidamente con el ruido del respirador y del monitor del corazón como nana.

Me pongo la camiseta blanca de Christian y me meto en la cama.

—Pareces más contenta —me dice Christian cautelosamente mientras se pone el pijama.

—Sí. Creo que hablar con tu madre y con la doctora Sluder ha cambiado las cosas. ¿Le has pedido tú a Grace que venga?

Christian se mete en la cama, me atrae hacia sus brazos y me gira para que quede de espaldas a él.

—No. Ella quiso venir a ver cómo estaba tu padre.

—¿Cómo lo ha sabido?

—La he llamado yo esta mañana.

Oh.

—Nena, estás agotada. Deberías dormir.

—Mmm… —murmuro totalmente de acuerdo. Tiene razón. Estoy muerta de cansancio. Ha sido un día lleno de emociones. Giro la cabeza y le miro un segundo. ¿No vamos a hacer el amor? Me siento aliviada. De hecho lleva todo el día tratándome con cierta distancia. Me pregunto si debería sentirme alarmada por esa circunstancia, pero como la diosa que llevo dentro ha abandonado el edificio y se ha llevado mi libido con ella, creo que mejor lo pienso por la mañana. Me vuelvo a girar y me acurruco contra Christian, entrelazando una pierna con las suyas.

—Prométeme algo —me dice en voz baja.

—¿Mmm? —Estoy demasiado cansada para articular una pregunta.

—Prométeme que vas a comer algo mañana. Puedo tolerar con dificultad que te pongas la chaqueta de otro hombre sin echar espuma por la boca, pero Ana… tienes que comer. Por favor.

—Mmm —concedo. Me da un beso en el pelo—. Gracias por estar aquí —murmuro y le beso el pecho adormilada.

—¿Y dónde iba a estar si no? Quiero estar donde tú estés, Ana, sea donde sea. Estar aquí me hace pensar en lo lejos que hemos llegado. Y en la primera noche que pasé contigo. Menuda noche… Me quedé mirándote durante horas. Estabas… briosa —dice sin aliento. Sonrío contra su pecho—. Duerme —murmura, y ahora es una orden. Cierro los ojos y me dejo llevar por el sueño.

# 18

M e revuelvo y abro los ojos a una clara mañana de septiembre. Calentita y cómoda, arropada entre sábanas limpias y
almidonadas, necesito un momento para ubicarme y me siento
abrumada por una sensación de *déjà vu*. Claro, estoy en el Heathman.

—¡Mierda! Papá… —exclamo en voz alta recordando por
qué estoy en Portland. Se me retuerce el estómago por la aprensión y noto una opresión en el corazón, que además me late con
fuerza.

—Tranquila. —Christian está sentado en el borde de la cama.
Me acaricia la mejilla con los nudillos y eso me calma instantáneamente—. He llamado a la UCI esta mañana. Ray ha pasado
buena noche. Todo está bien —me dice para tranquilizarme.

—Oh, bien. Gracias —murmuro a la vez que me siento.

Se inclina y me da un beso en la frente.

—Buenos días, Ana —me susurra y me besa en la sien.

—Hola —murmuro. Christian está levantado y ya vestido con
una camiseta negra y vaqueros.

—Hola —me responde con los ojos tiernos y cálidos—. Quiero desearte un feliz cumpleaños, ¿te parece bien?

Le dedico una sonrisa dudosa y le acaricio la mejilla.

—Sí, claro. Gracias. Por todo.

Arruga la frente.

—¿Todo?

—Todo.

Por un momento parece confundido, pero es algo fugaz. Tiene los ojos muy abiertos por la anticipación.

—Toma —me dice dándome una cajita exquisitamente envuelta con una tarjeta.

A pesar de la preocupación que siento por mi padre, noto la ansiedad y el entusiasmo de Christian, y me contagia. Leo la tarjeta:

*Por todas nuestras primeras veces, felicidades por tu primer cumpleaños como mi amada esposa.*
*Te quiero.*
*C. x*

Oh, Dios mío, ¡qué dulce!

—Yo también te quiero —le digo sonriéndole.

Él también sonríe.

—Ábrelo.

Desenvuelvo el papel con cuidado para que no se rasgue y dentro encuentro una bonita caja de piel roja. Cartier. Ya me es familiar gracias a los pendientes de la segunda oportunidad y al reloj. Abro la caja poco a poco y descubro una delicada pulsera con colgantes de plata, platino u oro blanco, no sabría decir, pero es absolutamente preciosa. Tiene varios colgantes: la torre Eiffel, un taxi negro londinense, un helicóptero (el *Charlie Tango*), un planeador (el vuelo sin motor), un catamarán (el *Grace*), una cama y ¿un cucurucho de helado? Le miro sorprendida.

—¿De vainilla? —dice encogiéndose de hombros como disculpándose y no puedo evitar reírme. Por supuesto.

—Christian, es preciosa. Gracias. Es «briosa».

Sonríe.

Mi favorito es uno con forma de corazón. Además es un relicario.

—Puedes poner una foto o lo que quieras dentro.

—Una foto tuya. —Le miro con los ojos entornados—. Siempre en mi corazón.

Me dedica esa preciosa sonrisa tímida tan suya que me parte el corazón.

Examino los dos últimos colgantes: Una C… Claro, yo soy la primera que le llama por su nombre. Sonrío al pensarlo. Y por último una llave.

—La llave de mi corazón y de mi alma —susurra.

Se me llenan los ojos de lágrimas. Me lanzo hacia donde está él, le rodeo el cuello con los brazos y me siento en su regazo.

—Qué regalo más bien pensado. Me encanta. Gracias —le susurro al oído. Oh, huele tan bien… A limpio, a ropa recién planchada, a gel de baño y a Christian. Como el hogar, mi hogar. Las lágrimas que ya amenazaban empiezan a caer.

Él gruñe bajito y me abraza.

—No sé qué haría sin ti. —Se me quiebra la voz cuando intento contener el abrumador cúmulo de emociones que siento.

Él traga saliva con dificultad y me abraza más fuerte.

—No llores, por favor.

Sorbo por la nariz en un gesto muy poco femenino.

—Lo siento. Es que estoy feliz, triste y nerviosa al mismo tiempo. Es un poco agridulce.

—Tranquila —dice con una voz tan suave como una pluma. Me echa la cabeza hacia atrás y me da un beso tierno en los labios—, lo comprendo.

—Lo sé —susurro y él me recompensa de nuevo con su sonrisa tímida.

—Ojala estuviéramos en casa y las circunstancias fueran más felices. Pero tenemos que estar aquí. —Vuelve a encogerse de hombros como disculpándose—. Vamos, levántate. Después de desayunar iremos a ver a Ray.


Me visto con los vaqueros nuevos y una camiseta. Mi apetito vuelve brevemente durante el desayuno en la suite. Sé que Christian está encantado de verme comer los cereales con el yogur griego.

—Gracias por pedirme mi desayuno favorito.

—Es tu cumpleaños —dice Christian—. Y tienes que dejar de darme las gracias. —Pone los ojos en blanco un poco irritado pero con cariño, creo.

—Solo quiero que sepas que te estoy agradecida.

—Anastasia, esas son las cosas que yo hago. —Su expresión es seria. Claro, Christian siempre al mando y ejerciendo el control. ¿Cómo he podido olvidarlo? ¿Le querría de otra forma?

Sonrío.

—Claro.

Me mira confuso y después niega con la cabeza.

—¿Nos vamos?

—Voy a lavarme los dientes.

Sonríe burlón.

—Vale.

¿Por qué sonríe así? Esa sonrisa me persigue mientras me dirijo al baño. Un recuerdo aparece sin avisar en mi mente. Usé su cepillo de dientes cuando pasé aquí la primera noche con él. Ahora soy yo la que sonríe burlona y cojo su cepillo en recuerdo de aquella vez. Me miro en el espejo mientras me lavo los dientes. Estoy pálida, demasiado. Pero siempre estoy pálida. La última vez que estuve aquí estaba soltera y ahora ya estoy casada, ¡a los veintidós! Me estoy haciendo vieja. Me enjuago la boca.

Levanto la muñeca y la agito un poco; los colgantes de la pulsera producen un alegre tintineo. ¿Cómo sabe mi Cincuenta cuál es siempre el regalo perfecto? Inspiro hondo intentando contener todas las emociones que todavía siento pululando por mi sistema y admiro de nuevo la pulsera. Estoy segura de que le ha costado una fortuna. Oh, bueno… Se lo puede permitir.

Cuando vamos de camino a los ascensores, Christian me coge la mano, me da un beso en los nudillos y acaricia con el pulgar el colgante de *Charlie Tango* de mi pulsera.

—¿Te gusta?

—Más que eso. La adoro. Muchísimo. Como a ti.

Sonríe y vuelve a besarme los nudillos. Me siento algo mejor que ayer. Tal vez es porque ahora es por la mañana y el mundo parece un lugar que encierra un poco más de esperanza de la que se veía en medio de la noche. O tal vez es por el despertar tan dulce que me ha dedicado mi marido. O porque sé que Ray no está peor.

Cuando entramos en el ascensor vacío, miro a Christian. Él me mira también y vuelve a sonreír burlonamente.

—No —me susurra cuando se cierran las puertas.

—¿Que no qué?

—No me mires así.

—«¡Que le den al papeleo!» —murmuro recordando y sonrío.

Él suelta una carcajada; es un sonido tan infantil y despreocupado... Me atrae hacia sus brazos y me echa atrás la cabeza.

—Algún día voy a alquilar este ascensor durante toda una tarde.

—¿Solo una tarde? —pregunto levantando una ceja.

—Señora Grey, es usted insaciable.

—Cuando se trata de ti, sí.

—Me alegro mucho de oírlo —dice y me da un beso suave.

Y no sé si es porque estamos en este ascensor, porque no me ha tocado en más de veinticuatro horas o simplemente porque se trata de mi atractivo marido, pero el deseo se despierta y se estira perezosamente en mi vientre. Le paso los dedos por el pelo y hago el beso más profundo, apretándole contra la pared y pegando mi cuerpo caliente contra el suyo.

Él gime dentro de mi boca y me coge la cabeza, acariciándome mientras nos besamos. Y nos besamos de verdad, con nuestras lenguas explorando el territorio tan familiar y a la vez tan nuevo de la boca del otro. La diosa que llevo dentro se derrite y saca a mi libido de su reclusión. Yo le acaricio esa cara que tanto quiero con las manos.

—Ana —jadea.

—Te quiero, Christian Grey. No lo olvides —le susurro mirándole a los ojos grises que se están oscureciendo.

El ascensor se para con suavidad y las puertas se abren.

—Vámonos a ver a tu padre antes de que decida alquilar este ascensor hoy mismo. —Me da otro beso rápido, me coge la mano y me lleva hasta el vestíbulo.

Cuando pasamos ante el conserje, Christian le hace una discreta señal al hombre amable de mediana edad que hay detrás del mostrador. Él asiente y coge su teléfono. Miro inquisitivamente a Christian y él me dedica esa sonrisa suya que me indica que guarda un secreto. Frunzo el ceño y durante un momento parece nervioso.

—¿Dónde está Taylor? —le pregunto.

—Ahora lo verás.

Claro, seguro que ha ido a por el coche.

—¿Y Sawyer?

—Haciendo recados.

¿Qué recados? Christian evita la puerta giratoria y sé que es porque no quiere soltarme la mano. Eso me alarma. Fuera nos encontramos con una mañana suave de finales de verano, pero se nota ya en la brisa el aroma del otoño cercano. Miro a mi alrededor buscando el Audi todoterreno y a Taylor. Pero no hay señal de ellos. Christian me aprieta la mano y yo me giro hacia él. Parece nervioso.

—¿Qué pasa?

Él se encoge de hombros. El ronroneo del motor de un coche que se acerca me distrae. Es un sonido ronco… Me resulta familiar. Cuando me vuelvo para buscar la fuente del ruido, este cesa de repente. Taylor está bajando de un brillante coche deportivo blanco que ha aparcado delante de nosotros.

¡Oh, Dios mío! ¡Es un R8! Giro la cabeza bruscamente hacia Christian, que me mira expectante. «Puedes regalarme uno para mi cumpleaños. Uno blanco, creo.»

—¡Feliz cumpleaños! —me dice y sé que está intentando evaluar mi reacción. Le miro con la boca abierta porque eso es todo lo que soy capaz de hacer ahora mismo. Me da la llave.

—Te has vuelvo completamente loco —le susurro.

¡Me ha comprado un Audi R8! Madre mía. Justo como yo le pedí… Una enorme sonrisa inunda mi cara y doy saltitos en el sitio donde estoy en un momento de entusiasmo absoluto y desenfrenado. La expresión de Christian es igual que la mía y voy bailando hacia los brazos que me tiende abiertos. Él me hace girar.

—¡Tienes más dinero que sentido común! —chillo—. ¡Y eso me encanta! Gracias. —Deja de hacerme girar y me inclina de repente, sorprendiéndome tanto que tengo que agarrarme a sus brazos.

—Cualquier cosa para usted, señora Grey. —Me sonríe. Oh, Dios mío. Vaya expresión de afecto tan pública. Se inclina y me besa—. Vamos, tenemos que ir a ver a tu padre.

—Sí. ¿Puedo conducir yo?

Me sonríe.

—Claro. Es tuyo.

Me levanta y me suelta y yo voy correteando hasta la puerta del conductor.

Taylor me la abre sonriendo de oreja a oreja.

—Feliz cumpleaños, señora Grey.

—Gracias, Taylor. —Le dejo asombrado al darle un breve abrazo, que él me devuelve algo incómodo. Cuando subo al coche veo que se ha sonrojado. Cuando ya estoy sentada, cierra la puerta rápidamente.

—Conduzca con cuidado, señora Grey —me dice un poco brusco. Le sonrío porque no puedo contener mi entusiasmo.

—Lo haré —le prometo metiendo la llave en el contacto mientras Christian se acomoda a mi lado.

—Tómatelo con calma. Hoy no nos persigue nadie —me dice. Cuando giro la llave en el contacto, el motor cobra vida con el sonido del trueno. Miro por el espejo retrovisor interior y por los laterales y aprovechando uno de esos extraños momentos en los que hay un hueco en el tráfico, hago un cambio de sentido perfecto y salimos disparados en dirección al hospital OSHU.

—¡Uau! —exclama Christian alarmado.

—¿Qué?

—No quiero que acabes en la UCI al lado de tu padre. Frena un poco —gruñe en un tono que no admite discusión. Suelto ligeramente el acelerador y le sonrío.

—¿Mejor?

—Mucho mejor —murmura intentando parecer serio, pero fracasando estrepitosamente.


Ray sigue en el mismo estado. Al verle se me cae el alma a los pies a pesar del emocionante viaje hasta aquí en el coche. Debo conducir con más cuidado. Nunca se sabe cuándo puedes toparte con un conductor borracho. Tengo que preguntarle a Christian qué ha pasado con el imbécil que embistió a Ray; seguro que él lo sabe. A pesar de los tubos, mi padre parece cómodo y creo que tiene un poco más de color en las mejillas. Le cuento los acontecimientos de la mañana mientras Christian pasea por la sala de espera haciendo llamadas.

La enfermera Kellie está comprobando los tubos de Ray y escribiendo algo en sus gráficas.

—Todas sus constantes están bien, señora Grey —me dice y me sonríe amablemente.

—Eso es alentador, gracias.

Un poco más tarde aparece el doctor Crowe con dos ayudantes.

—Señora Grey, tengo que llevarme a su padre a radiología —me dice afectuosamente—. Le vamos a hacer un TAC para ver qué tal va su cerebro.

—¿Tardarán mucho?

—Más o menos una hora.

—Esperaré. Quiero saber cómo está.

—Claro, señora Grey.

Salgo a la sala de espera vacía donde está Christian hablando por teléfono y paseándose arriba y abajo. Mientras habla mira por la ventana a la vista panorámica de Portland. Cuando cierro la puerta se gira hacia mí; parece enfadado.

—¿Cuánto por encima del límite?… Ya veo… Todos los cargos, todo. El padre de Ana está en la UCI; quiero que caiga todo el peso de la ley sobre él, papá… Bien. Mantenme informado. —Cuelga.

—¿El otro conductor?

Asiente.

—Un mierda del sudeste de Portland que conducía un tráiler —dice torciendo la boca. A mí me dejan anonadada las palabras que ha utilizado y su tono de desprecio. Camina hasta donde estoy yo y suaviza el tono.

—¿Has acabado con Ray ¿Quieres que nos vayamos?

—Eh… no. —Le miro todavía pensando en esa demostración de desdén.

—¿Qué pasa?

—Nada. A Ray se lo han llevado a radiología para hacerle un TAC y comprobar la inflamación del cerebro. Quiero esperar para conocer los resultados.

—Vale, esperaremos. —Se sienta y me tiende los brazos. Como estamos solos, yo me acerco de buen grado y me acurruco en su regazo—. Así no es como había planeado pasar el día —murmura Christian junto a mi pelo.

—Yo tampoco, pero ahora me siento más positiva. Tu madre me ha tranquilizado mucho. Fue muy amable viniendo anoche.

Christian me acaricia la espalda y apoya la barbilla en mi cabeza.

—Mi madre es una mujer increíble.

—Lo es. Tienes mucha suerte de tenerla.

Christian asiente.

—Debería llamar a la mía y decirle lo de Ray —murmuro y Christian se pone tenso—. Me sorprende que no me haya llamado ella a mí. —Frunzo el ceño al darme cuenta de algo: es mi cumpleaños y ella estaba allí cuando nací. Me siento un poco dolida. ¿Por qué no me ha llamado?

—Tal vez sí que lo ha hecho —dice Christian.

Saco mi BlackBerry del bolsillo. No tengo llamadas perdidas, pero sí unos cuantos mensajes: felicitaciones de Kate, José, Mia y Ethan. Nada de mi madre. Niego con la cabeza, triste.

—Llámala —me dice en voz baja. Lo hago, pero no contesta; sale el contestador. No dejo ningún mensaje. ¿Cómo se ha podido olvidar mi madre de mi cumpleaños?

—No está. La llamaré luego, cuando tengamos los resultados del TAC.

Christian aprieta su abrazo, acariciándome el pelo con la nariz una vez más y decide con acierto no hacer ningún comentario sobre el comportamiento poco maternal de mi madre. Siento más que oigo la vibración de su BlackBerry. La saca con dificultad de su bolsillo pero no me deja levantarme.

—Andrea —contesta muy profesional de nuevo. Hago otro intento de levantarme, pero no me lo permite. Frunce el ceño y me coge con fuerza por la cintura. Yo vuelvo a apoyarme contra su pecho y escucho solo una parte de la conversación—. Bien… ¿Cuál es la hora estimada de llegada?… ¿Y los otros, mmm… paquetes? —Christian mira el reloj—. ¿Tienen todos los detalles en el Heathman?… Bien… Sí. Eso puede esperar hasta el lunes por la mañana, pero envíamelo en un correo por si acaso: lo imprimiré, lo firmaré y te lo mandaré de vuelta escaneado… Pueden esperar. Vete a casa, Andrea… No, estamos bien, gracias. —Cuelga.

—¿Todo bien?

—Sí.

—¿Es por lo de Taiwan?

—Sí. —Se mueve un poco debajo de mí.

—¿Peso mucho?

Ríe entre dientes.

—No, nena.

—¿Estás preocupado por el negocio con los taiwaneses?

—No.

—Creía que era importante.

—Lo es. El astillero de aquí depende de ello. Hay muchos puestos de trabajo en juego.

¡Oh!

—Solo nos queda vendérselo a los sindicatos. Eso es trabajo de Sam y Ros. Pero teniendo en cuenta cómo va la economía, ninguno de nosotros tenemos elección.

Bostezo.

—¿La aburro, señora Grey? —Vuelve a acariciarme el pelo otra vez, divertido.

—¡No! Nunca… Es que estoy muy cómoda en tu regazo. Me gusta oírte hablar de tus negocios.

—¿Ah, sí? —pregunta sorprendido.

—Claro. —Me echo un poco atrás para mirarle—. Me encanta oír cualquier información que te dignes compartir conmigo. —Le sonrío burlonamente y él me mira divertido y niega con la cabeza.

—Siempre ansiosa por recibir información, señora Grey.

—Dímelo —le digo mientras me acomodo contra su pecho.

—¿Que te diga qué?

—Por qué lo haces.

—¿El qué?

—Por qué trabajas así.

—Un hombre tiene que ganarse la vida —dice divertido.

—Christian, ganas más dinero que para ganarte la vida. —Mi voz está llena de ironía. Frunce el ceño y se queda callado un momento. Me parece que no va a contarme ningún secreto, pero me sorprende.

—No quiero ser pobre —me dice en voz baja—. Ya he vivido así. No quiero volver a eso. Además… es un juego —explica—. Todo va sobre ganar. Y es un juego que siempre me ha parecido fácil.

—A diferencia de la vida —digo para mí. Entonces me doy cuenta de que lo he dicho en voz alta.

—Sí, supongo. —Frunce el ceño—. Pero es más fácil contigo.

¿Más fácil conmigo? Le abrazo con fuerza.

—No puede ser todo un juego. Eres muy filantrópico.

Se encoge de hombros y sé que cada vez está más incómodo.

—Tal vez en cuanto a algunas cosas —concede en voz baja.

—Me encanta el Christian filantrópico —murmuro.

—¿Solo ese?

—Oh, también el Christian megalómano, y el Christian obseso del control, y el Christian experto en el sexo, y el Christian pervertido, y el Christian romántico y el Christian tímido… La lista es infinita.

—Eso son muchos Christians.

—Yo diría que unos cincuenta.

Ríe.

—Cincuenta Sombras —dice contra mi pelo.

—Mi Cincuenta Sombras.

Se mueve, me echa la cabeza hacia atrás y me da un beso.

—Bien, señora Cincuenta Sombras, vamos a ver qué tal va lo de su padre.

—Vale.

—¿Podemos dar una vuelta en el coche?

Christian y yo estamos otra vez en el R8 y me siento vertiginosamente optimista. El cerebro de Ray ha vuelto a la normalidad; la inflamación ha desaparecido. La doctora Sluder ha decidido que mañana le despertará del coma. Dice que está muy satisfecha con sus progresos.

—Claro —me dice Christian sonriendo—. Es tu cumpleaños. Podemos hacer lo que tú quieras.

¡Oh! Su tono me hace girarme para mirarle. Sus ojos se han oscurecido.

—¿Lo que yo quiera?

—Lo que tú quieras.

¿Cuántas promesas se pueden encerrar en solo cuatro palabras?

—Bueno, quiero conducir.

—Entonces conduce, nena. —Me sonríe y yo también le respondo con una sonrisa.

Mi coche es tan fácil de manejar que parece que estoy en un sueño. Cuando llegamos a la interestatal 5 piso el acelerador, lo que hace que salgamos disparados hacia atrás en los asientos.

—Tranquila, nena —me advierte Christian.


Mientras conducimos de vuelta a Portland se me ocurre una idea.

—¿Tienes algún plan para comer? —le pregunto a Christian.

—No. ¿Tienes hambre? —Parece esperanzado.

—Sí.

—¿Adónde quieres ir? Es tu día, Ana.

—Ya lo sé…

Me dirijo a las cercanías de la galería donde José exhibe sus obras y aparco justo en la entrada del restaurante Le Picotin, adonde fuimos después de la exposición de José.

Christian sonríe.

—Por un momento he creído que me ibas a llevar a aquel bar horrible desde el que me llamaste borracha aquella vez…

—¿Y por qué iba a hacer eso?

—Para comprobar si las azaleas todavía están vivas —dice con ironía arqueando una ceja.

Me sonrojo.

—¡No me lo recuerdes! De todas formas, después me llevaste a tu habitación del hotel… —le digo sonriendo.

—La mejor decisión que he tomado —dice con una mirada tierna y cálida.

—Sí, cierto. —Me acerco y le doy un beso.

—¿Crees que ese gilipollas soberbio seguirá sirviendo las mesas? —me pregunta Christian.

—¿Soberbio? A mí no me pareció mal.

—Estaba intentando impresionarte.

—Bueno, pues lo consiguió.

Christian tuerce la boca con una mueca de fingido disgusto.

—¿Vamos a comprobarlo? —le sugiero.

—Usted primero, señora Grey.


Después de comer y de un pequeño rodeo hasta el Heathman para recoger el portátil de Christian, volvemos al hospital. Paso la tarde con Ray, leyéndole en voz alta los manuscritos que he recibido. Lo único que me acompaña es el sonido de las máquinas que le mantienen con vida, conmigo. Ahora que sé que está mejorando ya puedo respirar con más facilidad y relajarme. Tengo esperanza. Solo necesita tiempo para ponerse bien. Me pregunto si debería volver a intentar llamar a mi madre, pero decido que mejor más tarde. Le cojo la mano con delicadeza a Ray mientras le leo y se la aprieto de vez en cuando como para desearle que se mejore. Sus dedos son suaves y cálidos. Todavía tiene la marca donde llevaba la alianza, después de todo este tiempo…

Una hora o dos más tarde, he perdido la noción del tiempo, levanto la vista y veo a Christian con el portátil en la mano a los pies de la cama de Ray junto a la enfermera Kellie.

—Es hora de irse, Ana.

Oh. Le aprieto fuerte la mano a Ray. No quiero dejarle.

—Quiero que comas algo. Vamos. Es tarde. —El tono de Christian es contundente.

—Y yo voy a asear al señor Steele —dice la enfermera Kellie.

—Vale —claudico—. Volveré mañana por la mañana.

Le doy un beso a Ray en la mejilla y siento bajo los labios un principio de barba poco habitual en él. No me gusta. Sigue mejorando, papá. Te quiero.


—He pensado que podemos cenar abajo. En una sala privada —dice Christian con un brillo en los ojos cuando abre la puerta de la suite.

—¿De verdad? ¿Para acabar lo que empezaste hace unos cuantos meses?

Sonríe.

—Si tiene mucha suerte sí, señora Grey.

Río.

—Christian, no tengo nada elegante que ponerme.

Con una sonrisa me tiende la mano para llevarme hasta el dormitorio. Abre el armario y dentro hay una gran funda blanca de las que se usan para proteger los vestidos.

—¿Taylor? —le pregunto.

—Christian —responde, enérgico y herido al mismo tiempo. Su tono me hace reír. Abro la cremallera de la funda y encuentro un vestido azul marino de seda. Lo saco. Es precioso: ajustado y con tirantes finos. Parece pequeño.

—Es maravilloso. Gracias. Espero que me valga.

—Sí, seguro —dice confiadamente—. Y toma —prosigue cogiendo una caja de zapatos—, zapatos a juego. —Me dedica una sonrisa torcida.

—Piensas en todo. Gracias. —Me acerco y le doy un beso.

—Claro que sí —me dice pasándome otra bolsa.

Le miro inquisitivamente. Dentro hay un body negro y sin tirantes con la parte central de encaje. Me acaricia la cara, me levanta la barbilla y me da un beso.

—Estoy deseando quitarte esto después.

Renovada tras un baño, limpia, depilada y sintiéndome muy consentida, me siento en el borde de la cama y empiezo a secarme el pelo. Christian entra en el dormitorio. Creo que ha estado trabajando.

—Déjame a mí —me dice y me señala una silla delante del tocador.

—¿Quieres secarme el pelo?

Asiente y yo le miro perpleja.

—Vamos —dice clavándome la mirada. Conozco esa expresión y no se me ocurriría desobedecer. Lenta y metódicamente me va secando el pelo, mechón tras mechón, con su habilidad habitual.

—Has hecho esto antes —le susurro. Su sonrisa se refleja en el espejo, pero no dice nada y sigue cepillándome el pelo. Mmm… es muy relajante.

Entramos en el ascensor para bajar a cenar; esta vez no estamos solos. Christian está guapísimo con su camisa blanca de firma, vaqueros negros y chaqueta, pero sin corbata. Las dos mujeres que entran también en el ascensor le lanzan miradas de admiración a él y de algo menos generoso a mí. Yo oculto mi sonrisa. Sí, señoras, es mío. Christian me coge la mano y me acerca a él mientras bajamos en silencio hasta la planta donde se halla el restaurante.

Está lleno de gente vestida de noche, todos sentados charlando y bebiendo como inicio de la noche del sábado. Me alegro de encajar ahí. El vestido me queda muy ajustado, abrazándome las curvas y manteniendo todo en su lugar. Tengo que decir que me siento… atractiva llevándolo. Sé que Christian lo aprueba.

Al principio creo que vamos hacia el comedor privado donde discutimos por primera vez el contrato, pero Christian me conduce hasta el extremo del pasillo, donde abre una puerta que da a otra sala forrada de madera.

—¡Sorpresa!

Oh, Dios mío. Kate y Elliot, Mia y Ethan, Carrick y Grace, el señor Rodríguez y José y mi madre y Bob, todos levantando sus copas. Me quedo de pie mirándoles con la boca abierta y sin habla. ¿Cómo? ¿Cuándo? Me giro hacia Christian asombrada y él me aprieta la mano. Mi madre se acerca y me abraza. ¡Oh, mamá!

—Cielo, estás preciosa. Feliz cumpleaños.

—¡Mamá! —lloriqueo abrazándola. Oh, mamá… Las lágrimas ruedan por mis mejillas a pesar de que estoy en público y entierro mi cara en su cuello.

—Cielo, no llores. Ray se pondrá bien. Es un hombre fuerte. No llores. No el día de tu cumpleaños. —Se le quiebra la voz, pero mantiene la compostura. Me coge la cara con las manos y me enjuga las lágrimas con los pulgares.

—Creía que se te había olvidado.

—¡Oh, Ana! ¿Cómo se me iba a olvidar? Diecisiete horas de parto es algo que no se olvida fácilmente.

Suelto una risita entre las lágrimas y ella sonríe.

—Sécate los ojos, cariño. Hay mucha gente aquí para compartir contigo tu día especial.

Sorbo por la nariz y no quiero mirar a los demás, avergonzada y encantada de que todo el mundo haya hecho el esfuerzo de venir aquí a verme.

—¿Cómo has venido? ¿Cuándo has llegado?

—Tu marido me mandó su avión, cielo —dice sonriendo, impresionada.

Yo me río.

—Gracias por venir, mamá. —Me limpia la nariz con un pañuelo de papel como solo una madre podría hacer—. ¡Mamá! —la riño e intento recuperar la compostura.

—Eso está mejor. Feliz cumpleaños, hija. —Se aparta a un lado y todos los demás hacen una cola para abrazarme y desearme feliz cumpleaños.

—Está mejorando, Ana. La doctora Sluder es una de las mejores del país. Feliz cumpleaños, ángel —me dice Grace y me abraza.

—Puedes llorar todo lo que quieras, Ana. Es tu fiesta. —José también me abraza.

—Feliz cumpleaños, niña querida. —Carrick me sonríe y me coge la cara.

—¿Qué pasa, chica? Tu padre se va a recuperar. —Elliot me rodea con sus brazos—. Feliz cumpleaños.

—Ya basta. —Christian me coge la mano y me aparta del abrazo de Elliot—. Ya vale de toquetear a mi mujer. Toquetea a tu prometida.

Elliot le sonríe maliciosamente y le guiña un ojo a Kate.

Un camarero que no he visto antes nos ofrece a Christian y a mí unas copas con champán rosa.

Christian carraspea para aclararse la garganta.

—Este sería un día perfecto si Ray se hallara aquí con nosotros, pero no está lejos. Se está recuperando bien y estoy seguro de que querría que disfrutaras de tu día, Ana. Gracias a todos vosotros por venir a compartir el cumpleaños de mi preciosa mujer, el primero de los muchos que vendrán. Feliz cumpleaños, mi amor. —Christian levanta la copa en mi dirección entre un coro de «feliz cumpleaños» y tengo que esforzarme por mantener a raya las lágrimas.

Observo mientras oigo las animadas conversaciones que se están produciendo alrededor de la mesa de la cena. Es raro verme aquí, arropada por el núcleo de mi familia, sabiendo que el hombre que considero mi padre se encuentra con una máquina de ventilación asistida en el frío ambiente clínico de la UCI. No sé cómo lo han hecho, pero me alegro de que estén todos aquí. Contemplo el intercambio de insultos entre Elliot y Christian, el humor cálido y siempre a la que salta de José, el entusiasmo de Mia por la fiesta y por la comida mientras Ethan la mira con picardía. Creo que ella le gusta... pero es difícil decirlo. El señor Rodríguez está sentado disfrutando de las conversaciones. Tiene mejor aspecto. Ha descansado. José está muy pendiente de él, cortándole la comida y manteniéndole la copa llena. Que el único progenitor que le queda haya estado tan cerca de la muerte ha hecho que José aprecie más al señor Rodríguez, estoy convencida.

Miro a mi madre. Está en su elemento, encantadora, divertida y cariñosa. La quiero mucho. Tengo que acordarme de decírselo. La vida es tan preciosa… ahora me doy cuenta.

—¿Estás bien? —me pregunta Kate con una voz suave muy poco propia de ella.

Asiento y le cojo la mano.

—Sí. Gracias por venir.

—¿Crees que tu marido el millonario iba a evitar que yo estuviera aquí contigo en tu cumpleaños? ¡Hemos venido en el helicóptero! —Sonríe.

—¿De verdad?

—Sí. Todos. Y pensar que Christian sabe pilotarlo… Es sexy.

—Sí, a mí también me lo parece.

Sonreímos.

—¿Te quedas aquí esta noche? —le pregunto.

—Sí. Todos. ¿No sabías nada de esto?

Niego con la cabeza.

—Qué astuto, ¿eh?

Asiento.

—¿Qué te ha regalado por tu cumpleaños?

—Esto —digo mostrándole la pulsera.

—¡Oh, qué bonita!

—Sí.

—Londres, París… ¿Helado?

—No lo quieras saber.

—Me lo puedo imaginar.

Nos reímos y me sonrojo recordando la marca de helado: Ben&Jerry. Ahora será Ben&Jerry&Ana…

—Oh, y un Audi R8.

Kate escupe el vino, que le cae de una forma muy poco atractiva por la barbilla, lo que nos hacer reír más a las dos.

—Se ha superado el cabrón, ¿no? —ríe.

Cuando llega el momento del postre me traen una suntuosa tarta de chocolate con veintidós velas plateadas y un coro desafinado que me dedica el «Cumpleaños feliz». Grace observa a Christian, que canta con los demás amigos y familia, y sus ojos brillan de amor. Su mirada se cruza con la mía y me lanza un beso.

—Pide un deseo —me susurra Christian. Y con un solo soplido apago todas las velas, deseando con todas mis fuerzas que mi padre se ponga bien: papá ponte bien, por favor, ponte bien. Te quiero mucho.

A medianoche, el señor Rodríguez y José se van.

—Muchas gracias por venir. —Le doy un fuerte abrazo a José.

—No me lo habría perdido por nada del mundo. Me alegro de que Ray esté mejorando.

—Sí. Tú, el señor Rodríguez y Ray tenéis que venir a Aspen a pescar con Christian.

—¿Sí? Suena bien. —José sonríe antes de ir en busca del abrigo de su padre y yo me agacho para despedirme del señor Rodríguez.

—¿Sabes, Ana? Hubo un tiempo en que creí que… bueno, que tú y José… —Deja la frase sin terminar y me observa con su mirada oscura intensa pero llena de cariño.

Oh, no…

—Le tengo mucho cariño a su hijo, señor Rodríguez, pero es como un hermano para mí.

—Habrías sido una nuera estupenda. O más bien lo eres: para los Grey. —Sonríe nostálgico y yo me sonrojo.

—Espero que se conforme con ser un amigo.

—Claro. Tu marido es un buen hombre. Has elegido bien, Ana.

—Eso creo —le susurro—. Le quiero mucho. —Le doy un abrazo al señor Rodríguez.

—Trátale bien, Ana.

—Lo haré —le prometo.

Christian cierra la puerta de nuestra suite.

—Al fin solos —dice apoyándose contra la puerta mientras me observa.

Doy un paso hacia él y deslizo los dedos por las solapas de su chaqueta.

—Gracias por un cumpleaños maravilloso. Eres el marido más detallista, considerado y generoso que existe.

—Ha sido un placer para mí.

—Sí… Un placer para ti… Vamos a ver si encontramos algo que te dé placer… —le susurro. Cierro los dedos en sus solapas y tiro de él para acercar sus labios a los míos.

---

Tras un desayuno con la familia y amigos, abro los regalos, y después me despido cariñosamente de todos los Grey y los Kavanagh que van a volver a Seattle en el *Charlie Tango*. Mi madre, Christian y yo vamos al hospital con Taylor al volante, ya que los tres no cabemos en el R8. Bob no ha querido acompañarnos, y yo me alegro secretamente. Sería muy raro, y seguro que a Ray no le gustaría que Bob le viera en esas condiciones.

Ray tiene el mismo aspecto, solo que con más barba. Mi madre se queda impresionada al verle y las dos lloramos un poco más.

—Oh, Ray.

Le aprieta la mano y le acaricia la cara y a mí me conmueve ver el amor que siente todavía por su ex marido. Me alegro de llevar pañuelos en el bolso. Nos sentamos a su lado y le cojo la mano a mi madre mientras ella coge la de Ray.

—Ana, hubo un tiempo en que este hombre era el centro de mi mundo. El sol salía y se ponía con él. Siempre le querré. Te cuidó siempre tan bien…

—Mamá,… —Las palabras se me quedan atravesadas y ella me acaricia la cara y me coloca un mechón de pelo detrás de la oreja.

—Ya sabes que siempre querré a Ray. Pero nos distanciamos. —Suspira—. Y simplemente no podía vivir con él. —Se mira los dedos y me pregunto si estará pensando en Steve, el marido número tres, del que no hablamos.

—Sé que quieres a Ray —le susurro, secándome los ojos—. Hoy le van a sacar del coma.

—Es una buena noticia. Seguro que estará bien. Es un cabezota. Creo que tú aprendiste de él.

Sonrío.

—¿Has estado hablando con Christian?

—¿Opina que eres una cabezota?

—Eso creo.

—Le diré que es un rasgo de familia. Se os ve muy bien juntos, Ana. Muy felices.

—Lo somos, creo. O lo estamos consiguiendo. Le quiero. Él es el centro de mi mundo. El sol sale y se pone con él para mí también.

—Y es obvio que él te adora, cariño.

—Y yo le adoro a él.

—Pues díselo. Los hombres necesitan oír esas cosas, igual que nosotras.


Insisto en ir al aeropuerto con mamá y Bob para despedirme. Taylor nos sigue en el R8 y Christian conduce el todoterreno. Siento que no puedan quedarse más, pero tienen que volver a Savannah. Es un adiós lleno de lágrimas.

—Cuida bien de ella, Bob —le susurro cuando me abraza.

—Claro, Ana. Y tú cuídate también.

—Lo haré. —Me vuelvo hacia mi madre—. Adiós, mamá. Gracias por venir —le digo con la voz un poco quebrada—. Te quiero mucho.

—Oh, mi niña querida, yo también te quiero. Y Ray se pondrá bien. No está preparado para dejar atrás su ser mortal todavía. Seguro que hay algún partido de los Mariners que no puede perderse.

Suelto una risita. Tiene razón. Decido que le voy a leer la página de deportes del periódico del domingo a Ray esta tarde. Veo como ella y Bob suben por la escalerilla del jet de Grey Enterprises Holdings, Inc. Al llegar arriba se despide con la mano todavía llorando y desaparece. Christian me rodea los hombros con los brazos.

—Volvamos, nena —me dice.

—¿Conduces tú?

—Claro.


Cuando volvemos al hospital esa tarde, Ray está diferente. Necesito un momento para darme cuenta de que el sonido de bombeo del respirador ha desaparecido. Ray respira por sí mismo. Me inunda una sensación de alivio. Le acaricio la cara barbuda y saco un pañuelo de papel para limpiarle con cuidado la saliva de la boca.

Christian sale en busca de la doctora Sluder y el doctor Crowe para que le den el último parte, mientras yo me siento como es habitual al lado de la cama para hacerle compañía.

Desdoblo la sección de deportes del periódico *Oregonian* del domingo y empiezo a leer la noticia del partido de fútbol que enfrentó al Sounders y el Real Salt Lake. Por lo que dicen fue un partido emocionante, pero el Sounders cayó derrotado por un gol en propia puerta de Kasey Keller. Le aprieto la mano a Ray y sigo leyendo.

—El marcador final fue de Sounders uno, Real Salt Lake dos.

—¿Hemos perdido, Annie? ¡No! —dice Ray con voz áspera y me aprieta la mano.

¡Papá!

# 19

Las lágrimas surcan mi rostro de nuevo. Ha vuelto. Mi padre ha vuelto.

—No llores, Annie. —Ray tiene la voz ronca—. ¿Qué ocurre?

Cojo su mano entre las mías y la acerco a mi cara.

—Has tenido un accidente. Estás en el hospital de Portland.

Ray frunce el ceño y no sé si es porque está incómodo con esta demostración de afecto poco propia de mí o porque no se acuerda del accidente.

—¿Quieres un poco de agua? —le pregunto aunque no sé si puedo dársela. Asiente, desconcertado. El corazón se me llena de alegría. Me levanto y me inclino para darle un beso en la frente—. Te quiero, papá. Bienvenido de vuelta.

Agita un poco la mano, avergonzado.

—Yo también, Annie. Agua.

Salgo corriendo para cubrir la corta distancia que hay hasta el puesto de enfermeras.

—¡Mi padre! ¡Está despierto! —le sonrío a la enfermera Kellie, que me devuelve la sonrisa.

—Envíale un mensaje a la doctora Sluder —le dice a una compañera y sale apresuradamente de detrás del mostrador.

—Quiere agua.

—Le llevaré un vaso.

Regreso junto a la cama de mi padre. Estoy muy contenta. Veo que tiene los ojos cerrados y me preocupa que haya vuelto al coma.

—¿Papá?

—Estoy aquí —murmura, y abre los ojos justo cuando aparece la enfermera Kellie con una jarra con trocitos de hielo y un vaso.

—Hola, señor Steele. Soy Kellie, su enfermera. Su hija me ha dicho que tiene sed.

En la sala de espera, Christian está mirando fijamente su portátil, muy concentrado. Alza la vista cuando me oye cerrar la puerta.

—Se ha despertado —anuncio. Él sonríe y la tensión que tenía en los ojos desaparece. Oh… no me había dado cuenta. ¿Ha estado tenso todo el tiempo? Deja a un lado su portátil, se levanta y me da un abrazo.

—¿Cómo está? —me pregunta cuando le rodeo con los brazos.

—Habla, tiene sed y está un poco desconcertado. No se acuerda del accidente.

—Es comprensible. Ahora que está despierto, quiero que lo trasladen a Seattle. Así podremos ir a casa y mi madre podrá tenerle vigilado.

¿Ya?

—No sé si estará lo bastante bien como para trasladarle.

—Hablaré con la doctora Sluder para que me dé su opinión.

—¿Echas de menos nuestra casa?

—Sí.

—Está bien.

—No has dejado de sonreír —me dice Christian cuando aparco delante del Heathman.

—Estoy muy aliviada. Y feliz.

Christian sonríe.

—Bien.

La luz está desapareciendo y me estremezco cuando salgo a la fresca noche. Le doy mi llave al aparcacoches, que está mirando

443

mi coche con admiración. No le culpo… Christian me rodea con el brazo.

—¿Quieres que lo celebremos? —me pregunta cuando entramos en el vestíbulo.

—¿Celebrar qué?

—Lo de tu padre.

Suelto una risita.

—Oh, eso.

—Echaba de menos ese sonido. —Christian me da un beso en el pelo.

—¿No podemos mejor comer en la habitación? Ya sabes, una noche tranquila sin salir.

—Claro, vamos. —Me coge la mano y me lleva a los ascensores.

—Estaba deliciosa —digo satisfecha mientras aparto mi plato, llena por primera vez en mucho tiempo—. Aquí hacen una tarta tatin buenísima.

Me acabo de bañar y solo llevo la camiseta de Christian y las bragas. De fondo suena la música del iPod de Christian, que está puesto en modo aleatorio; Dido está cantando algo sobre banderas blancas.

Christian me mira con curiosidad. Tiene el pelo todavía húmedo por el baño y lleva una camiseta negra y los vaqueros.

—Es la vez que más te he visto comer en todo el tiempo que llevamos aquí —me dice.

—Tenía hambre.

Se arrellana en la silla con una sonrisa de satisfacción y le da un sorbo al vino blanco.

—¿Qué quieres hacer ahora? —pregunta con voz suave.

—¿Qué quieres hacer tú?

Arquea una ceja, divertido.

—Lo que quiero hacer siempre.

—¿Y eso es…?

—Señora Grey, deje las evasivas.

Le cojo la mano por encima de la mesa, la giro y le acaricio la palma con el dedo índice.

—Quiero que me toques con este —digo subiendo el dedo por su índice.

Él se remueve en la silla.

—¿Solo con ese? —Su mirada se oscurece y se vuelve más ardiente a la vez.

—Quizá con este también —digo acariciándole el dedo corazón y volviendo a la palma—. Y con este. —Recorro con la uña su dedo anular—. Y definitivamente con esto —digo deteniéndome en su alianza—. Esto es muy sexy.

—¿Lo es?

—Claro. Porque dice: «Este hombre es mío». —Le rozo el pequeño callo que ya se le ha formado en la palma junto al anillo. Él se inclina hacia mí y me coge la barbilla con la otra mano.

—Señora Grey, ¿está intentando seducirme?

—Eso espero.

—Anastasia, ya he caído —me dice en voz baja—. Ven aquí. —Tira de mi mano para atraerme a su regazo—. Me gusta tener acceso ilimitado a ti. —Sube la mano por el muslo hasta mi culo. Me agarra la nuca con la otra mano y me besa, agarrándome con fuerza.

Sabe a vino blanco, a tarta de manzana y a Christian. Le paso los dedos por el pelo, sujetándole contra mí, mientras nuestras lenguas exploran y se enroscan la una contra la otra. La sangre se me calienta en las venas. Estoy sin aliento cuando Christian se aparta.

—Vamos a la cama —murmura contra mis labios.

—¿A la cama?

Se separa un poco y me tira del pelo para que levante la vista para mirarle.

—¿Dónde prefiere usted, señora Grey?

Me encojo de hombros, fingiendo indiferencia.

—Sorpréndeme.

—Te veo guerrera esta noche —dice acariciándome la nariz con la suya.

—Tal vez necesito que me aten.

445

—Tal vez sí. Te estás volviendo mandona con la edad. —Entorna los ojos pero no puede esconder el humor latente en su voz.

—¿Y qué vas a hacer al respecto? —le desafío.

Le brillan los ojos.

—Sé lo que me gustaría hacer, pero depende de lo que tú puedas soportar.

—Oh, señor Grey, ha sido usted muy dulce conmigo estos dos últimos días. Y no estoy hecha de cristal, ¿lo sabía?

—¿No te gusta que sea dulce?

—Claro que sí. Pero ya sabes… la variedad es la sal de la vida —le digo aleteando las pestañas.

—¿Quieres algo menos dulce?

—Algo que me recuerde que estoy viva.

Arquea ambas cejas por la sorpresa.

—Que me recuerde que estoy viva… —repite, asombrado y con un tono de humor en su voz.

Asiento. Él me mira durante un momento.

—No te muerdas el labio —me susurra y de repente se pone de pie conmigo en sus brazos. Doy un respigo y me agarro a sus bíceps porque temo caerme. Él camina hasta el más pequeño de los tres sofás y me deposita ahí—. Espera aquí. Y no te muevas. —Me lanza una mirada breve, excitante e intensa y se vuelve para dirigirse hacia el dormitorio. Oh… Christian descalzo… ¿Por qué sus pies son tan sexis? Aparece unos minutos después detrás de mí, inclinándose y cogiéndome por sorpresa—. Creo que esto no nos va a hacer falta. —Agarra mi camiseta y me la quita, dejándome completamente desnuda excepto por las bragas. Tira de mi coleta hacia atrás y me da un beso—. Levántate —me ordena junto a mis labios, y después me suelta. Yo obedezco inmediatamente. Él extiende una toalla sobre el sofá.

¿Una toalla?

—Quítate las bragas.

Trago saliva pero hago lo que me pide y dejo las bragas junto al sofá.

—Siéntate. —Vuelve a cogerme la coleta y a echarme atrás la cabeza—. Dime que pare si es demasiado, ¿vale?

Asiento.

—Responde —me ordena con voz dura.

—Sí —digo.

Él sonríe burlón.

—Bien. Así que, señora Grey… como me ha pedido, la voy a atar. —Su voz baja hasta convertirse en un susurro jadeante. El deseo recorre mi cuerpo como un relámpago solo con oír esas palabras. Oh, mi dulce Cincuenta… ¿en el sofá?—. Sube las rodillas —me pide— y reclínate en el respaldo.

Apoyo los pies en el borde del sofá y pongo las rodillas delante de mí. Él me coge la pierna izquierda y me ata el cinturón de uno de los albornoces por encima de la rodilla.

—¿El cinturón del albornoz?

—Estoy improvisando. —Vuelve a sonreír, aprieta el nudo corredizo sobre mi rodilla y ata el otro extremo del cinturón al remate decorativo que hay en una de las esquinas del sofá; una forma muy eficaz de mantenerme las piernas abiertas—. No te muevas —me advierte, y repite el proceso con la pierna derecha, atando el otro cinturón al otro remate.

Oh, Dios mío… Estoy despatarrada en el sofá.

—¿Bien? —me pregunta Christian con voz suave, mirándome desde detrás del sofá.

Asiento, esperando que me ate las manos también. Pero no lo hace. Se inclina y me da un beso.

—No tienes ni idea de cómo me pones ahora mismo —murmura y frota su nariz contra la mía—. Creo que voy a cambiar la música. —Se levanta y se acerca despreocupadamente al iPod.

¿Cómo lo hace? Aquí estoy, abierta de piernas y muy excitada, y él tan fresco y tan tranquilo. Christian está dentro de mi campo de visión y veo cómo se mueven los músculos de su espalda bajo la camiseta mientras cambia la canción. Inmediatamente una voz dulce y casi infantil empieza a cantar algo sobre que la observen.

Oh, me gusta esta canción.

Christian se gira y sus ojos se clavan en los míos mientras rodea el sofá y se pone de rodillas delante de mí.

De repente me siento muy expuesta.

—¿Expuesta? ¿Vulnerable? —me pregunta con su asombrosa capacidad para verbalizar las palabras que no he llegado a decir. Tiene las manos apoyadas sobre sus rodillas. Asiento.

¿Por qué no me toca?

—Bien —susurra—. Levanta las manos. —No puedo apartar la vista de sus ojos hipnóticos. Hago lo que me dice. Christian me echa un líquido aceitoso en cada palma de un pequeño botecito de color claro. El líquido desprende un olor intenso, almizclado y sensual que no soy capaz de identificar—. Frótatelas. —Me revuelvo por el efecto de su mirada penetrante y ardiente—. No te muevas —me ordena.

Oh, Dios mío…

—Ahora, Anastasia, quiero que te toques.

Madre mía.

—Empieza por la garganta y ve bajando.

Dudo.

—No seas tímida, Ana. Vamos. Hazlo. —Son evidentes el humor y el desafío de su expresión, además del deseo.

La voz infantil canta que no hay nada dulce en ella. Pongo las manos sobre mi garganta y dejo que vayan bajando hasta la parte superior de mis pechos. El aceite hace que se deslicen fácilmente por mi piel. Tengo las manos calientes.

—Más abajo —susurra Christian a la vez que se oscurecen sus ojos. No me está tocando.

Me cubro los pechos con las manos.

—Tócate.

Oh, Dios mío. Tiro con suavidad de mis pezones.

—Más fuerte —me ordena Christian. Está sentado inmóvil entre mis muslos, solo mirándome—. Como lo haría yo —añade, y sus ojos muestran un brillo oscuro.

Los músculos del fondo de mi vientre se tensan. Gimo en respuesta y tiro con más fuerza de mis pezones sintiendo cómo se endurecen y se alargan bajo mis dedos.

—Sí. Así. Otra vez.

Cierro los ojos y tiro fuerte, los hago rodar y los pellizco con los dedos. Gimo de nuevo.

—Abre los ojos.

Parpadeo para mirarle.

—Otra vez. Quiero verte. Ver que disfrutas tocándote.

Oh, joder. Repito el proceso. Esto es tan… erótico.

—Las manos. Más abajo.

Me retuerzo.

—Quieta, Ana. Absorbe el placer. Más abajo. —Su voz es baja y ronca, tentadora y seductora.

—Hazlo tú —le susurro.

—Oh, lo haré… pronto. Pero ahora tú. Más abajo. —Christian se pasa la lengua por los dientes, un gesto que irradia sensualidad. Madre mía… Me retuerzo y tiro de los cinturones que me atan.

Él niega con la cabeza lentamente.

—Quieta. —Apoya las manos en mis rodillas para que no me mueva—. Vamos, Ana… Más abajo.

Mis manos se deslizan por mi vientre.

—Más abajo —repite, y es la sensualidad personificada.

—Christian, por favor.

Sus manos descienden desde mis rodillas, acariciándome los muslos y acercándose a mi sexo.

—Vamos, Ana. Tócate.

Mi mano izquierda pasa por encima de mi sexo y hago un círculo lento mientras formo una O con los labios y jadeo.

—Otra vez —susurra.

Gimo más alto y repito el movimiento, echando atrás la cabeza y jadeando.

—Otra vez.

Vuelvo a gemir con fuerza y Christian inhala bruscamente. Me coge las manos, se inclina y acaricia con la nariz y después con la lengua todo el vértice entre mis muslos.

—¡Ah!

Quiero tocarle, pero cuando intento mover las manos, él aprieta los dedos alrededor de mis muñecas.

—Te voy a atar estas también. Quieta.

Gimo. Me suelta e introduce dos dedos en mi interior a la vez que apoya la mano contra mi clítoris.

—Voy a hacer que te corras rápido, Ana. ¿Lista?

—Sí —jadeo.

Empieza a mover los dedos y la mano arriba y abajo rápidamente, estimulando ese punto tan dulce en mi interior y el clítoris al mismo tiempo. ¡Ah! La sensación es intensa, realmente intensa. El placer aumenta y atraviesa la mitad inferior de mi cuerpo. Quiero estirar las piernas, pero no puedo. Agarro con fuerza la toalla que hay debajo de mí.

—Ríndete —me susurra Christian.

Exploto alrededor de sus dedos, gritando algo incoherente. Aprieta la mano contra mi clítoris mientras los estremecimientos me recorren el cuerpo, prolongando así esa deliciosa agonía. Me doy cuenta vagamente de que me está desatando las piernas.

—Es mi turno —susurra, y me gira para que quede boca abajo sobre el sofá con las rodillas en el suelo. Me abre las piernas y me da un azote fuerte en el culo.

—¡Ah! —chillo a la vez que noto que entra con fuerza en mi interior.

—Oh, Ana —dice con los dientes apretados cuando empieza a moverse.

Me agarra las caderas fuertemente con los dedos mientras se hunde en mí una y otra vez. El placer empieza a aumentar de nuevo. No… Ah…

—¡Vamos, Ana! —grita Christian y yo vuelvo a romperme en mil pedazos otra vez, latiendo a su alrededor y gritando cuando alcanzo el orgasmo de nuevo.


—¿Te sientes lo bastante viva? —me pregunta Christian dándome un beso en el pelo.

—Oh, sí —murmuro mirando al techo. Estoy tumbada sobre mi marido, con la espalda sobre su pecho, ambos en el suelo junto al sofá. Él todavía está vestido.

—Creo que deberíamos repetirlo. Pero esta vez tú sin ropa.

—Por Dios, Ana. Dame un respiro.

Suelto una risita y él ríe entre dientes.

—Me alegro de que Ray haya recuperado la consciencia. Parece que todos tus apetitos han regresado después de eso —dice y oigo la sonrisa en su voz.

Me giro y le miro con el ceño fruncido.

—¿Se te olvida lo de anoche y lo de esta mañana? —le pregunto con un mohín.

—No podría olvidarlo —dice sonriendo. Con esa sonrisa parece joven, despreocupado y feliz. Me coge el culo con las manos—. Tiene un culo fantástico, señora Grey.

—Y tú también. Pero el tuyo sigue tapado —le digo arqueando una ceja.

—¿Y qué va a hacer al respecto, señora Grey?

—Bueno, creo que le voy a desnudar, señor Grey. Enterito.

Él sonríe.

—Y yo creo que hay muchas cosas dulces en ti —susurra refiriéndose a la canción que sigue sonando, repetida una vez tras otra. Su sonrisa desaparece.

Oh, no.

—Tú sí que eres dulce —le susurro, me inclino hacia él y le beso la comisura de la boca. Cierra los ojos y me abraza más fuerte—. Christian, lo eres. Has hecho que este fin de semana sea especial a pesar de lo que le ha pasado a Ray. Gracias.

Él abre sus grandes y serios ojos grises y su expresión me conmueve.

—Porque te quiero —susurra.

—Lo sé. Y yo también te quiero. —Le acaricio la cara—. Y eres algo precioso para mí. Lo sabes, ¿verdad?

Se queda muy quieto y parece perdido.

Oh, Christian… Mi dulce Cincuenta.

—Créeme —le susurro.

—No es fácil —dice con voz casi inaudible.

—Inténtalo. Inténtalo con todas tus fuerzas, porque es cierto. —Le acaricio la cara una vez más y mis dedos le rozan las patillas. Sus ojos son unos océanos grises llenos de pérdida, heridas y dolor. Quiero subirme encima de él y abrazarle. Cualquier cosa que haga que desaparezca esa mirada. ¿Cuándo se va a dar cuenta de que él es mi mundo? ¿De que es más que merecedor de mi amor, del amor de sus padres, de sus hermanos? Se lo he dicho una y otra vez, pero aquí estamos de nuevo, con Christian mirándome con expresión de pérdida y abandono. Tiempo. Solo es cuestión de tiempo.

—Te vas a enfriar. Vamos. —Se pone de pie con agilidad y tira de mí para levantarme. Le rodeo la cintura con el brazo mientras cruzamos el dormitorio. No quiero presionarle, pero desde el accidente de Ray se ha vuelto más importante para mí que sepa cuánto le quiero.

Cuando entramos en el dormitorio frunzo el ceño, desesperada por recuperar el humor alegre de hace unos momentos.

—¿Vemos un poco la tele? —le pido.

Christian ríe entre dientes.

—Creía que querías un segundo asalto. —Ahí está de nuevo mi temperamental Cincuenta… Arqueo una ceja y me paro junto a la cama.

—Bueno, en ese caso… Esta vez yo llevaré las riendas.

Él me mira con la boca abierta y yo le empujo sobre la cama, me pongo rápidamente a horcajadas sobre su cuerpo y le agarro las manos a ambos lados de la cabeza.

Me sonríe.

—Bien, señora Grey, ahora que ya me tiene, ¿qué piensa hacer conmigo?

Me inclino y le susurro al oído:

—Te voy a follar con la boca.

Cierra los ojos e inhala bruscamente mientras yo le rozo la mandíbula con los dientes.

———

Christian está trabajando en el ordenador. La mañana es clara a esta hora tan temprana. Creo que está escribiendo un correo electrónico.

—Buenos días —murmuro tímidamente desde el umbral. Se gira y me sonríe.

—Señora Grey, se ha levantado pronto —dice tendiéndome los brazos.

Yo cruzo la suite y me acurruco en su regazo.

—Igual que tú.

—Estaba trabajando. —Se mueve un poco y me da un beso en el pelo.

—¿Qué pasa? —le pregunto, porque noto que algo no va bien.

Suspira.

—He recibido un correo del detective Clark. Quiere hablar contigo del cabrón de Hyde.

—¿Ah, sí? —Me aparto un poco y miro a Christian.

—Sí. Le he explicado que estás en Portland por ahora y que tendría que esperar, pero ha dicho que vendrá aquí a hablar contigo.

—¿Va a venir?

—Eso parece. —Christian se muestra perplejo.

Frunzo el ceño.

—¿Y qué es tan importante que no puede esperar?

—Eso digo yo…

—¿Cuándo va a venir?

—Hoy. Tengo que contestarle.

—No tengo nada que esconder, pero me pregunto qué querrá saber…

—Lo descubriremos cuando llegue. Yo también estoy intrigado. —Christian vuelve a moverse—. Subirán el desayuno pronto. Vamos a comer algo y después a ver a tu padre.

Asiento.

—Puedes quedarte aquí si quieres. Veo que estás ocupado.

Él frunce el ceño.

—No, quiero ir contigo.

—Bien. —Le sonrío, le rodeo el cuello con los brazos y le doy un beso.


Ray está de mal humor. Y eso es una alegría. Le pica, no hace más que rascarse y está impaciente e incómodo.

—Papá, has tenido un accidente de coche grave. Necesitas tiempo para curarte. Y Christian y yo queremos que te lleven a Seattle.

—No sé por qué os estáis molestando tanto por mí. Yo estaré bien aquí solo.

—No digas tonterías —digo apretándole la mano cariñosamente. Él tiene el detalle de sonreírme—. ¿Necesitas algo?

—Mataría por un donut, Annie.

Le sonrío indulgentemente.

—Te traeré un donut o dos. Iremos a Voodoo.

—¡Genial!

—¿Quieres un café decente también?

—¡Demonios, sí!

—Vale, te traeré uno también.


Christian está otra vez en la sala de espera, hablando por teléfono. Debería establecer su oficina aquí. Extrañamente está solo, a pesar de que las otras camas de la UCI están ocupadas. Me pregunto si Christian habrá espantado a las demás visitas. Cuelga.

—Clark estará aquí a las cuatro de la tarde.

Frunzo el ceño. ¿Qué será tan urgente?

—Vale. Ray quiere café y donuts.

Christian ríe.

—Creo que yo también querría eso si hubiera tenido un accidente. Le diré a Taylor que vaya a buscarlo.

—No, iré yo.

—Llévate a Taylor contigo —me dice con voz dura.

—Vale. —Pongo los ojos en blanco y él me mira fijamente. Después sonríe y ladea la cabeza.

—No hay nadie aquí. —Su voz es deliciosamente baja y sé que me está amenazando con azotarme. Estoy a punto de decirle que se atreva, pero una pareja joven entra en la sala. Ella llora quedamente.

Me encojo de hombros a modo de disculpa mirando a Christian y él asiente. Coge el portátil, me da la mano y salimos de la sala.

—Ellos necesitan la privacidad más que nosotros —me dice Christian—. Nos divertiremos luego.

Fuera está Taylor, esperando pacientemente.

—Vamos todos a por café y donuts.

---

A las cuatro en punto llaman a la puerta de la suite. Taylor hace pasar al detective Clark, que parece de peor humor de lo que suele estar; siempre parece de mal humor. Tal vez sea algo en la expresión de su cara.

—Señor Grey, señora Grey, gracias por acceder a verme.

—Detective Clark. —Christian le saluda, le estrecha la mano y le señala un asiento. Yo me siento en el sofá en el que me lo pasé tan bien anoche. Solo de pensarlo me sonrojo.

—Es a la señora Grey a quien quería ver —apunta Clark aludiendo a Christian y a Taylor, que se ha colocado junto a la puerta. Christian mira a Taylor y asiente casi imperceptiblemente y él se gira y se va, cerrando la puerta al salir.

—Cualquier cosa que tenga que decirle a mi esposa, puede decírsela conmigo delante. —La voz de Christian es fría y profesional.

El detective Clark se vuelve hacia mí.

—¿Está segura de que desea que su marido esté presente?

Frunzo el ceño.

—Claro. No tengo nada que ocultarle. ¿Solo quiere hablar conmigo?

—Sí, señora.

—Bien. Quiero que mi marido se quede.

Christian se sienta a mi lado. Irradia tensión.

—Muy bien —dice Clark, resignado. Carraspea—. Señora Grey, el señor Hyde mantiene que usted le acosó sexualmente y le hizo ciertas insinuaciones inapropiadas.

¡Oh! Estoy a punto de soltar una carcajada, pero le pongo la mano a Christian en el muslo para frenarle cuando veo que se inclina hacia delante en el asiento.

—¡Eso es ridículo! —exclama Christian.

Yo le aprieto el muslo para que se calle.

—Eso no es cierto —afirmo yo con calma—. De hecho, fue exactamente lo contrario. Él me hizo proposiciones deshonestas de una forma muy agresiva y por eso le despidieron.

La boca del detective Clark forma brevemente una fina línea antes de continuar.

—Hyde alega que usted se inventó la historia del acoso sexual para que le despidieran. Dice que lo hizo porque él rechazó sus proposiciones y porque quería su puesto.

Frunzo el ceño. Madre mía… Jack está peor de lo que yo creía.

—Eso no es cierto —digo negando con la cabeza.

—Detective, no me diga que ha conducido hasta aquí para acosar a mi mujer con esas acusaciones ridículas.

El detective Clark vuelve su mirada azul acero hacia Christian.

—Necesito oír la respuesta de la señora Grey ante esas acusaciones, señor —dice conteniéndose. Yo vuelvo a apretarle la pierna a Christian, suplicándole sin palabras que se mantenga tranquilo.

—No tienes por que oír esta mierda, Ana.

—Creo que es mejor que el detective Clark sepa lo que pasó.

Christian me mira inescrutable durante un momento y después agita la mano en un gesto de resignación.

—Lo que dice Hyde no es cierto. —Mi voz suena tranquila, aunque me siento cualquier cosa menos eso. Estoy perpleja por esas acusaciones y nerviosa porque Christian puede explotar en cualquier momento. ¿A qué está jugando Jack?—. El señor Hyde me abordó en la cocina de la oficina una noche. Me dijo que me habían contratado gracias a él y que esperaba ciertos favores sexuales a cambio. Intentó chantajearme utilizando unos correos que yo le había enviado a Christian, que entonces todavía no era mi marido. Yo no sabía que Hyde había estado espiando mis correos. Es un paranoico: incluso me acusó de ser una espía enviada por Christian, presumiblemente para ayudarle a hacerse con la empresa. Pero no sabía que Christian ya había comprado Seattle

Independent Publishing. —Niego con la cabeza cuando recuerdo mi tenso y estresante encuentro con Hyde—. Al final yo… yo le derribé.

Clark arquea las cejas sorprendido.

—¿Le derribó?

—Mi padre fue soldado. Hyde… Mmm… me tocó y yo sé cómo defenderme.

Christian me dedica una fugaz mirada de orgullo.

—Entiendo. —Clark se acomoda en el sofá y suspira profundamente.

—¿Han hablado con alguna de las anteriores ayudantes de Hyde? —le pregunta Christian casi con cordialidad.

—Sí, lo hemos hecho. Pero lo cierto es que ninguna de ellas nos dice nada. Todas afirman que era un jefe ejemplar, aunque ninguna duró en el puesto más de tres meses.

—Nosotros también hemos tenido ese problema —murmura Christian.

¿Ah, sí? Miro a Christian con la boca abierta, igual que el detective Clark.

—Mi jefe de seguridad entrevistó a las cinco últimas ayudantes de Hyde.

—¿Y eso por qué?

Christian le dedica una mira gélida.

—Porque mi mujer trabajó con él y yo hago comprobaciones de seguridad sobre todas las personas que trabajan con mi mujer.

El detective Clark se sonroja. Yo le miro encogiéndome de hombros a modo de disculpa y con una sonrisa que dice: «Bienvenido a mi mundo».

—Ya veo —dice Clark—. Creo que hay algo más en ese asunto de lo que parece a simple vista, señor Grey. Vamos a llevar a cabo un registro más a fondo del apartamento de Hyde mañana, tal vez encontremos la clave entonces. Por lo visto, hace tiempo que no vive allí.

—¿Lo han registrado antes?

—Sí, pero vamos a hacerlo de nuevo. Esta vez será una búsqueda más exhaustiva.

—¿Todavía no le han acusado del intento de asesinato de Ros Bailey y mío? —pregunta Christian en voz baja.

¿Qué?

—Esperamos encontrar más pruebas del sabotaje de su helicóptero, señor Grey. Necesitamos algo más que una huella parcial. Mientras está en la cárcel podemos ir reforzando el caso.

—¿Y ha venido solo para eso?

Clark parece irritado.

—Sí, señor Grey, solo para eso, a no ser que se le haya ocurrido algo sobre la nota…

¿Nota? ¿Qué nota?

—No. Ya se lo dije. No significa nada para mí. —Christian no puede ocultar su irritación—. No entiendo por qué no podíamos haber hecho esto por teléfono.

—Creo que ya le he dicho que prefiero hacer las cosas en persona. Y así aprovecho para visitar a mi tía abuela, que vive en Portland. Dos pájaros de un tiro… —El rostro de Clark permanece impasible e imperturbable ante el mal humor de mi marido.

—Bueno, si hemos terminado, tengo trabajo que hacer. —Christian se levanta y el detective Clark hace lo mismo.

—Gracias por su tiempo, señora Grey —me dice educadamente. Yo asiento. —Señor Grey —se despide. Christian abre la puerta y Clark se va.

Me dejo caer en el sofá.

—¿Te puedes creer lo que ha dicho ese gilipollas? —explota Christian.

—¿Clark?

—No, el idiota de Hyde.

—No, no puedo.

—¿A qué coño está jugando? —pregunta Christian con los dientes apretados.

—No lo sé. ¿Crees que Clark me ha creído?

—Claro. Sabe que Hyde es un cabrón pirado.

—Estás siendo muy «insultino».

—¿Insultino? —Christian sonríe burlón—. ¿Existe esa palabra?

—Ahora sí.

De repente sonríe, se sienta a mi lado y me atrae hacia sus brazos.

—No pienses en ese gilipollas. Vamos a ver a tu padre e intentar convencerle para trasladarle mañana.

—No ha querido ni oír hablar de ello. Quiere quedarse en Portland y no ser una molestia.

—Yo hablaré con él.

—Quiero viajar con él.

Christian se me queda mirando y durante un momento creo que va a decir que no.

—Está bien. Yo iré también. Sawyer y Taylor pueden llevar los coches. Dejaré que Sawyer se lleve tu R8 esta noche.

———

Al día siguiente, Ray examina su nuevo entorno: una habitación amplia y luminosa en el centro de rehabilitación del Hospital Northwest de Seattle. Es mediodía y parece adormilado. El viaje, que ha hecho nada menos que en helicóptero, le ha agotado.

—Dile a Christian que le agradezco todo esto —dice en voz baja.

—Se lo puedes decir tú mismo. Va a venir esta noche.

—¿No vas a trabajar?

—Seguramente vaya ahora. Pero quería asegurarme de que estás bien aquí.

—Vete. No hace falta que te preocupes por mí.

—Me gusta preocuparme por ti.

Mi BlackBerry vibra. Miro el número; no lo reconozco.

—¿No vas a contestar? —me pregunta Ray.

—No. No sé quién es. Que deje el mensaje en el contestador. Te he traído algo para leer —le digo señalando una pila de revistas de deportes que hay en la mesilla.

—Gracias Annie.

—Estás cansado, ¿verdad?

Asiente.

—Me voy para que puedas dormir. —Le doy un beso en la frente—. Hasta luego, papi. —susurro.

—Hasta luego, cariño. Y gracias. —Ray me coge la mano y me aprieta con suavidad—. Me gusta que me llames «papi». Me trae recuerdos...

Oh, papi... Yo también le aprieto la mano.



Cuando salgo por la puerta principal en dirección al todoterreno donde me espera Sawyer, oigo que alguien me llama.

—¡Señora Grey! ¡Señora Grey!

Me vuelvo y veo a la doctora Greene que viene corriendo hacia mí con su habitual apariencia inmaculada, aunque un poco agitada.

—Señora Grey, ¿cómo está? ¿Ha recibido mi mensaje? La he llamado antes.

—No. —Se me eriza el vello.

—Bueno, me preguntaba por qué ha cancelado ya cuatro citas.

¿Cuatro citas? Me quedo mirándola con la boca abierta. ¿Ya me he saltado cuatro citas? ¿Cómo?

—Tal vez sería mejor que habláramos de esto en mi despacho. Salía a comer... ¿Tiene tiempo ahora?

Asiento mansamente.

—Claro. Yo... —Me quedo sin palabras. ¿He perdido cuatro citas? Llego tarde para mi próxima inyección. Mierda.

Un poco aturdida, la sigo por el hospital hasta su despacho. ¿Cómo he podido perder cuatro citas? Recuerdo vagamente que hubo que cambiar una, Hannah me lo dijo, pero ¿cuatro? ¿Cómo he podido perder cuatro?

El despacho de la doctora Greene es espacioso, minimalista y está muy bien decorado.

—Me alegro de que me haya encontrado antes de que me fuera —murmuro, todavía un poco impresionada—. Mi padre ha tenido un accidente de coche y acabamos de traerle desde Portland.

—Oh, lo siento mucho. ¿Qué tal está?

—Está bien, gracias. Mejorando.

—Eso es bueno. Y explica por qué canceló la cita del viernes.

La doctora Greene desplaza el ratón sobre su escritorio y su ordenador vuelve a la vida.

—Sí… Ya han pasado más de trece semanas. Está muy cerca del límite. Será mejor que le haga una prueba antes de darle la siguiente inyección.

—¿Una prueba? —susurro mientras toda la sangre abandona mi cabeza.

—Una prueba de embarazo.

Oh, no.

Rebusca en el cajón de su mesa.

—Creo que ya sabe qué hacer con esto. —Me da un recipiente pequeño—. El baño está justo al salir del despacho.

Me levanto como en un trance. Todo mi cuerpo funciona como si llevara puesto el piloto automático mientras salgo hacia el baño.

Mierda, mierda, mierda, mierda, mierda. Cómo he podido dejar que pase esto… ¿otra vez? De repente siento náuseas y suplico en silencio: no, por favor. No, por favor. Es demasiado pronto. Es demasiado pronto.

Cuando vuelvo a entrar en el despacho de la doctora Greene, ella me dedica una sonrisa tensa y me señala un asiento al otro lado de la mesa. Me siento y le paso la muestra sin decir nada. Ella introduce un palito blanco en la muestra y lo examina. Levanta las cejas cuando se pone azul.

—¿Qué significa el azul? —La tensión me está atenazando la garganta.

Me mira con ojos serios.

—Bueno, señora Grey, eso significa que está embarazada.

¿Qué? No. No. No. Joder.

# 20

Me quedo mirando a la doctora Greene con la boca abierta mientras se hunde la tierra bajo mis pies. Un bebé. Un bebé. No quiero un bebé… Todavía no. Joder. Christian se va a poner furioso.

—Señora Grey, está muy pálida. ¿Quiere un vaso de agua?

—Por favor. —Apenas se oye mi voz. Mi mente va a mil por hora. ¿Embarazada? ¿Cuándo?

—Veo que le ha sorprendido.

Asiento sin palabras a la amable doctora, que me pasa un vaso de agua de un surtidor convenientemente situado allí al lado. Le doy un sorbo agradecida.

—Estoy en shock —le susurro.

—Podemos hacer una ecografía para saber de cuánto está. A juzgar por su reacción, sospecho que solo habrán pasado un par de semanas desde la concepción y que estará embarazada de cuatro o cinco semanas. Por lo que veo no ha tenido ningún síntoma.

Niego con la cabeza sin palabras. ¿Síntomas? Creo que no.

—Pensaba… Pensaba que era un tipo de anticonceptivo muy seguro.

La doctora Greene levanta una ceja.

—Normalmente lo es, cuando la paciente se acuerda de ponerse las inyecciones —dice un poco fría.

—Debo de haber perdido la noción del tiempo…

Christian se va a poner hecho una furia, lo sé.

—¿Ha tenido pérdidas?

Frunzo el ceño.

—No.

—Es normal con la inyección. Vamos a hacer la ecografía, ¿vale? Tengo tiempo.

Asiento perpleja y la doctora Greene me señala una camilla de piel negra que hay detrás de un biombo.

—Quítese la falda y la ropa interior y tápese con la manta que hay en la camilla —me dice eficiente.

¿La ropa interior? Esperaba que me hiciera una ecografía por encima del vientre. ¿Por qué tengo que quitarme las bragas? Me encojo de hombros consternada, hago lo que me ha dicho y me tapo con la suave manta blanca.

—Bien. —La doctora Greene aparece en el otro extremo de la camilla tirando del ecógrafo para acercarlo. Se trata de un equipo de ordenadores de alta tecnología. Se sienta y coloca la pantalla de forma que las dos podamos verla y después mueve la bola que hay en el teclado. La pantalla cobra vida con un pitido—. Levante las piernas, doble las rodillas y después abra las piernas —me pide.

Frunzo el ceño, extrañada.

—Es una ecografía transvaginal. Si está embarazada de pocas semanas, deberíamos poder encontrar el bebé con esto —dice mostrándome un instrumento alargado y blanco.

Oh, tiene que estar de broma.

—Vale —susurro un poco avergonzada y hago lo que me pide. La doctora le pone un preservativo a la sonda y lo lubrica con un gel transparente.

—Señora Grey, relájese.

¿Relajarme? ¡Maldita sea, estoy embarazada! ¿Cómo espera que me relaje? Me ruborizo e intento pensar en un lugar relajante, que acaba de reubicarse cerca de la isla perdida de la Atlántida.

Lentamente la doctora va introduciendo la sonda.

Madre mía.

Todo lo que soy capaz de ver en la pantalla es una imagen borrosa, aunque de un color más bien sepia. Muy despacio, la

doctora Greene mueve un poco el instrumento. Es muy desconcertante.

—Ahí está —murmura mientras pulsa un botón para congelar
la imagen de la pantalla. Me señala una pequeña cosa en esa tormenta sepia.

Solo es una cosita. Una cosita en mi vientre. Diminuta. Uau.
Olvido mi incomodidad y me quedo mirándola.

—Es demasiado pronto para ver el latido del corazón, pero sí,
definitivamente está embarazada. De cuatro o cinco semanas, diría
yo. —Frunce el ceño—. Parece que el efecto de la inyección se
pasó pronto. Bueno, a veces ocurre...

Estoy demasiado asombrada para decir nada. El pequeño bip
es un bebé. Un bebé de verdad. El bebé de Christian. Mi bebé.
Madre mía. ¡Un bebé!

—¿Quiere que le imprima la imagen para que se la pueda llevar?

Asiento, todavía incapaz de hablar, y la doctora Greene pulsa
otro botón. Después retira con cuidado la sonda y me da una toa-
llita de papel para limpiarme.

—Felicidades, señora Grey —me dice cuando me incorporo—. Tendremos que concertar otra cita, le sugiero que dentro de
otras cuatro semanas. Así podremos asegurarnos del tiempo exacto que tiene el bebé y establecer la fecha en que saldrá de cuentas.
Ya puede vestirse.

—Vale.

Me visto deprisa. Mi mente es un torbellino. Tengo un bip,
un pequeño bip. Cuando salgo de detrás del biombo, la doctora
Greene ya ha vuelto a su mesa.

—Mientras, quiero que empiece con un ciclo de ácido fólico
y vitaminas prenatales. Aquí tiene un folleto de las cosas que puede hacer y las que no.

Me da una caja de pastillas y un folleto y sigue hablándome,
pero no la estoy escuchando. Estoy consternada. Abrumada. Creo
que debería estar feliz. Aunque también creo que debería tener
treinta... por lo menos. Es muy pronto... demasiado pronto. Intento sofocar la sensación de pánico creciente.

Me despido educadamente de la doctora Greene y vuelvo a la salida. Cruzo las puertas y me encuentro con la fresca tarde de otoño. De repente siento un frío que me cala hasta los huesos y un mal presentimiento que nace de lo más hondo de mi ser. Christian se va a poner como una fiera, lo sé, pero soy incapaz de predecir hasta qué punto. Sus palabras se repiten en mi cabeza: «No estoy preparado para compartirte todavía». Me cierro aún más la chaqueta intentando quitarme ese frío.

Sawyer salta del todoterreno y me abre la puerta. Frunce el ceño al ver mi cara, pero ignoro su expresión preocupada.

—¿Adónde vamos, señora Grey? —me pregunta.

—A Seattle Independent Publishing. —Me acomodo en el asiento de atrás del coche, cierro los ojos y apoyo la cabeza en el reposacabezas. Debería estar feliz. Sé que debería estar feliz. Pero no lo estoy. Es demasiado pronto. Mucho más que demasiado pronto. ¿Qué va a pasar con mi trabajo? ¿Qué voy a hacer con Seattle Independent Publishing? ¿Y qué va a ser de Christian y de mí? No. No. No. Vamos a estar bien. Él va a estar bien. Le encantaba Mia cuando era un bebé, recuerdo que Carrick me lo dijo, y también la adora ahora. Tal vez debería avisar a Flynn… Quizá no debería decírselo a Christian. Quizá… quizá debería ponerle fin. Freno mis pensamientos, alarmada por la dirección que están tomando. Instintivamente bajo las manos para colocarlas protectoramente sobre mi vientre. No. Mi pequeño Bip. Se me llenan los ojos de lágrimas. ¿Qué voy a hacer?

Una imagen de un niño pequeño con pelo cobrizo y brillantes ojos grises corriendo por el prado en la casa nueva aparece en mi mente, tentándome y llenándome la cabeza de posibilidades. Ríe y chilla encantado mientras Christian y yo le perseguimos. Christian le coge en brazos y le levanta para hacerle girar y después le lleva apoyado en la cadera mientras los dos vamos caminando de la mano hasta la casa.

La imagen se deforma en Christian apartándose de mí con expresión de disgusto. Estoy gorda y tengo el cuerpo raro, con el embarazo muy avanzado. Camina por la larga sala de los espejos, alejándose de mí, y oigo el eco de sus pasos resonando contra los espejos plateados, las paredes y el suelo. Christian...

Abro los ojos sobresaltada. No. Va a montar en cólera.

Cuando Sawyer para delante de Seattle Independent Publishing, salto del coche y me dirijo al edificio.

—Ana, qué alegría verte. ¿Cómo está tu padre? —me pregunta Hannah en cuanto entro en la oficina. La miro fríamente.

—Está mejor, gracias. ¿Puedo hablar contigo en mi despacho?

—Claro. —Parece sorprendida cuando me sigue al interior—. ¿Va todo bien?

—Necesito saber si has cambiado o cancelado citas con la doctora Greene.

—¿La doctora Greene? Sí. Dos o tres creo. Sobre todo porque estabas en otras reuniones o te habías retrasado. ¿Por qué?

¡Porque ahora estoy embarazada, joder!, grito dentro de mi cabeza. Inspiro hondo para tranquilizarme.

—Si me cambias alguna cita, ¿puedes asegurarte de que yo lo sepa? No siempre reviso la agenda.

—Claro —dice Hannah en voz baja—. Lo siento. ¿He hecho algo mal?

Niego con la cabeza y suspiro.

—¿Puedes prepararme un té? Luego hablaremos de lo que ha pasado mientras he estado fuera.

—Claro. Ahora mismo. —Más animada, sale de la oficina.

Miro a mi ayudante mientras se va.

—¿Ves a esa mujer? —le digo en voz baja al bip—. Es probable que ella sea la razón de que estés aquí. —Me doy unas palmaditas en el vientre y entonces me siento como una completa idiota por estar hablando con el bip. Mi diminuto Bip. Niego con la cabeza enfadada conmigo misma y con Hannah... aunque en el fondo sé que no puedo culpar a Hannah. Desanimada, enciendo el ordenador. Tengo un correo de Christian.

**De:** Christian Grey
**Fecha:** 13 de septiembre de 2011 13:58
**Para:** Anastasia Grey
**Asunto:** La echo de menos

Señora Grey:
Solo llevo en la oficina tres horas y ya la echo de menos.
Espero que Ray esté cómodo en su nueva habitación. Mamá va a ir a verla esta tarde para comprobar qué tal está.
Te recogeré a las seis esta tarde; podemos ir a verle antes de volver a casa.
¿Qué te parece?
Tu amante esposo

Christian Grey
Presidente de Grey Enterprises Holdings, Inc.


Escribo una respuesta rápida.


**De:** Anastasia Grey
**Fecha:** 13 de septiembre de 2011 14:10
**Para:** Christian Grey
**Asunto:** La echo de menos

Muy bien.
x

Anastasia Grey
Editora de SIP


**De:** Christian Grey
**Fecha:** 13 de septiembre de 2011 14:14
**Para:** Anastasia Grey
**Asunto:** La echo de menos

¿Estás bien?

Christian Grey
Presidente de Grey Enterprises Holdings, Inc.

No, Christian, no estoy bien. Me estoy volviendo loca porque sé que tú te vas a subir por las paredes. No sé qué hacer. Pero no te lo voy a decir por correo electrónico.

---

**De:** Anastasia Grey
**Fecha:** 13 de septiembre de 2011 14:17
**Para:** Christian Grey
**Asunto:** La echo de menos

Sí, estoy bien. Ocupada nada más.
Te veo a las seis.
x

Anastasia Grey
Editora de SIP

¿Cuándo se lo voy a contar? ¿Esta noche? ¿Tal vez después del sexo? Tal vez durante el sexo. No, eso puede ser peligroso para los dos. ¿Cuando esté dormido? Apoyo la cabeza en las manos. ¿Qué demonios voy a hacer?

———

—Hola —dice Christian con cautela cuando subo al todoterreno.
—Hola —le susurro.
—¿Qué pasa? —Me mira con el ceño fruncido. Niego con la cabeza cuando Taylor arranca y se dirige al hospital.
—Nada. —¿Tal vez ahora? Podría decírselo ahora que estamos en un espacio reducido y con Taylor.
—¿El trabajo va bien? —sigue intentándolo Christian.
—Sí, bien, gracias.

468

—Ana, ¿qué ocurre? —Ahora su tono es más duro y yo me acobardo.

—Solo que te he echado de menos, eso es todo. Y he estado preocupada por Ray.

Christian se relaja visiblemente.

—Ray está bien. He hablado con mi madre esta tarde y está impresionada por su evolución. —Christian me coge la mano—. Vaya, qué fría tienes la mano. ¿Has comido?

Me ruborizo.

—Ana… —me regaña Christian preocupado.

Bueno, no he comido porque sé cómo te vas a poner cuando te diga que estoy embarazada…

—Comeré esta noche. No he tenido tiempo.

Niega con la cabeza por la frustración.

—¿Quieres que añada a la lista de tareas del equipo de seguridad la de cerciorarse de que mi mujer coma?

—Lo siento. Ya comeré. Es que ha sido un día raro. Por el traslado de papá y todo eso…

Aprieta los labios hasta formar una dura línea, pero no dice nada. Yo miro por la ventanilla. ¡Cuéntaselo!, me susurra entre dientes mi subconsciente. No. Soy una cobarde.

Christian interrumpe mis pensamientos.

—Puede que tenga que ir a Taiwan.

—Oh, ¿cuándo?

—A final de semana o quizá la semana que viene.

—Vale.

—Quiero que vengas conmigo.

Trago saliva.

—Christian, por favor. Tengo un trabajo. No volvamos a resucitar otra vez esa discusión.

Suspira y hace un mohín. Parece un adolescente enfurruñado.

—Tenía que intentarlo —murmura.

—¿Cuánto tiempo estarás fuera?

—Un par de días a lo sumo. Me gustaría que me dijeras lo que te preocupa.

¿Cómo puede saberlo?

—Bueno, ahora mi amado esposo se aleja de mí…

Christian me da un beso en los nudillos.

—No estaré fuera mucho tiempo.

—Bien —le digo con una sonrisa débil.


Ray está más animado y menos gruñón esta vez. Me conmueve su gratitud silenciosa hacia Christian y durante un momento, mientras estoy sentada oyéndoles hablar de pesca y de los Mariners, olvido las noticias que tengo que darle a mi marido. Pero Ray se cansa muy rápido.

—Papá, nos vamos para que puedas dormir.

—Gracias, Ana, cariño. Me alegro de que hayáis venido. He visto a tu madre hoy también, Christian. Me ha tranquilizado mucho. Y también es una fan de los Mariners.

—Pero no le gusta mucho la pesca —dice Christian mientras se levanta.

—No conozco a muchas mujeres a las que les guste, ¿sabes? —dice Ray sonriendo.

—Te veo mañana, ¿vale? —Le doy un beso. Mi subconsciente frunce los labios: Eso si Christian no te encierra en casa… o algo peor. Se me cae el alma a los pies.

—Vamos. —Christian me tiende la mano y me mira con el ceño fruncido. Yo le doy la mano y salimos del hospital.


Picoteo la comida. Es el delicioso estofado de pollo de la señora Jones, pero no tengo hambre. Noto el estómago hecho un nudo y convertido en una bola de nervios.

—¡Maldita sea, Ana! ¿Vas a decirme lo que te pasa? —Christian aparta su plato vacío, irritado. Yo solo le miro—. Por favor. Me está volviendo loco verte así.

Trago saliva intentando reprimir el pánico que me atenaza la garganta. Inspiro hondo para calmarme. Es ahora o nunca.

—Estoy embarazada.

Él se queda petrificado y lentamente el color va abandonando su cara.

—¿Qué? —susurra con la cara cenicienta.

—Estoy embarazada.

Arruga la frente por la incomprensión.

—¿Cómo?

¿Cómo que cómo? ¿Qué pregunta ridícula es esa? Me sonrojo y le dedico una mirada extrañada que dice: «¿Y tú cómo crees?».

La expresión de su cara cambia inmediatamente y sus ojos se convierten en pedernal.

—¿Y la inyección? —gruñe.

Oh, mierda.

—¿Te has olvidado de ponerte la inyección?

Me quedo mirándole, incapaz de hablar. Joder, está furioso… muy furioso.

—¡Dios, Ana! —Golpea la mesa con el puño, lo que me sobresalta. Después se levanta de repente y está a punto de tirar la silla—. Solo tenías que recordar una cosa, ¡una cosa! ¡Mierda! No me lo puedo creer, joder. ¿Cómo puedes ser tan estúpida?

¿Estúpida? Doy un respingo. Mierda. Quiero decirle que la inyección no ha funcionado, pero no encuentro las palabras. Bajo la mirada a mi dedos.

—Lo siento —le susurro.

—¿Que lo sientes? ¡Joder!

—Sé que no es el mejor momento…

—¡El mejor momento! —grita—. Nos conocemos desde hace algo así como cinco putos minutos. Quería enseñarte el mundo entero y ahora… ¡Joder! ¡Pañales, vómitos y mierda! —Cierra los ojos. Creo que está intentando controlar su ira, pero obviamente pierde la batalla—. ¿Se te olvidó? Dímelo. ¿O lo has hecho a propósito? —Sus ojos echan chispas y la furia emana de él como un campo de fuerza.

—No —susurro. No le puedo decir lo de Hannah porque la despediría.

—¡Pensaba que teníamos un acuerdo sobre eso! —grita.

—Lo sé. Lo teníamos. Lo siento.

Me ignora.

—Es precisamente por eso. Por esto me gusta el control. Para que la mierda no se cruce en mi camino y lo joda todo.

No… mi pequeño Bip.

—Christian, por favor, no me grites. —Las lágrimas comienzan a caer por mi cara.

—No empieces con lágrimas ahora —me dice—. Joder. —Se pasa una mano por el pelo y se tira de él—. ¿Crees que estoy preparado para ser padre? —Se le quiebra la voz en una mezcla de rabia y pánico.

Y todo queda claro y entiendo el miedo y el arrebato de odio que veo en sus ojos abiertos como platos: es la rabia de un adolescente impotente. Oh, Cincuenta, lo siento mucho. También ha sido un shock para mí…

—Ya sé que ninguno de los dos está preparado para esto, pero creo que vas a ser un padre maravilloso —digo con la voz ahogada—. Ya nos las arreglaremos.

—¿Cómo coño lo sabes? —me grita, esta vez más alto—. ¡Dime! ¿Cómo? —Sus ojos arden y un sinfín de emociones le cruzan la cara rápidamente, aunque el miedo es la más destacada de ellas—. ¡Oh, a la mierda! —grita Christian desdeñosamente y levanta las manos en un gesto de derrota. Me da la espalda y se encamina al vestíbulo, cogiendo su chaqueta cuando sale del salón. Oigo el eco de sus pasos por el suelo de madera y le veo desaparecer por las puertas dobles que llevan al vestíbulo. El portazo que da al salir me sobresalta de nuevo.

Estoy sola con el silencio, el silencio quieto y vacío del salón. Me estremezco involuntariamente mientras miro sin expresión hacia las puertas cerradas. Se ha ido y me ha dejado aquí. ¡Mierda! Su reacción ha sido mucho peor de lo que había imaginado. Aparto mi plato y cruzo los brazos sobre la mesa para apoyar la cabeza en ellos mientras sollozo.


—Ana, querida… —La señora Jones está a mi lado.

Me incorporo rápidamente y me limpio las lágrimas de la cara.

—Lo he oído. Lo siento —me dice con cariño—. ¿Quieres una infusión o algo?

—Preferiría una copa de vino blanco.

La señora Jones se queda petrificada un segundo y entonces me acuerdo del bip. Ahora no puedo beber alcohol. ¿O sí? Tengo que leer el folleto que me ha dado la doctora Greene.

—Te traeré una copa.

—La verdad es que prefiero una taza de té, por favor. —Me limpio la nariz y ella sonríe con amabilidad.

—Marchando esa taza de té. —Recoge los platos y se encamina a la cocina. La sigo y me encaramo a un taburete. La observo mientras prepara el té.

Al poco pone una taza humeante delante de mí.

—¿Hay algo más que pueda prepararte, Ana?

—No, estoy bien, gracias.

—¿Seguro? No has comido mucho.

La miro.

—No tengo mucha hambre.

—Ana, necesitas comer. Ahora tienes que preocuparte por alguien más que por ti. Deja que te prepare algo. ¿Qué te apetece? —Me mira esperanzada, pero la verdad es que no podría comer nada.

Mi marido acaba de largarse porque estoy embarazada, mi padre ha tenido un accidente de coche grave y el zumbado de Jack Hyde me intenta hacer creer que fui yo la que le acosó sexualmente. De repente siento una necesidad incontrolable de reír. ¡Mira lo que me has hecho, pequeño Bip! Me acaricio el vientre.

La señora Jones me sonríe con indulgencia.

—¿Sabes de cuánto estás? —me pregunta.

—De muy poco. De cuatro o cinco semanas, la doctora no está segura.

—Si no quieres comer, al menos descansa un poco.

Asiento y me llevo el té a la biblioteca. Es mi refugio. Saco la BlackBerry del bolso y pienso en llamar a Christian. Sé que ha sido un shock para él, pero creo que su reacción ha sido exagerada. ¿Y cuándo su reacción no es exagerada?, pregunta mi subconsciente arqueando una ceja. Suspiro. Cincuenta Sombras más…

—Sí, ese es tu padre, pequeño Bip. Con suerte se calmará y volverá… pronto.

Saco el folleto que me ha dado la doctora y me siento a leer.

No puedo concentrarme. Christian nunca se ha ido así, dejándome sola. Ha sido amable y detallista los últimos días y tan cariñoso… y ahora esto. ¿Y si no vuelve? ¡Mierda! Tal vez debería llamar a Flynn. No sé qué hacer. Estoy perdida. Es tan frágil en tantos sentidos y sabía que no iba a reaccionar bien ante estas noticias. Ha sido tan dulce este fin de semana… Todas esas circunstancias estaban fuera de su control, pero ha conseguido llevarlas bien. Pero esto ha sido demasiado.

Desde que le conocí, mi vida se ha complicado. ¿Es por él? ¿O somos los dos juntos? ¿Y si no puede superar esto? ¿Y si quiere el divorcio? La bilis me sube hasta la garganta. No. No debo pensar esas cosas. Volverá. Lo hará. Sé que lo hará. Sé que a pesar de los gritos y las palabras tan duras me quiere… sí. Y también te querrá a ti, pequeño Bip.

Me acomodo en la silla y me dejo llevar por el sueño.


Me despierto fría y desorientada. Temblando, miro el reloj: las once de la noche. Oh, sí… Tú. Me doy una palmadita en el vientre. ¿Dónde está Christian? ¿Ha vuelto ya? Me levanto del sillón con dificultad y voy en busca de mi marido.

Cinco minutos después me doy cuenta de que no está en casa. Espero que no le haya pasado nada. Los recuerdos de la larga espera cuando desapareció *Charlie Tango* vuelven a mí.

No, no, no. Deja de pensar eso. Seguro que ha ido… ¿adónde? ¿A quién podría ir a ver? ¿A Elliot? Tal vez está con Flynn. Eso espero. Vuelvo a la biblioteca a buscar la BlackBerry y le mando un mensaje.

*¿Dónde estás?*

474

Después me encamino al baño y lleno la bañera. Tengo mucho frío.

Cuando salgo de la bañera todavía no ha vuelto. Me pongo uno de mis camisones de seda estilo años 30 y la bata y salgo al salón. En el camino me paro un momento en el dormitorio de invitados. Tal vez esta podría ser la habitación del pequeño Bip. Me asombro al darme cuenta de lo que estoy pensando y me quedo de pie en el umbral, meditando sobre eso. ¿La pintaríamos de azul o de rosa? Ese pensamiento tan dulce queda empañado por el hecho de que mi descarriado esposo está furioso solo de pensarlo. Cojo la colcha de la cama del cuarto de invitados y me encamino al salón para esperarle.

Algo me despierta. Un ruido.

—¡Mierda!

Es Christian en el vestíbulo. Oigo que la mesa araña el suelo otra vez.

—¡Mierda! —repite, esta vez en voz más baja.

Me levanto y justo en ese momento le veo cruzar las puertas dobles tambaleándose. Está borracho. Se me eriza el vello. Oh, ¿Christian borracho? Sé cuánto odia a los borrachos. Salto del sofá y corro hacia él.

—Christian, ¿estás bien?

Se apoya contra el marco de las puertas del vestíbulo.

—Señora Grey… —pronuncia con dificultad.

Vaya, está muy borracho. No sé qué hacer.

—Oh… qué guapa estás, Anastasia.

—¿Dónde has estado?

Se pone el dedo sobre los labios y me mira con una sonrisa torcida.

—¡Chis!

—Será mejor que vengas a la cama.

—Contigo… —dice con una risita.

¡Una risita! Frunzo el ceño y le rodeo la cintura con el brazo porque apenas se mantiene en pie. No creo que pueda andar. ¿Dónde habrá estado? ¿Cómo ha podido volver a casa?

—Deja que te lleve a la cama. Apóyate en mí.

—Eres preciosa, Ana. —Se apoya en mí y me huele el pelo. Casi nos caemos al suelo los dos.

—Christian, camina. Voy a llevarte a la cama.

—Está bien —dice, e intenta concentrarse.

Avanzamos a trompicones por el pasillo y por fin logramos llegar al dormitorio.

—La cama… —dice sonriendo.

—Sí, la cama. —Consigo llevarle justo hasta el borde, pero él no me suelta.

—Ven conmigo a la cama —me dice.

—Christian, creo que necesitas dormir.

—Y así empieza todo. Ya he oído hablar de esto.

Frunzo el ceño.

—¿Hablar de qué?

—Los bebés significan que se acabó el sexo.

—Estoy segura de que eso no es verdad. Si no, todos seríamos hijos únicos.

Él me mira.

—Qué graciosa.

—Y tú qué borracho.

—Sí. —Sonríe, pero su sonrisa cambia cuando lo piensa y una expresión angustiada le cruza la cara, algo que hace que se me hiele la sangre.

—Vamos, Christian —le digo con suavidad. Odio esa expresión. Habla de recuerdos horribles y desagradables, algo que ningún niño debería haber tenido que presenciar—. A la cama. —Le empujo con cuidado y él se deploma sobre el colchón, despatarrado y sonriéndome. La expresión de angustia ha desaparecido.

—Ven conmigo —dice arrastrando las palabras.

—Vamos a desnudarte primero.

Esboza una amplia sonrisa, una sonrisa de borracho.

—Ahora estamos hablando el mismo idioma.

Madre mía. El Christian borracho es divertido y juguetón. Y lo prefiero mil veces al Christian furioso.

—Siéntate. Deja que te quite la chaqueta.

—La habitación gira…

Mierda… ¿Va a vomitar?

—Christian, ¡siéntate!

Me sonríe divertido.

—Señora Grey, es usted una mandona…

—Sí. Haz lo que te he dicho y siéntate. —Me pongo las manos en las caderas. Él vuelve a sonreír, se incorpora sobre los codos con dificultad y después se sienta torpemente, algo muy poco propio de Christian. Antes de que se caiga hacia atrás otra vez, le agarro de la corbata y le quito con esfuerzo la chaqueta, primero un brazo y luego el otro.

—Qué bien hueles.

—Tú hueles a licor fuerte.

—Sí… Bour-bon. —Pronuncia las sílabas tan exageradamente que tengo que reprimir una risita.

Tiro su chaqueta al suelo a mi lado y empiezo con la corbata. Él me apoya las manos en las caderas.

—Me gusta la sensación de esta tela sobre tu cuerpo, Anastaasssia —me dice arrastrando las palabras de nuevo—. Siempre deberías llevar satén o seda. —Sube y baja las manos por mis caderas, luego tira de mí hacia él y pone la boca sobre mi vientre—. Y ahora tenemos un intruso aquí.

Dejo de respirar. Madre mía… Le está hablando al pequeño Bip.

—Tú me vas a mantener despierto, ¿verdad? —le dice a mi vientre.

Oh, Dios mío. Christian me mira a través de sus largas pestañas oscuras. Sus ojos grises están turbios y brumosos. Se me encoge el corazón.

—Le preferirás a él que a mí —dice tristemente.

—Christian, no sabes lo que dices. No seas ridículo. No estoy eligiendo a nadie. Y puede que sea «ella».

Frunce el ceño.

—Ella… Oh, Dios. —Vuelve a tirarse sobre la cama y se tapa los ojos con el brazo. Por fin consigo aflojarle la corbata. Le suelto un cordón y le quito el zapato y el calcetín y después el otro. Cuando me pongo de pie me doy cuenta de por qué no oponía ninguna resistencia; Christian está completamente dormido y roncando suavemente.

Me quedo mirándole. Está guapísimo, incluso borracho y roncando. Tiene los labios cincelados separados, un brazo encima de la cabeza alborotándole el pelo ya despeinado y la cara relajada. Parece tan joven… Pero claro, es que lo es: mi joven, estresado, borracho e infeliz marido. Siento un peso en el corazón ante ese pensamiento.

Bueno, al menos ya está en casa. Me pregunto adónde habrá ido. No estoy segura de tener la energía o la fuerza suficientes para moverle o quitarle más ropa. Además, está encima de la colcha. Vuelvo al salón, recojo la colcha de la cama de invitados que estaba usando yo y la llevo al dormitorio.

Sigue dormido, pero todavía lleva la corbata y el cinturón. Me subo a la cama a su lado, le quito la corbata y le desabrocho el botón superior de la camisa. Él murmura algo incomprensible, pero no se despierta. Después le suelto el cinturón con cuidado y lo saco por las trabillas con cierta dificultad, pero por fin se lo quito. La camisa se le ha salido de los pantalones y por la abertura se ve un poco del vello que tiene por debajo del ombligo. No puedo resistirme. Me agacho y le doy un beso ahí. Él se mueve y flexiona la cadera hacia delante, pero sigue dormido.

Me siento y vuelvo a mirarle. Oh, Cincuenta, Cincuenta, Cincuenta… ¿Qué voy a hacer contigo? Le paso los dedos por el pelo, tan suave, y le doy un beso en la sien.

—Te quiero, Christian. Incluso cuando estás borracho y has estado por ahí, Dios sabe dónde, te sigo queriendo. Siempre te querré.

—Mmm… —murmura. Yo vuelvo a besarle en la sien una vez más y me bajo de la cama para taparle con la colcha. Puedo dormir a su lado, cruzada sobre la cama… Sí, eso voy a hacer.

Pero primero ordenaré un poco su ropa. Niego con la cabeza y recojo los calcetines y la corbata. Después me cuelgo en el brazo la chaqueta doblada. Cuando lo hago, su BlackBerry se cae al suelo. La recojo y sin darme cuenta la desbloqueo. Se abre por la pantalla de mensajes. Veo mi mensaje y otro por encima.

Se me eriza el vello. Joder.

*Me ha encantado verte. Ahora lo entiendo.
No te preocupes. Serás un padre fantástico.*

Es de ella. De la señora Elena, alias la Bruja Robinson. Mierda. Ahí es adonde ha ido: ¡a verla a ella!

# 21

Me quedo mirando el mensaje con la boca abierta y después levanto la vista hacia la silueta dormida de mi marido. Ha estado por ahí hasta la una y media de la madrugada, bebiendo… ¡con ella! Ronca un poco, durmiendo el sueño de los borrachos, aparentemente inocente y ajeno a todo. Parece tan sereno…

Oh no, no, no. Mis piernas se convierten en gelatina y me dejo caer lentamente en una silla que hay junto a la cama, incrédula. Una sensación de traición cruda, amarga y humillante me recorre el cuerpo. ¿Cómo ha podido? ¿Cómo ha podido ir a buscarla a ella? Unas lágrimas calientes y furiosas corren por mis mejillas. Puedo entender su ira y su miedo, su necesidad de atacarme, y puedo perdonarlo… más o menos. Pero esto… esta traición es demasiado. Subo las rodillas para apretarlas contra mi pecho y las rodeo con los brazos, protegiéndome y protegiendo a mi pequeño Bip. Empiezo a balancearme mientras sollozo en voz baja.

¿Qué esperaba? Me casé con este hombre demasiado rápido. Lo sabía… Sabía que llegaríamos a esto. ¿Por qué? ¿Por qué? ¿Por qué? ¿Cómo ha podido hacerme esto? Sabe lo que pienso de esa mujer. ¿Cómo ha podido recurrir a ella? ¿Cómo? El cuchillo que siento en el corazón se está hundiendo lenta y dolorosamente, haciendo la herida más profunda. ¿Siempre va a ser así?

Con los ojos llenos de lágrimas, su silueta tumbada se emborrona. Oh, Christian. Me casé con él porque le quería y en el fondo sé que él me quiere. Sé que es así. La dedicatoria dolorosamente dulce de mi regalo de cumpleaños me viene a la cabeza:

*«Por todas nuestras primeras veces, felicidades por tu primer cumplea-
ños como mi amada esposa. Te quiero. C. x»*

No, no, no… No puedo creer que siempre vaya a ser así, dos
pasos adelante y tres atrás. Pero siempre ha sido así con él. Después
de cada revés, volvemos a avanzar, centímetro a centímetro. Lo
conseguirá… lo hará. Pero ¿podré yo? ¿Podré recuperarme de
esto… de esta traición? Pienso en cómo ha sido este fin de semana, tan horrible y maravilloso a la vez. Su fuerza silenciosa cuando
mi padrastro estaba herido y en coma en la UCI… Mi fiesta sorpresa a la que trajo a toda mi familia y mis amigos… Cuando me
tumbó en la entrada del Heathman y me dio un beso a la vista de
todos. Oh, Christian, pones a prueba toda mi confianza, toda mi
fe… y aun así te quiero.

Pero ahora ya no solo se trata de mí. Pongo la mano en mi
vientre. No, no le voy a dejar hacernos esto a mí y a nuestro Bip.
El doctor Flynn me dijo que debía concederle el beneficio de la
duda… bueno, lo siento, pero esta vez no lo voy a hacer. Me seco
las lágrimas de los ojos y me limpio la nariz con el dorso de la
mano.

Christian se revuelve y se gira, subiendo las piernas y enros-
cándose bajo la colcha. Estira un brazo como si buscara algo y
después gruñe y frunce el ceño, pero vuelve a dormirse con el
brazo estirado.

Oh, Cincuenta… ¿Qué voy a hacer contigo? ¿Y qué demonios hacías tú con la bruja? Necesito saberlo.

Miro una vez más el mensaje de la discordia e ideo rápidamente un plan. Inspiro hondo y reenvío ese mensaje a mi Black-
Berry. Paso uno completado. Compruebo en un momento los
demás mensajes recientes, pero solo hay mensajes de Elliot, Andrea, Taylor, Ros y míos. Nada de Elena. Bien, o eso creo. Salgo
de la pantalla de mensajes, aliviada de que no haya estado inter-
cambiando mensajes con ella. De repente, el corazón se me queda
atravesado en la garganta. Oh, Dios mío… El salvapantallas de su
teléfono está compuesto de fotografías mías, un collage de diminutas Anastasias en diferentes posturas: de nuestra luna de miel, del
fin de semana que pasamos navegando y volando y unas cuantas

de las fotos de José también. ¿Cuándo ha hecho esto? Ha tenido que ser hace muy poco.

Veo el icono del correo electrónico y se me ocurre que podría leer los correos de Christian. Para saber si ha estado comunicándose con ella. ¿Debería hacerlo? La diosa que llevo dentro, vestida de seda verde jade, asiente rotunda y frunce los labios. Antes de que me dé tiempo a pensármelo dos veces, invado la privacidad de mi marido.

Hay cientos y cientos de correos. Los miro por encima: todos aburridísimos. Son sobre todo de Ros, Andrea y míos, también de algunos ejecutivos de su empresa. Ninguno de la bruja. También me alivia ver que tampoco hay ninguno de Leila.

Un correo me llama la atención. Es de Barney Sullivan, el ingeniero informático de Christian, y el asunto es «Jack Hyde». Miro a Christian con una punzada de culpabilidad, pero sigue roncando. Nunca le había oído roncar… Abro el correo.

---

**De:** Barney Sullivan
**Fecha:** 13 de septiembre de 2011 14:09
**Para:** Christian Grey
**Asunto:** Jack Hyde

Las cámaras de vigilancia de Seattle muestran que la furgoneta blanca de Hyde venía de South Irving Street. No la encuentro por ninguna parte antes de eso, así que Hyde debía de tener su centro de operaciones en esa zona.

Como Welch ya le ha dicho, el coche del Sudes fue alquilado con un permiso de conducir falso por una mujer desconocida, aunque no hay nada que lo vincule con la zona de South Irving Street.

En el adjunto le envío la lista de los empleados de Grey Enterprises Holdings, Inc. y de SIP que viven en la zona. También se lo he enviado a Welch.

No había nada en el ordenador de Hyde en SIP sobre sus antiguas ayudantes.

Le incluyo una lista de lo que recuperamos del ordenador de Hyde, como recordatorio.

**Direcciones de los domicilios de los Grey:**
Cinco propiedades en Seattle
Dos propiedades en Detroit

**Currículum detallados de:**
Carrick Grey
Elliot Grey
Christian Grey
La doctora Grace Trevelyan
Anastasia Steele
Mia Grey

**Artículos de periódico y material online relacionado con:**
La doctora Grace Trevelyan
Carrick Grey
Christian Grey
Elliot Grey

**Fotografías de:**
Carrick Grey
La doctora Grace Trevelyan
Christian Grey
Elliot Grey
Mia Grey

Seguiré investigando por si encuentro algo más.

B Sullivan
Director de informática, Grey Enterprises Holdings, Inc.

Este correo tan extraño me distrae momentáneamente de mi aflicción. Pincho en el adjunto para ver los nombres de la lista pero es enorme, demasiado grande para abrirlo en la BlackBerry.

¿Qué estoy haciendo? Es tarde. Ha sido un día agotador. No hay correos de la bruja ni de Leila Williams, y eso me consuela en cierta manera. Le echo una mirada al despertador: pasan unos minutos de las dos de la mañana. Hoy ha sido un día de revelaciones.

Voy a ser madre y mi marido ha estado confraternizando con el enemigo. Bueno, le pondré las cosas difíciles. No voy a dormir aquí con él. Mañana se va a levantar solo. Coloco su BlackBerry en la mesita, cojo mi bolso que había dejado junto a la cama y, después de una última mirada a mi angelical Judas durmiente, salgo del dormitorio.

La llave de repuesto del cuarto de juegos está en su lugar habitual, en el armario de la cocina. La cojo y subo la escalera. Del armario de la ropa blanca saco una almohada, una colcha y una sábana. Después abro la puerta del cuarto de juegos, entro y enciendo las luces tenues. Me resulta raro que el olor y la atmósfera de la habitación me parezcan tan reconfortantes, teniendo en cuenta que tuve que decir la palabra de seguridad la última vez que estuvimos aquí. Cierro la puerta con llave al entrar y dejo la llave en la cerradura. Sé que mañana por la mañana Christian se va a volver loco buscándome, y no creo que me busque aquí si ve la puerta cerrada. Le estará bien empleado.

Me acurruco en el sofá Chesterfield, me envuelvo en la colcha y saco la BlackBerry del bolso. Miro los mensajes y encuentro el de la infame bruja que me he reenviado desde el teléfono de Christian. Pulso «Responder» y escribo:

*¿QUIERES QUE LA SEÑORA LINCOLN SE UNA A NOSOTROS CUANDO HABLEMOS DE ESTE MENSAJE QUE TE HA MANDADO? ASÍ NO TENDRÁS QUE SALIR CORRIENDO A BUSCARLA DESPUÉS. TU MUJER.*

Y pulso «Enviar». Después pongo el teléfono en modo «silencio». Me acomodo bajo la colcha. A pesar de mi bravuconada, estoy abrumada por la enormidad de la decepción de Christian. Debería ser un momento feliz. Por Dios, vamos a ser padres. Revivo el instante en que le dije a Christian que estoy embarazada, pero me imagino que cae de rodillas delante de mí, feliz, me atrae hacia sus brazos y me dice cuánto nos quiere a mí y a nuestro pequeño Bip.

Pero aquí estoy, sola y con frío en un cuarto de juegos sacado de una fantasía de BDSM. De repente me siento mayor, mucho mayor de lo que soy en realidad. Ya sabía que Christian siempre iba a ser complicado, pero esta vez se ha superado a sí mismo. ¿En qué estaba pensando? Bien, si quiere pelea, yo se la voy a dar. De ningún modo voy a dejar que se acostumbre a salir corriendo para ver a esa mujer monstruosa cada vez que tengamos un problema. Tendrá que elegir: ella o yo y nuestro pequeño Bip. Sorbo un poco por la nariz, pero como estoy tan cansada, pronto me quedo dormida.

Me despierto sobresaltada y momentáneamente desorientada. Oh, sí; estoy en el cuarto de juegos. Como no hay ventanas, no tengo ni idea de la hora que es. El picaporte de la puerta se agita y repiquetea.

—¡Ana! —grita Christian desde el otro lado de la puerta. Me quedo helada, pero él no entra. Oigo voces amortiguadas, pero se alejan. Dejo escapar el aire y miro la hora en la BlackBerry. Son las ocho menos diez y tengo cuatro llamadas perdidas y dos mensajes de voz. Las llamadas perdidas son la mayoría de Christian, pero también hay una de Kate. Oh, no… Seguro que debe de haberla llamado. No tengo tiempo para escuchar los mensajes. No quiero llegar tarde al trabajo.

Me envuelvo en la colcha y recojo el bolso antes de dirigirme hacia la puerta. La abro lentamente y echo un vistazo afuera. No hay señales de nadie. Oh, mierda… Tal vez esto sea un poco melodramático. Pongo los ojos en blanco para mis adentros, inspiro hondo y bajo la escalera.

Taylor, Sawyer, Ryan, la señora Jones y Christian se hallan en la entrada del salón y Christian está dando instrucciones a la velocidad del rayo. Todos se giran a la vez para mirarme con la boca abierta. Christian sigue llevando la ropa con la que se quedó dormido anoche. Está despeinado, pálido y tan guapo que casi se me para el corazón. Sus grandes ojos grises están muy abiertos y no sé si tiene miedo o está furioso. Es difícil saberlo.

—Sawyer, estaré lista para marcharme dentro de veinte minutos —murmuro envolviéndome un poco más en la colcha para protegerme.

Él asiente y todos los ojos se vuelven hacia Christian, que sigue mirándome con intensidad.

—¿Quiere desayunar algo, señora Grey? —me pregunta la señora Jones.

Niego con la cabeza.

—No tengo hambre, gracias. —Ella frunce los labios pero no dice nada.

—¿Dónde estabas? —me pregunta Christian en voz baja y ronca.

De repente Sawyer, Taylor, Ryan y la señora Jones se escabullen y desaparecen en el despacho de Taylor, en el vestíbulo y en la cocina respectivamente como ratas aterrorizadas que huyen de un barco que se hunde.

Ignoro a Christian y me dirijo a nuestro dormitorio.

—Ana —dice desde detrás de mí—, respóndeme. —Oigo sus pasos siguiéndome mientras voy camino del dormitorio y después hasta el baño. Cierro la puerta con el pestillo en cuanto entro.

—¡Ana! —Christian aporrea la puerta. Yo abro el grifo de la ducha. La puerta tiembla—. Ana, abre la maldita puerta.

—¡Vete!

—No me voy a ir a ninguna parte.

—Como quieras.

—Ana, por favor.

Entro en la ducha y eso bloquea eficazmente su voz. Oh, qué calentita. El agua curativa cae sobre mi cuerpo y me limpia el cansancio de la noche de la piel. Oh, Dios mío. Qué bien me sienta esto. Durante un momento, un breve momento, puedo fingir que todo está bien. Me lavo el pelo y para cuando termino me siento mejor, más fuerte, lista para enfrentarme al tren de mercancías que es Christian Grey. Me envuelvo el pelo en una toalla, me seco rápidamente con otra y me envuelvo en ella.

Quito el pestillo y abro la puerta. Christian está apoyado contra la pared de enfrente, con las manos detrás de la espalda. Su expresión es cautelosa; la de un depredador cazado. Paso a su lado y entro en el vestidor.

—¿Me estás ignorando? —me pregunta Christian incrédulo, de pie en el umbral del vestidor.

—Qué perspicaz —murmuro distraídamente mientras busco algo que ponerme. Ah, sí: mi vestido color ciruela. Lo descuelgo de la percha, cojo las botas altas negras con los tacones de aguja y me doy la vuelta para volver al dormitorio. Me quedo parada, esperando a que Christian se aparte de mi camino. Por fin, lo hace; sus buenos modales intrínsecos pueden con todo lo demás. Siento que sus ojos me atraviesan mientras voy hacia la cómoda y le miro por el espejo. Sigue de pie en el umbral del vestidor, observándome. En una actuación digna de un Oscar, dejo caer la toalla al suelo y finjo que no me doy cuenta de que estoy desnuda. Oigo su respingo ahogado y lo ignoro.

—¿Por qué haces esto? —me pregunta. Su voz sigue siendo baja.

—¿Tú por qué crees? —Mi voz es suave como el terciopelo mientras saco unas bonitas bragas negras de La Perla.

—Ana… —Se detiene mientras me pongo las bragas.

—Vete y pregúntale a tu señora Robinson. Seguro que ella tendrá una explicación para ti —murmuro mientras busco el sujetador a juego.

—Ana, ya te lo he dicho, ella no es mi…

—No quiero oírlo, Christian —le digo agitando una mano, indiferente—. El momento de hablar era ayer, pero en vez de hablar conmigo decidiste gritarme y después ir a emborracharte con la mujer que abusó de ti durante años. Llámala. Seguro que ella estará más dispuesta a escucharte que yo. —Encuentro el sujetador a juego, me lo pongo lentamente y lo abrocho. Entra en el dormitorio y pone las manos en jarras.

—Y tú ¿por qué me espías? —me dice.

A pesar de mi resolución, no puedo evitar sonrojarme.

—No estamos hablando de eso, Christian —le respondo—. El hecho es que, cada vez que las cosas se ponen difíciles, tú te vas corriendo a buscarla.

Su boca forma una línea sombría.

—No fue así.

—No me interesa. —Saco un par de medias hasta el muslo

con el extremo de encaje y camino hacia la cama. Me siento, estiro el pie y lentamente voy subiendo la delicada tela por la pierna hasta el muslo.

—¿Dónde estabas? —me pregunta mientras sus ojos siguen la ascensión de mis manos por la pierna, pero yo continúo ignorándole mientras desenrollo la otra media.

Me pongo de pie y me agacho para secarme el pelo con la toalla. Por el hueco entre mis muslos separados puedo verle los pies descalzos y siento su intensa mirada. Cuando termino, me levanto y vuelvo a la cómoda, de donde saco el secador.

—Respóndeme. —La voz de Christian es baja y ronca.

Enciendo el secador y ya no puedo oírle, pero le observo con los ojos entreabiertos por el espejo mientras me voy secando el pelo. Me mira fijamente con los ojos entornados y fríos, casi helados. Aparto la vista y me centro en la tarea que tengo entre manos, intentando reprimir el escalofrío que me recorre. Trago con dificultad y me concentro en secarme el pelo. Sigue estando furioso. ¿Se va por ahí con esa maldita mujer y está furioso conmigo? ¡Cómo se atreve! Cuando tengo el pelo alborotado e indomable, paro. Sí… me gusta. Apago el secador.

—¿Dónde estabas? —susurra con tono ártico.

—¿Y a ti qué te importa?

—Ana, déjalo ya. Ahora.

Me encojo de hombros y Christian cruza rápidamente la habitación hacia mí. Yo me vuelvo y doy un paso atrás cuando intenta cogerme.

—No me toques —le advierto y él se queda parado.

—¿Dónde estabas? —insiste. Tiene la mano convertida en un puño al lado del cuerpo.

—No estaba por ahí emborrachándome con mi ex —le respondo furiosa—. ¿Te has acostado con ella?

Él da un respingo.

—¿Qué? ¡No! —Me mira con la boca abierta y tiene la poca vergüenza de parecer herido y enfadado al mismo tiempo. Mi subconsciente suspira de alivio, agradecida—. ¿Crees que te engañaría? —Su tono revela indignación moral.

—Me has engañado —exclamo—. Porque has cogido nuestra vida privada y has ido corriendo como un cobarde a contársela a esa mujer.

Se queda con la boca abierta.

—¿Un cobarde? ¿Eso es lo que crees? —Sus ojos arden.

—Christian, he visto el mensaje. Eso es lo que sé.

—Ese mensaje no era para ti —gruñe.

—Bueno, la verdad es que lo vi cuando la BlackBerry se te cayó de la chaqueta mientras te desvestía porque estabas demasiado borracho para desvestirte solo. ¿Sabes cuánto daño me has hecho por haber ido a ver a esa mujer?

Palidece momentáneamente, pero ya he cogido carrerilla y la bruja que llevo dentro está desatada.

—¿Te acuerdas de anoche cuando llegaste a casa? ¿Te acuerdas de lo que dijiste?

Me mira sin comprender, con la cara petrificada.

—Bueno, pues tenías razón. Elijo al bebé indefenso por encima de ti. Eso es lo que hacen los padres que quieren a sus hijos. Eso es lo que tu madre debería haber hecho. Y siento que no lo hiciera, porque no estaríamos teniendo esta conversación ahora si lo hubiera hecho. Pero ahora eres un adulto. Tienes que crecer, enfrentarte a las cosas y dejar de comportarte como un adolescente petulante. Puede que no estés contento por lo de este bebé; yo tampoco estoy extasiada, dado que no es el momento y que tu reacción ha sido mucho menos que agradable ante esta nueva vida, pero sigue siendo carne de tu carne. Puedes hacer esto conmigo, o lo haré yo sola. La decisión es tuya. Y mientras te revuelcas en el pozo de autocompasión y odio por ti mismo, yo me voy a trabajar. Y cuando vuelva, me llevaré mis pertenencias a la habitación de arriba.

Él me mira y parpadea, perplejo.

—Ahora, si me disculpas, me gustaría terminar de vestirme. —Estoy respirando con dificultad.

Muy lentamente Christian da un paso atrás y su actitud se endurece.

—¿Eso es lo que quieres? —me susurra.

—Ya no sé lo que quiero. —Mi tono es igual que el suyo y necesito hacer un esfuerzo monumental para fingir desinterés mientras me unto los dedos con crema hidratante y me la extiendo por la cara. Me miro en el espejo: los ojos azules muy abiertos, la cara pálida y las mejillas ruborizadas. Lo estás haciendo muy bien. No te acobardes ahora. No te acobardes.

—¿Ya no me quieres? —me susurra.

Oh, no… Oh, no, Grey.

—Todavía estoy aquí, ¿no? —exclamo. Cojo el rimel y me doy un poco primero en el ojo derecho.

—¿Has pensado en dejarme? —Casi no oigo sus palabras.

—Si tu marido prefiere la compañía de su ex ama a la tuya, no es una buena señal. —Consigo ponerle el nivel justo de desdén a la frase y evitar su pregunta.

Ahora brillo de labios. Hago un mohín con los labios brillantes a la imagen del espejo. Aguanta, Steele… eh, quiero decir, Grey… Vaya, ya no me acuerdo ni de mi nombre. Cojo las botas, voy hasta la cama una vez más y me las pongo rápidamente, subiendo la cremallera de un tirón por encima de las rodillas. Sí. Estoy sexy solo con la ropa interior y las botas. Lo sé. Me pongo de pie y le miro con frialdad. Él parpadea y sus ojos recorren rápida y ávidamente mi cuerpo.

—Sé lo que estás haciendo —murmura, su voz ha adquirido un tono cálido y seductor.

—¿Ah, sí? —Y se me quiebra la voz. No, Ana… Aguanta.

Él traga saliva y da un paso hacia mí. Yo doy un paso atrás y levanto las manos.

—Ni se te ocurra, Grey —susurro amenazadora.

—Eres mi mujer —me dice en voz baja, y es casi una amenaza también.

—Soy la mujer embarazada a la que abandonaste ayer, y si me tocas voy a gritar hasta que venga alguien.

Levanta las cejas, incrédulo.

—¿Vas a gritar?

—Voy a gritar que me quieres matar —digo entrecerrando los ojos.

—Nadie te oirá —murmura con la mirada intensa. Me recuerda brevemente a nuestra mañana en Aspen. No. No. No.

—¿Estás intentando asustarme? —digo sin aliento, intentando deliberadamente desconcertarle.

Funciona. Se queda quieto y traga saliva.

—No era esa mi intención —asegura y frunce el ceño.

Casi no puedo respirar. Si me toca, sucumbiré. Sé el poder que tiene sobre mí y sobre mi cuerpo traidor. Lo sé y tengo que aferrarme a esta furia.

—Me tomé unas copas con una persona a la que estuve unido hace tiempo. Arreglamos nuestros problemas. No voy a volver a verla.

—¿Fuiste tú a buscarla?

—Al principio no. Intenté localizar a Flynn, pero me encontré sin darme cuenta en el salón de belleza.

—¿Y esperas que me crea que no vas a volver a verla? —le pregunto entre dientes. No puedo contener mi furia—. ¿Y la próxima vez que crucemos alguna frontera imaginaria? Tenemos la misma discusión una y otra vez. Es como la rueda de Ixión. ¿Si vuelvo a cometer algún error no irás corriendo a buscarla de nuevo?

—No voy a volver a verla —dice con una contundencia glacial—. Ella por fin entiende cómo me siento.

Le miro y parpadeo.

—¿Qué significa eso?

Él se yergue y se pasa una mano por el pelo, irritado, furioso y mudo. Intento una táctica diferente.

—¿Por qué puedes hablar con ella y no conmigo?

—Estaba furioso contigo. Como ahora.

—¡No me digas! —exclamo—. Bueno, yo también estoy furiosa contigo. Furiosa porque fuiste tan frío y cruel ayer cuando te necesitaba. Furiosa porque dijiste que me he quedado embarazada a propósito, cosa que no es cierta. Furiosa porque me has traicionado. —Consigo reprimir un sollozo. Abre la boca sorprendido y cierra los ojos un momento, como si acabara de darle una bofetada. Trago saliva. Cálmate, Anastasia—. Sé que debería haber prestado más atención a la fecha de mis inyecciones. Pero no lo he hecho a propósito. Este embarazo también ha sido un shock para mí —murmuro intentando poner un poco de educación en este intercambio—. Podría ser que la inyección no hiciera el efecto correcto.

Me mira fijamente en silencio.

—Metiste la pata ayer —le susurro, y el enfado me hierve la sangre—. He tenido que vérmelas con muchas cosas en las últimas semanas.

—Tú sí que metiste la pata hace tres o cuatro semanas o cuando fuera que se te olvidó ponerte la inyección.

—Vaya, ¡es que no soy tan perfecta como tú!

Oh, para, para, para. Los dos nos quedamos de pie mirándonos.

—Menudo espectáculo está montando, señora Grey —susurra.

—Bueno, me alegro de que incluso embarazada te resulte entretenida.

Me mira sin comprender.

—Necesito una ducha —murmura.

—Y yo ya te he entretenido bastante con mi espectáculo…

—Un espectáculo muy bueno… —susurra. Da un paso hacia mí y yo doy otro paso atrás.

—No.

—Odio que no me dejes tocarte.

—Irónico, ¿eh?

Él entorna los ojos una vez más.

—No hemos resuelto nada, ¿no?

—Yo diría que no. Solo que me voy a ir de este dormitorio.

Sus ojos sueltan una llamarada y se abren como platos un momento.

—Ella no significa nada para mí.

—Excepto cuando la necesitas.

—No la necesito a ella. Te necesito a ti.

—Ayer no. Esa mujer es un límite infranqueable para mí, Christian.

—Está fuera de mi vida.

—Ojalá pudiera creerte.

—Joder, Ana.

—Por favor, deja que me vista.

Suspira y vuelve a pasarse una mano por el pelo.

—Te veo esta noche —dice con la voz sombría y desprovista de sentimiento.

Y durante un breve momento quiero cogerle en mis brazos y consolarle, pero me resisto porque estoy muy furiosa. Se gira y se encamina al baño. Yo me quedo de pie petrificada hasta que oigo cerrarse la puerta.

Voy tambaleándome hasta la cama y me dejo caer. No he recurrido a las lágrimas, los gritos o el asesinato, ni tampoco he sucumbido a sus tentaciones sexuales. Me merezco la Medalla de Honor del Congreso, pero me siento muy triste. Mierda. No hemos resuelto nada. Estamos al borde del precipicio. ¿Está en riesgo nuestro matrimonio? ¿Por qué no entiende que ha sido un gilipollas completo e integral por haber salido corriendo a ver a esa mujer? ¿Y qué quiere decir con que no la va a ver de nuevo? ¿Y cómo demonios se supone que debo creerle? Miro el despertador: las ocho y media. ¡Mierda! No quiero llegar tarde. Inspiro hondo.

—El segundo asalto ha quedado en tablas, pequeño Bip —susurro dándome una palmadita en el vientre—. Puede que papá sea una causa perdida, pero espero que no. ¿Por qué, Dios mío, por qué has llegado tan pronto, pequeño Bip? Las cosas estaban empezando a mejorar. —Me tiembla el labio, pero inspiro hondo para sacar fuera todo lo malo y mantener bajo control mis revueltas emociones.

—Vamos. Vámonos corriendo al trabajo.


No le digo adiós a Christian. Todavía está en la ducha cuando Sawyer y yo nos vamos. Miro por la ventanilla oscura del todoterreno y empiezo a perder la compostura; se me llenan los ojos de lágrimas. El cielo gris y amenazante refleja mi estado de ánimo y una extraña sensación de mal presagio se apodera de mí. No hemos hablado del bebé. He tenido menos de veinticuatro horas para asimilar la noticia de la llegada de pequeño Bip. Christian ha tenido todavía menos tiempo.

—Ni siquiera sabe tu nombre —digo acariciándome el vientre y enjugándome las lágrimas de la cara.

—Señora Grey —dice Sawyer interrumpiendo mis pensamientos—, hemos llegado.

—Oh, gracias, Sawyer.

—Voy a acercarme a por algo de comer, señora. ¿Quiere algo?

—No, gracias. No tengo hambre.


Hannah tiene mi *caffè latte* esperándome. Lo huelo y el estómago se me revuelve.

—Mmm… ¿Te importa traerme un té, por favor? —murmuro avergonzada. Sabía que había una razón por la que nunca me gustó el café. Dios, huele fatal.

—¿Estás bien, Ana?

Asiento y me escabullo hacia la seguridad de mi despacho. Mi BlackBerry vibra. Es Kate.

—¿Por qué estaba Christian buscándote? —me pregunta sin preámbulos.

—Buenos días, Kate. ¿Cómo estás?

—Déjate de rodeos, Steele. ¿Qué pasa? —La santa inquisidora Katherine Kavanagh empieza su trabajo.

—Christian y yo hemos tenido una pelea, eso es todo.

—¿Te ha hecho daño?

Pongo los ojos en blanco.

—Sí, pero no como tú piensas. —No puedo tratar con Kate en este momento. Sé que acabaré llorando, y ahora mismo estoy demasiado orgullosa de mí misma para derrumbarme esta mañana—. Kate, tengo una reunión. Te llamo luego.

—Vale, pero ¿estás bien?

—Sí. —No—. Te llamo luego, ¿de acuerdo?

—Perfecto, Ana, hazlo a tu manera. Estoy aquí para ti.

—Lo sé —susurro y me esfuerzo por reprimir la emoción repentina que siento al oír sus amables palabras. No voy a llorar. No voy a llorar.

—¿Ray está bien?

—Sí —susurro.

—Oh, Ana —murmura ella.

—No.

—Vale. Hablamos después.

—Sí.


Durante la mañana compruebo de vez en cuando mi correo, esperando recibir noticias de Christian. Pero no hay nada. Según va avanzando el día me doy cuenta de que no tiene intención de ponerse en contacto conmigo porque todavía está furioso. Perfecto, porque yo también estoy furiosa. Me lanzo de cabeza al trabajo, parando solo a la hora del almuerzo para comerme un bagel con queso cremoso y salmón. Es increíble lo que mejora mi humor después de haber comido algo.

A las cinco Sawyer y yo nos vamos al hospital a ver a Ray. Sawyer está especialmente vigilante y más amable de lo normal. Es irritante. Cuando nos aproximamos a la habitación de Ray, se acerca a mí.

—¿Quiere un té mientras visita a su padre? —me pregunta.

—No, gracias, Sawyer. Estoy bien.

—Esperaré fuera. —Me abre la puerta y agradezco poder apartarme de él unos minutos. Ray está sentado en la cama leyendo una revista. Está afeitado y lleva la parte superior de un pijama... Vuelve a parecerse a sí mismo antes del accidente.

—Hola, Annie. —Me sonríe, pero de repente su cara se hunde.

—Oh, papi... —Corro a su lado y, en un gesto muy poco propio de él, abre los brazos para abrazarme.

—¿Annie? —susurra—. ¿Qué te pasa? —Me abraza fuerte y me da un beso en el pelo. Mientras estoy entre sus brazos me doy cuenta de lo escasos que han sido estos momentos entre nosotros. ¿Por qué? ¿Por eso me gusta tanto encaramarme al regazo de Christian? Un momento después me aparto y me siento en la silla que hay junto a la cama. Ray arruga la frente, preocupado.

—Cuéntale a tu padre lo que te pasa.

Niego con la cabeza. Él no necesita que le cuente mis problemas ahora mismo.

—No es nada, papá. Te veo bien. —Le cojo la mano.

—Me siento mejor, más yo mismo, pero este yeso me está bichicheando.

—¿Bichicheando? —La palabra que ha utilizado me hace sonreír.

Él me devuelve la sonrisa.

—«Bichicheando» suena mejor que «picando».

—Oh, papá, cómo me alegro de que estés bien.

—Yo también, Annie. Me gustaría algún día hacer saltar a un nieto sobre esta rodilla que me está pichicheando. No querría perderme eso por nada del mundo.

Le miro y parpadeo. Mierda. ¿Lo sabe? Lucho por evitar las lágrimas que se me están arremolinando en los ojos.

—¿Christian y tú estáis bien?

—Hemos tenido una pelea —le susurro esforzándome por hablar a pesar del nudo de la garganta—. Pero ya lo arreglaremos.

Asiente.

—Es un buen hombre, tu marido —dice Ray para intentar consolarme.

—Tiene sus momentos. ¿Qué dicen los médicos?

No quiero hablar de mi marido ahora mismo; es un tema de conversación doloroso.


Cuando vuelvo al Escala, Christian no está en casa.

—Christian ha llamado y ha dicho que se quedará a trabajar hasta tarde —me informa la señora Jones con expresión de disculpa.

—Oh, gracias por decírmelo.

¿Y por qué no me lo ha dicho él? Vaya, está llevando su enfurruñamiento a un nivel totalmente nuevo. Recuerdo brevemente la pelea por nuestros votos matrimoniales y la rabieta que tuvo. Pero ahora yo soy la agraviada.

—¿Qué te apetece comer? —La señora Jones tiene un brillo determinado y duro en la mirada.

—Pasta.

Sonríe.

—¿Espaguetis, macarrones, fusili?

—Espaguetis, con tu salsa boloñesa.

—Marchando. Y Ana… deberías saberlo. El señor Grey se volvió loco esta mañana cuando creyó que te habías ido. Estaba totalmente fuera de sí. —Me sonríe con cariño.

Oh…


A las nueve todavía no ha vuelto a casa. Estoy sentada frente a mi mesa de la biblioteca, preguntándome donde estará. Le llamo.

—Ana —responde con la voz fría.

—Hola.

Inspira despacio.

—Hola —dice en voz baja.

—¿Vas a venir a casa?

—Luego.

—¿Estás en la oficina?

—Sí. ¿Dónde esperabas que estuviera?

Con ella…

—Será mejor que te deje, entonces.

Ambos nos quedamos callados y en la línea solo se oye silencio entre nosotros dos.

—Buenas noches, Ana —dice él por fin.

—Buenas noches, Christian.

Y cuelga.

Oh, mierda. Miro mi BlackBerry. No sé qué espera que haga. No le voy a dejar pasar por encima de mí. Sí, está furioso, vale. Yo también estoy furiosa. Pero tenemos la situación que tenemos. Yo no he salido corriendo en busca de mi ex amante pedófila. Quiero que reconozca que esa no es una forma aceptable de comportarse.

Me acomodo en la silla, miro las mesas de billar de la biblioteca y recuerdo los buenos tiempos cuando jugábamos al billar. Me pongo la mano sobre el vientre. Tal vez simplemente es demasiado pronto. Tal vez esto no deba pasar… Y mientras lo pienso, veo a mi subconsciente gritando: ¡no! Si interrumpo este embarazo, nunca podré perdonarme a mí misma… ni a Christian.

—Oh, Bip, ¿qué nos has hecho? —No soy capaz de hablar con Kate ahora mismo. No soy capaz de hablar con nadie. Le escribo un mensaje y le prometo que la llamaré pronto.

A las once ya no puedo mantener los párpados abiertos. Resignada, me dirijo a mi antigua habitación. Me acurruco debajo de la colcha y finalmente lo dejo salir todo, llorando contra la almohada con grandes sollozos de dolor muy poco propios de una dama…

Me duele la cabeza cuando me levanto. Una luz brillante de otoño entra por las grandes ventanas de mi habitación. Miro el despertador y veo que son las siete y media. Lo primero que pienso es: ¿dónde está Christian? Me siento y saco las piernas de la cama. En el suelo, al lado de la cama, está la corbata gris plateada de Christian, mi favorita. No estaba ahí cuando me acosté anoche. La recojo y me quedo mirándola, acaricio el material sedoso entre los pulgares y los índices y después la abrazo contra la mejilla. Ha estado aquí contemplándome mientras dormía. Una chispa de esperanza se enciende en mi interior.

La señora Jones está ocupada en la cocina cuando bajo.

—Buenos días —me dice alegremente.

—Buenos días. ¿Y Christian? —le pregunto.

Su sonrisa desaparece.

—Ya se ha ido.

—Pero ¿vino a casa? —Necesito comprobarlo, aunque tengo su corbata como prueba.

—Sí. —Hace una pausa—. Ana, por favor, perdóname por hablar cuando no me corresponde, pero no te rindas con él. Es un hombre muy obstinado.

Asiento y ella deja de hablar. Estoy segura de que mi expresión le está mostrando claramente que no quiero hablar de mi descarriado marido ahora mismo.

Cuando llego al trabajo, compruebo mi correo electrónico. Mi corazón se pone a mil por hora cuando veo que tengo un correo de Christian.

---

**De:** Christian Grey
**Fecha:** 15 de septiembre de 2011 06:45
**Para:** Anastasia Grey
**Asunto:** Portland

Ana:
Voy a volar a Portland hoy.
Tengo que arreglar unos negocios con la Universidad Estatal de Washington.
He creído que querrías saberlo.

Christian Grey
Presidente de Grey Enterprises Holdings, Inc.

---

Oh. Se me llenan los ojos de lágrimas. ¿Y ya está? Me da un vuelco el estómago. ¡Mierda! Voy a vomitar. Corro hasta el baño y llego justo a tiempo para echar el desayuno en la taza del váter. Me dejo caer al suelo del cubículo y apoyo la cabeza en las manos. ¿Podría estar aún más deprimida? Un momento después oigo que alguien llama suavemente a la puerta.

—¿Ana? Soy Hannah.

¡Mierda!

—¿Sí?

—¿Estás bien?

—Salgo enseguida.

—Está aquí Boyce Fox y quiere verte.

Mierda.

—Llévale a la sala de reuniones. Voy en un minuto.

—¿Quieres un té?

—Sí, por favor.


Después de comer (otro bagel de queso y salmón, que esta vez consigo retener en el estómago) me siento mirando con apatía el ordenador y preguntándome cómo vamos a resolver Christian y yo este problema.

Mi BlackBerry vibra y me sobresalta. Miro la pantalla: es Mia. Oh, eso es precisamente lo que necesito: su efusividad y su entusiasmo. Dudo, preguntándome si no será mejor que la ignore, pero por fin gana la cortesía.

—¡Mia! —respondo alegremente.

—Hola, Ana. Hacía tiempo que no hablábamos. —La voz masculina me resulta familiar. ¡Joder!

Se me eriza el vello de todo el cuerpo cuando la adrenalina empieza a correr. El mundo deja de girar para mí.

Es Jack Hyde.

## 22

Jack.

Casi no consigo que me salga la voz porque tengo la garganta atenazada por el miedo. ¿Qué hace fuera de la cárcel? Toda la sangre abandona mi cara y me siento mareada.

—Te acuerdas de mí… —dice en un tono suave. Noto su sonrisa amarga.

—Sí, claro —respondo automáticamente mientras intento pensar lo más rápido que puedo.

—Te estarás preguntando por qué te he llamado.

—Sí.

Cuelga.

—No cuelgues. He estado hablando un ratito con tu cuñada.

¡Qué! ¡Mia! ¡No!

—¿Qué has hecho? —susurro intentando contener el miedo.

—Escúchame bien, zorra calientapollas y cazafortunas. Me has jodido la vida. Grey me ha jodido la vida. Me lo debes. Tengo a esta guarra conmigo aquí. Y tú, ese cabrón con el que te has casado y toda su puta familia me lo vais a pagar.

El desprecio y el veneno de la voz de Hyde me impresionan. ¿Su familia? Pero ¿qué demonios…?

—¿Qué quieres?

—Quiero su dinero. Quiero su puto dinero. Si las cosas hubieran sido diferentes, podría haber sido yo. Así que tú me lo vas a conseguir. Quiero cinco millones de dólares, hoy.

—Jack, no tengo acceso a esa cantidad de dinero.

Ríe entre dientes con desdén.

—Tienes dos horas para conseguirlo. Ni un minuto más: dos horas. No se lo digas a nadie o esta guarra lo va a pagar. Ni a la policía, ni al gilipollas de tu marido, ni al equipo de seguridad. Lo sabré si se lo dices, ¿me has entendido?

Se calla y yo intento responder, pero el pánico y el miedo me han sellado la garganta.

—¡Que si me has entendido! —me grita.

—Sí —susurro.

—O la mato.

Doy un respingo.

—No te separes del teléfono. Y no se lo digas a nadie o me la follaré antes de matarla. Tienes dos horas.

—Jack, necesito más tiempo. Tres horas. ¿Y cómo sé que la tienes?

La comunicación se corta. Miro al teléfono con la boca abierta, horrorizada. Tengo la boca seca por el miedo y noto el desagradable sabor metálico del terror. Mia, tiene a Mia… ¿La tiene? Mi mente se pone a girar ante esa horrible posibilidad y se me revuelve el estómago otra vez. Siento que voy a volver a vomitar, pero inspiro hondo, intentando calmar mi pánico y la náusea pasa. Mi mente repasa todas las posibilidades. ¿Decírselo a Christian? ¿A Taylor? ¿Llamar a la policía? ¿Cómo podría saberlo Jack? ¿De verdad tiene a Mia? Necesito tiempo, tiempo para pensar… Pero solo puedo conseguirlo siguiendo sus instrucciones. Cojo el bolso y me encamino a la puerta.

—Hannah, tengo que irme. No sé cuánto voy a tardar. Cancela todas mis citas para esta tarde. Dile a Elizabeth que tengo que ocuparme de una emergencia.

—Claro, Ana. ¿Va todo bien? —pregunta Hannah frunciendo el ceño y con expresión preocupada mientras mira como salgo corriendo.

—Sí —le digo distraídamente apresurándome hacia recepción, donde me espera Sawyer.

—Sawyer —le llamo. Él salta del sillón al oír mi voz y frunce el ceño al verme la cara—. No me siento bien. Por favor, llévame a casa.

—Claro, señora. ¿Me espera mientras voy por el coche?

—No, voy contigo. Quiero llegar a casa rápido.


Miro por la ventanilla aterrorizada mientras repaso mi plan. Llegar a casa. Cambiarme. Encontrar mi talonario de cheques. Lograr despistar a Ryan y a Sawyer. Ir al banco. ¿Y cuánto ocupan cinco millones? ¿Cuánto pesan? ¿Necesitaré una maleta? ¿Debería llamar para avisar al banco con antelación? Mia. Mia. ¿Y si no tiene a Mia? ¿Cómo puedo saberlo? Si llamo a Grace eso despertará sus sospechas y podría poner en peligro a Mia. Ha dicho que lo sabría. Miro por el parabrisas trasero del todoterreno. ¿Me sigue alguien? Mi corazón se acelera mientras examino los coches que van detrás de nosotros. Todos parecen inofensivos. Oh, Sawyer, conduce más rápido, por favor. Mis ojos se encuentran con los suyos en el espejo retrovisor y arruga la frente.

Sawyer pulsa un botón en su auricular Bluetooth para contestar una llamada.

—Taylor, quería que supiera que la señora Grey está conmigo. —La mirada de Sawyer vuelve a encontrarse con la mía en el espejo antes de centrarse en la carretera y continuar—. No se encuentra bien. La llevo de vuelta al Escala… Entiendo… Sí, señor. —Los ojos de Sawyer se desvían de la carretera para mirarme de nuevo a través del espejo—. Sí —dice y cuelga.

—¿Taylor?

Asiente.

—¿Está con el señor Grey?

—Sí, señora. —La mirada de Sawyer se suaviza un poco por la compasión.

—¿Sigue en Portland?

—Sí, señora.

Bien. Tengo que mantener a Christian a salvo. Bajo la mano hasta el vientre y me lo froto intencionadamente. Y a ti, pequeño Bip. Tengo que manteneros a salvo a los dos.

—¿Puedes darte prisa, por favor? No me encuentro bien.

—Sí, señora. —Sawyer pisa el acelerador y el coche se desliza entre el tráfico.

A la señora Jones no se la ve por ninguna parte cuando Sawyer y yo llegamos al piso. Como su coche no está en el garaje, supongo que estará haciendo recados con Ryan. Sawyer se encamina hacia el despacho de Taylor mientras yo me dirijo al estudio de Christian. Paso trastabillando detrás de la mesa, abrumada por el pánico, y abro el cajón de un tirón para sacar el talonario de cheques. El arma de Leila aparece ante mis ojos. Siento una incongruente punzada de irritación porque Christian no ha guardado a buen recaudo esa arma. No sabe nada de armas. Dios, podría llegar incluso a herirse.

Tras un momento de duda, cojo la pistola, compruebo que está cargada y me la meto en la cintura de los pantalones de vestir negros. Puede que me haga falta. Trago saliva con dificultad. Solo he apuntado a blancos; nunca le he disparado a nadie. Espero que Ray me perdone. Centro mi atención en encontrar el talonario de cheques correcto. Hay cinco, pero solo uno está a nombre de C. Grey y la señora A. Grey. Yo solo tengo unos cincuenta y cuatro mil dólares en mi cuenta. No tengo ni idea de cuánto dinero hay en esta. Pero Christian debe de tener más de cinco millones de dólares, seguro. Tal vez haya dinero en la caja fuerte… Vaya, no tengo ni idea de la combinación. ¿No dijo que estaba en su archivo? Intento abrirlo, pero está cerrado con llave. Mierda. Tendré que volver al plan A.

Inspiro hondo y camino hacia el dormitorio, más serena y decidida. No han hecho la cama y durante un segundo siento una punzada de dolor. Quizá debería haber dormido aquí anoche. ¿Qué sentido tiene discutir con alguien que admite que es Cincuenta Sombras? Ahora ni siquiera me habla. No… No tengo tiempo para pensar en eso.

Rápidamente me quito los pantalones de vestir y me pongo unos vaqueros, una sudadera con capucha y un par de zapatillas de deporte y me meto la pistola en la cintura de los vaqueros, en la parte de atrás. Saco del armario una bolsa de viaje. ¿Cinco millones cabrán aquí? La bolsa del gimnasio de Christian está en el suelo. La abro, esperando encontrármela llena de ropa sucia, pero no. La ropa de deporte está toda limpia. La señora Jones se ocupa absolutamente de todo. Saco la ropa, la tiro al suelo, y meto su bolsa del gimnasio dentro de la bolsa de viaje. Supongo que así será suficiente. Compruebo que llevo el carnet de conducir para que me sirva de identificación en el banco y miro la hora. Han pasado treinta y un minutos desde que Jack llamó. Ahora tengo que conseguir salir del Escala sin que Sawyer me vea.

Me encamino lenta y silenciosamente al vestíbulo, consciente de la cámara de circuito cerrado que está dirigida al ascensor. Creo que Sawyer sigue en el despacho de Taylor. Abro con mucho cuidado la puerta del vestíbulo haciendo el menor ruido posible. La cierro igual de silenciosamente detrás de mí y me quedo de pie en el umbral, justo contra la puerta, fuera del campo de visión de la lente de la cámara de vigilancia. Saco el teléfono móvil de mi bolso y llamo a Sawyer.

—¿Sí, señora Grey?

—Sawyer, estoy en la habitación de arriba, ¿podrías echarme una mano con una cosa? —Hablo en voz baja porque sé que está al final del pasillo que hay al otro lado de la puerta.

—Ahora mismo estoy con usted, señora —dice y noto confusión en su voz. Nunca antes le he llamado para pedirle ayuda. Tengo el corazón en la boca, latiéndome a un ritmo irregular y frenético. ¿Funcionará? Cuelgo y oigo sus pasos que cruzan el vestíbulo y suben la escalera. Inspiro hondo de nuevo para calmarme y contemplo brevemente la ironía de tener que escapar de mi propia casa como una criminal.

Cuando Sawyer llega al rellano del piso de arriba, yo corro hacia el ascensor y pulso el botón. Las puertas se abren con un pitido demasiado alto que anuncia que el ascensor está ahí. Corro adentro y pulso frenéticamente el botón del garaje del sótano. Después de una pausa terriblemente larga, las puertas empiezan a cerrarse. Mientras lo hacen oigo los gritos de Sawyer.

—¡Señora Grey! —Justo cuando se cierran las puertas del ascensor, le veo derrapar por el vestíbulo—. ¡Ana! —grita incrédulo. Pero es demasiado tarde; las puertas acaban de cerrarse y desaparece de mi vista.

El ascensor baja suavemente hasta el garaje. Tengo un par de minutos de ventaja sobre Sawyer. Sé que va a intentar detenerme. Miro con nostalgia mi R8 mientras corro hacia el Saab, abro la puerta, dejo caer las bolsas en el asiento del acompañante y me siento en el del conductor.

Enciendo el motor y las ruedas chirrían cuando me dirijo a toda velocidad a la entrada, donde tengo que esperar once segundos agónicos a que se levante la barrera. En cuanto lo hace salgo rápidamente y veo por el espejo retrovisor a Sawyer que sale corriendo del ascensor de servicio. Su expresión perpleja y dolida se queda grabada en mi cabeza cuando enfilo la rampa que lleva a la Cuarta Avenida.

Suelto por fin el aire; he estado conteniendo la respiración todo el tiempo. Sé que Sawyer llamará a Christian o a Taylor, pero ya me enfrentaré a eso cuando sea necesario. No puedo pensar en ello ahora. Me revuelvo incómoda en el asiento sabiendo en el fondo de mi corazón que Sawyer probablemente acaba de perder su trabajo. No pienses. Tengo que salvar a Mia. Tengo que llegar al banco y sacar cinco millones de dólares. Miro por el espejo retrovisor, esperando encontrar el todoterreno saliendo del garaje, pero cuando me alejo conduciendo no veo ni rastro de Sawyer.

El banco es un edificio elegante, moderno y sobrio. Hay voces amortiguadas, suelos que hacen eco al andar y cristales verde pálido con grabados por todas partes. Me dirijo al mostrador de información.

—¿En qué puedo ayudarla, señora? —La mujer joven me dedica una amplia pero falsa sonrisa y por un segundo me arrepiento de haberme puesto los vaqueros.

—Me gustaría retirar una gran cantidad de dinero.

La señorita Sonrisa Falsa arquea una ceja aún más falsa.

—¿Tiene una cuenta con nosotros? —No es capaz de ocultar su sarcasmo.

—Sí —respondo—. Mi marido y yo tenemos varias cuentas aquí. Se llama Christian Grey.

Abre mucho los ojos durante un segundo y la falsedad da paso a la consternación. Me mira de arriba abajo una vez más, ahora con una combinación de asombro e incredulidad.

—Por aquí, señora —me susurra, y me lleva a una oficina con más cristal verde pálido, pequeña y con pocos muebles—. Por favor, siéntese. —Me señala una silla de cuero negro que hay junto a un escritorio de cristal con un ordenador ultramoderno y un teléfono—. ¿Cuánto quiere retirar hoy, señora Grey? —me pregunta con amabilidad.

—Cinco millones de dólares. —La miro directamente a los ojos como si pidiera esa cantidad de efectivo todos los días.

Ella palidece.

—Ya veo. Voy a buscar al director. Oh, perdone que le pregunte, ¿tiene alguna identificación?

—Sí. Pero me gustaría hablar con el director.

—Claro, señora Grey —dice y sale apresuradamente.

Me acomodo en el asiento y noto una oleada de náuseas cuando la pistola me presiona incómodamente el final de la espalda. Ahora no. No puedo vomitar ahora. Inspiro hondo y la náusea pasa. Miro el reloj nerviosamente. Las dos y veinticinco.

Un hombre de mediana edad entra en el despacho. Tiene entradas y lleva un traje inmaculado y caro de color carbón y una corbata a juego. Me tiende la mano.

—Señora Grey, soy Troy Whelan. —Me sonríe, nos estrechamos las manos y se sienta frente a mí—. Mi colega me dice que quiere usted retirar una gran cantidad de dinero.

—Correcto. Cinco millones de dólares.

Se gira hacia el sofisticado ordenador y escribe unos cuantos números.

—Normalmente necesitamos que se nos avise con antelación para poder retirar grandes cantidades de dinero. —Hace una pausa y me dedica una sonrisa tranquilizadora a la vez que arrogante—. Pero por suerte aquí guardamos las reservas de efectivo de toda la costa noroeste del Pacífico —alardea.

Por favor, ¿está intentando impresionarme?

—Señor Whelan, tengo algo de prisa. ¿Qué se necesita? Llevo conmigo mi carnet de conducir y el talonario de cheques de la cuenta conjunta que comparto con mi marido. ¿Solo tengo que rellenar un cheque?

—Lo primero es lo primero, señora Grey. ¿Puedo ver su identificación? —Pasa del tono jovial al de banquero serio.

—Tome —digo pasándole mi carnet de conducir.

—Señora Grey… Aquí dice Anastasia Steele.

Oh, mierda…

—Oh… sí. Mmm…

—Llamaré al señor Grey.

—Oh, no, eso no será necesario. —¡Mierda!—. Debo de llevar algo con mi nombre de casada. —Rebusco en el bolso. ¿Qué tengo que lleve mi nombre? Saco mi cartera, la abro y encuentro una foto en la que estamos Christian y yo en la cama del camarote del *Fair Lady*. ¡No puedo enseñarle eso! Saco la American Express negra.

—Tome.

—Señora Anastasia Grey —lee Whelan—. Bueno, esto valdrá. —Frunce el ceño—. Pero esto es muy irregular, señora Grey.

—¿Quiere que le diga a mi marido que su banco no ha querido cooperar conmigo? —Cuadro los hombros y le dedico una mirada de lo más reprobatorio.

Él hace una pausa momentánea y me examina de nuevo brevemente.

—Tendrá que rellenar un cheque, señora Grey.

—Claro. ¿Esta cuenta? —Le enseño el talonario de cheques mientras intento controlar mi corazón desbocado.

—Sí, perfecto. Necesito que rellene otros papeles también. ¿Si me disculpa un momento?

Asiento y él se levanta y sale del despacho. Vuelvo a dejar escapar el aire que estaba conteniendo. No sabía que iba a ser tan difícil. Abro el talonario de cheques torpemente y saco un bolígrafo del bolso. ¿Y solo tengo que cobrar el cheque y ya está? No tengo ni idea. Con dedos temblorosos escribo: «Cinco millones de dólares. 5.000.000 $».

Oh, Dios, espero estar haciendo lo correcto. Mia, piensa en Mia. No puedo contárselo a nadie.

Las palabras repugnantes y estremecedoras de Jack resuenan en mi mente: «Y no se lo digas a nadie o me la follaré antes de matarla».

Vuelve el señor Whelan con la cara pálida, avergonzado.

—¿Señora Grey? Su marido quiere hablar con usted —murmura, y señala el teléfono que hay sobre la mesa de cristal.

¿Qué? No…

—Está en la línea uno. Solo tiene que pulsar el botón. Esperaré fuera. —Por lo menos tiene la decencia de parecer avergonzado. La traición de Benedict Arnold no fue nada comparada con la de Whelan. Le miro con el ceño fruncido mientras sale del despacho, sintiendo que la sangre abandona mi cara.

¡Mierda, mierda, mierda! ¿Qué le voy a decir a Christian? Él lo va a saber. Intervendrá. Y pondrá en peligro a su hermana. Me tiembla la mano cuando la acerco al teléfono. Me lo apoyo contra la oreja, tratando de calmar mi errática respiración, y pulso el botón de la línea uno.

—Hola —susurro intentando en vano calmar mis nervios.

—¿Vas a dejarme? —Las palabras de Christian son un susurro agónico casi sin aliento.

¿Qué?

—¡No! —Mi voz suena igual que la suya. Oh, no. Oh, no. Oh, no. ¿Cómo puede pensar eso? ¿Por el dinero? ¿Cree que voy a dejarle por el dinero? Y en un momento de horrible clarividencia me doy cuenta de que la única forma de mantener a Christian a distancia, a salvo, y de salvar a su hermana… es mentirle.

—Sí —susurro. Y un dolor insoportable me atraviesa y se me llenan los ojos de lágrimas.

Él da un respingo que es casi un sollozo.

—Ana, yo… —dice con voz ahogada.

¡No! Me tapo la boca con la mano mientras reprimo las emociones encontradas que siento.

—Christian, por favor. No. —Lucho por contener las lágrimas.

—¿Te vas? —pregunta.

—Sí.

—Pero ¿por qué el dinero? ¿Por qué siempre es el dinero?
—Su voz torturada es apenas audible.

¡No! Empiezan a rodarme lágrimas por la cara.

—No —susurro.

—¿Y cinco millones es suficiente?

¡Oh, por favor, para!

—Sí.

—¿Y el bebé? —Su voz es un eco sin aliento.

¿Qué? Mi mano pasa de mi boca a mi vientre.

—Yo cuidaré del bebé —susurro. Mi pequeño Bip... nuestro
pequeño Bip.

—¿Eso es lo que quieres?

¡No!

—Sí.

Inspira bruscamente.

—Llévatelo todo —dice entre dientes.

—Christian —sollozo—. Es por ti. Por tu familia. Por favor. No.

—Llévatelo todo, Anastasia.

—Christian... —Estoy a punto de ceder, de contárselo todo:
lo de Jack, lo de Mia, el rescate... ¡Confía en mí, por favor!, le suplico en mi mente.

—Siempre te querré —dice con voz ronca. Y cuelga.

—¡Christian! No... Yo también te quiero. —Y todas las estu-
pideces que nos hemos estado echando en cara el uno al otro durante los últimos días dejan de tener importancia. Le prometí que
nunca le dejaría... Pero no te voy a dejar; voy a salvar a tu hermana. Me hundo en la silla, sollozando copiosamente mientras me
cubro la cara con las manos.

Me interrumpe un golpe tímido en la puerta. Whelan entra
aunque no le he dado permiso. Mira a cualquier parte menos a
mí. Está avergonzado.

¡Le has llamado, desgraciado!, pienso mirándole fijamente.

—Su marido está de acuerdo en liquidar cinco millones de dólares de sus activos, señora Grey. Es una situación muy irregular, pero como es uno de nuestros principales clientes… y ha insistido… mucho. —Se detiene y se sonroja. Después me mira con el ceño fruncido y no sé si es porque Christian está siendo muy irregular o porque Whelan no sabe cómo tratar con una mujer que está llorando en su despacho—. ¿Está usted bien?

—¿Le parece que estoy bien? —exclamo.

—Lo siento, señora. ¿Quiere un poco de agua?

Asiento, resentida. Acabo de dejar a mi marido. Bueno, Christian cree que le he dejado. Mi subconsciente frunce los labios: «Será porque tú le has dicho eso».

—Pediré a mi colega que le traiga un vaso mientras yo preparo el dinero. Si no le importa firmar aquí, señora… Y haga un cheque para cobrarlo y firme aquí también.

Me pasa un formulario sobre la mesa. Firmo sobre la línea de puntos del cheque y después en el formulario. Anastasia Grey. Caen lágrimas sobre el escritorio y por poco no aterrizan sobre los papeles.

—Muy bien, señora. Nos llevará una media hora preparar el dinero.

Miro nerviosamente el reloj. Jack ha dicho dos horas; con esa media hora ya se habrán cumplido. Asiento en dirección a Whelan y él sale del despacho, dejándome con mi sufrimiento.

Un rato después (minutos, horas… no sé), la señorita Sonrisa Falsa vuelve a entrar con una jarra de agua y un vaso.

—Señora Grey —dice en voz baja mientras pone el vaso sobre la mesa y lo llena.

—Gracias.

Cojo el vaso y bebo agradecida. Ella sale y me deja con mis pensamientos asustados y hechos un lío. Ya arreglaré las cosas con Christian… si no es ya demasiado tarde. Al menos he logrado mantenerle al margen de todo esto. Ahora mismo tengo que concentrarme en Mia. ¿Y si Jack está mintiendo? ¿Y si no la tiene? Debería llamar a la policía.

«Y no se lo digas a nadie o me la follaré antes de matarla.» No puedo. Me apoyo en el respaldo de la silla y siento la presencia tranquilizadora de la pistola de Leila en la cintura, clavándose en mi espalda. ¿Quién habría dicho que alguna vez me iba a alegrar de que Leila me apuntara con una pistola? Oh, Ray, cómo me alegro de que me enseñaras a disparar.

¡Ray! Doy un respingo. Estará esperando que vaya a visitarle esta noche. Tal vez solo tenga que darle el dinero a Jack; él puede salir huyendo mientras yo me llevo a Mia a casa. ¡Oh, por favor, esto es tan absurdo!

Mi BlackBerry cobra vida y el sonido de «Your Love Is King» llena la habitación. ¡Oh, no! ¿Qué quiere Christian? ¿Hundir más el cuchillo en mi herida?

«¿Por qué siempre es el dinero?»

Oh, Christian… ¿Cómo has podido pensar eso? La ira hace que me hierva la sangre. Sí, ira. Me ayuda sentirla. Dejo que salte el contestador. Ya trataré con mi marido después.

Llaman a la puerta.

—Señora Grey —Es Whelan—. El dinero está listo.

—Gracias. —Me levanto y la habitación gira de repente. Tengo que agarrarme a la silla.

—Señora Grey, ¿está bien?

Asiento y le dedico una mirada que dice «apártese, señor». Inspiro hondo de nuevo para calmarme. Tengo que hacer esto. Tengo que hacer esto. Tengo que salvar a Mia. Tiro del dobladillo de mi sudadera para asegurarme de mantener oculta la culata de la pistola que llevo en la parte de atrás de los vaqueros.

El señor Whelan frunce el ceño pero me sostiene la puerta. Yo consigo que mis extremidades temblorosas me obedezcan y empiecen a andar.

Sawyer está esperando en la entrada, examinando la zona pública. ¡Mierda! Nuestras miradas se encuentran y él frunce el ceño, evaluando mi reacción. Oh, está furioso. Levanto el dedo índice en un gesto que dice «ahora estoy contigo». Él asiente y responde una llamada de su móvil. ¡Mierda! Seguro que es Christian. Me giro bruscamente, a punto de chocar con Whelan que está justo detrás de mí, y vuelvo a entrar en el despacho.

—¿Señora Grey? —Whelan suena confuso, pero me sigue dentro de nuevo.

Sawyer podría estropear todo el plan. Miro a Whelan.

—Ahí fuera hay alguien a quien no quiero ver. Alguien que me está siguiendo.

Whelan abre unos ojos como platos.

—¿Quiere que llame a la policía?

—No. —Por Dios, no. ¿Qué voy a hacer? Miro el reloj. Son casi las tres y cuarto. Jack llamará en cualquier momento. ¡Piensa, Ana, piensa! Whelan me mira, cada vez más desesperado y perplejo. Debe de creer que estoy loca. Es que estás loca, me dice mi subconsciente.

—Tengo que hacer una llamada. ¿Podría dejarme sola, por favor?

—Claro —responde Whelan. Creo que agradece poder salir del despacho. Cuando cierra la puerta, llamo al móvil de Mia con dedos temblorosos.

—Qué bien, me llaman para pagarme lo que me merezco… —responde Jack, burlón.

No tengo tiempo para escuchar sus chorradas.

—Tengo un problema.

—Lo sé. Tu guardia de seguridad te ha seguido hasta el banco.

¿Qué? ¿Cómo demonios lo sabe?

—Tienes que despistarle. Hay un coche esperando en la parte de atrás del banco. Un todoterreno negro, un Dodge. Te doy tres minutos para llegar hasta él.

¡El Dodge!

—Puede que necesite más de tres minutos. —Vuelvo a sentir el corazón en la garganta.

—Eres una zorra cazafortunas muy lista, Grey. Ya se te ocurrirá algo. Y tira el teléfono antes de entrar en el coche. ¿Entendido, puta?

—Sí.

—¡Dilo! —me grita.

—Entendido.

Cuelga.

¡Mierda! Abro la puerta y me encuentro a Whelan esperando pacientemente fuera.

—Señor Whelan, creo que voy a necesitar ayuda para llevar las bolsas al coche. He aparcado fuera, en la parte de atrás del banco. ¿Tiene una salida por detrás?

Frunce el ceño.

—Sí. Para el personal.

—¿Podemos salir por ahí? Por la puerta principal no voy a poder evitar llamar demasiado la atención.

—Como quiera, señora Grey. Tengo a dos personas con sus bolsas y dos guardias de seguridad para supervisarlo todo. Si es tan amable de seguirme...

—Tengo que pedirle otro favor.

—Lo que necesite, señora Grey.


Dos minutos más tarde mi séquito y yo salimos a la calle y nos dirigimos al Dodge. Las ventanillas tienen los cristales tintados y no puedo distinguir quién conduce. Pero cuando nos acercamos, la puerta del conductor se abre y una mujer vestida de negro con una gorra también negra muy calada sale ágilmente del vehículo. ¡Es Elizabeth, de mi oficina! Pero ¿qué demonios...? Rodea el todoterreno y abre el maletero. Los dos miembros del personal del banco que llevan el dinero meten las pesadas bolsas en la parte de atrás.

—Señora Grey. —Elizabeth tiene la desvergüenza de sonreírme como si estuviéramos confraternizando amistosamente.

—Elizabeth. —Mi saludo es gélido—. Me alegro de verte fuera de la oficina.

El señor Whelan carraspea.

—Bueno, ha sido una tarde muy interesante, señora Grey —dice.

Me veo obligada a realizar los gestos sociales propios de la situación: le estrecho la mano y le doy las gracias mientras mi mente funciona a mil por hora. ¿Elizabeth? ¿Por qué está ella involucrada con Jack? Whelan y su séquito vuelven al banco y me dejan sola con la jefa de personal de SIP, que es cómplice de secuestro, extorsión y seguramente algún otro delito. ¿Por qué?

Elizabeth abre la puerta del acompañante de la parte de atrás y me indica que entre.

—Su teléfono, señora Grey —me pide mientras me mira con cautela. Se lo doy y ella lo tira a un cubo de basura cercano—. Eso hará que los perros pierdan el rastro —dice con aire de suficiencia.

¿Quién es realmente esta mujer? Elizabeth cierra la puerta y sube al asiento del conductor. Miro nerviosamente hacia atrás mientras ella se incorpora al tráfico y se dirige al este. A Sawyer no se le ve por ninguna parte.

—Elizabeth, ya tienes el dinero. Llama a Jack. Dile que suelte a Mia.

—Creo que quiere darle las gracias en persona.

¡Mierda! La miro a través del espejo retrovisor con una expresión glacial.

Ella palidece y aparece un ceño ansioso que le afea su bonita cara.

—¿Por qué estás haciendo esto, Elizabeth? Creía que Jack no te caía bien.

Me mira brevemente a través del espejo y veo que una punzada de dolor cruza fugazmente sus ojos.

—Ana, preferiría que mantuvieras la boca cerrada.

—Pero no puedes hacer esto. Esto no está bien.

—Que te calles —me dice, pero noto que está incómoda.

—¿Te está presionando de algún modo? —le pregunto. Sus ojos vuelven a encontrarse con los míos un instante y pisa con brusquedad el freno, lo que me lanza hacia delante con tanta fuerza que mi cara golpea el reposacabezas que tengo enfrente.

—He dicho que te calles —repite—. Y te sugiero que te pongas el cinturón.

En ese momento entiendo que así es. Él tiene algo horrible contra ella, tanto que Elizabeth está dispuesta a hacer esto por él. Me pregunto qué podrá ser. ¿Robo a la empresa? ¿Algo de su vida privada? ¿Algo sexual? Me estremezco al pensarlo. Christian dice que ninguna de las ayudantes de Jack quiso hablar. Tal vez todas se encuentren en la misma situación que Elizabeth. Por eso quiso follarme a mí también. La bilis se me sube a la garganta del asco que siento solo de pensarlo.

Elizabeth se aleja del centro de Seattle y enfila por las colinas hacia el este. Poco después estamos conduciendo por calles residenciales. Veo uno de los letreros de la calle: SOUTH IRVING STREET. De repente hace un giro brusco a la izquierda hacia una calle desierta con un desvencijado parque infantil a un lado y un gran aparcamiento de cemento al otro, flanqueado al fondo por una hilera de edificios bajos de ladrillo aparentemente vacíos. Elizabeth entra en el aparcamiento y se detiene delante del último de los edificios de ladrillo.

Ella se vuelve hacia mí.

—Ha llegado la hora —susurra.

Se me eriza el vello y el miedo y la adrenalina me recorren el cuerpo.

—No tienes que hacer esto —le susurro en respuesta. Su boca se convierte en una fina línea y sale del coche.

Esto es por Mia. Esto es por Mia, repito en mi mente. Por favor, que esté bien. Por favor, que esté bien.

—Sal —ordena Elizabeth abriendo la puerta de un tirón.

Mierda. Cuando bajo me tiemblan tanto las piernas que no sé si voy a poder mantenerme en pie. La brisa fresca de última hora de la tarde me trae el olor del otoño que ya casi está aquí y el aroma polvoriento y terroso de los edificios abandonados.

—Bueno, bueno… Mira lo que tenemos aquí. —Jack sale de un umbral estrecho y cubierto con tablas que hay a la izquierda del edificio. Tiene el pelo corto. Se ha quitado los pendientes y lleva traje. ¿Traje? Viene caminando hacia mí despidiendo arrogancia y odio por todos los poros. El corazón empieza a latirme más rápido.

—¿Dónde está Mia? —balbuceo con la boca tan seca que casi no puedo pronunciar las palabras.

—Lo primero es lo primero, zorra —responde Jack, parándose delante de mí. Su desprecio es más que evidente—. ¿El dinero?

Elizabeth está comprobando las bolsas del maletero.

—Aquí hay un montón de billetes —dice asombrada abriendo y cerrando las cremalleras de las bolsas.

—¿Y su teléfono?

—Lo tiré a la basura.

—Bien —contesta Jack, y sin previo aviso se vuelve hacia mí y me da un bofetón muy fuerte en la cara con el dorso de la mano. El golpe, feroz e injustificado, me tira al suelo. Mi cabeza golpea contra el cemento con un sonido aterrador. El dolor estalla dentro de mi cabeza, los ojos se me llenan de lágrimas y se me emborrona la visión. La impresión por el impacto resuena en mi interior y desata un dolor insoportable que me late dentro del cráneo.

Dejo escapar un grito silencioso por el sufrimiento y el terror. Oh, no… Pequeño Bip. Después Jack se acerca a mí y me da una patada rápida y rabiosa en las costillas que me deja sin aire en los pulmones por la fuerza del golpe. Cierro los ojos con fuerza para evitar las náuseas y el dolor y para intentar conseguir un poco de aire. Pequeño Bip, pequeño Bip… Oh, mi pequeño Bip…

—¡Esto es por Seattle Independent Publishing, zorra! —me grita Jack.

Levanto las piernas para hacerme una bola, anticipando el siguiente golpe. No. No. No.

—¡Jack! —chilla Elizabeth—. Aquí no. ¡A plena luz del día no, por Dios!

Él se detiene.

—¡Esta puta se lo merece! —gruñe en dirección a Elizabeth. Y eso me da un precioso segundo para echar la mano hacia atrás y sacar la pistola de la cintura de los pantalones. Le apunto temblorosa, aprieto el gatillo y disparo. La bala le da justo por encima de la rodilla y cae delante de mí, aullando de dolor, agarrándose el muslo mientras los dedos se le llenan se sangre.

—¡Joder! —chilla Jack. Me giro para enfrentarme a Elizabeth, que me está mirando con horror y levantando las manos por encima de la cabeza. La veo borrosa… La oscuridad se cierra sobre mí. Mierda… La veo como al final de un túnel. La oscuridad la está engullendo; me está engullendo. Desde lejos oigo que se desata el infierno. Chirridos de ruedas… Frenos… Puertas… Gritos… Gente corriendo… Pasos. Se me cae el arma de la mano.

—¡Ana! —Es la voz de Christian… La voz de Christian… La voz de Christian llena de dolor… Mia… Salva a Mia.

—¡ANA!

Oscuridad… Paz.

# 23

Solo hay dolor. La cabeza, el pecho... Un dolor que quema. El costado, el brazo. Dolor. Dolor y palabras susurradas en la penumbra. ¿Dónde estoy? Aunque lo intento, no puedo abrir los ojos. Las palabras en susurros se van volviendo más claras, un faro en medio de la oscuridad.

—Tiene una contusión en las costillas, señor Grey, y una fractura en el cráneo, justo bajo el nacimiento del pelo, pero sus constantes vitales son estables y fuertes.

¿Por qué sigue inconsciente?

—La señora Grey ha sufrido un fuerte golpe en la cabeza. Pero su actividad cerebral es normal y no hay inflamación. Se despertará cuando esté preparada para ello. Solo dele un poco de tiempo.

—¿Y el bebé? —Sus palabras suenan angustiadas, ahogadas.

—El bebé está bien, señor Grey.

—Oh, gracias a Dios. —Su respuesta es como una letanía... una oración—. Oh, gracias a Dios.

Oh, Dios mío. Está preocupado por el bebé... ¿El bebé?... Pequeño Bip. Claro. Mi pequeño Bip. Intento en vano mover la mano hasta mi vientre, pero nada se mueve, nada me responde.

«¿Y el bebé?... Oh, gracias a Dios.»

Pequeño Bip está a salvo.

«¿Y el bebé?... Oh, gracias a Dios.»

Se preocupa por el bebé.

«¿Y el bebé?... Oh, gracias a Dios.»

Quiere al bebé. Oh, gracias a Dios. Me relajo y vuelve la inconsciencia alejándome del dolor.


Todo pesa y me duele: las extremidades, la cabeza, los párpados… nada se mueve. Mis ojos y mi boca están totalmente cerrados y no quieren abrirse, lo que me deja ciega, muda y dolorida. Según voy cruzando la niebla hasta la superficie, la consciencia se va acercando pero queda justo fuera de mi alcance, como una seductora sirena.

—No la voy a dejar sola.

¡Christian! Está aquí… Intento con todas mis fuerzas despertarme. Su voz no es más que un susurro cansado y agónico.

—Christian, tienes que dormir.

—No, papá, quiero estar aquí cuando despierte.

—Yo me quedaré con ella. Es lo menos que puedo hacer después de que haya salvado a mi hija.

¡Mia!

—¿Cómo está Mia?

—Grogui, asustada y enfadada. Van a pasar unas cuantas horas antes de que se le pase completamente el efecto del Rohypnol.

—Dios…

—Lo sé. Me siento un imbécil por haber cedido en lo de su seguridad. Me avisaste, pero Mia es muy obstinada. Si no fuera por Ana…

—Todos creíamos que Hyde estaba fuera de circulación. Y la loca de mi mujer… ¿Por qué no me lo dijo? —La voz de Christian está llena de angustia.

—Christian, cálmate. Ana es una joven extraordinaria. Ha sido increíblemente valiente.

—Valiente, terca, obstinada y estúpida. —Se le quiebra la voz.

—Vamos —murmura Carrick—, no seas tan duro con ella. Ni contigo, hijo… Será mejor que vuelva con tu madre. Son más de las tres de la madrugada, Christian. Deberías intentar dormir un poco.

La niebla vuelve a cerrarse.

La niebla se levanta de nuevo, pero no tengo ni la más mínima noción del tiempo.

—Si tú no le das unos azotes, se los daré yo. Pero ¿en qué demonios estaba pensando?

—Tal vez se los dé yo, Ray.

¡Papá! Está aquí. Lucho contra la niebla… lucho… Pero vuelvo a caer en la inconsciencia. No…

—Detective, como puede ver, mi mujer no está en condiciones de responder preguntas.

Christian está enfadado.

—Es una mujer muy terca, señor Grey.

—Ojalá hubiera matado a ese cabrón.

—Eso habría significado mucho papeleo para mí, señor Grey… La señorita Morgan está cantando como un verdadero canario. Hyde es un hijo de puta realmente retorcido. Tiene una verdadera animadversión contra su padre y contra usted…

La niebla vuelve a rodearme y me arrastra hacia las profundidades, cada vez más hondo… ¡No!

—¿Qué quieres decir con que no os hablabais? —Es Grace. Suena enfadada. Intento mover la cabeza, pero mi cuerpo me responde con un silencio clamoroso y apático—. ¿Qué le has hecho?

—Mamá…

—¡Christian! ¿Qué le has hecho?

—Estaba muy enfadado. —Casi es un sollozo… No.

—Vamos…

El mundo se emborrona y se desvanece y yo me hundo.

Oigo voces bajas y confusas.

—Me dijiste que habías cortado todos los lazos con ella. —Es Grace la que habla. Su voz es baja y reprobatoria.

—Lo sé. —Christian suena resignado—. Pero verla consiguió que volviera a ponerlo todo en contexto y recuperara la perspectiva. Acerca de lo del bebé, ya sabes. Por primera vez sentí que… lo que hicimos… estuvo mal.

—Lo que ella hizo, cariño… Los hijos tienen ese efecto: hacen que veas el mundo con una luz diferente.

—Ella por fin captó el mensaje… Y yo también… Le había hecho daño a Ana —susurra.

—Siempre le hacemos daño a la gente que queremos, cariño. Tendrás que decirle que lo sientes. Decirlo de verdad y darle tiempo.

—Me dijo que me iba a dejar.

No. No. ¡No!

—¿Y la creíste?

—Al principio, sí.

—Cariño, siempre te crees lo peor de todo el mundo, especialmente de ti mismo. Siempre lo has hecho. Ana te quiere mucho, y es obvio que tú la quieres a ella.

—Estaba furiosa conmigo.

—Seguro. Yo también estoy furiosa contigo ahora mismo. Creo que solo se puede estar realmente furioso con alguien cuando le quieres mucho.

—Estuve dándole vueltas, y me di cuenta de que ella me ha demostrado una y otra vez cuánto me quiere… hasta el punto de poner su propia vida en peligro.

—Sí, así es, cariño.

—Oh, mamá, ¿por qué no se despierta? —Se le quiebra la voz—. He estado a punto de perderla.

¡Christian! Oigo sollozos ahogados. No…

Oh… La oscuridad vuelve a cerrarse sobre mí. No…


—Han hecho falta veinticuatro años para que me dejes abrazarte así…

—Lo sé, mamá. Me alegro de que hayamos hablado.

—Yo también, cariño. Siempre estaré aquí. No me puedo creer que vaya a ser abuela.

¡Abuela!

La dulce inconsciencia me llama…


Mmm. Su principio de barba me araña suavemente el dorso de la mano y noto que me aprieta los dedos.

—Oh, nena, por favor, vuelve conmigo. Lo siento. Lo siento todo. Despierta. Te echo de menos. Te quiero…

Lo intento. Lo intento. Quiero verle, pero mi cuerpo no me obedece y vuelvo a dormirme.


Siento la urgente necesidad de hacer pis. Abro los ojos. Estoy en el ambiente limpio y estéril de la habitación de un hospital. Está oscuro excepto por una luz de emergencia. Todo está en silencio. Me duelen la cabeza y el pecho, pero sobre todo noto la vejiga a punto de estallar. Necesito hacer pis. Pruebo a mover las extremidades. Me escuece el brazo derecho y veo que tengo una vía puesta en la parte interior del codo. Cierro los ojos. Giro la cabeza, contenta de que responda a mis órdenes, y vuelvo a abrir los ojos de nuevo. Christian está dormido sentado a mi lado y reclinado sobre la cama, con la cabeza apoyada en los brazos cruzados. Estiro el brazo, agradecida una vez más de que el cuerpo me responda, y le acaricio el pelo suave con los dedos.

Se despierta sobresaltado y levanta la cabeza tan repentinamente que mi mano cae débilmente de nuevo sobre la cama.

—Hola —digo en un graznido.

—Oh, Ana… —Su voz suena ahogada pero aliviada. Me coge la mano, me la aprieta con fuerza y se la acerca a la mejilla cubierta de barba.

—Necesito ir al baño —susurro.

Me mira con la boca abierta y frunce el ceño un momento.

—Vale.

Intento sentarme.

—Ana, no te muevas. Voy a llamar a una enfermera. —Se pone de pie apresuradamente, alarmado, y se acerca a un botón de llamada que hay junto a la cama.

—Por favor —susurro. ¿Por qué me duele todo?—. Necesito levantarme. —Vaya, qué débil estoy.

—¿Por qué no haces lo que te digo por una vez? —exclama irritado.

—Necesito hacer pis urgentemente —le digo. Tengo la boca y la garganta muy secas.

Una enfermera entra corriendo en la habitación. Debe de tener unos cincuenta años, a pesar de que su pelo es negro como la tinta. Lleva unos pendientes de perlas demasiado grandes.

—Bienvenida de vuelta, señora Grey. Le diré a la doctora Bartley que está despierta. —Se acerca a la cama—. Me llamo Nora. ¿Sabe dónde está?

—Sí. En el hospital. Necesito hacer pis.

—Tiene puesto un catéter.

¿Qué? Oh, qué vergüenza. Miro nerviosamente a Christian y después a la enfermera.

—Por favor, quiero levantarme.

—Señora Grey…

—Por favor.

—Ana… —me dice Christian. Intento sentarme otra vez.

—Déjeme quitarle el catéter. Señor Grey, estoy segura de que la señora Grey agradecería un poco de privacidad. —Mira directamente a Christian, esperando que se vaya.

—No voy a ir a ninguna parte. —Él le devuelve la mirada.

—Christian, por favor —le susurro estirando el brazo y cogiéndole la mano. Él me la aprieta brevemente y me mira, exasperado—. Por favor —le suplico.

—¡Vale! —exclama y se pasa la mano por el pelo—. Tiene dos minutos —le dice entre dientes a la enfermera, y se inclina para darme un beso en la frente antes de volverse y salir de la habitación.

Christian vuelve a entrar como una tromba en la habitación dos minutos después, cuando la enfermera Nora me está ayudando a levantarme de la cama. Llevo puesta una fina bata de hospital. No recuerdo cuándo me desnudaron.

—Deje que la lleve yo —dice y se acerca a nosotras.

—Señor Grey, yo puedo —le regaña la enfermera Nora.

Él le dedica una mirada hostil.

—Maldita sea, es mi mujer. Yo la llevaré —dice con los dientes apretados mientras aparta el soporte del gotero de su camino.

—¡Señor Grey! —protesta la enfermera.

Pero él la ignora, se agacha para cogerme en brazos y me levanta de la cama con suavidad. Yo le rodeo el cuello con los brazos y mi cuerpo se queja. Vaya, me duele todo. Me lleva hasta el baño y la enfermera Nora nos sigue empujando el soporte del gotero.

—Señora Grey, pesa usted muy poco —murmura con desaprobación mientras me baja y me deposita sobre mis pies. Me tambaleo. Tengo las piernas como gelatina. Christian enciende la luz y quedo cegada momentáneamente por una lámpara fluorescente que zumba y parpadea para cobrar vida.

—Siéntate, no vaya a ser que te caigas —me dice todavía agarrándome.

Con cuidado, me siento en el váter.

—Vete. —Hago un gesto con la mano para que se vaya.

—No. Haz pis, Ana.

¿Podría ser más vergonzoso esto?

—No puedo, no contigo ahí.

—Podrías caerte.

—¡Señor Grey!

Los dos ignoramos a la enfermera.

—Por favor —le suplico.

Levanta las manos en un gesto de derrota.

—Estaré esperando ahí mismo. Con la puerta abierta.

Se aparta un par de pasos hasta que queda justo al otro lado de la puerta, junto a la enfadada enfermera.

—Vuélvete, por favor —le pido. ¿Por qué me siento ridículamente tímida con este hombre? Pone los ojos en blanco pero obedece. En cuanto me da la espalda, por fin me relajo y saboreo el alivio.

Hago un recuento de los daños. Me duele la cabeza, también el pecho donde Jack me dio la patada y el costado sobre el que caí al suelo. Además tengo sed y hambre. Madre mía, estoy realmente hambrienta. Termino y agradezco que el lavabo esté tan cerca que no necesito levantarme para lavarme las manos. No tengo fuerza para ponerme en pie.

—Ya he acabado —digo, secándome las manos con la toalla.

Christian se gira, vuelve a entrar y antes de darme cuenta estoy otra vez en sus brazos. He echado de menos sus brazos. Se detiene un momento y entierra la nariz en mi pelo.

—Oh, cuánto la he echado de menos, señora Grey —susurra. Me tumba de nuevo en la cama y me suelta, creo que a regañadientes, siempre con la enfermera Nora, que no para quieta, detrás de él.

—Si ya ha acabado, señor Grey, me gustaría ver cómo está la señora Grey.

La enfermera Nora está enfadada.

Él se aparta.

—Toda suya —dice en un tono más moderado.

Ella le mira enfurruñada y después se centra en mí. Es irritante, ¿a que sí?

—¿Cómo se siente? —me pregunta con una voz llena de compasión y un punto de irritación, que supongo que será por Christian.

—Dolorida y con sed. Tengo mucha sed —susurro.

—Le traeré un poco de agua cuando haya comprobado sus constantes y la haya examinado la doctora Bartley.

Coge un aparato para medir la tensión y me lo pone en el brazo. Miro ansiosa a Christian. Está horrible, cadavérico casi, como si llevara días sin dormir. Tiene el pelo alborotado, lleva varios días sin afeitarse y su camisa está llena de arrugas. Frunzo el ceño.

—¿Qué tal estás?

Ignorando a la enfermera, se sienta en la cama lejos de mi alcance.

—Confundida. Dolorida. Y tengo hambre.

—¿Hambre? —pregunta y parpadea sorprendido.

Asiento.

—¿Qué quieres comer?

—Cualquier cosa. Sopa.

—Señor Grey, necesita la aprobación de la doctora antes de darle nada de comer a la señora Grey.

Christian la mira inescrutable durante un momento, después saca la BlackBerry del bolsillo de sus pantalones y marca un número.

—Ana quiere sopa de pollo… Bien… Gracias. —Y cuelga.

Miro a Nora, que observa a Christian con los ojos entornados.

—¿Taylor? —le pregunto.

Christian asiente.

—Su tensión arterial es normal, señora Grey. Voy a buscar a su médico. —Me quita el aparato y sin decir nada más sale de la habitación, emanando desaprobación por todos los poros.

—Creo que has hecho enfadar a la enfermera Nora.

—Tengo ese efecto en las mujeres. —Sonríe burlón.

Río, pero me interrumpo de repente porque siento que el dolor se expande por el pecho.

—Sí, es verdad.

—Oh, Ana, me encanta oírte reír.

Nora vuelve con una jarra de agua. Ambos nos quedamos en silencio mirándonos mientras sirve un vaso de agua y me lo da.

—Beba a pequeños sorbos —me dice.

—Sí, señora —murmuro y le doy un sorbo al agua fresca. Oh, Dios mío. Qué rica. Le doy otro sorbo mientras Christian me mira fijamente.

—¿Mia? —le pregunto.

—Está a salvo. Gracias a ti.

—¿La tenían entonces?

—Sí.

Bueno, toda esta locura ha servido para algo. El alivio me llena el cuerpo. Gracias a Dios, gracias a Dios, gracias a Dios que está bien. Frunzo el ceño.

—¿Cómo llegaron hasta ella?

—Elizabeth Morgan —dice simplemente.

—¡No!

Asiente.

—La raptó en el gimnasio de Mia.

Frunzo el ceño y sigo sin entender.

—Ana, ya te contaré todos los detalles más tarde. Mia está bien, teniendo en cuenta todo lo que ha pasado. La drogaron. Ahora está grogui y un poco impresionada, pero gracias a algún milagro, no le hicieron daño. —Christian aprieta la mandíbula—. Lo que hiciste —empieza y se pasa la mano por el pelo— ha sido algo increíblemente valiente e increíblemente estúpido. Podían haberte matado. —Le brillan los ojos un momento con un gris gélido y sé que está conteniendo su enfado.

—No sabía qué otra cosa hacer —susurro.

—¡Podías habérmelo dicho! —dice vehemente cerrando la mano que tiene en el regazo hasta convertirla en un puño.

—Me amenazó con que la mataría si se lo decía a alguien. No podía correr el riesgo.

Christian cierra los ojos y veo el terror en su cara.

—He pasado un infierno desde el jueves.

¿Jueves?

—¿Qué día es hoy?

—Es casi sábado —me dice mirando el reloj—. Llevas más de veinticuatro horas inconsciente.

Oh.

—¿Y Jack y Elizabeth?

—Bajo custodia policial. Aunque Hyde está aquí bajo vigilancia. Le han tenido que sacar la bala que le disparaste —dice con amargura—. Por suerte, no sé en qué sección de este hospital está, porque si no voy y le mato. —Su rostro se oscurece.

Oh, mierda. ¿Jack está aquí?

«¡Esto es por lo de Seattle Independent Publishing, zorra!» Palidezco, se me revuelve el estómago vacío, se me llenan los ojos de lágrimas y un fuerte estremecimiento me recorre el cuerpo.

—Vamos… —Christian se acerca con la voz llena de preocupación. Me coge el vaso de la mano y me abraza tiernamente—. Ahora estás a salvo —murmura contra mi pelo con la voz ronca.

—Christian, lo siento mucho. —Empiezan a caer las lágrimas.

—Chis. —Me acaricia el pelo y yo sollozo en su cuello.

—Por lo que dije. No tenía intención de dejarte.

—Chis, nena, lo sé.

—¿Lo sabes? —Lo que acaba de decir hace que interrumpa mi llanto.

—Lo entendí. Al fin. De verdad que no sé en qué estabas pensando, Ana. —Suena cansado.

—Me cogiste por sorpresa —murmuro contra el cuello de su camisa—. Cuando hablamos en el banco. Pensaste que iba a dejarte. Creí que me conocías mejor. Te he dicho una y otra vez que nunca te abandonaré.

—Pero después de cómo me comporté… —Su voz es apenas audible y estrecha su abrazo—. Creí durante un periodo corto de tiempo que te había perdido.

—No, Christian. Nunca. No quería que interfirieras y pusieras la vida de Mia en peligro.

Suspira y no sé si es de enfado, de irritación o de dolor.

—¿Cómo lo supiste? —le pregunto rápidamente para apartarle de su línea de pensamiento.

Me coloca el pelo detrás de la oreja.

—Acababa de tocar tierra en Seattle cuando me llamaron del banco. La última noticia que tenía era que estabas enferma y que te ibas a casa.

—¿Estabas en Portland cuando Sawyer te llamó desde el coche?

—Estábamos a punto de despegar. Estaba preocupado por ti —dice en voz baja.

—¿Ah, sí?

Frunce el ceño.

—Claro. —Me roza el labio inferior con el pulgar—. Me paso la vida preocupándome por ti. Ya lo sabes.

¡Oh, Christian!

—Jack me llamó cuando estaba en la oficina —murmuro—.

Me dio dos horas para conseguir el dinero. —Me encojo de hombros—. Tenía que irme y esa era la mejor excusa.

La boca de Christian se convierte en una dura línea.

—Y luego despistaste a Sawyer. Él también está furioso contigo.

—¿También?

—También. Igual que yo.

Le toco la cara con cuidado y paso los dedos por su barba. Cierra los ojos y apoya el rostro en mis dedos.

—No te enfades conmigo, por favor —le susurro.

—Estoy muy enfadado contigo. Lo que hiciste fue algo monumentalmente estúpido. Casi una locura.

—Te lo he dicho, no sabía qué otra cosa hacer.

—Parece que no te importa nada tu seguridad personal. Y ahora ya no se trata solo de ti —añade enfadado.

Me tiembla el labio. Está pensando en nuestro pequeño Bip.

Las puertas se abren, lo que nos sobresalta a los dos, y entra una mujer afroamericana que lleva una bata blanca sobre un uniforme gris.

—Buenas noches, señora Grey. Soy la doctora Bartley.

Empieza a examinarme a conciencia poniéndome una luz en los ojos, haciendo que le presione los dedos y después me toque la nariz cerrando primero un ojo y después el otro. Seguidamente comprueba todos mis reflejos. Su voz es suave y su contacto, amable; tiene una forma de tratarme muy cálida. La enfermera Nora se une a ella y Christian se va a un rincón de la habitación para hacer unas llamadas mientras las dos se ocupan de mí. Es difícil concentrarse en la doctora Bartley, en la enfermera Nora y en Christian al mismo tiempo, pero le oigo llamar a su padre, a mi madre y a Kate para decirles que estoy despierta. Por último deja un mensaje para Ray.

Ray. Oh, mierda… Vuelve a mi mente un vago recuerdo de su voz. Estuvo aquí… Sí, mientras todavía estaba inconsciente.

La doctora Bartley comprueba el estado de mis costillas, presionando con los dedos de forma tentativa pero con firmeza.

Hago un gesto de dolor.

—Solo es una contusión, no hay fisura ni rotura. Ha tenido mucha suerte, señora Grey.

Frunzo el ceño. ¿Suerte? No es precisamente la palabra que utilizaría yo. Christian también la mira fijamente. Mueve los labios para decirme algo, creo que es «loca», pero no estoy segura.

—Le voy a recetar unos analgésicos. Los necesitará para las costillas y para el dolor de cabeza que seguro que tiene. Pero todo parece estar bien, señora Grey. Le sugiero que duerma un poco. Veremos cómo se encuentra por la mañana; si está bien puede que la dejemos irse a casa ya. Mi colega, la doctora Singh, será quien le atienda por la mañana.

—Gracias.

Se oye un golpecito en la puerta y entra Taylor con una caja de cartón negra que pone «Fairmont Olympic» en letras de color crema en un lateral.

Madre mía.

—¿Comida? —pregunta la doctora Bartley, sorprendida.

—La señora Grey tiene hambre —dice Christian—. Es sopa de pollo.

La doctora Bartley sonríe.

—La sopa está bien, pero solo caldo. Nada pesado. —Nos mira a los dos y después sale de la habitación con la enfermera Nora.

Christian me acerca una bandeja con ruedas y Taylor deposita en ella la caja.

—Bienvenida de vuelta, señora Grey.

—Hola, Taylor. Gracias.

—De nada, señora. —Creo que quiere decir algo más, pero al final se contiene.

Christian ha abierto la caja y está sacando un termo, un cuenco de sopa, un platillo, una servilleta de tela, una cuchara sopera, una cestita con panecillos, salero y pimentero… El Fairmont Olympic se ha esmerado.

—Es genial, Taylor. —Mi estómago ruge. Estoy muerta de hambre.

—¿Algo más, señor? —pregunta.

—No, gracias —dice Christian, despidiéndole con un gesto de la mano.

Taylor asiente.

—Taylor, gracias.

—¿Quiere alguna otra cosa, señora Grey?

Miro a Christian.

—Ropa limpia para Christian.

Taylor sonríe.

—Sí, señora.

Christian mira perplejo su camisa.

—¿Desde cuándo llevas esa camisa? —le pregunto.

—Desde el jueves por la mañana.

Me dedica una media sonrisa.

Taylor sale.

—Taylor también estaba muy cabreado contigo —añade Christian enfurruñado, desenroscando la tapa del termo y echando una sopa de pollo cremosa en el cuenco.

¡Taylor también! Pero no puedo pensar mucho en ello porque la sopa de pollo me distrae. Huele deliciosamente y desprende un vapor sugerente. La pruebo y es todo lo que prometía ser.

—¿Está buena? —me pregunta Christian, acomodándose en la cama otra vez.

Asiento enérgicamente y sin dejar de comer. Tengo un hambre feroz. Solo hago una pausa para limpiarme la boca con la servilleta.

—Cuéntame lo que pasó… Después de que te dieras cuenta de lo que estaba ocurriendo.

Christian se pasa una mano por el pelo y niega con la cabeza.

—Oh, Ana, qué alegría verte comer.

—Tengo hambre. Cuéntame.

Frunce el ceño.

—Bueno, después de la llamada del banco creí que mi mundo acababa de hacerse pedazos…

No puede ocultar el dolor en su voz.

Dejo de comer. Oh, mierda.

—No pares de comer o no sigo contándote —susurra con tono férreo mirándome fijamente. Sigo con la sopa. Vale, vale…

Maldita sea, está muy buena. La mirada de Christian se suaviza y tras un momento continúa.

—Poco después de que tú y yo tuviéramos esa conversación, Taylor me informó de que a Hyde le habían fijado una fianza. No sé cómo lo logró; creía que habíamos conseguido frustrar todos sus intentos. Pero eso me hizo pensar en lo que habías dicho… y entonces supe que algo iba muy mal.

—Nunca fue por el dinero —exclamo de repente cuando una oleada de furia inesperada se enciende en mi vientre. Levanto la voz—. ¿Cómo pudiste siquiera pensar eso? ¡Nunca ha sido por el puto dinero!

La cabeza empieza a latirme más fuerte y hago un gesto de dolor. Christian me mira con la boca abierta durante un segundo, sorprendido por mi vehemencia. Después entorna los ojos.

—Ese lenguaje… —gruñe—. Cálmate y come.

Le miro rebelde.

—Ana… —dice amenazante.

—Eso me ha hecho más daño que cualquier otra cosa, Christian —le susurro—. Casi tanto como que fueras a ver a esa mujer.

Inhala bruscamente, como si le hubiera dado una bofetada, y de repente parece agotado. Cierra los ojos un momento y niega con la cabeza, resignado.

—Lo sé. —Suspira—. Y lo siento. Más de lo que crees. —Tiene los ojos llenos de arrepentimiento—. Come, por favor. No dejes que se enfríe la sopa. —Su voz es suave y persuasiva y yo decido hacer lo que me pide. Suspira aliviado.

—Sigue —susurro entre mordiscos al ilícito panecillo recién hecho.

—No sabíamos que Mia había desaparecido. Creí que te estaría chantajeando o algo por el estilo. Te llamé otra vez, pero no respondiste. —Frunce el ceño—. Te dejé un mensaje y llamé a Sawyer. Taylor empezó a rastrear tu móvil. Sabía que estabas en el banco, así que fuimos directamente allí.

—No sé cómo me encontró Sawyer. ¿También él rastreaba mi teléfono móvil?

—El Saab tiene un dispositivo de seguimiento. Todos nuestros coches lo tienen. Cuando llegamos al banco, ya estabas en camino y te seguimos. ¿Por qué sonríes?

—No sé cómo, pero sabía que me seguiríais.

—¿Y eso es divertido porque…? —me pregunta.

—Jack me dijo que me deshiciera del móvil. Así que le pedí el teléfono a Whelan y ese es el que tiraron. Yo metí el mío en las bolsas para que pudieras seguir tu dinero.

Christian suspira.

—Nuestro dinero, Ana —dice en voz baja—. Come.

Rebaño el cuenco con lo que queda del pan y me lo meto en la boca. Es la primera vez que me siento satisfecha en mucho tiempo (a pesar del tema de conversación).

—Me lo he terminado todo.

—Buena chica.

Se oye un golpecito en la puerta y entra la enfermera Nora otra vez con una vasito de papel. Christian aparta la bandeja y vuelve a meterlo todo en la caja.

—Un analgésico. —La enfermera Nora sonríe y me enseña una pastilla blanca que hay en el vasito de papel.

—¿Puedo tomarlo? Ya sabe… por el bebé.

—Sí, señora Grey, es paracetamol. No afectará al bebé.

Asiento agradecida. Me late la cabeza. Me trago la pastilla con un sorbo de agua.

—Debería descansar, señora Grey. —La enfermera Nora mira significativamente a Christian.

Él asiente.

¡No!

—¿Te vas? —exclamo y siento pánico. No te vayas… ¡acabamos de empezar a hablar!

Christian ríe entre dientes.

—Si piensa que tengo intención de perderla de vista, señora Grey, está muy equivocada.

Nora resopla y se acerca para recolocarme las almohadas de modo que pueda tumbarme.

—Buenas noches, señora Grey —me dice, y con una última mirada de censura a Christian, se va.

Él levanta una ceja a la vez que ella cierra la puerta.

—Creo que no le caigo bien a la enfermera Nora.

Está de pie junto a la cama con aspecto cansado. A pesar de que quiero que se quede, sé que debería convencerle para que se fuera a casa.

—Tú también necesitas descansar, Christian. Vete a casa. Pareces agotado.

—No te voy a dejar. Dormiré en el sillón.

Le miro con el ceño fruncido y después me giro para quedar de lado.

—Duerme conmigo.

Frunce el ceño.

—No, no puedo.

—¿Por qué no?

—No quiero hacerte daño.

—No me vas a hacer daño. Por favor, Christian.

—Tienes puesta una vía.

—Christian, por favor…

Me mira y veo que se siente tentado.

—Por favor… —Levanto las mantas y le invito a entrar en la cama.

—¡A la mierda!

Se quita los zapatos y los calcetines y sube con cuidado a la cama a mi lado. Me rodea con el brazo y yo apoyo la cabeza sobre su pecho. Me da un beso en el pelo.

—No creo que a la enfermera Nora le vaya a gustar nada esto —me susurra con complicidad.

Suelto una risita pero tengo que parar por el dolor del pecho.

—No me hagas reír, que me duele.

—Oh, pero me encanta ese sonido —dice entristecido, en voz baja—. Lo siento, nena, lo siento mucho. —Me da otro beso en el pelo e inhala profundamente. No sé por qué se está disculpando… ¿por hacerme reír? ¿O por el lío en el que estamos metidos? Apoyo la mano sobre su corazón y él pone su mano sobre la mía. Los dos nos quedamos en silencio un momento.

—¿Por qué fuiste a ver a esa mujer?

—Oh, Ana —gruñe—. ¿Quieres discutir eso ahora? ¿No podemos dejarlo? Me arrepiento, ¿vale?

—Necesito saberlo.

—Te lo contaré mañana —murmura irritado—. Oh, y el detective Clark quiere hablar contigo. Algo de rutina. Ahora, a dormir.

Me da otro beso en el pelo. Suspiro profundamente. Necesito saber por qué. Al menos dice que se arrepiente. Eso es algo, al menos; mi subconsciente está de acuerdo conmigo. Parece que está de un humor complaciente hoy. Oh, el detective Clark. Me estremezco solo de pensar en revivir lo que pasó el jueves.

—¿Sabemos por qué Jack ha hecho todo esto?

—Mmm… —murmura Christian. Me tranquiliza el suave subir y bajar de su pecho que acuna suavemente mi cabeza, atrayéndome hacia las profundidades del sueño según se va ralentizando su respiración. Mientras me dejo llevar intento encontrarle sentido a los fragmentos de conversación que he oído mientras estaba inconsciente. Pero se escapan de mi mente, siempre escurridizos, provocándome desde los confines de mi memoria. Oh, es frustrante y agotador… y…

La enfermera Nora tiene los labios fruncidos y los brazos cruzados en una postura hostil. Me llevo el dedo índice a los labios.

—Déjele dormir, por favor —le susurro entornando los ojos por la luz de primera hora de la mañana.

—Esta es su cama, señora Grey, no la de él —dice entre dientes severamente.

—He dormido mejor gracias a él —insisto, saliendo en defensa de mi marido. Además, es cierto. Christian se revuelve y la enfermera Nora y yo nos quedamos heladas.

—No me toques. No me toques más. Solo Ana —murmura en sueños.

Frunzo el ceño. No suelo oír a Christian hablar en sueños. Seguramente será porque él duerme menos que yo. Solo he oído sus pesadillas. Me abraza con más fuerza, casi estrujándome, y yo hago un gesto de dolor.

—Señora Grey… —La enfermera Nora frunce el ceño.

—Por favor —le suplico.

Niega con la cabeza, gira y se va. Y yo vuelvo a acurrucarme con Christian.


Cuando me despierto, a Christian no se le ve por ninguna parte. La luz del sol entra por las ventanas y ahora puedo ver bien la habitación. ¡Me han traído flores! No me fijé anoche. Hay varios ramos. Me pregunto de quién serán.

Suena un suave golpe en la puerta que me distrae y se asoma Carrick. Me sonríe al ver que estoy despierta.

—¿Puedo pasar? —pregunta.

—Claro.

Entra y se acerca. Sus amables y cariñosos ojos azules me observan perspicaces. Lleva un traje oscuro; debe de estar trabajando. Me sorprende al agacharse para darme un beso en la frente.

—¿Puedo sentarme?

Asiento y él se sienta en el borde de la cama y me coge la mano.

—No sé cómo darte las gracias por salvar a mi hija, querida chica valiente aunque un poco loca. Lo que hiciste probablemente le salvó la vida. Siempre estaré en deuda contigo. —Su voz tiembla, llena de gratitud y compasión.

Oh… No sé qué decir. Le aprieto la mano, pero no digo nada.

—¿Cómo te encuentras?

—Mejor. Dolorida —digo por ser sincera.

—¿Te han dado medicación para el dolor?

—Sí, parace…no sé qué.

—Bien. ¿Dónde está Christian?

—No lo sé. Cuando me he despertado ya no estaba.

—No andará lejos, seguro. No quería dejarte mientras estabas inconsciente.

—Lo sé.

—Está un poco enfadado contigo, como es lógico —dice Carrick con una media sonrisa. Ah, de ahí es de donde la ha sacado Christian…

—Christian siempre está enfadado conmigo.

—¿Ah, sí? —Carrick sonríe encantado, como si eso fuera algo bueno… Su sonrisa es contagiosa.

—¿Cómo está Mia?

Los ojos se le ensombrecen un poco y su sonrisa desaparece.

—Está mejor. Furiosa. Pero creo que la ira es una reacción sana ante lo que le ha pasado.

—¿Está aquí?

—No, está en casa. No creo que Grace tenga intención de perderla de vista.

—Sé cómo es eso.

—Tú también necesitas que te vigilen —me riñe—. No quiero que vuelvas a exponer a riesgos innecesarios tu vida o la vida de mi nieto.

Me sonrojo. ¡Lo sabe!

—Grace ha visto tu historial y me lo dijo. Felicidades.

—Mmm… Gracias.

Me mira y sus ojos se suavizan, aunque frunce el ceño al ver mi expresión.

—Christian se hará a la idea —me dice—. Esto será muy bueno para él. Solo… dale un poco de tiempo.

Asiento. Oh… veo que han hablado.

—Será mejor que me vaya. Tengo que ir al juzgado. —Sonríe y se levanta—. Vendré a verte más tarde. Grace habla muy bien de la doctora Singh y de la doctora Bartley. Saben lo que hacen.

Se inclina y me da otro beso.

—Lo digo en serio, Ana. Nunca podremos pagarte lo que has hecho por nosotros. Gracias.

Le miro parpadeando para apartar las lágrimas, abrumada de repente. Él me acaricia la mejilla con cariño. Después se gira y se va.

Oh, Dios mío. Me desconcierta su gratitud. Tal vez ahora ya puedo perdonarle lo del acuerdo prematrimonial. Mi subconsciente asiente sabiamente porque está de acuerdo conmigo de nuevo. Niego con la cabeza y salgo de la cama, algo insegura. Me alivia ver que ya me siento más firme que ayer sobre mis pies. A pesar de que Christian estaba compartiendo mi cama, he dormido bien y me siento renovada. Todavía me duele la cabeza, pero ahora es un dolor sordo y molesto, nada como el latido que notaba ayer. Estoy rígida y dolorida, pero necesito lavarme. Me siento mugrienta. Entro en el baño.

—¡Ana! —grita Christian.

—Estoy en el baño —le respondo mientras acabo de lavarme los dientes. Ahora me siento mejor. Ignoro mi imagen en el espejo. Maldita sea, estoy hecha un desastre. Cuando abro la puerta, veo a Christian junto a la cama sosteniendo una bandeja de comida. Está transformado. Va vestido totalmente de negro, se ha afeitado, se ha duchado y parece haber descansado bien.

—Buenos días, señora Grey —dice alegremente—. Le traigo su desayuno. —Se le ve juvenil y mucho más feliz.

Uau. Esbozo una amplia sonrisa y vuelvo a la cama. Acerca la bandeja con ruedas y levanta la tapa para enseñarme el desayuno: avena con fruta seca, tortitas con sirope de arce, beicon, zumo de naranja y té Twinings English Breakfast. Se me hace la boca agua. Tengo muchísima hambre. Me tomo el zumo en unos pocos tragos y me lanzo a por la avena. Christian se sienta en el borde de la cama y me observa. Sonríe.

—¿Qué? —digo con la boca llena.

—Me gusta verte comer —dice, pero yo no creo que esté sonriendo por eso—. ¿Qué tal estás?

—Mejor —murmuro entre bocado y bocado.

—Nunca te había visto comer así.

Le miro y se me cae el alma a los pies. Tenemos que hablar de ese pequeño elefante que hay dentro de la habitación.

—Es porque estoy embarazada, Christian.

Ríe entre dientes y su boca forma una sonrisa irónica.

—De haber sabido que dejarte embarazada te iba a hacer comer, lo hubiera hecho antes.

—¡Christian Grey! —exclamo y dejo la avena.

—No dejes de comer —me dice.

—Christian, tenemos que hablar de esto.

Se queda helado.

—¿Qué hay que decir? Vamos a ser padres. —Se encoge de hombros, desesperado por parecer despreocupado, pero yo lo único que veo es su miedo. Aparto la bandeja y me acerco a él para cogerle la mano.

—Estás asustado —le susurro—. Lo entiendo.

Me mira impasible con los ojos muy abiertos. Su aire infantil ha desaparecido.

—Yo también. Es normal —continúo.

—¿Qué tipo de padre voy a ser? —Su voz es ronca, apenas audible.

—Oh, Christian —contengo un sollozo—. Uno que lo hace lo mejor que puede. Eso es todo lo que podemos hacer, como todo el mundo

—Ana… No sé si voy a poder…

—Claro que vas a poder. Eres cariñoso, eres divertido, eres fuerte y sabes poner límites. A nuestro hijo no le va a faltar de nada.

Me mira petrificado, con su delicado rostro lleno de dudas.

—Sí, lo ideal habría sido esperar. Tener más tiempo para estar nosotros dos solos. Pero ahora vamos a ser tres e iremos creciendo todos juntos. Seremos una familia. Nuestra propia familia. Y nuestro hijo te querrá incondicionalmente, como yo. —Se me llenan los ojos de lágrimas.

—Oh, Ana —susurra Christian con la voz llena de dolor y angustia—. Creí por un momento que te había perdido. Y después volví a creerlo al verte tirada en el suelo, pálida, fría e inconsciente… Mis peores miedos se hicieron realidad. Y ahora estás aquí, valiente y fuerte… dándome esperanza. Queriéndome a pesar de lo que he hecho.

—Sí, te quiero, Christian, desesperadamente. Siempre te querré.

Él me coge la cabeza entre las manos con suavidad y me enjuga las lágrimas con los pulgares. Me mira a los ojos, gris ante azul, y todo lo que veo en ellos es miedo, asombro y amor.

—Yo también te quiero —dice y me da un beso suave y tierno, como un hombre que adora a su mujer—. Intentaré ser un buen padre —susurra contra mis labios.

—Lo intentarás y lo conseguirás. Y la verdad es que tampoco tienes elección, porque Bip y yo no nos vamos a ninguna parte.

—¿Bip?

—Sí, Bip.

Arquea las cejas.

—Yo en mi mente le llamaba Junior.

—Pues Junior, entonces.

—Pero me gusta «Bip». —Esboza una tímida sonrisa y me da otro beso.

# 24

Por mucho que me apetezca estar besándote todo el día, el desayuno se te está enfriando —murmura Christian contra mis labios. Me mira, ahora divertido, pero en sus ojos hay algo más oscuro, sensual. Madre mía, ha vuelto a cambiar. Mi marido temperamental...—. Come —me ordena con voz suave.

Trago saliva como reacción a su mirada ardiente y vuelvo a mi posición anterior en la cama, intentando no enredarme con la vía. Él vuelve a poner la bandeja delante de mí. La avena se ha enfriado, pero las tortitas, que estaban tapadas, están bien, de hecho, mejor que bien: están deliciosas.

—¿Sabes? —murmuro entre bocados—. Bip podría ser una niña.

Christian se pasa una mano por el pelo.

—Dos mujeres, ¿eh? —La alarma cruza su cara y la mirada oscura desaparece.

Oh, vaya.

—¿Tienes alguna preferencia?

—¿Preferencia?

—Niño o niña.

Frunce el ceño.

—Con que esté sano es suficiente —me dice en voz baja, claramente desconcertado por la pregunta—. Come —repite y veo que está intentando evitar el tema.

—Estoy comiendo, estoy comiendo... No te pongas así, Grey.

Le observo atentamente. Tiene las comisuras de los ojos arrugadas por la preocupación. Ha dicho que lo intentará, pero sé que está aterrorizado con lo del bebé. Oh, Christian, yo también. Se sienta en el sillón a mi lado y coge el *Seattle Times*.

—Ha vuelto a salir en los periódicos, señora Grey —dice con amargura.

—¿Otra vez?

—Estos periodistas han montado todo un espectáculo a partir de la historia, pero por lo menos los hechos son bastante precisos. ¿Quieres leerlo?

Niego con la cabeza.

—Léemelo tú. Estoy comiendo.

Sonríe burlón y me lee el artículo en voz alta. Es una crónica sobre Jack y Elizabeth, que los describe como si fueran los modernos Bonnie y Clyde. Habla brevemente del rapto de Mia, de mi implicación en su rescate y del hecho de que Jack y yo estamos en el mismo hospital. ¿Cómo consigue la prensa toda esa información? Tengo que preguntárselo a Kate.

Cuando Christian acaba, le digo:

—Léeme algo más, por favor. Me gusta escucharte.

Él obedece y me lee un artículo sobre el *boom* del negocio de los bagel y otro sobre que Boeing ha tenido que cancelar el lanzamiento de un modelo de avión. Christian frunce el ceño mientras lee, pero al escuchar su relajante voz mientras como, sabiendo que estoy bien, que Mia está segura y que mi pequeño Bip también, siento una enorme paz a pesar de todo lo que ha pasado en los últimos días.

Entiendo que Christian esté asustado por lo del bebé, pero no puedo comprender la profundidad de su miedo. Decido que tengo que hablar más de esto con él. Intentaré tranquilizar su mente. Lo que más me sorprende es que no le han faltado modelos positivos de comportamiento en lo que a padres se refiere. Tanto Grace como Carrick son padres ejemplares, o eso parecen. Tal vez la interferencia de la bruja le haya hecho demasiado daño. Pero lo cierto es que creo que todo tiene que ver con su madre biológica (aunque estoy segura de que lo de la señora Robinson no ayuda). Mis pensamientos se detienen porque casi recuerdo una conversación susurrada. ¡Maldita sea! Está en el borde de mi memoria; se produjo cuando estaba inconsciente. Christian hablaba con Grace. Pero las palabras se funden entre las sombras de mi mente. Oh, es frustrante.

Me pregunto si Christian me dirá alguna vez por su propia voluntad la razón por la que fue a verla o tendré que presionarle. Estoy a punto de preguntarle cuando oigo que llaman a la puerta.

El detective Clark entra en la habitación casi disculpándose. Se me cae el alma a los pies al verle, así que hace bien en disculparse de antemano.

—Señor Grey. Señora Grey. ¿Interrumpo?

—Sí —responde Christian.

Clark le ignora.

—Me alegro de que esté despierta, señora Grey. Necesito hacerle unas preguntas sobre el jueves por la tarde. Solo rutina. ¿Es este un buen momento?

—Claro —murmuro, aunque no quiero revivir los acontecimientos del jueves.

—Mi esposa debería descansar —dice Christian molesto.

—Seré breve, señor Grey. Y además, esto significa que estaré fuera de sus vidas más bien antes que después.

Christian se levanta y le ofrece el asiento a Clark. Luego viene a sentarse a la cama conmigo, me da la mano y me la aprieta un poco para tranquilizarme.


Media hora después, Clark ha acabado. No me ha dicho nada nuevo y yo simplemente le he contado los acontecimientos del jueves con una voz vacilante pero tranquila. Christian se ha puesto pálido y ha hecho muecas en algunas partes de mi relato.

—Ojala hubieras apuntado más arriba —murmura Christian.

—Le habría hecho un favor al sexo femenino, señora Grey —le apoya Clark.

¿Qué?

—Gracias, señora Grey. Es todo por ahora.

—No van a dejarle salir otra vez, ¿verdad?

—No creo que consiga la fianza esta vez, señora.

—¿Podemos saber quién pagó la fianza? —pregunta Christian.

—No, señor. Es confidencial.

Christian frunce el ceño, pero creo que tiene sus sospechas. Clark se levanta para irse justo cuando la doctora Singh y dos residentes entran en la habitación.

Después de un exhaustivo examen, la doctora Singh declara que estoy lo bastante bien para irme a casa. Christian suspira de alivio.

—Señora Grey, tendrá que estar atenta a cualquier empeoramiento de los dolores de cabeza o la aparición de visión borrosa. Si ocurriera eso, debe volver al hospital inmediatamente.

Asiento intentando contener mi entusiasmo por volver a casa.

Cuando la doctora Singh se va, Christian le pregunta si tiene un momento para una breve consulta en el pasillo. Deja la puerta entreabierta mientras le hace la pregunta. Ella sonríe.

—Sí, señor Grey, no hay problema

Él sonríe y vuelve a la habitación más feliz.

—¿De qué iba eso?

—De sexo —me dice dedicándome una sonrisa maliciosa.

Oh. Me ruborizo.

—¿Y?

—Estás en perfectas condiciones para eso. —Vuelve a sonreír.

¡Oh, Christian!

—Tengo dolor de cabeza —le digo respondiéndole con otra sonrisa.

—Lo sé. Nos mantendremos al margen por un tiempo, pero quería estar seguro.

¿Al margen? Frunzo el ceño ante la punzada momentánea de decepción que siento. No estoy segura de querer que estemos al margen.

La enfermera Nora viene para quitarme el gotero. Atraviesa a Christian con la mirada. Creo que, de todas las mujeres que he conocido, ella es una de las pocas que es inmune a sus encantos. Le doy las gracias cuando se va con el gotero.

—¿Quieres que te lleva a casa? —me pregunta Christian.

—Quiero ver a Ray primero.

—Claro.

—¿Sabe lo del bebé?

—Creí que querrías contárselo tú. Tampoco se lo he contado a tu madre.

—Gracias. —Le sonrío, agradecida de que no me haya estropeado el momento de la revelación.

—Mi madre sí lo sabe —añade—. Vio tu historial. Se lo he dicho a mi padre, pero a nadie más. Mi madre dice que las parejas suelen esperar doce semanas más o menos... para estar seguros. —Se encoge de hombros.

—No sé si estoy lista para decírselo a Ray.

—Tengo que avisarte: está enfadadísimo. Me dijo que debía darte unos azotes.

¿Qué? Christian ríe ante mi expresión asombrada.

—Le dije que estaría encantado de hacerlo.

—¡No! —digo con horror, aunque un eco de esa conversación en susurros vuelve lejanamente a mi memoria. Sí, Ray estuvo aquí mientras yo estaba inconsciente...

Me guiña un ojo.

—Taylor te ha traído ropa limpia. Te ayudaré a vestirte.


Como me ha dicho Christian, Ray está furioso. Creo que no le he visto nunca así de enfadado. Christian ha decidido, sabiamente, dejarnos solos. Aunque normalmente es un hombre taciturno, hoy Ray llena la habitación del hospital con su discurso, regañándome por mi conducta irresponsable. Vuelvo a tener doce años.

Oh, papá, por favor, cálmate. Tu tensión no está para estas cosas...

—Y he tenido que vérmelas con tu madre —gruñe agitando ambas manos, irritado.

—Papá, lo siento.

—¡Y el pobre Christian! Nunca le había visto así. Ha envejecido. Los dos hemos envejecido unos cuantos años en los últimos dos días.

—Ray, lo siento.

—Tu madre está esperando que la llames —dice en un tono más moderado.

Le doy un beso en la mejilla y por fin abandona su diatriba.

—La llamaré. De verdad que lo siento. Pero gracias por enseñarme a disparar.

Durante un momento me mira con un orgullo paterno que no puede ocultar.

—Me alegro de que sepas disparar al blanco —dice con voz áspera—. Vete a casa y descansa.

—Te veo bien, papá. —Intento cambiar de tema.

—Tú estás pálida. —De repente su miedo es evidente. Su mirada es igual que la de Christian anoche. Le cojo la mano.

—Estoy bien. Y prometo no volver a hacer nada parecido nunca más.

Me aprieta la mano y me atrae hacia él para darme un abrazo.

—Si te pasara algo… —susurra con la voz baja y ronca. Se le llenan los ojos de lágrimas. No estoy acostumbrada a las demostraciones de emoción por parte de mi padre.

—Papá, estoy bien. Nada que no pueda curar una ducha caliente.

Salimos por la puerta de atrás del hospital para evitar a los paparazzi que están en la entrada. Taylor nos lleva hasta el todoterreno que nos espera.

Christian está muy callado mientras Sawyer nos lleva a casa. Yo evito la mirada de Sawyer por el retrovisor, avergonzada porque la última vez que lo vi fue cuando le di esquinazo en el banco. Llamo a mi madre, que llora y llora. Necesito casi todo el viaje hasta casa para calmarla, pero al fin lo consigo prometiéndole que iré a verla pronto. Durante toda la conversación con ella Christian me coge de la mano y me acaricia los nudillos con el pulgar. Está nervioso… Ha sucedido algo.

—¿Qué ocurre? —le pregunto cuando consigo librarme de mi madre.

—Welch quiere verme.

—¿Welch? ¿Por qué?

—Ha encontrado algo sobre ese cabrón de Hyde. —Los labios de Christian se crispan y un destello de miedo cruza su cara—. No ha querido decírmelo por teléfono.

—Oh.

—Va a venir esta tarde desde Detroit.

—¿Crees que ha encontrado una conexión?

Christian asiente.

—¿Qué crees que es?

—No tengo ni idea. —Arruga la frente, perplejo.

Taylor entra en el garaje del Escala y se detiene junto al ascensor para que salgamos antes de ir a aparcar. En el garaje podemos evitar la atención de los fotógrafos que hay afuera. Christian me ayuda a salir del coche y, manteniéndome un brazo alrededor de la cintura, me lleva hasta el ascensor que espera.

—¿Contenta de volver a casa? —me pregunta.

—Sí —susurro. Pero cuando me veo de pie en el ambiente familiar del ascensor, la enormidad de todo por lo que he pasado cae con todo su peso sobre mí y empiezo a temblar.

—Vamos… —Christian me envuelve con sus brazos y me atrae hacia él—. Estás en casa. Estás a salvo —me dice dándome un beso en el pelo.

—Oh, Christian. —Un dique que ni siquiera sabía que estaba ahí estalla y empiezo a sollozar.

—Chis —me susurra Christian, acunando mi cabeza contra su pecho.

Pero ya es demasiado tarde. Sollozo contra su camiseta, abrumada, recordando el malvado ataque de Jack («¡Esto es por lo de Seattle Independent Publishing, zorra!»), el momento en que me vi obligada a decirle a Christian que le dejaba («¿Vas a dejarme?»), y el miedo, el terror que me atenazaba las entrañas por Mia, por mí y por mi pequeño Bip.

Cuando las puertas del ascensor se abren, Christian me coge en brazos como a una niña y me lleva hasta el vestíbulo. Le rodeo el cuello con los brazos y me pego a él gimiendo muy bajo.

Me lleva hasta nuestro baño y me deja con cuidado en la silla.

—¿Un baño? —me pregunta.

Niego con la cabeza. No… No… No como Leila.

—¿Y una ducha? —Tiene la voz ahogada por la preocupación.

Asiento entre lágrimas. Quiero quitarme todo lo malo de los últimos días, que se vayan con el agua los recuerdos del ataque de Jack. «Zorra cazafortunas.» Sollozo cubriéndome la cara con las manos mientras el sonido del agua que sale de la ducha resuena contra las paredes.

—Vamos… —me arrulla Christian con voz suave. Se arrodilla delante de mí, me aparta las manos de las mejillas llenas de lágrimas y me rodea la cara con las suyas. Le miro y parpadeo para apartar las lágrimas.

—Estás a salvo. Los dos estáis a salvo —susurra.

Bip y yo. Los ojos se me llenan de lágrimas otra vez.

—Basta ya. No puedo soportar verte llorar. —Tiene la voz ronca. Me limpia las mejillas con los pulgares, pero las lágrimas siguen cayendo.

—Lo siento, Christian. Lo siento mucho por todo. Por preocuparte, por arriesgarlo todo… Por las cosas que dije.

—Chis, nena, por favor. —Me da un beso en la frente—. Yo soy quien lo siente. Hacen falta dos para discutir, Ana. —Me dedica una media sonrisa—. Bueno, eso es lo que siempre dice mi madre. Dije e hice cosas de las que no estoy orgulloso. —Sus ojos grises se ven sombríos pero arrepentidos—. Vamos a quitarte la ropa —dice con voz suave. Me limpio la nariz con el dorso de la mano y él me da otro beso en la frente.

Me desnuda con eficiencia, teniendo especial cuidado al quitarme la camiseta por la cabeza. Aunque la cabeza no me duele mucho. Me ayuda a entrar en la ducha y se quita la ropa en un tiempo récord antes de meterse bajo la agradable agua caliente conmigo. Me atrae hacia sus brazos y me abraza durante mucho rato mientras el agua cae sobre nosotros, relajándonos.

Deja que llore contra su pecho. De vez en cuando me besa el pelo, pero no me suelta y me acuna suavemente bajo el agua caliente. Siento su piel contra la mía, el vello de su pecho contra mi mejilla… Es el hombre que tanto quiero, el hombre guapísimo que duda de sí mismo y que he estado a punto de perder por mi imprudencia. Siento dolor y vacío al pensarlo, pero estoy agradecida de que siga aquí, todavía aquí a pesar de todo lo que ha pasado.

Todavía tiene que darme algunas explicaciones, pero ahora quiero disfrutar de esos brazos reconfortantes y protectores con los que me rodea. Y en ese momento tomo conciencia de una cosa: cualquier explicación tiene que salir de él. No puedo presionarle; tiene que querer decírmelo. No quiero ser la esposa pesada que está siempre intentando sacarle información a su marido. Es agotador. Sé que me quiere. Sé que me quiere más de lo que ha querido nunca a nadie, y por ahora eso es suficiente. Saberlo es liberador. Dejo de llorar y me aparto un poco.

—¿Mejor? —me pregunta.

Asiento.

—Bien. Déjame verte —me dice, y durante un instante no sé a qué se refiere, pero veo que me coge la mano y me examina el brazo sobre el que caí cuando Jack me golpeó. Tengo hematomas en el hombro y arañazos en el codo y la muñeca. Me da un beso en todos ellos. Coge una esponja y el gel de la estantería y de repente el dulce olor familiar del jazmín me llena la nariz.

—Vuélvete.

Muy lentamente me va lavando el brazo herido, después el cuello, los hombros, la espalda y el otro brazo. Me gira hacia un lado y me recorre con sus dedos largos el costado. Hago una mueca de dolor cuando pasan sobre el gran hematoma que tengo en la cadera. Los ojos de Christian se endurecen y frunce los labios. Su ira es palpable y suelta el aire con los dientes apretados.

—No me duele —digo para tranquilizarle.

Sus ardientes ojos grises se encuentran con los míos.

—Quiero matarle. Y casi lo hago —susurra críptico. Frunzo el ceño y me estremezco ante su expresión lúgubre. Echa más gel en la esponja y con una suavidad tierna y casi dolorosa me va lavando el costado, el culo y después se arrodilla para bajar por las piernas. Se detiene para examinarme la rodilla y me roza el hematoma con los labios antes de seguir lavándome las piernas y los pies.

Extiendo la mano y le acaricio la cabeza, pasándole los dedos entre el pelo húmedo. Se pone de pie y recorre con los dedos el borde del hematoma de las costillas, donde Hyde me dio la patada—. Oh, nena —gruñe con la voz llena de angustia y los ojos oscuros por la furia.

—Estoy bien. —Acerco su cara a la mía y le beso en los labios. Duda a la hora de responderme, pero cuando mi lengua se encuentra con la suya, su cuerpo se revuelve contra el mío.

—No —susurra contra mis labios y se aparta—. Voy a lavarte para que quedes limpia.

Su expresión es seria. Maldita sea… Lo dice en serio. Hago un mohín y el ambiente entre nosotros se relaja un instante. Me sonríe y me da un beso breve.

—Limpia —repite—. No sucia.

—Me gusta más sucia.

—A mí también, señora Grey. Pero ahora no, aquí no. —Coge el champú y antes de que pueda persuadirle de otra cosa, empieza a lavarme el pelo.


También me gusta estar limpia, la verdad. Me siento fresca y revitalizada y no sé si es por la ducha, por el llanto o por la decisión de dejar de agobiar a Christian. Él me envuelve en una toalla grande y se rodea la cadera con otra mientras yo me seco el pelo con cuidado. Me duele la cabeza, pero es un dolor sordo y persistente que se puede soportar. La doctora Singh me ha dado más analgésicos, pero me ha dicho que no me los tome a no ser que sea absolutamente necesario.

Mientras me seco el pelo, pienso en Elizabeth.

—Sigo sin entender por qué Elizabeth estaba involucrada con Jack.

—Yo sí —murmura Christian con mal humor.

Eso es nuevo para mí. Le miro con el ceño fruncido, pero me distrae. Se está secando el pelo con una toalla y tiene el pecho y los hombros todavía húmedos con gotas de agua que brillan bajo los halógenos. Para un momento y me sonríe.

—¿Disfrutando de la vista?

—¿Cómo lo sabes? —le pregunto intentando ignorar que me ha pillado mirándole fijamente.

—¿Que te gusta la vista? —bromea.

—No —digo con el ceño fruncido—. Lo de Elizabeth.

—El detective Clark lo dejó caer.

Le miro con una expresión que dice «cuéntamelo». Vuelve a la superficie otro molesto recuerdo de cuando estaba inconsciente. Clark estuvo en mi habitación. Ojalá me acordara de lo que dijo.

—Hyde tenía vídeos. Vídeos de todas, en varias memorias USB.

¿Qué? Frunzo tanto el ceño que empieza a tirarme la piel de la frente.

—Vídeos de él follando con ella y con todas sus ayudantes.

¡Oh!

—Exacto. Las chantajeaba con ese material. Y le gusta el sexo duro. —Christian frunce el ceño y veo que por su cara cruza la confusión y después el asco. Palidece cuando ese asco se convierte en odio por sí mismo. Claro… A Christian también le gusta el sexo duro.

—No. —La palabra sale de mi boca antes de que pueda detenerla.

Su ceño se hace más profundo.

—¿No qué? —Se queda parado y me mira con aprensión.

—Tú no te pareces en nada a él.

Los ojos de Christian se endurecen pero no dice nada, lo que me confirma que eso era exactamente lo que estaba pensando.

—No eres como él —digo con voz firme.

—Estamos cortados por el mismo patrón.

—No, no es cierto —respondo, aunque entiendo por qué lo piensa.

Recuerdo la información que Christian nos contó cuando íbamos a Aspen en el avión: «Su padre murió en una pelea en un bar. Su madre se ahogó en alcohol para olvidar. De pequeño no hizo más que entrar y salir de casas de acogida… Y meterse en problemas. Sobre todo robos de coches. Pasó un tiempo en un centro de menores».

—Los dos tenéis un pasado problemático y los dos nacisteis en Detroit, eso es todo, Christian. —Cierro las manos para convertirlas en puños y las apoyo en las caderas.

—Ana, tu fe en mí es conmovedora teniendo en cuenta lo que ha pasado en los últimos días. Sabremos más cuando venga Welch —dice para zanjar el tema.

—Christian…

Me detiene con un beso.

—Basta —me dice, y yo recuerdo que acabo de prometerme a mí misma que no le iba a presionar para que me dé información—. Y no me hagas un mohín —añade—. Vamos. Deja que te seque el pelo.

Y sé que con eso el tema está zanjado.


Después de vestirme con pantalones de chándal y una camiseta, me siento entre las piernas de Christian mientras me seca el pelo.

—¿Te dijo Clark algo más mientras yo estaba inconsciente?

—No que yo recuerde.

—Oí alguna de tus conversaciones.

Deja de cepillarme el pelo.

—¿Ah, sí? —me pregunta en un tono despreocupado.

—Sí, con mi padre, con tu padre, con el detective Clark… Y con tu madre.

—¿Y con Kate?

—¿Kate estuvo allí?

—Sí, brevemente. Está furiosa contigo.

Me giro en su regazo.

—Deja ya ese rollo de «todo el mundo está enfadado contigo, Ana», ¿vale?

—Solo te digo la verdad —responde Christian, divertido por mi arrebato.

—Sí, fue algo imprudente, pero ya lo sabes, tu hermana estaba en peligro.

Su expresión se vuelve seria.

—Sí, cierto. —Apaga el secador y lo deja en la cama a su lado.

Me coge la barbilla—. Gracias —me dice sorprendiéndome—. Pero ni una sola imprudencia más. La próxima vez te azotaré hasta que ya no lo puedas soportar más.

Doy un respingo.

—¡No te atreverás!

—Sí me atreveré. —Está serio. Madre mía. Muy serio—. Y tengo el permiso de tu padrastro. —Sonríe burlón. Está bromeando. ¿O no? Me lanzo contra él y él se gira, así que ambos caemos sobre la cama, yo entre sus brazos. Cuando aterrizamos siento el dolor de las costillas y hago una mueca.

Christian se queda pálido.

—¡Haz el favor de comportarte! —me reprende y veo que por un momento está enfadado.

—Lo siento —murmuro acariciándole la mejilla.

Me acaricia la mano con la nariz y le da un beso suave.

—Ana, es que nunca te preocupas por tu propia seguridad. —Me levanta un poco el dobladillo de la camiseta y coloca los dedos sobre mi vientre. Yo dejo de respirar—. Y ahora ya no se trata solo de ti —susurra, y recorre con las yemas de los dedos la cintura de los pantalones del chándal, acariciándome la piel. El deseo explota en mi sangre, inesperado, caliente y fuerte. Doy un respingo y Christian se pone tenso, detiene el movimiento de sus dedos y me mira. Sube la mano y me coloca un mechón de pelo tras la oreja.

—No —susurra.

¿Qué?

—No me mires así. He visto los hematomas. Y la respuesta es no. —Su voz es firme y me da un beso en la frente.

Me retuerzo.

—Christian —gimoteo.

—No. A la cama —me ordena y se sienta.

—¿A la cama?

—Necesitas descansar.

—Te necesito a ti.

Cierra los ojos y niega con la cabeza, como si le estuviera costando un gran esfuerzo. Cuando vuelve a abrirlos, los ojos le brillan por la resolución.

—Haz lo que te he dicho, Ana.

Estoy tentada de quitarme la ropa, pero recuerdo los hematomas y sé que así no conseguiré convencerle.

Asiento a regañadientes.

—Vale —concedo, pero hago un mohín deliberadamente exagerado.

Él sonríe divertido.

—Te traeré algo de comer.

—¿Vas a cocinar tú? —No me lo puedo creer.

Se ríe.

—Voy a calentar algo. La señora Jones ha estado ocupada.

—Christian, yo lo haré. Estoy bien. Si tengo ganas de sexo, seguro que puedo cocinar… —Me siento con dificultad, intentando ocultar el dolor que me provocan las costillas.

—¡A la cama! —Los ojos de Christian centellean y señala la almohada.

—Ven conmigo —susurro deseando llevar algo más seductor que pantalones de chándal y una camiseta.

—Ana, métete en la cama. Ahora.

Le miro con el ceño fruncido, me levanto y dejo caer al suelo los pantalones de una forma muy poco ceremoniosa, sin dejar de mirarle todo el tiempo. Sus labios se curvan divertidos mientras aparta la colcha.

—Ya has oído a la doctora Singh. Ha dicho que descanses. —Su voz es más suave. Me meto en la cama y cruzo los brazos, frustrada—. Quédate ahí —dice. Está disfrutando de esto, es evidente.

Yo frunzo el ceño aún más.

El estofado de pollo de la señora Jones es, sin duda, uno de mis platos favoritos. Christian come conmigo, sentado con las piernas cruzadas en medio de la cama.

—Lo has calentado muy bien —le digo con una sonrisa burlona y él me la devuelve. Estoy llena y me está entrando sueño. ¿Sería ese su plan?

—Pareces cansada. —Me recoge la bandeja.

—Lo estoy.

—Bien. Duerme. —Me da un beso—. Tengo que hacer unas cosas de trabajo. Las haré aquí, si no te importa.

Asiento mientras libro una batalla perdida contra mis párpados. No tenía ni idea de que el estofado de pollo podía ser tan agotador.


Está oscureciendo cuando me despierto. Una luz rosa pálido inunda la habitación. Christian está sentado en el sillón mirándome, con los ojos grises iluminados por la luz. Tiene unos papeles en la mano y la cara cenicienta.

¡Oh, Dios mío!

—¿Qué ocurre? —le pregunto sentándome bruscamente e ignorando la protesta de mis costillas.

—Welch acaba de irse.

Oh, mierda…

—¿Y?

—Yo viví con ese cabrón —susurra.

—¿Que viviste? ¿Con Jack?

Asiente con los ojos como platos.

—¿Estáis emparentados?

—No, Dios mío, no.

Me giro, aparto la colcha y le invito a venir a la cama a mi lado. Para mi sorpresa, no lo duda un segundo. Se quita los zapatos y se mete en la cama junto a mí. Rodeándome con un brazo se acurruca y apoya la cabeza en mi regazo. Estoy asombrada. ¿Qué es esto?

—No lo entiendo —murmuro acariciándole el pelo y mirándole. Christian cierra los ojos y arruga la frente, como si se esforzara por recordar.

—Después de que me encontraran con la puta adicta al crack y antes de irme a vivir con Carrick y Grace, estuve un tiempo bajo la custodia del estado de Michigan. Viví en una casa de acogida. Pero no recuerdo nada de entonces.

La mente me va a mil por hora. ¿Una casa de acogida? Eso es nuevo para los dos.

—¿Cuánto tiempo? —le susurro.

—Dos meses o así. Yo no recuerdo nada.

—¿Has hablado con tu madre y con tu padre de ello?

—No.

—Tal vez deberías. Quizá ellos podrían ayudarte con esas lagunas.

. Me abraza con fuerza.

—Mira. —Me pasa los papeles que tiene en la mano, que resultan ser dos fotografías. Estiro el brazo y enciendo la lamparilla para poder examinarlas con detalle. La primera es de una casa bastante antigua con una puerta principal amarilla y una gran ventana con un tejado a dos aguas. Tiene un porche y un pequeño patio delantero. Es una casa sin nada especial.

La segunda foto es de una familia, a primera vista una familia normal de clase media: un hombre con su esposa, diría yo, y sus hijos. Los dos adultos llevan unas vulgares camisetas azules que han soportado mucho lavados. Deben de tener unos cuarenta y tantos. La mujer tiene el pelo rubio recogido y el hombre lleva el pelo cortado a cepillo muy corto. Los dos sonríen cálidamente a la cámara. El hombre rodea con el brazo los hombros de una niña adolescente con expresión hosca. Observo a los niños: dos chicos, gemelos idénticos, de unos doce años, ambos con el pelo rubio y sonriendo ampliamente a la cámara. Hay otro niño más joven con el pelo rubio rojizo, que frunce el ceño. Y detrás de él, un niño pequeño con el pelo cobrizo y los ojos grises muy abiertos, asustado, vestido con ropa desigual y agarrando una mantita de niño sucia.

Joder.

—Eres tú —susurro y noto el corazón en la garganta. Sé que Christian tenía cuatro años cuando murió su madre. Pero ese niño parece más pequeño. Debió de sufrir una malnutrición grave. Reprimo un sollozo y noto que se me llenan los ojos de lágrimas. Oh, mi dulce Cincuenta…

Christian asiente.

—Sí, soy yo.

—¿Welch te ha traído estas fotos?

—Sí. Yo no me acuerdo de nada de eso. —Su voz suena átona y sin vida.

—¿Que no recuerdas haber estado con unos padres de acogida? ¿Y por qué ibas a recordarlo? Christian, fue hace mucho tiempo. ¿Eso es lo que te preocupa?

—Recuerdo otras cosas, de antes y de después. Cuando conocí a mi madre y a mi padre. Pero eso… Es como si hubiera un gran vacío.

Se me encoge el corazón cuando lo comprendo. Mi querido obseso del control necesita que todo esté en su lugar y ahora acaba de darse cuenta de que le falta una pieza del puzle.

—¿Jack está en esta foto?

—Sí, es el niño mayor.

Christian tiene los ojos cerrados con fuerza y se agarra a mí como si fuera un salvavidas. Le paso los dedos por el pelo mientras estudio al niño más grande, que mira a la cámara desafiante y arrogante. Sí, es Jack, le reconozco. Pero solo es un niño, un niño triste de ocho o nueve años que intenta ocultar su miedo detrás de esa hostilidad. Algo vuelve a mi mente.

—Cuando Jack me llamó para decirme que tenía a Mia, me dijo que si las cosas hubieran sido diferentes podría haber sido él.

Christian cierra otra vez los ojos y se estremece.

—¡Ese cabrón!

—¿Crees que ha hecho todo esto porque los Grey te adoptaron a ti en vez de a él?

—¿Quién sabe? —El tono de Christian es amargo—. Ese hombre me importa una mierda.

—Tal vez sabía que tú y yo salíamos cuando fui a hacer la entrevista de trabajo. Quizá planeó seducirme desde el principio.

Noto que la bilis se me sube a la garganta.

—No lo creo —susurra Christian ya con los ojos abiertos—. Las búsquedas que hizo sobre mi familia no empezaron hasta más o menos una semana después de que empezaras a trabajar en Seattle Independent Publishing. Barney sabe las fechas exactas. Y, Ana, se tiró a todas sus ayudantes. Y lo grabó. —Christian cierra los ojos y me abraza más fuerte otra vez.

Reprimiendo el escalofrío que me recorre, intento recordar las conversaciones que tuve con Hyde cuando empecé en Seattle Independent Publishing. Desde el principio supe que ese hombre no era trigo limpio, pero ignoré mis instintos. Christian tiene razón; no tengo ninguna consideración por mi propia seguridad. Recuerdo la pelea que tuvimos cuando le dije que me iba a Nueva York con Jack. Madre mía… Podría haber acabado en alguna sórdida cinta de contenido sexual. Solo pensarlo me dan náuseas. Y en ese momento recuerdo las fotos que Christian guardaba de sus sumisas.

Oh, mierda. «Estamos cortados por el mismo patrón.» No, Christian, tú no, no te pareces en nada a él. Sigue enroscado a mi lado como un niño.

—Christian, creo que deberías hablar con tu madre y con tu padre. —No quiero moverle, así que me muevo yo y me voy metiendo más en la cama hasta que mis ojos quedan a la altura de los suyos.

Una mirada gris perpleja se encuentra con la mía y me recuerda al niño de la foto.

—Deja que les llame —susurro. Él niega con la cabeza—. Por favor —le suplico.

Christian me mira con los ojos llenos de dolor y de dudas mientras reflexiona sobre lo que le digo. ¡Oh, Christian, por favor!

—Yo les llamaré —dice al fin.

—Bien. Podemos ir a verles juntos o puedes ir tú solo, como prefieras.

—No, que vengan aquí.

—¿Por qué?

—No quiero que tú vayas a ninguna parte.

—Christian, creo que podré soportar un viaje en coche.

—No. —Su voz es firme, pero me dedica una sonrisa irónica—. De todas formas es sábado por la noche; seguro que están en alguna función.

—Llámales. Estas noticias te han alterado. Tal vez ellos puedan arrojar algo de luz sobre el tema. —Miro el reloj despertador. Son casi las siete de la tarde. Me observa impasible durante un momento.

—Vale —dice como si acabara de proponerle un desafío. Se sienta y coge el teléfono que hay en la mesita.

Le rodeo con un brazo y apoyo la cabeza en su pecho mientras hace la llamada.

—¿Papá? —Noto su sorpresa cuando Carrick coge el teléfono—. Ana está bien. Estamos en casa. Welch acaba de irse. Ha encontrado la conexión… Es la casa de acogida en Detroit… Yo no me acuerdo de nada de eso. —La voz de Christian es apenas audible cuando dice esa última frase. Se me vuelve a encoger el corazón. Le abrazo y él me aprieta un poco el hombro.

—Sí… ¿Lo haríais?… Genial. —Cuelga—. Vienen para acá. —Suena sorprendido y me doy cuenta de que probablemente nunca antes ha pedido ayuda.

—Bien. Debería vestirme.

El brazo de Christian se aprieta a mi alrededor.

—No te vayas.

—Vale.

Me acurruco a su lado otra vez, sorprendida por el hecho de que acaba de contarme muchas cosas sobre él… Y de una forma completamente voluntaria.


Estamos de pie en el umbral del salón. Grace me abraza con cuidado.

—Ana, Ana, querida Ana —susurra—. Has salvado a dos de mis hijos. ¿Cómo voy a poder darte las gracias?

Me ruborizo, conmovida y avergonzada por igual por sus palabras. Carrick me abraza también y me da un beso en la frente.

Después me abraza Mia, aplastándome las costillas. Hago un gesto de dolor y doy un respingo, pero ella no se da cuenta.

—Gracias por salvarme de esos dos desgraciados.

Christian la mira frunciendo el ceño.

—¡Mia! ¡Cuidado! Le duele…

—¡Oh! Lo siento.

—Estoy bien —murmuro, aliviada de que me haya soltado.

Parece estar bien. Va impecablemente vestida con unos vaqueros negros ajustados y una blusa de volantes rosa pálido. Me alegro de llevar un cómodo vestido atado a la cintura y unos zapatos planos. Al menos estoy razonablemente presentable.

Corre hasta Christian y le rodea la cintura con los brazos.

Sin decir nada, Christian le pasa la foto a Grace. Ella da un respingo y se lleva la mano a la boca para contener la emoción porque reconoce instantáneamente a Christian. Carrick le rodea los hombros con el brazo mientras él también mira la foto.

—Oh, cariño… —Grace le acaricia la mejilla a Christian.

Aparece Taylor.

—¿Señor Grey? Su hermano, la señorita Kavanagh y el hermano de la señorita Kavanagh están subiendo, señor.

Christian frunce el ceño.

—Gracias, Taylor —murmura desconcertado.

—Yo llamé a Elliot y le dije que veníamos. —Mia sonríe—. Es una fiesta de bienvenida.

Miro compasiva a mi pobre marido mientras Grace y Carrick le lanzan una mirada a Mia, irritados.

—Será mejor que preparemos algo de comer —declaro—. Mia, ¿me ayudas?

—Oh, claro, encantada.

La llevo hacia la zona de la cocina y Christian se lleva a sus padres al estudio.


A Kate está a punto de darle una apoplejía por culpa de su justa indignación. Su furia está dirigida en parte a mí y a Christian, pero sobre todo a Jack y Elizabeth.

—Pero ¿en qué estabas pensando, Ana? —me grita cuando se enfrenta a mí en la cocina, lo que provoca que todos los ojos se giren hacia nosotras y se nos queden mirando.

—Kate, por favor. ¡Ya me ha echado todo el mundo el mismo sermón! —replico. Ella me mira fijamente y por un momento creo que me va a someter a la charla de cómo no sucumbir a las demandas de los secuestradores de Katherine Kavanagh, pero solo se cruza de brazos.

—Dios mío… A veces no utilizas ese cerebro con el que naciste, Steele —me susurra. Me da un beso en la mejilla y veo que tiene los ojos llenos de lágrimas. ¡Oh, Kate!—. He estado tan preocupada por ti.

—No llores o empezaré yo también.

Ella se aparta y se enjuga las lágrimas, avergonzada. Después respira hondo y recupera la compostura.

—Hablando de algo más positivo, ya hemos decidido una fecha para nuestra boda. Hemos pensado en el próximo mayo. Y claro, quiero que seas mi dama de honor.

—Oh… Kate… Uau. ¡Felicidades!

Vaya… Pequeño Bip… ¡Junior!

—¿Qué pasa? —pregunta malinterpretando mi gesto de alarma.

—Mmm… Es solo que me alegro tanto por ti… Buenas noticias para variar. —La rodeo con los brazos y la atraigo hacia mí para abrazarla. Mierda, mierda, mierda. ¿Cuándo llegará Bip? Calculo mentalmente cuándo debería salir de cuentas. La doctora Greene me ha dicho que en cuatro o cinco semanas, así que… ¿algún día de mayo? Mierda.

Elliot me pasa una copa de champán.

Oh, mierda.

Christian sale del estudio con la cara cenicienta y sigue a sus padres hasta el salón. Abre mucho los ojos cuando ve la copa en mi mano.

—Kate —la saluda fríamente.

—Christian. —Ella es igual de fría. Suspiro.

—Señora Grey, está tomando medicamentos —dice mirando la copa que tengo en la mano.

Entorno los ojos. Maldita sea. Quiero una copa. Grace sonríe y viene a la cocina conmigo, cogiendo una copa de manos de Elliot al pasar.

—Un sorbito no le va a hacer daño —susurra guiñándome el ojo con complicidad y levantando la copa para brindar conmigo.

Christian nos mira a las dos con el ceño fruncido hasta que Elliot le distrae con las últimas noticias sobre el partido entre los Mariners y los Rangers.

Carrick se une a nosotras y nos rodea con el brazo a ambas. Grace le da un beso en la mejilla antes de ir a sentarse con Mia en el sofá.

—¿Qué tal está? —le pregunto a Carrick en un susurro cuando él y yo nos quedamos solos de pie en la cocina, observando a la familia acomodarse en los sofás. Advierto con sorpresa que Mia y Ethan están cogidos de la mano.

—Impresionado —contesta Carrick, arrugando la frente y con cara seria—. Recuerda tantas cosas de su vida con su madre biológica… Ojalá no recordara tantas. Pero eso… —Se detiene—. Espero que hayamos podido ayudarle. Me alegro de que nos llamara. Ha dicho que ha sido sugerencia tuya. —La mirada de Carrick se suaviza. Me encojo de hombros y tomo un breve sorbo de champán—. Eres muy buena para él. Normalmente no escucha a nadie.

Frunzo el ceño. No creo que eso sea cierto. El espectro de la bruja aparece inoportunamente y su sombra es alargada en mi mente. Y sé que Christian habla con Grace, también. Le he oído. Vuelvo a sentir frustración al intentar recordar su conversación en el hospital, que sigue escapándose entre mis dedos cuando intento agarrarla.

—Vamos a sentarnos, Ana. Pareces cansada. Estoy seguro de que no esperabas que apareciéramos todos aquí esta noche.

—Me alegro de veros a todos. —Sonrío. Es cierto, me alegro. Soy una hija única que se ha casado con una familia grande y gregaria, y eso me encanta. Me acurruco al lado de Christian.

—Un sorbo —me dice entre dientes, y me quita la copa de la mano.

—Sí, señor. —Aleteo las pestañas y eso le desarma completamente. Me rodea los hombros con el brazo y vuelve a su conversación sobre béisbol con Elliot y Ethan.

—Mis padres creen que eres milagrosa —me dice Christian mientras se quita la camiseta.

Estoy hecha un ovillo en la cama, disfrutando del espectáculo.

—Por lo menos tú sabes que no es verdad. —Río entre dientes.

—Oh, yo no sé nada. —Se quita los vaqueros.

—¿Han podido ayudarte a rellenar las lagunas?

—Algunas. Viví con los Collier durante dos meses mientras mi madre y mi padre esperaban el papeleo. Ya les habían aprobado para la adopción gracias a Elliot, pero la ley obliga a esperar para asegurarse de que no hay ningún pariente vivo que quiera reclamar la custodia.

—¿Y cómo te hace sentir eso? —le susurro.

Frunce el ceño.

—¿No tener parientes vivos? Me importa una mierda. Si se parecían a la puta adicta al crack… —Niega con la cabeza con asco.

¡Oh, Christian! Eras un niño y querías a tu madre.

Se pone el pantalón del pijama, se mete en la cama y me atrae hacia sus brazos.

—Empiezo a recordar. Recuerdo la comida. La señora Collier cocinaba bien. Y al menos ahora sabemos por qué ese cabrón estaba tan obsesionado con mi familia. —Se pasa la mano libre por el pelo—. ¡Joder! —exclama y se gira de repente para mirarme.

—¿Qué?

—¡Ahora tiene sentido! —Tiene la mirada llena de comprensión.

—¿Qué?

—Pajarillo. La señora Collier solía llamarme «pajarillo».

Frunzo el ceño.

—¿Y eso tiene sentido?

—La nota —me dice mirándome—. La nota de rescate que tenía ese cabrón de Hyde. Decía algo así como: «¿Sabes quién soy? Porque yo sé quién eres, pajarillo».

Para mí no tiene ningún sentido.

—Es de un libro infantil. Dios mío. Los Collier lo tenían. Se llamaba… *¿Eres tú mi mamá?* Mierda. —Abre mucho los ojos—. Me encantaba ese libro.

Oh. Conozco ese libro. Se me encoje el corazón. ¡Cincuenta!

—La señora Collier me lo leía.

No sé qué decir.

—Dios mío. Lo sabía… Ese cabrón lo sabía.

—¿Se lo vas a decir a la policía?

—Sí, se lo diré. Aunque solo Dios sabe lo que va a hacer Clark con esa información. —Christian sacude la cabeza como si intentara aclarar sus pensamientos—. De todas formas, gracias por lo de esta noche.

Uau, cambio de marcha.

—¿Por qué?

—Por reunir a mi familia en un abrir y cerrar de ojos.

—No me des las gracias a mí, dáselas a Mia. Y a la señora Jones, por tener siempre llena la despensa.

Niega con la cabeza como si estuviera irritado. ¿Conmigo? ¿Por qué?

—¿Qué tal se siente, señora Grey?

—Bien. ¿Y tú?

—Estoy bien. —Frunce el ceño porque no comprende mi preocupación.

Oh, en ese caso… Le rozo el estómago con los dedos y sigo por el vello que baja desde su ombligo.

Ríe y me agarra la mano.

—Oh, no. Ni se te ocurra.

Hago un mohín y él suspira.

—Ana, Ana, Ana, ¿qué voy a hacer contigo? —Me da un beso en el pelo.

—A mí se me ocurren unas cuantas cosas.

Me retuerzo a su lado y hago una mueca cuando el dolor de mis costillas se expande por todo mi torso.

—Nena, has pasado por muchas cosas. Además, te voy a contar un cuento para dormir.

¿Ah, sí?

—Querías saberlo… —Deja la frase sin terminar, cierra los ojos y traga saliva.

Se me pone de punta todo el vello del cuerpo. Mierda.

Empieza a contar con voz suave.

—Imagínate esto. Un chico adolescente que quiere ganarse un dinerillo para poder continuar con una afición secreta: la bebida. —Se gira hacia un lado para que quedemos el uno frente al otro y me mira a los ojos—. Estaba en el patio de los Lincoln, limpiando los escombros y la basura tras la ampliación que el señor Lincoln acababa de hacerle a su casa…

Oh, madre mía… Me lo va a contar.

# 25

Apenas puedo respirar. ¿Quiero oírlo? Christian cierra los ojos y vuelve a tragar. Cuando los abre de nuevo brillan, aunque con timidez, llenos de recuerdos perturbadores.

—Era un día caluroso de verano y yo estaba haciendo un trabajo duro. —Ríe entre dientes y niega con la cabeza, de repente divertido—. Era un trabajo agotador el de apartar todos esos escombros. Estaba solo y apareció Ele…, la señora Lincoln de la nada y me trajo un poco de limonada. Empezamos a charlar, hice un comentario atrevido… y ella me dio un bofetón. Un bofetón muy fuerte.

Inconscientemente se lleva la mano a la cara y se frota la mejilla. Los ojos se le oscurecen al recordar. ¡Maldita sea!

—Pero después me besó. Y cuando acabó de besarme, me dio otra bofetada. —Parpadea y sigue pareciendo confuso incluso después de pasado tanto tiempo—. Nunca antes me habían besado ni pegado así.

Oh. Se lanzó sobre él. Sobre un niño…

—¿Quieres oír esto? —me pregunta Christian.

Sí… No…

—Solo si tú quieres contármelo. —Mi voz suena muy baja cuando le miento sin dejar de mirarle. Mi mente es un torbellino.

—Estoy intentando que tengas un poco de contexto.

Asiento de una forma alentadora, espero. Pero sospecho que parezco una estatua, petrificada y con los ojos muy abiertos por la impresión.

Él frunce el ceño y busca mis ojos con los suyos, intentando evaluar mi reacción. Después se tumba boca arriba y mira al techo.

—Bueno, naturalmente yo estaba confuso, enfadado y cachondo como un perro. Quiero decir, una mujer mayor y atractiva se lanza sobre ti así… —Niega con la cabeza como si no pudiera creérselo todavía.

¿Cachondo? Me siento un poco mareada.

—Ella volvió a la casa y me dejó en el patio. Actuó como si nada hubiera pasado. Yo estaba absolutamente desconcertado. Así que volví al trabajo, a cargar escombros hasta el contenedor. Cuando me fui esa tarde, ella me pidió que volviera al día siguiente. No dijo nada de lo que había pasado. Así que regresé al día siguiente. No podía esperar para volver a verla —susurra como si fuera una confesión oscura… tal vez porque lo es—. No me tocó cuando me besó —murmura y gira la cabeza para mirarme—. Tienes que entenderlo… Mi vida era el infierno en la tierra. Iba por ahí con quince años, alto para mi edad, empalmado constantemente y lleno de hormonas. Las chicas del instituto…

No sigue, pero me hago a la idea: un adolescente asustado, solitario y atractivo. Se me encoge el corazón.

—Estaba enfadado, muy enfadado con todo el mundo, conmigo, con los míos. No tenía amigos. El terapeuta que me trataba entonces era un gilipollas integral. Mi familia me tenía atado en corto, no lo entendían.

Vuelve a mirar al techo y se pasa una mano por el pelo. Yo estoy deseando pasarle también la mano por el pelo, pero permanezco quieta.

—No podía soportar que nadie me tocara. No podía. No soportaba que nadie estuviera cerca de mí. Solía meterme en peleas… joder que sí. Me metí en riñas bastante duras. Me echaron de un par de colegios. Pero era una forma de desahogarme un poco. La única forma de tolerar algo de contacto físico. —Se detiene de nuevo—. Bueno, te puedes hacer una idea. Y cuando ella me besó, solo me cogió la cara. No me tocó. —Casi no le oigo la voz.

Ella debía saberlo. Tal vez Grace se lo dijo. Oh, mi pobre Cincuenta. Tengo que meter las manos bajo la almohada y apoyar la cabeza en ella para resistir la necesidad de abrazarle.

—Bueno, al día siguiente volví a la casa sin saber qué esperar. Y te voy a ahorrar los detalles escabrosos, pero fue más de lo mismo. Así empezó la relación.

Oh, joder, qué doloroso es escuchar esto…

Él vuelve a ponerse de costado para quedar frente a mí.

—¿Y sabes qué, Ana? Mi mundo recuperó la perspectiva. Aguda y clara. Todo. Eso era exactamente lo que necesitaba. Ella fue como un soplo de aire fresco. Tomaba todas las decisiones, apartando de mí toda esa mierda y dejándome respirar.

Madre mía.

—E incluso cuando se acabó, mi mundo siguió centrado gracias a ella. Y siguió así hasta que te conocí.

¿Y qué demonios se supone que puedo decir ahora? Él me coloca un mechón suelto detrás de la oreja.

—Tú pusiste mi mundo patas arriba. —Cierra los ojos y cuando vuelve a abrirlos están llenos de dolor—. Mi mundo era ordenado, calmado y controlado, y de repente tú llegaste a mi vida con tus comentarios inteligentes, tu inocencia, tu belleza y tu tranquila temeridad y todo lo que había antes de ti empezó a parecer aburrido, vacío, mediocre… Ya no era nada.

Oh, Dios mío.

—Y me enamoré —susurra.

Dejo de respirar. Él me acaricia la mejilla.

—Y yo —murmuro con el poco aliento que me queda.

Sus ojos se suavizan.

—Lo sé —dice.

—¿Ah, sí?

—Sí.

¡Aleluya! Le sonrío tímidamente.

—¡Por fin! —susurro.

Él asiente.

—Y eso ha vuelto a situarlo todo en la perspectiva correcta. Cuando era más joven, Elena era el centro de mi mundo. No había nada que no hiciera por ella. Y ella hizo muchas cosas por mí. Hizo que dejara la bebida. Me obligó a esforzarme en el colegio… Ya sabes, me dio un mecanismo para sobrellevar las cosas que antes no tenía, me dejó experimentar cosas que nunca había pensado que podría.

—El contacto —susurro.

Asiente.

—En cierta forma.

Frunzo el ceño, preguntándome qué querrá decir. Él duda ante mi reacción.

¡Dímelo!, le animo mentalmente.

—Si creces con una imagen de ti mismo totalmente negativa, pensando que no eres más que un marginado, un salvaje que nadie puede querer, crees que mereces que te peguen.

Christian… pero tú no eres ninguna de esas cosas.

Hace una pausa y se pasa la mano por el pelo.

—Ana, es más fácil sacar el dolor que llevarlo dentro…

Otra confesión.

Oh.

—Ella canalizó mi furia. —Sus labios forman una línea lúgubre—. Sobre todo hacia dentro… ahora lo veo. El doctor Flynn lleva insistiendo con esto bastante tiempo. Pero solo hace muy poco que conseguí ver esa relación como lo que realmente fue. Ya sabes… en mi cumpleaños.

Me estremezco ante el inoportuno recuerdo que me viene a la mente de Elena y Christian descuartizándose verbalmente en la fiesta de cumpleaños de Christian.

—Para ella esa parte de nuestra relación iba de sexo y control y de una mujer solitaria que encontraba consuelo en el chico que utilizaba como juguete.

—Pero a ti te gusta el control —susurro.

—Sí, me gusta. Siempre me va a gustar, Ana. Soy así. Lo dejé en manos de otra persona por un tiempo. Dejé que alguien tomara todas mis decisiones por mí. No podía hacerlo yo porque no estaba bien. Pero a través de mi sumisión a ella me encontré a mí mismo y encontré la fuerza para hacerme cargo de mi vida… Para tomar el control y tomar mis propias decisiones.

—¿Convertirte en un dominante?

—Sí.

—¿Eso fue decisión tuya?

—Sí.

—¿Dejar Harvard?

—Eso también fue cosa mía, y es la mejor decisión que he tomado. Hasta que te conocí.

—¿A mí?

—Sí. —Curva los labios para formar una sonrisa—. La mejor decisión que he tomado en mi vida ha sido casarme contigo.

Oh, Dios mío.

—¿No ha sido fundar tu empresa?

Niega con la cabeza.

—¿Ni aprender a volar?

Vuelve a negar.

—Tú —dice y me acaricia la mejilla con los nudillos—. Y ella lo supo —susurra.

Frunzo el ceño.

—¿Ella supo qué?

—Que estaba perdidamente enamorado de ti. Me animó a ir a Georgia a verte, y me alegro de que lo hiciera. Creyó que se te cruzarían los cables y te irías. Que fue lo que hiciste.

Me pongo pálida. Prefiero no pensar en eso.

—Ella pensó que yo necesitaba todas las cosas que me proporcionaba el estilo de vida del que disfrutaba.

—¿El de dominante? —susurro.

Asiente.

—Eso me permitía mantener a todo el mundo a distancia, tener el control, mantenerme alejado… o eso creía. Seguro que has descubierto ya el porqué —añade en voz baja.

—¿Por tu madre biológica?

—No quería que volvieran a herirme. Y entonces me dejaste. —Sus palabras son apenas audibles—. Y yo me quedé hecho polvo.

Oh, no.

—Había evitado la intimidad tanto tiempo… No sabía cómo hacer esto.

—Por ahora lo estás haciendo bien —murmuro. Sigo el contorno de sus labios con el dedo índice. Él los frunce y me da un beso. Estás hablando conmigo, pienso—. ¿Lo echas de menos? —susurro.

—¿El qué?

—Ese estilo de vida.

—Sí.

¡Oh!

—Pero solo porque echo de menos el control que me proporcionaba. Y la verdad es que gracias a tu estúpida hazaña —se detiene—, que salvó a mi hermana —continúa en un susurro lleno de alivio, asombro e incredulidad—, ahora lo sé.

—¿Qué sabes?

—Sé que de verdad me quieres.

Frunzo el ceño.

—¿Ah, sí?

—Sí, porque he visto que lo arriesgaste todo por mí y por mi familia.

Mi ceño se hace más profundo. Él extiende la mano y sigue con el dedo la línea del medio de mi frente, sobre la nariz.

—Te sale una V aquí cuando frunces el ceño —murmura—. Es un sitio muy suave para darte un beso. Puedo comportarme fatal… pero tú sigues aquí.

—¿Y por qué te sorprende tanto que siga aquí? Ya te he dicho que no te voy a dejar.

—Por la forma en que me comporté cuando me dijiste que estabas embarazada. —Me roza la mejilla con el dedo—. Tenías razón. Soy un adolescente.

Oh, mierda… sí que dije eso. Mi subconsciente me mira fijamente: ¡Su médico lo dijo!

—Christian, he dicho algunas cosas horribles. —Me pone el dedo índice sobre los labios.

—Chis. Merecía oírlas. Además, este es mi cuento para dormir. —Vuelve a ponerse boca arriba.

—Cuando me dijiste que estabas embarazada... —Hace una pausa—. Yo pensaba que íbamos a ser solo tú y yo durante un tiempo. Había pensado en tener hijos, pero solo en abstracto. Tenía la vaga idea de que tendríamos un hijo en algún momento del futuro.

¿Solo uno? No... No, un hijo único no. No como yo. Pero tal vez este no sea el mejor momento para sacar ese tema.

—Todavía eres tan joven... Y sé que eres bastante ambiciosa.

¿Ambiciosa? ¿Yo?

—Bueno, fue como si se me hubiera abierto el suelo bajo los pies. Dios, fue totalmente inesperado. Cuando te pregunté qué te ocurría ni se me pasó por la cabeza que podías estar embarazada. —Suspira—. Estaba tan furioso... Furioso contigo. Conmigo. Con todo el mundo. Y volví a sentir que no tenía control sobre nada. Tenía que salir. Fui a ver a Flynn, pero estaba en una reunión con padres en un colegio.

Christian se detiene y levanta una ceja.

—Irónico —susurro, y Christian sonríe, de acuerdo conmigo.

—Así que me puse a andar y andar, y simplemente... me encontré en la puerta del salón. Elena ya se iba. Se sorprendió de verme. Y, para ser sincero, yo también estaba sorprendido de encontrarme allí. Ella vio que estaba furioso y me preguntó si quería tomar una copa.

Oh, mierda. Hemos llegado al quid de la cuestión. El corazón empieza a latirme el doble de rápido. ¿De verdad quiero saberlo? Mi subconsciente me mira con una ceja depilada arqueada en forma de advertencia.

—Fuimos a un bar tranquilo que conozco y pedimos una botella de vino. Ella se disculpó por cómo se había comportado la última vez que nos vimos. Le duele que mi madre no quiera saber nada más de ella (eso ha reducido mucho su círculo social), pero lo entiende. Hablamos del negocio, que va bien a pesar de la crisis... Y mencioné que tú querías tener hijos.

Frunzo el ceño.

—Pensaba que le habías dicho que estaba embarazada.

Me mira con total sinceridad.

—No, no se lo conté.

—¿Y por qué no me lo dijiste?

Se encoge de hombros.

—No tuve oportunidad.

—Sí que la tuviste.

—No te encontré a la mañana siguiente, Ana. Y cuando apareciste, estabas tan furiosa conmigo...

Oh, sí...

—Cierto.

—De todas formas, en un momento de la noche, cuando ya íbamos por la mitad de la segunda botella, ella se acercó y me tocó. Y yo me quedé helado —susurra, tapándose los ojos con el brazo.

Se me eriza el vello. ¿Y eso?

—Ella vio que me apartaba. Fue un shock para ambos. —Su voz es baja, demasiado baja.

¡Christian, mírame! Tiro de su brazo y él lo baja, girando la cabeza para enfrentar mi mirada. Mierda. Está pálido y tiene los ojos como platos.

—¿Qué? —pregunto sin aliento.

Frunce el ceño y traga saliva.

Oh, ¿qué es lo que no me está contando? ¿Quiero saberlo?

—Me propuso tener sexo. —Está horrorizado, lo veo.

Todo el aire abandona mi cuerpo. Estoy sin aliento y creo que se me ha parado el corazón. ¡Esa endemoniada bruja!

—Fue un momento que se quedó como suspendido en el tiempo. Ella vio mi expresión y se dio cuenta de que se había pasado de la raya, mucho. Le dije que no. No había pensado en ella así en todos estos años, y además —traga saliva—, te quiero. Y se lo dije, le dije que quiero a mi mujer.

Le miro fijamente. No sé qué decir.

—Se apartó de inmediato. Volvió a disculparse e intentó que pareciera una broma. Dijo que estaba feliz con Isaac y con el negocio y que no estaba resentida con nosotros. Continuó diciendo que echaba de menos mi amistad, pero que era consciente de que mi vida estaba contigo ahora, y que eso le parecía raro, dado lo que pasó la última vez que estuvimos todos juntos en la misma habitación. Yo no podía estar más de acuerdo con ella. Nos despedimos... por última vez. Le dije que no volvería a verla y ella se fue por su lado.

Trago saliva y noto que el miedo me atenaza el corazón.

—¿Os besasteis?

—¡No! —Ríe entre dientes—. ¡No podía soportar estar tan cerca de ella!

Oh, bien.

—Estaba triste. Quería venir a casa contigo. Pero sabía que no me había portado bien. Me quedé y acabé la botella y después continué con el bourbon. Mientras bebía me acordé de algo que me dijiste hace tiempo: «Si hubieras sido mi hijo...». Y empecé a pensar en Junior y en la forma en que empezamos Elena y yo. Y eso me hizo sentir... incómodo. Nunca antes lo había pensado así.

Un recuerdo florece en mi mente: una conversación susurrada de cuando estaba solo medio consciente. Es la voz de Christian: «Pero verla consiguió que volviera a ponerlo todo en contexto y recuperara la perspectiva. Acerca de lo del bebé, ya sabes. Por primera vez sentí que... lo que hicimos... estuvo mal». Hablaba con Grace.

—¿Y eso es todo?

—Sí.

—Oh.

—¿Oh?

—¿Se acabó?

—Sí. Se acabó desde el mismo momento en que posé los ojos en ti por primera vez. Pero esa noche me di cuenta por fin y ella también.

—Lo siento —murmuro.

Él frunce el ceño.

—¿Por qué?

—Por estar tan enfadada al día siguiente.

Él ríe entre dientes.

—Nena, entiendo tu enfado. —Hace una pausa y suspira—. Ana, es que te quiero para mí solo. No quiero compartirte. Nunca antes había tenido lo que tenemos ahora. Quiero ser el centro de tu universo, por un tiempo al menos.

Oh, Christian…

—Lo eres. Y eso no va a cambiar.

Él me dedica una sonrisa indulgente, triste y resignada.

—Ana —me susurra—, eso no puede ser verdad.

Los ojos se me llenan de lágrimas.

—¿Cómo puedes pensarlo? —murmura.

Oh, no.

—Mierda… No llores, Ana. Por favor, no llores. —Me acaricia la cara.

—Lo siento. —Me tiembla el labio inferior. Él me lo acaricia con el pulgar y eso me calma—. No, Ana, no. No lo sientas. Vas a tener otra persona a la que amar. Y tienes razón. Así es cómo tiene que ser.

—Bip te querrá también. Serás el centro del mundo de Bip… de Junior —susurro—. Los niños quieren a sus padres incondicionalmente, Christian. Vienen así al mundo. Programados para querer. Todos los bebés… incluso tú. Piensa en ese libro infantil que te gustaba cuando eras pequeño. Todavía necesitabas a tu madre. La querías.

Arruga la frente y aparta la mano para colocarla convertida en un puño contra su barbilla.

—No —susurra.

—Sí, así es. —Las lágrimas empiezan a caerme libremente—. Claro que sí. No era una opción. Por eso estás tan herido.

Me mira fijamente con la expresión hosca.

—Por eso eres capaz de quererme a mí —murmuro—. Perdónala. Ella tenía su propio mundo de dolor con el que lidiar. Era una mala madre, pero tú la querías.

Sigue mirándome sin decir nada, con los ojos llenos de recuerdos que yo solo empiezo a intuir.

Oh, por favor, no dejes de hablar.

Por fin dice:

—Solía cepillarle el pelo. Era guapa.

—Solo con mirarte a ti nadie lo dudaría.

—Pero era una mala madre —Su voz es apenas audible.

Asiento y él cierra los ojos.

—Me asusta que yo vaya a ser un mal padre.

Le acaricio esa cara que tanto quiero. Oh, mi Cincuenta, mi Cincuenta, mi Cincuenta…

—Christian, ¿cómo puedes pensar ni por un momento que yo te dejaría ser un mal padre?

Abre los ojos y se me queda mirando durante lo que me parece una eternidad. Sonríe y el alivio empieza a iluminar su cara.

—No, no creo que me lo permitieras. —Me acaricia la cara con el dorso de los nudillos, mirándome asombrado—. Dios, qué fuerte es usted, señora Grey. Te quiero tanto… —Me da un beso en la frente—. No sabía que podría quererte así.

—Oh, Christian —susurro intentando contener la emoción.

—Bueno, ese es el final del cuento.

—Menudo cuento…

Sonríe nostálgico, pero creo que está aliviado.

—¿Qué tal tu cabeza?

—¿Mi cabeza?

La verdad es que la tengo a punto de explotar por todo lo que acabas de contarme…

—¿Te duele?

—No.

—Bien. Creo que deberías dormir.

¡Dormir! ¿Cómo voy a poder dormir después de todo esto?

—A dormir —dice categórico—. Lo necesitas.

Hago un mohín.

—Tengo una pregunta.

—Oh, ¿qué? —Me mira con ojos cautelosos.

—¿Por qué de repente te has vuelto tan… comunicativo, por decirlo de alguna forma?

Frunce el ceño.

—Ahora de repente me cuentas todo esto, cuando hasta ahora sacarte información era algo angustioso y que ponía a prueba la paciencia de cualquiera.

—¿Ah, sí?

—Ya sabes que sí.

—¿Que por qué ahora estoy siendo comunicativo? No lo sé. Tal vez porque te he visto casi muerta sobre un suelo de cemento. O porque voy a ser padre. No lo sé. Has dicho que querías saberlo y no quiero que Elena se interponga entre nosotros. No puede. Ella es el pasado; ya te lo he dicho muchas veces.

—Si no hubiera intentado acostarse contigo… ¿seguiríais siendo amigos?

—Eso ya son dos preguntas…

—Perdona. No tienes por que decírmelo. —Me sonrojo—. Ya me has contado hoy más de lo que podía esperar.

Su mirada se suaviza.

—No, no lo creo. Me parecía que tenía algo pendiente con ella desde mi cumpleaños, pero ahora se ha pasado de la raya y para mí se acabó. Por favor, créeme. No voy a volver a verla. Has dicho que ella es un límite infranqueable para ti y ese es un término que entiendo —me dice con tranquila sinceridad.

Vale. Voy a cerrar este tema ya. Mi subconsciente se deja caer en su sillón: «¡Por fin!».

—Buenas noches, Christian. Gracias por ese cuento tan revelador. —Me acerco para darle un beso y nuestros labios solo se rozan brevemente, porque él se aparta cuando intento hacer el beso más profundo.

—No —susurra—. Estoy loco por hacerte el amor.

—Hazlo entonces.

—No, necesitas descansar y es tarde. A dormir. —Apaga la lámpara de la mesilla y nos envuelve la oscuridad.

—Te quiero incondicionalmente, Christian —murmuro y me acurruco a su lado.

—Lo sé —susurra y noto su sonrisa tímida.

———

Me despierto sobresaltada. La luz inunda la habitación y Christian no está en la cama. Miro el reloj y veo que son las siete y cincuenta y tres. Inspiro hondo y hago una mueca de dolor cuando mis costillas se quejan, aunque ya me duelen un poco menos que ayer. Creo que puedo ir a trabajar. Trabajar… sí. Quiero ir a trabajar.

Es lunes y ayer me pasé todo el día en la cama. Christian solo me dejó ir a hacerle una breve visita a Ray. Sigue siendo un obseso del control. Sonrío cariñosamente. Mi obseso del control. Ha estado atento, cariñoso, hablador… y ha mantenido las manos lejos de mí desde que llegué a casa. Frunzo el ceño. Voy a tener que hacer algo para cambiar eso. Ya no me duele la cabeza y el dolor de las costillas ha mejorado, aunque todavía tengo que tener cuidado a la hora de reírme, pero estoy frustrada. Si no me equivoco, esta es la temporada más larga que he pasado sin sexo desde… bueno, desde la primera vez.

Creo que los dos hemos recuperado nuestro equilibrio. Christian está mucho más relajado; el cuento para dormir parece haber conseguido ahuyentar unos cuantos fantasmas, suyos y míos. Ya veremos.

Me ducho rápido, y una vez seca, busco entre mi ropa. Quiero algo sexy. Algo que anime a Christian a la acción. ¿Quién habría pensado que un hombre tan insaciable podría tener tanto autocontrol? No quiero ni pensar en cómo habrá aprendido a mantener esa disciplina sobre su cuerpo. No hemos hablado de la bruja después de su confesión. Espero que no tengamos que volver a hacerlo. Para mí está muerta y enterrada.

Escojo una falda corta negra casi indecente y una blusa blanca de seda con un volante. Me pongo medias hasta el muslo con el extremo de encaje y los zapatos de tacón negros de Louboutin. Un poco de rimel y de brillo de labios y después de cepillarme el pelo con ferocidad, me lo dejo suelto. Sí. Esto debería servir.

Christian está comiendo en la barra del desayuno. Cuando me ve, deja el tenedor con la tortilla en el aire a medio camino de su boca. Frunce el ceño.

—Buenos días, señora Grey. ¿Va a alguna parte?

—A trabajar. —Sonrío dulcemente.

—No lo creo. —Christian ríe entre dientes, burlón—. La doctora Singh dijo que una semana de reposo.

579

—Christian, no me voy a pasar todo el día en la cama sola. Prefiero ir a trabajar. Buenos días, Gail.

—Hola, señora Grey. —La señora Jones intenta ocultar una sonrisa—. ¿Quiere desayunar algo?

—Sí, por favor.

—¿Cereales?

—Prefiero huevos revueltos y una tostada de pan integral.

La señora Jones sonríe y Christian muestra su sorpresa.

—Muy bien, señora Grey —dice la señora Jones.

—Ana, no vas a ir a trabajar.

—Pero...

—No. Así de simple. No discutas. —Christian es firme. Le miro fijamente y entonces me doy cuenta de que lleva el mismo pantalón del pijama y la camiseta de anoche.

—¿Tú vas a ir a trabajar? —le pregunto.

—No.

¿Me estoy volviendo loca?

—Es lunes, ¿verdad?

Sonríe.

—Por lo que yo sé, sí.

Entorno los ojos.

—¿Vas a hacer novillos?

—No te voy a dejar sola para que te metas en más problemas. Y la doctora Singh dijo que tienes que descansar una semana antes de volver al trabajo, ¿recuerdas?

Me siento en el taburete a su lado y me subo un poco la falda. La señora Jones coloca una taza de té delante de mí.

—Te veo bien —dice Christian. Cruzo las piernas—. Muy bien. Sobre todo por aquí. —Roza con un dedo la carne desnuda que se ve por encima de las medias. Se me acelera el pulso cuando su dedo roza mi piel—. Esa falda es muy corta —murmura con una vaga desaprobación en la voz mientras sus ojos siguen el camino de su dedo.

—¿Ah, sí? No me había dado cuenta.

Christian me mira fijamente con la boca formando una sonrisa divertida e irritada a la vez.

—¿De verdad, señora Grey?

Me ruborizo.

—No estoy seguro de que ese atuendo sea adecuado para ir al trabajo —murmura.

—Bueno, como no voy a ir a trabajar, eso es algo discutible.

—¿Discutible?

—Discutible —repito.

Christian sonríe de nuevo y vuelve a su tortilla.

—Tengo una idea mejor.

—¿Ah, sí?

Me mira a través de sus largas pestañas y sus ojos grises se oscurecen. Inhalo bruscamente. Oh, Dios mío… Ya era hora.

—Podemos ir a ver qué tal va Elliot con la casa.

¿Qué? ¡Oh! ¡Está jugando conmigo! Recuerdo vagamente que íbamos a hacer eso antes de que ocurriera el accidente de Ray.

—Me encantaría.

—Bien. —Sonríe.

—¿Tú no tienes que trabajar?

—No. Ros ha vuelto de Taiwan. Todo ha ido bien. Hoy todo está bien.

—Pensaba que ibas a ir tú a Taiwan.

Ríe entre dientes otra vez.

—Ana, estabas en el hospital.

—Oh.

—Sí, oh. Así que ahora voy a pasar algo de tiempo de calidad con mi mujer. —Se humedece los labios y le da un sorbo al café.

—¿Tiempo de calidad? —No puedo evitar la esperanza que se refleja en mi voz.

La señora Jones me sirve los huevos revueltos. Sigue sin poder ocultar la sonrisa.

Christian sonríe burlón.

—Tiempo de calidad —repite y asiente.

Tengo demasiada hambre para seguir flirteando con mi marido.

—Me alegro de verte comer —susurra. Se levanta, se inclina y me da un beso en el pelo—. Me voy a la ducha.

—Mmm… ¿Puedo ir y enjabonarte la espalda? —murmuro con la boca llena de huevo y tostada.

—No. Come.

Se levanta de la barra y, mientras se encamina al salón, se quita la camiseta por la cabeza, ofreciéndome la visión de sus hombros bien formados y su espalda desnuda. Me quedo parada a medio masticar. Lo ha hecho a propósito. ¿Por qué?

Christian está relajado mientras conduce hacia el norte. Acabamos de dejar a Ray y al señor Rodríguez viendo el fútbol en la nueva televisión de pantalla plana que sospecho que ha comprado Christian para la habitación del hospital de Ray.

Christian ha estado tranquilo desde que tuvimos «la charla». Es como si se hubiera quitado un peso de encima; la sombra de la señora Robinson ya no se cierne sobre nosotros, tal vez porque yo he decidido dejarla ir... o quizá porque ha sido él quien la ha hecho desaparecer, no lo sé. Pero ahora me siento más cerca de él de lo que me he sentido nunca antes. Quizá porque por fin ha confiado en mí. Espero que siga haciéndolo. Y ahora también se muestra más abierto con el tema del bebé. No ha salido a comprar una cuna todavía, pero tengo grandes esperanzas.

Le miro mientras conduce y saboreo todo lo que puedo esa visión. Parece informal, sereno… y sexy con el pelo alborotado, las Ray-Ban, la chaqueta de raya diplomática, la camisa blanca y los vaqueros.

Me mira, me pone la mano en la rodilla y me la acaricia tiernamente.

—Me alegro de que no te hayas cambiado.

Me he puesto una chaqueta vaquera y zapatos planos, pero sigo llevando la minifalda. Deja la mano ahí, sobre mi rodilla, y yo se la cubro con la mía.

—¿Vas a seguir provocándome?

—Tal vez.

Christian sonríe.

—¿Por qué?

—Porque puedo.

Sonríe infantil.

—A eso podemos jugar los dos… —susurro.

Sus dedos suben provocativamente por mi muslo.

—Inténtelo, señora Grey. —Su sonrisa se hace más amplia.

Le cojo la mano y se la pongo sobre su rodilla.

—Guárdate tus manos para ti.

Sonríe burlón.

—Como quiera, señora Grey.

Maldita sea. Es posible que con este juego me salga el tiro por la culata.


Christian sube por la entrada de nuestra nueva casa. Se detiene ante el teclado e introduce un número. La ornamentada puerta blanca se abre. El motor ruge al cruzar el camino flanqueado por árboles todavía llenos de hojas, aunque estas ya muestran una mezcla de verde, amarillo y cobrizo brillante. La alta hierba del prado se está volviendo dorada, pero sigue habiendo unas pocas flores silvestres amarillas que destacan entre la hierba. Es un día precioso. El sol brilla y el olor salado del Sound se mezcla en el aire con el aroma del otoño que ya se acerca. Es un sitio muy tranquilo y muy bonito. Y pensar que vamos a tener nuestro hogar aquí…

Tras una curva del camino aparece nuestra casa. Varios camiones grandes con palabras CONSTRUCCIONES GREY inscritas en sus laterales están aparcados delante. La casa está cubierta de andamios y hay varios trabajadores con casco trabajando en el tejado.

Christian aparca frente al pórtico y apaga el motor. Puedo notar su entusiasmo.

—Vamos a buscar a Elliot.

—¿Está aquí?

—Eso espero. Para eso le pago.

Río entre dientes y Christian sonríe mientras sale del coche.

—¡Hola, hermano! —grita Elliot desde alguna parte. Los dos miramos alrededor buscándole—. ¡Aquí arriba! —Está sobre el tejado, saludándonos y sonriendo de oreja a oreja—. Ya era hora de que vinierais por aquí. Quedaos ahí. Enseguida bajo.

Miro a Christian, que se encoge de hombros. Unos minutos después Elliot aparece en la puerta principal.

—Hola, hermano —saluda y le estrecha la mano a Christian—. ¿Y qué tal estás tú, pequeña? —Me coge y me hace girar.

—Mejor, gracias.

Suelto una risita sin aliento porque mis costillas protestan. Christian frunce el ceño, pero Elliot le ignora.

—Vamos a la oficina. Tenéis que poneros uno de estos —dice dándole un golpecito al casco.


Solo está en pie la estructura de la casa. Los suelos están cubiertos de un material duro y fibroso que parece arpillera. Algunas de las paredes originales han desaparecido y se están construyendo otras nuevas. Elliot nos lleva por todo el lugar, explicándonos lo que están haciendo, mientras los hombres (y unas cuantas mujeres) siguen trabajando a nuestro alrededor. Me alivia ver que la escalera de piedra con su vistosa balaustrada de hierro sigue en su lugar y cubierta completamente con fundas blancas para evitar el polvo.

En la zona de estar principal han tirado la pared de atrás para levantar la pared de cristal de Gia y están empezando a trabajar en la terraza. A pesar de todo ese lío, la vista es impresionante. Los nuevos añadidos mantienen y respetan el encanto de lo antiguo que tenía la casa… Gia lo ha hecho muy bien. Elliot nos explica pacientemente los procesos y nos da un plazo aproximado para todo. Espera que pueda estar acabada para Navidad, aunque eso a Christian le parece muy optimista.

Madre mía… La Navidad con vistas al Sound. No puedo esperar. Noto una burbuja de entusiasmo en mi interior. Veo imágenes de nosotros poniendo un enorme árbol mientras un niño con el pelo cobrizo nos mira asombrado.

Elliot termina la visita en la cocina.

—Os voy a dejar para que echéis un vistazo por vuestra cuenta. Tened cuidado, que esto es una obra.

—Claro. Gracias, Elliot —susurra Christian cogiéndome la mano—. ¿Contenta? —me pregunta cuando su hermano nos deja solos.

Yo estoy mirando el cascarón vacío que es esa habitación y preguntándome dónde voy a colgar los cuadros de los pimientos que compramos en Francia.

—Mucho. Me encanta. ¿Y a ti?

—Lo mismo digo. —Sonríe.

—Bien. Estoy pensando en los cuadros de los pimientos que vamos a poner aquí.

Christian asiente.

—Quiero poner los retratos que te hizo José en esta casa. Tienes que pensar dónde vas a ponerlos también.

Me ruborizo.

—En algún sitio donde no tenga que verlos a menudo.

—No seas así. —Me mira frunciendo el ceño y me acaricia el labio inferior con el pulgar—. Son mis cuadros favoritos. Me encanta el que tengo en el despacho.

—Y yo no tengo ni idea de por qué —murmuro y le doy un beso en la yema del pulgar.

—Hay cosas peores que pasarme el día mirando tu preciosa cara sonriente. ¿Tienes hambre? —me pregunta.

—¿Hambre de qué? —susurro.

Sonríe y sus ojos se oscurecen. La esperanza y el deseo se desperezan en mis venas.

—De comida, señora Grey. —Y me da un beso breve en los labios.

Hago un mohín fingido y suspiro.

—Sí. Últimamente siempre tengo hambre.

—Podemos hacer un picnic los tres.

—¿Los tres? ¿Alguien se va a unir a nosotros?

Christian ladea la cabeza.

—Dentro de unos siete u ocho meses.

Oh… Bip. Le sonrío tontorronamente.

—He pensado que tal vez te apetecería comer fuera.

—¿En el prado? —le pregunto.

Asiente.

—Claro.

Sonrío.

—Este va a ser un lugar perfecto para criar una familia —murmura mientras me mira.

¡Familia! ¿Más de un hijo? ¿Será el momento de mencionar eso?

Me pone la mano sobre el vientre y extiende los dedos. Madre mía… Contengo la respiración y coloco mi mano sobre la suya.

—Me cuesta creerlo —susurra, y por primera vez oigo asombro en su voz.

—Lo sé. Oh, tengo una prueba. Una foto.

—¿Ah, sí? ¿La primera sonrisa del bebé?

Saco de la cartera la imagen de la ecografía de Bip.

—¿Lo ves?

Christian mira fijamente la imagen durante varios segundos.

—Oh… Bip. Sí, lo veo. —Suena distraído, asombrado.

—Tu hijo —le susurro.

—Nuestro hijo —responde.

—El primero de muchos.

—¿Muchos? —Christian abre los ojos como platos, alarmado.

—Al menos dos.

—¿Dos? —dice como haciéndose a la idea—. ¿Podemos ir de uno en uno, por favor?

Sonrío.

—Claro.

Salimos afuera a la cálida tarde de otoño.

—¿Cuándo se lo vamos a decir a tu familia? —pregunta Christian.

—Pronto —le digo—. Pensaba decírselo a Ray esta mañana, pero el señor Rodríguez estaba allí. —Me encojo de hombros.

Christian asiente y abre el maletero del R8. Dentro hay una cesta de picnic de mimbre y la manta de cuadros escoceses que compramos en Londres.

—Vamos —me dice cogiendo la cesta y la manta en una mano y tendiéndome la otra. Los dos vamos andando hasta el prado.

—Claro, Ros, hazlo. —Christian cuelga. Es la tercera llamada que responde durante el picnic. Se ha quitado los zapatos y los calcetines y me mira con los brazos apoyados en sus rodillas dobladas. Su chaqueta está a un lado, encima de la mía, porque bajo el sol no tenemos frío. Me tumbo a su lado sobre la manta de picnic. Estamos rodeados por la hierba verde y dorada, lejos del ruido de la casa, y ocultos de los ojos indiscretos de los trabajadores de la construcción. Nuestro particular refugio bucólico. Me da otra fresa y yo la muerdo y chupo el zumo agradecida, mirando sus ojos que se oscurecen por momentos.

—¿Está rica? —susurra.

—Mucho.

—¿Quieres más?

—¿Fresas? No.

Sus ojos brillan peligrosamente y sonríe.

—La señora Jones hace unos picnics fantásticos —dice.

—Cierto —susurro.

De repente cambia de postura y se tumba con la cabeza apoyada en mi vientre. Cierra los ojos y parece satisfecho. Yo enredo los dedos en su pelo.

Él suspira profundamente, después frunce el ceño y mira el número que aparece en la pantalla de su BlackBerry, que está sonando. Pone los ojos en blanco y coge la llamada.

—Welch —exclama. Se pone tenso, escucha un par de segundos y después se levanta bruscamente—. Veinticuatro horas, siete días… Gracias —dice con los dientes apretados y cuelga. Su humor cambia instantáneamente. El provocativo marido con ganas de flirtear se convierte en el frío y calculador amo del universo. Entorna los ojos un momento y después esboza una sonrisa gélida. Un escalofrío me recorre la espalda. Coge otra vez la BlackBerry y escoge un número de marcación rápida.

—¿Ros, cuántas acciones tenemos de Maderas Lincoln? —Se arrodilla.

Se me eriza el vello. Oh, no, ¿de qué va esto?

—Consolida las acciones dentro de Grey Enterprises Holdings, Inc. y después despide a toda la junta… Excepto al presidente… Me importa una mierda… Lo entiendo, pero hazlo… Gracias… Mantenme informado. —Cuelga y me mira impasible durante un instante.

¡Madre mía! Christian está furioso.

—¿Qué ha pasado?

—Linc —murmura.

—¿Linc? ¿El ex de Elena?

—El mismo. Fue él quien pagó la fianza de Hyde.

Miro a Christian con la boca abierta, horrorizada. Su boca forma una dura línea.

—Bueno… pues ahora va a parecer un imbécil —murmuro consternada—. Porque Hyde cometió otro delito mientras estaba bajo fianza.

Christian entorna los ojos y sonríe.

—Cierto, señora Grey.

—¿Qué acabas de hacer? —Me pongo de rodillas sin dejar de mirarle.

—Le acabo de joder.

¡Oh!

—Mmm… eso me parece un poco impulsivo —susurro.

—Soy un hombre de impulsos.

—Soy consciente de ello.

Cierra un poco los ojos y aprieta los labios.

—He tenido este plan guardado en la manga durante un tiempo —dice secamente.

Frunzo el ceño.

—¿Ah, sí?

Hace una pausa en la que parece estar sopesando algo en la mente y después inspira hondo.

—Hace varios años, cuando yo tenía veintiuno, Linc le dio una paliza a su mujer que la dejó hecha un desastre. Le rompió la mandíbula, el brazo izquierdo y cuatro costillas porque se estaba acostando conmigo. —Se le endurecen los ojos—. Y ahora me entero de que le ha pagado la fianza a un hombre que ha intentado matarme, que ha raptado a mi hermana y que le ha fracturado el cráneo a mi mujer. Es más que suficiente. Creo que ha llegado el momento de la venganza.

Me quedo pálida. Dios mío…

—Cierto, señor Grey —susurro.

—Ana, esto es lo que voy a hacer. Normalmente no hago cosas por venganza, pero no puedo dejar que se salga con la suya con esto. Lo que le hizo a Elena… Ella debería haberle denunciado, pero no lo hizo. Eso era decisión suya. Pero acaba de pasarse de la raya con lo de Hyde. Linc ha convertido esto en algo personal al posicionarse claramente contra mi familia. Le voy a hacer pedazos; destrozaré su empresa delante de sus narices y después venderé los trozos al mejor postor. Voy a llevarle a la bancarrota.

Oh…

—Además —Christian sonríe burlón—, ganaré mucho dinero con eso.

Miro sus ojos grises llameantes y su mirada se suaviza de repente.

—No quería asustarte —susurra.

—No me has asustado —miento.

Arquea una ceja divertido.

—Solo me ha pillado por sorpresa —susurro y después trago saliva. Christian da bastante miedo a veces.

Me roza los labios con los suyos.

—Haré cualquier cosa para mantenerte a salvo. Para mantener a salvo a mi familia. Y a este pequeñín —murmura y me pone la mano sobre el vientre para acariciarme suavemente.

Oh… Dejo de respirar. Christian me mira y sus ojos se oscurecen. Separa los labios e inhala. En un movimiento deliberado las puntas de sus dedos me rozan el sexo.

Oh, madre mía… El deseo explota como un artefacto incendiario que me enciende la sangre. Le cojo la cabeza, enredo los dedos en su pelo y tiro de él para que sus labios se encuentren con los míos. Él da un respingo, sorprendido por mi arrebato, y eso le abre paso a mi lengua. Gruñe y me devuelve el beso, sus labios y su lengua ávidos de los míos, y durante un momento ardemos juntos, perdidos entre lenguas, labios, alientos y la dulce sensación de redescubrirnos el uno al otro.

Oh, cómo deseo a este hombre. Ha pasado mucho tiempo. Le deseo aquí y ahora, al aire libre, en el prado.

—Ana —jadea en trance, y sus manos bajan por mi culo hasta el dobladillo de la falda. Yo intento torpemente desabrocharle la camisa.

—Uau, Ana… Para. —Se aparta con la mandíbula tensa y me coge las manos.

—No. —Atrapo con los dientes su labio inferior y tiro—. No —murmuro de nuevo mirándole. Le suelto—. Te deseo.

Él inhala bruscamente. Está desgarrado; veo claramente la indecisión en sus ojos grises y brillantes.

—Por favor, te necesito. —Todos los poros de mi cuerpo le suplican. Esto es lo que hacemos nosotros…

Gruñe derrotado, su boca encuentra la mía y nuestros labios se unen. Con una mano me coge la cabeza y la otra baja por mi cuerpo hasta mi cintura. Me tumba boca arriba y se estira a mi lado, sin romper en ningún momento el contacto de nuestras bocas.

Se aparta, cerniéndose sobre mí y mirándome.

—Es usted tan preciosa, señora Grey.

Yo le acaricio su delicado rostro.

—Y usted también, señor Grey. Por dentro y por fuera.

Frunce el ceño y yo recorro ese ceño con los dedos.

—No frunzas el ceño. A mí me lo pareces, incluso cuando estás enfadado —le susurro.

Gruñe una vez más y su boca atrapa la mía, empujándome contra la suave hierba que hay bajo la manta.

—Te he echado de menos —susurra y me roza la mandíbula con los dientes. Noto que mi corazón vuela alto.

—Yo también te he echado de menos. Oh, Christian… —Cierro una mano entre su pelo y le agarro el hombro con la otra.

Sus labios bajan a mi garganta, dejando tiernos besos en su estela. Sus dedos siguen el mismo camino, desabrochándome diestramente los botones de la blusa. Me abre la blusa y me da besos en los pechos. Gime apreciativamente desde el fondo de su garganta y el sonido reverbera por mi cuerpo hasta los lugares más oscuros y profundos.

—Tu cuerpo está cambiando —susurra. Me acaricia el pezón con el pulgar hasta que se pone duro y tira de la tela del sujetador—. Me gusta —añade. Sigue con la lengua la línea entre el sujetador y mi pecho, provocándome y atormentándome. Coge la copa del sujetador delicadamente entre los dientes y tira de ella, liberando mi pecho y acariciándome el pezón con la nariz en el proceso. Se me pone la piel de gallina por su contacto y por el frescor de la suave brisa de otoño. Cierra los labios sobre mi piel y succiona fuerte durante largo rato.

—¡Ah! —gimo, inhalo bruscamente y hago una mueca cuando el dolor irradia de mis costillas contusionadas.

—¡Ana! —exclama Christian y se me queda mirando con la cara llena de preocupación—. A esto me refería —me reprende—. No tienes instinto de autoconservación. No quiero hacerte daño.

—No… no pares —gimoteo. Se me queda mirando con emociones encontradas luchando en su interior—. Por favor.

—Ven. —Se mueve bruscamente y tira de mí hasta que quedo sentada a horcajadas sobre él con la falda subida y enrollada en las caderas. Me acaricia con las manos los muslos, justo por encima de las medias—. Así está mejor. Y puedo disfrutar de la vista.

Levanta la mano y engancha el dedo índice en la otra copa del sujetador, liberándome también el otro pecho. Me cubre ambos con las manos y yo echo atrás la cabeza y los empujo contra sus manos expertas. Tira de mis pezones y los hace rodar entre sus dedos hasta que grito y entonces se incorpora y se sienta de forma que quedamos nariz contra nariz, sus ojos grises ávidos fijos en los míos. Me besa sin dejar de excitarme con los dedos. Yo busco frenéticamente su camisa y le desabrocho los dos primeros botones. Es como una sobrecarga sensorial: quiero besarle por todas partes, desvestirle y hacer el amor con él, todo a la vez.

—Tranquila… —Me coge la cabeza y se aparta, con los ojos oscuros y llenos de una promesa sensual—. No hay prisa. Tómatelo con calma. Quiero saborearte.

—Christian, ha pasado tanto tiempo… —Estoy jadeando.

—Despacio —susurra, y es una orden. Me da un beso en la comisura derecha de la boca—. Despacio. —Ahora me besa la izquierda—. Despacio, nena. —Tira de mi labio inferior con los dientes—. Vayamos despacio. —Enreda los dedos en mi pelo para mantenerme quieta mientras su lengua me invade la boca buscando, saboreando, tranquilizándome… y a la vez llenándome de fuego. Oh, mi marido sabe besar…

Le acaricio la cara y mis dedos bajan hasta su barbilla, después por su garganta y por fin vuelvo a dedicarme a los botones de su camisa, despacio esta vez, mientras él sigue besándome. Le abro lentamente la camisa y le recorro con los dedos las clavículas siguiendo su contorno a través de su piel cálida y sedosa. Le empujo suavemente hacia atrás para que quede tumbado debajo de mí. Me siento erguida y le miro, consciente de que me estoy revolviendo contra su creciente erección. Mmm… Le rozo los labios con los míos pero sigo hasta su mandíbula, y después desciendo por el cuello, sobre la nuez, hasta el pequeño hueco en la base de la garganta. Mi guapísimo marido. Me inclino y trazo con la punta de los dedos el mismo recorrido que antes ha hecho mi boca. Le rozo la mandíbula con los dientes y le beso la garganta. Él cierra los ojos.

—Ah —gime y echa la cabeza hacia atrás, dándome un mejor acceso a la base de la garganta. Su boca está relajada y abierta en silenciosa veneración. Christian perdido y excitado… es tan estimulante. Y excitante para mí.

Bajo acariciándole el esternón con la lengua y enredándola en el vello de su pecho. Mmm… Sabe tan bien. Y huele tan bien. Es embriagador. Beso primero una de sus pequeñas cicatrices redondas y después otra. Noto que me agarra las caderas, y mis dedos se detienen sobre su pecho mientras le miro. Su respiración es trabajosa.

—¿Quieres esto? ¿Aquí? —jadea. Sus ojos están empañados por una enloquecedora combinación de amor y lujuria.

—Sí —susurro y le paso los labios y la lengua por el pecho hasta su tetilla. La rodeo con la lengua y tiro con los dientes.

—Oh, Ana —murmura.

Me agarra la cintura y me levanta, tirando a la vez de los botones de la bragueta hasta que su erección queda libre. Me baja de
nuevo y yo empujo contra él, saboreando la sensación: Christian
duro y caliente debajo de mí. Sube las manos por mis muslos parándose justo donde terminan las medias y empieza la carne, y sus
manos empiezan a trazar pequeños círculos incitantes en la parte
superior de los muslos hasta que con los pulgares me toca... justo
donde quería que me tocara. Doy un respingo.

—Espero que no le tengas cariño a tu ropa interior —murmura con los ojos salvajes y brillantes.

Sus dedos recorren el elástico a lo largo de mi vientre. Después se deslizan por dentro para seguir provocándome antes de
agarrar las bragas con fuerza y atravesar con los pulgares la delicada tela. Las bragas se desintegran. Christian extiende las manos sobre mis muslos y sus pulgares vuelven a mi sexo. Flexiona las caderas para que su erección se frote contra mí.

—Siento lo mojada que estás. —Su voz desprende un deseo
carnal.

De repente se sienta con el brazo rodeándome la cintura y
quedamos frente a frente. Me acaricia la nariz con la suya.

—Vamos a hacerlo muy lento, señora Grey. Quiero sentirlo
todo de usted. —Me levanta y con una facilidad exquisita, lenta y
frustrante, me va bajando sobre él. Siento cada bendito centímetro
de él llenándome.

—Ah... —gimo de forma incoherente a la vez que extiendo
las manos para agarrarle los brazos. Intento levantarme un poco
para conseguir algo de fricción, pero él me mantiene donde estoy.

—Todo de mí —susurra y mueve la pelvis, empujando para
introducirse hasta el fondo. Echo atrás la cabeza y dejo escapar un
grito estrangulado de puro placer—. Deja que te oiga —murmura—. No... no te muevas, solo siente.

Abro los ojos. Tengo la boca petrificada en un grito silencioso.
Sus ojos grises me miran lascivos y entornados, encadenados a mis
ojos azules en éxtasis. Se mueve, haciendo un círculo con la cadera, pero a mí no me deja moverme.

Gimo. Noto sus labios en mi garganta, besándome.

—Este es mi lugar favorito: enterrado en ti —murmura contra mi piel.

—Muévete, por favor —le suplico.

—Despacio, señora Grey. —Flexiona de nuevo la cadera y el placer me llena el cuerpo. Le rodeo la cara con las manos y le beso, consumiéndole.

—Hazme el amor. Por favor, Christian.

Sus dientes me rozan la mandíbula hasta la oreja.

—Vamos —susurra y me levanta para después bajarme.

La diosa que llevo dentro está desatada y yo presiono contra el suelo y empiezo a moverme, saboreando la sensación de él dentro de mí… cabalgando sobre él… cabalgando con fuerza. Él se acompasa conmigo con las manos en mi cintura. He echado de menos esto… La sensación enloquecedora de él debajo de mí, dentro de mí… El sol en la espalda, el dulce olor del otoño en el aire, la suave brisa otoñal. Es una fusión de sentidos cautivadora: el tacto, el gusto, el olfato y la vista de mi querido esposo debajo de mí.

—Oh, Ana —gime con los ojos cerrados, la cabeza echada hacia atrás y la boca abierta.

Ah… Me encanta esto. Y en mi interior empiezo a acercarme… acercarme… cada vez más. Las manos de Christian descienden hasta mis muslos y delicadamente presiona con los pulgares el vértice entre ambos y yo estallo a su alrededor, una y otra vez, y otra y otra, y me dejo caer sobre su pecho al mismo tiempo que él grita también, dejándose llevar y pronunciando mi nombre lleno de amor y felicidad.


Me abraza contra su pecho y me acaricia la cabeza. Mmm… Cierro los ojos y saboreo la sensación de sus brazos a mi alrededor. Tengo la mano sobre su pecho y siento el latido constante del corazón que se va ralentizando y calmando. Le beso y le acaricio con la nariz y me digo maravillada que no hace mucho no me habría permitido hacer esto.

—¿Mejor? —me susurra.

Levanto la cabeza. Está sonriendo ampliamente.

—Mucho. ¿Y tú? —Mi sonrisa es un reflejo de la suya.

—La he echado de menos, señora Grey. —Se pone serio un momento.

—Y yo.

—Nada de hazañas nunca más, ¿eh?

—No —prometo.

—Deberías contarme las cosas siempre —susurra.

—Lo mismo digo, Grey.

Él sonríe burlón.

—Cierto. Lo intentaré. —Me da un beso en el pelo.

—Creo que vamos a ser felices aquí —susurro cerrando los ojos otra vez.

—Sí. Tú, yo y… Bip. ¿Cómo te sientes, por cierto?

—Bien. Relajada. Feliz.

—Bien.

—¿Y tú?

—También. Todas esas cosas —responde.

Le miro intentando evaluar su expresión.

—¿Qué? —me pregunta.

—¿Sabes que eres muy autoritario durante el sexo?

—¿Es una queja?

—No. Solo me preguntaba… Has dicho que lo echabas de menos.

Se queda muy quieto y me mira.

—A veces —murmura.

Oh.

—Tenemos que ver qué podemos hacer al respecto —le digo y le doy un beso suave en los labios. Me enrosco a su alrededor como una rama de vid. En mi mente veo imágenes de nosotros en el cuarto de juegos: Tallis, la mesa, la cruz, esposada a la cama… Me gusta el sexo pervertido, nuestro sexo pervertido. Sí. Puedo hacer esas cosas. Puedo hacerlo por él, con él. Puedo hacerlo por mí. Me hormiguea la piel al pensar en la fusta—. A mí también me gusta jugar —murmuro y le miro. Me responde con su sonrisa tímida.

—¿Sabes? Me gustaría mucho poner a prueba tus límites —susurra.

—¿Mis límites en cuanto a qué?

—Al placer.

—Oh, creo que eso me va a gustar.

—Bueno, quizá cuando volvamos a casa —dice, dejando esa promesa en el aire entre los dos.

Le acaricio con la nariz otra vez. Le quiero tanto…

---

Han pasado dos días desde nuestro picnic. Dos días desde que hizo la promesa: «Bueno, quizá cuando volvamos a casa». Christian sigue tratándome como si fuera de cristal. Todavía no me deja ir a trabajar, así que estoy trabajando desde casa. Aparto el montón de cartas que he estado leyendo y suspiro. Christian y yo no hemos vuelto al cuarto de juegos desde la vez que dije la palabra de seguridad. Y ha dicho que lo echa de menos. Bueno, yo también… sobre todo ahora que quiere poner a prueba mis límites. Me sonrojo al pensar en qué puede implicar eso. Miro las mesas de billar… Sí, no puedo esperar para explorar las posibilidades.

Mis pensamientos quedan interrumpidos por una suave música lírica que llena el ático. Christian está tocando el piano; y no sus piezas tristes habituales, sino una melodía dulce y esperanzadora. Una que reconozco, pero que nunca le había oído tocar.

Voy de puntillas hasta el arco que da acceso al salón y contemplo a Christian al piano. Está atardeciendo. El cielo es de un rosa opulento y la luz se refleja en su brillante pelo cobrizo. Está tan guapo y tan impresionante como siempre, concentrado mientras toca, ajeno a mi presencia. Ha estado tan comunicativo los últimos días, tan atento… Me ha contado sus impresiones de cómo iba el día, sus pensamientos, sus planes. Es como si se hubiera roto una presa en su interior y las palabras hubieran empezado a salir.

Sé que vendrá a comprobar qué tal estoy dentro de unos pocos minutos y eso me da una idea. Excitada y esperando que siga sin haberse dado cuenta de mi presencia, me escabullo y corro a nuestro dormitorio. Me quito toda la ropa según voy hacia allí hasta que no llevo más que unas bragas de encaje azul pálido. Encuentro una camisola del mismo azul y me la pongo rápidamente. Eso ocultará el hematoma. Entro en el vestidor y saco del cajón los vaqueros gastados de Christian: los vaqueros del cuarto de juegos, mis vaqueros favoritos. Cojo mi BlackBerry de la mesita, doblo los pantalones con cuidado y me arrodillo junto a la puerta del dormitorio. La puerta está entornada y oigo las notas de otra pieza, una que no conozco. Pero es otra melodía llena de esperanza; es preciosa. Le escribo un correo apresuradamente.

---

**De:** Anastasia Grey
**Fecha:** 21 de septiembre de 2011 20:45
**Para:** Christian Grey
**Asunto:** El placer de mi marido

Amo:
Estoy esperando sus instrucciones.
Siempre suya.

Señora G x

Pulso «Enviar».

Unos segundos después la música se detiene bruscamente. Se me para el corazón un segundo y después empieza a latir más fuerte. Espero y espero y por fin vibra mi BlackBerry.

---

**De:** Christian Grey
**Fecha:** 21 de septiembre de 2011 20:48
**Para:** Anastasia Grey
**Asunto:** El placer de mi marido ← Me encanta este título, nena

Señora G:
Estoy intrigado. Voy a buscarla.

Prepárese.

Christian Grey
Presidente ansioso por la anticipación de Grey Enterprises Holdings, Inc.

«¡Prepárese!» Mi corazón vuelve a latir con fuerza y empiezo a contar. Treinta y siete segundos después se abre la puerta. Cuando se para en el umbral mantengo la mirada baja, dirigida a sus pies descalzos. Mmm… No dice nada. Se queda callado mucho tiempo. Oh, mierda. Resisto la necesidad de levantar la vista y sigo con la mirada fija en el suelo.

Por fin se agacha y recoge sus vaqueros. Sigue en silencio, pero va hasta el vestidor mientras yo continúo muy quieta. Oh, Dios mío… allá vamos. El sonido de mi corazón es atronador y me encanta el subidón de adrenalina que me recorre el cuerpo. Me retuerzo según va aumentando mi excitación. ¿Qué me va a hacer? Regresa al cabo de un momento; ahora lleva los vaqueros.

—Así que quieres jugar… —murmura.

—Sí.

No dice nada y me arriesgo a levantar la mirada… Subo por sus piernas, sus muslos cubiertos por los vaqueros, el leve bulto a la altura de la bragueta, el botón desabrochado de la cintura, el vello que sube, el ombligo, su abdomen cincelado, el vello de su pecho, sus ojos grises en llamas y la cabeza ladeada. Tiene una ceja arqueada. Oh, mierda.

—¿Sí qué? —susurra.

Oh.

—Sí, amo.

Sus ojos se suavizan.

—Buena chica —dice y me acaricia la cabeza—. Será mejor que subamos arriba —añade.

Se me licuan las entrañas y el vientre se me tensa de esa forma tan deliciosa.

Me coge la mano y yo le sigo por el piso y subo con él la escalera. Delante de la puerta del cuarto de juegos se detiene, se inclina y me da un beso suave antes de agarrarme el pelo con fuerza.

—Estás dominando desde abajo, ¿sabes? —murmura contra mis labios.

—¿Qué? —No sé de qué está hablando.

—No te preocupes. Viviré con ello —susurra divertido, me acaricia la mandíbula con la nariz y me muerde con suavidad la oreja—. Cuando estemos dentro, arrodíllate como te he enseñado.

—Sí… Amo.

Me mira con los ojos brillándole de amor, asombro e ideas perversas.

Vaya… La vida nunca va a ser aburrida con Christian y estoy comprometida con esto a largo plazo. Quiero a este hombre: mi marido, mi amante, el padre de mi hijo, a veces mi dominante… mi Cincuenta Sombras.

# Epílogo

*La casa grande, mayo de 2014*

Estoy tumbada en nuestra manta de picnic de cuadros escoceses, mirando el claro cielo azul de verano. Mi visión está enmarcada por las flores del prado y la alta hierba verde. El calor del sol de la tarde me calienta la piel, los huesos y el vientre, y yo me relajo y mi cuerpo se va convirtiendo en gelatina. Qué cómodo es esto… No… esto es maravilloso. Saboreo el momento, un momento de paz, un momento de total y absoluta satisfacción. Debería sentirme culpable por sentir esta alegría, esta sensación de plenitud, pero no. La vida está aquí, ahora, está bien y he aprendido a apreciarla y a vivir el momento como mi marido. Sonrío y me retuerzo cuando mi mente vuelve al delicioso recuerdo de nuestra última noche en el piso del Escala…

---

Las colas del látigo me rozan la piel del vientre hinchado a un ritmo dolorosamente lánguido.

—¿Ya has tenido suficiente, Ana? —me susurra Christian al oído.

—Oh, por favor… —suplico tirando de las ataduras que tengo por encima de la cabeza. Estoy de pie, con los ojos tapados y esposada a la rejilla del cuarto de juegos.

Siento el escozor dulce del látigo en el culo.

—¿Por favor qué?

Doy un respingo.

—Por favor, amo.

Christian me pone la mano sobre la piel enrojecida y me la frota suavemente.

—Ya está. Ya está. Ya está. —Sus palabras son suaves. Su mano desciende y da un rodeo para acabar deslizando los dedos en mi interior.

Gimo.

—Señora Grey —jadea y tira del lóbulo de mi oreja con los dientes—, qué preparada está ya.

Sus dedos entran y salen de mí, tocando ese punto, ese punto tan dulce otra vez. El látigo repiquetea contra el suelo y la mano pasa sobre mi vientre y sube hasta los pechos. Me ponto tensa. Están muy sensibles.

—Chis —dice Christian cubriéndome uno con la mano y rozando el pezón con el pulgar.

—Ah…

Sus dedos son suaves y provocativos y el placer empieza a bajar en espirales desde mi pecho hacia abajo… muy abajo y profundo. Echo la cabeza hacia atrás para aumentar la presión del pezón contra su palma mientras gimo una vez más.

—Me gusta oírte —susurra Christian. Noto su erección contra mi cadera; los botones de la bragueta se clavan en mi carne mientras su otra mano continúa con su estimulación incesante: dentro, fuera, dentro, fuera… siguiendo un ritmo.

—¿Quieres que te haga correrte así? —me pregunta.

—No.

Sus dedos dejan de moverse en mi interior.

—¿De verdad, señora Grey? ¿Es decisión tuya? —Sus dedos se aprietan alrededor de mi pezón.

—No… No, amo.

—Eso está mejor.

—Ah. Por favor —le suplico.

—¿Qué quieres, Anastasia?

—A ti. Siempre.

Él inhala bruscamente.

—Todo de ti —añado sin aliento.

Saca los dedos de mi interior, tira de mí para que me gire y quede de frente a él y me arranca el antifaz. Parpadeo y me encuentro sus ojos grises oscurecidos que sueltan llamaradas, fijos en los míos. Su dedo índice sigue el contorno de mi labio inferior y entonces me introduce los dedos índice y corazón en la boca para dejarme degustar el sabor salado de mi excitación.

—Chupa —susurra.

Yo rodeo los dedos con la lengua y la meto entre ellos.

Mmm… Todo en sus dedos sabe bien, incluso yo.

Sus manos suben por mis brazos hasta las esposas que tengo encima de la cabeza y las suelta para liberarme. Me gira otra vez para que quede de cara a la pared, tira de mi trenza y me atrae hacia sus brazos. Me obliga a inclinar la cabeza a un lado y me roza la garganta con los labios y va subiendo hasta la oreja mientras abraza mi cuerpo caliente contra el suyo.

—Quiero estar dentro de tu boca. —Su voz es suave y seductora. Mi cuerpo excitado y más que preparado se tensa desde el interior. El placer es dulce y agudo.

Gimo. Me vuelvo para mirarle, acerco su cabeza a la mía y le doy un beso apasionado con mi lengua invadiéndole la boca, saboreándole. Él gruñe, me pone las manos en el culo y me empuja hacia él, pero solo mi vientre de embarazada le toca. Le muerdo la mandíbula y voy bajando dándole besos hasta la garganta. Después bajo los dedos hasta sus vaqueros. Él echa atrás la cabeza, exponiendo la garganta a mis atenciones, y yo sigo con la lengua hasta su torso y el vello de su pecho.

—Ah…

Tiro de la cintura de los vaqueros, los botones se sueltan y él me coloca las manos en los hombros. Me pongo de rodillas delante de él.

Le miro entornando los ojos y él me devuelve la mirada. Tiene los ojos oscuros, los labios separados e inhala bruscamente cuando le libero y me lo meto en la boca. Me encanta hacerle esto a Christian. Ver cómo se va deshaciendo, oír su respiración que se acelera y los suaves gemidos que emite desde el fondo de la garganta… Cierro los ojos y chupo con fuerza, presionando, disfrutando de su sabor y de su exclamación sin aliento.

Me coge la cabeza para que me quede quieta y yo cubro mis dientes con los labios y le meto más profundamente en mi boca.

—Abre los ojos y mírame —me ordena en voz baja.

Sus ojos ardientes se encuentran con los míos y flexiona la cadera, llenándome la boca hasta alcanzar el fondo de la garganta y después apartándose rápido. Vuelve a empujar contra mí y yo levanto las manos para tocarle. Él se para y me agarra para mantenerme donde estoy.

—No me toques o te vuelvo a esposar. Solo quiero tu boca —gruñe.

Oh, Dios mío… ¿Así lo quieres? Pongo las manos tras la espalda y le miro inocentemente con la boca llena.

—Eso está mejor —dice sonriendo burlón y con voz ronca. Se aparta y sujetándome firmemente pero con cuidado, vuelve a empujar para entrar otra vez—. Tiene una boca deliciosa para follarla, señora Grey.

Cierra los ojos y vuelve a penetrar en mi boca mientras yo le aprieto entre los labios y le rodeo una y otra vez con la lengua. Dejo que entre más profundamente y que después vaya saliendo, una y otra vez, y otra. Oigo como el aire se le escapa entre los dientes apretados.

—¡Ah! Para —dice y sale de mi boca, dejándome con ganas de más. Me agarra los hombros y me pone de pie. Me coge la trenza y me besa con fuerza, su lengua persistente dando y tomando a la vez. De repente me suelta y antes de darme cuenta me coge en brazos, me lleva a la cama de cuatro postes y me tumba con cuidado de forma que mi culo queda justo en el borde de la cama—. Rodéame la cintura con las piernas —ordena. Lo hago y tiro de él hacia mí. Él se inclina, pone las manos a ambos lados de mi cabeza y, todavía de pie, entra en mi interior lentamente.

Oh, esto está muy bien. Cierro los ojos y me dejo llevar por su lenta posesión.

—¿Bien? —me pregunta. Se nota claramente la preocupación en su tono.

—Oh, Dios, Christian. Sí. Sí. Por favor.     Aprieto las piernas a su alrededor y empujo contra él. Él gruñe. Me agarro a sus brazos y él flexiona las caderas, dentro y fuera, lentamente al principio—. Christian, por favor. Más fuerte… No me voy a romper.

Gruñe de nuevo y comienza a moverse, moverse de verdad, empujando con fuerza dentro de mí, una y otra vez. Oh, esto es increíble.

—Sí —digo sin aliento apretándole de nuevo mientras empiezo a acercarme… Gime, hundiéndose en mí con renovada determinación… Estoy cerca. Oh, por favor. No pares.

—Vamos, Ana —gruñe con los dientes apretados y yo exploto a su alrededor. Grito su nombre y Christian se queda quieto, gime con fuerza, y noto que llega al clímax en mi interior—. ¡Ana! —grita.


Christian está tumbado a mi lado, acariciándome el vientre con la mano, con los largos dedos extendidos.

—¿Qué tal está mi hija?

—Bailando. —Río.

—¿Bailando? ¡Oh, sí! Uau. Puedo sentirlo. —Sonríe cuando siente que Bip número dos da volteretas en mi interior.

—Creo que ya le gusta el sexo.

Christian frunce el ceño.

—¿Ah, sí? —dice con sequedad. Acerca los labios a mi barriga—. Pues no habrá nada de eso hasta los treinta, señorita.

Suelto una risita.

—Oh, Christian, eres un hipócrita.

—No, soy un padre ansioso. —Me mira con la frente arrugada, signo de su ansiedad.

—Eres un padre maravilloso. Sabía que lo serías. —Le acaricio su delicado rostro y él me dedica su sonrisa tímida.

—Me gusta esto —murmura acariciándome y después besándome el vientre—. Hay más de ti.

Hago un mohín.

—No me gusta que haya más de mí.

—Es genial cuando te corres.

—¡Christian!

—Y estoy deseando volver a probar la leche de tus pechos otra vez.

—¡Christian! Eres un pervertido…

Se lanza sobre mí de repente, me besa con fuerza, pasa una pierna por encima de mí y me agarra las manos por encima de la cabeza.

—Me encanta el sexo pervertido —me susurra y me acaricia la nariz con la suya.

Sonrío, contagiada por su sonrisa perversa.

—Sí, a mí también me encanta el sexo pervertido. Y te quiero. Mucho.

---

Me despierto sobresaltada por un chillido agudo de puro júbilo de mi hijo, y aunque no veo ni al niño ni a Christian, sonrío de felicidad como una idiota. Ted se ha levantado de la siesta y él y Christian están retozando por allí cerca. Me quedo tumbada en silencio, maravillada de la capacidad de juego de Christian. Su paciencia con Teddy es extraordinaria… todavía más que la que tiene conmigo. Río entre dientes. Pero así debe ser. Y mi precioso niño, el ojito derecho de su madre y de su padre, no conoce el miedo. Christian, por otro lado, sigue siendo demasiado sobreprotector con los dos. Mi dulce, temperamental y controlador Cincuenta.

—Vamos a buscar a mami. Está por aquí en el prado en alguna parte.

Ted dice algo que no oigo y Christian ríe libre y felizmente. Es un sonido mágico, lleno de orgullo paternal. No puedo resistirme. Me incorporo sobre los codos y les espío desde mi escondite entre la alta hierba.

Christian está haciendo girar a Ted una y otra vez y el niño cada vez chilla más, encantado. Se detiene, lanza a Ted al aire de nuevo (yo dejo de respirar) y vuelve a cogerlo. Ted chilla con abandono infantil y yo suspiro aliviada. Oh, mi hombrecito, mi querido hombrecito, siempre activo.

—¡*Ota ves*, papi! —grita. Christian obedece y yo vuelvo a sentir el corazón en la boca cuando lanza a Teddy al aire y después lo coge y lo abraza fuerte, le da un beso en el pelo cobrizo, después un beso rápido en la mejilla y acaba haciéndole cosquillas sin piedad. Teddy aúlla de risa, se retuerce y empuja el pecho de Christian para intentar escabullirse de sus brazos. Sonriendo, Christian lo baja al suelo.

—Vamos a buscar a mami. Está escondida entre la hierba.

Ted sonríe, encantado por el juego, y mira el prado. Le coge la mano a Christian y señala un sitio donde no estoy y eso me hace soltar una risita. Vuelvo a tumbarme rápidamente, disfrutando también del juego.

—Ted, he oído a mami. ¿La has oído tú?

—¡Mami!

Río ante el tono imperioso de Ted. Vaya, se parece tanto a su padre ya, y solo tiene dos años…

—¡Teddy! —le llamo mirando al cielo con una sonrisa ridícula en la cara.

—¡Mami!

Muy pronto oigo sus pasos por el prado y primero Ted y después Christian aparecen como una tromba cruzando la hierba.

—¡Mami! —chilla Ted como si acabara de encontrar el tesoro de Sierra Madre y salta sobre mí.

—¡Hola, mi niño! —Le abrazo y le doy un beso en la mejilla regordeta. Él ríe y me responde con otro beso. Después se escabulle de mis brazos.

—Hola, mami. —Christian me mira y me sonríe.

—Hola, papi. —Sonrío y él coge a Ted y se sienta a mi lado con su hijo en el regazo.

—Hay que tener cuidado con mami —riñe a Ted. Sonrío burlonamente; es irónico que lo diga él. Saca la BlackBerry del bolsillo y se la da a Ted. Eso nos va a dar cinco minutos de paz como máximo. Teddy la estudia con el ceño fruncido. Se pone muy serio, con los ojos azules muy concentrados, igual que su padre cuando lee su correo. Christian le acaricia el pelo con la nariz y se me derrite el corazón al mirarlos: mi hijo sentado tranquilamente (durante unos minutos al menos) en el regazo de mi marido. Son tan parecidos… Mis dos hombres preferidos sobre la tierra.

Ted es el niño más guapo y listo del mundo, pero yo soy su madre, así que es imposible que no piense eso. Y Christian es… bueno, Christian es él. Con una camiseta blanca y los vaqueros está tan guapo como siempre. ¿Qué he hecho para ganar un premio como ese?

—La veo bien, señora Grey.

—Yo a usted también, señor Grey.

—¿Está mami guapa? —le susurra Christian al oído a Ted, pero el niño le da un manotazo, más interesado en la BlackBerry.

Suelto una risita.

—No puedes con él.

—Lo sé. —Christian sonríe y le da otro beso en el pelo—. No me puedo creer que vaya a cumplir dos años mañana. —Su tono es nostálgico y me pone una mano sobre el vientre—. Tengamos muchos hijos —me dice.

—Uno más por lo menos. —Le sonrío y él me acaricia el vientre.

—¿Cómo está mi hija?

—Está bien. Dormida, creo.

—Hola, señor Grey. Hola, Ana.

Ambos nos giramos y vemos a Sophie, la hija de diez años de Taylor, que aparece entre la hierba.

—*¡Soiii!* —chilla Ted encantado de verla. Se baja del regazo de Christian y deja su BlackBerry.

—Gail me ha dado polos —dice Sophie—. ¿Puedo darle uno a Ted?

—Claro —le digo. Oh, Dios mío, se va a poner perdido.

—*¡Pooo!*

Ted extiende las manos y Sophie le da uno. Ya está goteando.

—Trae. Déjale ver a mami.

Me siento, le cojo el polo a Ted y me lo meto en la boca para quitarle el exceso de líquido. Mmm… Arándanos. Está frío y delicioso.

—¡Mío! —protesta Ted con la voz llena de indignación.

—Toma. —Le devuelvo el polo que ya gotea un poco menos y él se lo mete directamente en la boca. Sonríe.

—¿Podemos ir Ted y yo a dar un paseo? —me pregunta Sophie.

—Claro.

—No vayáis muy lejos.

—No, señor Grey. —Los ojos color avellana de Sophie están muy abiertos y muy serios. Creo que Christian le asusta un poco. Extiende la mano y Teddy se la coge encantado. Se alejan juntos andando por la hierba.

Christian los contempla.

—Estarán bien, Christian. ¿Qué puede pasarles aquí?

Él frunce el ceño momentáneamente y yo me acerco para acurrucarme en su regazo.

—Además, Ted está como loco con Sophie.

Christian ríe entre dientes y me acaricia el pelo con la nariz.

—Es una niña maravillosa.

—Lo es. Y muy guapa. Un ángel rubio.

Christian se queda quieto y me pone las manos sobre el vientre.

—Chicas, ¿eh? —Hay un punto de inquietud en su voz. Yo le pongo la mano en la nuca.

—No tienes que preocuparte por tu hija durante al menos otros tres meses. La tengo bien protegida aquí, ¿vale?

Me da un beso detrás de la oreja y me roza el lóbulo con los dientes.

—Lo que usted diga, señora Grey. —Me da un mordisco y yo doy un respingo—. Me lo pasé bien anoche —dice—. Deberíamos hacerlo más a menudo.

—Yo también me lo pasé bien.

—Podríamos hacerlo más a menudo si dejaras de trabajar…

Pongo los ojos en blanco y él me abraza con más fuerza y sonríe contra mi cuello.

—¿Me está poniendo los ojos en blanco, señora Grey? —Advierto en su voz una amenaza implícita pero sensual que hace que me retuerza un poco, pero estamos en medio del prado con los niños cerca, así que ignoro la proposición.

—Grey Publishing tiene un autor en la lista de los más vendidos del *New York Times*; las ventas de Boyce Fox son fenomenales. Además, el negocio de los e-books ha estallado y por fin tengo a mi alrededor al equipo que quería.

—Y estás ganando dinero en estos tiempos tan difíciles —añade Christian con orgullo—. Pero… me gustaría que estuvieras descalza, embarazada y en la cocina.

Me echo un poco hacia atrás para poder verle la cara. Él me mira a los ojos con los suyos brillantes.

—Eso también me gusta a mí —murmuro. Él me da un beso con la mano todavía sobre mi vientre.

Al ver que está de buen humor, decido sacar un tema delicado.

—¿Has pensado en mi sugerencia?

Se queda muy quieto.

—Ana, la respuesta es no.

—Pero Ella es un nombre muy bonito.

—No le voy a poner a mi hija el nombre de mi madre. No. Fin de la discusión.

—¿Estás seguro?

—Sí. —Me coge la barbilla y me mira con sinceridad y despidiendo irritación por todos los poros—. Ana, déjalo ya. No quiero que mi hija tenga nada que ver con mi pasado.

—Vale. Lo siento. —Mierda… No quiero que se enfade.

—Eso está mejor. Deja de intentar arreglarlo —murmura—. Has conseguido que admita que la quería y me has arrastrado hasta su tumba. Ya basta.

Oh, no. Me muevo en su regazo para quedar a horcajadas sobre él y le cojo la cabeza con las manos.

—Lo siento. Mucho. No te enfades conmigo, por favor. —Le doy un beso en los labios y después otro en la comisura de la boca. Tras un momento él señala la otra comisura y yo sonrío y se la beso también. Seguidamente señala su nariz. Le beso ahí. Ahora sonríe y me pone la mano en la espalda.

—Oh, señora Grey… ¿Qué voy a hacer contigo?

—Seguro que ya se te ocurrirá algo —le digo.

Sonríe y girándose de repente, me tumba y me aprieta contra la manta.

—¿Y si se me ocurre ahora? —susurra con una sonrisa perversa.

—¡Christian! —exclamo.

De pronto oímos un grito agudo de Ted. Christian se levanta con la agilidad de una pantera y corre al lugar de donde ha surgido el sonido. Yo le sigo a un paso más tranquilo. En el fondo no estoy tan preocupada como él; no era un grito de esos que me haría subir las escaleras de dos en dos para ver qué ha ocurrido.

Christian coge a Teddy en brazos. Nuestro hijo está llorando inconsolablemente y señalando al suelo donde se ven los restos del polo fundiéndose hasta formar un pequeño charco en la hierba.

—Se le ha caído —dice Sophie en un tono triste—. Le habría dado el mío, pero ya me lo había terminado.

—Oh, Sophie, cariño, no te preocupes —le digo acariciándole el pelo.

—¡Mami! —Ted llora y me tiende los brazos. Christian le suelta a regañadientes y yo extiendo los brazos para cogerle.

—Ya está, ya está.

—¡*Pooo!* —solloza.

—Lo sé, cariño. Vamos a buscar a la señora Taylor a ver si tiene otro. —Le doy un beso en la cabeza… Oh, qué bien huele. Huele a mi bebé.

—*Pooo* —repite sorbiendo por la nariz. Le cojo la mano y le beso los dedos pegajosos.

—Tus deditos saben a polo.

Ted deja de llorar y se mira la mano.

—Métete los dedos en la boca.

Hace lo que le he dicho.

—*Pooo.*

—Sí. Polo.

Sonríe. Mi pequeño temperamental, igual que su padre. Bueno, al menos él tiene una excusa: solo tiene dos años.

—¿Vamos a ver a la señora Taylor? —Él asiente y sonríe con su preciosa sonrisa de bebé—. ¿Quieres que papi te lleve? —Niega con la cabeza y me rodea el cuello con los brazos, abrazándome con fuerza y con la cara pegada a mi garganta—. Creo que papi quiere probar el polo también —le susurro a Ted al oído. Ted me mira frunciendo el ceño y después se mira la mano y se la tiende a Christian. Su padre sonríe y se mete los dedos de Ted en la boca.

—Mmm… Qué rico.

Ted ríe y levanta los brazos para que le coja Christian, que me sonríe y coge a Ted, acomodándoselo contra la cadera.

—Sophie, ¿dónde está Gail?

—Estaba en la casa grande.

Miro a Christian. Su sonrisa se ha vuelto agridulce y me pregunto qué estará pensando.

—Eres muy buena con él —murmura.

—¿Con este enano? —Le alboroto el pelo a Ted—. Solo es porque os tengo bien cogida la medida a los hombres Grey. —Le sonrío a mi marido.

Ríe.

—Cierto, señora Grey.

Teddy se revuelve para que Christian le suelte. Ahora quiere andar, mi pequeño cabezota. Le cojo una mano y su padre la otra y entre los dos vamos columpiando a Teddy hasta la casa. Sophie va dando saltitos delante de nosotros.

Saludo con la mano a Taylor que, en uno de sus poco habituales días libres, está delante del garaje, vestido con vaqueros y una camiseta sin mangas, haciéndole unos ajustes a una vieja moto.

———

Me paro fuera de la habitación de Ted y escucho cómo Christian le lee:

—¡Soy el Lorax! Y hablo con los árboles…

Cuando me asomo, Teddy está casi dormido y Christian sigue leyendo. Levanta la vista cuando abro la puerta y cierra el libro. Se acerca el dedo a los labios y apaga el monitor para bebés que hay junto a la cuna de Ted. Arropa a Ted, le acaricia la mejilla y después se incorpora y viene andando de puntillas hasta donde yo estoy sin hacer ruido. Es difícil no reírse al verle.

Fuera, en el pasillo, Christian me atrae hacia sí y me abraza.

—Dios, le quiero mucho, pero dormido es como mejor está —murmura contra mis labios.

—No podría estar más de acuerdo.

Me mira con ojos tiernos.

—Casi no me puedo creer que lleve con nosotros dos años.

—Lo sé… —Le doy un beso y durante un momento me siento transportada al día del nacimiento de Ted: la cesárea de emergencia, la agobiante ansiedad de Christian, la serenidad firme de la doctora Greene cuando mi pequeño Bip tenía dificultades para salir. Me estremezco por dentro al recordarlo.

---

—Señora Grey, lleva de parto quince horas. Sus contracciones se han ralentizado a pesar de la oxitocina. Tenemos que hacer una cesárea; hay sufrimiento fetal. —La doctora Greene es firme.

—¡Ya era hora, joder! —gruñe Christian.

La doctora Greene le ignora.

—Christian, cállate. —Le aprieto la mano. Mi voz es baja y débil y todo está borroso: las paredes, las máquinas, la gente con bata verde… Solo quiero dormir. Pero tengo que hacer algo importante primero… Oh, sí.

—Quería que naciera por parto natural.

—Señora Grey, por favor. Tenemos que hacer una cesárea.

—Por favor, Ana —suplica Christian.

—¿Podré dormir entonces?

—Sí, nena, sí —dice Christian casi en un sollozo y me da un beso en la frente.

—Quiero ver a mi pequeño Bip.

—Lo verás.

—Está bien —susurro.

—Por fin… —murmura la doctora Greene—. Enfermera, llame al anestesista. Doctor Miller, prepárese para una cesárea. Señora Grey, vamos a llevarla al quirófano.

—¿Al quirófano? —preguntamos Christian y yo a la vez.

—Sí. Ahora.

Y de repente nos movemos. Las luces del techo son manchas borrosas y al final se convierten en una larga línea brillante mientras me llevan corriendo por el pasillo.

—Señor Grey, tendrá que ponerse un uniforme.

—¿Qué?

—Ahora, señor Grey.

Me aprieta la mano y me suelta.

—¡Christian! —le llamo porque siento pánico.

Cruzamos otro par de puertas y al poco tiempo una enfermera está colocando una pantalla por encima de mi pecho. La puerta se abre y se cierra y de repente hay mucha gente en la habitación. Hay mucho ruido… Quiero irme a casa.

—¿Christian? —Busco entre las caras de la habitación a mi marido.

—Vendrá dentro de un momento, señora Grey.

Un minuto después está a mi lado con un uniforme quirúrgico azul y me coge la mano.

—Estoy asustada —le susurro.

—No, nena, no. Estoy aquí. No tengas miedo. Mi Ana, mi fuerte Ana no debe tener miedo. —Me da un beso en la frente y percibo por el tono de su voz que algo va mal.

—¿Qué pasa?

—¿Qué?

—¿Qué va mal?

—Nada va mal. Todo está bien. Nena, estás agotada, nada más. —Sus ojos arden llenos de miedo.

—Señora Grey, ha llegado el anestesista. Le va a ajustar la epidural y podremos empezar.

—Va a tener otra contracción.

Todo se tensa en mi vientre como si me lo estrujaran con una banda de acero. ¡Mierda! Le aprieto con mucha fuerza la mano a Christian mientras pasa. Esto es lo agotador: soportar este dolor. Estoy tan cansada… Puedo sentir el líquido de la anestesia extendiéndose, bajando. Me concentro en la cara de Christian. En el ceño entre sus cejas. Está tenso. Y preocupado. ¿Por qué está preocupado?

—¿Siente esto, señora Grey? —La voz incorpórea de la doctora Greene me llega desde detrás de la cortina.

—¿El qué?

—¿No lo siente?

—No.

—Bien. Vamos, doctor Miller.

—Lo estás haciendo muy bien, Ana.

Christian está pálido. Veo sudor en su frente. Está asustado. No te asustes, Christian. No tengas miedo.

—Te quiero —susurro.

—Oh, Ana —solloza—. Yo también te quiero, mucho.

Siento un extraño tirón en mi interior, algo que no se parece a nada que haya sentido antes. Christian mira a la pantalla y se queda blanco, pero la observa fascinado.

—¿Qué está ocurriendo?

—¡Succión! Bien…

De repente se oye un grito penetrante y enfadado.

—Ha tenido un niño, señora Grey. Hacedle el Apgar.

—Apgar nueve.

—¿Puedo verlo? —pido.

Christian desaparece un segundo y vuelve a aparecer con mi hijo envuelto en una tela azul. Tiene la cara rosa y cubierta de una sustancia blanca y de sangre. Mi bebé. Mi Bip… Theodore Raymond Grey.

Cuando miro a Christian, él tiene los ojos llenos de lágrimas.

—Su hijo, señora Grey —me susurra con la voz ahogada y ronca.

—Nuestro hijo —digo sin aliento—. Es precioso.

—Sí —dice Christian, y le da un beso en la frente a nuestro

precioso bebé bajo la mata de pelo oscuro. Theodore Raymond Grey está completamente ajeno a todo, con los ojos cerrados y su grito anterior olvidado. Se ha quedado dormido. Es lo más bonito que he visto en mi vida. Es tan precioso que empiezo a llorar.

—Gracias, Ana —me susurra Christian, y veo que también hay lágrimas en sus ojos.

———————

—¿En qué piensas? —me pregunta Christian levantándome la barbilla.

—Me estaba acordando del nacimiento de Ted.

Christian palidece y me toca el vientre.

—No voy a pasar por eso otra vez. Esta vez cesárea programada.

—Christian, yo…

—No, Ana. Estuve a punto de morirme la última vez. No.

—Eso no es verdad.

—No. —Es categórico y no se puede discutir con él, pero cuando me mira los ojos se le suavizan—. Me gusta el nombre de Phoebe —susurra y me acaricia la nariz con la suya.

—¿Phoebe Grey? Phoebe… Sí. A mí también me gusta. —Le sonrío.

—Bien. Voy a montar el regalo de Ted. —Me coge la mano y los dos bajamos la escalera. Irradia entusiasmo; Christian ha estado esperando este momento todo el día.

———————

—¿Crees que le gustará? —Su mirada dudosa se encuentra con la mía.

—Le encantará. Durante unos dos minutos. Christian, solo tiene dos años.

Christian acaba de terminar de montar toda la instalación del tren de madera que le ha comprado a Teddy por su cumpleaños. Ha hecho que Barney de la oficina modificara los dos pequeños motores para que funcionen con energía solar, como el helicóptero que yo lo regalé a él hace unos años. Christian parece ansioso por que salga por fin el sol. Sospecho que es porque es él quien quiere jugar con el tren. Las vías cubren la mayor parte del suelo de piedra de la sala exterior.

Mañana vamos a celebrar una fiesta familiar para Ted. Van a venir Ray y José además de todos los Grey, incluyendo la nueva primita de Ted, Ava, la hija de dos meses de Elliot y Kate. Estoy deseando encontrarme con Kate para que nos pongamos al día y ver qué tal le sienta la maternidad.

Levanto la mirada para ver el sol hundiéndose por detrás de la península de Olympic. Es todo lo que Christian me prometió que sería y al verlo ahora siento el mismo entusiasmo feliz que la primera vez. El atardecer sobre el Sound es simplemente maravilloso. Christian me atrae hacia sus brazos.

—Menuda vista.

—Sí —responde Christian, y cuando me giro para mirarle veo que él me observa a mí. Me da un suave beso en los labios—. Es una vista preciosa —susurra—. Mi favorita.

—Es nuestro hogar.

Sonríe y vuelve a besarme.

—La quiero, señora Grey.

—Yo también te quiero, Christian. Siempre.

# Las sombras de Christian

# Las primeras Navidades de Cincuenta

El jersey pica y huele a nuevo. Todo es nuevo. Tengo una nueva mami. Es doctora. Tiene un *tetoscopio* y puedo metérmelo en las orejas y oírme el corazón. Es buena y sonríe. Sonríe todo el tiempo. Tiene los dientes pequeños y blancos.

—¿Quieres ayudarme a decorar el árbol, Christian?

Hay un árbol grande en la habitación de los sofás grandes. Un árbol muy grande. Yo nunca había visto uno así. Solo en las tiendas. Pero no dentro, donde están los sofás. Mi casa nueva tiene muchos sofás. No uno solo. No uno marrón y pegajoso.

—Ven, mira.

Mi nueva mami me enseña una caja. Está llena de bolas. Muchas bolas bonitas y brillantes.

—Son adornos para el árbol.

A-dor-nos. A-dor-nos. Digo la palabra en mi cabeza. A-dor-nos…

—Y esto… —me dice sacando una cuerda con florecitas pegadas— son luces. Primero colocamos las luces y luego decoraremos el árbol para que quede bonito.

Baja la mano y me la pone en el pelo. Me quedo muy quieto. Pero me gustan sus dedos en mi pelo. Me gusta estar cerca de mi nueva mami. Huele bien. A limpio. Y solo me toca el pelo.

—¡Mamá!

Él la llama. Lelliot. Es grande y grita mucho. Mucho. Habla. Todo el tiempo. Yo no hablo. No tengo palabras. Solo tengo palabras en mi cabeza.

—Elliot, cariño, estamos en el salón.

Él llega corriendo. Ha estado en el colegio. Tiene un dibujo. Un dibujo que ha hecho para mi nueva mami. Es la mami de Lelliot también. Ella se arrodilla, le da un abrazo y mira el dibujo. Es una casa con una mami y un papi y Lelliot y Christian. Christian es muy pequeño en el dibujo de Lelliot. Lelliot es grande. Tiene una gran sonrisa y Christian una cara triste.

Papi también está aquí. Viene hacia mami. Yo agarro fuerte la mantita. Le da un beso a mi nueva mami y mi nueva mami no se asusta. Sonríe. Le da un beso también. Yo aprieto mi mantita.

—Hola, Christian.

Papi tiene una voz suave y profunda. Me gusta su voz. Nunca habla alto. No grita. No grita como… Me lee libros cuando me voy a la cama. Me lee sobre un gato y un sombrero y huevos verdes y jamón. Nunca he visto huevos verdes. Papi se agacha y ahora ya no es alto.

—¿Qué has hecho hoy?

Le señalo el árbol.

—¿Habéis comprado un árbol? ¿Un árbol de Navidad?

Le digo que sí con la cabeza.

—Es un árbol muy bonito. Tú y mami habéis escogido muy bien. Es una tarea importante elegir el árbol correcto.

Me da una palmadita en el pelo también y yo me quedo muy quieto y abrazo fuerte la mantita. Papi no me hace daño.

—Papi, mira mi dibujo. —Lelliot se enfada cuando papi habla conmigo. Lelliot se enfada conmigo. Yo pego a Lelliot cuando se enfada conmigo. Mi nueva mami se enfada conmigo si lo hago. Lelliot no me pega a mí. Lelliot me tiene miedo.


Las luces del árbol son bonitas.

—Ven, te lo voy a enseñar. El ganchito va por el pequeño agujero y después ya puedes colgarlo del árbol. —Mami pone el a-dor… a-dor-no rojo en el árbol—. Toma, inténtalo con la campanita.

La campanita suena. La agito. Tiene un sonido alegre. La vuelvo a agitar. Mami sonríe. Una gran sonrisa. Una sonrisa especial para mí.

—¿Te gusta la campanita, Christian?

Digo que sí con la cabeza y vuelvo a agitar la campana. Tintinea alegremente.

—Tienes una sonrisa preciosa, querido. —Mami sonríe y se limpia los ojos con la mano. Me acaricia el pelo—. Me encanta ver tu sonrisa. —Baja la mano hasta mi hombro. No. Me aparto y abrazo mi mantita. Mami parece triste y después feliz. Me acaricia el pelo—. ¿Ponemos la campanita en el árbol?

Mi cabeza le dice que sí.


—Christian, tienes que avisarme cuanto tengas hambre. Puedes hacerlo. Puedes coger la mano de mami, llevarme hasta la cocina y señalar. —Me señala con el dedo. Tiene la uña brillante y rosa. Es bonita. Pero no sé si mi nueva mami está enfadada o no. Me he acabado toda la cena. Macarrones con queso. Estaban ricos—. No quiero que pases hambre, cariño, ¿vale? ¿Quieres un helado?

Mi cabeza dice: ¡sí! Mami me sonríe. Me gustan sus sonrisas. Son mejores que los macarrones con queso.


El árbol es bonito. Me pongo de pie, lo miro y abrazo mi mantita. Las luces parpadean y todas tienen colores diferentes. También los a-dor-nos son todos de colores. Me gustan los azules. Y encima del árbol hay una estrella grande. Papi cogió a Lelliot en brazos y él puso la estrella en el árbol. A Lelliot le gusta poner la estrella en el árbol. Yo también quiero poner la estrella en el árbol… pero no quiero que papi me coja para levantarme. No quiero que me coja. La estrella brilla y suelta destellos.

Al lado del árbol está el piano. Mi nueva mami me deja tocar las teclas blancas y negras del piano. Blancas y negras. Me gusta el sonido de las blancas. El sonido de las negras está mal. Pero me gusta el sonido de las negras también. Voy de las blancas a las negras. Blancas a negras. Negras a blancas. Blanca, blanca, blanca, blanca. Negra, negra, negra, negra. Me gusta el sonido. Me gusta mucho.

—¿Quieres que toque para ti, Christian?

Mi nueva mami se sienta. Toca las blancas y las negras y salen canciones. Pisa los pedales de abajo. A veces se oye alto y a veces bajo. La canción es alegre. A Lelliot le gusta que mami cante también. Mami canta algo sobre un patito feo. Mami hace un sonido de pato muy divertido. Lelliot también hace el ruido y agita los brazos como si fueran alas y los mueve arriba y abajo como un pájaro. Lelliot es divertido.

Mami ríe. Lelliot ríe. Yo río.

—¿Te gusta esta canción, Christian? —Mami pone su cara triste-feliz.


Tengo un cal–ce–tín. Es rojo y tiene un dibujo de un hombre con un gorro rojo y una gran barba blanca. Es Papá Noel. Papá Noel trae regalos. He visto dibujos de Papá Noel. Pero nunca me ha traído regalos. Yo era malo. Papá Noel no les trae regalos a los niños que son malos. Ahora soy bueno. Mi nueva mami dice que soy bueno, muy bueno. Mi nueva mami no lo sabe. No hay que decírselo a mi nueva mami… pero soy malo. No quiero que mi nueva mami lo sepa.


Papa cuelga el cal–ce–tín en la chimenea. Lelliot también tiene un cal–ce–tín. Lelliot sabe leer lo que pone en su cal–ce–tín. Dice «Lelliot». Hay una palabra en mi cal–ce–tín. Christian. Mi nueva mami lo deletrea: C-H-R-I-S-T-I-A-N.


Papi se sienta en mi cama. Me lee. Yo abrazo mi mantita. Tengo una habitación grande. A veces la habitación está oscura y yo tengo sueños malos. Sueños malos sobre antes. Mi nueva mami viene a la cama conmigo cuando tengo sueños malos. Se tumba conmigo y me canta canciones y yo me duermo. Huele bien, a suave y a nuevo. Mi nueva mami no está fría. No como… No como… Y mis malos sueños se van cuando ella duerme conmigo.


Ha venido Papá Noel. Papá Noel no sabe que he sido malo. Me alegro de que Papá Noel no lo sepa. Tengo un tren y un helicóptero y un avión y un helicóptero y un coche y un helicóptero. Mi helicóptero puede volar. Mi helicóptero es azul. Vuela alrededor del árbol de Navidad. Vuela sobre el piano y aterriza en medio de las teclas blancas. Vuela sobre mami y sobre papi y sobre Lelliot mientras él juega con los legos. El helicóptero vuela por la casa, por el comedor, por la cocina. Vuela más allá de la puerta del estudio de papi y por la escalera hasta mi cuarto, el de Lelliot, el de mami y papi. Vuela por la casa porque es mi casa. Mi casa donde vivo.

# Conozcamos a Cincuenta Sombras

*Lunes, 9 de mayo de 2011*

**M**añana —murmuro para despedir a Claude Bastille, que está de pie en el umbral de mi oficina.

—Grey, ¿jugamos al golf esta semana? —Bastille sonríe con arrogancia, porque sabe que tiene asegurada la victoria en el campo de golf.

Se gira y se va y yo le veo alejarse con el ceño fruncido. Lo que me ha dicho antes de irse solo echa sal en mis heridas, porque a pesar de mis heroicos intentos en el gimnasio esta mañana, mi entrenador personal me ha dado una buena paliza. Bastille es el único que puede vencerme y ahora pretende apuntarse otra victoria en el campo de golf. Odio el golf, pero se hacen muchos negocios en las calles de los campos de ese deporte, así que tengo que soportar que me dé lecciones ahí también… Y aunque no me guste admitirlo, Bastille ha conseguido que mejore mi juego.

Mientras miro la vista panorámica de Seattle, el hastío ya familiar se cuela en mi mente. Mi humor está tan gris y aburrido como el cielo. Los días se mezclan unos con otros y soy incapaz de diferenciarlos. Necesito algún tipo de distracción. He trabajado todo el fin de semana y ahora, en los confines siempre constantes de mi despacho, me encuentro inquieto. No debería estar así, no después de varios asaltos con Bastille. Pero así me siento.

Frunzo el ceño. Lo cierto es que lo único que ha captado mi interés recientemente ha sido la decisión de enviar dos cargueros a Sudán. Eso me recuerda que se supone que Ros tenía que haberme pasado ya los números y la logística. ¿Por qué demonios se estará retrasando? Miro mi agenda y me acerco para coger el teléfono con intención de descubrir qué está pasando.

¡Oh, Dios! Tengo que soportar una entrevista con la persistente señorita Kavanagh para la revista de la facultad. ¿Por qué demonios accedería? Odio las entrevistas: preguntas insulsas que salen de la boca de imbéciles insulsos, mal informados e insustanciales. Suena el teléfono.

—Sí —le respondo bruscamente a Andrea como si ella tuviera la culpa. Al menos puedo hacer que la entrevista dure lo menos posible.

—La señorita Anastasia Steele está esperando para verle, señor Grey.

—¿Steele? Esperaba a Katherine Kavanagh.

—Pues es Anastasia Steele quien está aquí, señor.

Frunzo el ceño. Odio los imprevistos.

—Dile que pase —murmuro consciente de que sueno como un adolescente enfurruñado, pero no me importa una mierda.

Bueno, bueno… parece que la señorita Kavanagh no ha podido venir… Conozco a su padre: es el propietario de Kavanagh Media. Hemos hecho algunos negocios juntos y parece un tipo listo y un hombre racional. He aceptado la entrevista para hacerle un favor, uno que tengo intención de cobrarme cuando me convenga. Tengo que admitir que tenía una vaga curiosidad por conocer a su hija para saber si la astilla tiene algo que ver con el palo o no.

Oigo un golpe en la puerta que me devuelve a la realidad. Entonces veo una maraña de largo pelo castaño, pálidas extremidades y botas marrones que aterriza de bruces en mi despacho. Pongo los ojos en blanco y reprimo la irritación que me sale naturalmente ante tal torpeza. Me acerco enseguida a la chica, que está a cuatro patas en el suelo. La sujeto por los hombros delgados y la ayudo a levantarse.

Unos ojos azul luminoso, claros y avergonzados, se encuentran con los míos y me dejan petrificado. Son de un color de lo más extraordinario, un azul empolvado cándido, y durante un momento horrible me siento como si pudieran ver a través de mí. Me siento… expuesto. Qué desconcertante. Tiene la cara pequeña y dulce y se está ruborizando con un inocente rosa pálido. Me pregunto un segundo si toda su piel será así, tan impecable, y qué tal estará sonrosada y caliente después de un golpe con una caña. Joder. Freno en seco mis díscolos pensamientos, alarmado por la dirección que están tomando. Pero ¿qué coño estás pensando, Grey? Esta chica es demasiado joven. Me mira con la boca abierta y yo vuelvo a poner los ojos en blanco. Sí, sí, nena, no es más que una cara bonita y no hay belleza debajo de la piel. Me gustaría hacer desaparecer de esos grandes ojos azules esa mirada de admiración sin reservas.

Ha llegado la hora del espectáculo, Grey. Vamos a divertirnos un poco.

—Señorita Kavanagh. Soy Christian Grey. ¿Está bien? ¿Quiere sentarse?

Otra vez ese rubor. Ahora que ya he recuperado la compostura y el control, la observo. Es bastante atractiva, dentro del tipo desgarbado: menuda y pálida, con una melena color caoba que apenas puede contener la goma de pelo que lleva. Una chica morena… Sí, es atractiva. Le tiendo la mano y ella balbucea una disculpa mortificada mientras me la estrecha con su mano pequeña. Tiene la piel fresca y suave, pero su apretón de manos es sorprendentemente firme.

—La señorita Kavanagh está indispuesta, así que me ha mandado a mí. Espero que no le importe, señor Grey. —Habla en voz baja con una musicalidad vacilante y parpadea como loca agitando las pestañas sobre esos grandes ojos azules.

Incapaz de mantener al margen de mi voz la diversión que siento al recordar su algo menos que elegante entrada en el despacho, le pregunto quién es.

—Anastasia Steele. Estudio literatura inglesa con Kate… digo… Katherine… digo… la señorita Kavanagh, en la Estatal de Washington.

Un ratón de biblioteca nervioso y tímido, ¿eh? Parece exactamente eso; va vestida de una manera espantosa, ocultando su complexión delgada bajo un jersey sin forma y una discreta falda plisada marrón. Dios, ¿es que no tiene gusto para vestir? Mira mi despacho nerviosamente. Lo está observando todo menos a mí, noto con una ironía divertida.

¿Cómo puede ser periodista esta chica? No tiene ni una pizca de determinación en el cuerpo. Está tan encantadoramente ruborizada, tan dócil, tan cándida... tan sumisa. Niego con la cabeza, asombrado por la línea que están siguiendo mis pensamientos. Le digo alguna cosa tópica y le pido que se siente. Después noto que su mirada penetrante observa los cuadros del despacho. Antes de que me dé cuenta, me encuentro explicándole de dónde vienen.

—Un artista de aquí. Trouton.

—Son muy bonitos. Elevan lo cotidiano a la categoría de extraordinario —dice distraída, perdida en el arte exquisito y la técnica perfecta de mis cuadros. Su perfil es delicado (la nariz respingona y los labios suaves y carnosos) y sus palabras han expresado exactamente lo que yo siento al mirar el cuadro: «Elevan lo cotidiano a la categoría de extraordinario». Una observación muy inteligente. La señorita Steele es lista.

Murmuro algo para expresar que estoy de acuerdo y vuelve a aparecer en su piel ese rubor. Me siento frente a ella e intento dominar mis pensamientos.

Ella saca un papel arrugado y una grabadora digital de un bolso demasiado grande. ¿Una grabadora digital? ¿Eso no va con cintas VHS? Dios... Es muy torpe y deja caer dos veces el aparato sobre mi mesa de café Bauhaus. Es obvio que no ha hecho esto nunca antes, pero por alguna razón que no logro comprender, todo esto me parece divertido. Normalmente esa torpeza me irritaría sobremanera, pero ahora tengo que esconder una sonrisa tras mi dedo índice y contenerme para no colocar el aparato sobre la mesa yo mismo.

Mientras ella se va poniendo más nerviosa por momentos, se me ocurre que yo podría mejorar sus habilidades motoras con la ayuda de una fusta de montar. Bien utilizada puede domar hasta a la más asustadiza. Ese pensamiento hace que me revuelva en la silla. Ella me mira y se muerde el labio carnoso. ¡Joder! ¿Cómo he podido no fijarme antes en esa boca?

—Pe… Perdón. No suelo utilizarla.

Está claro, nena, pienso irónicamente, pero ahora mismo no me importa una mierda porque no puedo apartar los ojos de tu boca.

—Tómese todo el tiempo que necesite, señorita Steele. —Yo también necesito un momento para controlar estos pensamientos rebeldes. Grey… Para ahora mismo.

—¿Le importa que grabe sus respuestas? —me pregunta con expresión expectante e inocente.

Estoy a punto de echarme a reír. Oh, Dios mío…

—¿Me lo pregunta ahora, después de lo que le ha costado preparar la grabadora? —Parpadea y sus ojos se ven muy grandes y perdidos durante un momento. Siento una punzada de culpa que me resulta extraña. Deja de ser tan gilipollas, Grey—. No, no me importa —murmuro porque no quiero ser el responsable de esa mirada.

—¿Le explicó Kate… digo… la señorita Kavanagh para dónde era la entrevista?

—Sí. Para el último número de este curso de la revista de la facultad, porque yo entregaré los títulos en la ceremonia de graduación de este año. —Y no sé por qué demonios he accedido a hacer eso. Sam, de relaciones públicas, me ha dicho que es un honor y el departamento de ciencias medioambientales de Vancouver necesita la publicidad para conseguir financiación adicional y complementar la beca que les he dado.

La señorita Steele parpadea, solo grandes ojos azules de nuevo, como si mis palabras la hubieran sorprendido. Joder, ¡me mira con desaprobación! ¿Es que no ha hecho ninguna investigación para la entrevista? Debería saberlo. Pensar eso me enfría un poco la sangre. Es… molesto. No es lo que espero de alguien a quien le dedico parte de mi tiempo.

—Bien. Tengo algunas preguntas, señor Grey. —Se coloca un mechón de pelo tras la oreja, y eso me distrae de mi irritación.

—Sí, creo que debería preguntarme algo —murmuro con sequedad. Vamos a hacer que se retuerza un poco. Ella se retuerce como si hubiera oído mis pensamientos, pero consigue recobrar la compostura, se sienta erguida y cuadra sus delgados hombros. Se inclina y pulsa el botón de la grabadora y después frunce el ceño al mirar sus notas arrugadas.

—Es usted muy joven para haber amasado este imperio. ¿A qué se debe su éxito?

¡Oh, Dios! ¿No puedes hacer nada mejor que eso? Qué pregunta más aburrida. Ni una pizca de originalidad. Qué decepcionante. Le recito de memoria mi respuesta habitual sobre la gente excepcional que trabaja para mí, gente en la que confío (en la medida en que yo puedo confiar en alguien) y a la que pago bien bla, bla, bla… Pero, señorita Steele, la verdad es que soy un puto genio en lo que hago. Para mí está chupado: compro empresas con problemas y que están mal gestionadas y las rehabilito o, si están hundidas del todo, les extraigo los activos útiles y los vendo al mejor postor. Es cuestión simplemente de saber cuál es la diferencia entre las dos, y eso invariablemente depende de la gente que está a cargo. Para tener éxito en un negocio se necesita buena gente, y yo sé juzgar a las personas mejor que la mayoría.

—Quizá solo ha tenido suerte —dice en voz baja.

¿Suerte? Me recorre el cuerpo un estremecimiento irritado. ¿Suerte? Esto no tiene nada que ver con la suerte, señorita Steele. Parece apocada y tímida, pero ese comentario… Nunca me ha preguntado nadie si he tenido suerte. Trabajar duro, escoger a las personas adecuadas, vigilarlas de cerca, cuestionarlas si es preciso y, si no se aplican a la tarea, librarme de ellas sin miramientos. Eso es lo que yo hago, y lo hago bien. ¡Y eso no tiene nada que ver con la suerte! Mierda… En un alarde de erudición, le cito las palabras de mi industrial americano favorito.

—Parece usted un maniático del control —responde, y lo dice completamente en serio.

Pero ¿qué coño…?

Tal vez esos ojos cándidos sí que ven a través de mí. Control es como mi segundo nombre.

La miro fijamente.

—Bueno, lo controlo todo, señorita Steele. —Y me gustaría controlarte a ti, aquí y ahora.

Sus ojos se abren mucho. Ese rubor tan atractivo vuelve a aparecer en su cara una vez más y se muerde de nuevo el labio. Yo sigo yéndome por las ramas, intentando apartar mi atención de su boca.

—Además, decirte a ti mismo, en tu fuero más íntimo, que has nacido para ejercer el control te concede un inmenso poder.

—¿Le parece a usted que su poder es inmenso? —me pregunta con voz suave y serena, pero arquea su delicada ceja y sus ojos me miran con censura. Mi irritación crece. ¿Me está provocando deliberadamente? ¿Y me molesta por sus preguntas, por su actitud o porque me parece atractiva?

—Tengo más de cuarenta mil empleados, señorita Steele. Eso me otorga cierto sentido de la responsabilidad… poder, si lo prefiere. Si decidiera que ya no me interesa el negocio de las telecomunicaciones y lo vendiera todo, veinte mil personas pasarían apuros para pagar la hipoteca en poco más de un mes.

Se le abre la boca al oír mi respuesta. Así está mejor. Chúpese esa, señorita Steele. Siento que recupero el equilibrio.

—¿No tiene que responder ante una junta directiva?

—Soy el dueño de mi empresa. No tengo que responder ante ninguna junta directiva —le contesto cortante. Ella debería saberlo. Levanto una ceja inquisitiva.

—¿Y cuáles son sus intereses, aparte del trabajo? —continúa apresuradamente porque ha identificado mi reacción. Sabe que estoy molesto y por alguna razón inexplicable eso me complace muchísimo.

—Me interesan cosas muy diversas, señorita Steele. Muy diversas. —Le sonrío. Imágenes de ella en diferentes posturas en mi cuarto de juegos me cruzan la mente: esposada a la cruz, con las extremidades estiradas y atada a la cama de cuatro postes, tumbada sobre el banco de azotar… ¡Joder! ¿De dónde sale todo esto? Fíjate… ese rubor otra vez. Es como un mecanismo de defensa. Cálmate, Grey.

—Pero si trabaja tan duro, ¿qué hace para relajarse?

—¿Relajarme? —Le sonrío; esa palabra suena un poco rara viniendo de ella. Además, ¿de dónde voy a sacar tiempo para relajarme? ¿No tiene ni idea del número de empresas que controlo? Pero me mira con esos ojos azules ingenuos y para mi sorpresa me encuentro reflexionando sobre la pregunta. ¿Qué hago para relajarme? Navegar, volar, follar… Poner a prueba los límites de chicas morenas como ella hasta que las doblego… Solo de pensarlo hace que me revuelva en el asiento, pero le respondo de forma directa, omitiendo mis dos aficiones favoritas.

—Invierte en fabricación. ¿Por qué en fabricación en concreto?

Su pregunta me trae de vuelta al presente de una forma un poco brusca.

—Me gusta construir. Me gusta saber cómo funcionan las cosas, cuál es su mecanismo, cómo se montan y se desmontan. Y me encantan los barcos. ¿Qué puedo decirle? —Distribuyen comida por todo el planeta, llevan mercancías a los que pueden comprarlas y a los que no y después de vuelta otra vez. ¿Cómo no me iba a gustar?

—Parece que el que habla es su corazón, no la lógica y los hechos.

¿Corazón? ¿Yo? Oh, no, nena. Mi corazón fue destrozado hasta quedar irreconocible hace tiempo.

—Es posible, aunque algunos dirían que no tengo corazón.

—¿Y por qué dirían algo así?

—Porque me conocen bien. —Le dedico una media sonrisa. De hecho nadie me conoce tan bien, excepto Elena tal vez. Me pregunto qué le parecería a ella la pequeña señorita Steele… Esta chica es un cúmulo de contradicciones: tímida, incómoda, claramente inteligente y mucho más que excitante. Sí, vale, lo admito. Es un bocado muy atractivo.

Me suelta la siguiente pregunta que tiene escrita.

—¿Dirían sus amigos que es fácil conocerlo?

—Soy una persona muy reservada, señorita Steele. Hago todo lo posible por proteger mi vida privada. No suelo ofrecer entrevistas. —Haciendo lo que yo hago y viviendo la vida que he elegido, necesito privacidad.

—¿Y por qué aceptó esta?

—Porque soy mecenas de la universidad, y porque, por más que lo intentara, no podía sacarme de encima a la señorita Kavanagh. No dejaba de dar la lata a mis relaciones públicas, y admiro esa tenacidad. —Pero me alegro que seas tú la que ha venido y no ella.

—También invierte en tecnología agrícola. ¿Por qué le interesa este ámbito?

—El dinero no se come, señorita Steele, y hay demasiada gente en el mundo que no tiene qué comer. —Me la quedo mirando con cara de póquer.

—Suena muy filantrópico. ¿Le apasiona la idea de alimentar a los pobres del mundo? —Me mira con una expresión curiosa, como si yo fuera un enigma que tiene que resolver, pero no hay forma de que esos grandes ojos azules puedan ver mi alma oscura. Eso no es algo que esté abierto a discusión pública. Nunca.

—Es un buen negocio. —Me encojo de hombros fingiendo aburrimiento y me imagino follándole la boca para distraerme de esos pensamientos sobre el hambre. Sí, esa boca necesita entrenamiento. Vaya, eso me resulta atractivo y me permito imaginarla de rodillas delante de mí.

—¿Tiene una filosofía? Y si la tiene, ¿en qué consiste? —Vuelve a leer como un papagayo.

—No tengo una filosofía como tal. Quizá un principio que me guía… de Carnegie: «Un hombre que consigue adueñarse absolutamente de su mente puede adueñarse de cualquier otra cosa para la que esté legalmente autorizado». Soy muy peculiar, muy tenaz. Me gusta el control… de mí mismo y de los que me rodean.

—Entonces quiere poseer cosas… —Sus ojos se abren mucho.
Sí, nena. A ti, para empezar…

—Quiero merecer poseerlas, pero sí, en el fondo es eso.

—Parece usted el paradigma del consumidor. —Su voz tiene un tono de desaprobación que me molesta. Parece una niña rica que ha tenido todo lo que ha querido, pero cuando me fijo en su ropa me doy cuenta de que no es así (va vestida de grandes almacenes, Old Navy o Walmart seguramente). No ha crecido en un hogar acomodado.

Yo podría cuidarte y ocuparme de ti.

Mierda, ¿de dónde coño ha salido eso? Aunque, ahora que lo pienso, necesito una nueva sumisa. Han pasado, ¿qué? ¿Dos meses desde Susannah? Y aquí estoy, babeando de nuevo por una mujer castaña. Intento sonreír y demostrar que estoy de acuerdo con ella. No hay nada malo en el consumo; eso es lo que mueve lo que queda de la economía americana.

—Fue un niño adoptado. ¿Hasta qué punto cree que ha influido en su manera de ser?

¿Y eso qué narices tiene que ver con el precio del petróleo? La miro con el ceño fruncido. Qué pregunta más ridícula. Si hubiera permanecido con la puta adicta al crack probablemente ahora estaría muerto. Le respondo con algo que no es una verdadera respuesta, intentando mantener mi voz serena, pero insiste preguntándome a qué edad me adoptaron. ¡Haz que se calle de una vez, Grey!

—Todo el mundo lo sabe, señorita Steele. —Mi voz es gélida. Debería saber todas esas tonterías. Ahora parece arrepentida. Bien.

—Ha tenido que sacrificar su vida familiar por el trabajo.

—Eso no es una pregunta —respondo.

Vuelve a sonrojarse y se muerde el labio. Pide perdón y rectifica.

—¿Ha tenido que sacrificar su vida familiar por el trabajo?

¿Y para qué querría tener una familia?

—Tengo familia. Un hermano, una hermana y unos padres que me quieren. No me interesa ampliar la familia.

—¿Es usted gay, señor Grey?

¡Pero qué coño…! ¡No me puedo creer que haya llegado a decir eso en voz alta! La pregunta que mi familia no se atreve a hacerme (lo que me divierte)… Pero ¿cómo se ha atrevido ella? Tengo que reprimir la necesidad imperiosa de arrancarla de su asiento, ponerla sobre mis rodillas y azotarla hasta que no lo pueda soportar más para después follármela encima de mi mesa con las manos atadas detrás de la espalda. Eso respondería perfectamente a su pregunta. ¡Pero qué mujer más frustrante! Inspiro hondo para calmarme. Para mi deleite vengativo, parece muy avergonzada por su propia pregunta.

—No, Anastasia, no soy gay. —Levanto ambas cejas, pero mantengo la expresión impasible. Anastasia. Es un hombre muy bonito. Me gusta cómo me acaricia la lengua.

—Le pido disculpas. Está… bueno… está aquí escrito. —Se coloca el pelo detrás de la oreja nerviosamente.

¿No conoce sus propias preguntas? Tal vez es que no son suyas.

Se lo pregunto y ella palidece. Joder, es realmente atractiva, aunque de una forma discreta. Incluso diría que es bonita.

—Bueno… no. Kate… la señorita Kavanagh… me ha pasado una lista.

—¿Son compañeras de la revista de la facultad?

—No. Es mi compañera de piso.

Ahora entiendo por qué se comporta así. Me rasco la barbilla y me debato entre hacérselo pasar muy mal o no.

—¿Se ha ofrecido usted para hacer esta entrevista? —le pregunto y me recompensa con una mirada sumisa con los ojos grandes y agobiados por mi reacción. Me gusta el efecto que tengo sobre ella.

—Me lo ha pedido ella. No se encuentra bien —explica en voz baja.

—Esto explica muchas cosas.

Llaman a la puerta y aparece Andrea.

—Señor Grey, perdone que lo interrumpa, pero su próxima reunión es dentro de dos minutos.

—No hemos terminado, Andrea. Cancela mi próxima reunión, por favor.

Andrea duda y me mira con la boca abierta. Yo me quedo mirándola fijamente. ¡Fuera! ¡Ahora! Estoy ocupado con la señorita Steele. Andrea se pone escarlata, pero se recupera rápido.

—Muy bien, señor Grey —dice, se gira y se va.

Vuelvo a centrar mi atención en la intrigante y frustrante criatura que tengo sentada en mi sofá.

—¿Por dónde íbamos, señorita Steele?

—No quisiera interrumpir sus obligaciones.

Oh, no, nena. Ahora me toca a mí. Quiero saber si hay algún secreto que descubrir detrás de esos ojos tan increíblemente bonitos.

—Quiero saber de usted. Creo que es lo justo. —Me acomodo en el respaldo y apoyo un dedo sobre los labios. Veo que sus ojos se dirigen a mi boca y traga saliva. Oh, sí… el efecto habitual. Es gratificante saber que no es completamente ajena a mis encantos.

—No hay mucho que saber —me dice y vuelve el rubor. La estoy intimidando. Bien.

—¿Qué planes tiene después de graduarse?

Se encoge de hombros.

—No he hecho planes, señor Grey. Tengo que aprobar los exámenes finales.

—Aquí tenemos un excelente programa de prácticas. —Joder. ¿Qué me ha poseído para decir eso? Estoy rompiendo la regla de oro: nunca, jamás, follarse al personal. Pero, Grey, no te vas a tirar a esta chica. Parece sorprendida y sus dientes vuelven a clavarse en el labio. ¿Por qué me resulta excitante eso?

—Lo tendré en cuenta —murmura. Y después añade—: Aunque no creo que encajara aquí.

¿Y por qué no? ¿Qué le pasa a mi empresa?

—¿Por qué lo dice? —le pregunto.

—Es obvio, ¿no?

—Para mí no. —Me confunde su respuesta.

Está nerviosa de nuevo y estira el brazo para coger la grabadora. Oh, mierda, se va. Repaso mentalmente mi agenda para la tarde… No hay nada que no pueda esperar.

—¿Le gustaría que le enseñara el edificio?

—Seguro que está muy ocupado, señor Grey, y yo tengo un largo camino.

—¿Vuelve en coche a Vancouver? —Miro por la ventana. Es mucha distancia y está lloviendo. Mierda. No debería conducir con este tiempo, pero no puedo prohibírselo. Eso me irrita—.

Bueno, conduzca con cuidado. —Mi voz suena más dura de lo que pretendía.

Ella intenta torpemente guardar la grabadora. Tiene prisa por salir de mi despacho, y por alguna razón que no puedo explicar yo no deseo que se vaya.

—¿Me ha preguntado todo lo que necesita? —digo en un esfuerzo claro por prolongar su estancia.

—Sí, señor —dice en voz baja.

Su respuesta me deja helado: esas palabras suenan de una forma en su boca… Brevemente me imagino esa boca a mi entera disposición.

—Gracias por la entrevista, señor Grey.

—Ha sido un placer —le respondo. Y lo digo completamente en serio; hacía mucho que nadie me fascinaba tanto. Y eso es perturbador.

Ella se pone de pie y yo le tiendo la mano, muy ansioso por tocarla.

—Hasta la próxima, señorita Steele —digo en voz baja. Ella me estrecha la mano. Sí, quiero azotar y follarme a esta chica en mi cuarto de juegos. Tenerla atada y suplicando… necesitándome, confiando en mí. Trago saliva. No va a pasar, Grey.

—Señor Grey —se despide con la cabeza y aparta la mano rápidamente… demasiado rápidamente.

Mierda, no puedo dejar que se vaya así. Pero es obvio que se muere por salir de aquí. La irritación y la inspiración me golpean a la vez cuando la veo salir.

—Asegúrese de cruzar la puerta con buen pie, señorita Steele.

Ella se sonroja en el momento justo con ese delicioso tono de rosa.

—Muy amable, señor Grey —dice.

¡La señorita Steele tiene dientes! Sonrío mientras la observo al salir y la sigo. Tanto Andrea como Olivia levantan la vista alucinadas. Sí, sí… La estoy acompañando a la puerta.

—¿Ha traído abrigo? —pregunto.

—Chaqueta.

Frunzo el ceño al mirar Olivia, que tiene la boca abierta, e inmediatamente ella salta para traer una chaqueta azul marino. Se la cojo de las manos y la miro para indicarle que se siente de nuevo. Dios, qué irritante es Olivia, siempre mirándome soñadoramente…

Mmm… La chaqueta es efectivamente de Walmart. La señorita Anastasia Steele debería ir mejor vestida. La sostengo para que se la ponga y, al colocársela sobre los hombros delgados, le rozo la piel de la nuca. Ella se queda helada ante el contacto y palidece. ¡Sí! Ejerzo algún efecto sobre ella. Saberlo es algo inmensamente gratificante. Me acerco al ascensor y pulso el botón mientras ella espera a mi lado, revolviéndose, incapaz de permanecer quieta.

Oh, yo podría hacer que dejaras de revolverte de esta forma, nena.

Las puertas se abren y ella corre adentro; luego se gira para mirarme.

—Anastasia —murmuro para despedirme.

—Christian —susurra en respuesta. Y las puertas del ascensor se cierran dejando mi nombre en el aire con un sonido extraño, poco familiar, pero mucho más que sexy.

Joder… ¿Qué ha sido eso?

Necesito saber más sobre esta chica.

—Andrea —exclamo mientras camino decidido de vuelta a mi despacho—. Ponme con Welch inmediatamente.

Me siento a la mesa esperando que me pase la llamada y miro los cuadros colgados de las paredes de mi despacho. Las palabras de la señorita Steele vuelven a mí: «Elevan lo cotidiano a la categoría de extraordinario». Eso podría ser una buena descripción de ella.

El teléfono suena.

—Tengo al señor Welch al teléfono.

—Pásamelo.

—¿Sí, señor?

—Welch, necesito un informe.

*Sábado, 14 de mayo de 2011*

**Anastasia Rose Steele**

| | |
|---|---|
| **Fecha de nacimiento:** | 10 de septiembre de 1989, Montesano, Washington. |
| **Dirección:** | 1114 SW Green Street, Apartamento 7, Haven Heights, Vancouver, Washington 9888 |
| **Teléfono móvil:** | 360 959 4352 |
| **N.º de la Seguridad Social:** | 987-65-4320 |
| **Datos bancarios:** | Wells Fargo Bank, Vancouver, Washington 98888 Número de cuenta: 309361 Saldo: 683,16 dólares |
| **Profesión:** | Estudiante de la Universidad Estatal de Washington, facultad de letras, campus de Vancouver - Especialidad: literatura inglesa. |
| **Nota media:** | 4 sobre 5 |
| **Formación anterior:** | Instituto de Montesano |
| **Nota en examen de acceso a la universidad:** | 2150 |
| **Actividad laboral:** | Ferretería Clayton's NW Vancouver Drive, Portland, Oregón (a tiempo parcial) |
| **Padre:** | Franklin A. Lambert –fecha de nacimiento: 1 de septiembre de 1969 –fallecido el 11 de septiembre de 1989. |
| **Madre:** | Carla May Wilks Adams –fecha de nacimiento: 18 de julio de 1970 –casada con Frank Lambert el 1 de marzo 1989; enviudó el 11 de septiembre de 1989 –casada con Raymond Steele el 6 de junio de 1990; divorciada el 12 de julio de 2006 |

|                           |                                                    |
|---------------------------|----------------------------------------------------|
|                           | –casada con Stephen M. Morton el 16 de agosto de 2006; divorciada el 31 de enero de 2007 |
|                           | –casada con Robbin (Bob) Adams el 6 de abril de 2009 |
| **Afiliaciones políticas:** | No se le conocen                                  |
| **Afiliaciones religiosas:** | No se le conocen                                 |
| **Orientación sexual:**   | Desconocida                                         |
| **Relaciones sentimentales:** | Ninguna en la actualidad                       |

Estudio el escueto informe por centésima vez desde que lo recibí hace dos días, buscando alguna pista sobre la enigmática señorita Anastasia Rose Steele. No puedo sacármela de la cabeza y está empezando a irritarme de verdad. Esta pasada semana, durante unas reuniones particularmente aburridas, me he encontrado reproduciendo de nuevo la entrevista en mi cabeza. Sus dedos torpes con la grabadora, la forma en que se colocaba el pelo detrás de la oreja, cómo se mordía el labio. Sí. Eso de morderse el labio me tiene loco.

Y ahora aquí estoy, aparcado delante de Clayton's, la modesta ferretería en las afueras de Portland donde ella trabaja.

Eres un idiota, Grey. ¿Por qué estás aquí?

Sabía que iba a acabar así. Toda la semana... Sabía que tenía que verla de nuevo. Lo supe desde que pronunció mi nombre en el ascensor y desapareció en las profundidades de mi edificio. He intentado resistirme. He esperado cinco días, cinco putos días para intentar olvidarme de ella. Y yo no espero. No me gusta esperar... para nada. Nunca antes he perseguido activamente a una mujer. Las mujeres han entendido siempre lo que quería de ellas. Ahora temo que la señorita Steele sea demasiado joven y no le interese lo que tengo que ofrecer... ¿Le interesará? ¿Podría ser una buena sumisa? Niego con la cabeza. Solo hay una forma de averiguarlo... Por eso estoy aquí como un gilipollas, sentado en un aparcamiento de las afueras en un barrio de Portland muy deprimente.

Su informe no me ha desvelado nada reseñable. Excepto el último dato, que no abandona mi mente. Y es la razón por la que estoy aquí. ¿Por qué no tiene novio, señorita Steele? «Orientación sexual: desconocida.» Tal vez sea gay. Río entre dientes, pensando que es poco probable. Recuerdo la pregunta que me hizo durante la entrevista, su vergüenza, cómo se sonrojó con ese rubor rosa pálido… Mierda. Llevo sufriendo esos pensamientos absurdos desde que la conocí.

Por eso estás aquí.

Estoy deseando volver a verla… Esos ojos azules me persiguen, incluso en sueños. No le he hablado de ella a Flynn, y me alegro de no haberlo hecho porque ahora me estoy comportando como un acosador. Tal vez debería contárselo. Pongo los ojos en blanco. No quiero que me vuelva loco con su última mierda de terapia centrada en la solución. Solo necesito una distracción… Y ahora mismo la única distracción que quiero trabaja de cajera en una ferretería.

Ya has venido hasta aquí. Vamos a ver si la pequeña señorita Steele es tan atractiva como la recuerdas. Ha llegado la hora del espectáculo, Grey. Salgo del coche y cruzo el aparcamiento hasta la puerta principal. Suena una campana con un tono electrónico cuando entro.

La tienda es más grande de lo que parece desde fuera, y aunque es casi la hora de comer, el lugar está tranquilo teniendo en cuenta que es sábado. Hay pasillos y pasillos llenos de los artículos habituales de una tienda de esas características. Se me habían olvidado las posibilidades que una ferretería le ofrece a alguien como yo. Normalmente compro lo que necesito por internet, pero ya que estoy aquí, voy a llevarme unas cuantas cosas: velcro, anillas… Sí. Encontraré a la deliciosa señorita Steele y me divertiré un poco.

Solo necesito tres segundos para localizarla. Está encorvada sobre el mostrador, mirando fijamente la pantalla del ordenador y comiendo un bagel distraída. Sin darse cuenta se quita un resto de la comisura de la boca con el dedo, se mete el dedo en la boca y lo chupa. Mi polla se agita en respuesta a ese gesto. ¡Joder! ¿Es que acaso tengo catorce años? Mi reacción es muy irritante. Tal vez consiga detener esta respuesta adolescente si la esposo, me la follo y la azoto con el látigo… y no necesariamente en ese orden. Sí. Eso es lo que necesito.

Está muy concentrada en su tarea y eso me da la oportunidad de observarla. Al margen de mis pensamientos perversos, es atractiva, bastante atractiva. La recordaba bien.

Ella levanta la vista y se queda petrificada mirándome con sus ojos inteligentes y penetrantes, del más azul de los azules, que parecen poder ver a través de mí. Es tan inquietante como la primera vez que la vi. Solo se queda mirando, sorprendida creo, y no sé si eso es una respuesta buena o mala.

—Señorita Steele, qué agradable sorpresa.

—Señor Grey —susurra jadeante y ruborizada. Ah… es una buena respuesta.

—Pasaba por aquí. Necesito algunas cosas. Es un placer volver a verla, señorita Steele. —Un verdadero placer. Va vestida con una camiseta ajustada y vaqueros, nada que ver con la ropa sin forma que llevaba el otro día. Ahora es todo piernas largas, cintura estrecha y tetas perfectas. Sigue mirándome con la boca abierta y tengo que resistir la tentación de acercar la mano y empujarle un poco la barbilla para cerrarle la boca. He volado desde Seattle solo para verla y con lo que tengo delante ahora creo que ha merecido la pena el viaje.

—Ana. Me llamo Ana. ¿En qué puedo ayudarle, señor Grey? —Inspira hondo, cuadra los hombros igual que hizo durante la entrevista, y me dedica una sonrisa falsa que estoy seguro de que reserva para los clientes.

Empieza el juego, señorita Steele.

—Necesito un par de cosas. Para empezar, bridas para cables.

Sus labios se separan un poco al inhalar bruscamente.

Le sorprendería saber lo que puedo hacer con ellas, señorita Steele…

—Tenemos varias medidas. ¿Quiere que se las muestre?

—Sí, por favor. La acompaño, señorita Steele.

Sale de detrás del mostrador y señala uno de los pasillos. Lleva unas zapatillas Converse. Sin darme cuenta me pregunto qué tal le quedaría unos tacones de vértigo. Louboutins… Nada más que Louboutins.

—Están con los artículos de electricidad, en el pasillo número ocho. —Le tiembla la voz y se sonroja… otra vez.

Le afecto. La esperanza nace en mi pecho. No es gay. Sonrío para mis adentros.

—La sigo —murmuro y extiendo la mano para señalarle que vaya delante. Si ella va delante tengo tiempo y espacio para admirar ese culo fantástico. La verdad es que lo tiene todo: es dulce, educada y bonita, con todos los atributos físicos que yo valoro en una sumisa. Pero la pregunta del millón de dólares es: ¿podría ser una sumisa? Seguro que no sabe nada de ese estilo de vida (mi estilo de vida), pero me encantaría introducirla en ese mundo. Te estás adelantando mucho, Grey.

—¿Ha venido a Portland por negocios? —pregunta interrumpiendo mis pensamientos. Habla en voz alta, intentando fingir desinterés. Hace que tenga ganas de reír; es refrescante. Las mujeres no suelen hacerme reír.

—He ido a visitar el departamento de agricultura de la universidad, que está en Vancouver —miento. De hecho he venido a verla a usted, señorita Steele.

Ella se sonroja y yo me siento fatal.

—En estos momentos financio una investigación sobre rotación de cultivos y ciencia del suelo. —Eso es cierto, por lo menos.

—¿Forma parte de su plan para alimentar al mundo? —En sus labios aparece una media sonrisa.

—Algo así —murmuro. ¿Se está riendo de mí? Oh, me encantaría quitarle eso de la cabeza si es lo que pretende. Pero ¿cómo empezar? Tal vez con una cena en vez de la entrevista habitual. Eso sí que sería una novedad: llevar a cenar a un proyecto de sumisa…

Llegamos a donde están las bridas, que están clasificadas por tamaños y colores. Mis dedos recorren los paquetes distraídamente. Podría pedirle que salgamos a cenar. ¿Como si fuera una cita? ¿Aceptaría? Cuando la miro, ella se está observando los dedos entrelazados. No puede mirarme… Prometedor. Escojo las bridas más largas. Son las que más posibilidades tienen: pueden sujetar dos muñecas o dos tobillos a la vez.

—Estas me irán bien —murmuro y ella vuelve a sonrojarse.

—¿Algo más? —pregunta apresuradamente. O está siendo muy eficiente o está deseando que me vaya de la tienda, una de dos, no sabría decirlo.

—Quisiera cinta adhesiva.

—¿Está decorando su casa?

Reprimo una risa.

—No, no estoy decorándola. —Hace un siglo que no cojo una brocha. Pensarlo me hace sonreír; tengo gente para ocuparse de toda esa mierda.

—Por aquí —murmura y parece disgustada—. La cinta para pintar está en el pasillo de la decoración.

Vamos, Grey. No tienes mucho tiempo. Entabla una conversación.

—¿Lleva mucho tiempo trabajando aquí? —Ya sé la respuesta, claro. A diferencia del resto de la gente, yo investigo de antemano. Vuelve a ruborizarse… Dios, qué tímida es esta chica. No tengo ninguna oportunidad de conseguir lo que quiero. Se gira rápidamente y camina por el pasillo hacia la sección de decoración. Yo la sigo encantado. Pero ¿qué soy, un puto perro faldero?

—Cuatro años —murmura cuando llegamos a donde está la cinta. Se agacha y coge dos rollos, cada uno de un ancho diferente.

—Me llevaré esta —digo. La más ancha es mucho mejor como mordaza. Al pasármela, las puntas de nuestros dedos se rozan brevemente. Ese contacto tiene un efecto en mi entrepierna. ¡Joder!

Ella palidece.

—¿Algo más? —Su voz es ronca y entrecortada.

Dios, yo le causo el mismo efecto que el que ella tiene sobre mí. Tal vez sí…

—Un poco de cuerda.

—Por aquí. —Cruza el pasillo, lo que me da otra oportunidad de apreciar su bonito culo—. ¿Qué tipo de cuerda busca? Tenemos de fibra sintética, de fibra natural, de cáñamo, de cable…

Mierda… para. Gruño en mi interior intentando apartar la imagen de ella atada y suspendida del techo del cuarto de juegos.

—Cinco metros de la de fibra natural, por favor. —Es más gruesa y deja peores marcas si tiras de ella… es mi cuerda preferida.

Veo que sus dedos tiemblan, pero mide los cinco metros con eficacia, saca un cúter del bolsillo derecho, corta la cuerda con un gesto rápido, la enrolla y la anuda con un nudo corredizo. Impresionante…

—¿Iba usted a las scouts?

—Las actividades en grupo no son lo mío, señor Grey.

—¿Qué es lo suyo, Anastasia? —Mi mirada se encuentra con la suya y sus iris se dilatan mientras la miro fijamente. ¡Sí!

—Los libros —susurra.

—¿Qué tipo de libros?

—Bueno, lo normal. Los clásicos. Sobre todo literatura inglesa.

¿Literatura inglesa? Las Brontë y Austen, seguro. Esas novelas románticas llenas de corazones y flores. Joder. Eso no es bueno.

—¿Necesita algo más?

—No lo sé. ¿Qué me recomendaría? —Quiero ver su reacción.

—¿De bricolaje? —me pregunta sorprendida.

Estoy a punto de soltar una carcajada. Oh, nena, el bricolaje no es lo mío. Asiento aguantándome la risa. Sus ojos me recorren el cuerpo y yo me pongo tenso. ¡Me está dando un repaso! Joder…

—Un mono de trabajo —dice.

Es lo más inesperado que he oído salir de esa boca dulce y respondona desde la pregunta sobre si era gay.

—No querrá que se le estropee la ropa… —dice señalando mis vaqueros y sonrojándose una vez más.

No puedo resistirme.

—Siempre puedo quitármela.

—Ya. —Ella se pone escarlata y mira al suelo.

—Me llevaré un mono de trabajo. No vaya a ser que se me estropee la ropa —murmuro para sacarla de su apuro.

Sin decir nada se gira y cruza el pasillo. Yo sigo su seductora estela una vez más.

—¿Necesita algo más? —me pregunta sin aliento mientras me

647

pasa un mono azul. Está cohibida; sigue mirando al suelo y se ha ruborizado. Dios, las cosas que me provoca…

—¿Cómo va el artículo? —le pregunto deseando que se relaje un poco.

Levanta la vista y me dedica una breve sonrisa relajada. Por fin.

—No estoy escribiéndolo yo, sino Katherine. La señorita Kavanagh, mi compañera de piso. Está muy contenta. Es la responsable de la revista y se quedó destrozada por no haber podido hacerle la entrevista personalmente.

Es la frase más larga que me ha dicho desde que nos conocimos y está hablando de otra persona, no de sí misma. Interesante.

Antes de que pueda decir nada, ella añade:

—Lo único que le preocupa es que no tiene ninguna foto suya original.

La tenaz señorita Kavanagh quiere fotografías. Publicidad, ¿eh? Puedo hacerlo. Y eso me permitirá pasar más tiempo con la deliciosa señorita Steele.

—¿Qué tipo de fotografías quiere?

Ella me mira un momento y después niega con la cabeza.

—Bueno, voy a estar por aquí. Quizá mañana… —Puedo quedarme en Portland. Trabajar desde un hotel. Una habitación en el Heathman quizá. Necesitaré que venga Taylor y me traiga el ordenador y ropa. También puede venir Elliot… A menos que esté por ahí tirándose a alguien, que es lo que suele hacer los fines de semana.

—¿Estaría dispuesto a hacer una sesión de fotos? —No puede ocultar su sorpresa.

Asiento brevemente. Le sorprendería saber lo que haría para pasar más tiempo con usted, señorita Steele… De hecho me sorprende incluso a mí.

—Kate estará encantada… si encontramos a un fotógrafo. —Sonríe y su cara se ilumina como un atardecer de verano. Dios, es impresionante.

—Dígame algo mañana. —Saco mi tarjeta de la cartera—. Mi tarjeta. Está mi número de móvil. Tiene que llamarme antes de las diez de la mañana.    Si no me llama, volveré a Seattle y me olvidaré de esta aventura estúpida. Pensar eso me deprime.

—Muy bien. —Sigue sonriendo.

—¡Ana! —Ambos nos volvemos cuando un hombre joven, vestido de forma cara pero informal, aparece en un extremo del pasillo. No deja de sonreírle a la señorita Anastasia Steele. ¿Quién coño es este gilipollas?

—Discúlpeme un momento, señor Grey. —Se acerca a él y el cabrón la envuelve en un abrazo de oso. Se me hiela la sangre. Es una respuesta primitiva. Quita tus putas zarpas de ella. Mis manos se convierten en puños y solo me aplaco un poco al ver que ella no hace nada para devolverle el abrazo.

Se enfrascan en una conversación en susurros. Mierda, tal vez la información de Welch no era correcta. Tal vez ese tío sea su novio. Tiene la edad apropiada y no puede apartar los ojos de ella. La mantiene agarrada pero se separa un poco para mirarla, examinándola, y después le apoya el brazo con confianza sobre los hombros. Parece un gesto casual, pero sé que está reivindicando su lugar y transmitiéndome que me retire. Ella parece avergonzada y cambia el peso de un pie al otro.

Mierda. Debería irme. Entonces ella le dice algo y él se aparta, tocándole el brazo, no la mano. Está claro que no están unidos. Bien.

—Paul, te presento a Christian Grey. Señor Grey, este es Paul Clayton, el hermano del dueño de la tienda. —Me dedica una mirada extraña que no comprendo y continúa—: Conozco a Paul desde que trabajo aquí, aunque no nos vemos muy a menudo. Ha vuelto de Princeton, donde estudia administración de empresas.

El hermano del jefe, no su novio. Siento un alivio inmenso que no me esperaba y que hace que frunza el ceño. Esta chica sí que me ha calado hondo…

—Señor Clayton —saludo con un tono deliberadamente cortante.

—Señor Grey. —Me estrecha la mano sin fuerza. Gilipollas y blando…—. Espera… ¿No será el famoso Christian Grey? ¿El de Grey Enterprises Holdings? —En un segundo veo como pasa de territorial a solícito.

Sí, ese soy yo, imbécil.

—Uau… ¿Puedo ayudarle en algo?

—Se ha ocupado Anastasia, señor Clayton. Ha sido muy atenta. —Ahora lárgate.

—Estupendo —dice obsequioso y con los ojos muy abiertos—. Nos vemos luego, Ana.

—Claro, Paul —dice y él se va, por fin. Le veo desaparecer en dirección al almacén.

—¿Algo más, señor Grey?

—Nada más —murmuro. Mierda, me quedo sin tiempo y sigo sin saber si voy a volver a verla. Tengo que saber si hay alguna posibilidad de que llegue a considerar lo que tengo en mente. ¿Cómo podría preguntárselo? ¿Estoy listo para aceptar a una nueva sumisa, una que no sepa nada? Mierda. Va a necesitar mucho entrenamiento. Gruño para mis adentros al pensar en todas las interesantes posibilidades que eso presenta… Joder, entrenarla va a constituir la mitad de la diversión. ¿Le interesará? ¿O lo estoy interpretando todo mal?

Ella se dirige a la caja y marca todos los objetos. Todo el tiempo mantiene la mirada baja. ¡Mírame, maldita sea! Quiero volver a ver esos preciosos ojos azules para saber qué estás pensando.

Por fin levanta la cabeza.

—Serán cuarenta y tres dólares, por favor.

¿Eso es todo?

—¿Quiere una bolsa? —me pregunta pasando al modo cajera cuando le doy mi American Express.

—Sí, gracias, Anastasia. —Su nombre, un bonito nombre para una chica bonita, me acaricia la lengua.

Mete los objetos con eficiencia en la bolsa. Ya está. Tengo que irme.

—Ya me llamará si quiere que haga la sesión de fotos.

Asiente y me devuelve la tarjeta.

—Bien. Hasta mañana, quizá. —No puedo irme así. Tengo que hacerle saber que me interesa—. Ah, una cosa, Anastasia…

Me alegro de que la señorita Kavanagh no pudiera hacerme la entrevista. —Encantado por su expresión asombrada, me cuelgo la bolsa del hombro y salgo de la tienda.

Sí, aunque eso vaya en contra de mi buen juicio, la deseo. Ahora tengo que esperar… joder, esperar… otra vez.

*Eso es todo… por ahora.*
*Gracias, gracias, gracias por leer este libro.*
*E. L. James*